Judith Healey

Die Gesandte der Löwin

Historischer Roman

Deutsch von Nina Bader

LIMES

Die Originalausgabe erschien 2004 unter dem Titel
»The Canterbury Papers« bei William Morrow,
an imprint of HarperCollins*Publishers* Inc., New York.

FSC
Mix
Produktgruppe aus vorbildlich
bewirtschafteten Wäldern und
anderen kontrollierten Herkünften

Zert.-Nr. SGS-COC-1940
www.fsc.org
© 1996 Forest Stewardship Council

Verlagsgruppe Random House FSC-DEU-0100
Das für dieses Buch verwendete FSC-zertifizierte Papier *Zephir*
liefert Papeteries de Vizille, Frankreich.

1. Auflage

Satz: Uhl + Massopust, Aalen
Druck und Einband: GGP Media GmbH, Pößneck
Printed in Germany
ISBN-10: 3-8090-2491-0
ISBN-13: 978-3-8090-2491-0

www.limes-verlag.de

Über die Vorstellungskraft:

Unsere Vorstellungskraft zeigt uns Wahrheiten auf, die uns dazu bewegen, Mitgefühl aufzubringen. Und im Zusammenwirken von Vorstellungskraft und Mitgefühl liegt die einzige Möglichkeit zur Erlösung.

– W. S. Merwin
Joseph-Warren-Beach-Vorlesung
University of Minnesota
26. März 2001

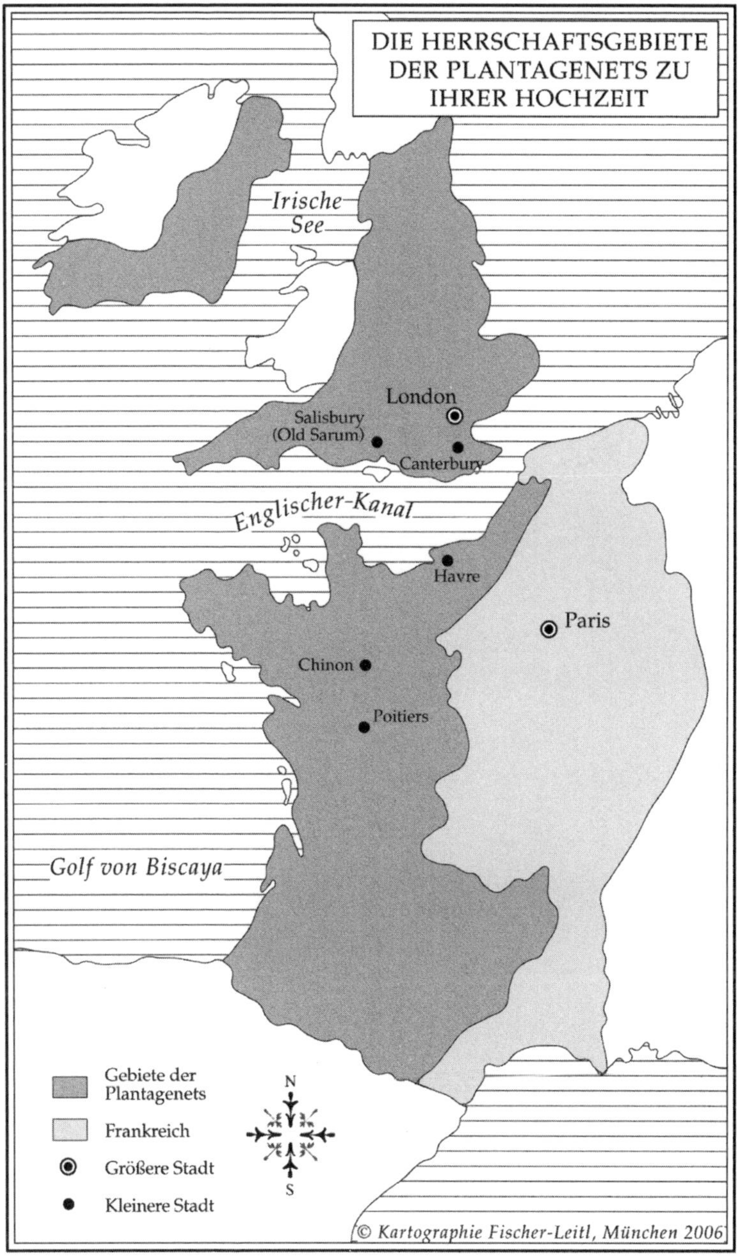

DIE HERRSCHAFTSGEBIETE
DER PLANTAGENETS ZU
IHRER HOCHZEIT
Irische
See
London
Salisbury
(Old Sarum)
Canterbury
Englischer-Kanal
Havre
Paris
Chinon
Poitiers
Golf von Biscaya
Gebiete der
Plantagenets
Frankreich
Größere Stadt
Kleinere Stadt
N
S
© Kartographie Fischer-Leitl, München 2006

Geschichtlicher Hintergrund

Gegen Ende des 12. Jahrhunderts, wenn diese Geschichte ihren Anfang nimmt, war Frankreich noch ein relativ kleines Königreich. Die französischen Könige beherrschten die Île de France und einige der umliegenden Gebiete. Im Osten lag das mächtige Burgund, im Südwesten das weitläufige Aquitanien, im Norden und Nordwesten befanden sich Britannien und die Normandie; sie alle waren zur damaligen Zeit unabhängige Herzogtümer oder Grafschaften.

Im Jahre 1137 wurde ein Versuch unternommen, das französische Königreich zu erweitern. Der französische König Louis VI . (le Gros) und William, der neunte Herzog von Aquitanien, kamen überein, ihre Kinder miteinander zu verheiraten – kurz vor dem Tod der beiden Herrscher. Louis VII., genannt le Jeune, war damals siebzehn und Eleanor, die Herzogin von Aquitanien, erst fünfzehn Jahre alt. Das Königspaar bekam zwei Töchter, jedoch keinen Sohn, was Louis' Beratern, die um die Thronfolge fürchteten, erhebliches Kopfzerbrechen bereitete.

Die zweite große Macht auf dem Kontinent stellte zu dieser Zeit die Normandie dar. Von dort aus war zwei Generationen zuvor Herzog William (später der Eroberer genannt) in See gestochen, um König Harold in der Schlacht von Hastings zu besiegen und die Herrschaft über England an sich zu reißen. Nach dem Tod seines Sohnes Henry I. stritt sich die Enkelin Williams I., Mathilda, mit ihrem Vetter Stephen um die Krone von England. Stephen ging aus diesem Kampf als Sieger hervor. Als der erbitterte Bürgerkrieg beendet und Stephens einziger Sohn Eustace verstorben war, willigte Stephen ein, Mathildas Sohn, den jungen Henry von Anjou, als Erben des englischen Throns einzusetzen.

Die Ehe von Eleanor und dem frömmelnden Louis stand von Anfang an unter einem schlechten Stern. 1152 wurde sie geschieden, und Eleanor heiratete wenig später Henry von Anjou, den künftigen König von England.

Sie brachte als Mitgift das ausgedehnte, fruchtbare Herzogtum Aquitanien in diese Ehe ein, sodass Henry und Eleanor nun ein nicht zu unterschätzendes Bündnis gegen Louis bildeten. Daraus erwuchs ein Jahre andauernder Krieg – es ging dabei hauptsächlich um Gebiete in der Normandie und das Vexin –, obwohl beide Seiten immer wieder Versuche unternahmen, zu irgendeiner Art von Friedensschluss zu gelangen.

Louis heiratete noch mehrmals, bis ihm dann endlich der lang ersehnte Sohn geboren wurde. Seiner zweiten Ehe mit Constance von Spanien entsprangen zwei weitere Töchter, Marguerite und Alaïs. Während einer der seltenen Phasen politischer Entspannung arrangierte Thomas à Becket die Eheschließung dieser beiden Töchter mit den ältesten Söhnen von Eleanor und Henry. Marguerite heiratete Henry; er wurde der Jüngere genannt, um ihn von seinem Vater zu unterscheiden. Alaïs wurde Richard anverlobt, dem späteren Richard Löwenherz.

Doch die Hochzeit von Alaïs und Richard fand nie statt. Ausgedehnte Gebiete im Norden des Kontinents und ganz Aquitanien, Britannien und die Normandie fielen an Frankreich. England beschritt eigene Wege und wurde über mehrere Jahrhunderte hinweg von Abkömmlingen des Hauses Plantagenet von Anjou regiert.

Doch ein Jahrhundert lang lag die politische Macht in den Händen einiger hochinteressanter, zielstrebiger und entschlossener Menschen, deren Schicksale wie durch göttliche Fügung miteinander verwoben zu sein schienen. Eleanor von Aquitanien, Henry von England, Louis (Ludwig) von Frankreich, Richard Löwenherz, John von England (Johann Ohneland), Philipp von Frankreich und Thomas à Becket sind unvergessene historische Persönlichkeiten, zu denen – insofern man dieser Geschichte Glauben schenkt – auch Alaïs zählt, die vergessene Prinzessin von Frankreich.

Prolog

Anno Domini 1200

Das Letzte, was ich empfand, ehe die Hände mich ergriffen, war das Gefühl von eisiger Kälte; sie drang mir durch Mark und Bein. Das Letzte, was ich wahrnahm, bevor es dunkel um mich wurde, ist gleichfalls eher trivialer Natur. Ich erinnere mich an die Fackeln an den Wänden der Kathedrale und an die Schatten, die sie auf das Mauerwerk warfen; sie schienen dort allein zu meiner Unterhaltung einen makabren Tanz zu vollführen. Ich musste an die fahrende Tanztruppe aus Venedig denken, die ich einst gesehen hatte: hoch gewachsene, hagere Gestalten in schwarzen Umhängen und Wämsern, die sich rhythmisch erhoben und wieder zu Boden sanken wie eine Flut dunkler Wellen. Der kalte Luftzug, der die Pechfackeln anfachte, schien stärker zu werden, während ich das Spiel der Flammen verfolgte, als wäre irgendwo eine Tür geöffnet worden. Das hätte mich warnen müssen, doch ich achtete gar nicht darauf.

Ich kniete auf den Stufen des Seitenaltars; desselben Altars, vor dem Thomas à Becket fast dreißig Jahre zuvor den Schwertern von Henrys Rittern zum Opfer gefallen war. Ich war aber nicht im Gebet versunken, wie ein zufälliger Beobachter vielleicht hätte glauben mögen – vorausgesetzt, dass sich zu dieser späten Stunde noch jemand in der Kirche aufhielt. Stattdessen beschäftigte ich mich mit der Frage, wie ich meine Knie dazu bringen sollte, meinem Willen zu gehorchen, damit ich das Vorhaben ausführen konnte, weswegen ich hierher gekommen war. Die Aufgabe, die mich dazu zwang, in dieser dunklen, kalten Aprilnacht eine einsame Stunde in der Kathedrale von Canterbury zuzubringen.

Obwohl ich mich vorgeblich auf einer Pilgerfahrt zum Grab des Märtyrers befand, um dort Abbitte für meine Sünden zu leisten (und es hatte sich im Lauf der Jahre, weiß Gott, ein ganzer Rattenschwanz davon angesammelt), hatte ich einen anderen Grund für diese nächtliche Wache: Ich hatte den Auftrag, die hier versteckten Briefe von Königin Eleanor zu holen.

Die Karte, die in meiner Tasche steckte, brauchte ich nicht mehr; ich kannte sie auswendig. Ich hatte nichts weiter zu tun, als meine steifen Knie zu überreden, sich von dem harten Marmor zu lösen, damit ich um den Altar herum zu der rückwärtigen Mauer gehen konnte. Danach dürfte es mir nicht schwer fallen, den rosafarbenen Stein in der dritten Reihe vom Boden aus gezählt ausfindig zu machen und das dahinter verborgene Bündel von Briefen an mich zu nehmen. Und dann konnte ich in mein warmes Gästehaus auf dem Klostergelände zurückkehren, um mich am nächsten Tag auf den Heimweg nach Frankreich zu machen. Innerhalb von vierzehn Tagen würden die Briefe in Fontrevault eintreffen, Eleanor wäre zufrieden gestellt, und dann würde sie mir endlich die Informationen geben, die sie mir versprochen hatte.

Ich war so mit der beschwerlichen Aufgabe des Aufstehens beschäftigt, dass ich das leise Geräusch hinter mir überhörte und somit mein Schicksal besiegelte. Ich wurde vollkommen überrumpelt. Plötzlich spürte ich eine kräftige Hand an meinem Hals, eine andere packte mich um die Taille, und noch ehe ich um Hilfe schreien konnte, wurde mir ein mit Alraunwurzelextrakt getränkter Lappen an Mund und Nase gepresst. Der schwere, süßliche Geruch verschlug mir den Atem, dann versank ich in tiefer Dunkelheit.

Als ich wieder zu mir kam, lag ich auf der Seite auf einer Art Trage in einer primitiven Kutsche mit schweren Samtvorhängen. Die Vorhänge verströmten einen Geruch nach Schimmel und Moder, der mich an einen feuchten steinernen Gang unter dem Schloss von Chinon erinnerte, in dem wir Königskinder oft gespielt hatten. Ich war mit einer groben Wolldecke zugedeckt, die jedes Mal kratzte, wenn ich mich bewegte. Außerdem stank sie deutlich nach Schweinestall.

Ich hob den Kopf, so gut es ging, und stellte fest, dass ich alleine war. Mein Schädel fühlte sich so schwer wie ein Mehlsack an, und meine Zunge schien mit demselben Samt bedeckt zu sein, der mich umgab. Meine Hände waren gefesselt, doch das störte mich nicht, ich hätte im Moment ohnehin kein Glied zu rühren vermocht. Die Anstrengung, den Kopf erhoben zu halten, überwältigte mich, und ich sank wieder auf die provisorische Matratze aus Umhängen zurück, auf die mich irgendjemand gebettet hatte.

Lange Zeit blieb ich reglos so liegen. Mein Kopf fühlte sich abwechselnd leicht und dann wieder bleischwer an, und Träume zogen wie Rauchschwaden an mir vorüber. Die Schatten erschienen mir vertraut, doch ich vermochte sie nicht festzuhalten. Meine Schulter schmerzte, vermutlich hatte man mich ziemlich unsanft in den Karren geworfen, aber ich konnte mein Gewicht nicht verlagern, um den Druck zu mildern, denn man hatte mir die Hände auf den Rücken gebunden. Wie aus weiter Ferne hörte ich Lautenmusik, vermutlich war es Marcel, der da auf seinem Instrument ein wehmütiges Liebeslied klimperte, doch ich vernahm immer nur ein paar Töne, dann verklang die Weise wieder. Und überhaupt – wenn es Marcel war, den ich da hörte, warum ließ er dann nicht Laute Laute sein und kam mir zu Hilfe?

Aus irgendeinem unerfindlichen Grund kam mir plötzlich

meine kleine schwarze Katze Minuit in den Sinn. Ich hätte sie auf diese Reise mitnehmen sollen. In Paris würde niemand daran denken, sie von draußen hereinzuholen, wenn es regnete. Ungebetene Tränen begannen mir hinter den Augen zu brennen und strömten dann heraus wie aus einem rostigen alten Springbrunnen, der lange versiegt und jetzt endlich wieder in Betrieb gesetzt worden war. Es erstaunte mich, dass ich überhaupt noch weinen konnte.

Um die Fassung wiederzugewinnen, versuchte ich mich auf etwas anderes zu konzentrieren. Wie immer, wenn mich etwas quälte, befasste ich mich mit einem Problem, das es zu lösen galt. Diesmal lag die Wahl dieses Problems auf der Hand: meine eigene missliche Situation. Wie kam es, dass sich eine Prinzessin des französischen Königshauses, die einst mit dem König von England höchst persönlich verlobt gewesen war, verschnürt wie ein wilder Eber in der Kutsche irgendwelcher Wegelagerer wiederfand, die durch die kalte Nacht rumpelte? Doch sogar in meinem benommenen Zustand wusste ich die Antwort. Für mein momentanes Missgeschick war dieselbe Frau verantwortlich, die schon mein ganzes Leben lang die Wurzel allen Übels gewesen war, das mir widerfuhr. Alles war allein Eleanors Schuld.

ERSTES BUCH

♦ ♦ ♦

Die Reise

♦ 1 ♦

Der Kurier

Lady Eleanor war meine Stiefmutter und die beste Freundin meiner Kindertage. Für alle anderen war sie Königin Eleanor von England oder die Herzogin von Aquitanien oder »Eure Majestät«. Für mich war sie schlicht und einfach Lady Eleanor.

Unser langer und komplizierter gemeinsamer Weg hat viele Wendungen genommen, und von der Zuneigung, die uns früher verbunden hat, ist nicht viel geblieben. Dennoch konnte ich mir nur schwer vorstellen, dass sie im Stande war, mir körperlichen Schaden zufügen zu lassen. Aber ich hegte keinerlei Zweifel, dass meine momentane heikle Lage direkt auf den Brief zurückzuführen war, den Königin Eleanor vor noch nicht einmal vierzehn Tagen an den Hof meines Bruders in Paris geschickt hatte.

Philipp und ich saßen in seinem Privatgemach in unserem zugigen Palast auf der Île de la Cité am Ufer der windgepeitschten Seine beieinander, als ihr Bote mir ihre Nachricht überbrachte. Wir waren allein, kein Wachposten oder Diener hielt sich in der Nähe auf. Philipp hatte alle fortgeschickt, wie er es immer tat, wenn er mir wegen meines seiner Meinung nach ungebührlichen Benehmens Vorhaltungen machen wollte. Er hatte feste Vorstellungen, was sich für eine königliche Prinzessin schickte und was nicht.

»Alaïs«, hatte er zu mir gesagt, »ich habe lange gezögert, mit dir darüber zu sprechen, aber dein Verhalten wird tagtäglich mehr zum Hauptgesprächsthema des ganzen Hofes.«

Mit hinter dem Rücken verschränkten Händen wandte er sich von mir ab und schritt im Raum auf und ab, sodass ich seine letzten Worte nur undeutlich verstehen konnte. Ich seufzte.

Die Kammer, in der wir uns befanden, passte zu Philipp. Seit jeher war der Krieg seine große Leidenschaft. Die Gobelins, die die steinernen Wände bedeckten und dem Raum ein wenig Wärme verliehen, wiesen Jagdszenen auf – Männer mit Speeren, flüchtende Keiler, zum Sprung ansetzende Hunde. Die Jagd ist schließlich auch eine Art von Krieg, zumindest würde ich es so empfinden, wenn ich ein Tier wäre. Die schweren Eichenholztüren, die uns ein gewisses Maß an Privatsphäre zusicherten, waren mit Szenen der Schlacht um das antike Troja verziert. Auch rund um den Kamin verliefen kunstvolle Holzschnitzereien. Der Künstler hatte sein beträchtliches Geschick dazu genutzt, um eine lange Reihe ineinander verschlungener Miniaturwaffen zu schaffen – Bogen, Pfeile, Schwerter, Dolche –, die das friedlich flackernde Kaminfeuer wie eine tödliche Weinranke einrahmten.

»Was hast du dazu zu sagen, Schwester?« Er drehte sich unverhofft zu mir um und kam auf mich zu. Ich zwang mich, meine Aufmerksamkeit wieder auf unser Gespräch zu richten.

»Ich begreife nicht, warum man bei Hof über mich klatschen sollte, Bruder. Es sei denn, deine Höflinge beneiden mich um die Ruhe und Gelassenheit, die ich in dem Chaos bewahre, in das diese bevorstehende Hochzeit euch alle zu stürzen scheint.«

»Niemand bezeichnet dich als ruhig und gelassen.« Philipps Zeh verfing sich in den Fransen von einem der Smyrna-Teppiche, auf die er so stolz war. In solchen Momenten höchster Verletzlichkeit sah ich nicht den König von Frankreich in ihm, sondern nur meinen jüngeren Bruder.

»Ganz im Gegenteil«, fuhr Philipp fort, nachdem er seinen Fuß befreit hatte. »Mir wird zugetragen, dass du hinsichtlich dieser Hochzeit nur ablehnende Gefühle hegst. Du weigerst dich, an den Vorbereitungen teilzunehmen oder auch nur Ratschläge zu geben, wenn man dich darum ersucht. Stattdessen gerätst du in Rage, wenn Agnès oder ihre Hofdamen dich in ihre Pläne mit einbeziehen möchten.« Er begann, sich die Brauen zu reiben, ein untrügliches Zeichen, dass seine Kopfschmerzen ihn wieder plagten; dann vertuschte er die Geste, indem er sich mit der Hand durch sein dunkles, kurz geschnittenes Haar fuhr. »Alaïs, deine Haltung wird zu einem ernsten Problem zwischen Agnès und mir. Sie beklagt sich über deine mangelnde Unterstützung und deutet an, dir läge wenig an der Verbindung zwischen unserem Sohn und dem Haus Plantagenet.«

Ich unterdrückte einen neuerlichen Seufzer. Philipp fühlte sich ertappt, das konnte ich ihm an der Stirn ablesen. Ich wusste, dass er dieses Gespräch mit mir nicht aus eigenem Willen führte, sondern Agnès ihn dazu gezwungen hatte. Wir beide standen uns sehr nahe, und er hielt sich zumeist aus meinen Angelegenheiten heraus und ließ mich in Ruhe, wenn ich in einer meiner grüblerischen Stimmungen war. Trotz all seiner Fehler war und blieb er mein Bruder. Manchmal erkannte ich seine kräftigen Züge in meinem eigenen Gesicht wieder, wenn es mir aus dem Metallspiegel entgegenblickte, den er mir aus dem Süden mitgebracht hatte. Wir hatten verschiedene Mütter, doch die Form unserer Gesichter – lang und schmal – hatten wir von unserem gemeinsamen Vater geerbt, und wir hatten die gleichen mandelförmigen Augen, die Augen des französischen Hauses Capet. Die seinen waren dunkel, meine dagegen, so hatte man mir jedenfalls gesagt, schimmerten so grün wie die meiner schwarzen Katze.

»Philipp, versuch doch auch meinen Standpunkt zu verstehen.« Ich beugte mich vor und hob bittend meine gesunde Hand. »Ich mag keine Hochzeiten, und ich möchte nichts damit zu tun haben. Trotzdem bin ich froh, dass du diese Heirat zwischen dem kleinen Louis und Eleanors Enkelin arrangiert hast.« Ich lächelte, verdarb dann aber alles wieder, indem ich murmelte: »Obgleich es mir nicht in den Kopf will, wie Eleanor von Kastilien es fertig bringt, die kleine Blanche aus dem sonnigen Spanien in das feuchte, neblige Paris zu verpflanzen.«

Philipp blieb vor dem niedrigen Diwan stehen, auf dem ich es mir bequem gemacht hatte. »Das ist genau die Art von bösartiger Bemerkung ...«

»... die mich hier an deinem Hof in Schwierigkeiten bringt«, schloss ich an seiner Stelle. Es war sehr einfach, seine Sätze für ihn zu beenden, denn sobald es um bestimmte Themen ging, war er so leicht zu durchschauen wie Glas.

»Es ist auch dein Hof, Alaïs«, berichtigte er mich gekränkt.

»Nein, das stimmt nicht, Philipp. Wir sind unter uns, also lass uns ganz ehrlich zueinander sein. Ich bin hier nur geduldet. Als meine Verlobung mit Richard aufgelöst wurde, hat Königin Eleanor mich hierher zurückgeschickt, weil ich ihr nur noch lästig war. Du bist gut zu mir, aber ich stehe jetzt in einem Alter, in dem ich ein eigenes Heim und einen Mann haben sollte. Da beides nicht der Fall ist, muss ich deine Gastfreundschaft in Anspruch nehmen.« Ich bemühte mich, möglichst sachlich und nüchtern zu sprechen, stellte aber fest, dass meine Stimme bei meinen letzten Worten leicht zu zittern begann. Also verstummte ich, um meine Gefühle wieder unter Kontrolle zu bekommen.

»Und gerade weil ich selbst nie geheiratet habe«, fuhr ich dann so langsam fort, als käme mir dieser Gedanke zum ersten Mal, »kann ich eure Freude über diese bevorstehende Hochzeit nicht teilen und mag mich deshalb auch nicht an den Vorbereitungen beteiligen. Und wie ich schon heute Abend beim Essen sagte, fühle ich mich zurzeit bei Hof alles andere als wohl. Daher hätte ich gern deine Erlaubnis, Paris für eine Weile zu verlassen. Ich könnte bis zum Sommer bei meiner Schwester Marie in Troyes bleiben. Sie nimmt mich sicher mit Freuden bei sich auf.« Ich hielt inne. »Wenn ich fort bin, haben meine Kritiker keine Gelegenheit mehr, an mir zu mäkeln, und du musst mich nicht mehr in Schutz nehmen, wie du es jetzt gerade tust.«

»Alaïs ...«, begann Philipp zögernd, und ich hörte voller Entsetzen einen Anflug von Mitgefühl aus seiner Stimme heraus. Wer weiß, was für schwülstigen, sentimentalen Unsinn er von sich gegeben hätte, wenn wir nicht – glücklicherweise – von dem Boten unterbrochen worden wären, den einer von Philipps wenig verlässlichen Leibwächtern zu uns führte.

»Eure Majestät.« Der untersetzte, stämmige Mann stieß die schwere Eichentür so heftig auf, dass die Angeln knarrend protestierten. »Dieser Mann besteht darauf... darf ich Euch ...«

Doch ehe er weitersprechen konnte, wurde er sanft, aber nachdrücklich von einem beeindruckend wirkenden Fremden zur Seite geschoben, der ihn um einiges überragte. Der Neuankömmling war nicht mehr jung, aber noch immer kräftig und muskulös. Er trug Reisekleidung: eine schlichte Tunika ohne Kettenhemd darüber, Gamaschen, einen nassen Umhang aus lincolngrünem Tuch und schlammbespritzte Stiefel. Ein scharfes Auge funkelte vor wacher Intelligenz, während das andere vollständig zugenäht war, was seinem zerfurchten, wettergegerbten Gesicht unbeabsichtigt einen wüsten Ausdruck verlieh. Doch seine Haltung war von untadeliger Würde, und ich entdeckte das mit den englischen Löwen verwobene, scharlachrote und weiße Emblem Eleanors von Aquitanien auf seiner Brust. Das Herz schlug mir plötzlich bis zum Halse, und ich setzte mich kerzengerade auf. Der Besucher war niemand anderer als Sir Owain von Caedwyd, König Harrys engster Vertrauter und bester Ritter, den er immer liebevoll bei dem englischen Namen Tom rief.

»Ich darf Sir Owain von Caedwyd vorstellen, der wichtige Botschaften für den König und Lady Alaïs bringt«, haspelte der Leibwächter endlich hastig herunter.

»Ein Bote?« Philipp hatte sich umgedreht, seine Stimme klang scharf. »Was gibt es denn so Dringendes?« Mein Bruder verabscheute Unterbrechungen jeglicher Art, vor allem wenn er sich mitten in einem Gefühlsaufruhr befand. Männer sind oft schwer zu verstehen, finde ich.

»Wie Euer Leibwächter ja schon sagte«, erwiderte Tom mit einem kaum merklichen Anflug von Ironie, »habe ich Briefe für Eure Majestät und Ihre Hoheit.« Er verbeugte sich tief vor jedem von uns. »Ich darf sie Euch nur persönlich und im Vertrauen übergeben.«

Philipp ließ sich von Toms zerknitterter Kleidung täuschen, die ihn als gewöhnlichen Dienstboten auswies. Er konnte nicht ahnen, was ich wusste: dass Tom ein altgedienter Höfling war. Er hatte König Henry in seinen Jugendjahren so nahe gestanden wie ein Bruder – Henry hatte ihn zur Belohnung für treue Dienste sogar zum Ritter geschlagen. Er hatte uns überallhin begleitet und fast schon zur Familie gehört; und ich hatte stets das Gefühl gehabt, dass er uns immer genauestens beobachtete. Seine Manieren waren tadellos. Philipp stand eine große Überraschung bevor. Ich musste meine Freude angesichts des vertrauten Gesichts nicht vortäuschen.

»Sir Owain.« Ich streckte ihm meine rechte Hand entgegen. »Willkommen am Hof von Paris, lieber Tom.«

Tom schenkte mir ein so verschmitztes Lächeln, wie ich je eines gesehen habe, und trat zu mir.

»Du kennst diesen Mann?« Philipp ließ seinen kurzsichtigen Blick von mir zu unserem Besucher wandern.

»Bruder, erlaube mir, dir in aller Form Sir Owain von Caedwyd vorzustellen, einst lebenslanger Freund und Ritter König Harrys von England persönlich und …«, ich nickte Tom zu, »… ehemaliger Kommandant der königlichen Armee. Er ist auch ein guter Freund Frankreichs. Sein Name lautet Owain, doch der König nannte ihn immer Tom. Er hat sich geschworen, eines Tages einen Engländer aus ihm zu machen. Tom, dies ist mein Bruder Philipp, der König von Frankreich.«

Ich hatte Tom während meiner Kindheit am englischen Hof gut gekannt, und ich hätte seinen schweren keltischen Akzent sofort erkannt, den sein angelerntes Normannenfranzösisch nicht überdecken konnte, selbst wenn mir die von Äderchen durchzogene Adlernase, die breiten Wangenknochen und der wilde rote, jetzt ergrauende Haarschopf nicht alles verraten hätten, was ich wissen musste. In den fünfzehn Jahren seit unserer letzten Begegnung hatte er sich einen rotgrauen Bart stehen lassen, der sein kantiges walisisches Kinn bedeckte.

Aber es war seine leere Augenhöhle, die meine letzten Zweifel an seiner Identität ausräumte. Ich selbst war Zeugin des Unfalls geworden, bei dem er sein Auge verloren hatte. Ich war damals noch ein Kind gewesen und Tom so jung, dass ihm kaum die ersten Barthaare sprossen. König Harrys neuester Falke war wild geworden, als die beiden Männer versuchten, ihm für seine Ausbildung die Augen zuzunähen, und hatte seine Klauen vor Wut in Toms Auge geschlagen. Dann waren sowohl dem Mann als auch dem Tier die Augen vernäht worden. Ich werde nie Toms Schmerzensschreie vergessen, die sogar das Gekreische des großen Vogels übertönten, als der Baderchirurg ihn auf dem offenen Feld verarztete. Ich saß auf meinem Pferd, das ungeduldig mit den Hufen scharrte, während die Schreie durch die Luft hallten. Die anderen Kinder verfolgten das Geschehen wie gebannt; die Gesichter der Jungen verrieten nicht, was in ihnen vorging. Aber ich konnte nicht hinschauen. Ich schloss die Augen, sog den süßen Duft des Heidekrauts ein und betete, dass endlich wieder Stille eintreten möge.

Tom verneigte sich so elegant, wie es nur Höflinge fertig brachten. »Ihr könnt mich in der Tat stets als einen Freund des Heimatlandes von Prinzessin Alaïs betrachten.«

»Nun gut … was habt Ihr uns zu sagen, Bote? Ihr kommt von unserem Vetter König John?« Zumindest hatte Philipp die englischen Löwen auf Toms Tunika erkannt.

»Nein, Eure Majestät. Ich bin im Auftrag Königin Eleanors hier, die sich zurzeit in Fontrevault aufhält.«

»Königin Eleanor? Was mag sie nur wollen?« Der König trat zum Kamin, machte einen Bogen um seinen Mastiff, der sich dort die Knochen wärmte, und stieß ein paar glühende Holzscheite ins Feuer zurück. »Vermutlich geht es um die Hochzeit. Sie hat sich dazu noch gar nicht geäußert, das sieht ihr nun überhaupt nicht ähnlich. Ich hatte schon gehofft, sie würde uns hier in Paris sämtliche Vorbereitungen überlassen.«

»Ich danke dir, dass du diese Reise auf dich genommen hast, Tom.« Ich streckte ihm die rechte Hand hin, woraufhin Tom sofort seinen ledernen Beutel öffnete und mir eine kleine Schriftrolle mit dem vertrauten blauen Wachssiegel reichte. Ich machte keine Anstalten, das Siegel zu erbrechen, sondern schob den Brief in meine linke Tasche.

»Aber warum schreibt sie dir dann auch?«, murmelte Philipp geistesabwesend, als er seine eigene Botschaft entgegennahm. Er stand noch immer neben dem Kamin. »Mit Sicherheit erteilt sie mir hierin genaue Anweisungen hinsichtlich der Hochzeit«, grollte er dann. »Immer meint sie, die Zügel in der Hand halten zu müssen.« Er glättete die Rolle und überflog die Nachricht. Tom und ich warteten geduldig ab.

»Beim Blute Gottes, Schwester, weißt du, was sie vorhat?« Nach einer kurzen Pause brach Philipp in so schallendes Gelächter aus, dass der Hund vor dem Feuer verwundert den Kopf hob. »Die alte Eleanor! Was für eine Frau! Sie sticht uns noch im Alter alle aus. Fast fange ich an, sie zu mögen.« Er hielt die Schriftrolle in meine Richtung und nickte mir zu.

»Was belustigt dich denn so, Bruder?« Ich begann, mich mühsam aus meinen bequemen Kissen zu hieven, obgleich ich es kaum abwarten konnte, meinen eigenen Brief zu lesen. Ein seltsames Gefühl beschlich mich; die Art von Vorahnung, die mich immer dann überkommt, wenn mein Leben eine unerwartete Wende zu nehmen droht. Ich konnte Eleanors Nachricht an meinem Bein spüren, sie schien mir geradezu die Haut zu versengen.

»Sie bricht nach Kastilien auf, um ihre Enkeltochter für die Hochzeit mit dem kleinen Louis abzuholen.« Philipp krähte die Worte förmlich heraus. »Und das in ihrem Alter! Welch eine Willensstärke und Tatkraft!«

»Was sagst du da?« Ich erstarrte mitten in der Bewegung und stützte mich mit der rechten Hand auf die Eichenholzlehne des Diwans. »Sie zählt doch schon mehr als achtzig Sommer!«

Philipp war noch immer mit seinem Brief beschäftigt. Kopfschüttelnd ging er zu dem langen Zypressenholztisch an der Wand hinüber, legte die Schriftrolle darauf, griff nach dem großen Silberkrug, der seine königlichen Insignien trug, und füllte zwei Becher mit dunkelrotem Bordeaux. Nach kurzem Zögern schenkte er auch noch einen dritten voll.

»Und? Vielleicht lässt sie sich ja in einer Sänfte tragen, wenigstens über die Berge.« Noch immer leise in sich hineinkichernd reichte er mir einen Becher. Mir blieb nichts anderes übrig, als ihn entgegenzunehmen, obwohl ich meine Ungeduld kaum noch zu zügeln vermochte. »Aber ich würde es ihr durchaus zutrauen, dass sie einen Teil der Strecke zu Pferde zurücklegt, um ihren Rittern zu beweisen, dass sie immer noch mit ihnen mithalten kann.« Er gab Tom den anderen silbernen Becher.

»Ich staune nur, dass sie die Reise überhaupt wagt.« Dann hob er seinen eigenen Becher. »Kommt, Tom von Caedwyd, trinkt mit der Familie Capet auf den Mut deiner Herrin, Königin Eleanor, und auf die bevorstehende Hochzeit, die unsere beiden Häuser, das englische und das französische, vereinen wird.« Er hielt inne, dann fügte er leise hinzu: »Und dann ist vielleicht endlich ein Ende dieses furchtbaren Krieges in Sicht.«

Tom, der, seit er uns die Briefe ausgehändigt hatte, mit ernster Miene und vor der Brust verschränkten Armen an der Wand stand, hob seinen Becher so anmutig, als würde er jeden Tag mit dem König von Frankreich Trinksprüche ausbringen. Es war ihm nicht anzusehen, was in ihm vorging. Sein längliches, aufrichtiges Gesicht wirkte so undurchdringlich wie immer.

»Was wird Jean Pierre dazu sagen? Du hast ihn doch ausgeschickt, um Prinzessin Blanche nach Paris zu geleiten. Er muss mit seinem Gefolge bereits in Kastilien eingetroffen sein.« Ich hatte der Königin nur mit einem Schluck Wein zugetrunken und meinen Becher dann wieder weggestellt.

»Das ist ja das Beste an der ganzen Geschichte.« Philipp war nahe daran, einen Freudentanz aufzuführen. Er griff wieder nach der Schriftrolle und wedelte damit in der Luft herum. »Jean Pierre wird außer sich sein. Sowie der spanische Hof erfährt, dass Eleanor auf dem Weg nach Kastilien ist, wird man ihn zwingen, auf ihre Ankunft zu warten. Wenn Blanches eigene Großmutter kommt, um ihre Enkelin abzuholen, wird man ihm das Kind wohl kaum mitgeben.« Philipp warf die Rolle hoch und lachte wie ein kleiner Junge, als sie auf dem Kopf seines Jagdhundes landete. »Er trägt die Nase so hoch, seit sein Vater gestorben ist und er den Titel geerbt hat. Jetzt kann er sich in Kastilien zu Tode langweilen, während er auf Königin Eleanor wartet. Das wird ihm einen gehörigen Dämpfer versetzen.«

Es kostete mich einige Mühe, nicht die Beherrschung zu verlieren. Wenn Eleanor wüsste, dass sie meinem Bruder unabsichtlich bei seiner Rache an seinem Kindheitsrivalen half, würden sich ihre schmalen, aristokratischen Lippen zu jenem sardonischen Lächeln verziehen, das ich so gut kannte. Es durfte schwerlich in ihrem Interesse liegen, Philipp, dem Sohn ihres ersten Gemahls und Kriegsgegner ihrer eigenen jungen Prinzen, einen Gefallen zu erweisen.

»Bruder, ich habe unsere kleine Unterredung sehr genossen«,

sagte ich rasch. »Aber jetzt muss ich in Ruhe über all das nachdenken, was hier besprochen wurde. Vielleicht können wir das Gespräch morgen fortsetzen.« Ich steuerte auf die Tür zu, aber Philipp war schneller und versperrte mir den Weg.

»Prinzessin.« Er beugte sich mit höfischer Anmut über meine rechte Hand, eine seltsam förmliche Geste gegenüber der eigenen Schwester, die jedoch so typisch für ihn war, wenn er sich in aufgeräumter Stimmung befand. »Ich wünsche dir eine gute Nacht. Wir werden morgen noch einmal über deinen Wunsch sprechen, deine Schwester in Troyes zu besuchen. Und, Alaïs ...« Er zögerte einen Moment, wirkte fast verlegen. »Miss dem Hofklatsch nicht allzu viel Bedeutung bei. Niemand hier wünscht dir Böses.«

Ich nickte ein wenig gerührt und machte erneut Anstalten, den Raum zu verlassen. Dann fiel mir Tom wieder ein, doch ehe ich den Mund öffnen konnte, wies Philipp seine Leibwächter bereits an, ein Lager und eine Mahlzeit für »unseren willkommenen Gast« zu richten.

Ich blickte Tom nicht an, doch als ich an ihm vorbeiging, fragte er leise: »Werdet Ihr der Königin eine Antwort senden, Mylady?«

»Certes«, erwiderte ich. »Komm morgen vor der Mittagsstunde in mein Gemach, dann werde ich dir meine Antwort geben.«

♦ 2 ♦

Der Brief

Langsam durchquerte ich die weitläufige, modrig riechende Halle aus Stein und begab mich zu meiner Kammer; dabei achtete ich sorgsam darauf, nicht das Interesse einiger Höflinge und Edelfrauen zu erwecken, die sich verneigten, als ich an ihnen vorbeikam. Philipp irrte sich – wie gewöhnlich –, wenn er dachte, niemand bei Hof würde mir Böses wünschen. Dem französischen Hof missfiel meine freimütige Art und vor allem mein Einfluss auf meinen Bruder, den König. Außerdem hielten mich einige Leute meiner deformierten linken Hand wegen für eine Hexe, die über magische Kräfte verfügt. Einmal hörte ich eine kleine, fette, übertrieben aufgeputzte Krähe behaupten, ich würde Träume deuten und die Zukunft vorhersagen. Was natürlich alles purer Unsinn war – nun ja, wenigstens fast alles.

Als ich um eine Ecke bog, prallte ich mit der neuen Kammerfrau der Königin zusammen, der schwarzhaarigen Tochter des Duc de Berry. An ihren Namen konnte ich mich nicht erinnern, doch mit ihrem wilden, dunklen Lockenschopf war sie eine auffallende Erscheinung unter all den jungen Frauen, die im Dienst der Königin standen. Sie hielt einen mächtigen Ballen golddurchwirkten Seidenstoffes in den Armen, der ihr Gesicht völlig verdeckte. Die Folge war, dass sie mich nicht hatte sehen können, als sie wie ein ungebärdiges junges Füllen um die Ecke geschossen war. Ich taumelte zurück und hätte beinahe das Gleichgewicht verloren, konnte mich aber gerade noch an der Wand abstützen. Das Mädchen ließ seine Last fallen.

»*Tiens, tiens*«, schalt ich sie vorwurfsvoll.

»*Excusez-moi*, Lady Alaïs.« Sie machte einen kleinen Knicks, als reiche das als Entschuldigung, dass sie mich beinahe umgestoßen hätte, vollkommen aus. »Der Stoff für mein neues Kleid ist so schwer. Die Königin sagt, wir müssten jetzt schon beginnen, unsere Kleider zu schneidern, sonst wären sie zur Hochzeit nicht fertig.« Sie hob den Stoffballen wieder auf, schenkte mir ein strahlendes Lächeln und eilte davon. Ich sah ihr verstimmt nach. Die Hochzeit, die Hochzeit! Immer diese Hochzeit.

Als ich die Abgeschiedenheit meiner Kammer erreicht hatte, seufzte ich erleichtert auf. Hier hatte ich Ruhe vor all diesen jungen Frauen, die nur Kleider und Putz im Kopf hatten. Mimi und Justine saßen vor dem Feuer auf dem Boden. Sie waren so in ihr Kartenspiel vertieft, dass sie gar nicht bemerkt hatten, dass der Kamin nicht mehr zog und der Raum mit beißendem Rauch erfüllt war. Hustend stocherte ich im Feuer herum und scheuchte die beiden hinaus, als sie mir zu Hilfe kommen wollten. Dann ließ ich mich auf einen gepolsterten Stuhl sinken, nahm meinen Schleier ab, löste meine Zöpfe und fuhr mir mit den Fingern durchs Haar. Allmählich begann ich mich zu entspannen.

Meine Kammer war das kleinste aller königlichen Gemächer, aber ich betrachtete sie als mein ganz persönliches Refugium. Hier hatte ich mich mit all den Dingen umgeben, die ich liebte. In Toulouse gewebte Wandbehänge in Burgunderrot und Gold, die Früchte und seltsame Tiere zeigten, bedeckten die Wände, weiche Läufer lagen auf dem Boden. Auf einem Tisch stapelten sich zusammengerollte und verschnürte Manuskripte, einige vergilbt vor Alter; ich hatte sie mir aus verschiedenen Klöstern schicken lassen. Auf einem anderen Tisch – und dafür liebte ich Philipp – lag immer ein Vorrat an Pergamentbögen und Zeichenkohle bereit, sodass ich nach Herzenslust zeichnen konnte, wann immer es mir beliebte.

Das Feuer flackerte jetzt wieder hell im Kamin, und die Flammen warfen tanzende Schatten an die Wände. Die Ölfackeln, die in den kleinen Nischen hinter meinem Stuhl brannten, und die Kerzen auf dem Tisch spendeten ausreichend Licht zum Lesen. Mit meiner gesunden Hand zog ich Königin Eleanors Brief aus der linken Seitentasche meines Kleides.

Auf meine Bitte hin waren alle meine Gewänder an der linken Seite mit Taschen versehen worden. Meine linke Hand war von Geburt an verkrüppelt. Ich verbarg sie stets so gut ich konnte. Und doch war sie ein Teil von mir; ein Körperteil, in dem ich überhaupt kein Gefühl hatte, und deshalb blieb mir nichts anderes übrig, als sie zu akzeptieren. Ich hatte gelernt, mit dieser Behinderung zu leben, ja, sie fast schon zu lieben. Außerdem leistete mir die Tasche in meinen Kleidern gute Dienste. Darin ließen sich kleine Gegenstände verbergen, die mir in Gegenwart anderer überreicht worden und – wie Königin Eleanors Brief – nur für meine Augen bestimmt waren.

Nachdem ich den Daumennagel unter das Wachssiegel geschoben hatte, glättete ich die Schriftrolle, und dabei flatterte ein kleines Stück Pergament zu Boden. Auf den ersten Blick schien es sich um eine Art Diagramm zu handeln. Ich hob es auf und legte es zur Seite. Dann befasste ich mich mit dem Brief.

Königin Eleanor hatte mir in den sieben Jahren, die ich nun schon am Hof meines Bruders weilte, nicht ein einziges Mal geschrieben. Aber die lang gezogenen, spinnwebartigen Buchstaben – eine Handschrift, die ich als Kind auf ihren Knien zu lesen gelernt hatte – stammten zweifelsohne aus ihrer Feder. Sorgfältig ging ich die Seiten nacheinander durch.

Während ich las, spielte ich aus alter Gewohnheit mit dem juwelenbesetzten Anhänger, der an einer dünnen Seidenkordel um meinen Hals hing. Er war Richards Verlobungsgeschenk für mich gewesen und hatte einst Eleanor gehört.

An Alaïs, Tochter meines Herzens
Von Eleanor, dank der Gnade Gottes Herzogin von Aquitanien und einst Königin von England und Herrscherin über alle britischen Inseln:

Wir haben lange Zeit nicht mehr miteinander korrespondiert, daher will ich gleich zur Sache kommen und keine Zeit mit sinnlosen Vorwürfen und Schuldzuweisungen bezüglich lang zurückliegender Ereignisse verschwenden.

Ich schreibe dir, um dich um einen Gefallen zu bitten. Ich möchte dir eine Aufgabe übertragen; eine, die nicht viel deiner Zeit in Anspruch nehmen wird, für mich aber von allergrößter Wichtigkeit ist.

In der Kathedrale von Canterbury sind gewisse Briefe versteckt, die ich vor vielen Jahren Erzbischof Becket geschrieben habe, während der Zeit also, als er und der König einander nicht in Freundschaft zugetan waren. Sie sind mein rechtmäßiges Eigentum.

Ich legte den Brief beiseite. Die Einleitung weckte meine Neugier, und ich amüsierte mich darüber, dass Eleanor ihre Gewohnheit beibehalten hatte, Henry von England, ihren zweiten Mann, als »den König« zu bezeichnen, als gäbe es nur diesen einen König auf der Welt. Ihren ersten Gatten, meinen Vater, hatte sie stets mit vollem Namen und Titel genannt: König Louis von Frankreich, so als bedürfe er – im Gegensatz zu Henry – dieser zusätzlichen Identifikation. Dann las ich weiter. Meine Belustigung verflog schlagartig.

Ich möchte, dass du mir diese Briefe verschaffst. Ein Freund hat sie vor Jahren für mich versteckt, damit sie nicht in falsche Hände fallen konnten. Sie stecken in der Mauer hinter dem Altar, vor dem Becket ermordet wurde. Ich lege eine kleine Zeichnung bei, aus der ersichtlich wird, wo genau sich das Versteck befindet. Es wird nicht schwierig für dich sein, die Briefe unbemerkt an dich zu nehmen.

Du bist der einzige Mensch, dem ich diese Aufgabe übertragen kann. Du kannst nach England reisen, ohne Verdacht zu erregen, vor allem, wenn du vorgibst, eine Pilgerfahrt zum Grab des Märtyrers unternehmen zu wollen. In deinen Adern fließt königliches französisches Blut, und du hast früher dem Haushalt des englischen Königs angehört. Selbst wenn du nur eine kleine Eskorte mitnimmst, werden dir weder die Engländer etwas zu Leide tun, noch die Normannen versuchen, dich aufzuhalten. Und du kannst beide Seiten des Kanals sicher bereisen.

Ich zweifle nicht daran, dass du England immer noch liebst, und sei es auch nur um unserer Familie willen. Tu dies dem Gedenken an Henry und Richard zuliebe, wenn schon nicht meinetwegen. An diesen wenigen Briefen hängt das Schicksal unseres Königreiches. Die Templerritter intrigieren gegen John und bedrohen seinen Thron. Sie behaupten, er würde die Klöster plündern, um seine Schulden bezahlen zu können.

Wieder hielt ich inne. Ärger keimte in mir auf. John hatte seinen Untertanen schon immer ständig neue Abgaben abverlangt und vor allem die Kirche bluten lassen. Jeder bei Hof wusste, wie dringend er Silber brauchte. Für ihn waren die überall im Land verstreuten Klöster fette kleine Tauben, die nur darauf warteten, gerupft zu werden. Er benötigte das Geld, weil die Kosten für die Rückeroberung Irlands ins Unermessliche stiegen. Aber hätte er sich vor Jahren, als Henry ihn dorthin geschickt hatte, anders verhalten, dann wäre Irland vielleicht immer noch ein Teil des Reiches. Nun wollte seine Mutter, dass ich ihm aus der Klemme half. Kopfschüttelnd las ich weiter.

Wenn die Briefe in die Hände von Johns Feinden fallen, werden sie sie nutzen, um dem Ruf des Königs – und meinem – zu schaden und ihn beim Volk von England in ein schlechtes Licht zu setzen.

Wenn es zu einem Aufstand gegen John kommt, wird ein Bürgerkrieg folgen, und wir werden erneut Zeiten des Leides und der Zerstörung entgegensehen. Ich kann nicht zulassen, dass in England ein Bürgerkrieg ausbricht, wenn es in meiner Macht steht, ihn zu verhindern. Aide-moi maintenant.

Ich weiß, du wirst versucht sein, mir meine Bitte abzuschlagen. Aber wenn du mir hilfst, wirst du reich dafür belohnt werden. In meinem Besitz befinden sich Informationen über ein Kind, das vor vielen Jahren zur Welt kam. Dieses Kind verschwand und wurde für tot erklärt. Ich denke, dass das Wohlergehen dieses Jungen dir am Herzen liegen dürfte. Wenn du dich für die Informationen interessierst, die ich über ihn habe, bin ich gern bereit, dir alles zu sagen, was du wissen musst. Aber vorher musst du mir helfen, meine Briefe zurückzubekommen.

Wie ich hörte, hat dein Zorn auf mich im Lauf der Jahre nicht nachgelassen. Du meinst, ich hätte deine Heirat mit Richard verhindert. Aber ich schwöre dir bei den Tränen Christi, dass ich an den Ereignissen nach unserer Trennung und meiner Inhaftierung durch Henry keinen Anteil habe. Bitte glaube mir, wenn ich dir noch einmal versichere, dass ich deine Heirat mit unserem Sohn Richard nicht hintertrieben habe.

Ich erinnere dich jetzt an deine Tochterpflicht mir gegenüber. Wenn du mir hilfst, werde ich dich großzügig belohnen. Wenn nicht, wird dein Gewissen dir keine Ruhe lassen. Dies soll dann deine Strafe sein.

Eleanor R.

Ich las den Brief noch einmal; dabei zitterte mir die Hand heftig. Ich wurde zwischen Wut und Schock hin- und hergeschüttelt wie ein Lumpenbündel im Maul eines Löwen. Die Zeilen verschwammen vor meinen Augen. Wie lange wusste Eleanor schon über das Kind Bescheid? Warum hatte sie mir nie etwas gesagt? Und wie durfte gerade sie es wagen, das Schicksal meines Kindes als Köder zu benutzen, um mich für ihre Zwecke einzuspannen?

Ich griff nach dem silbernen Weinkelch neben meinem Stuhl, schleuderte ihn mit aller Kraft gegen die Wand und sah zu, wie die rote Flüssigkeit an dem Gobelin herunterlief. Allmählich ebbte meine Wut ab. Ich lehnte mich zurück und überließ mich den widersprüchlichen Gefühlen, die in mir tobten.

In dieser Nacht schlief ich sehr schlecht. All meine Träume drehten sich um die Familie Plantagenet. Sie standen auf einem Turnierfeld: Eleanor, hoch gewachsen, von königlicher Haltung, mit der porzellanblassen Haut ihrer Jugend. Richard, ihr Lieblingssohn, groß, schlank und gut gebaut, mit dem kastanienbraunen Haar seiner Mutter. Und natürlich Henry, massig, breitschultrig, barsch, in derben, fleckigen Kleidern, die nach Pferd rochen. Wie immer verblassten die anderen angesichts seiner Ausstrahlung. Einer nach dem anderen entschwand aus meiner Gegenwart. Alle bis auf Henry.

Die Sonne stand schon hoch am Himmel, als ich erwachte. Mühsam kämpfte ich mich in die wirkliche Welt zurück. Mein erster Gedanke galt dem Kind. Was konnte mir Eleanor verraten, was ich nicht schon selbst wusste? Was für ein Juwel an Information konnte das sein, das die Vergangenheit zu ändern vermochte? Oder die Zukunft? Das Kind war tot.

Plötzlich richtete ich mich mit einem Ruck auf. Was, wenn das Kind durch irgendeinen unglaublichen Zufall noch am Leben war? Falls diese Möglichkeit bestand … wenn Eleanor etwas darüber wusste, dann musste ich es unbedingt in Erfahrung bringen. Und ich würde es erfahren.

Ich bewegte mich nun entschlossener, mit schwerem Kopf zwar, jedoch besonnener als die Nacht zuvor. Meine beiden schüchternen Zofen traten, nachdem sie vorsichtig in meine Kammer gespäht hatten, an mein Bett, um mir beim Aufstehen und Ankleiden zu helfen. Sie schwatzten unaufhörlich, während sie mir Brot, Käse und Wein brachten, und ich antwortete ihnen freundlich, obwohl mir Eleanors seltsame Bitte noch immer im Kopf herumging. Während ich auf Tom von Caedwyd wartete, blätterte ich geistesabwesend in ein paar neuen Manuskripten herum, die aus Córdoba eingetroffen waren. Es war Eleanor, die meine Vorliebe für die arabische Dichtkunst Hispaniens geweckt hatte.

Nach dem Morgenmahl begann ich unruhig im Raum auf und ab zu gehen, wobei ich unaufhörlich an meinem goldenen Anhänger herumnestelte. Meine Finger glitten über den kühlen Schliff des großen Rubins und das filigrane Flechtwerk der Fassung. Ich konnte die feine Gravur auf der Rückseite ertasten. Herzog William hatte das Schmuckstück aus Córdoba mitgebracht, wo er gefangen gehalten worden war. Von ihm war es auf seine Enkelin Eleanor, dann auf ihren Sohn Richard und schließlich auf mich übergegangen. Über die Rückseite verlief eine Zeile des großen arabischen Dichters Ibn al-Farid: TOD DURCH LIEBE IST LEBEN. Irgendwie passte die stark gefühlsbetonte, vielschichtige Bedeutung dieses Spruches eher zu Eleanor als zu Richard.

Ein Klopfen an der Tür riss mich aus meinen Gedanken und kündigte meinen Zofen die Ankunft des Kuriers an. Sie beeilten sich, ihn einzulassen. Tom musste sich bücken, um durch die Tür treten zu können, und ich sah, wie beeindruckt Mimi und Justine von seiner Statur und dem rätselhaften vernähten Auge waren, das er nie unter einer Augenbinde verbarg.

Nachdem ich die Zofen hinausgeschickt hatte, bot ich Tom die Hand zum Kuss. Dann trat ich zu dem Tisch, auf dem sich meine geliebten Manuskripte stapelten, lehnte mich dagegen, verschränkte die Arme vor der Brust und musterte ihn forschend. Tom war an der Tür stehen geblieben.

»Du bist wegen meiner Antwort gekommen?«

»Ja, Hoheit.« Tom war der perfekte Gefolgsmann eines Königs. Weder legte er eine kriecherische Unterwürfigkeit an den Tag, noch ließ er es an Respekt fehlen. Er stand nur hoch aufgerichtet wie eine Lanze und ebenso ruhig an seinem Platz. Jetzt bediente er sich des Englischen, von seinem keltischen Zungenschlag war nichts mehr zu hören.

»Weißt du, was in dem Brief steht?«, fragte ich ihn.

»Im Großen und Ganzen ja. Aber die Einzelheiten sind mir nicht bekannt, ich habe ihn nicht gelesen.« Toms Miene und sein ganzes Verhalten machten es mir leicht zu glauben, dass er sich wirklich nicht von seiner Neugier hatte hinreißen lassen, das Siegel zu erbrechen und den Brief zu lesen. Aber wenn Eleanor ihm erklärt hatte, was darin stand, war ein solcher Vertrauensbruch ohnehin überflüssig.

»Soweit ich weiß, ist Königin Eleanor jetzt bereits auf dem Weg nach Kastilien, um Prinzessin Blanche zu ihrer Hochzeit nach Paris zu holen.«

»Das ist richtig.«

»Wenn sie sich auf Reisen befindet, wer wird denn dann mein Antwortschreiben entgegennehmen?«, neckte ich ihn nur halb im Scherz.

Der Anflug eines Lächelns huschte über sein Gesicht.

»Wenn Ihr auf die Bitte der Königin eingeht, besteht kein Anlass für eine Antwort. In diesem Fall habe ich Anweisung, Euch nach England zu begleiten.«

»Und wenn ich mich weigere, diesen ungewöhnlichen und …«,

ich zog die Brauen hoch, »... vermutlich auch nicht ganz ungefährlichen Auftrag zu übernehmen? Wem richtest du dann meine Antwort aus?«

»Dann kehre ich nach Fontrevault zurück und erstatte der Äbtissin Charlotte Bericht.«

»Meiner Tante Charlotte? Hat sie in dieser Sache gleichfalls die Hand mit im Spiel?« Ich musste meine Überraschung nicht vortäuschen.

»Das kann ich Euch nicht sagen. Ich weiß nur, dass Königin Eleanor mir befohlen hat, die Äbtissin zu informieren, falls Ihr diese Bitte abschlagt.« Tom zögerte leicht und hüstelte. »Mylady, Euch ist ja bekannt, dass Königin Eleanor seit fast fünf Wintern Gast im Kloster Fontrevault ist. Während dieser Zeit sind die Äbtissin und Eure Tante ... sehr vertraut miteinander geworden.«

»Ich verstehe.« Ich ging zum Fenster, öffnete die Läden und blickte über die Seine unter mir hinweg. Bootsführer in schwarzen Umhängen und mit roten Halstüchern steuerten ihre Lastkähne auf die Palastdocks zu und riefen sich dabei Zoten zu. Auf der rechten Uferseite drängte sich eine Menschenmenge um die Garküchen, denn es nahte die Mittagsstunde. Der Anblick des geschäftigen Paris an einem ganz gewöhnlichen Tag half mir, die Aufregung abzubauen, die sich in mir aufgestaut hatte, seit ich Eleanors Brief gelesen hatte. Jetzt brachte ich auch den Mut auf, meine nächste Frage zu stellen.

»Ich nehme an, du weißt, welche Art von Information mir deine Herrin als Lohn versprochen hat, wenn ich ihren Auftrag übernehme.« Ich bemühte mich, so sachlich und nüchtern wie möglich zu sprechen, spürte aber nichtsdestotrotz, wie mir das Blut in die Wangen stieg. »Deswegen erübrigt es sich wohl, dich zu bitten ... dich zu fragen, ob ... ob du ... ob es Hinweise gibt, wie viel die Königin weiß?« Ich brachte die Worte nur stammelnd hervor, aber ich musste Tom einfach fragen.

Ich wusste sehr gut, dass ich mich auf unsere alte Freundschaft berief, doch in diesem Moment machte es mir nichts aus, mich vor ihm zu demütigen. Hätte er auch nur ansatzweise erkennen lassen, dass er bereit war, mir zu verraten, was aus dem Kind geworden war – dem Kind, dessen Schicksal Eleanor bereits kannte –, dann hätte ich mich ihm wie eine Bittstellerin zu Füßen geworfen.

»Eure Hoheit.« Tom starrte auf die Binsen hinab, die den Fußboden bedeckten. Seine Stimme klang ernst, und nun begannen sich auch seine Wangen zu röten. Dann hob er den Kopf und sah mich an. »Ich weiß nur, dass sich die Königin schreckliche Sorgen macht, weil der Thron ihres Sohnes in Gefahr ist. Sie ist fest entschlossen, diese Briefe wieder an sich zu bringen, ehe sie als Druckmittel benutzt werden und somit weiteres Unheil anrichten können. Und da ich Ihrer Majestät treu diene…«, hier legte er eine kleine Kunstpause ein, ehe er fortfuhr, »…so wie ich Euch diene, habe ich geschworen, alles zu tun, was in meiner Macht steht, um zu helfen.« Beim Sprechen wich er meinem Blick aus.

Seine Offenheit beschämte mich. Plötzlich sah ich mein Spiegelbild in seinen Augen tanzen und senkte den Kopf.

Lange herrschte Schweigen. Schließlich fügte Tom leise hinzu: »Niemand weiß besser als ich, wie schmerzlich jener… Vorfall… vor vielen Jahren für Euch war. Wenn ich Euch Antworten auf Eure Fragen geben könnte, dann würde ich das tun, glaubt mir.«

»Du begleitest mich also, wenn ich nach Canterbury reise?« Ich begann, die Manuskripte auf dem Tisch neu zu ordnen, um seinen unerträglich mitfühlenden Augen zu entgehen und mir meine in Aufruhr geratenen Empfindungen nicht anmerken zu lassen.

»Ja, Eure Hoheit.«

»Nun gut.« Ich hatte mich wieder gefasst und drehte mich zu ihm um. »Dann bereite alles vor, mein guter Tom, denn wir brechen morgen früh bei Tagesanbruch nach Canterbury auf.«

Bei meinen Worten verzog sich sein Gesicht zu einem so herzlichen und erleichterten Lächeln, dass ich es unwillkürlich erwiderte. Es erheiterte mich, dass er damit gerechnet hatte, ich würde den Auftrag ablehnen. Er faltete die Hände hinter dem Rücken, und seine Schultern entspannten sich sichtlich.

»Ich muss meinen Bruder in meine Pläne einweihen, und ich nehme an, er wird darauf bestehen, mir zu meiner Sicherheit ein paar seiner Ritter als Eskorte mitzugeben.«

Tom nickte nur knapp. Er grinste immer noch. Dann bat er mich ohne weitere Umstände um die Erlaubnis, sich zurückziehen zu dürfen; ich erteilte sie ihm gern. Es gab vieles, worüber ich in Ruhe nachdenken musste.

Wenn ich ehrlich war, so erstaunte mich meine Zusage selbst am allermeisten. Zu Anfang des Gesprächs war ich mir alles andere als sicher gewesen, ob ich diesem bizarren Plan zustimmen sollte. Ich vertrug es nicht, wenn Eleanor versuchte, Druck auf mich auszuüben. Aber wenn sie wirklich Informationen über das Kind hatte, musste ich alles tun, um in deren Besitz zu gelangen. Wenn der Preis dafür darin bestand, mich ihrem Willen zu beugen und – schlimmer noch – alte, längst vernarbte Wunden wieder aufzureißen, dann sollte es eben so sein.

Ich klingelte nach meinen Zofen. Als sie erschienen, war ich schon dabei, den Brief aufzusetzen, in dem ich meinen Bruder um seine Erlaubnis für diese Reise bat. Ich musste all mein diplomatisches Geschick aufbieten, um eine glaubhaft klingende Erklärung für mein Vorhaben zu Papier zu bringen, und natürlich behielt ich einige Einzelheiten wohlweislich für mich.

♦ 3 ♦

Geschichten vom Kindstod

Im Morgengrauen des nächsten Tages verließen Tom, ich und die drei Ritter, die Philipp uns mitgegeben hatte, die Île de la Cité. Vor der Brücke, die über die Seine führte, machten wir Halt. Tom hielt nach Booten auf dem Fluss Ausschau. Ich drehte mich um, um einen letzten Blick auf die Ansammlung grauer Steingebäude zu werfen, die den Hof von Paris beherbergten. Dabei bemerkte ich in einiger Entfernung hinter uns drei Reiter auf der Straße. Sie waren ausgezeichnet ausgestattet, ihre Schwerter blitzten im schwachen Tageslicht; es musste sich demnach um Ritter handeln, aber sie führten kein Wappenschild oder Banner bei sich, anhand dessen man sie hätte identifizieren können. Alle drei trugen unauffällige graue Umhänge und hatten sich die Kapuze tief in die Stirn gezogen. Als wir anhielten, zügelten auch sie ihre Pferde, was mich einen Moment lang misstrauisch stimmte. Und sie schienen sich abzuwenden, als sie merkten, dass ich sie anstarrte. Außerdem fand ich es merkwürdig, dass eine so kleine Gruppe schon kurz nach Tagesanbruch allein unterwegs war.

Vielleicht hatte uns Philipp ohne unser Wissen noch eine weitere Eskorte hinterhergeschickt, weil er sich um unsere Sicherheit sorgte. Wir würden es schon noch herausfinden. Ich trieb mein Pferd weiter, und Tom und die anderen Ritter folgten mir.

Ein starker Wind erfasste uns, als wir den Fluss überquerten, und Nebelschwaden benetzten unsere Gesichter. Als wir uns in Richtung Südwesten wandten, klang uns der Lärm der Steinmetze, die an Sullys riesiger Kathedrale arbeiteten, noch eine Weile in den Ohren. Mehr als dreißig Jahre waren verstrichen, seit mein Vater den Bau dieser mächtigen Kirche in Auftrag gegeben hatte. Sie sollte nach der Muttergottes benannt werden, zu deren Ehren sie errichtet wurde, aber ich hegte berechtigte Zweifel, dass sie zu meinen Lebzeiten noch fertig gestellt werden würde. Als Sully sein Werk als »göttliche Mission« bezeichnete, wusste ich, dass der Bau eine lange Zeit in Anspruch nehmen und Frankreich ungeheure Mengen Silber kosten würde.

Mein Bruder Philipp trat in diesem Punkt ganz in die Fußstapfen seines Vaters. Ständig nahm er neue pompöse Bauwerke in Angriff, wie dieses *donjon* auf dem rechten Seine-Ufer, das er »Louvre« nannte. Er sprach sogar davon, den Hof dorthin zu verlegen. Diese beiden Großprojekte, die Kathedrale und der Louvre, verschlangen Unsummen und gaben Anlass zu ständigen Zwistigkeiten mit den Adeligen, die bessere Verwendung für Frankreichs Reichtümer hatten. Zweifellos zogen sie es vor, immer neue teure Schlachtrösser und weiteres Rüstzeug anzuschaffen.

Ich hatte bei dieser Frage meine eigenen Ansichten. All diese Gelder sollten meiner Meinung nach lieber dazu genutzt werden, um die hungernden Bauern zu ernähren und den Lebensunterhalt von Witwen und Waisen zu sichern, statt sämtliche Burgenbesitzer für die nächste Belagerung auszurüsten. Aber natürlich stießen solche Vorschläge bei meinem Bruder und seinen Leuten auf taube Ohren.

Wir bildeten an diesem Morgen eine ziemlich bunt gemischte Truppe. Sir Owain von Caedwyd, mein alter Freund Tom, fungierte auf dieser Reise als mein persönlicher Leibwächter, und da Eleanor ihm selbst den Auftrag dazu erteilt hatte, bezweifelte ich nicht, dass er mich nicht aus den Augen lassen würde, bis wir sicher nach Paris zurückgekehrt waren. Und als Waliser und Vetter des großen Llewelyn Fawr war er ein herausragender Kämpe, der mir gute Dienste leisten würde. Marcel und Étienne, zwei Vasallen – sie hatten mir während der Zeit nach Henrys Tod gedient, als Eleanor mich nach Rouen verbannt hatte –, waren mir beide treu ergeben und absolut vertrauenswürdig. Marcel spielte außerdem wundervoll Laute. Und ich war gerührt gewesen, als Philipp mir für diese Reise Sir Roland zur Seite stellte, also denjenigen seiner Ritter, der momentan am höchsten in seiner Gunst stand. Roland war einer der besten Reiter und Schwertkämpfer, den ich je bei einem Turnier gesehen hatte. Aus dieser Geste schloss ich, wie sehr Philipp um meine Sicherheit besorgt war.

Roland mit seinem unschuldigen Gesicht und den ungebärdigen schwarzen Locken war noch so jung, dass er sich kaum die Barthaare entfernen musste. Er war der Einzige, den ich nicht gut kannte; Philipp war er mit Leib und Seele ergeben. Später kam ich zu dem Schluss, dass er sich nur hatte überreden lassen, sich uns anzuschließen, weil er von den Kreuzzügen regelrecht besessen war. Étienne, ein altgedienter, in Ehren ergrauter Veteran, hatte meinen Vater König Louis auf seinem zweiten Kreuzzug begleitet. Roland hatte wohl die Aussicht gelockt, abends mit ihm am Feuer zu sitzen und sich Geschichten über die Tapferkeit der Kreuzritter bei den Schlachten im Heiligen Land erzählen zu lassen.

Spätnachmittags am zweiten Tag konnten wir den Hafen schon sehen. Obwohl die Dämmerung bald hereinbrechen würde, hatten wir gehofft, den Ärmelkanal noch heute überqueren zu können; wir verfügten über genügend Geld, um den Preis für besondere Dienste entrichten zu können. Aber als wir uns den Hütten am Stadtrand näherten, wurde uns klar, dass der Himmel nichts Gutes verhieß. Berge schwarzer Wolken begannen sich im Norden bedrohlich aufzutürmen. Der alte Tom schüttelte den Kopf.

»Du spielst doch nicht ernsthaft mit dem Gedanken, heute noch überzusetzen?« Wir hatten auf einem kleinen Felsvorsprung Halt gemacht, von dem aus wir die ganze Stadt überblicken konnten. Unsere Pferde waren erschöpft, scharrten mit den Hufen und schnaubten unwillig. Im Lauf unserer Reise war mir aufgefallen, dass Tom ab und zu ins Keltische und in seine alte Angewohnheit verfiel, mich so vertraulich anzureden, als wäre ich noch das Kind, das er vor Jahrzehnten gekannt hatte. Aber ich tadelte ihn deswegen nicht. »So muss der Himmel über dem Kanal in der Nacht ausgesehen haben, als das *Weiße Schiff* gesunken ist.«

»Und mit ihm alle Hoffnungen Englands«, murmelte ich, denn ich musste an jene Nacht lange vor meiner Geburt denken, als der einzige Sohn des ersten Königs Henry auf See ums Leben gekommen war. Danach war ein Jahre andauernder Bürgerkrieg ausgebrochen. Der Tod eines Königskindes war stets tragisch, manche Fälle waren jedoch tragischer als andere. Wer wüsste das besser als ich?

»Nein«, erwiderte ich dann, gen Himmel blickend. »Ich denke nicht daran, die Überfahrt zu wagen. Nur ein Narr würde sich anmaßen, den Naturgewalten zu trotzen. Was auch immer Königin Eleanor wünscht, sie muss sich etwas gedulden. Die Kathedrale von Canterbury läuft uns nicht weg.«

Roland sagte nichts darauf, doch das breite, zufriedene Grinsen, das um seine Lippen spielte, entging mir nicht. Zweifellos sagten ein Bett und ein warmes Kaminfeuer in einem Gasthaus seinem jugendlichen Gemüt entschieden mehr zu als eine regengepeitschte Nacht auf den stürmischen Fluten des Kanals.

Es bereitete uns keinerlei Schwierigkeiten, in einer so belebten Hafenstadt wie Havre ein akzeptables Gasthaus zu finden. Über der Tür des Boar's Head Inn hing ein frisch gemaltes Schild, das einen seine Hauer fletschenden Keiler zeigte – ein ziemlich unpassendes Zeichen für einen Ort der Gastfreundschaft. Aber ich freute mich – auch wenn ich es nie eingestanden hätte – genau wie Roland auf eine warme Mahlzeit und irgendein Nachtlager, nur sauber sollte es sein.

Ein kleiner, lächelnder Mann empfing uns an der Tür. Er flößte mir sofort Vertrauen ein. Er war korpulent, was auf die Qualität seiner Küche schließen ließ, und seine Schürze war makellos sauber. Günstige Vorzeichen für das Abendessen und das saubere Bett, nach dem ich mich sehnte.

Der Wirt musterte uns von Kopf bis Fuß und holte dann sein Gästebuch, in das wir uns im schwachen Licht einer Kerze eintragen mussten. Tom und Roland waren selbstverständlich des Schreibens kundig, und ich trug die beiden anderen ein. Natürlich benutzte ich falsche Namen, aber wie alle erfahrenen Wirte stellte unser Gastgeber uns keine Fragen. Unsere schweren Reiseumhänge und guten Pferde verrieten ihm, dass wir reichlich mit Silber ausgestattet waren, alles andere interessierte ihn nicht.

Die kleine Kammer, die mir zugewiesen wurde, gefiel mir. Blaue Musselinvorhänge hingen am Fenster, und eine Schüssel mit frischem Wasser stand bereit, damit ich mich waschen konnte – Annehmlichkeiten, mit denen ich in einer Stadt, die hauptsächlich Seeleute beherbergte, nicht gerechnet hätte.

Nach einem ebenso guten wie reichlichen Wildschweinbraten – was auch sonst? –, der in einem geräumigen, lärmerfüllten Schankraum serviert worden war, machten es sich die Mitglieder unserer kleinen Gruppe auf mit Federn gefüllten Kissen vor dem prasselnden Feuer bequem. Der inzwischen aufgezogene Sturm hämmerte mit Riesenfäusten auf das Dach des Gasthauses ein, und wir beglückwünschten uns zu der weisen Entscheidung, hier zu übernachten.

Wir hatten schon den besten Wein probiert, der seinen Weg aus dem Loire-Tal in diese Stadt gefunden hatte, und nun folgten wir der wortreichen Empfehlung unseres Wirtes und bestellten von dem Armagnac, der in seinem Keller lagerte. Ich saß mit dem Rücken gegen einige Kissen gelehnt vor dem Feuer, Roland räkelte sich neben mir, und neben ihm saß Tom mit untergeschlagenen Beinen und spähte um die Kaminecke herum zu mir herüber. Die anderen Gäste hatten sich in den hinteren Teil des Schankraumes zurückgezogen, wo offenbar ein Würfelspiel im Gange war; Marcel und Étienne hatten sich ihnen nur zu gern angeschlossen.

Im Feuerschein bemerkte ich, wie erschöpft Tom aussah, was sich bei ihm stets in einem leichten Herabhängen seines gesunden Augenlides äußerte. Roland jedoch schenkte diesen Anzeichen mit der typischen Ichbezogenheit der Jugend keinerlei Beachtung und bestürmte Tom, ihm immer noch mehr Geschichten über Schlachten und Turniere zu erzählen.

Als eine kleine Pause eintrat, erbarmte ich mich und lenkte das Gespräch in eine andere Richtung. »Wo seid Ihr geboren, Roland?«

»In Südbritannien, in der Nähe von Quimper. Dort kann man den ganzen Tag lang das Meer riechen.« Auf sein Gesicht trat ein solcher Ausdruck von Heimweh, dass ich ihm am liebsten tröstend die Hand auf den Arm gelegt hätte.

»Und wie seid Ihr nach Paris gekommen, um in den Dienst meines Bruders zu treten?«

»Mein Vater starb, als ich zehn Jahre alt war. Eine Zeit lang war ich der Knappe von Graf Geoffreys oberstem Ritter. Nach Graf Geoffreys Tod schickte mich meine Mutter zu ihrem Bruder nach Paris. Dort erregte mein Geschick im Umgang mit dem Schwert die Aufmerksamkeit des Kommandanten der Leibgarde, und so wurde ich in den Dienst des Königs genommen.« Er hielt inne. »Meine Mutter fürchtete, es könnte in Britannien für mich gefährlich werden, also sandte sie mich fort.«

»Gefährlich? Wie meint Ihr das?«

»Es gab Gerüchte, dass Graf Arthur, Geoffreys Sohn, zu große Forderungen an seinen Onkel, König John von England, stellen würde. Und als seine Mutter, Gräfin Constance, im Jahr darauf starb, war niemand mehr da, der den jungen Arthur hätte beschützen können.« Roland blickte an mir vorbei ins Leere, als würden in dem Schatten des Schankraums alte Erinnerungen wieder lebendig werden.

»John hat keine Kinder.« Ich biss in den Apfel, den ich mir aus der Schale auf dem Tisch genommen hatte. »Richard blieb gleichfalls kinderlos. Also wäre Arthur der einzige Erbe des englischen Throns, wenn John etwas zustoßen würde.«

Roland nickte nur mit gerunzelter Stirn, sagte aber nichts.

»Und ist der gute König John zu Besuch gekommen, um seinem lieben Neffen Arthur sein Beileid zum Tod seiner Mutter auszusprechen?«, bohrte ich dann weiter.

Roland fuhr herum und sah mich an. »Woher wisst Ihr das?« Auf seinem Gesicht lag jenes fassungslose Staunen, das nur junge und unerfahrene Menschen nicht überspielen können.

»Das war bloß eine nahe liegende Vermutung.« Ich warf das Kerngehäuse des Apfels ins Feuer, wo es kurz zischelte und dann zu Asche zerfiel.

»König John wollte einige Wochen in Rennes bleiben… um Arthur seinen Schutz anzubieten, wie es hieß, weil der junge Graf ja nun Vater und Mutter verloren hatte. Aber nach vierzehn Tagen reiste er plötzlich ab – ohne eine Erklärung. Der Haushofmeister der Burg teilte den Jägern, die täglich frisches Wildbret für die Tafel des Königs erlegten, lediglich mit, er benötige kein Wild mehr für König John, denn dieser sei nach England zurückgekehrt.«

Roland nagte an seiner Unterlippe, und einen Moment lang dachte ich, er würde nicht mehr weitersprechen. Aber dann tat er es doch.

»Es hieß, Graf Arthur habe seinen Onkel verärgert, weil er zu sehr auf sein Erbrecht gepocht habe. Er dachte, er würde Britannien nach Graf Geoffreys Tod regieren, obwohl er noch so jung war. Doch sein Onkel wollte einen Regenten für das Land einsetzen. Die Diener behaupteten, der König und der junge Graf hätten sich eines Abends lautstark gestritten, und als Folge davon sei Arthur ins Verlies seiner eigenen Burg gesperrt worden. Nachdem Graf Arthur einige Tage nicht gesehen wurde, gingen wilde Gerüchte im Dorf um, und die Leute sprachen schon davon, die Burg zu stürmen, um sich mit eigenen Augen davon zu überzeugen, dass der junge Mann bei guter Gesundheit war.«

Roland griff nach einem weiteren Humpen Ale, den ein dralles Schankmädchen vor ihn hingestellt hatte. Tom und ich saßen reglos auf unseren Plätzen. Eine seltsame Traurigkeit hatte uns alle befallen. Endlich fuhr Roland fort: »Die Menschen machten sich große Sorgen, versteht Ihr? Der junge Graf – er war damals noch ein halbes Kind, zählte gerade erst vierzehn Sommer – war für seine volksnahe Art bekannt. Er liebte es, sich unter seine Untertanen zu mischen und ganz unbefangen mit ihnen zu plaudern.« Dabei warf er mir einen Blick von so aufrichtiger Unschuld zu, dass ich all meine Beherrschung aufbieten musste, um zu verhindern, dass er mir meine zynischen Gedanken von der Stirn ablas. Denn ich kannte das Ende der Geschichte bereits.

»Aber die Leute besannen sich dann eines Besseren«, erzählte Roland weiter. »Sie waren den bewaffneten Truppen des Königs von England hoffnungslos unterlegen. Nach dessen überstürztem Aufbruch wurde der junge Graf, wie ich schon sagte, nicht mehr gesehen. Später hieß es, er wäre in seinem Verlies an Fieber gestorben.« Roland hielt inne und trank einen großen Schluck von seinem Ale. »Angeblich wurde er dann von seinen Dienern begraben, aber wo sich sein Grab befindet, weiß keiner. Die Dorfbewohner glaubten an ein Verbrechen, doch es fehlten ihnen die Beweise. Und was konnten sie schon tun? König John setzte schließlich einen Statthalter ein, der Britannien für ihn verwaltete.«

Ich betrachtete das Profil des jungen Mannes im flackernden Feuerschein. Seine vollen Lippen waren fest zusammengepresst, seine Halsmuskeln angespannt.

»Lebt Eure Mutter noch, Sir Roland?«, fragte ich in die auf seine Worte folgende Stille hinein.

»Nein, sie ist vor zwei Jahren gestorben.« Rolands Stimme zitterte bei der Erinnerung leicht. »Nach meinem letzten Besuch, bei dem sie mir die Geschichte des jungen Grafen Arthur erzählte, habe ich sie nicht mehr gesehen.«

»Fassen wir die Fakten noch einmal zusammen. Wenn Arthur noch leben würde, wäre er jetzt achtzehn Jahre alt. In welchem Jahr seid Ihr geboren, Roland?«

Meine Frage traf ihn völlig unvorbereitet. »Ich? Ich erlebe dieses Jahr meinen zwanzigsten Winter.«

Ich bemerkte, dass Tom von Caedwyd eine leise Bewegung machte, als wolle er sich erheben.

»Eure Hoheit, es ist schon spät. Wir sollten unsere Unterhaltung jetzt lieber beenden und zu Bett gehen, wir müssen morgen früh frisch und ausgeruht sein. Und wenn wir in Dover angekommen sind, liegt noch ein langer Ritt vor uns.«

»Nanu, Tom?«, fragte ich ihn mit gespieltem Erstaunen. »Ist es dir unangenehm, dass ich das Geburtsjahr unseres jungen Ritters erfahren möchte?« Dabei rang ich mir ein Lächeln ab.

»Nein, Eure Hoheit, unangenehm nicht gerade. Aber ich habe in meinem Leben gelernt, dass gewisse Dinge aus der Vergangenheit besser vergessen und begraben bleiben.«

»Eine sehr unglückliche Wortwahl«, rügte ich ihn mit schneidender Stimme. Tom zuckte zusammen, als hätte ich ihn geschlagen. Roland fuhr aus seinen Tagträumen hoch. »Worum geht es denn eigentlich?«

»Tom fürchtet, ich könnte zu viel über einen Jungen nachsinnen, der im selben Jahr wie Ihr zur Welt kam und kurz darauf starb. Und nun hat er Angst, die Erinnerung könnte mich weinerlich und rührselig stimmen. Ist es nicht so, Tom?«, setzte ich meinem alten Freund erbarmungslos zu. Mein Herz schien einem Eisklumpen gleich in meiner Brust zu liegen.

»Eure Hoheit, Ihr wisst doch, dass ich …« Tom brach verwirrt ab.

»Dass du was?« Ich war nicht gewillt, ihn vom Haken zu lassen.

»Ich weiß, was in Euch vorgeht. Und ich würde alles geben, wenn ich all das, was geschehen ist, ungeschehen machen könnte. Aber das liegt nicht in meiner Macht. Das Kind ist tot.« Den letzten Satz flüsterte er nahezu unhörbar, als ob eine weiche Wortflut die Erinnerung an ein Kind davonschwemmen könnte.

»Wovon spricht er denn?«, wollte Roland wissen. Er hatte unser Gespräch so gebannt verfolgt, dass er darüber den Tod seiner Mutter und das rätselhafte Schicksal des jungen Grafen Arthur völlig vergessen hatte.

»Er wird immer ein wenig gefühlsselig, wenn er an die Zeit zurückdenkt, als wir beide noch jung waren und ein … ein trauriges Ereignis durchstehen mussten. Am Hof König Henrys gab es einst ein Kind«, fuhr ich fort und bemerkte, wie Tom erneut zusammenzuckte. »Ein Kind, das von allen geliebt wurde.«

»Und?« Roland hob beide Hände und neigte den Kopf zur Seite.

»Das Kind starb und wurde fortgeschafft.« Ich bemühte mich, mir meine Gefühle nicht anmerken zu lassen, konnte jedoch nicht verhindern, dass meine Stimme bebte, als weigere sie sich, meinem Willen zu gehorchen.

»Aber wer war dieses Kind, und warum wird so viel Aufhebens darum gemacht?« Rote Flecken leuchteten auf Rolands Wangen. »Viele Kinder sterben oder verschwinden einfach, und noch nicht einmal ihre Mütter wissen, was aus ihnen geworden ist. Es ist sehr schwer, in diesen Kriegszeiten ein Kind am Leben zu erhalten.« Er klang, als hätte ich ihn persönlich gekränkt, was mir ein Lächeln entlockte.

Aber die schlichte Wahrheit seiner Bemerkung ließ sowohl Tom als auch mich erschaudern. Rolands Worte hatten mich vom Rand des Abgrundes widersprüchlicher Gefühle weg und wieder in die Gegenwart gerissen.

Ich ergriff die Hand, die Tom mir hinstreckte, und erhob mich mit seiner Hilfe von den Kissen vor dem Feuer. »Ihr habt vollkommen Recht, Sir Roland. Nachdem in Frankreich und England seit fast achtzig Jahren Krieg herrscht, grenzt es an ein Wunder, dass überhaupt noch jemand übrig geblieben ist, um darüber zu berichten. Und diesen interessanten Gedankengang werde ich in meiner Kammer weiterverfolgen. Tom hat Recht, es ist schon spät. Wir sollten zu Bett gehen, wenn wir morgen bei Tagesanbruch aufbrechen wollen.«

Ich griff nach der Kerze, die auf dem Tisch stand; dabei berührte ich flüchtig Toms Hand. Als ich mich umdrehte, bemerkte ich am anderen Ende des Schankraumes, in der Nähe der Tür, die plötzlich aufgestoßen worden war, einen kleinen Tumult. Das Unwetter draußen tobte jetzt in voller Stärke und brauste mit der Wildheit eines gereizten Löwen in den Raum.

Aber es war nicht der Sturm, der mich fesselte, sondern eine Gruppe von Männern in triefend nassen, schweren Umhängen, die in das Gasthaus gestapft kam. Trotz ihrer schmutzigen, durchnässten Kleidung handelte es sich offensichtlich um Adelige, denn sie wurden von einem Edelknaben begleitet, der das Wappenschild des Anführers von dem Trupp trug. Die Männer, ungefähr ein Dutzend an der Zahl, durchquerten den Schankbereich und verschwanden in einem Nebenraum. Die schweren Flügeltüren aus Eichenholz schlossen sich so schnell hinter ihnen, wie sie geöffnet worden waren. Dennoch war mir Zeit genug geblieben, um einen Blick auf das Wappen auf dem nassen, schlapp herunterhängenden Banner zu werfen, das der kleine Edelknabe in den Händen hielt.

»Bei den Gebeinen Christi«, murmelte ich mehr zu mir selbst.

»Was gibt es?« Tom stand augenblicklich an meiner Seite, hellwach und bereit, jeder etwaigen Gefahr ins Auge zu blicken.

Der emotionale Schlagabtausch der letzten paar Minuten war vergessen.

»Das ist das Familienwappen meines Onkels Robert«, erklärte ich noch immer leicht benommen.

»Des Herzogs von Orléans?« Tom sog scharf den Atem ein. »Was tut er denn an einem Ort wie diesem? Und noch dazu in einer so stürmischen Nacht?«

»Wahrscheinlich wird er mich dasselbe fragen.« Ich betrachtete die verschlossene Tür. »Und dann sollte ich besser eine glaubhafte Erklärung zur Hand haben.« Ich beugte mich näher zu Tom hinüber. »Der Bruder meines Vaters ist nämlich kein Narr.«

♦ 4 ♦

Eine Begegnung zwischen Ost und West

Ihr wollt mit ihm sprechen?« Toms buschige Augenbrauen schossen in die Höhe.

»*Mais certes.*« Ich wandte mich zu ihm um. »Er soll mir die Fragen beantworten, die du eben so treffend gestellt hast. Was tut er hier und noch dazu in einer Nacht wie dieser? Ich denke, wir sollten das in Erfahrung bringen. Es könnte sogar Einfluss auf unsere Reise im Dienste von Königin Eleanor haben. Entweder sind diese Ritter gerade von Dover gekommen, oder sie beabsichtigen, dorthin zu reisen. Warum sind sie bei diesem Unwetter unterwegs und bringen sich dadurch unnötig in Gefahr? Sie müssen einen triftigen Grund dafür haben. Und was führte oder führt den Herzog von Orléans überhaupt nach England?«

»Gut, dann werde ich Euch begleiten«, verkündete Tom entschieden. Aber dass er Bedenken hegte, sah ich an den neuen Sorgenfalten, die sich auf seinem Gesicht zeigten. Er war nicht unbedingt darauf erpicht, dem Herzog von Orléans erklären zu müssen, weshalb seine königliche Nichte in einem Gasthof in einer rauen Hafenstadt saß – nur in Begleitung seiner selbst und drei anderen Rittern, von denen zwei überdies im Moment auch noch in ein Würfelspiel am anderen Ende des Raumes vertieft waren, anstatt auf mich Acht zu geben.

»Tom.« Ich verbiss mir ein Lächeln, als ich ihm eine Hand auf den Arm legte. »Vertrau mir. Es ist besser, wenn ich allein mit meinem guten Onkel spreche. Ich werde schon alle Befürchtungen, die er hegen mag, zerstreuen.« Tom wirkte so bedrückt und besorgt, dass ich Mitleid mit ihm empfand. »Keine Angst, ich werde ihm sagen, dass du hier bist und ich während dieser Reise deinem Schutz unterstehe. Aber ehe ich nicht weiß, was ihn und seine Männer hierher geführt hat, möchte ich dich nicht in eine peinliche Situation bringen.«

Roland, der ein Stück abseits stand und zweifellos noch über unser Gespräch über das Schicksal kleiner Kinder in Kriegszeiten nachsann, war mein Wortwechsel mit Tom entgangen. Doch er kam bereitwillig zu mir herüber, als ich ihm ein Zeichen machte. Seine gerunzelte Stirn und die geschürzten Lippen verrieten, dass er wieder in die Gegenwart zurückgekehrt war.

»Ich wünsche Euch eine gute Nacht, Sir Roland. Wir brechen in den frühen Morgenstunden auf, wenn der Himmel wieder klar ist. Ich hoffe, zwei Tage später bei Sonnenuntergang in Canterbury einzutreffen.«

Ich überließ es Tom, weitere Erklärungen abzugeben, und ging auf die schwere Eichenholztür zu. Ich weiß nicht, was ich getan hätte, wenn sie verriegelt gewesen wäre. Es hätte mich in ungeheure Verlegenheit gebracht, mir Hilfe erbitten zu müssen, um mir Zutritt zu dem Raum zu verschaffen, in dem sich mein Onkel und sein Gefolge aufhielten. Zum Glück glitt die Tür ganz leicht auf, und ich schwebte wie ein Erzengel in den Raum.

Dort hatte der Wirt bereits alles getan, um es dem Herzog und seinen Rittern gemütlich zu machen. Ein helles Feuer prasselte im Kamin, um das sich die Männer scharten und sich die Hände wärmten, während Diener mit Krügen heißen Glühweins die Runde machten. Die Luft war erfüllt vom Duft der Gewürze und den Ausdünstungen der zum Trocknen ausgebreiteten Wollumhänge.

Herzog Robert stand am Rand der Gruppe vor einem mit Papieren übersäten Tisch und redete leise auf zwei Männer ein, die ihm aufmerksam zuhörten. Er hob sich von seinen Leuten nicht nur durch seine farbenfrohere Kleidung ab, sondern auch durch seine Körpergröße und den geraden Rücken der Capets.

Ich war recht beherzt eingetreten, hatte die Tür so kräftig aufgestoßen, dass die beiden Flügel laut und vernehmlich gegen die Wand geknallt waren. Hätte ich mich wie ein Mäuschen in den Raum geschlichen, hätte es sicher einige Zeit gedauert, bis ich bemerkt worden wäre. So hatte der Krach die Aufmerksamkeit der gesamten Gruppe erregt.

»Was gibt es?« Mein Onkel Robert hob den Kopf. »Wir haben nach keiner Schankdirne verlangt!«

Ich ging direkt auf ihn zu und blieb dann am anderen Ende des Tisches stehen. In meiner Reisekleidung und ohne den bei Hof üblichen Schleier sah ich tatsächlich wie eine Dienstmagd aus, das war mir klar. Also beugte ich mich über den Tisch, stützte beide Hände auf die Platte und schob den Kopf vor. Er musste mich doch erkennen, sobald er mein Gesicht sah!

Leider war dies nicht der Fall. »Was willst du, Mädchen? Wieso betrittst du unaufgefordert diesen Raum? Wir wollten nicht gestört werden.«

»Onkel, erkennst du mich denn nicht?« Ich trat einen Schritt zurück und schüttelte ungeduldig den Kopf. Er blinzelte angestrengt. Ich hatte seine zunehmende Kurzsichtigkeit ganz vergessen.

»*Princesse* Alaïs?«

»Genau die. Du setzt mich in Erstaunen, Onkel. Ich bin deine einzige noch lebende Nichte. Da hätte ich doch gedacht, du würdest mich gleich erkennen.«

»Alaïs!« Er kam um den Tisch herum. Seine Gereiztheit war verflogen, wie ich es mir gedacht hatte. Er hatte mich immer gern gehabt, schon als ich ein Kind war.

Bevor er weitersprach, umarmte er mich, und ich muss gestehen, dass ich in diesem Moment die Sicherheit der Macht unseres Hauses genoss, die er mir vermittelte und die mir in meiner momentanen Situation – zumindest in der Öffentlichkeit – verwehrt blieb.

»Was tust du denn an diesem gottverlassenen Ort?« Er hielt mich auf Armeslänge von sich weg, um mich besser betrachten zu können. »Warum trägst du diese gewöhnlichen Kleider? In wessen Begleitung reist du? Wie hast du mich hier überhaupt gefunden?« Seine Fragen prasselten förmlich auf mich nieder.

»Langsam, Onkel!« Ich lachte. »Immer eines nach dem anderen.«

Onkel Robert führte mich zu einem Stuhl am Feuer, einer weitaus bequemeren Sitzgelegenheit, als die Kissen im Schankraum es waren. Aber der Wirt konnte ja nicht wissen, dass er es mit einer französischen Prinzessin zu tun hatte.

»Ich habe auch ein paar Fragen an dich«, fuhr ich dann fort. »Wieso hältst du dich in einer so stürmischen Nacht mit einem so kleinen Gefolge in diesem primitiven Gasthaus auf?«

»Wir kommen gerade aus England.« Unwillkürlich zog ich die Brauen hoch, was ihm nicht entging. Er deutete mit der Hand in Richtung Kanal. »Ich hatte dort etwas zu erledigen. Und dieses Gasthaus erschien mir nach der Überfahrt ausgesprochen verlockend. Außerdem war es das einzige, das noch geöffnet hatte.«

»Warum hast du denn bei diesem Wetter den Kanal überquert? Kein Geschäft der Welt kann so wichtig sein, um ein derartiges Risiko einzugehen.« Ich sprach in scherzhaftem Ton, aber insgeheim sann ich darüber nach, was den Bruder meines Vaters zu dieser Eile veranlasst haben könnte.

»Ich komme aus Canterbury.« Er fühlte sich sichtlich zu einer Erklärung bemüßigt. »Ich habe dort an einer Beratung teilgenommen und muss jetzt so schnell wie möglich nach Blois zurück. Morgen findet eine weitere wichtige Versammlung statt, und ich …« Er brach ab, als er merkte, dass er mir mehr verriet, als erforderlich war.

»Aber was ist mit dir?«, ging er zum Gegenangriff über. »Wo ist denn dein Gefolge? Wo sind deine Dienstboten?«

»Ach, Onkel.« Ich bedachte ihn mit jenem strahlenden Lächeln, das seine Wirkung auf ihn schon nie verfehlt hatte, als ich noch klein war. »Ich bevorzuge eine raschere und privatere Art zu reisen. Hätte ich mein Gefolge bei mir, hätte man mir sicher auch eigene Räume überlassen.« Ich blickte mich vielsagend um. »Aber für eine Frau bringt das zu viel Katzbuckelei und zu wenig Freiheit mit sich.«

»Du warst schon immer eigenwillig und unkonventionell«, stellte mein Onkel nicht ohne einen Anflug widerstrebender Bewunderung fest. »Aber wohin führt dich deine … zwanglose Reise?«

»Zufälligerweise nach Canterbury, Onkel, von wo du gerade kommst.«

»Canterbury?«, wunderte sich mein Onkel. »Wie merkwürdig. Was führt dich denn an diesen unwirtlichen Ort?«

Ich setzte eine gemessene Miene auf. »Ich befinde mich auf einer Pilgerfahrt zum Grab des Märtyrers.«

Mein Onkel starrte mich perplex an, dann warf er den Kopf in den Nacken und brach in schallendes Gelächter aus.

»Onkel!«, rief ich bestürzt. Wenn mein Onkel schon so ungläubig reagierte, wie würde meine Pilgerfahrtsgeschichte dann erst in Canterbury aufgenommen werden?

»Du hast Becket gehasst«, stieß Herzog Robert hervor, als er sich wieder gefasst hatte. »Du bist dafür berüchtigt, in aller Öffentlichkeit zu verkünden, du hättest nie geglaubt, dass er ein Heiliger ist. Jeder weiß das.«

Er beugte sich vor und stützte die Ellbogen auf die Knie. Die Flammen tanzten über sein Gesicht und fingen sich in einem großen schwarzen Onyx-Ring an der Hand, die er unter sein Kinn gelegt hatte. »Was ist der wahre Grund für deine Reise?«

Ich wog rasch die möglichen Antworten ab. Viele gab es nicht. Also beschloss ich, ihm die Wahrheit zu sagen … nun ja, eine Version der Wahrheit.

»Ich habe eingewilligt, einen Botengang für die alte Königin Eleanor zu übernehmen«, erwiderte ich.

»Nach Canterbury?« Roberts Augen weiteten sich. »Wieso um alles in der Welt denn ausgerechnet dorthin?«

Wie war ich nur in diese Falle geraten? Entweder konnte ich vor Erschöpfung nicht mehr klar denken, oder ich war nicht halb so schlau, wie ich es mir einbildete.

»Sie braucht dringend ein paar Briefe, die sie dort zurückgelassen hat«, murmelte ich. Meine Gedanken überschlugen sich auf der Suche nach einem unverfänglicheren Thema. »Hast du mit dem Abt gesprochen, als du dort warst?« Ich stellte ihm diese Frage einerseits, um unserem Gespräch eine andere Wendung zu geben, hoffte aber zugleich, irgendwelche Hinweise zu erhalten, wie ich mich bei meiner Ankunft in Canterbury verhalten sollte.

»Nein, ich hatte Wichtigeres zu tun«, erwiderte er knapp. »Außerdem hält sich Hugh Walter zurzeit gar nicht in Canterbury auf.« Er runzelte die Stirn, und seine mandelförmigen Capet-Augen verengten sich. Es war mir gelungen, ihn von meiner Person abzulenken – vorerst jedenfalls.

»Er ist gar nicht dort?« Meine Überraschung war echt. Ich hatte fest damit gerechnet, von Abt Hugh Walter, einem Diplomaten ersten Ranges, in Canterbury empfangen zu werden. Ich hatte Vertrauen zu ihm, denn er hatte sowohl zum englischen als auch zum französischen Königshaus gute Kontakte.

»Er ist in Rom, um sich für die Klöster einzusetzen, die unter König Johns Knute stöhnen.«

»Ach ja, ich habe schon gehört, dass König John sich unbeliebt gemacht hat, weil er die Klöster so schamlos plündert. Aber was kann man schon von einem Mann erwarten, der seinen eigenen Neffen umgebracht hat?«

»Alaïs, hüte deine Zunge!« Die Stimme meines Onkels klang schneidend. »So etwas kannst du hier in der Abgeschiedenheit dieses Raumes sagen, aber bilde dir bloß nicht ein, du könntest auf der anderen Seite des Kanals ungestraft solche Unterstellungen verbreiten!«

Ich versuchte, angemessen zerknirscht dreinzuschauen, doch Robert schüttelte nur den Kopf. »Hör auf meinen Rat, Nichte. Dein scharfer Verstand kann wie eine Peitsche auf dich zurückschlagen, wenn du ihn unbedacht einsetzt.«

Ich zögerte einen Augenblick, ehe ich wieder das Wort ergriff. »Wenn sich Hugh Walter in Rom befindet, wer steht denn dann der Abtei vor?«

»Jemand, den du von deiner Kinderzeit an Henrys und Eleanors Hof her kennen müsstest. Erinnerst du dich noch an einen gewissen William von Caen, der ebenfalls dort erzogen wurde?«

»William von Caen?« Vor Überraschung stockte mir der Atem. »William von Caen, dieser elende kleine Tugendbold, der mit uns königlichen Kindern zusammen unterrichtet wurde? Wir konnten ihn nicht ausstehen.«

Herzog Robert grinste, was bei ihm selten vorkam. »Ebender. Ich dachte mir schon, dass du dich an ihn erinnerst.«

»Wenn er den Abt von Canterbury vertritt, hat er es in der Welt zu etwas gebracht«, stellte ich fest. »Als wir jung waren, riefen wir ihn immer William Orphan – William der Waisenknabe. Er war eine Plage. Immer auf den Unterricht vorbereitet ...«

»Das glaube ich gern«, unterbrach mich mein Onkel. »Er steht in dem Ruf, ein brillanter Kopf zu sein, obwohl ich gehört habe, dass er als Kind ein eher schüchternes, unauffälliges Bürschchen gewesen sein soll.«

»Das trifft den Nagel auf den Kopf.« Ich lachte. »Ein schüchternes, unauffälliges Bürschchen. Ich weiß noch genau, wie er immer den Kopf eingezogen hat, rot geworden ist und sich entschuldigt hat, wenn er die Fragen der Lehrer beantworten konnte und die Prinzen nicht. Und König Henry hat ihn seinen Söhnen immer als leuchtendes Beispiel vorgehalten, was wir ihn haben ausbaden lassen, sobald der König uns den Rücken zugekehrt hat.« Ich hielt nachdenklich inne. »Wir waren damals ja alle noch Kinder, das ist die einzige Entschuldigung, die ich für unser Verhalten vorbringen kann. Kinder können oft grausam sein.«

»Jetzt sieht die Sache aber ganz anders aus, Alaïs.« Der Herzog wurde plötzlich ernst. »Wenn du einige Zeit in Canterbury verbringen willst, musst du dich mit Prior William arrangieren. Aber gib Acht. Auf seine Weise ist William ebenso einflussreich wie Abt Hugh … auf seine Weise«, wiederholte er.

Plötzlich wurde die Tür, durch die ich vor kurzem getreten war, erneut aufgestoßen. Was für ein reger Betrieb doch in diesem kleinen Gasthaus herrscht, dachte ich verstimmt. Aber dann registrierte ich verblüfft, dass sich mein Onkel stumm erhob, statt seinem Ärger über die Störung Luft zu machen.

»Wer ist denn …?« Doch meine Frage verpuffte im Raum, denn mein Onkel ließ mich stehen und ging mit ausgebreiteten Armen auf seinen neuen Besucher zu. Ich blinzelte, um sein Gesicht in dem schwachen Licht erkennen zu können, und erhaschte einen Blick auf eine von Kopf bis Fuß in weiße Stoffbahnen gehüllte Gestalt. Drei Männer in hellen Gewändern scharten sich um ihn. Als mein Onkel bei der kleinen Gruppe angelangt war, umarmte er den Mann in Weiß und verneigte sich dann tief vor den anderen.

Ein angeregtes Gespräch entspann sich. Ich war unschlüssig, wie ich mich jetzt verhalten sollte. Gerade als ich meinte, mein Onkel hätte meine Gegenwart völlig vergessen, wandte er sich um und führte den weiß gewandeten Mann zu mir herüber. Ich erhob mich, obgleich mir die Etikette dies nicht vorschrieb. Die starke Ausstrahlung des Fremden trieb mich dazu.

»Alaïs, gestatte mir, dich mit meinem langjährigen Freund und Lehrer Averroës von Córdoba bekannt zu machen. Meister Averroës, das ist meine Nichte Alaïs, die Tochter meines verstorbenen Bruders Louis und Constances von Kastilien, einer Landsmännin von Euch.«

Der Mann verneigte sich vor mir, und ich erwiderte die Höflichkeitsbezeugung. Dabei ließ ich mich von dem Instinkt leiten, der wohl auch Tiere dazu veranlasst, ohne ersichtlichen Grund ein bestimmtes Verhalten an den Tag zu legen. Als ich mich wieder aufrichtete, stellte ich fest, dass der Fremde so groß war wie ich und mir direkt in die Augen blickte. Die seinen waren tief in den Höhlen liegende schwarze Seen in einem Gesicht, das an altes Leder erinnerte und von einem Leben unter sengender Sonne zeugte.

»Meister Averroës«, echote ich. Plötzlich erinnerte ich mich an seinen Namen. Eleanor hatte ihn oft erwähnt, wenn sie uns unterrichtete. Was tat der große arabische Magister der Philosophie und Medizin, der auch auf dem Gebiet der Astronomie und der Sprachkunde beschlagen war, in dieser kalten, feuchten Hafenstadt an der nördlichen Landesgrenze? Überdies schien er hier nicht rein zufällig mit meinem Onkel zusammenzutreffen.

Ich verbeugte mich noch einmal, zuerst vor dem Gelehrten, dann vor seinen Leuten, die mir nun ihrerseits huldigten.

»Es ist mir ein Vergnügen, eine Prinzessin kennen zu lernen, in deren Adern das Blut der Königshäuser Frankreich und Kastilien fließt.« Seine Stimme klang dünn und brüchig wie Wüstenluft oder Herbstlaub, das unter den Füßen raschelt. Er muss inzwischen ein sehr alter Mann sein, ging es mir durch den Kopf, und er lächelte, als habe er meine Gedanken gelesen.

»Ihr seid nicht vom Regen durchnässt, Meister«, bemerkte ich dann, denn mir war aufgefallen, dass alle Neuankömmlinge saubere, trockene Kleider trugen. »Ihr könnt Euch glücklich schätzen, dass Ihr Euch nicht durch dieses Unwetter kämpfen musstet.«

»In der Tat«, entgegnete Averroës. Ich meinte, einen belustigten Funken in seinen Augen tanzen zu sehen. »Euch scheint nicht viel zu entgehen. Nicht viele Menschen verfügen über eine so gute Beobachtungsgabe.« Er hielt inne. »Ich bin seit zwei Tagen hier und muss morgen weiterreisen, aber man versicherte mir, der Sturm werde sich wohl bis zum Morgen verzogen haben.«

»Alaïs, wenn du uns jetzt bitte entschuldigen würdest? Meister Averroës und ich müssen einige Briefe austauschen und haben auch noch einiges miteinander zu besprechen«, mischte sich mein Onkel in seiner unverblümten Art ein.

Averroës erwiderte nichts darauf, sondern sah mich weiterhin unverwandt an. Mir wollte angesichts der kaum verhohlenen Ungeduld meines Onkels durchaus kein mehr oder weniger diplomatischer Vorwand einfallen, um das Gespräch noch in die Länge zu ziehen. Überraschenderweise war es der Meister persönlich, der mich dann aufhielt. Sein Blick war an dem Anhänger haften geblieben, den ich um den Hals trug. Ich hatte meinen Umhang, der mich im Schankraum gewärmt hatte, zurückgeschlagen, und mein Kleid ließ nach der neuesten Mode die Schultern frei und war tief ausgeschnitten, sodass der goldgefasste Rubin zwischen meinem Hals und dem Brustansatz ruhte.

»Das ist ein ungewöhnliches Schmuckstück, das Ihr da tragt«, bemerkte er. »Darf ich es einmal aus der Nähe betrachten?« Er bedeutete einem Edelknaben, mit einer Fackel näher zu treten.

»Selbstverständlich, Meister Averroës.« Ich trat einen Schritt vor, sodass ich unmittelbar vor ihm stand und seinen süßen Atem riechen konnte, der mich an die Feigen denken ließ, die meine Mutter oft von ihrer eigenen Mutter aus dem fernen Kastilien geschickt bekommen hatte.

»Ihr müsst mich entschuldigen, meine Sehkraft ist nicht mehr so, wie sie einmal war«, tönte seine spröde Stimme, als er sich über das Schmuckstück beugte. Er hob den Anhänger an und drehte ihn hin und her, wobei er sorgsam darauf achtete, meine Haut nicht zu berühren. Dennoch kostete es mich einige Überwindung, regungslos stehen zu bleiben und über seinen gesenkten Kopf hinwegzusehen.

Ich bemerkte, wie mein Onkel uns beobachtete. Er war hinter den Gelehrten getreten, unsere Blicke begegneten sich, und mir schien, dass er mir etwas mitteilen wollte, doch ich konnte seine stumme Botschaft nicht deuten.

»Dieser Schmuck wurde von Omar Ibn al-Farid von Toledo gefertigt, nicht wahr?«, fragte Averroës, als er sich endlich wieder aufrichtete. »Er stand in den Diensten des Kalifen von Córdoba, wo ich vor vielen Jahren als junger Mann lebte.«

»Ihr habt Recht.« Ich stand noch immer stocksteif da und wagte kaum zu atmen. »Ibn al-Farid war sowohl ein bedeutender Dichter als auch ein meisterhafter Goldschmied.«

»Für eine Frau aus dem Norden wisst Ihr viel über unsere Kultur.« Er lächelte. War das jetzt ironisch gemeint oder ein Kompliment, wunderte ich mich. »Wie seid Ihr zu diesem Anhänger gekommen? Ist er ein Familienerbstück?«

»Nein, ich erhielt ihn als Verlobungsgeschenk von Richard Coeur de Lion. Seine Mutter bekam ihn von ihrem Großvater, der eine Zeit lang Gefangener in Eurem Land war und ihn von dort mitbrachte.«

»Ach ja, Ihr sprecht von dem berühmten Herzog William von Aquitanien.« Der Meister legte eine kleine Pause ein. Seine Miene war undurchdringlich. »Er hat einige Zeit in Sevilla verbracht, nachdem er in *Outremer* gefangen genommen worden war. Er war ein großer Günstling von al-Mutamid. Wahrscheinlich hat man ihm den Schmuck als Abschiedsgeschenk überreicht.« Er sprach, als hätte Herzog William Südhispanien einen freundschaftlichen Besuch abgestattet.

»Ich wusste gar nicht, dass der Anhänger so bekannt ist.« Unwillkürlich runzelte ich die Stirn. Ich legte keinen Wert auf Berühmtheit jedweder Art.

»Ich erinnere mich noch daran, dass Eleanor ihn am Tag

ihrer Hochzeit mit Louis trug«, warf mein Onkel ein, um die aufkeimende Spannung zu mildern.

»Ach ja?«, murmelte ich, meinen Umhang fester um mich schlingend. »Jedenfalls hat sie ihn später ihrem Lieblingssohn Richard zum Geschenk gemacht, der ihn an mich weitergab«, erklärte ich und fügte dann, an den Meister gewandt, der sich für meinen Geschmack entschieden zu sehr für den Schmuck interessierte, hinzu: »Ich lege ihn niemals ab.«

Meine Worte standen einen langen Moment im Raum. Wir alle schienen plötzlich ganz persönlichen Gedanken nachzuhängen. Schließlich drehte sich Meister Averroës zu meinem Onkel um und sagte leise: »Ich denke, wir befassen uns jetzt mit den Dokumenten, die Ihr mir mitgebracht habt.« Erneut verneigte er sich elegant vor mir. »Vergebt uns alten Männern, die wir auf Eure reizende Gesellschaft verzichten müssen, um unseren Geschäften nachzugehen.«

»Es war mir eine Ehre, Eure Bekanntschaft zu machen, Meister.« Auch ich verbeugte mich – nicht, weil ich mich dazu verpflichtet fühlte, sondern als Tribut an seinen großen Wissensschatz und seine weisen alten Augen, die mich seltsam berührt hatten. »Vielleicht komme ich eines Tages nach Toledo und besuche die Schule, die Ihr zusammen mit Gerard von Cremona gegründet habt.«

»Ihr habt davon gehört? Wir würden Euch mit Freuden willkommen heißen.« In seinem Englisch schwangen die musikalischen Töne des Arabischen mit.

»Alaïs, sehe ich dich morgen früh noch?« Mein Onkel kam zu mir und nahm mich am Ellbogen, um mich zur Tür zu geleiten. »Vielleicht können wir noch gemeinsam etwas zu uns nehmen, ehe du an Bord deines Schiffes gehst.«

»Das ist leider nicht möglich, Onkel, wir brechen morgen in aller Frühe auf. Meine Leute haben dafür gesorgt, dass wir bei Tagesanbruch übersetzen können, wenn der Sturm bis dahin abgeflaut ist. Wir dürfen keine Zeit verlieren.«

»Ich bedaure, dass wir nicht mehr Zeit miteinander verbringen können. Du musst einmal nach Blois kommen und mich besuchen.«

Ich lächelte ihm zu. »Das muss ich wohl, wenn ich dich sehen will. Du lässt dich ja in Paris kaum mehr blicken.«

»Philipp bedarf der Ratschläge seines Onkels nicht mehr. Und ich habe immer sehr viel zu tun.«

Ich hätte ihn gern gefragt, wieso er so beschäftigt war; schließlich war er doch weit über das Alter hinaus, da er Truppen zusammenziehen und Schlachten schlagen musste. Aber ich spürte, dass er ungeduldig darauf wartete, das Gespräch mit Averroës wieder aufnehmen zu können.

Nachdem er mich förmlich umarmt und sich aus seiner beträchtlichen Höhe zu mir herabgebeugt hatte, um mich auf beide Wangen zu küssen, tat er etwas Seltsames: Behutsam zog er meine verkrüppelte Hand aus der linken Tasche meines Gewandes und presste die Lippen darauf. Diese Geste brachte mich in Verlegenheit. Ich bin bezüglich meiner Hand sehr empfindlich und verstecke sie, wann immer es geht. Wenn ein anderer als mein Onkel Robert dies getan hätte, wäre mir vermutlich die Galle übergegangen. Robert trat einen Schritt zurück und musterte mich eindringlich.

»Du siehst deiner Mutter sehr ähnlich, Alaïs. Du hast ihr kohlschwarzes Haar und ihre grünen Augen. Ich habe mich sehr gefreut, dich wiederzusehen.«

Ich war von Herzog Roberts plötzlichem Stimmungsumschwung so überrumpelt, dass ich fürchtete, mir könne der Mund offen stehen bleiben. Doch dann fuhr mein Onkel fort: »Aber Nichte, lass dich warnen. Bitte gib gut auf dich Acht. Stell deine Juwelen nicht in öffentlichen Häusern zur Schau. Diebe lauern überall.«

Noch ehe ich zu einer Erwiderung ansetzen konnte, schlug seine Stimmung erneut um, und er wurde knapp und sachlich.

»Zwei meiner Leute sollen dich zu deiner Kammer begleiten.«

»Onkel, mach dich nicht lächerlich«, widersprach ich hörbar gereizt. »Ich bin mit meinen vier Männern sicher von Paris bis hierher gekommen, und ich werde bestimmt auch ohne den Schutz der Armee des Herzogs von Orléans unbehelligt in meine Kammer gelangen.«

Robert machte Anstalten, Einwände zu erheben, doch als er sah, dass es mir ernst war, gab er kopfschüttelnd nach. »Schon gut. Wie ich gerade sehe, ist dein Vertrauen in deine Männer durchaus gerechtfertigt. Ist das dort nicht einer von ihnen?« Er deutete quer durch den Raum, als sich die schwere Tür langsam öffnete. Dahinter lehnte Roland an der Wand. Sein Kopf war ihm auf die Brust gesunken. Als er die Tür knarren hörte, schrak er zusammen und eilte an meine Seite.

»Also leb wohl, Onkel, und gute Reise«, verabschiedete ich mich; dabei dachte ich bei mir, dass ich viel darum geben würde, wenn ich wüsste, wohin ihn diese Reise wirklich führte und weshalb er sie unternahm.

»Ihr habt Euch sehr lange mit Eurem Onkel unterhalten.« Roland schritt neben mir her.

»Und Ihr habt die Zeit anscheinend gut genutzt«, zog ich ihn auf. »Wie ich sehe, seid Ihr allmählich müde geworden.«

»Tom sagte, wenn ich nicht auf Euch warten wollte, würde er es tun, aber da er schon vor dem Feuer fast eingeschlafen ist, habe ich ihn zu Bett geschickt.«

Danach herrschte Stille, da ich mir mühsam das Lachen verbiss. Als wir auf die Treppe zugingen, die zu unseren kleinen, aber frisch getünchten und sauberen Kammern führte, kamen wir an einer kleinen Gruppe von Männern vorbei, die an einem Eichenholztisch in einer Ecke saßen. Vor ihnen standen Schalen mit geschmortem Ochsenfleisch und Becher mit Rotwein.

Ich wäre an ihnen vorbeigegangen, ohne ihnen weitere Beachtung zu schenken, da ich mich nur noch nach meinem Bett sehnte, doch ihre Kleidung erregte meine Aufmerksamkeit. Obwohl ein helles Feuer im Kamin loderte und es in dem nach

Schweiß und Rauch riechenden Raum stickig warm war, hatten die Männer ihre schweren Umhänge noch nicht einmal zum Essen abgelegt und sich überdies die Kapuzen tief ins Gesicht gezogen.

Als ich auf einer Höhe mit ihnen war, drehte sich einer von ihnen zu seinem Kameraden um; dabei rutschte ihm seine Kapuze einen Moment lang nach hinten. Im Licht der Fackel sah ich eine hohe Stirn, eine lange Nase, die gebrochen worden und schief zusammengewachsen war, und volle Lippen. Doch der Mann zog sich die Kapuze so hastig wieder über den Kopf, als habe er gemerkt, dass er beobachtet wurde.

Ich blieb nicht stehen, registrierte jedoch alle Einzelheiten der kleinen Szene. Drei Männer … ich musste an die drei Reiter denken, die ich auf der Île de la Cité gesehen hatte, als wir das Schloss meines Bruders in Paris verlassen hatten.

Meine Gedanken kreisten immer noch um die drei Unbekannten, als ich meine Kammer betrat und den schweren Türriegel vorlegte. Eine Fackel flackerte in ihrem Wandhalter. Meine Nackenhaare stellten sich auf, und ich blieb wie angewurzelt stehen. Irgendetwas stimmte hier nicht. Ein seltsamer Geruch hing in der Luft – der moschusartige Gestank von Männerschweiß.

Ich hob die Talgkerze, die ich in der Hand hielt, und leuchtete alle Ecken des Raumes aus. Alles schien unberührt; so, wie ich es zurückgelassen hatte – die halb mit Wasser gefüllte Waschschüssel, mein Reisebündel auf dem Boden neben dem Bett, mein Umhang, der über dem Stuhl in der Ecke hing.

Dann sah ich es. Mein kleines Schmuckkästchen steckte in den ledernen Falten meines Bündels. Ich verstaute dieses Kästchen stets ganz unten in meinem Gepäck, weil ich die Juwelen selten hervorholte, wenn ich auf Reisen war – höchstens, wenn ich ein paar gegen Silber eintauschen musste. Wenn es sicher unter meinen Kleidern lag, konnte es nicht so leicht versehentlich herausfallen und verloren gehen.

Demnach war jemand in meine Kammer eingedrungen, hatte meine Sachen durchwühlt und war auf das Kästchen gestoßen. Und dieser Jemand musste so in Eile gewesen sein, dass er es nur nachlässig an seinen Platz zurückgeschoben hatte. Oder ich hatte es mit einem unerfahrenen Dieb zu tun, der nicht wusste, wie man seine Spuren verwischt.

Ich bückte mich und hob das kleine ovale Kästchen auf. Eleanors Tochter Joanna hatte es mir geschenkt, als ich an den Pariser Hof zurückkehrte, und deswegen liebte ich es besonders.

Auch das kunstvolle Muster aus bunten Edelsteinen auf dem Deckel gefiel mir. Ich bemerkte, dass sie alle noch an ihrem Platz waren, obwohl es ein Leichtes gewesen wäre, sie herauszubrechen. Doch das kleine Schloss war offensichtlich mit Gewalt geöffnet worden. Ich stellte das Kästchen auf den Tisch und klappte es auf, fest davon überzeugt, gähnende Leere zu erblicken. Doch zu meiner Überraschung ruhten die wenigen Schmuckstücke, die ich mitgebracht hatte, friedlich vereint auf dem roten Samtfutter: die mit Diamanten besetzten Haarnadeln (falls ich je wieder in die zivilisierte Welt zurückkehrte!), ein Halsband, das Philipp mir geschenkt hatte, meine Lieblingsbrosche und ein Ring, der einst meiner Mutter gehört hatte.

Ich klappte den Deckel wieder zu und schaute mich noch einmal in der Kammer um, konnte aber nichts Verdächtiges entdecken. Eine kurze Überprüfung meines Lederbündels ergab, dass meine wenigen Kleider zwar leicht zerknittert, aber noch vollzählig vorhanden waren.

Als Nächstes schob ich die hölzernen Fensterläden auf.

Ich kam mir irgendwie besudelt vor und wollte den fremden Geruch so schnell wie möglich aus meiner Kammer vertreiben.

Ich beugte mich über das Fensterbrett, blickte auf den Hafen hinaus und atmete tief durch. Der Regen hatte ein wenig nachgelassen, die Wolkendecke war aufgerissen und gab den Blick auf die silberne Scheibe des Mondes frei. Die Boote, die auf dem Wasser dümpelten, schienen den Sturm unbeschadet überstanden zu haben. Doch der Sturm in meiner Seele zog gerade erst auf.

♦ 5 ♦

Die Geister von Canterbury

Ich wusste, dass ich in dieser Nacht nicht gut schlafen würde, doch als ich unter die warmen Decken kroch, hoffte ich dennoch zuversichtlich, ein wenig Entspannung in Morpheus' Armen zu finden, sobald mich die Ereignisse des heutigen Tages nicht mehr so stark beschäftigten. Aber es sollte nicht sein. Nur war es weder die beunruhigende Begegnung mit dem Gelehrten noch der Umstand, dass jemand auf mysteriöse Weise in meine Kammer eingedrungen war, die mir den Schlaf raubten, sondern die verschwommene Erinnerung an einen lang zurückliegenden Zwischenfall mit William von Caen, die mich überkam, als hätte ich sie absichtlich heraufbeschworen.

Diese Auswüchse meiner Fantasie hatten mich noch nie erschreckt, im Gegenteil, ich betrachte sie als Geschenk. Als Künstlerin, die noch dazu oft das zeichnet, was noch gar nicht zu sehen ist, jagen mir Visionen keine Angst ein, und es stört mich wenig, ob es sich dabei um Erinnerungen an vergangene Ereignisse oder Szenen in der Zukunft handelt. Aber in dieser Nacht drohten mich die Bilder aus meiner Vergangenheit zu überwältigen.

Vermutlich war die Bemerkung meines Onkels, William von Caen sei momentan Prior von Canterbury, der Auslöser. Als ich die Augen schloss, betrat ebenjener William die Bühne meines Geistes – so, wie er als Kind gewesen war, klein und schmächtig. Wenn er mir das Gesicht zuwandte, breitete sich stets eine fleckige Röte darauf aus; sie schaute wie Hautausschlag aus.

Ich sah ihn, wie er völlig verängstigt auf dem Feld vor Caen kauerte, nachdem er hatte mit ansehen müssen, wie die Soldaten von König Louis seinen englischen Vater mit ihren Schwertern durchbohrten. Er wurde entdeckt, so hieß es, als die Ritter das Schlachtfeld noch ein letztes Mal abschritten, nachdem das Kampfgetöse abgeebbt war. Ich war natürlich nicht selbst dabei gewesen, ich war damals ja noch ein Kind und musste mit Königin Eleanor und ihren Töchtern in der Burg bleiben, trotzdem sah ich die Szene jetzt klar und deutlich vor mir: den verstörten kleinen Jungen, der sich an seinen toten Vater klammert; den hoch gewachsenen, befehlsgewohnten William Marshal, Henrys obersten Ritter, der ihn im Vorbeireiten aus einem Impuls heraus packt und vor sich in den Sattel hebt.

Und mit dem Gesicht dieses kleinen Jungen kamen auch die Erinnerungen an meine Tage bei Hof zurück, an meine Schwester Marguerite und an die Kinder von Henry und Eleanor. Besonders an die Prinzen.

Da der Waisenjunge seinen Vornamen nicht kannte – oder ihn vor schierem Entsetzen nicht herausbrachte –, wurde er nach seinem Retter William Marshal genannt. Der ältere Mann wurde zu seinem Beschützer bei Hof, seinem *beau-père* sozusagen. Der junge William war ein kluges Bürschchen, hatte für sein Alter ungewöhnlich gute Manieren, und der Hauslehrer, in dessen Hände William Marshal seine Erziehung legte, konnte seine Fortschritte gar nicht genug loben. Bald wurde auch König Henry auf ihn aufmerksam und nahm ihn in seinen Haushalt auf. Der Bursche begann, an unseren Unterrichtsstunden teilzunehmen – und bereits damit fingen die Probleme an.

Die demütige Bescheidenheit, die William Orphan ständig an

den Tag legte und die den jungen Prinzen vollkommen fehlte, trieb Richard, Geoffrey und Henry zur Weißglut. William meldete sich nie freiwillig, wusste aber immer die Antwort, wenn der Lehrer ihn aufrief. Er kam nie unvorbereitet zur Lateinstunde, wie die anderen es taten. Und wenn er die richtige Antwort auf eine Frage gegeben hatte, wand er sich fast vor Scham, im Gegensatz zu den Prinzen, die es wenig störte, wenn sie wieder einmal nur stumm den Kopf schütteln mussten.

Der Zorn der Prinzen erreichte seinen Höhepunkt an einem schönen Sommertag, als Meister Clement dem König berichtete, wie rasch und gut William lernte, und Richards und Geoffreys schlechte Leistungen nicht sehr diplomatisch mit denen des Waisenknaben verglich. König Henry rief alle seine Söhne zu sich, sogar John, der noch zu jung war, um mit uns zusammen unterrichtet zu werden, und befahl ihnen, sich ein Beispiel an William zu nehmen. »Beim Haar Gottes!«, brüllte er. (Ich war nicht dabei, aber Geoffrey lieferte mir später eine seiner treffenden Nachahmungen der Wutanfälle seines Vaters.) »Wie kommt es, dass ein Waisenknabe die Söhne eines Königs dermaßen in den Schatten stellt?« Er hielt inne (sagte Geoffrey), und seine Söhne, die in einer Reihe mit hinter dem Rücken gefalteten Händen und leicht gespreizten Beinen vor ihm standen, harrten der Dinge, die da kommen würden. Dann beantwortete Henry seine Frage selbst. »Weil sie faul, überheblich und dumm sind!« Und danach schritt er die Reihe ab und gab jedem seiner Söhne eine leichte Ohrfeige. Nicht gerade ein Ritterschlag.

Geoffrey schlug hinterher vor, dem Knirps eine ordentliche Tracht Prügel zu verpassen, aber Henry – der Jüngere – redete ihm diese Idee aus. Prinz Henry war der älteste Sohn und eine Spur vernünftiger als die anderen. Er hatte von frühester Kindheit an gelernt, dass übereiltes Handeln in diesem chaotischen Haushalt nur noch schlimmere Strafen nach sich zog, und er wollte nicht noch einmal den Zorn seines Vaters auf sich ziehen, schon gar nicht dieses armseligen Wurmes wegen. Aber in einer verhängnisvollen Nacht trafen wir uns dann alle im Mondschein in der Scheune und kamen überein, dass William Orphan eine Laus in unserem Pelz war und die Zeit gekommen schien, ihm einmal eine gründliche Lektion zu erteilen. Ich stand etwas abseits, hörte zu und hasste William um meiner Stiefbrüder willen, die ich anbetete.

Wenn ich an das zurückdenke, was am nächsten Tag geschah, kann ich noch heute Williams Stimme hören. Er hatte in Latein einen Preis gewonnen, den er wie immer mit verschämt gesenktem Kopf entgegennahm. Die jungen Prinzen schäumten vor Wut. Sie lockten ihn mit der Aussicht auf ein Spiel in die Scheune, dort verbanden sie ihm die Augen, drehten ihn um die eigene Achse, bis ihm schwindelig wurde, und stießen ihn dann von einem zum anderen, während er vor Angst laut schrie. Ich feuerte meine Helden aus sicherer Entfernung an.

Zufällig kam William Marshal an der Scheune vorbei und hörte den Lärm. Er steckte den Kopf zur Tür herein und setzte der Quälerei mit ein paar schneidenden Worten ein Ende. Die jungen Prinzen ließen verdrossen von ihrem Opfer ab, dem William Marshal persönlich die Augenbinde abnahm, bevor er ohne ein weiteres Wort die Scheune verließ. Auch die Prinzen machten, dass sie davonkamen. Ich jedoch stand wie angewurzelt in der Ecke, in die ich mich geflüchtet hatte, als Marshal aufgetaucht war.

William Orphan taumelte immer noch ein wenig benommen durch die Scheune. Als er mich entdeckte, stockte mir der Atem. Schweigen legte sich wie eine dichte Nebeldecke über uns. Er starrte mich an. Sein Blick war weniger vorwurfsvoll als prüfend, und aus irgendeinem Grund schämte ich mich in diesem Moment nur noch mehr. Ich wünschte, ich hätte es über mich gebracht, mich bei ihm zu entschuldigen, doch stattdessen rannte ich nur stumm an ihm vorbei ins Freie.

Beim Abendessen machte der König ein finsteres Gesicht. Wir wussten alle, dass William Marshal ihm von dem Vorfall berichtet haben musste, doch als Henry den jungen William zu sich rief und ihn aufforderte, ihm die ganze Geschichte zu erzählen, wagten wir uns alle kaum zu mucksen. Obwohl wir sahen, wie stark William die dünnen Beine unter seiner Tunika zitterten, belastete er seine Peiniger nicht, wofür wir ihm insgeheim Anerkennung zollten. Er sagte nur mit seiner hohen Kinderstimme: »Es war nur ein Spiel, Eure Majestät. Die Prinzen haben es nicht böse gemeint.« Woraufhin sich Henry an seine schamrot angelaufenen Söhne wandte und mit eisiger Stimme feststellte: »Dieser kleine Waisenjunge weiß mehr von königlicher Gesinnung als ihr.« Diesmal waren Ohrfeigen überflüssig. Die kalten, verächtlichen Worte des Königs trafen uns alle wie ein Schlag.

Nachdem diese Szenen an mir vorübergezogen waren, versuchte ich, andere Bilder heraufzubeschwören, um endlich schlafen zu können. Aber ich sah immer nur den kleinen mageren Jungen vor mir, der dem König so tapfer die Stirn bot. Und da wusste ich, dass ich ihn unbedingt zeichnen musste. Schließlich verblasste auch sein Bild.

Der letzte Gedanke, ehe mich der Schlaf übermannte, galt meinem Rubinanhänger. Da Meister Averroës dermaßen von ihm fasziniert gewesen war, mussten sich wohl Geschichten um ihn ranken, von denen ich keine Ahnung hatte. Wo konnte ich weitere Informationen über das Schmuckstück bekommen? Und dann kam mir die Erleuchtung. War ich nicht auf dem Weg zum Zentrum aller Gelehrsamkeit in England, nämlich zur Abtei von Canterbury? Natürlich! Prior William konnte mich dem besten Kenner des Islams dort vorstellen. Vielleicht gab es ja einen Mönch, der sich mit dem Werk Ibn al-Farids befasst hatte. Inzwischen war ich mir nämlich ziemlich sicher, dass sich nicht nur Meister Averroës für den Anhänger interessierte. Jemand hatte in der Hoffnung, ebendieses Schmuckstück zu finden, meine Kammer durchwühlt und war bitter enttäuscht worden.

Niemand ließ sich blicken, als sich unser kleiner Trupp am nächsten Morgen zur vereinbarten Stunde vor dem Gasthaus versammelte. Ich versuchte die beunruhigenden Ereignisse des vorigen Abends aus meinen Gedanken zu verdrängen, aber sie fuhren fort, mich wie lästige Insekten zu piesacken. Aus irgendeinem unerfindlichen Grund vermied ich es, Tom gegenüber die Begegnung mit Averroës und die Durchsuchung meiner Kammer zu erwähnen. Vermutlich wollte ich ihn einfach nur nicht beunruhigen.

Als wir zwei Tage später Canterbury erreichten, versank die Sonne schon hinter den Bäumen und tauchte den Himmel im Westen in jenes rosig goldene Licht, das man im Frühling in Kent manchmal sieht. Die Farben brachten mir den Abglanz einer Gefühlsregung meiner Jugend zurück, eine Art vage Sehnsucht. Ich zügelte mein Pferd und betrachtete den Himmel, als sei er das Werk eines mir freundlich gesonnenen Künstlers.

Meine Gefährten trieben ihre Pferde neben das meine. Tom, der meine Stimmung spürte, sagte nichts. Roland blickte auf. »Morgen gibt es Regen, das steht fest.« Er wandte sich zu mir. »Mein Vater wurde an der Südküste Britanniens von einem Fischer großgezogen. Er hat mir schon beigebracht, anhand des Abendhimmels das Wetter vorherzusagen, als ich erst sieben Sommer zählte.«

Ich seufzte nur. Zwar wollte ich Roland nicht tadeln, aber ich fragte mich doch, ob diese jungen Männer je lernen würden, dass es Augenblicke im Leben gab, wenn man besser den Mund hielt. Als ich zu Tom hinüberschaute, sah ich, dass er meine Gedanken las, denn er grinste. Unsere Auseinandersetzung im Boar's Head Inn war vergessen, und dafür war ich ihm dankbar.

Wenig später steuerten wir unsere Pferde auf die mächtigen Stadttore zu. Zu beiden Seiten erstreckte sich eine hohe Steinmauer, so weit das Auge reichte. Aber unsere Aufmerksamkeit wurde von den Toren gefesselt. Sie bestanden aus massivem, mit Eisen beschlagenem Holz und konnten nur geöffnet werden, wenn jemand von innen den schweren Riegel zurückschob. Doch als ich durch das Fenster des Pförtnerhäuschens im Tor spähte, sah ich den Pförtner dort auf seinem Stuhl dösen. Er schien wenig Lust zu verspüren, eine kleine Gruppe staubiger Reisender einzulassen.

»He, Pförtner, wir kommen als Pilger, die das Grab des Märtyrers besuchen wollen!«, bellte Tom in seinem gebieterischsten Tonfall. »Lady Alaïs ist eine französische Prinzessin und begehrt Zutritt zum Abteigelände!«

Bei diesen Worten kam Leben in den Pförtner. Er sprang von seinem Stuhl auf und kam mit rasselnden Schlüsseln aus seinem Verschlag gelaufen.

»Verzeiht, edle Ritter, verzeiht, Mylady. Prior William ist über eure Ankunft unterrichtet. Bruder Dermott, der Gästemeister, befindet sich schon auf dem Weg hierher, um euch in Empfang zu nehmen.« Er deutete in Richtung Hügel.

Eine hoch gewachsene, in eine braune Kutte gehüllte Gestalt kam den ausgetretenen Pfad hinuntergeeilt; im Hintergrund erhob sich die mächtige Kathedrale. Der Mönch hatte Mühe, seine Kapuze festzuhalten, denn mit dem Sonnenuntergang war ein starker Wind aufgekommen. »Das dürfte Bruder Dermott sein«, stellte Tom, der seine Augen mit der Hand abschirmte, trocken fest.

Ich blickte mich neugierig um, nahm meine Umgebung in mich auf. Eine große Ansammlung von Steingebäuden zog sich von der Straße, die durch das Tor führte, den Hügel hinauf: die Abteigebäude. Zwischen uns und diesem Komplex erstreckte sich ein großer Platz, auf dem anscheinend ein Markt abgehalten worden war. Die Händler waren noch eifrig damit beschäftigt, ihre Stände abzubauen. Lautes Stimmengewirr erfüllte die Luft. Kleine Kinder spielten lachend im Staub, zwei Reiter kamen mit prall gefüllten Satteltaschen an uns vorbei, und ein Bauer wartete auf seinem voll beladenen Karren darauf, zum Tor hinausgelassen zu werden. Ein köstlicher Duft nach gebratenem Geflügel stieg mir in die Nase, und erst jetzt merkte ich, wie hungrig ich war.

Die große Kathedrale auf der Anhöhe beherrschte das Bild; sie blickte über die umliegenden Gebäude hinweg wie die hochmütige Edelfrau, die sie auch war. Die Kathedrale des Benediktinermönchs Augustinus, die Kathedrale von Becket. Siebenhundert Jahre alt. Hauptsitz der kirchlichen Macht in England, mächtiger sogar noch als York. Zu beiden Seiten erstreckten sich wie ausgebreitete Arme die fensterlosen, rechteckigen Gebäude der Abtei. Ich war schon einmal in Canterbury gewesen, ich wusste, dass auf der anderen Seite dieser Mauern eine völlig andere Welt lag: schattige Säulengänge, Kräutergärten, Rasenflächen, Büsche. Dort herrschte eine beschauliche Stille, die in krassem Gegensatz zu der geschäftigen Stadt stand.

»Seid gegrüßt, seid gegrüßt, edle Ritter«, schnaufte Bruder Dermott, als er uns erreichte. »Prinzessin Alaïs von Frankreich, die Abtei heißt Euch auf Eurer Pilgerreise zum Grab des Märtyrers Becket besonders herzlich willkommen. Prior William hat mich angewiesen, Euch gleich nach Eurer Ankunft zu ihm zu bringen – natürlich erst, nachdem ich Euch Eure Unterkunft gezeigt habe. Ihr wollt Euch sicher zuvor ein wenig frisch machen.« Er war ein großer, hagerer Mann, der für einen Gästemeister ungewöhnlich asketisch wirkte.

Doch mich ließ etwas anderes stutzen. »Woher weiß Prior William, dass wir kommen?« Wer sollte einen Boten zu ihm geschickt haben? Philipp? Das erschien mir eher unwahrscheinlich. Königin Eleanor persönlich? Wohl kaum. Bruder Dermott überhörte meine Frage geflissentlich.

»Ich habe noch eine erfreuliche Nachricht für Euch, Mylady.

Eure Tante, die Äbtissin Charlotte von Fontrevault, erwartet Euch ebenfalls.«

Nun war ich wirklich verwirrt. »Tante Charlotte? Hier? Und sie erwartet uns?«

»Prior William hat Eure Ritter im Lion's Paw Inn im Dorf untergebracht, Eure Hoheit.« Bruder Dermott schien über gesellschaftliche Umgangsformen zu verfügen, die weit über die seines Standes hinausgingen. Er sprach mit einer Mischung aus Höflichkeit und absoluter Bestimmtheit, die keinen Widerspruch duldete.

Ich wandte mich ihm zu, um Einwände zu erheben, doch ehe ich zu Wort kam, räusperte der Mönch sich. »Es gibt einen Grund für diese Regelung. Seit dem Tod des Erzbischofs ist es bewaffneten Rittern nicht mehr gestattet, in der Abtei zu nächtigen.«

»Ihr verlangt von mir, auf den Schutz meiner Leibgarde zu verzichten?« Ich kochte vor Zorn. Und zum ersten Mal während dieser turbulenten Reise spürte ich, wie die Angst ihre eisige Hand nach mir ausstreckte.

Aber ich fasste mich sofort wieder. Meine Devise hatte stets gelautet, Furcht nicht zu ignorieren, mich aber auch nicht von ihr beherrschen zu lassen. Außerdem war der Märtyrer ja tatsächlich in der Kathedrale eines gewaltsamen Todes gestorben. Wie durfte ich da protestieren? »Ich verstehe«, erwiderte ich ruhig.

Tom schien die Situation noch weniger zu behagen als mir. Er übergab dem herbeieilenden Stallknecht die Zügel meines Pferdes, besprach sich einen Moment lang mit den anderen Rittern und drehte sich dann zu mir um.

»Mach dir keine Sorgen«, beruhigte ich ihn, bevor er den Mund auftun konnte. »Ich habe in der Abtei nichts zu befürchten. Prior William wird sich für meine Sicherheit verbürgen. Außerdem ist meine Tante Charlotte auch hier. Was soll mir da schon geschehen?«

»Wie lange gedenkt Eure Hoheit bei uns zu bleiben?«, fragte Bruder Dermott, während der Stallknecht meinen staubigen Reisesack vom Pferd hob.

»Höchstens drei Tage«, antwortete ich. »Du, mein guter Tom, begibst dich mit den anderen drei Rittern in den Lion's Paw Inn und wartest dort auf meine Anweisungen. Morgen Abend will ich am Grab des Märtyrers wachen und beten. Am Tag danach möchte ich wieder aufbrechen. Ich werde dich benachrichtigen, sobald ich meine Entscheidung getroffen habe.«

Tom nahm meine beiden Hände in die seinen und sah mit seinem unverletzten Auge auf mich herab. »Prinzessin, wenn Ihr Hilfe braucht, schickt mir durch einen Boten diesen Ring zurück. Eine schriftliche Nachricht erübrigt sich dann.« Er streifte seine Handschuhe ab und zog sich mit einiger Mühe einen Ring von seinem knorrigen Finger, den er mir dann in die Hand drückte. Ein warmes Gefühl breitete sich in meiner Magengegend aus, als ich ihn betrachtete, denn ich erkannte den königlichen Löwen von England darauf. Es war einer von Henrys Ringen, den er Tom in den ersten Jahren ihrer Freundschaft geschenkt hatte – eine impulsive, großzügige Geste, die für Henry so typisch war.

Ich blickte auf, um zu protestieren, doch der Ausdruck auf Toms Gesicht hielt mich davon ab. Meine Finger schlossen sich um den Ring.

»Ich sehe euch dann übermorgen«, wandte ich mich an die anderen Männer, wobei ich hoffte, dass ich zuversichtlicher klang, als ich mich fühlte. Es wurmte mich, dass über meinen Kopf hinweg wichtige Entscheidungen getroffen worden waren. Verstimmt drehte ich mich um, um Bruder Dermott zu folgen, der sich meinen Reisesack über die Schulter geworfen hatte und bereits davonstapfte.

Mein letzter Besuch in Canterbury lag viele Jahre zurück. Als Bruder Dermott mich durch die große Halle und dann die äußeren Kreuzgänge hinunterführte, fielen mir erneut die kunstvollen Steinmetzarbeiten auf. In die Steinwände der Gänge und in die Kapitelle aller Säulen, die die Gärten umgaben, waren dramatische kleine Szenen gemeißelt.

Bruder Dermott, der sich anfangs ziemlich wortkarg gegeben hatte, erwies sich als wahrer Quell des Wissens, was diese Darstellungen betraf, als ich ihn darauf ansprach. Er konnte mir jedes Bild erläutern und auch die kleinsten Figuren beschreiben: Hier über meinem Kopf stritten sich der Teufel und ein Engel um die Seele eines Mönches; dort waren zwei Mönche im Gebet versunken. Ein größeres Bild an der Wand stellte Mariä Himmelfahrt dar. Das gesamte christliche Glaubenssystem war in die Mauern der Gänge gemeißelt – eine tägliche Mahnung, dass die Taten eines Menschen sein Schicksal bestimmen. Plötzlich überkam mich das brennende Verlangen, umzukehren und jede einzelne kleine Szene genauestens zu studieren. All diese Geschichten waren bedingungslosem Glauben entsprungen. Fast beneidete ich all die Menschen um ihre tiefe Frömmigkeit. Ob auch William jetzt zu ihnen zählte? Oder war er nur der zynische Hüter dieser guten Mönche?

Ich sollte in einem der freistehenden Gästehäuser zwischen den Hauptgebäuden der Abtei und der großen Kathedrale untergebracht werden. Nachdem wir den Gang verlassen hatten, verfiel Bruder Dermott erneut in Schweigen. Ich versuchte ihn über die Geschichte Canterburys auszufragen, aber er gab mir nur knappe, fast einsilbige Antworten. Bald herrschte eine bedrückte Stille zwischen uns.

»Die Abtei scheint ja unter der Leitung Prior Williams regelrecht aufzublühen«, bemerkte ich endlich, als wir einen Kräutergarten durchquerten.

»Oui, madame«, erwiderte der Bruder; dabei wandte er sich nach rechts und bedeutete mir, ihm zu folgen. Der gepflasterte Weg, den wir jetzt entlanggingen, war viel schmaler als die gemauerten Gänge, und ich sah mich gezwungen, etwas hinter den Mönch zurückzufallen, um nicht in den Frühlingsmatsch

treten zu müssen. Bruder Dermott sprach mit mir jetzt Französisch; dabei drehte er sich immer wieder zu mir um, damit ich seine Worte besser verstehen konnte. *»Prior Guillaume est un bon prior, certes. Mais il est seulement le chef maintenant à cause de l'absence d'abbé Hugh Walter. C'est Hugh Walter, lui-même, qui a fondé cette communauté, vraiment. Abbé Hugh est le chef.«*

»Ihr sprecht Französisch! Seid Ihr ein Normanne?« Ich machte mir nicht die Mühe, meine Verblüffung zu verbergen. »Euer Englisch ist hervorragend. Ich hätte anfangs sogar geschworen, Ihr wärt aus Lincoln.« Ich ging jetzt direkt hinter ihm her, während er mich über das Abteigelände führte.

»Aye, und damit hättet Ihr Recht gehabt. Ich bin wirklich in Lincolnshire geboren und aufgewachsen. Und wie kommt es, dass Ihr, eine französische Prinzessin, die Sprache eines Mannes aus Lincoln erkennt?«, fragte er zurück. Der Weg wurde plötzlich breiter, ich trat neben ihn, und als seine Kapuze nach hinten rutschte, konnte ich im Licht der sinkenden Sonne sein langes, schmales, von buschigen schwarzen Augenbrauen beherrschtes Gesicht erkennen; überrascht bemerkte ich, dass ihm sein linkes Ohrläppchen fehlte. Bruder Dermott zog seine Kapuze hastig wieder hoch.

»Ich habe meine Kindheit am Hof von König Henry und Königin Eleanor verbracht«, erwiderte ich. »Wenn wir in England waren, bestand der König darauf, dass wir Englisch sprachen. Waren wir in der Normandie oder in Anjou, dann sprachen wir Französisch.« Ich wunderte mich ein wenig über Bruder Dermott. Mönche stellten einer Prinzessin, die als Gast bei ihnen weilte, für gewöhnlich nicht so direkte Fragen. Doch dieser Bruder gab sich in meiner Gegenwart ganz unbefangen. Wenn alle Mönche hier so waren, würde niemand in Ehrfurcht vor dem französischen Königshaus erstarren, und man würde mir vielleicht während meines Aufenthaltes hier kaum Beachtung schenken.

Nach einer kleinen Pause ergriff ich erneut das Wort. »Wenn

Ihr wirklich aus Lincoln stammt, wieso beherrscht Ihr dann das Französische so fließend?«

»Ich habe einige Jahre im Heiligen Land verbracht, auf einem Kreuzzug. Dort gab es auch viele französische Ritter. Wir vertrieben uns gemeinsam die Langeweile, zogen zusammen in die Schlacht und würfelten gelegentlich miteinander.«

Ich wartete, ob noch mehr kommen würde.

»Es ist schon lange her.« Seine Stimme klang auf einmal seltsam tief und rau, sie schien zu einem ganz anderen Mann zu gehören. Wieder herrschte Schweigen. »Heutzutage spielen wir alle viele verschiedene Rollen«, fügte er dann hinzu. Eine rätselhafte Bemerkung.

»Wann genau wart Ihr denn auf diesem Kreuzzug?«, erkundigte ich mich, wobei ich ihn verstohlen musterte. Sein vom Wetter gegerbtes Gesicht machte es schwer, sein Alter zu schätzen. Ob er wohl alt genug war, um den Kreuzzug meines Vaters und Königin Eleanors mitgemacht zu haben? Aber nein, daran hatten sich keine englischen Ritter beteiligt, dieses Unternehmen war eine rein französische Torheit gewesen. Damals hatten die Engländer genug mit dem Bürgerkrieg zu tun gehabt, den Henrys Mutter Mathilda begonnen hatte. Dieser Mönch mochte in meinem Alter sein, der vorherigen Generation gehörte er gewiss nicht an

»Ich habe mit König Richard '91 den Kreuzzug nach *Outremer* unternommen«, erwiderte er.

»Ach ja, mit Richard.« Ich presste eine Hand gegen mein wild hämmerndes Herz. Hoffentlich hatte er nicht gehört, wie scharf ich Luft geholt hatte. Wir setzten unseren Weg schweigend fort, durchquerten ein Dickicht aus Ginsterbüschen, die dem rauen englischen Frühling zum Trotz schon in gelber Blüte standen, und erreichten endlich das Gästehaus.

Bruder Dermott nestelte an dem großen Schlüsselring an der Kordel herum, die ihm als Gürtel diente, fand den richtigen Schlüssel und schob ihn in das rostige Schloss. Er drehte ihn ein paarmal hin und her, bis ein metallisches Knirschen ertönte. Die schwere Eichentür gab unter dem leichten Druck seiner freien Hand nach. Ich hatte diesen umständlichen Prozess mit wachsender Ungeduld verfolgt, denn ich war mittlerweile so erschöpft, dass ich mich kaum noch auf den Beinen halten konnte, und ich seufzte erleichtert, als die Tür nach innen schwang und den Blick auf mein Quartier freigab.

Bruder Dermott bedeutete mir einzutreten und reichte mir mein ledernes Bündel, als ich mich an ihm vorbeizwängte. Dann verneigte er sich stumm und wandte sich zum Gehen. Die Vorschrift des hl. Benedikt verbot es ihm, das Gemach einer Frau zu betreten, auch wenn er nur höflich sein und ihr ihre Unterkunft zeigen wollte. Plötzlich drehte er sich so abrupt um, als wäre ihm eingefallen, dass er vergessen hatte, mir die wichtigste Botschaft überhaupt auszurichten. »Mit Eurer Erlaubnis werde ich in einer Stunde zurückkommen. Prior William …«

»Ich weiß, ich weiß, Prior William erwartet mich schon ungeduldig«, beendete ich den Satz an seiner Stelle und schloss energisch die Tür.

Insgeheim war ich froh, den guten Bruder los zu sein. Seine beiläufige Erwähnung der Kreuzzüge hatte mir mehr zugesetzt, als ich gedacht hatte. Allein Richards Name reichte noch immer aus, um meinen Seelenfrieden empfindlich zu stören. Die Abgeschiedenheit des kleinen Gästehauses würde mir helfen, meine innere Ruhe wiederzufinden. Ein Krug mit warmem Wasser stand bereit, und im Kamin tanzte schon ein helles Feuer.

Die Hütte, an die sich ein kleiner Abtritt anschloss, war nur spärlich eingerichtet, doch alles Notwendige war vorhanden. An eine Wand hatte man ein schmales Bett geschoben. Eine grob gewebte Wolldecke lugte unter ein paar Pelzen hervor, mit denen der Gästemeister wohl für den einer französischen Prinzessin angemessenen Komfort sorgen wollte. In der Ecke gegenüber vom Feuer standen zwei Stühle, die Sitzflächen einander zugewandt. Ich gewann den Eindruck, als würde jeden Moment ein Priester auf einem davon Platz nehmen, um dem erschöpften Reisenden, der in dieser Hütte untergebracht war, die Beichte abzunehmen und die Absolution zu erteilen. Doch die Fackeln tauchten den Raum in ein freundliches Licht, und das Bett wirkte weich und bequem, wofür die unbußfertige Pilgerin, die das Gästehäuschen momentan bewohnte, überaus dankbar war.

In der Mitte der Wand gegenüber der Tür hing ein Kruzifix mit einer Heilandsfigur. Das Holz war alt und verwittert, und echtes Haar fiel ihr über die heilige Stirn. Statuen mit Menschenhaar zu versehen war eine neue, aus Hispanien stammende Mode, die ich ziemlich makaber fand. Aber das Bild als solches rührte mich an. Es war eine stumme Mahnung, dass durch das Opfer eines Menschen andere gerettet werden konnten. Ich ließ mein Reisebündel zu Boden gleiten, sank auf einen der Stühle und grübelte über die Bedeutung dieses Kreuzes nach.

Plötzlich wurde mir bewusst, dass ich mich im Schatten der mächtigen Kathedrale befand, dem Haus des Ewigen Gottes. Eine tiefe Ruhe überkam mich, die fast schon an Frieden grenzte. Das war ein unbekannter Zustand für mich. Wann hatte ich zum letzten Mal dergleichen empfunden? Der französische Hof samt all seinen Intrigen, Königin Eleanor mit ihren Forderungen und Geheimnissen, all das schien mit einem Mal weit weg zu sein. Einen Augenblick lang wünschte ich mir nichts anderes, als alles hinter mir zu lassen und für den Rest meines Lebens hier bleiben zu dürfen.

Ein leises Knarren veranlasste mich, aufzublicken und mich zu vergewissern, ob das Dach einem Sturm auch standhalten würde. Erst jetzt bemerkte ich verwundert, dass in die kreuz und quer über die Decke verlaufenden Balken Worte eingeritzt waren. Als ich meine Kerze hob, um die Inschriften genauer zu inspizieren, stellte ich fest, dass ich sie mühelos lesen konnte. Es handelte sich um Zeilen aus den Psalmen.

Der Herr ist mein Hirte,
stand auf dem Balken direkt über mir, daneben:
Ich werde nimmermehr wanken.
Und auf dem nächsten Balken:
Gedenke, Herr, deiner Barmherzigkeit und Güte. Gedenke nicht der Sünden meiner Jugend und meiner Übertretungen.

Ah ja. Die Sünden meiner Jugend. Der Anblick der gemeißelten Bilder hatte in mir Erinnerungen an meinen letzten Besuch hier in Canterbury geweckt und mich dazu gezwungen, an meine Jugend und an König Henry zurückzudenken. Henry, damals die Quelle meines Glücks, heute meines Kummers und meiner Furcht.

Doch diese Erinnerung an Henry, die sich so ungebeten einstellte, lag zeitlich vor dem Besuch von Canterbury. Damals hatte er zum ersten Mal an mein Herz gerührt. Diese Szene hat sich unauslöschlich in mein Gedächtnis eingebrannt und verfolgt mich bis heute, denn sie hat meine Zukunft und mein Leben bestimmt.

Es war einer jener wetterwendischen Tage in der Osterzeit, wenn die Luft manchmal warm und süß ist und man meint, die Welt wäre vollkommen in Ordnung.

Der ganze Hof hielt sich in Angers auf und genoss die ersten Tage des Jahres, die man ohne Umhang und Handschuhe im Freien verbringen konnte. Ich war kein Kind mehr, und die Spiele meiner Kameraden begannen mich zu langweilen. An diesem Tag Anfang Mai saß ich hoch oben in der Burg am Fenster, blickte über das Land hinweg und versuchte, mit meinem Kohlestift den eingefriedeten Hof und die dahinter liegenden sanft gewellten Hügel festzuhalten. Plötzlich spürte ich, wie jemand hinter mich trat; ich blickte auf und sah zu meiner Überraschung den König, der über meine Schulter hinweg meine Zeichnung betrachtete.

Es war ungewöhnlich, König Henry allein anzutreffen. Immer wenn ich ihn sah, war er von drei oder vier Gefolgsleuten umgeben, die er mit einem Schwall abgehackter Bemerkungen oder Befehlen zu überschütten pflegte.

Ich erschrak so, dass ich den Kohlestift auf den Steinfußboden fallen ließ, wo er zerbrach. Henry achtete gar nicht darauf.

»Nicht schlecht, wirklich nicht schlecht für ein Kind«, murmelte er. Dann richtete er sich auf und blickte in mein zu ihm emporgewandtes Gesicht. Er wirkte erstaunt.

»Nun, kleine Alaïs Capet, was tust du denn ganz alleine hier? Warum bist du nicht im Unterricht oder mit den anderen zusammen?« Er deutete zum offenen Fenster. Die Rufe und das Gejohle der Jungen drangen zu uns empor. »Schließen dich meine Kinder von ihren Spielen aus?«

»Nein, seid nicht böse, Sire. Ich meine, nein, sie schließen mich nicht aus. Aber die Jungen sind oft so wild – natürlich nicht absichtlich, da bin ich ganz sicher. Es sind nun einmal Jungen. Außerdem zeichne ich für mein Leben gern.«

Wieder beugte er sich über mich, doch diesmal zog er die Pergamentbögen unter meiner Hand hervor und hielt sie ins Licht. Mit zusammengekniffenen Augen musterte er erst den ersten, dann den nächsten. »Das hast du sehr gut gemacht, Kind. Du hast den Gesamteindruck vortrefflich eingefangen.« Mit einem kurzen, dicken Finger tippte er auf den zweiten Bogen, wobei sein Blick von der Zeichnung zum Fenster und wieder zurück wanderte. »Aber manche Einzelheiten stimmen nicht. Siehst du, dieses Tor hier ist in Wirklichkeit weiter weg, als du es gezeichnet hast, und ich kann diese …«, er fuhr mit der Hand über das Pergament, »… Gestalten oder Tiere, oder was auch immer das sein soll, auch nirgendwo sehen. Aber trotzdem gefällt mir dein Bild.«

»Jetzt sind natürlich keine Tiere im Hof«, erwiderte ich, meine Ungeduld mühsam zügelnd. »Es ist Mai, sie sind alle auf der Weide. Aber wenn ich nur das zeichnen würde, was wirklich zu sehen ist, hätte ich keine Vorstellungskraft, sondern nur geschickte Hände und gute Augen. Das hat mein Vater König Louis immer gesagt. Er hat mir auch dieses Wort beigebracht – Vorstellungskraft –, um mir die Bilder zu erklären, die in meinem Kopf entstehen. In meiner Einbildung. Und das sind die Bilder, die ich male.«

»Vorstellungskraft? Einbildung? Was soll denn das sein?« Die Stimme des Königs nahm immer einen schneidenden Unterton an, wenn er etwas nicht verstand. »Diese Worte beinhalten alles, was nicht existiert. Mein Königreich würde zerfallen, wenn ich mich von solchen Hirngespinsten leiten ließe.«

Ich seufzte. »Von diesen Dingen verstehe ich nichts, Sire. Aber wenn Ihr des Nachts die Augen schließt, seht Ihr dann nicht auch viele Bilder vor Euch, die Ihr in Euch tragt? Wie das Gesicht Eurer Mutter an einem Sommertag? Oder Eure Brüder, als sie klein waren und über die Felder gerannt sind?«

Ich brach ab. Der König beobachtete mich scharf. Ich plappere Unsinn, dachte ich, und gleich wird er einen Wutanfall bekommen. Also verstummte ich.

Doch Henry schüttelte nur den Kopf und nahm meine anderen Bilder zur Hand. Eines zeigte einen Fuchs, den ich im letzten Winter gesehen und aus dem Gedächtnis gezeichnet hatte, das andere ein Gesicht, das er kannte. »Das ist ja Richard.« Sichtlich mit sich zufrieden deutete er mit dem Finger darauf. Dann wandte er sich einem mit dichten Linien bedeckten Bogen zu.

»Was soll denn das jetzt sein?« Nun klang er wieder gereizt. »Hier kann ich nun wirklich nichts erkennen? Was hat dieses Gekritzel zu bedeuten?«

»Unser Lehrer liest uns auf Lateinisch Geschichten über den gallischen Krieg vor. Dies ist die Armee von Julius Cäsar im Kampf gegen die Gallier. So zumindest stelle ich mir die Schlacht vor. So müssen die Soldaten auf dem Schlachtfeld sie erlebt haben.«

»Hm.« Der König runzelte die Stirn.

»Schaut her.« Ich nahm ihm die Zeichnung aus der Hand. »Haltet den Bogen so, und betrachtet das Bild als Ganzes. Versucht nicht, einzelne Figuren erkennen zu wollen. Stellt Euch nur vor, wie es in der Schlacht zugegangen sein muss – all die Männer, verwundet, sterbend, außer sich vor Angst. Überall klirren Schwerter, und die Schreie der Verletzten zerreißen die Luft. Das versuche ich zu zeigen. Was ich empfunden und gesehen hätte, wenn ich dabei gewesen wäre.« Ich hielt inne. In meinem Bemühen, die richtigen Worte zu finden, um meine Zeichnung zu erklären, hatte ich ganz vergessen, dass ich mit dem König sprach. Ich spürte, wie mir das Blut in die Wangen schoss. »Sire«, fügte ich etwas verspätet hinzu und erhob mich, um zu knicksen.

Henry richtete sich auf und durchbohrte mich mit dem durchdringenden Blick seiner grauen Augen. »Wie alt bist du jetzt, Alaïs Capet?«

»Zwölf Sommer«, stammelte ich. »Fast dreizehn.«

»Du kommst im Unterricht gut mit?«

»Jawohl, Majestät.« Auch ich stand kerzengerade da, doch er musste sich noch immer zu mir herunterbeugen. Ich hätte eine Hand ausstrecken und seinen sorgfältig gestutzten Bart berühren können, wenn ich gewollt hätte.

»Und du hast immer ausreichend Kohle und Pergament zur Verfügung, um nach Herzenslust zeichnen zu können?«

»O ja. Die Lehrer sind sehr großzügig.« Ich hielt inne. »Sie wissen, dass mir das Lernen leichter fällt, wenn ich mich hinterher mit meiner Zeichnerei beschäftigen kann.«

»Gut.« Ich meinte, ein Licht in seinen Augen aufflackern zu sehen, ehe er sich abwandte und so unverhofft davonstolzierte, wie er aufgetaucht war. Aber er murmelte noch über seine Schulter hinweg so laut, dass ich es hören konnte: »Vorstellungskraft! Einbildung! Ha! Louis ist damit im Übermaß gesegnet, so viel ist sicher. Er bildet sich ein, ihm würde die Hälfte meines Königreiches gehören.«

Seine Worte entlockten mir ein Lächeln. Eigentlich hätte ich ihm seine Bemerkung über meinen Vater verübeln müssen, aber ich wusste aus Erfahrung, dass König Henry sich niemals wirklich abfällig über König Louis äußerte. Und ich freute mich, dass er offensichtlich den Sinn des Begriffs »Vorstellungskraft« erfasst hatte.

Der Wind rüttelte an der Tür des Gästehauses und riss mich aus meinen Gedanken. All meine Erinnerungen an Henry, alles, was ich je für ihn empfunden hatte, gehörte lange der Vergangenheit an. Jetzt zählte nur, das Kind zu finden, falls es noch lebte – und zwar bevor jemand erfuhr, dass es der Sohn eines Königs war.

Nachdem ich mich gewaschen, ein frisches Leinenhemd angezogen und mein Haar geflochten und aufgesteckt hatte, streifte ich ein schlichtes, sauberes Kleid aus dunkelgrünem Kammgarn über. Es hatte die Farbe des englischen Waldes im Sommer, Königs Henrys Lieblingsfarbe und bis zum heutigen Tag auch die meine. Ich schlang meinen Gürtel locker um mich und streckte mich auf dem Bett aus.

Aus meinem Reisebündel holte ich den dünnen Pergamentbogen, Eleanors Brief, und die Zeichnung von dem Altar in Beckets Kapelle in der Kathedrale hervor. Ich entrollte das Pergament behutsam, damit es keine Risse bekam, glättete es und las die Nachricht noch einmal im Licht der Öllampe auf dem Tisch sowie der im Raum verstreuten Fackeln und Kerzen. Eleanors Handschrift wirkte noch immer genauso elegant, wie sie selbst es als junge Frau gewesen war.

Diesmal empfand ich beim Lesen nicht denselben Zorn wie noch einige Tage zuvor. Stattdessen dachte ich ziemlich emotionslos über die Unverschämtheit der Königin nach, die es wagte, das Schicksal meines Kindes zu benutzen, um mich hierher zu locken. Und dann musste ich laut auflachen, denn hier war ich, und hier würde ich bleiben, bis ich die Briefe an mich gebracht hatte. Ihre Rechnung war aufgegangen.

Dann konzentrierte ich mich auf die Zeichnung von dem Altar, die mich zu den besagten Briefen führen sollte. Ich hatte ihr bislang kaum Beachtung geschenkt. Nun sah ich, dass es sich um eine Art Karte handelte; sie zeigte den Altar auf der Seite der großen Kathedrale, wo Becket ermordet worden war. Die Stätte seines Todes war mit einem X gekennzeichnet.

Mittels eines kleinen Pfeils wurde meine Aufmerksamkeit auf ein Rechteck in der unteren Ecke gelenkt, das sich – bei näherer Betrachtung – als Rückseite des Altars entpuppte. Die Steine waren detailgetreu eingezeichnet und durchnummeriert. Der Stein, den ich suchte, war mit Tinte ausgemalt und überdies noch eingekreist. Deutlicher hätte man ihn gar nicht markieren können.

Am unteren Rand der Karte prangten in krakeligen Buchstaben ein paar Anweisungen, die nicht von Eleanors Hand stammen konnten. Ich fragte mich flüchtig, wer die Karte wohl für sie angefertigt hatte.

Ich sollte, am linken oberen Altarrand angefangen, neun Steinreihen nach unten und zwei in Richtung Mitte zählen, während ich hinter dem Altar stand und auf ihn blickte. Dort würde ich einen Stein sehen, der sich farblich von den übrigen unterschied, er sollte ein helles Rostrot oder Rosa aufweisen. Außerdem war ein seltsames Muster in die Oberfläche eingeritzt. Dieser Stein sollte nur locker in der Mauer sitzen, und wenn ich ihn herauszog, würde ich dahinter einen kleinen Hohlraum im Altar vorfinden, in dem das Briefbündel lag, das ich suchte.

Sollte der rosafarbene Stein festsitzen und ich ihn erst lockern müssen, würde mir ein Meißel gute Dienste leisten. Tom hatte mir diesen Vorschlag gemacht, als ich ihn in die Einzelheiten dieses Unternehmens einweihte. Mit gewohnter Findigkeit hatte er einen Meißel für mich besorgt, als wir in einem Dorf in der Nähe von Havre Halt machten, um unsere Pferde zu wechseln. Er steckte jetzt in meiner Tasche, direkt unter meiner Hand, und ich konnte die harten Kanten durch das dünne Leder hindurch spüren.

Ich schob Brief und Karte in meine Tasche und holte den Meißel heraus, um ihn in Augenschein zu nehmen. Während ich ihn zwischen den Händen hin und her drehte, versuchte ich, mich auf das bevorstehende Treffen mit Prior William und meiner Tante Charlotte zu konzentrieren. Viele Fragen gingen mir durch den Kopf. Hinter der ganzen Angelegenheit schien mehr zu stecken, als Eleanors Brief hatte ahnen lassen.

Was hatte zum Beispiel Äbtissin Charlotte hier verloren? Sie musste gewusst haben, dass Eleanors Auftrag mich hierher führen würde. Dass sie ausgerechnet jetzt in Canterbury weilte, konnte kein Zufall sein. Tom von Caedwyds Bemerkung hallte mir in den Ohren wider: Königin Eleanor und Äbtissin Charlotte waren »sehr vertraut« miteinander, seit die Königin sich nach Fontrevault zurückgezogen hatte. Irgendein Spiel wurde hier gespielt. Doch was für eines?

Und dann musste ich ständig an das denken, was mein Onkel Robert über den Prior gesagt hatte: »Jetzt sieht die Sache anders aus, Alaïs... Auf seine Weise ist William ebenso einflussreich wie Abt Hugh... auf seine Weise.« Die Worte klangen wie eine verschleierte Warnung. Nur: wovor?

Ich versuchte noch immer, die Einzelheiten, die mir bislang bekannt waren, zu einem Gesamtbild zusammenzufügen, als ein leises Klopfen an der Tür ertönte. Ehe ich mich erhob, um zu öffnen, ließ ich den Meißel in die kleine Tasche gleiten, die mich auf meinen Reisen stets begleitete und jetzt an einer goldenen Kordel um meinen Hals hing. Dann richtete ich mein Haar, holte tief Atem und trat zur Tür, um Bruder Dermott zu begrüßen, den Mönch mit dem fehlenden Ohrläppchen. Ich hatte noch keine Antworten, war mir jedoch sicher, dass die Fragen – und der vor mir liegende Abend – unterhaltsam zu werden versprachen.

♦ 6 ♦

Ein Abend mit dem Prior und der Äbtissin

Bruder Dermott stand mit einer Laterne in der Hand vor der Tür. Ich stellte überrascht fest, dass in der kurzen Zeit, seit er sich von mir verabschiedet hatte, die Dunkelheit fast vollständig hereingebrochen war.

»Prior William erwartet mich?«, fragte ich, mir meinen Umhang um die Schultern schlingend. »Merkwürdig, dass er von meiner Pilgerreise hierher erfahren hat.« Mein wortkarger Begleiter würdigte mich keiner Antwort, und so hüllte ich mich ebenfalls in Schweigen.

Frühling in England, dachte ich erbittert, als der schneidende Wind, der durch die Tür hereinwehte, an meinen Kleidern zerrte. Selbst das süße Blut Gottes würde in dieser eisigen Jahreszeit gefrieren.

Endlich bequemte sich Bruder Dermott, den Mund aufzumachen: »Der Prior hat eine Mahlzeit für Euch bereiten lassen. Er empfängt Euch in seinen Privatgemächern.« Die Kameradschaft, die noch kurz zuvor zwischen uns geherrscht hatte, war wie weggeblasen. Der Mönch schien wenig Lust zu verspüren, das Gespräch fortzusetzen, und ich musste mich beeilen, um mit ihm Schritt zu halten, als er den Kräutergarten der Abtei durchquerte.

Ich wusste nicht mehr genau, wo sich die Gemächer des Abtes befanden. Obwohl Henry und ich bei unserem letzten Besuch vor zwanzig Jahren bei Hugh Walter zu Gast gewesen waren, hatte die Zeit die Einzelheiten aus meinem Gedächtnis getilgt. Die Erinnerung gleicht einem alten Stück Pergament, auf dem die Tinte so verblasst ist, dass der Schreiber es erneut benutzen kann. Somit blieb mir nichts anderes übrig, als Bruder Dermott zu folgen, der wie ein schwarz gewandeter Geist durch die Gänge glitt. Ich hielt mich ein Stück hinter ihm. Der Begegnung mit William von Caen sah ich mit wachsender Beklemmung entgegen. Ich spürte, wie mir die Handflächen trotz der kühlen Nachtluft feucht wurden. Schließlich blieben wir vor einer großen Eisentür stehen, vor der ein steinerner Engel kniete, der eine Steinmuschel mit Weihwasser in den Händen hielt. Bruder Dermott zögerte kurz, dann klopfte er an.

Auf eine gedämpfte Aufforderung hin öffnete er die Tür. Zuerst erblickte ich einen weitläufigen Raum, der von Fackeln, Kerzen und Öllampen taghell erleuchtet wurde, dann einen weiteren hoch gewachsenen, schwarz gekleideten Mönch, der ganz am Ende dieses Gemachs stand. Er sprach mit einem jungen Schreiber, der an einem Tisch vor dem Feuer saß und emsig auf seinem Pergament herumkritzelte. Vielleicht diktierte er dem Jungen etwas.

Der jüngere Mann hatte kastanienfarbenes Haar, das im Licht so hell schimmerte, als stünde es in Flammen. Der Ältere war dunkelhaarig und zweifelsohne der William aus meiner Kindheitserinnerung. Dennoch hatte er sich verändert.

Der Mönch brach mitten im Satz ab, sein Blick wanderte von dem jungen Sekretär zu mir. Der jüngere Mann schrieb noch einen Augenblick lang weiter, merkte dann, dass der andere verstummt war, und hob den Kopf. Ohne den Blick von mir abzuwenden, entließ William ihn mit einer Handbewegung. Der Rotschopf mit dem frischen Gesicht packte seine Pergamentbögen und Schreibfedern zusammen. Dann verneigte er sich und verließ den Raum. Er bewegte sich mit erstaunlicher Anmut.

Williams Gesichtsausdruck verriet nicht, was in ihm vorging. Er starrte mich nur an, als hätte er mit meiner Ankunft überhaupt nicht gerechnet. Ich musterte ihn neugierig. Er war noch immer eher schlank gebaut, dabei aber hoch gewachsen, breitschultrig und sehnig. Eisblaue Augen, die man so selten bei schwarzhaarigen Menschen findet, bohrten sich in die meinen.

Zwei Gedanken gingen mir gleichzeitig durch den Kopf – erstens fand ich Prior Williams äußere Erscheinung nicht mehr annähernd so abstoßend wie damals vor vielen Jahren, und zweitens erkannte ich, dass diesen Augen so leicht nichts entgehen würde. Williams Blick erinnerte mich an den eines Adlers.

Er kam – zögernd, wie mir schien – auf mich zu. Ich war überrascht, als er mich umarmte, aber er beschränkte sich auf jene kühle, förmliche Umarmung, mittels derer sich normannische Edelleute vergewissern, dass keiner von ihnen ein Schwert bei sich trägt. Seine Wange berührte leicht die meinen, dann gab er mich frei und ließ die Arme sinken. Es war keine persönliche Geste.

»Seid mir willkommen, Prinzessin. Ich freue mich, Euch bei uns begrüßen zu dürfen.« Seine Stimme klang überraschend voll und tief. Aber was hatte ich denn erwartet? Die Stimme des Kindes von einst zu hören? Ich schüttelte leicht den Kopf, um wieder klar denken zu können. Über meine Schulter hinweg erteilte der Prior Bruder Dermott, der noch immer an der Tür stand, Anweisungen. »Richte der Äbtissin bitte aus, dass die Prinzessin eingetroffen ist. Und sorge dafür, dass das Essen aufgetragen wird. Prinzessin Alaïs wird nach der langen Reise sicher hungrig sein.« Dann wandte er sich an mich. »Die Äbtissin wird gleich hier sein.«

Ich hörte, wie die Tür hinter mir leise knarrend geschlossen wurde, und wusste, dass wir allein waren. Und obgleich mir gerade noch eine wahre Flut von Fragen auf der Zunge gelegen hatte, wollte mir jetzt keine einzige mehr einfallen. Ich ließ mir von dem Prior den Umhang abnehmen. Dabei bewies er ein erstaunliches Geschick, und ich fragte mich, wann und wo ein in einem Kloster lebender Mönch sich eine solche Höflichkeit im Umgang mit Frauen hatte aneignen können.

»Wir haben uns viele Jahre nicht gesehen«, begann ich und kam mir angesichts dieser nichts sagenden Floskel augenblicklich wie eine Närrin vor. »Wie ist es Euch im Leben so ergangen, William?« Der zweite Versuch gelang mir auch nicht besser.

»Ich bin älter geworden.« Er lachte, und ich musste unwillkürlich selbst lächeln. Scheinbar wussten wir beide nicht recht, wie wir mit der Situation umgehen sollten. »Aber Ihr seht gut aus …« Er führte den Satz nicht zu Ende.

»Trotz?« Ich hätte mir die Zunge abbeißen können. Warum entschlüpften mir immer Worte, die besser ungesagt blieben? Vielleicht erinnerte er sich ja gar nicht mehr an meine gescheiterte Verlobung.

»Angesichts der Jahre, die seit unserer letzten Begegnung verstrichen sind«, erwiderte er galant.

Dann deutete er auf einen der großen, mit reichem Schnitzwerk verzierten Stühle, die am anderen Ende des Raumes im Halbkreis aufgestellt waren. Ich bemerkte, dass es dort auch drei Feuerstellen gab, die helles Licht und Wärme spendeten. In der Mitte des großen Raumes stand ein runder, mit sauberem weißem Leinen gedeckter Tisch.

Ich nahm auf dem Stuhl Platz, den er mir zugewiesen hatte und der dank der weichen Kissen auf der Sitzfläche äußerst bequem war. Auf einem kleinen, niedrigen Tischchen zwischen den Stühlen standen eine Karaffe und zwei Gläser bereit.

William wartete, bis ich meinen Platz eingenommen hatte, dann wählte er den Stuhl gegenüber dem meinen, setzte sich und betrachtete mich nachdenklich. In seiner schwarzen Kutte mit der zurückgeschlagenen Kapuze hätte er genauso gut irgendein gewöhnlicher Mönch des Ordens sein können, der Cellerar vielleicht oder der Koch. Warum fühlte ich mich dann in seiner Gegenwart nur so unbehaglich?

»Was führt Euch in dieser kühlen Frühlingszeit nach Canterbury, *Princesse*?«, fragte William schließlich.

»Das müsstet Ihr doch eigentlich wissen«, konterte ich.

»Ich?« Seine Miene zeugte von aufrichtiger Verwirrung. »Woher sollte ich denn Eure Absichten kennen?«

»Ihr wart von meinem Kommen unterrichtet. Und da ich die Reise aus einem Impuls heraus angetreten habe – sozusagen jedenfalls –, kann ich mir nicht vorstellen, wie Ihr davon erfahren habt. Dennoch wusstet Ihr Bescheid. Euer Gästemeister sagte, Ihr würdet uns erwarten. Nur wusste ich vor einer Woche selbst noch nicht, dass ich mich auf diese Reise begeben würde.« Ich lächelte, fixierte ihn dabei aber so scharf wie eine Katze ein Mauseloch. Ich wollte ihm möglichst viele Informationen entlocken, bevor sich die Äbtissin zu uns gesellte. »Daher nahm ich an, Ihr wüsstet auch bereits, weshalb ich hier bin.«

»Ah, jetzt verstehe ich.« Seine Miene blieb unverändert liebenswürdig. »Und ich kann Euch auch erklären, wie ich von Eurer bevorstehenden Ankunft erfahren habe, es ist kein großes Geheimnis. Gestern traf ein zu Tode erschöpfter Kurier aus Paris ein. Euer Bruder hatte ihn zusammen mit ein paar Rittern zu mir geschickt, um mich von Euren Plänen zu unterrichten. Der König ließ mir ausrichten, Ihr würdet mich über den Zweck Eurer Reise selbst ins Bild setzen, und bat mich, Euch meine Gastfreundschaft zu gewähren und während Eures Aufenthaltes für Eure Sicherheit zu sorgen.«

All dies wurde mit seidenweicher Stimme vorgetragen. Und es ergab einen Sinn. Gewissermaßen.

»Der Grund meiner Reise ist gleichfalls kein Geheimnis, Prior William. Ich befinde mich auf einer Pilgerfahrt zum Grab des Märtyrers, wo ich Buße für meine Sünden tun will.« Ich wich seinem Blick nicht aus. »Und ich bin mir sicher, dass Ihr dafür Verständnis aufbringen werdet, da Ihr doch so viele Jahre ein enger Vertrauter des Erzbischofs wart.«

Prior Williams Brauen schossen in die Höhe. »Ihr erinnert Euch, dass ich Sekretär des Kanzlers war?«

»Allerdings.« Ich nickte. »Des Kanzlers und späteren Erzbischofs Thomas Becket. Und danach wart Ihr, wenn ich mich recht entsinne, der Sekretär von König Henry. Sind wir uns nicht an Henrys Hof vor fast zwanzig Jahren zum letzten Mal begegnet?«

In diesem Moment geschah etwas, das William an einer Antwort hinderte. Mir kam die Ablenkung sehr gelegen. Ich war ein nicht unbeträchtliches Risiko eingegangen, indem ich König Henrys Hof erwähnt hatte. Das konnte die Unterredung auf zahlreiche Erinnerungen lenken, an die ich lieber nicht gerührt hätte. Aber ich hatte ihm durch meine Worte klar machen wollen, dass wir beide jetzt erwachsene Menschen waren. Unsere Kindheit schien sehr weit zurückzuliegen.

Ein kühler Luftzug streifte mich, als die Tür aufflog, ohne dass vorher angeklopft worden wäre. William erhob sich. Ich folgte seinem Beispiel, ohne nachzudenken, was sich als weiser Entschluss erwies, denn meine Tante Charlotte kam pfeilschnell in den Raum geschossen.

Die Äbtissin von Fontrevault benötigte keine vorherige Ankündigung und hätte vermutlich auch keine geduldet. Sie drängte sich an Bruder Dermott vorbei, dessen verdutzte Miene darauf schließen ließ, dass er noch versucht hatte, sich bemerkbar zu machen, und stürmte auf mich zu. Noch ehe ich wusste, wie mir geschah, zog sie mich in ihre Arme, eine Umarmung, die mich beinahe erstickte.

Dann hielt sie mich auf Armeslänge von sich weg. »*Princesse* Alaïs, Tochter meines geliebten verstorbenen Bruders Louis. Wie ich mich freue, dich zu sehen!« Ich hatte schon Angst, sie würde mich erneut an ihre Brust drücken, aber stattdessen trat sie einen Schritt zurück und musterte mich von Kopf bis Fuß.

»Du siehst wundervoll aus, *ma chérie*, aber du hast dich verändert. Ich sehe dich noch als junges Mädchen vor mir – langbeinig und ungelenk wie ein Füllen. Jetzt...«, sie hob ihre schlanken, eleganten Hände, als wolle sie mich segnen, »... jetzt bist du eine Frau.«

»Bon soir, chère tante Charlotte«, erwiderte ich; dabei zog ich mich vorsichtig ein paar Schritte zurück, um einen der schweren Stühle des Priors zwischen mich und den Überschwang meiner Tante zu schieben.

Ich mochte mich ja verändert haben, aber Tante Charlotte sah noch ganz genauso aus wie vor zwanzig Jahren. Sie war hoch gewachsen, hielt sich sehr gerade, und obwohl sie eher schlank war, vermittelte sie den Eindruck üppiger Körperfülle. Das lag an ihren übertriebenen Gesten, ihrer dröhnenden Stimme und ihrer extravaganten Kleidung. Sie weigerte sich, Nonnentracht zu tragen, und kleidete sich stattdessen in feinste Wolle und Pelze. Im Sommer hüllte sie sich von Kopf bis Fuß in seidene Gewänder. Die Äbtissin gehörte zu jenen Frauen, die jeden Raum beherrschen, den sie betreten. Und hinterher fragt sich ein jeder, wie sie dies zuwege gebracht haben.

Ihr einziges Zugeständnis an ihr religiöses Leben bestand in der Tatsache, dass sie nur noch wenig Schmuck trug – so hieß es jedenfalls. Aber an diesem Abend war von solcher Zurückhaltung nichts zu merken. Die Ringe an ihren Fingern glitzerten im Licht der vielen Kerzen und Fackeln. An ihrem Umhang funkelte eine prachtvolle Brillantschließe. Ich war froh, dass ich selbst kaum Schmuck angelegt hatte, weil ich mit meiner Tante ohnehin nicht hätte konkurrieren können. Behutsam strich ich über meinen arabischen Anhänger, wie um ihn vor dem Vergleich mit der alles überstrahlenden Pracht meiner Tante zu bewahren.

»Und was für eine schöne Frau du geworden bist«, fuhr Tante Charlotte fort; dabei bedachte sie mich mit einem liebevollen Lächeln. »Komm, setz dich zu mir, und erzähl mir alles, was seit unserer letzten Begegnung geschehen ist.«

Sie nickte William flüchtig zu, dann steuerte sie auf ihren Stuhl zu; dabei öffnete sie die Brillantspange und ließ ihren Umhang von den Schultern gleiten. Bruder Dermott, der ihren Auftritt mit unverhohlener Belustigung verfolgt hatte, eilte herbei und fing ihn auf, bevor er zu Boden fallen konnte.

Meine Tante ertappte mich dabei, wie ich von ihr zum Prior blickte, und lachte – ein heiserer, ansteckender Laut.

»Hab keine Sorge wegen meiner Manieren. Der Prior und ich haben uns schon begrüßt. Wir haben sogar den gesamten Nachmittag mit Beratungen verbracht, um genau zu sein. Ich verhalte mich ihm gegenüber nicht unhöflich, wenn ich mich ausschließlich mit dir befasse. Ich möchte einfach nur hören, wie es dir ergangen ist.«

»Ich habe eine bessere Idee.« William bot meiner Tante den Arm. »Die Prinzessin wird nach der langen Reise müde sein. Wir wollen zu Tisch gehen. Das Essen wird gleich aufgetragen.«

Noch nicht einmal Charlotte, die ihren ganz eigenen Kurs zu verfolgen schien, wagte es, Prior William in seinen eigenen Gemächern zu widersprechen. Und so gingen wir alle drei zum Tisch hinüber und machten Anstalten, unsere Plätze einzunehmen.

»Bitte nehmt einander gegenüber Platz.« William deutete auf die entsprechenden Stühle. »Ich werde am Kopfende sitzen.« Er sprach, als sei er gewohnt, dass seinen Befehlen bedingungslos Folge geleistet wurde.

Wie von Zauberhand öffneten sich die mächtigen Doppeltüren am Ende des Raumes, und Diener setzten dampfende Platten mit gekochten Neunaugen und Garnelen vor uns ab, gefolgt von Schüsseln mit Fleisch und Geflügel. Dazu wurde tiefroter Wein ausgeschenkt. William legte uns vor, wobei er von meiner Tante immer wieder unterbrochen wurde. Dieser Vorgang nahm einige Zeit in Anspruch, die ich dazu nutzte, den Prior eingehend zu betrachten.

Die Züge des erwachsenen William wirkten wie gemeißelt, kaum noch etwas erinnerte an das blasse Gesicht des Waisenknaben, das ich noch im Gedächtnis hatte. Nur die Hakennase (hatte einer der Plantagenet-Prinzen sie ihm in seiner Jugend gebrochen?), die hohen, ausgeprägten Wangenknochen und der durchdringende Blick jener tief in den Höhlen liegenden Augen schienen unverändert.

Der schwarze Haarschopf, der dem Kind immer in die Stirn gefallen war, wirkte noch immer voll und dicht, allerdings schon von grauen Strähnen durchzogen, und er trug ihn jetzt aus dem Gesicht gekämmt. Die dunklen Brauen schien er ständig zusammenzuziehen, was ihm einen leicht skeptischen Ausdruck verlieh. Auf jeder Seite seines Gesichts verlief eine tiefe Linie von den Wangenknochen bis zu den Mundwinkeln hinab, wodurch er ernst und gemessen wirkte – ein Eindruck, der sich noch verstärkte, wenn er lächelte. Und das tat er oft, als er sich mit meiner Tante ein Wortgefecht bezüglich der Speisenfolge lieferte.

Ich war eher erschöpft als hungrig, daher war ich froh, als William den letzten Diener hinausschickte und wieder Ruhe einkehrte.

»Alaïs, wie kommt es, dass du nun schon seit fünf Jahren – kann das sein? – wieder in Paris lebst?«, fragte Charlotte, wobei sie sich eingehend mit dem Stück gebratener Fasanenbrust auf ihrem Teller beschäftigte.

»Sieben«, murmelte ich mit vollem Mund, denn ich kostete gerade den würzigen Geschmack eines kleinen *chèvre* im Kräutermantel aus.

»Ja, natürlich. Die Zeit verrinnt. Genau wie Reichtümer. Wie geht es deinem lieben Bruder? Er hat mir letztes Jahr einen kurzen Besuch abgestattet, als er in die Gegend von Fontrevault kam. Aber dich habe ich seit…« Sie brach ab. »Aber jetzt verrate mir doch erst einmal, was dich nach Canterbury geführt hat.«

Ich betrachtete sie über den Tisch hinweg. Da zwischen uns einige Kerzen flackerten, war es schwierig, in ihrem Gesicht zu lesen. Sie musste von Eleanors Brief wissen. Tom von Caedwyd hatte gesagt, sie und Eleanor wären sehr vertraut miteinander, seit sich Eleanor nach Fontrevault zurückgezogen hatte. Doch ihre Züge verrieten nur milde Neugier.

»Ich habe es dem Prior gerade erklärt, als du gekommen bist, Tante. Ich habe beschlossen, eine Pilgerfahrt zu Beckets Grab zu unternehmen.«

»Vraiment?« Meine Tante hatte eine Art, einem Wort durch die entsprechende Betonung eine Bedeutung zu verleihen, die weit über den ihm eigenen Sinn hinausging.

»Ich bitte Euch, Äbtissin.« William setzte eine gespielt gekränkte Miene auf. »Das ist kein so ungeheuerliches Unterfangen. Viele Menschen pilgern hierher. Becket wird noch immer als Heiliger verehrt.«

»Verstehe. Alle strömen sie nach Canterbury, nicht wahr? Die Bauern kommen, weil sie wirklich gläubig sind. Der Adel kommt, um die neueste Mode mitzumachen.« Charlotte richtete ihre mandelförmigen braunen Augen auf William. »Ihr kanntet Becket gut, Prior. Habt Ihr ihn auch für einen Heiligen gehalten? Glaubt Ihr, er hat all diese Verehrung und Anbetung verdient?«

»Gegen Ende seines Lebens kam er der Heiligkeit auf seine Weise recht nahe.« William ließ sich Zeit mit seiner Antwort. Nachdenklich zerkrümelte er sein Brot zwischen seinen kräftigen Fingern. »In seinen ersten Jahren wohl eher nicht. Aber denkt an Plato – was zählt, ist das Ideal, nicht die Wirklichkeit. Wenn einer von uns nach seinem Tod andere zu größerer Frömmigkeit anregt, wer soll sich da anmaßen, ihn zu verurteilen? Und da wir alle Fehler und Schwächen haben …«, hier blickte er in meine Richtung und blinzelte mir zu, »… sollte auch keiner von uns den ersten Stein nach Becket werfen.«

»Unsinn!« Charlotte spießte mit ihrer italienischen Gabel

einen Fisch auf und begann, daran zu knabbern. »Wenn er nicht von Henrys hitzköpfigen Rittern umgebracht worden wäre, würde man ihn in den Chroniken als notorischen Unruhestifter führen. Er hat durch seinen maßlosen Stolz beinahe ein Königreich zugrunde gerichtet.«

»Kurz bevor Ihr kamt, wollte ich die Prinzessin nach dem Grund ihres Besuches fragen.« William wechselte geschickt das Thema. Immerhin war er der Prior von Beckets Abtei. Dennoch schien er nicht sonderlich erpicht, sich zum Verteidiger des Märtyrers aufzuschwingen.

»Ich habe ja schon angedeutet, weshalb ich hier bin.« Plötzlich fühlte ich mich wie beflügelt. »Mein letzter Besuch hier liegt fast zwanzig Jahre zurück. Damals habe ich König Henry begleitet. Er wollte für den Mord an Becket Buße tun. Und nun möchte ich diese Buße in seinem Namen noch einmal wiederholen und gleichzeitig Abbitte für meine eigenen Verfehlungen leisten. Ich habe diese Reise auf mich genommen, um König Henrys Angedenken zu ehren.«

Zwei Köpfe fuhren überrascht hoch.

»Ich dachte, Henry hätte jegliche Verantwortung für Beckets Tod weit von sich gewiesen«, wunderte sich Charlotte. »Er hat mir gegenüber mehrfach heilige Eide geschworen, nichts damit zu tun zu haben. Nur aus diesem Grund haben wir zugelassen, dass er im Kloster Fontrevault bestattet wurde.«

Deswegen und wegen einer großzügigen Spende an das Kloster, dachte ich, behielt diesen Gedanken jedoch wohlweislich für mich und erklärte nur: »Henry hat wirklich immer beteuert, ihn träfe keine Schuld an Beckets Tod. Die Ritter, die die Tat begangen haben, waren Halunken und Halsabschneider. Henry hat Beckets Ermordung nicht in Auftrag gegeben, seine Männer haben seine Worte nach ihrem Gutdünken ausgelegt.« Ich trank einen Schluck Wein, weil ich merkte, dass meine Stimme vor Erregung schrill geworden war.

»Stellt euch die Szene nur einmal bildlich vor«, fuhr ich dann fort. »Die Familie Plantagenet verbringt ein unbeschwertes Weihnachtsfest in Bures, tafelt, trinkt und lacht, als plötzlich sämtliche Bischöfe Englands in den Saal strömen, angeführt von dem aufgebrachten Roger von York. Sie erzählen dem versammelten Hof eine unglaubliche Geschichte. Anscheinend hat Becket sie alle sofort nach seiner Rückkehr nach England exkommuniziert, und das war nicht Bestandteil seiner Abmachung mit Henry, aufgrund derer sein Exil beendet worden war. Die Bischöfe verlangen vom König, augenblicklich etwas zu unternehmen. Henry tobt vor Wut. Er hat wilde Flüche ausgestoßen, aber seinen Rittern nie befohlen, Becket zu töten. Ich weiß es, denn ich war dabei. Ich war damals zwar noch ein Kind, aber ich erinnere mich an jede Einzelheit. Er hat den Mord nicht angeordnet.«

»Trotzdem waren es Henrys Ritter, die die Tat begangen haben.« William reichte meiner Tante eine Platte mit würzigem Gemüse.

»Ja, aber Ihr müsst doch wissen, dass Henry Becket nie auch nur ein Haar gekrümmt hätte. Dazu war er ein viel zu gerissener Politiker. Er wusste, dass ein ermordeter und hinterher als Märtyrer vergötterter Becket ihm in England viel mehr Probleme bereiten würde als ein lebendiger.« Ich leckte die Mandelcreme von meinem Löffel. Allmählich begann ich, mich wieder zu beruhigen. »Und das Letzte, was er wollte, war, hilflos zusehen zu müssen, wie Becket zum Heiligen gemacht wird – nach allem, was dieser Mann getan hatte, um sein Reich zu spalten!«

»Peut-être tu as raison.« Die Äbtissin runzelte nachdenklich die Stirn. »Aber wie erklärst du es dir dann, dass er nach so vielen Jahren als Büßer nach Canterbury zurückgekommen ist?« Sie blickte mich an, aber es war William, der antwortete.

»Er musste das Volk beschwichtigen. Beckets Popularität wuchs, der Heiligenmythos verbreitete sich rasend schnell. Und die meisten Menschen hielten Henry des Mordes für schuldig.

Also willigte er ein, sich hier öffentlich zu demütigen, und gestattete den Mönchen, die Disziplin zu benutzen – als Buße für das Unheil, das seine unbedachten Worte vielleicht angerichtet hatten.«

Die Äbtissin wischte sich die Finger an ihrer *serviette* ab. »Das stimmt mit dem überein, was ich damals gehört habe«, bestätigte sie dann.

»Und wer König Henry kannte, kann sich denken, wie weit er gegangen ist, um seinen einmal gefassten Entschluss in die Tat umzusetzen.« Ich schüttelte den Kopf. »Wenn ich meine Zeichenutensilien bei mir hätte, könnte ich die Szene hier und jetzt aus dem Gedächtnis wiedergeben. Ich war dabei, ich habe alles miterlebt, und ich werde dieses Bild nie vergessen.«

Prior William und meine Tante schwiegen.

Ich schloss die Augen. »Stellt euch Henry vor, nackt auf dem Boden von Beckets noch immer blutbesudelter Kapelle. Eine lange Reihe von Höflingen und Mönchen schreitet den Kreuzgang entlang und stellt sich in den Seitenschiffen auf. Man hört nur die Schritte der Mönche und das leise Zischen der Peitsche, als einer nach dem anderen an dem der Länge nach auf dem Boden ausgestreckten König vorbeigeht, um ihm mit der seidenen Schnur der Disziplin einen Schlag auf den bloßen Rücken zu versetzen.«

Ich verstummte. Einen Moment schienen wir alle den Atem anzuhalten. »Es war eine Frühlingsnacht wie diese. Das surrende Geräusch der Disziplin wurde von dem Aprilwind untermalt, der um das Gebäude pfiff. Ich weiß noch genau, dass ich regungslos dastand, mit glühenden Wangen, und Henrys Tochter Joanna ihre Finger in meinen Arm grub. So hinderten wir uns gegenseitig daran, in Ohnmacht zu fallen.«

Erstaunt stellte ich fest, dass meine Stimme leicht zu zittern begonnen hatte. Charlotte hielt den Blick gesenkt und drehte ihre Gabel zwischen den Fingern.

»Und deshalb ...«, ich bemühte mich, möglichst unbefangen

weiterzusprechen, »...dachte ich, ich sollte im Gedenken an den König hierher kommen und wie er Buße tun, für seine Sünden und für die meinen, die zwar nicht so schwer wiegen wie die des Königs, aber dennoch eine große Bürde für mich sind.«

William musterte mich forschend. Ich dachte, er würde jetzt eine unverbindliche Bemerkung machen, doch stattdessen erwiderte er nur: »Ich hoffe nur, dass Ihr nicht vorhabt, Euch gleichfalls nackt auf den Boden von Beckets Kapelle zu werfen und darauf zu warten, gegeißelt zu werden.«

Mit einer derart respektlosen Antwort hatte ich nicht gerechnet. Ich schloss die Augen und sah das Bild, das ich soeben beschrieben hatte, erneut vor mir. Vielleicht hatte ja im Hintergrund inmitten der Höflinge damals auch ein hoch gewachsener, dunkelhaariger Geistlicher gestanden und die grausige Szene mit ebenso schmerzerfüllter Miene verfolgt wie ich. Als ich die Augen wieder aufschlug, hatte William sich zu meiner Tante gewandt und beantwortete ihr eine Frage, die ich nicht gehört hatte. Mit Mühe zwang ich mich, mich wieder auf das Gespräch zu konzentrieren.

»Ach übrigens, Tante Charlotte...« Ich nutzte die erste sich bietende Gelegenheit, um mir in unserem Frage-und-Antwort-Spiel einen Vorteil zu verschaffen. »Was führt *dich* denn bei diesem unwirtlichen Frühlingswetter nach Canterbury? Es gibt doch wahrlich angenehmere Monate, um nach Kent zu reisen.« Ich wollte unbedingt die düstere Stimmung auflockern, die die Erinnerung an Henrys Büßergang und all die anderen Ereignisse jenes verhängnisvollen Jahres heraufbeschworen hatte. »Ich darf doch annehmen, dass du nicht hier bist, um am Grab des Märtyrers zu beten.«

Die Äbtissin wirkte angesichts dieser Vorstellung einen Moment lang so entsetzt, dass ich ein Lächeln unterdrücken musste, fasste sich aber bemerkenswert rasch wieder. »Ich habe mit Prior William verschiedene Dinge zu bereden. Noch in diesem Jahr soll eine Versammlung aller Äbte und Äbtissinnen von England und der Normandie einberufen werden. Es sind Probleme aufgetreten, für die dringend eine Lösung gefunden werden muss. Fontrevault ist zwar kein Benediktinerkloster, aber man hat mich dennoch dazugebeten. Prior William und ich müssen nun die organisatorischen Fragen besprechen.«

Prior William war nicht entgangen, wie meine Tante das Gesicht verzogen hatte, als ich sie gefragt hatte, ob sie an Beckets Grab beten wolle.

»Hat Euch Prinzessin Alaïs' Anspielung missfallen, Äbtissin?«, erkundigte er sich freundlich, während er Knoblauchsauce über sein Schweinefleisch gab.

»Aber nein. Ich weiß, dass meine Nichte findet, ich sei weltlichen Dingen zu sehr zugetan«, erwiderte sie ohne das geringste Anzeichen von Verärgerung. »Sie schließt aus meiner Vorliebe für schöne Kleider und Geschmeide, dass es mir an Frömmigkeit mangelt. Und daher …«

»Ganz so stimmt das nicht, Tante«, unterbrach ich sie. »Ich kenne nur deine Geschichte, daher weiß ich, dass du vor niemandem demütig zu Boden sinken würdest, weder mit noch ohne Kleider.«

William kicherte in sich hinein. Nachdem er einen Schluck Wein getrunken hatte, tupfte er sich mit seiner *serviette* die Lippen ab. »Das klingt ja sehr interessant.« Er nickte mir zu. »Erzählt mir mehr über Eure Tante. Ich ahnte ja nicht, dass eine so bewegte Vergangenheit hinter ihr liegt.«

Ich zögerte, weil ich nicht wusste, ob es meiner Tante recht war, wenn ich ihre Lebensgeschichte vor ihrem Amtsbruder ausbreitete. Doch dann kam ich zu dem Schluss, dass sie in Prior Williams Achtung nur steigen würde, wenn er erfuhr, was sie durchgemacht – und wie sie sich schließlich behauptet hatte.

»Mein Großvater König Louis, der auch le Gros genannt wurde, verheiratete Tante Charlotte schon in sehr jungen Jahren mit einem Grafen einer seiner südlichen Provinzen«, begann ich, wobei ich der Äbtissin einen verstohlenen Blick zuwarf. Ihre Miene blieb undurchdringlich. »Berichtige mich, falls mir ein Fehler unterläuft. Aber das ist die Geschichte, die mein Vater kurz vor seinem Tod meinem Bruder erzählt hat.«

»Sprich weiter«, forderte mich Charlotte auf, die nun von einem stummen Lachanfall geschüttelt wurde.

»Diese Ehe stand unter einem schlechten Stern. Der Graf war oft wochenlang betrunken und schloss sich mit seiner bevorzugten Mätresse dann in einem Turm ein. Gelegentlich kam er heraus, um seine Frau zu beschimpfen und zu schlagen, dann widmete er sich wieder seinen Lieblingsbeschäftigungen. Unter diesen Umständen ist es wohl kein Wunder, dass sich keine Kinder einstellten – oder zumindest keines am Leben blieb.« Wieder blickte ich zu meiner Tante hinüber. Vielleicht sprach ich ja doch zu offen über all diese schmerzlichen Ereignisse. Doch sie schien völlig ungerührt.

Sie führte die Erzählung sogar fort. »Endlich starb dieser fürchterliche Mensch. Sein Sohn aus einer früheren Ehe übernahm das *château* seines Vaters und, wie man sagte, auch dessen Mätresse samt dem bewussten Turm. Ich wurde schnellstmöglich und ohne großes Aufhebens nach Paris zurückgeschickt wie ein Sack abgelegter Kleider.«

»Doch als Charlotte nach Paris zurückkehrte, war sie innerlich gereifter und stärker als bei ihrer Abreise«, betonte ich. »Sie machte ihrem Vater klar, dass sie nie wieder heiraten wollte. Als er trotzdem versuchte, neue Ehekontrakte für sie auszuhandeln und ihr einen Bewerber nach dem anderen präsentierte, steigerte sie sich in Anfälle von Raserei hinein – sie schrie, tobte und riss sich die Haare büschelweise aus, was die Freier, ob jung oder alt, so erschreckte, dass sie die Flucht ergriffen. Schon bald hatten sich diese Geschichten wie ein Lauffeuer in Frankreich und der Normandie bis hin zur Gascogne verbreitet, und kein heiratswilliger Mann wagte es mehr, um die Hand von König Louis' Tochter anzuhalten.«

»Bis hin zur Gascogne – das ist wohl etwas übertrieben«, murmelte Charlotte und schob ihren leeren Teller zur Seite.

»Schließlich war mein Großvater so verzweifelt«, fuhr ich fort, »dass er mittels einer großzügigen Stiftung den Posten der Äbtissin des Klosters Fontrevault kaufte und Charlotte dorthin verbannte. Er schärfte ihr ein, nicht wieder an den Hof zurückzukehren, wenn er sie nicht ausdrücklich rufen ließ.«

Jetzt konnte die Äbtissin nicht mehr an sich halten und brach in schallendes Gelächter aus.

»Stimmt das?« Der Prior deutete mit seiner Gabel auf sie.

»Es kommt der Wahrheit recht nahe«, gab Charlotte zu. »Nur hätte ich die ganze Geschichte ein bisschen ausgeschmückt. So klingt sie doch arg alltäglich.«

»Ich kann mich über Euren Vater nur wundern«, meinte William, der nicht im Geringsten verwundert wirkte. »Eure Verbannung war ein schwerer Verlust für den Hof von Paris.« Er winkte die Diener zu sich. »Von nun an werde ich Euch mit dem Euch gebührenden Respekt behandeln. Eine solche Willenskraft, wie Ihr sie unter Beweis gestellt habt, nötigt mir große Bewunderung ab.«

»Da wir gerade von Menschen sprechen, die sich nicht lenken lassen …«, warf ich ein. »Wie ich hörte, erregt der Druck, den König John auf die Klöster und Abteien ausübt, in England großen Unmut.«

Meine beiden Tischgefährten wechselten einen raschen Blick. Es war William, der dann meine Bemerkung aufgriff. »Wie meint Ihr das?«

»Genaueres weiß ich selbst nicht. Mir sind nur Gerüchte zu Ohren gekommen, John würde den Klöstern Unmengen von Silber abverlangen, und deshalb würde er mit seiner Politik hier auf der Insel und in Rom auf zunehmenden Widerstand stoßen.«

»Diese Gerüchte sind auch schon bis zu uns durchgedrungen, obwohl Canterbury von seinen Forderungen bislang verschont geblieben ist.« William lehnte sich in seinem Stuhl zurück. Wenn er eine Weile still gesessen hatte, schien er unruhig zu werden. »Vielleicht hat uns ja das Grab des Märtyrers davor bewahrt. Noch nicht einmal König John wagt es, die ewige Ruhe des Erzbischofs zu stören und so vielleicht Anlass zu einem weiteren Krieg zwischen Kirche und Staat zu geben – ein Kampf, der sehr leicht mit einem neuerlichen Bischofsmord enden könnte.« Er wandte sich an die Äbtissin. »Aber viele andere, vor allem die Benediktinerklöster im Norden, sind kräftig von ihm geschröpft worden. Und verständlicherweise nicht gerade glücklich darüber.«

Ich fragte mich, ob die geplante Versammlung der Oberhäupter aller großen Klöster im Norden des Landes etwas mit Johns Raubzügen zu tun hatte.

»Und natürlich kann John seine gierigen Klauen jederzeit auch nach uns ausstrecken.« William sprach wie zu sich selbst.

Plötzlich fiel mir ein, dass ich mich erkundigen wollte, ob es in dieser Abtei einen Islamkundigen gab, der mir mehr über Ibn al-Farid verraten konnte.

»Prior William, abgesehen von meinem Wunsch, am Altar des Märtyrers zu beten, habe ich noch ein anderes Anliegen. Unter Euren Mönchen gibt es doch sicherlich auch Gelehrte, die den Süden bereist oder gar dort Studien betrieben haben.«

William runzelte die Stirn. »Ja, wir haben ein paar Brüder, die einige Jahre in Italien verbracht haben. Aber in diesen unsicheren Zeiten sind solche Reisen nicht ganz ungefährlich, wenn man nicht gerade ein bewaffneter Ritter ist und sich mit einer ganzen Armee im Rücken auf einem Kreuzzug befindet. Deswegen habe ich sie weitgehend untersagt. Was für einen Mann sucht Ihr denn?«

»Ich möchte mit jemandem sprechen, der sich auf dem Gebiet arabischer Dichtkunst auskennt und mir etwas über die Herkunft dieses Schmuckstücks und seine Geschichte erzählen kann.« Ich strich mit den Fingern leicht über meinen Anhänger.

»Ein schönes, sehr ungewöhnliches Stück. Es ist mir schon aufgefallen. Eine derartige Arbeit findet man sicherlich nicht überall.« Meine Tante hatte aufgehorcht, als das Thema Schmuck zur Sprache gekommen war; sie beugte sich jetzt interessiert vor, um den Anhänger genauer in Augenschein zu nehmen.

»Ich glaube nicht. Der Mann, der diesen Schmuck angefertigt hat, war sowohl ein Dichter als auch ein begnadeter Goldschmied. Auf der Rückseite ist eine Gedichtzeile eingraviert, und ich würde gerne mehr über das betreffende Gedicht wissen.« Ich gab mir größte Mühe, so obenhin wie nur möglich zu klingen, denn ich hatte nicht die Absicht, meinen beiden Tischgenossen von Meister Averroës' auffälligem Interesse an meinem Anhänger oder von der Durchsuchung meiner Kammer im Gasthaus von Havre zu erzählen.

William erhob sich, trat an ein Schreibpult und kritzelte ein paar Worte auf ein Stück Pergament. »Ich denke, Vater Alcuin wird Euch weiterhelfen können. Er hat viele Jahre in einem Benediktinerkloster in der Nähe von Cefalù auf Sizilien verbracht. Er spricht Arabisch; vielleicht kennt er ja das Gedicht, das Ihr sucht.« Er grinste. »Aber er spricht auch Englisch und Französisch, Verständigungsprobleme wird es also kaum geben. Ich werde Dermott bitten, Euch morgen um die Mittagszeit zu ihm zu bringen.«

Er kehrte nicht an den Tisch zurück, sondern deutete auf die Stühle vor dem Feuer. »Äbtissin, Prinzessin, bitte leistet mir hier Gesellschaft. Es fällt mir schwer, längere Zeit an einem Tisch zu sitzen.«

Aber ich spürte plötzlich, dass ich nicht mehr die Kraft hatte, das Gespräch fortzusetzen. Ich murmelte eine Entschuldigung, verabschiedete mich und blickte mich suchend nach meinem Umhang um. William streckte die Hand nach dem Klingelzug aus, um Bruder Dermott zu rufen, doch die Äbtissin kam ihm zuvor.

»Ich werde meine Nichte begleiten, William. Meine Unterkunft liegt direkt neben der ihren, und ich werde dafür sorgen, dass sie sicher dorthin gelangt.« Bei der Vorstellung, auf dem gesamten Rückweg Charlottes Geplapper ertragen zu müssen, unterdrückte ich ein Stöhnen.

Ein junger Bruder hatte dem Prior meinen Umhang gereicht, den mir dieser gerade um die Schultern legte, als mir plötzlich meine geplante Nachtwache einfiel. Ich drehte mich zu ihm um. Wir standen jetzt so nah beieinander, dass ich zu ihm aufblicken musste.

»Prior, das Wichtigste hätte ich beinahe vergessen. Die Höflichkeit gebietet es mir, Euch förmlich um die Erlaubnis zu bitten, morgen Abend an Beckets Altar wachen und beten zu dürfen. Ich möchte eine Nacht alleine dort verbringen. Ihr habt doch hoffentlich nichts dagegen?«

»Ihr wollt an Beckets Altar wachen?« William trat einen Schritt zurück und lehnte sich mit einer Schulter an die Wand. »Warum nicht bei seinem Grab? Vielleicht wisst Ihr nicht, dass wir seine Gebeine nach dem großen Brand umgebettet haben. Becket liegt nicht mehr unter dem Altar begraben.« Er lachte leise. »Er hat jetzt ein ziemlich großes Grabmal bekommen.«

»Davon bin ich überzeugt, aber ich halte den Altar für einen passenderen Ort für meine Wache. Er ist ein direkteres Bindeglied zu meiner Vergangenheit.« Ich schlang meinen Umhang enger um mich. »Warum dem so ist, habt Ihr ja heute Abend erfahren.«

Prior William blickte über meine Schulter hinweg zu meiner Tante und zuckte dann die Achseln. »Wenn Ihr darauf besteht... ich gebe Euch meine Erlaubnis, im Gedenken an Becket – und an Henry. Aber ich warne Euch. Das wird eine lange, kalte Nacht für Euch werden. Ihr werdet Eure Knochen spüren. Schließlich sind wir beide nicht mehr die Kinder von einst.« Sein Ton grenzte schon beinahe an Unverschämtheit, was mir ganz und gar nicht gefiel.

»Prior, tut mir den Gefallen und sprecht nur für Euch selbst. Ich für meine Person fühle mich der Herausforderung durchaus gewachsen, trotz meines fortgeschrittenen Alters, an das Ihr mich liebenswürdigerweise erinnert habt.«

William lachte nur, dann zog er nach Art der Höflinge meine Hand an seine Lippen und streifte sie flüchtig. Nachdem er sich auf dieselbe Weise von der Äbtissin verabschiedet hatte, nahm er eine kleine Laterne aus ihrer Wandhalterung. Doch meine Tante protestierte sofort. Sie beharrte darauf, durchaus in der Lage zu sein, den Heimweg ohne seine Begleitung zurückzulegen, schließlich habe sie ja auch alleine hergefunden. Dann nahm sie ihm ohne weitere Umstände die Laterne aus der Hand, und wir traten den Rückweg an.

Ehe sich die Tür hinter uns schloss, drehte ich mich noch einmal um. Ich sah den Prior neben dem Kamin stehen, eine Hand auf den geschnitzten Sims gestützt. Er betrachtete uns nachdenklich und ohne den leisesten Anflug eines Lächelns.

Unsere Umhänge flatterten im Wind, als wir den dunklen Gang entlangeilten. Die Äbtissin hielt die Laterne in einer Hand, mit der anderen umfasste sie meinen Ellbogen mit eisernem Griff. Ich war mir nicht sicher, ob sie sich auf mich stützen oder mich festhalten wollte, damit ich ihr nicht entwischen konnte. Plötzlich hörte ich Schritte hinter uns. Ich ging langsamer und hätte mich umgedreht, doch Charlotte verstärkte warnend den Druck ihrer Hand.

»Der Prior hat uns trotz meiner Proteste eine Eskorte hinterhergeschickt«, erklärte sie, als habe sie meine Gedanken gelesen. »Er hat eben seinen eigenen Kopf. Und er ist um unsere Sicherheit besorgt. Sollten ihm zwei Angehörige des französischen Königshauses abhanden kommen, müsste er eine Reihe sehr unangenehmer Fragen beantworten.«

»Abhanden kommen?«

»Nur ein Scherz, Nichte. Ich meine, falls uns hier irgendetwas zustoßen sollte.«

»Aber wir befinden uns innerhalb der Mauern von Canterbury. Hier müssten wir doch vollkommen sicher sein.«

»Das sollte man annehmen. Aber Becket hat das auch geglaubt, und du siehst ja, was passieren kann, wenn man sich irrtümlich in Sicherheit wähnt. Und jetzt verrate mir endlich, warum du nun wirklich hier bist.«

Ich dachte kurz nach, dann traf ich meine Entscheidung. Sollte doch sie als Erste die Karten auf den Tisch legen. Woher sollte ich wissen, inwieweit Eleanor sie in ihre Pläne eingeweiht hatte?

»Aus genau dem Grund, den ich dir und dem Prior bereits genannt habe. Ich bin hergekommen, um an Beckets Grab zu wachen und Buße zu tun, in Henrys Namen und meinem eigenen.«

Charlotte schwieg einen Moment. Es kam mir vor, als wären wir Duellgegner – jeder nahm sich einen Moment Zeit, um vor dem nächsten Angriff die Schwächen des anderen abzuschätzen. Nur kämpften wir mit Worten, nicht mit Schwertern.

»Ich halte das für keine gute Idee.«

»Was? Buße zu tun?«

»Nein, das nun gerade nicht. Generell bin ich dafür, dass jeder, der meint, für seine Sünden büßen zu müssen, dies auch tun sollte. Nein, ich halte es für töricht, dass du morgen Nacht in der Kathedrale wachen willst.«

»Und warum?« Nun wähnte ich mich im Vorteil. Wenn ich meine Fragen und Antworten auf ein Minimum beschränkte, trug meine Tante die Hauptlast bei diesem Schlagabtausch.

»Weil es in der Kirche kalt ist, und außerdem zieht es fürchterlich. Stockfinster ist es auch. Und es besteht immer die Möglichkeit, dass sich räuberische Mönche oder Diebe einschleichen. Nein, ich denke, du solltest wirklich auf diese absurde Nachtwache verzichten.« Wir gelangten jetzt auf den

Pfad, der durch den Kräutergarten führte. Unsere Röcke streiften die Pflanzen zu beiden Seiten des gepflasterten Weges. Noch immer konnte ich die leisen Schritte hinter uns hören.

»Mein Rat lautet, morgen früh bei Tageslicht ein paar Gebete am Grab des Märtyrers zu sprechen und diese Pilgerfahrt damit zu beenden. Du hast nun wirklich nicht genug Sünden auf dich geladen, um so umfassend Buße tun zu müssen.«

»Vielen Dank, Tante«, erwiderte ich erheitert. »Wenn du um deine Mitschwestern in Fontrevault genauso rührend besorgt bist wie um mich, müssen sie sich dort ja sehr wohlfühlen.«

Wir waren an meiner Tür angelangt. Meine Tante blieb stehen und drehte sich zu mir um. Ihr Gesicht wirkte in dem schwachen Licht seltsam verzerrt. »Ich spreche nur halb im Scherz, Nichte. Wir leben in unsicheren Zeiten, da gilt es, ständig auf der Hut zu sein. Warum willst du ein unnötiges Risiko eingehen?«

»Dann begleite mich doch einfach«, schlug ich vor. »Lass uns gemeinsam am Grab wachen.«

Ich sagte das nur, um sie zu necken. Sie war erheblich älter als ich; ihr prachtvolles rabenschwarzes Haar schimmerte an den Schläfen schon silbergrau. Außerdem war sie nicht gerade eine glühende Verehrerin Beckets, und der Prior wusste das. Sie würde nie einwilligen, mir während meiner Nachtwache Gesellschaft zu leisten. Aber ich wollte unser Duell endlich beenden.

Der Mond stand fast rund am Himmel, sein silberner Schein umflutete uns und fiel voll auf das Gesicht meiner Tante, als sie mich ansah.

»Ich bin fest davon überzeugt, dass du einen Fehler machst.« Ihre sonst so lebhafte Stimme klang mit einem Mal tonlos. In dem fahlen Licht wirkten ihre ernsten Züge wie eine Totenmaske aus einer antiken Grabstätte. »Du begibst dich vielleicht in Gefahr, und das für nichts und wieder nichts!«

Mit ihrer freien Hand zog sie meinen Kopf zu sich heran und küsste mich leicht auf die Lippen. »Ich breche morgen schon in aller Frühe auf. Es tut mir Leid, dass uns jetzt keine Zeit mehr bleibt, noch ein wenig miteinander zu plaudern. Vielleicht können wir uns ja in Frankreich wiedersehen. Ich würde dich gern besser kennen lernen. Aber denk an meine Worte, mein liebes Kind, und sei vorsichtig.« Und ehe ich noch etwas erwidern konnte, wandte sie sich ab und schwebte davon. Meine unausgesprochenen Fragen wehten hinter ihr her wie ihr raschelnder, seidengesäumter Umhang.

Verwirrt und leicht benommen öffnete ich die Tür. Als Erstes fiel mein Blick auf das prasselnde Feuer im Kamin, dann sah ich mich in dem Raum um und musste eine Hand vor den Mund schlagen, um den Schrei zu unterdrücken, der sich über meine Lippen drängte. All meine Habseligkeiten waren mitten im Zimmer auf den Boden geworfen worden – mein ausgeleerter Reisesack, die Pelzdecken vom Bett, alles war zu einem großen Stapel aufgetürmt. Selbst die Stuhlkissen fehlten nicht. Das Ganze erweckte den Eindruck eines makabren Scheiterhaufens.

Herr Jesus, steh mir bei, betete ich stumm, da mir dieses eine Mal keine der Verwünschungen einfiel, die König Henry ständig im Mund geführt hatte. Einen Moment lang erwog ich, meine Tante zurückzurufen, die auf dem Weg zu ihrem eigenen Gästehaus war. Doch dann nahm ich mich zusammen, trat rasch ins Zimmer, schloss die Tür hinter mir und verriegelte sie. Denk scharf nach, mahnte ich mich. Jetzt ist nicht der richtige Zeitpunkt für übereiltes Handeln.

Ich trat zu dem Stuhl, der am nächsten beim Feuer stand, nun seines Kissens beraubt, und ließ mich schwer darauf sinken. Nicht die Verwüstung meines Quartiers jagte mir einen Schauer über den Rücken, sondern die Tatsache, dass der Kleider- und Deckenstapel wie ein Scheiterhaufen aussah – wie der Grundstock eines rituellen Opferfeuers. Am Hof meines Vaters hatte ich Geschichten gehört, die auch bis an den englischen Hof gedrungen waren; Geschichten über die Ketzer, die vor Jahren in Lyons in Flandern verbrannt worden waren. War dies eine Art Botschaft? Wer verfolgte mich, und warum drohte er – oder sie – mir so unmissverständlich?

Nach einer Weile stand ich auf, um wieder Ordnung zu schaffen. Ich begann mit dem Bettzeug und den Stuhlkissen. Nachdem ich die Spitze des »Scheiterhaufens« abgetragen hatte, stellte ich fest, dass meine Kleider achtlos zusammengeknüllt worden waren und das Schmuckkästchen umgedreht am Fuß des Stapels auf dem Boden lag.

Ich hob es auf. Diesmal musste ich es nicht aufklappen; ich wusste, dass es leer war. Ich stellte es behutsam auf den kleinen Tisch und betrachtete es nachdenklich.

Man konnte mir vieles nachsagen, doch eine Närrin war ich nicht. Wenn die Unbekannten, die mein Quartier durchsucht hatten, mir etwas zu Leide tun wollten, konnte ich wenig tun, um mich zu schützen. Aber es konnte sich nicht um dieselben Männer handeln, die in meine Kammer im Gasthaus von Havre eingedrungen waren.

In Havre hätten sie meinen gesamten Schmuck stehlen können, hatten es jedoch nicht getan. Die Diebe hatten damals etwas ganz Bestimmtes gesucht und nicht gefunden. Aber jetzt war mein Schmuck verschwunden, und jemand hatte sich größte Mühe gegeben, um mich in Angst und Schrecken zu versetzen.

Man musste keine Geistesgröße sein, um zu dem Schluss zu gelangen, dass es sich um verschiedene Täter handelte. Während ich weiter aufräumte, dachte ich fieberhaft nach. Die ersten Diebe hatten etwas gesucht und nicht gefunden, die zweiten etwas gefunden, was sie nicht gesucht hatten. Ich spürte, wie sich meine verkrampften Schultermuskeln entspannten. Meine anfängliche Furcht schmolz dahin wie Schnee in der Sonne. Wer auch immer sich in diesen Raum geschlichen hatte – er hatte mir eine Botschaft hinterlassen wollen. Der Schmuck war lediglich eine unverhoffte Dreingabe gewesen. Aber ich glaubte nicht, dass die Täter zurückkommen würden.

♦ 7 ♦

Ein aufschluss-reiches Gespräch

Am nächsten Morgen nahm ich an der Messe in Beckets Kapelle teil, wie sie nach dem Tod des Erzbischofs genannt wurde. Bruder Dermott kam mich noch vor Tagesanbruch abholen, denn in dieser Abtei war es Sitte, dass die Mönche direkt nach der Frühmette vor den verschiedenen Altären der Kathedrale die Messe lasen. Ich verzichtete darauf, dem Gästemeister von dem Diebstahl zu berichten. Ich wollte kein Wort darüber verlieren, bis ich wusste, wem ich hier Vertrauen schenken konnte und wem nicht. Und wenn William wüsste, dass Unbekannte mein Quartier durchwühlt hatten, würde er mir die Erlaubnis verweigern, heute Abend meine Nachtwache anzutreten, da war ich mir sicher. Und eine zweite Gelegenheit, Eleanors Briefe an mich zu bringen, würde sich mir wohl kaum bieten.

Ich verspürte wenig Lust, die Messe zu besuchen. Um meinen Glauben stand es nicht zum Besten, und ich hatte mich in der letzten Zeit von allen kirchlichen Ritualen fern gehalten, so weit dies möglich war, ohne einen Skandal zu verursachen. Aber ich genoss Williams Gastfreundschaft und gab überdies vor, einen Bußergang zu Beckets Altar auf mich nehmen zu wollen, da blieb mir nichts anderes übrig, als wenigstens ein Mindestmaß an Frömmigkeit an den Tag zu legen. Außerdem konnte es nichts schaden, die Kapelle, in der ich die Nacht verbringen wollte, vorher unauffällig in Augenschein zu nehmen, dann war ich für meine Aufgabe besser gewappnet.

Bruder Dermott führte mich schweigend über das Abteigelände in die mächtige Kirche. Die Luft innen roch muffig, und es war merklich kühler als draußen im Freien. Fackeln flackerten an den Wänden, und in mannshohen schmiedeeisernen Haltern brannten riesige Kerzen. Wie stumme Soldaten reihten sie sich in den Seitenschiffen auf und umringten die Altäre.

Um die zahlreichen Seitenaltäre drängten sich Mönche; sie murmelten bereits die lateinischen Worte ihrer täglichen Messen. Ihre auf- und abschwellenden Stimmen fluteten leise durch die Kirche. Als wir das Hauptschiff betraten, sah ich drei Mönche vor dem Hochaltar eine bereits im Gange befindliche Messe zelebrieren. Sie trugen die weißen, golddurchwirkten Gewänder der Osterwoche, die jedes Mal im Fackelschein schimmerten, wenn sie sich bewegten. Ich wünschte mir sehnlichst, meine Zeichenutensilien dabeizuhaben. Hätte ich sie malen können, so hätte ich diesen drei Männern die Gestalt von Stieglitzen gegeben.

Ich nahm an, dass es sich bei einem der drei um William handelte. Als Prior war er berechtigt, in Abwesenheit des Abtes die Messe vor dem Hochaltar zu lesen. Aber dann entdeckte ich eine einsame Gestalt, die etwas abseits in der Nähe des Chorgestühls auf einer prachtvollen geschnitzten Bank saß – allein, ohne Begleitung und nicht in österliche Gewänder, sondern in die schlichte schwarze Ordenskutte gehüllt. Die Kapuze war zurückgeschlagen, und das ausdruckslose Gesicht, das sie sehen ließ, gehörte Prior William.

Ich grübelte über diese ungewöhnliche Abweichung von diesem uralten Ritus nach, während ich Bruder Dermott zum Seitenaltar – dem Altar des Erzbischofs, wie er genannt wurde – folgte, an dem ich heute Nacht wachen würde. Auch hier hatte die Messe bereits begonnen.

Die Kapelle des Erzbischofs war nicht viel mehr als eine kleine Nische seitlich vom Hauptschiff der Kirche. Sie enthielt einen bescheidenen Altar und ein paar Betschemel aus Holz – *prie-dieu* genannt. Der Altar befand sich an der rückwärtigen Wand, genau wie auf Eleanors Karte verzeichnet. Zwanzig Betschemel reihten sich direkt davor auf, dahinter noch einmal zwanzig. Wenn ich hier kniete, in der ersten Reihe, dachte ich, würde es ein Leichtes sein, hinter den Altar zu huschen, den Stein aus dem Mauerwerk zu lösen, die Briefe an mich zu nehmen und zu meinem Platz zurückzukehren. Das Ganze würde nicht mehr als ein paar Minuten in Anspruch nehmen.

Ich zwang mich, mich wieder auf das Hier und Jetzt zu konzentrieren. Der Priester, ein junger, erschöpft wirkender Mönch, begann gerade in der Ecke, wo wir standen, den Leib Christi zu verteilen. Obgleich ich daran zweifelte, der göttlichen Barmherzigkeit für würdig befunden zu werden, empfing ich die Hostie, um inmitten dieser Gruppe von Gläubigen kein Aufsehen zu erregen. Endlich drehte sich der Priester zu uns und breitete die Arme aus. »Geht in Frieden. *Ite missa est*«, intonierte er auf Lateinisch.

Wie auf ein Stichwort hin tauchte Bruder Dermott neben mir auf. »Die Messe ist beendet. Ihr habt jetzt Zeit, Euch ein wenig auszuruhen. Ich komme später zu Euch, der Prior hat mich angewiesen, Euch zu Vater Alcuin zu bringen. Wir finden ihn in der Bibliothek.«

Wir schlossen uns dem Strom von Mönchen an, der die Kathedrale durch eine Seitentür verließ. Keiner sprach ein Wort. Als wir uns der Tür näherten, bemerkten uns ein paar Mönche und traten zur Seite, um uns vorbeizulassen. Ich zog mir den Schleier enger um meinen gesenkten Kopf. Die Atmosphäre in der Kathedrale hatte ihre Wirkung auf mich nicht verfehlt, oder vielleicht hatte mich auch die Gegenwart so vieler Ordensbrüder zu dieser demütigen Geste bewogen.

Als ich in meine Unterkunft zurückkehrte, sah ich, dass das

Feuer erneut geschürt worden war. Diesmal gab es keine Spuren ungebetener Besucher. Das Zimmer wirkte im Gegensatz zu der düsteren, kalten Kathedrale geradezu anheimelnd, obwohl ich ein leises Unbehagen nicht abzuschütteln vermochte; ganz offensichtlich hatte ich die unangenehme Überraschung vom Vortag noch nicht überwunden. Aber obwohl ich mich noch immer nicht vollkommen sicher fühlte, drohte mich die Müdigkeit zu überwältigen. Ich kroch unter die Pelzdecken meiner niedrigen Pritsche und schlief mehrere Stunden lang tief und traumlos.

Ein Klopfen an der Tür weckte mich – das Zeichen, dass Bruder Dermott draußen stand. Ich wand mir meine Zöpfe um den Kopf, strich mein wollenes Gewand glatt und richtete meinen Schleier zurecht. Bruder Dermott wartete geduldig vor der Tür, bis ich fertig war. Nach einer knappen Begrüßung gingen wir schweigend in Richtung Domkapitel. Ich stellte fest, dass der gute Bruder bei jeder unserer Begegnungen unzugänglicher wirkte. Und angesichts seiner ablehnenden Haltung verging mir die Lust, ihn in ein Gespräch zu verstricken.

Wir ließen das Domkapitel hinter uns, durchquerten die große Halle und erreichten einen langen Gang, der zu einer Treppe führte. Bruder Dermott stieg die ersten Stufen empor; dabei legte er einen Finger vor die Lippen – eine überflüssige Mahnung, ruhig zu sein, die mich ärgerte.

Hinter dem Treppenabsatz erstreckte sich ein großer Saal voller Tische und Regale. Eine Gruppe von Mönchen verfasste an den langen Tischen Abschriften von Manuskripten, andere waren an Schreibpulten mit ähnlichen Arbeiten beschäftigt. Als wir zwischen den Reihen hindurchschritten, sah ich, dass einige Schreiber wunderschöne kalligrafische Zeichen malten, während andere den ersten Buchstaben eines jeden neuen Kapitels mit kunstvollen Verzierungen versahen. Ein paar Mönche blickten auf, aber die meisten nahmen keinerlei Notiz von uns.

Am Kopfende des Skriptoriums – denn wir befanden uns

zweifellos in der Schreibstube der Abtei – saß eine hoch gewachsene Gestalt mit einem mürrischen runden Gesicht und einem glänzenden Kahlkopf. Der Mann sah gelegentlich von seinem Manuskript auf, um sich zu vergewissern, dass alle seine Schäfchen fleißig arbeiteten. Dabei fiel sein Blick auf Bruder Dermott und mich, die wir zwischen den Tischen und Pulten hindurch auf ihn zusteuerten. Er schien nicht sonderlich erfreut, uns zu sehen.

»Vater Alcuin, Prior William wünscht, dass Ihr unserem Gast, Prinzessin Alaïs aus Frankreich, ein paar Fragen bezüglich eines bestimmten arabischen Dichters beantwortet.« Die beiden Mönche verneigten sich leicht voreinander, dann wandte sich Bruder Dermott an mich. »Ich komme Euch in ungefähr einer Stunde wieder abholen«, verkündete er.

Vater Alcuin hatte sich erhoben, als er uns kommen sah. Nun verbeugte er sich ehrerbietig vor mir. »Bitte.« Er deutete auf einen Stuhl auf der anderen Seite des Tisches. »Nehmt Platz. Wie kann ich Euch helfen?«

»Ich möchte etwas über den arabischen Dichter Omar Ibn al-Farid wissen. Dieser Anhänger, der sich seit Jahren in meinem Besitz befindet, trägt eine Gravur auf der Rückseite, eine Zeile aus einem seiner Gedichte. Seit kurzer Zeit scheinen sich mehrere Personen auffällig für das Schmuckstück zu interessieren, und ich würde gerne herausbekommen, warum.« Ich bemerkte, dass der Mönch mir aufmerksam zuhörte. »Prior William sagte mir, Ihr hättet in einem Kloster am Tyrrhenischen Meer Studien betrieben, daher dachte ich, Ihr kennt vielleicht die Geschichte des arabischen Künstlers, der es angefertigt hat.«

»Darf ich es einmal sehen?«

Ich schüttelte den Kopf. »Es tut mir Leid, aber ich gebe es nie aus der Hand. Ich kann Euch aber sagen, dass die Inschrift aus einem längeren Gedicht stammt. Sie lautet:

TOD DURCH LIEBE IST LEBEN.«

Der Mönch runzelte die Stirn, dann nickte er bedächtig. Er schien an der Last seines Gewichts und seiner Jahre schwer zu tragen. »Ich kenne das Gedicht, aber ich brauche den vollständigen Text, um sicherzugehen, dass mir kein Fehler unterläuft.« Er erhob sich mühsam und verschwand durch eine Tür hinter dem Tisch. Ich war froh, dass ich ihm das Schmuckstück nicht anvertraut hatte. Was, wenn er sich damit aus dem Staub gemacht hätte?

Kurz darauf kam er völlig außer Atem mit zwei Schriftrollen und einem Buch zurück. »Ich hatte ganz vergessen, dass ich diese beiden Manuskripte aus Sizilien mit hierher gebracht habe. Hier seht Ihr eine Abschrift des Gedichts in der Handschrift des Dichters persönlich.« Er schob eine der Rollen über den Tisch in meine Richtung.

Voller Erwartung öffnete ich sie, musste jedoch feststellen, dass das Gedicht in arabischen Schriftzeichen verfasst war und ich kein Wort entziffern konnte. Ich blickte auf. Vater Alcuin schmunzelte über seinen kleinen Scherz.

Ich musste gleichfalls lächeln. »Könnt Ihr mir die Zeilen übersetzen, Vater?«, fragte ich in meinem liebenswürdigsten Tonfall.

»Ja, das kann ich sehr wohl.« Einen Moment lang fürchtete ich, er würde sich weigern, mit der Übersetzung zu beginnen, wenn ich ihm nicht den Anhänger aushändigte, aber er bedachte mich nur erneut mit einem verschmitzten Grinsen, warf einen Blick auf das Pergament, um dann mit geschlossenen Augen zu deklamieren:

Fließt die Liebe dahin, bringt sie Überdruss;
setzt sie ein, bereitet sie Schmerz;
endet sie, so bringt sie den Tod.
Für mich jedoch ist Tod durch die Liebe Leben;
ich danke meiner Geliebten, dass sie mir dieses
Geschenk gemacht hat,

denn wer nicht durch die Liebe zu sterben bereit ist,
ist auch nicht fähig, sie zu leben.

»Das gefällt mir, obwohl ich es nicht ganz verstehe«, gestand ich.

»Seid Ihr mit der arabischen Mystik vertraut?«

Ich machte durch ein Kopfschütteln deutlich, dass ich von diesen Lehren noch nie gehört hatte.

»Ibn al-Farid war der Kopf einer Gruppe arabischer Dichter, bei denen das platonische Streben nach dem Ideal zur Besessenheit wurde.« Er hielt inne und verzog das Gesicht, als sei ihm ein übler Geruch in die Nase gestiegen. »Ihr habt doch die Werke von Plato gelesen?« Er fixierte mich mit seinem durchbohrenden Blick.

»Ja, in meiner Jugend.« Er war sichtlich erleichtert.

»Viele dieser Männer verfassten ihre Werke in Hispanien, wo ich meine Jugend verbrachte.« Er nickte mir zu, als hätten wir etwas gemeinsam. »Aber sogar ihre eigenen Landsleute verstanden ihre Gedichte oft nicht, fassten sie vollkommen falsch auf. Während ich in Sizilien war, wurden al-Halladj und Suhrawardi, zwei der bedeutendsten Dichter meiner Zeit, hingerichtet, weil sich der Symbolismus, den sie einsetzten, nicht mit den islamischen Traditionen vereinbaren ließ. Sie wurden beschuldigt, sich eines subtilen Manichäismus zu bedienen, einer Vertauschbarkeit von Gut und Böse. Dabei betrachteten sie lediglich die Liebe, die die Menschen empfinden, als ein Abbild der göttlichen Liebe; sie beschrieben eine Vereinigung des Menschlichen mit dem Göttlichen, also mit der Seele.«

»Eine mystische Vereinigung?«

»Genau das.«

»Das erinnert mich irgendwie an die traditionellen Weisen der Troubadoure im Süden.«

»Was nicht weiter verwunderlich ist.« Vater Alcuin schürzte nachdenklich die Lippen. »Wenn ich mich recht erinnere, hat sich William von Aquitanien von den Arabern inspirieren lassen, zu denen er während seiner Gefangenschaft Kontakt hatte. Er war der Erste unserer provenzalischen Troubadoure.«

»Also seht Ihr eine Verbindung zwischen provenzalischer und arabischer Dichtung?« Das Thema begann mich mehr und mehr zu fesseln. Bruchstücke der Gedichte, die ich an Eleanors Hof in Poitiers gelernt hatte, kamen mir wieder in den Sinn. »Es war nämlich William, der Generationen zuvor diesen Anhänger aus Sevilla mit zurückgebracht hat. Er gelangte über seine Enkelin, meine Stiefmutter, in meine Hände.«

Da ich im Verlauf unseres Gespräches Vertrauen zu dem alten Mönch gefasst hatte, zog ich mir aus einem Impuls heraus die seidene Kordel über den Kopf und hielt ihm das Schmuckstück hin.

»Vater Alcuin, bitte verzeiht, dass ich mich vorhin geweigert habe, Euch den Anhänger zu zeigen. Bitte seht ihn Euch an. Vielleicht entdeckt Ihr ja etwas, das ich übersehen habe. Könnt Ihr Euch vorstellen, weshalb er heute von so großem Wert ist, dass ihn irgendjemand unbedingt an sich bringen will?«

Vater Alcuin streckte mir eine fleischige Hand hin, nahm mir den Anhänger ab und untersuchte zuerst die Filigranfassung, dann drehte er ihn um und befasste sich mit der Inschrift. Dabei fuhr er sich unaufhörlich mit der Zunge über die Lippen.

»Ja, das ist unzweifelhaft eine Arbeit al-Farids. Er war nicht nur der Hofpoet, sondern auch der oberste Goldschmied des Kalifen von Toledo, bis Alfonso die Stadt einnahm; später diente er dann dem Kalifen von Córdoba.« Er blickte zu mir auf. »Dieser Schmuck ist aus mehreren Gründen sehr wertvoll, nicht zuletzt deshalb, weil Ibn al-Farid seit über hundert Jahren tot ist.«

»Aber sagtet Ihr nicht, er hätte zu einer Gruppe arabischer Dichter gehört, die mystische Liebesgedichte verfassten, und einige Mitglieder hätten noch an ihren Werken gearbeitet, als Ihr ein junger Mann wart?«

»Er war der Begründer dieser Gruppe. Der Erste, der diese neue Richtung einschlug. Die anderen stießen später zu ihm; sie sind heute noch tätig oder erst kürzlich gestorben.«

»Also hat dieses Schmuckstück auch deshalb großen Wert, weil es kein zweites dieser Art mehr geben wird. Sein Schöpfer kann keines mehr schaffen.«

»Gut ausgedrückt.« Der Mönch rieb sich mit der linken Hand über sein bartloses Gesicht. »Ihr habt Euren Aristoteles nicht vergessen.« Er hielt den Anhänger mit der rechten Hand ins Licht, um ihn erneut zu untersuchen. »Ein anderer Grund könnte sein materieller Wert sein. Ich bin kein Goldschmied, aber ich denke, dass schon die Fassung annähernd so kostbar sein muss wie der Rubin, den sie umschließt.«

»Ist Euch sonst noch etwas aufgefallen?«

»Seht her«, erwiderte er; dabei legte er das Schmuckstück zwischen uns auf den Tisch. »Seht Ihr das Muster in der Filigranarbeit?«

Ich beugte mich über den Tisch und inspizierte die Fassung mit zusammengekniffenen Augen. Ich hatte oft mit den Fingern darübergestrichen, mir aber nie die Mühe gemacht, sie mir genauer anzusehen. »Es ist ein Arabeskenmuster«, erklärte Vater Alcuin. »Das Symbol der Araber für spirituelle Erleuchtung. Dieser Anhänger hat auch eine große religiöse Bedeutung.« Er lehnte sich in seinem Stuhl zurück.

»Also könnte jemand nicht nur wegen seines materiellen, sondern auch wegen seines symbolischen Wertes danach trachten?« Ich war sehr nachdenklich geworden, als ich mir die Kordel wieder über den Kopf streifte.

»Habt Ihr Grund zu der Annahme, dass irgendwer versucht, Euch den Schmuck zu stehlen?«

Ich zögerte mit der Antwort. Obgleich ich, wie gesagt, Vertrauen zu dem Mann gefasst hatte, wollte ich niemandem die Geschichte der beiden Diebstahlversuche anvertrauen. Ich konnte ja nicht wissen, wer alles darin verwickelt war.

»Ich … äh … kürzlich hat jemand großes Interesse daran gezeigt, und ich hätte gern den Grund dafür gewusst«, erwiderte ich schließlich. Das war zumindest ein Teil der Wahrheit.

Vater Alcuin zuckte die Achseln und hob beide Hände. »Es könnte sowohl des Goldes als auch Gottes wegen sein.«

Ich lächelte. Dieser Mönch könnte selbst mich in einem Aphorismenwettbewerb noch schlagen. »Es könnte aber auch noch etwas anderes dahinterstecken«, meinte ich dann.

»Als da wäre?« Er wirkte ehrlich verwirrt.

»Man könnte den Anhänger dazu benutzen, um Druck auf gewisse Personen auszuüben«, erklärte ich. »Ihn als Mittel einsetzen, um bestimmte Ziele zu erreichen.«

Wieder schürzte Vater Alcuin die Lippen. »Ah ja, ich verstehe … da habt Ihr vielleicht gar nicht so Unrecht. Ich denke, Ihr solltet …«

Ich erfuhr nie, was ich seiner Meinung nach tun sollte, denn in diesem Moment tauchte Bruder Dermott hinter Vater Alcuins Tisch auf. Er hatte die Hintertreppe benutzt und war ziemlich außer Atem.

»Eure Hoheit, entschuldigt die Verspätung. Ich hätte Euch schon längst zum Refektorium bringen sollen, aber ich wurde aufgehalten. Vater Alcuin, Ihr werdet auch dort erwartet. Prior William hat Euch an seinen Tisch geladen.«

Und diese Ankündigung, in der das volle Maß der Macht des Priors mitschwang, beendete unser Gespräch, denn während die beiden Mönche und ich hastig durch die Gänge der Abtei eilten, kamen weder Vater Alcuin noch ich noch einmal auf den Anhänger zu sprechen.

♦ 8 ♦

Eine denkwürdige Mahlzeit

Eine helle Glocke ertönte, als unsere kleine Gruppe den riesigen Speisesaal betrat. Ein Meer brauner und schwarzer Kutten wogte vor meinen Augen. Die Mönche in den schwarzen Roben saßen an den in der Mitte des Saales aufgestellten Tischen, die braun gewandeten Brüder, die einen niedrigeren Rang bekleideten, an den Wänden. Sie bildeten eine interessante farbliche Grenze.

Genau in der Saalmitte stand ein langer Tisch aus poliertem Zedernholz auf einem niedrigen Podest. Prior William thronte am Kopfende. Als Stellvertreter des Abtes kam ihm dieser Ehrenplatz zu, dennoch überraschte es mich, ihn dort zu sehen. Er sah aus, als habe er sich mit einer kleinen Armee von Lehensleuten umgeben, die alle die Farben ihres Herrn trugen. Irgendwie passte dieses Bild nicht zu seinem Verhalten während der Messe, als er bewusst Abstand zu den anderen gewahrt hatte.

Die Mönche, die schweigend vor ihren Bänken gestanden hatten, nahmen beim Klang der Glocke Platz, und ein leises Gemurmel setzte ein. Während ich durch den Saal auf das Podest zuschritt, schwoll der Geräuschpegel immer mehr an. Ich war froh, ein schlichtes schwarzes Gewand angelegt und mein Haar unter einem cremefarbenen Schleier verborgen zu haben.

Fast verschmolz ich mit der Masse der Mönche – von dem Schleier einmal abgesehen natürlich.

William erhob sich, als er mich sah. Bruder Dermott half mir, die eine Stufe zu bewältigen, und ich stand dem Prior gegenüber. Einmal mehr staunte ich über seine Körpergröße.

»Eure Hoheit.« Er verneigte sich zur Begrüßung so förmlich, als hätten wir nicht noch zwölf Stunden zuvor ein recht vertrauliches Gespräch miteinander geführt. Ich erwiderte die Geste mit kühler Höflichkeit. An Eleanors Hof hatte ich diesbezüglich eine gute Ausbildung genossen.

»Ich grüße Euch, Vater Prior«, sagte ich, als er sich über meine Hand beugte und mich dann an den Platz zu seiner Rechten geleitete. Wieder bewunderte ich seine höfischen Manieren. Sie hätten nicht perfekter sein können, wenn er von Eleanor persönlich erzogen worden wäre. Er warf mir einen wissenden Blick zu. Fast schien es mir, als hätte er meine Gedanken gelesen.

»Väter, Brüder.« William hob seine Stimme und breitete die Arme aus. Augenblicklich trat Stille ein. »Bitte heißt Lady Alaïs willkommen, eine Prinzessin des Königshauses von Frankreich.« Seine Stimme klang voll und sonor. Nach einer kurzen Pause erhoben sich all die schwarzen und braunen Kutten zugleich und verbeugten sich. »Sie ist für einige Tage unser Gast; sie befindet sich auf einer Pilgerreise zum Grab des Märtyrers, wo sie beten und Buße tun möchte.«

Dann bedeutete William mir, Platz zu nehmen, tat desgleichen, und alle an seinem Tisch folgten seinem Beispiel. Wie auf ein Stichwort hin tönte ein lautes Geraschel, als zweihundert dunkel gekleidete Mönche sich wieder auf ihren Bänken niederließen.

William stellte mir die Männer an unserem Tisch vor. Er nannte jeden bei seinem Ordensnamen: Vater Basil, Vater Anselm, neben ihm Bruder Francis, der Jüngste am Tisch und der Einzige, der eine braune Kutte trug. Dann gab es noch Vater

Raynulf und Vater Rheinhart. Auch Vater Alcuin saß mit am Tisch. Schon bald verlor ich die Übersicht. Es waren insgesamt zwölf oder vierzehn Namen – zu viele, um sich jeden einzelnen zu merken.

Mir fiel mit Erstaunen auf, dass zwei oder drei ähnliche kleine Gebrechen aufwiesen wie Bruder Dermott. Einem fehlten mehrere Finger, über das Gesicht eines anderen verlief eine wulstige Narbe. Und dann trat ein dritter Mönch ein, der sich verspätet hatte, und kam auf unseren Tisch zu. Er hinkte leicht, als habe er eine Wunde am Bein, die nicht heilen wollte. Dieser Mönch, ein hoch gewachsener, breitschultriger Mann, der in so guter körperlicher Verfassung zu sein schien (von dem Hinken abgesehen), als sei er früher einmal ein Ritter gewesen, neigte sich Prior William zu, um ihm etwas ins Ohr zu flüstern. Dann nahm er den letzten freien Platz am Tisch ein. Ich dachte über diese bunt gemischte Gruppe von Männern nach. Was mochte sie hierher geführt haben? Vielleicht suchten sie nach dem Grauen, das sie während der Kreuzzüge und Grenzkriege erlebt hatten, bewusst die ruhige Eintönigkeit des Klosterlebens, um endlich Frieden zu finden.

»Herrscht bei euch während der Mahlzeiten kein Schweigegebot?«, fragte ich William, als die Mönche ihre Unterhaltung wieder aufnahmen. »Und liest niemand aus der Heiligen Schrift vor?« Als kleines Kind hatte ich mehr als einen endlos langen Sonntag in St. Denis verbringen müssen, bevor ich nach England geschickt worden war.

»An Feiertagen gilt diese Vorschrift nicht«, erwiderte William. »Nur nach den Gebeten vor Beginn des Mahles wird ein Vers aus der Bibel vorgelesen, und während dieser Zeit schweigen wir. Aber Eure Zeitabstimmung war perfekt, Ihr habt beides knapp verpasst.« Da ich nicht wusste, wie ich darauf reagieren sollte, warf ich ihm nur einen fragenden Blick zu. Er beugte sich zu mir.

»Wir haben nicht umsonst einige Zeit zusammen an König

Henrys Hof verbracht«, murmelte er. Sein Gesicht war dem meinen sehr nahe. »Ich erinnere mich noch sehr genau, dass Ihr jede Art von Kirchenritual zutiefst verabscheut habt. Einmal habt Ihr sogar eine Krankheit vorgetäuscht, um dem langen Gottesdienst am Karsamstagabend zu entrinnen.« Seine Lippen zitterten von unterdrücktem Lachen.

Ich wusste nicht, ob ich gleichfalls lachen oder mich ärgern sollte. Erlaubte sich der Prior von Canterbury einen Scherz auf meine Kosten? Oder wollte er mich mit dieser Bemerkung für meinen offenkundigen Mangel an christlicher Frömmigkeit tadeln? Nur eines wusste ich sicher: Dieser William hatte mit dem schüchternen Bürschchen meiner Kindheitserinnerungen nichts mehr gemein. Ich beschloss, zum Gegenangriff überzugehen.

»Seid nicht ungerecht, Prior. Bruder Dermott hat mich zu spät in der Schreibstube abgeholt, wo ich mich mit Vater Alcuin unterhalten habe.« Ich deutete mit einer Hand in dessen Richtung. »Ihr könnt mir nicht die Schuld geben, wenn Eure Mönche unpünktlich sind.«

William lachte nur gutmütig und ging nicht weiter darauf ein.

Dann wurde eine Platte mit bunt gemischtem Salat, Kräutern, Rettich und Lattich vor mich hingesetzt. Ich zog die Brauen hoch. »Ich bin beeindruckt, Prior William. Petersilie, frische Vogelmiere und Lattich zu dieser Jahreszeit? Und Fenchel?« Ich konnte es kaum abwarten, mich darüber herzumachen. Auf der Reise hatte die Verpflegung fast ausschließlich aus hartem Brot und zähem Rindfleisch bestanden.

Nachdem jeder am Tisch bedient worden war, hob William seine Gabel und bedeutete den anderen Mönchen, mit der Mahlzeit zu beginnen. Dann wandte er sich wieder an mich. »Prinzessin, dies hier ist Canterbury. Was wir nicht kaufen und lagern können, ziehen wir selbst, auch im Winter; in überdachten Gärten.«

Ich sann kommentarlos über die reichlich sprudelnden Quellen von Mutter Kirche nach. Ihre Speisekammer schien ebenso unerschöpflich zu sein wie die des Pariser Hofes. William begann ein Gespräch mit dem Mönch zu seiner anderen Seite, einem grobschlächtigen Mann mit Adlernase und mächtigen Schultern, der aussah, als könne er mit bloßen Händen einen Bullen zu Boden zwingen. Er kam mir irgendwie bekannt vor, doch wollte mir nicht einfallen, wo ich ihn schon einmal gesehen hatte oder an wen er mich erinnerte. Der Mönch zu meiner Rechten war mit seinem Gegenüber in eine theologische Debatte verstrickt, in deren Verlauf ich ihn zweimal Peter Abelard zitieren hörte. Ich zog mich in mich selbst zurück und überlegte, wie ich diese merkwürdige Gruppe von Männern zeichnen würde, wenn ich meine Kohle zur Hand hätte.

Wir hatten gerade mit dem Salat angefangen, als ein zweiter Gang vor den Prior hingestellt und dann an mich weitergereicht wurde. Eine Platte nach der anderen wurde aufgetragen: Pasteten mit Schweinefleisch, Hühnchen in sämiger Pilzsauce, mit rotem Koriander bestäubt; Brassen mit einer Beilage, die Ingwer zu enthalten schien; ein Stück rotes Rindfleisch (das in England so geschätzt und am französischen Hof verschmäht wird); scharf gewürzte, in gehackten Nüssen gewälzte Fleischbällchen und schließlich eine große Platte *mouton*.

Während ich mir anfangs die ersten Gänge noch hatte munden lassen, drohte mich die Menge der Speisen und die Vielfalt nun zu überwältigen. William bemerkte, dass ich das Hammelfleisch mit einem Kopfschütteln ablehnte, und richtete seine Aufmerksamkeit wieder auf mich.

»Wie, Ihr seid nicht hungrig, Prinzessin? Und das, obwohl eine so lange Reise hinter Euch liegt?« Die Bemerkung über meine Essgewohnheiten missfiel mir, sie erschien mir entschieden zu vertraulich.

»Eure Gastfreundschaft in allen Ehren, Vater Prior, aber die Menge Essen, die Ihr auftischen lasst, kann keine Frau bewältigen.« Ich konnte nicht widerstehen, noch einen Schritt weiterzugehen. »Die ehrwürdigen Väter müssen sicher oft fasten, um sich an einem Feiertag ein solches Festmahl zu verdienen.«

»Ja, an vielen Tagen fallen die Mahlzeiten sehr kärglich aus«, erwiderte William, ohne sich aus der Ruhe bringen zu lassen. »Es freut mich, wenn es sich die Männer auch einmal gut gehen lassen. Heute wird nicht gearbeitet, müsst Ihr wissen. Die Messe hat natürlich etwas länger gedauert als sonst.«

»Das ist mir auch aufgefallen«, murmelte ich.

»Und Ihr könnt uns auch keinesfalls mit den legendären Mönchen von St. Swithin vergleichen, deren Gier keine Grenzen kannte. Als ich noch König Henrys Sekretär war, wandten sie sich an ihn und baten ihn, eine Verordnung aufzuheben, die ihr Bischof erlassen hatte. Er hatte ihnen drei ihrer üblichen Gänge bei Tisch gestrichen.«

»Tatsächlich?« Ich konnte mich nicht daran erinnern, diese Geschichte schon einmal gehört zu haben.

»Ja, und diese Bitte erwies sich als großer Fehler. Henry fragte nämlich, mit wie vielen Gängen sich die armen, hungrigen Mönche denn begnügen mussten. Mit zehn, erhielt er zur Antwort, und das löste bei ihm einen seiner berüchtigten Wutanfälle aus, denn das waren einige Gänge mehr, als an seiner eigenen Tafel serviert wurden. Die Mönche hatten also unwissentlich ein Sonderrecht des Königs verletzt. Henry strich ihnen die Zahl der Gänge bei Tisch dann so zusammen, dass sie am Ende schlechter dastanden, als wenn sie die Sache auf sich hätten beruhen lassen.«

Ich musste an mich halten, um nicht in schallendes Gelächter auszubrechen. Williams Augen funkelten, doch sein Gesicht blieb todernst. »Das war ihnen eine Lehre, denn sie sind nie wieder mit einer Beschwerde an Henry herangetreten. Bitte kostet wenigstens von dieser Delikatesse«, fuhr er übergangslos fort. »Es ist eine Spezialität unserer Abtei.« Er winkte einen Laienbruder zu sich, und ehe ich noch protestieren konnte, wurden mir zwei große Löffel einer klumpigen weißen Substanz auf meinen Teller gehäuft; sie erinnerte an geronnene Milch.

»Was in Gottes Namen soll das sein?« Ich beäugte die unappetitliche Masse, als könne sie jeden Moment ein Eigenleben annehmen. Für diese dicken, sämigen Saucen, die mein Bruder so liebte, hatte ich noch nie viel übrig gehabt.

»Die Leibspeise unserer Gemeinschaft an fleischlosen Tagen, deswegen wird sie auch an Festtagen gereicht. Sie heißt ›walisisches Rebhuhn‹. Einer der Brüder in der Küche hat Familie in Wales. Dort wird es oft gegessen.«

»Dann ist also Wild unter diesem Saucenberg begraben?«

»Nein, Brot. Es sieht nur aus wie Rebhuhnfleisch. Wer will das unter diesen Käsemassen schon genau erkennen?« Er neigte den Kopf schief und hob einen Finger, als würde er einem Novizen etwas erklären. »Probiert es nur. Es wird Euch schmecken.«

Ich schob mir einen Bissen der klebrigen Pampe in den Mund und legte meine Gabel danach sofort zur Seite. Wenigstens gab es Gabeln. Dem Himmel sei Dank für die Erfindungsgabe der Italiener. Verbindungen nach Rom erwiesen sich doch in mehrerer Hinsicht als nützlich. Und da so viele Geistliche aus aller Herren Länder Canterbury besuchten, fanden derartige neue Errungenschaften ihren Weg anscheinend immer zuerst hierher.

»Ihr seid noch immer fest entschlossen, heute Nacht bei Thomas' Schrein zu wachen?« William behielt seinen unverbindlichen Plauderton bei, deswegen kam der abrupte Themenwechsel für mich vollkommen überraschend. Er bedeutete dem Bruder, der hinter mir stand, meinen Kelch erneut zu füllen, dann trank er einen Schluck von seinem Ale.

»Ja, natürlich.« Ich probierte mit Todesverachtung noch einmal von dem Käse, um meine Verwirrung zu verbergen. »Das ist doch der Grund meines Besuches. Aber Ihr wisst genau, dass ich am Altar wachen werde, vor dem er hingerichtet wurde, nicht an seinem Grabmal.«

»Prinzessin, ich habe über Euer Anliegen gründlich nachgedacht.« William stützte einen Ellbogen auf den Tisch, das Kinn auf seine Hand und wandte mir das Gesicht zu. »Ihr werdet des Nachts dort ganz alleine sein. In der Kathedrale ist es sehr kalt. Zwischen Komplet und Matutin hält sich niemand dort auf. Ich mache mir Sorgen um Eure Sicherheit, wenn Ihr auf diesem abenteuerlichen Vorhaben besteht.« Er brach ab und sah mich eindringlich an.

Ich runzelte die Stirn. »Seit unserem Gespräch gestern Abend scheint Ihr Eure Meinung geändert zu haben.«

Als Antwort stieß er lediglich einen undefinierbaren Grunzlaut aus.

»Ihr braucht Euch wirklich nicht um mein Wohlergehen zu sorgen.« Ich schlug einen leichten Ton an, obwohl ich innerlich vor Anspannung zitterte. »Ein Pilger muss derartige Unannehmlichkeiten auf sich nehmen. Das ist ja der Sinn und Zweck einer solchen Buße.« Ich trank einen Schluck von dem dunklen Wein und wartete ab. Wir sprachen mit gedämpften Stimmen, trotzdem bemerkte ich, dass William sich ständig vergewisserte, dass wir nicht belauscht wurden.

»Versteht Ihr mich absichtlich falsch, Prinzessin?« Seine Stimme nahm einen schneidenden Klang an. »Ich rate Euch von Eurem Plan ab.«

Ich warf ihm einen verstohlenen Blick zu, während ich so tat, als wäre ich angelegentlich damit beschäftigt, mir die Lippen mit meiner Leinenserviette abzutupfen.

»Wie merkwürdig. Meine Tante hat mir gestern Abend denselben Rat gegeben – und genau dieselben Argumente vorgebracht«, murmelte ich dann. »Habt Ihr zufällig mit ihr über meine Absichten gesprochen?«

»Ich halte diese Wache für einen Fehler, besonders heute Nacht«, erwiderte William beharrlich, ohne auf meine Frage einzugehen. Wieder ließ er den Blick über die Mönche am Tisch schweifen.

Ich tat es ihm nach, aber mir fiel nur auf, dass einer der Männer und der Bruder in der braunen Kutte in ein angeregtes Gespräch vertieft waren. Es schien um das Essen zu gehen, denn einer der beiden deutete auf den Fisch auf dem Teller des anderen. Vater Anselm und ... wie hieß er doch gleich? Ach ja, Bruder Francis. Ein seltsames Paar: Vater Anselm mit seinem länglichen Gelehrtengesicht trommelte mit seinen knochigen Fingern auf der Tischplatte herum, während er auf Bruder Francis einredete. Bruder Francis, auf dessen rosigen Wangen gerade erst der erste Bartflaum spross, hörte aufmerksam zu. Wieso durfte ein so junger Mann mit am Tisch des Priors sitzen? Er konnte nicht mehr als zwanzig Sommer zählen. Und er war nur ein Laienbruder. Ich begann, mir Gedanken über ihn zu machen.

Und plötzlich erkannte ich ihn anhand seines rötlichen Haarschopfes wieder. Er war der junge Bruder, der Williams Diktat aufgenommen hatte, als ich gestern Abend in die Kammer des Priors gekommen war. Der Junge hob den Kopf, als hätte er ein stummes Signal empfangen; er hatte bemerkt, dass ich ihn beobachtete. Ein neugieriger Blick aus grauen Augen unter sandfarbenen Wimpern traf mich. Ich erstarrte. Ich war sicher, den jungen Mann schon einmal gesehen zu haben, in einer anderen Umgebung, aber ich wusste nicht, wo. Sein Gesicht, die Kopfform – alles an ihm kam mir merkwürdig vertraut vor. Ich wartete darauf, dass vor meinem geistigen Auge ein Bild entstand; ein Hinweis auf den Ursprung dieses merkwürdigen Gefühls. Aber nichts geschah. Nach einer Weile wandte sich der junge Bruder wieder seinem Nachbarn zu. Erst in diesem Moment wurde mir bewusst, dass William eindringlich auf mich einsprach. Ich zwang mich, seinen Worten zu lauschen.

»Ihr wisst sicher, dass der Schrein eine bewegte Geschichte

hat. Viele Menschen kommen her, um am Grab des Märtyrers zu beten, aber viele führen auch weit weniger harmlose Absichten hierher.« Bei diesen Worten drehte ich mich zu ihm um und sah ihn an, stellte jedoch fest, dass er kein Auge für mich hatte, sondern unverwandt seinen jungen Sekretär beobachtete. »Ich habe Grund zu der Befürchtung, dass wir bald Besuch von einigen der Letztgenannten bekommen werden; vielleicht schon heute Abend. Falls dem so ist, könntet Ihr in Gefahr schweben, und das möchte ich um jeden Preis verhindern.«

»Prior William, was sollte ich denn zu befürchten haben? Wollt Ihr allen Ernstes behaupten, einer Prinzessin von Frankreich, die am Hof von England aufgewachsen ist, könnte in einer englischen Kathedrale Gefahr drohen?« Ich hatte den Satz kaum zu Ende gebracht, da meinte ich, den Geist des ermordeten Becket durch den Saal schweben zu sehen. Ein wenig verunsichert fuhr ich fort: »Ist es mit dem Frieden in diesem Land unter Johns Herrschaft inzwischen so schlecht bestellt, dass selbst Mitglieder der Königshäuser in einer Kirche um ihr Leben fürchten müssen? Oder…«, ich fixierte ihn scharf, »…habe ich speziell in *dieser* Kirche Grund zur Furcht?«

William lehnte sich in seinem schweren Eichenholzstuhl zurück und rollte einen Moment lang geistesabwesend die Schultern, ehe er einem Bruder befahl, die Nachspeisen aufzutragen. Platten mit Törtchen und Zuckerwerk wurden vor uns hingestellt und der scheußliche Käsebrei abgeräumt, dem Himmel sei Dank. Aber ich stellte fest, dass mir der Appetit vergangen war.

»Ich würde sagen, hier kommen mehrere Faktoren zusammen. Diese Kathedrale, der Zeitpunkt und Eure Person.«

»Wollt Ihr mir zu verstehen geben, dass es jemand auf mich abgesehen hat?« Ich blieb ganz ruhig, hörte aber, dass in meiner Stimme ein kühler Unterton mitschwang, der mich an Henry erinnerte. »Dann sagt mir, was Ihr wisst, Prior. Ich bin kein Kind, vor dem man unliebsame Wahrheiten verborgen halten muss.«

»Nachdem Ihr Euch gestern Abend zurückgezogen habt, bekam ich Besuch von zwei Rittern – Männern, die mein absolutes Vertrauen genießen. Sie berichteten mir, John sei auf dem Weg nach Canterbury, um das Grab des Märtyrers zu besuchen; zumindest behauptet er das.« William schüttelte den Kopf. Seine Lippen verzogen sich zu einem ironischen Lächeln. »Niemand hier in der Abtei kann sich daran erinnern, wann John Becket zum letzten Mal seine Verehrung bekundet hat. Ich fürchte, seine Gründe für diesen Besuch sind alles andere als religiöser Natur und bedeuten für irgendjemanden Unheil. Ihn stört es wenig, dass eine Kirche eine heilige Stätte ist, in der niemandem ein Haar gekrümmt werden darf.«

»Von wem habt Ihr all diese Informationen?« Ich fand, dass ich mich jetzt wie König Henry anhörte, wenn er seine Ritter einem strengen Verhör unterzog.

»Wie Ihr wisst, gibt es nicht nur zwischen John und den Kirchen Zwistigkeiten, sondern auch zwischen John und den Baronen. Deren Anführer sind Canterbury freundlich gesinnt.« William schob sich zwei kleine Beerentörtchen in den Mund. Der Saft hinterließ ein paar Flecken auf seinen Fingern, bei deren Anblick ich unwillkürlich an Blutstropfen denken musste. Er säuberte sich die Hände mit seinem Mundtuch. »Die Ritter, die gestern in so großer Eile hier eintrafen, kamen von Baron Simon.«

»Ha! Wen wundert es, dass sich die Barone gegen John auflehnen! Höchste Zeit, dass sie endlich aufwachen! John könnte noch nicht einmal über ein Torfmoor herrschen. Er ist ein unfähiger Schwächling. Das war er schon als Kind.« Ich spielte mit einem Stück Zuckerwerk, legte es dann aber wieder weg, ohne davon gekostet zu haben.

»Es ist eine Schande, dass von den jungen angevinischen Adlern nur noch er am Leben ist«, fuhr ich fort. William beugte sich näher zu mir. »Er ist von allen am wenigsten dazu im Stande, ein Königreich zusammenzuhalten. Reine Ironie des Schicksals, dass ausgerechnet John jetzt auf dem Thron sitzt. Erinnert Ihr Euch noch, dass seine Brüder ihn Lackland – ›Ohneland‹ – nannten, weil sie alle von ihrem Vater eine Herrschaft geerbt hatten, nur er nicht?«

»O ja. Und jetzt sieht es so aus, als ob Lackland zuletzt lacht. Seine Brüder sind alle tot, jetzt ist er am Zug. Jetzt ist er der alleinige Herrscher über Henrys Normandie, Britannien, England, Wales und Irland und über Eleanors Aquitanien. Natürlich wird er die Länder nicht alle halten können, zumindest nicht die französischen Gebiete. Und die Iren hassen ihn.« William nahm einen tiefen Zug von seinem Ale. »Aber im Moment ist er der König.«

Die Männer an unserem Tisch verstummten mit einem Mal.

»Ihr habt Recht, Prinzessin, an Festtagen trinken wir sowohl Met als auch Wein.« William hob seine Stimme. »An anderen Tagen nur Wein. Und leider muss ich zugeben, dass der Wein nicht immer der Beste ist.« Nach einem kurzen Augenblick setzten die Gespräche wieder ein.

Ich wurde aus der ganzen Sache nicht recht schlau. »Warum sollte John denn ausgerechnet hier am Grab des Märtyrers Unheil stiften wollen? Sein Vater hat hier mindestens dreimal Buße getan. Sogar Richard hat an dem Schrein gebetet. Und Ihr wisst ja, dass er für Sentimentalitäten nichts übrig hatte.«

Ich bemühte mich, bei diesen Worten so unbeteiligt wie möglich zu wirken. Flüchtig fragte ich mich, wie viel William von meiner gescheiterten Verlobung mit Richard im Gedächtnis geblieben war. Konnte er, der Kirchenmann, sich überhaupt vorstellen, wie weh unerwiderte Liebe tat? Ich musterte ihn forschend. Nein, vermutlich nicht. Er kannte nur Schlachten und die Leitung seiner Abtei. Vielleicht empfand er auch Freude an der Macht. Aber von der Liebe hatte er keine Ahnung.

»Was, wenn John sich geändert hat? Vielleicht kommt er

wirklich nur hierher, um Becket zu huldigen«, wagte ich einen neuerlichen Vorstoß.

»Ich denke kaum, dass es in seiner Absicht liegt, an dem Grab zu beten«, erwiderte William trocken.

»Nein? Was führt ihn denn sonst hierher?« Ich brach den Blickkontakt ab, indem ich den Kopf schüttelte, dann winkte ich ab, als mir ein Diener weitere heiße Törtchen anbot, obwohl sie einen köstlichen Apfelduft verströmten.

»Ihr.« William klopfte sich ein paar Krümel von seiner Kutte, schob seinen Teller von sich und sah mir fest in die Augen. »Ihr, Prinzessin, seid der Grund für seinen Besuch.«

»Unsinn.« Ich schnippte mit den Fingern. William beobachtete mich scharf. »John hat Angst vor mir. Bedenkt, dass wir wie Bruder und Schwester aufgewachsen sind.«

»Dieses Argument verfängt nicht.« Er warf seine *serviette* auf den Tisch. »Ich kannte viele Brüder und Schwestern, die durchaus fähig waren, sich gegenseitig umzubringen – als Kinder und auch später.« Eine kleine Pause trat ein. »Einige haben es dann auch getan.«

Ich schüttelte erneut den Kopf. »Lasst mich Euch eine Geschichte erzählen. John ist sechs oder sieben Jahre jünger als ich – genau weiß ich das nicht mehr, aber viel größer kann der Unterschied nicht sein. An einem Sommertag, ich war ungefähr zwölf, hat er versucht, mich zu provozieren. Er beschimpfte mich und nannte meinen Vater den rückgratlosen König von Frankreich. Wir waren alle bei den Pferden in der Scheune. Seine älteren Brüder wollten auf die Jagd gehen und schenkten uns keine Beachtung. Ich saß auf dem Heuboden, und John stand unten und hörte nicht auf, mich zu beleidigen. Da sah ich einen offenen Sack mit Getreide, schob ihn zum Rand des Heubodens und kippte ihn über seinem Kopf aus. John wäre beinahe erstickt. Seine Brüder fielen vor Lachen fast vom Pferd. John hat mich danach nie mehr gemocht, mich aber in Ruhe gelassen.«

Ich rieb mir über die Stirn. Die Erinnerung an diesen lang

zurückliegenden Nachmittag hatte mich seltsam berührt. Aber ich wollte mir William gegenüber nichts anmerken lassen. Starke Frauen zeigen ihre Gefühle nicht. »Er kam mir immer vor wie ein verwöhntes Kleinkind, er war so …«

»Saft- und kraftlos?«, meinte William.

»So könnte man sagen. Ich hätte ihn als jämmerlichen Schwächling bezeichnet.« Ich musste lachen. »Armer John, armer kleiner Lackland.« Aber dann fiel mir die Geschichte vom Ende des jungen Grafen Arthur wieder ein, und das Lachen verging mir.

»Prinzessin …« Williams Ton wurde drängend. »Ich vertraue meinen Informanten blind. Sie sagten mir, Ihr hättet etwas, das John haben will, irgendwelche Informationen, meinten sie. Er hörte, dass Ihr nach Canterbury kommen wollt, und er scheint fest entschlossen zu sein, eine Begegnung mit Euch zu erzwingen. Ich weiß nicht genau warum, aber ich halte die Lage für ernst.«

Unser Gespräch wurde abrupt beendet, als eine Glocke dreimal läutete. Die Mönche im Saal erhoben sich und neigten die Köpfe zum gemeinsamen Dankesgebet. Die Männer an unserem Tisch schlossen sich ihnen an. Williams Arm streifte den meinen, als wir gleichfalls aufstanden.

»Pater noster qui es in caelis …« Die klangvolle Stimme des Priors intonierte das Vaterunser so mühelos, als hätte er während der gesamten Mahlzeit an nichts anderes gedacht. Ich wurde mir seiner körperlichen Nähe mit einem Mal stark bewusst und hatte plötzlich Mühe, mich auf das Gebet zu konzentrieren. Der rhythmisch an- und abschwellende Sprechgesang hätte eigentlich beruhigend wirken müssen, doch ich war innerlich zu aufgewühlt, um Trost darin zu finden.

Als der letzte Ton verhallt war und die Mönche wieder in Schweigen verfallen waren, wandte sich Prior William zu mir und nahm unsere Unterhaltung wieder auf, als sei sie nie unterbrochen worden. Diesmal sprach er im Flüsterton.

»Ich denke, Ihr solltet meine Warnung nicht in den Wind schlagen. Bezeugt dem Märtyrer Eure Verehrung, wenn sich Menschen in der Kathedrale aufhalten, am besten zwischen Vesper und Komplet an Beckets Grab …«

»Altar«, unterbrach ich ihn.

»Grab, Altar, wie Ihr wollt. Aber haltet nicht die ganze Nacht in der Kathedrale Wache.« Er hob eine Hand. »Ich habe überall Augen und Ohren. Meine Informanten sind zuverlässig. Ihr seid in Gefahr.«

Einen Moment lang wurde ich schwankend. Was, wenn seine Informanten die Wahrheit sagten? Doch dann dachte ich an Eleanors Brief und an das Kind. Nein, auch wenn sich dieser Auftrag als gefährlich erweisen sollte, musste ich das Risiko eingehen. Außerdem hatte ich nicht die Absicht, die ganze Nacht an Beckets Altar zu verbringen. Ich würde die Briefe holen und wieder verschwinden, noch ehe die Mitternachtsglocke läutete. Wenn John mir Böses wollte, musste er sich beeilen.

»Wollt Ihr mir in Eurer Eigenschaft als Prior diese Nachtwache verbieten?«, fragte ich geradeheraus.

Er blickte mich an und presste die Lippen zusammen. Ich fürchtete schon, er würde meine Pläne zunichte machen, aber er sagte nur: »Bei Gott, Ihr seid eine entschlossene Frau. Nein, ich verbiete sie Euch nicht, ich rate lediglich davon ab.«

»Diese Wache ist sehr wichtig für mich … auch des Gedenkens an Henry und seiner Verfehlungen wegen«, log ich, bemüht, eine entschuldigende Miene aufzusetzen, wovon er sich jedoch nicht eine Sekunde täuschen ließ. »Ich muss sie auf mich nehmen, weil ich die Erinnerung an Henry in Ehren halte.« Williams Gesicht verschloss sich bei meinen letzten Worten, und plötzlich schämte ich mich für meine fadenscheinigen Vorwände.

Aber ich bekam keine Gelegenheit mehr, mich weiter zu rechtfertigen, denn die Mönche am Ende des Tisches schickten sich an, den Saal zu verlassen. Ich sah den jungen rothaarigen Bruder rasch vom Podest springen und mit einem der älteren Mönche zusammenstoßen. Der Ältere murmelte ihm etwas zu, woraufhin Bruder Francis den Kopf hängen ließ und hinter ihm in die Reihe trat.

William und ich stiegen als Letzte von dem Podest herunter; er zuerst, damit er mir behilflich sein konnte. Wieder tat er dies mit der Anmut eines Höflings. Als wir auf dem Steinfußboden standen, bildeten die Männer seines Tisches ein Spalier, das wir durchschritten.

Die anderen Mönche warteten, während die Gruppe des Priors auf die schwere Eichenholztür zusteuerte. Sie verhielten sich jetzt so still wie in der Kirche. Ich konnte das leise Rascheln ihrer Kutten und das Schlurfen ihrer Sandalen hören, als sie uns folgten – zweifellos mit ihrer üblichen Disziplin und Ordnung.

Als ich flüchtig über meine Schulter blickte, bot sich mir derselbe Anblick wie am Morgen in der Kathedrale: Ein riesiger Schwarm dunkler Vögel, die Schwingen an den Seiten herabhängend, glitt in einer vorher festgelegten strengen Formation über die Steine. Wieder juckte es mich in den Fingern, die Szene in Kohle auf Pergament festzuhalten.

Just in dem Moment, als wir zur Tür hinausgehen wollten, kam ein braun gewandeter Bruder in den Raum gestürzt und wäre beinahe mit dem Prior zusammengeprallt. Seine Kapuze war verrutscht, rote Flecken leuchteten auf seinen Wangen. Er war kleiner als ich, noch ein halbes Kind, und er war sichtlich durcheinander, denn er dachte kaum daran, sich zu entschuldigen.

»Prior, Prior, Ihr müsst sofort kommen! Es ist etwas Furchtbares geschehen!«

William musterte ihn streng. »Beruhige dich, Bruder Hadrian. Nichts kann so wichtig sein.«

»Doch, Vater Prior. Im Kräutergarten neben dem Gästehaus … da liegt ein Toter. Bitte kommt mit!«

William wandte sich mit grimmiger Miene ab und folgte dem jungen Mann; dabei bedeutete er dreien seiner Mönche, ihn zu begleiten. Sie waren dicht hinter ihm, genau wie der Rest seiner Gruppe, die gleichfalls gehört haben musste, was der Junge gesagt hatte. Die Gesamtheit der Mönche flutete wie eine große schwarze Welle durch die Gänge, die große Halle und dann den Weg entlang, den Bruder Dermott und ich am gestrigen Tag mehrmals zurückgelegt hatten.

Ich schloss mich ihnen an. Sogar Dermott schien mich vollkommen vergessen zu haben. Ich folgte also einfach unauffällig der Menge. Immerhin gingen sie zum Garten vor meinem Gästehaus. Was würde William denn von mir erwarten? Dass ich ein wenig auf dem Abteigelände umherspazierte?

Außerdem verspürte ich ein wachsendes Unbehagen. Obwohl bislang niemand angedeutet hatte, der Tod des Unbekannten sei auf unnatürliche Weise eingetreten, plagte mich mein Gewissen. Ich hätte den Diebstahl meines Schmuckes melden müssen. Womöglich hatte jemand sterben müssen, weil ich zu sehr darauf bedacht gewesen war, meine kleinen Geheimnisse zu wahren.

Wir bogen um die letzte Ecke und begannen den Garten zu durchqueren, der das Gästehaus von den Abteigebäuden trennte. Zuerst konnte ich überhaupt nichts sehen. Ich schlüpfte zwischen den Mönchen hindurch, die sich vor mir drängten, und erblickte Williams hohe Gestalt. Als ich neben ihn trat, drehte er sich zu mir um. Ich sah zu Boden und konnte nicht verhindern, dass sich mir ein leiser Schrei entrang. Denn der Mann, der – zweifellos tot – vor mir in einem Kräuterbeet lag, trug das helle Wollgewand der Männer des Südens, mit denen sich mein Onkel im Boar's Head Inn getroffen hatte.

♦ 9 ♦

Reise in die Dunkelheit

Zuerst durchzuckte mich der wilde Gedanke, bei dem Toten könnte es sich um Meister Averroës persönlich handeln, aber dann schlug einer der Mönche die Kapuze zurück, und ich sah ein anderes bronzefarbenes Gesicht mit arabischen Zügen, nur war dieses viel jünger und mit einem kleinen Bärtchen geschmückt. Wie der Mann gestorben war, ließ sich noch nicht sagen, aber seine Körperhaltung verriet, dass der Tod überraschend eingetreten sein musste.

»Prinzessin?« William richtete seine Adleraugen auf mich. »Habt Ihr mir irgendetwas zu sagen?«

Ich schüttelte stumm den Kopf, unfähig, auch nur einen Ton herauszubringen, und stützte mich mit einer Hand auf seinen Arm. Nachdem ich mich geräuspert hatte, stieß ich mühsam hervor: »Ich habe diesen Mann oder jemanden, der ganz ähnlich gekleidet war, vor drei Tagen im Boar's Head Inn in Havre gesehen. Er hat sich dort mit dem Herzog von Orléans, meinem Onkel Robert, getroffen. Ich bin ihm und seinen Begleitern rein zufällig begegnet, mein Onkel hat mich ihnen vorgestellt.« Ich zögerte kurz. »Meister Averroës war bei ihnen.«

»Averroës?« Williams Augen weiteten sich ungläubig. Dann wandte er sich an die ihm am nächsten stehenden Mönche.

»Bringt diesen Mann in die Krankenstube. Ich bezweifle zwar nicht, dass er tot ist, aber ich möchte, dass der Siechenmeister ihn untersucht. Wir müssen herausfinden, ob er eines natürlichen Todes gestorben ist, und wenn das nicht der Fall ist, was die Ursache war.«

Er drehte sich wieder zu mir um, während sich die Mönche daranmachten, den Toten hochzuheben. An seiner hellen Wollrobe klebten Erdbrocken und Enzianblüten, die er bei seinem Sturz zerquetscht hatte.

»Ihr versteht, was das für Euch bedeutet«, sagte William zu mir.

»Keine Nachtwache«, erwiderte ich tonlos. Diesmal wollte mir keine scharfzüngige Bemerkung einfallen.

»Richtig«, bestätigte er knapp. »Der Mann ist für meinen Geschmack ein wenig zu nahe bei Eurem Quartier zu Tode gekommen. Aber ich darf leider nicht gestatten, dass Ihr in die Abtei umzieht. Ich werde für die Nacht einen Wachposten vor Eurer Tür aufstellen. Wenn Ihr irgendetwas benötigt, wendet Euch an ihn.«

»Das werde ich tun. Aber, Prior William … wollt Ihr mir nicht wenigstens erlauben, die Komplet zu besuchen? Mit Bruder Dermott als Geleitschutz?«

»Gewährt«, erwiderte er barsch, wandte sich ab und ging davon.

Bruder Dermott tauchte erneut neben mir auf. Ich hatte nicht gesehen, dass Prior William ihm ein Zeichen gegeben hatte, aber ausnahmsweise war ich für seine Gegenwart dankbar. Er begleitete mich zu meinem Gästehaus und öffnete die Tür.

Ich rechnete schon fast damit, den Raum wieder verwüstet vorzufinden, aber alles war noch so, wie ich es zurückgelassen hatte. Und doch ganz anders.

»Der Wachposten wird gleich hier sein. Ihr habt nichts zu befürchten«, sagte Bruder Dermott. »Und ich komme zur Stunde der Komplet wieder und hole Euch ab, damit Ihr Eure Gebete nicht versäumt.«

Ich nickte nur, und sowie er außer Sicht war, verriegelte ich die Tür von innen. Dann setzte ich mich auf den Stuhl am Fenster und schaute hinaus. Ich konnte die Stelle im Garten sehen, wo der Leichnam gelegen und die jungen Pflanzentriebe zerdrückt hatte. Und ich hatte keine Ahnung, wie es jetzt weitergehen sollte.

Als die Dämmerung hereinbrach, hatte ich mir überlegt, wie ich die Briefe trotz der veränderten Situation an mich bringen könnte. Ich würde Bruder Dermott bitten, mich nach der Komplet eine Stunde allein zu lassen. Schließlich hatte mir William nur die Nachtwache untersagt, mir aber nicht verboten, dem Märtyrer allein meine Verehrung zu bekunden. Wenn Dermott draußen vor der Tür oder wenigstens im hinteren Teil der Kathedrale im Schatten wartete, konnte ich den Stein rasch aus dem Mauerwerk ziehen und die Briefe unbemerkt aus ihrem Versteck holen.

Kurz darauf brachte mir einer der Brüder eine Abendmahlzeit, aber ich knabberte nur lustlos an dem Brot und trank einen Schluck Wein; ich stellte fest, dass mir nicht der Sinn danach stand. Also hing ich meinen Gedanken nach und beschäftigte mich mit meiner Zeichnerei, bis das Licht im Raum zu schwach wurde.

Als die Glocke zur Komplet läutete, wickelte ich mir warme Wolltücher um die Beine und legte mir einen wollenen Schal um die Schultern, ehe ich meinen Umhang anlegte. Vielleicht brauchte ich in der feuchten Kathedrale ja etwas, um mir den Kopf zu bedecken. Ich fürchtete die durch Mark und Bein dringende Kälte in dem alten Gemäuer mehr als die einsame Wache am Grab des Märtyrers, aber ich wusste nicht, wie ich die Briefe sonst an mich bringen sollte.

Bruder Dermott erschien, um mich zur Kathedrale zu begleiten. Während wir durch die kühle Nachtluft schritten, unterbreitete ich ihm meinen Wunsch, eine Stunde allein am Altar des Märtyrers zu beten, da der Prior mir die geplante Nachtwache nicht gestatten wollte. Er dachte einen Moment nach, dann willigte er ein, mich eine Weile in der Kirche allein zu lassen, damit ich meine Gedanken sammeln und mich in meine Gebete vertiefen konnte. Ich fragte mich, was William wohl sagen würde, wenn er von meinen Absichten wüsste, war jedoch froh, dass ich Bruder Dermott so leicht hatte überzeugen können.

Dann erkundigte ich mich, ob der Siechenmeister den Fremden aus dem Süden schon untersucht hatte und zu welchem Ergebnis er gekommen war. »Er hat keine Anzeichen für Fremdverschulden gefunden«, erwiderte Dermott. »Er meint, es könnte Herzversagen sein. Aber niemand weiß, was er hier in der Abtei zu suchen hatte und wie er überhaupt am Pförtner vorne am Stadttor vorbeigekommen ist. Keiner will ihn vor seinem Tod gesehen haben. Und seine Kleider weisen ihn eindeutig als Fremden aus.« Er schüttelte den Kopf. »Eine rätselhafte Angelegenheit, bei Gott.«

»Wird Prior William heute Abend an der Komplet teilnehmen?« Ich überlegte bereits, welche Ausreden ich William gegenüber gebrauchen könnte, falls er hinter meine Pläne kam und sie unterbinden wollte.

»Nein, Prior William ist nach London gereist, er hat dort wichtige Geschäfte zu erledigen. Er wird erst morgen Abend zurückkehren.«

Seltsamerweise stimmte mich diese Nachricht ein wenig traurig. Nun würde ich keine Gelegenheit mehr bekommen, noch einmal mit William zu sprechen, denn ich wollte die Abtei morgen in aller Frühe wieder verlassen. Nachdem wir uns so viele Jahre nicht gesehen hatten, empfand ich unsere kurzen Zusammenkünfte als ziemlich unbefriedigend.

Bruder Dermott geleitete mich in die dunkle Kathedrale. Ich fand es unheimlich, mich des Nachts in einer Kirche aufzuhalten, noch dazu in einem so riesigen Gemäuer. Die Kerzen, die die Mönche in den Händen hielten, warfen ab und an einen flackernden Lichtstreifen in die Nischen, in denen die Seitenaltäre standen. Der Luftzug ließ gespenstische Schatten über Boden und Wände huschen, als die schwarz gekleideten Männer sich im Chorgestühl aufstellten. Der Gesang begann. Zuerst ertönte die helle, glockenklare Stimme des Vorsängers, dann fiel der Chor der Mönche ein. Mich bewegte die schlichte Schönheit dieses Gesanges zutiefst, trotzdem vermochte ich ein Gefühl drohenden Unheils nicht abzuschütteln.

Dermott führte mich zum Ehrenplatz im Hauptschiff ganz in der Nähe des Chores. Ich wusste, dass er am Ende des Gebetes zurückkehren würde, um mich zum Altar des Märtyrers zu begleiten. Als die letzten Töne des Chorals verklangen und das Echo langsam verhallte, schritten die Mönche einer nach dem anderen mit ihren Kerzen an mir vorbei. Bruder Dermott erschien mit zwei Fackeln, reichte mir eine davon und bedeutete mir, ihm zu folgen.

In Beckets Kapelle angelangt entzündete er mit Hilfe seiner Fackel die hohen Talgkerzen in den Leuchtern auf dem Altar und legte weitere Kerzen neben mir auf die steinernen Stufen. Dann steckte er unsere beiden Fackeln in die Eisenhalterungen an der Wand.

Ich hatte mir ein kleines Kissen mitgebracht, um es mir unter die Knie zu schieben, und er lächelte leicht, als ich es unter meinem Umhang hervorzog. Mir kam plötzlich der Gedanke, Bruder Dermott könne ungefähr in meinem Alter stehen und von denselben kleinen Gebrechen geplagt sein wie ich. Ich schenkte ihm ein kameradschaftliches Lächeln. Doch auch nachdem ich es mir auf dem *prie-dieu* so bequem gemacht hatte, wie es eben ging, schien er zu zögern, mich allein zu lassen. Endlich fragte ich: »Ja, Bruder? Ist noch etwas?«

Er rang sichtlich mit sich. »Ich lasse Euch diese Glocke da, Hoheit, falls Ihr noch irgendeinen Wunsch haben solltet. Klingelt nur, es wird Euch schon jemand hören. Der Widerhall in dieser Kathedrale ist geradezu gespenstisch. Außerdem schläft immer ein Wachposten im Gang zwischen Kirche und Abtei. In einer Stunde komme ich Euch wieder abholen.«

»Danke, Bruder. Ich weiß es zu schätzen, dass Ihr so um meine Sicherheit besorgt seid.« Tatsächlich rührte mich seine Fürsorge, obwohl ich immer ungeduldiger wurde und ihn endlich loshaben wollte. Ich musste meinen Auftrag ausführen, ehe mir die Zeit knapp wurde. »Ich werde hier auf Eure Rückkehr warten.«

»Ja, Eure Hoheit.« Er verneigte sich und schob die Hände in die Ärmel seiner Kutte, wie Mönche das oft taten. Dann zog er sich lautlos zurück, und ich fragte mich, wo ein Mann aus Lincoln wohl gelernt hatte, sich wie ein Pariser Höfling auszudrücken, wenn es ihm beliebte. Vermutlich schlug hier Richards Einfluss durch.

Die große Kathedrale lag jetzt völlig im Dunkeln, nur in meiner kleinen Kapelle brannte noch Licht. Die Atmosphäre erinnerte mich an das Ende des Gründonnerstagsgottesdienstes, wenn die Fußwaschzeremonie der Bischöfe endlich vorüber war. Als Kind hatte ich mich stets vor dem Moment gefürchtet, wenn wir Gläubigen unsere Schuhe wieder anziehen, unsere Stäbe ergreifen und die Kirche verlassen mussten. Unsere Schritte hallten dann klagend von den Wänden wider, während die Fackeln und Kerzen eine nach der anderen gelöscht wurden, um das Ende des Lebens Christi zu symbolisieren.

Ich wusste, dass ich warten musste, bis ich ganz sicher sein konnte, nicht ertappt zu werden, bevor ich mich an die Arbeit machen konnte. Meine innere Unruhe steigerte sich ins Unerträgliche. Als junges Mädchen hatte ich über eine schier unerschöpfliche Geduld verfügt, aber davon war mir nicht viel geblieben. Vielleicht hatte das unbeständige Leben mit Henry und Eleanor seinen Tribut gefordert. Jetzt wollte ich jedenfalls meinen Plan so schnell wie möglich in die Tat umsetzen. Aber falls mich ein verirrter Mönch dabei überraschte, wie ich die Steine der Rückwand des Altars lockerte, würde ich einiges zu erklären haben. William würde vielleicht nur nachsichtig lächeln, wenn er von der Geschichte erfuhr, aber ich konnte nicht wissen, wie die anderen Mitglieder des Ordens reagieren würden. Die Erinnerung an den Blick, den ich beim Essen mit dem jungen Bruder am Ende des Tisches gewechselt hatte, ließ mich nicht los. Ob er zu Johns Leuten gehörte?

Meine Hüfte begann wieder zu schmerzen. Ich konnte es kaum erwarten, diesen unwirtlichen Ort endlich zu verlassen, und dachte voller Sehnsucht an mein gemütliches, warmes Gästehaus.

Um mich abzulenken, versuchte ich Bilder aus meiner Kindheit heraufzubeschwören. Lange Ausritte in der Normandie über das flache Land südlich von Rouen. Weihnachten im Schloss Chinon, wo Henry und Eleanor ausnahmsweise einmal nicht gestritten hatten und zum Weihnachtsmahl die größte Gans aufgetischt worden war, die ich je gesehen hatte. Lange, faule Sommer in Poitiers, wo wir Kinder kleine Gedichte verfasst und uns gegenseitig unsere *poésie* vorgelesen hatten. Richard hatte sich auf diesem Gebiet immer besonders ausgezeichnet. Er verstand es, in Worte zu fassen, was wir anderen empfanden; diese Gabe musste er von seiner Mutter geerbt haben. Ich tastete nach meinem Anhänger. Er war das Einzige, was mir von jenen glücklichen Jahren geblieben war. Der Schatten von Henrys Zorn schwebte damals schon über uns, aber ich war zu jung, um das volle Ausmaß der Folgen zu erfassen. Das kam erst später, auf äußerst schmerzliche Weise.

Erinnerungen schossen mir durch den Kopf wie Glühwürmchen. Hätte ich meine Kohlestifte bei mir gehabt, ich hätte nicht eine einzige davon auf Pergament festhalten können. Ich konnte die Bilder nicht festhalten, sondern nur die Gefühle jener Zeit noch einmal durchleben. Wind auf meinem Gesicht, Freiheit, wilde Freude an einem Feiertag, das stille

Glück, mich in der Nähe meiner ersten Liebe aufhalten zu dürfen.

Beinahe wäre ich vornüber gekippt, ich konnte mich gerade noch rechtzeitig abfangen. Ich war wohl in meiner knienden Position eingeschlafen. Inzwischen musste genug Zeit verstrichen sein; ich konnte zur Tat schreiten. Einen Moment lang lauschte ich ins Dunkel. Alles blieb totenstill, noch nicht einmal eine Maus raschelte in einer Ecke. Also konnte ich mich jetzt auf die Suche nach den Briefen machen, ohne Gefahr zu laufen, entdeckt zu werden.

Das Letzte, was ich empfand, ehe die Hände mich ergriffen, war das Gefühl von eisiger Kälte; sie drang mir durch Mark und Bein. Das Letzte, was ich wahrnahm, bevor es dunkel um mich wurde, ist gleichfalls eher trivialer Natur. Ich erinnere mich an die Fackeln an den Wänden der Kathedrale und die Schatten, die sie auf das Mauerwerk warfen; sie schienen dort allein zu meiner Unterhaltung einen makabren Tanz zu vollführen. Ich musste an die fahrende Tanztruppe aus Venedig denken, die ich einmal gesehen hatte: hoch gewachsene, hagere Gestalten in schwarzen Umhängen und Wämsern, die sich rhythmisch erhoben und wieder zu Boden sanken wie eine Flut dunkler Wellen. Der kalte Luftzug, der die Pechfackeln anfachte, schien stärker zu werden, während ich das Spiel der Flammen verfolgte, als wäre irgendwo eine Tür geöffnet worden. Das hätte mich warnen müssen, doch ich achtete gar nicht darauf.

Ich war so mit der beschwerlichen Aufgabe des Aufstehens beschäftigt, dass ich das leise Geräusch hinter mir überhörte und somit mein Schicksal besiegelte. Ich wurde vollkommen überrumpelt. Plötzlich spürte ich eine kräftige Hand an meinem Hals, eine andere packte mich um die Taille, und noch ehe ich um Hilfe schreien konnte, wurde mir ein mit Alraunwurzelextrakt getränkter Lappen an Mund und Nase gepresst. Der schwere, süßliche Geruch verschlug mir den Atem, dann versank ich in tiefer Dunkelheit.

ZWEITES BUCH

♦ ♦ ♦

Die Suche

♦ 10 ♦

Old Sarum

Mühsam schraubte ich mich weiter in die Höhe. Weit unter mir erstreckte sich ein mit Schnee bedecktes Tal – so weiß, dass es mich beinahe blendete. Und dann sah ich, was ich suchte: ein kleines Kind, kaum mehr als ein roter Fleck auf dem Schnee, das mit einem Kiefernast eine Horde hechelnder, jaulender Wölfe abzuwehren versuchte, die immer näher kam.

Nirgendwo war Hilfe in Sicht, kein anderer Farbfleck auf dem Boden unter mir zu entdecken. Außer mir war niemand da. Sollte ich dieses geliebte Kind wirklich tatenlos den Wölfen überlassen? Ich wusste, dass ich verwundet war, dennoch breitete ich meine Schwingen weit aus, spürte ihre Kraft und Spannweite. Kalte Luft erfüllte meine Lungen, und ich wusste, ich würde das Kind retten können. Wenn ich doch nur noch mit beiden Augen sehen könnte, so wie früher! Wenn doch nur der Schnee nicht so grellweiß leuchten würde! Ich beschrieb zwei Kreise in der Luft und legte dann meine Schwingen an, um pfeilschnell in die Tiefe zu stoßen.

Doch irgendetwas hielt mich zurück. Hände packten mich und schüttelten mich. Ich setzte mich zur Wehr, aber vergebens. Mein Flug war zu Ende, der Schnee und das Kind verblassten unter mir und verschwanden.

Nun war Sommer. Ich wusste es, weil ich den süßen Duft riechen konnte. Ich spürte den Sommerwind auf meiner Haut, und vor mir sprang der junge Richard über eine niedrige Mauer. Auf seinem Kinn zeigten sich die ersten Anzeichen eines rötlichen Bartes. Wir standen inmitten der Blumen im Garten von Poitou, und er blickte auf mich herab. Doch die Blumen verströmten einen ungewöhnlich schweren, unangenehmen Geruch. Eine Biene oder vielmehr ein ganzer Bienenschwarm umschwirrte uns, das Summen hallte in meinen Ohren wider. Das Sonnenlicht bildete einen Heiligenschein um Richards Kopf, wurde immer heller, schien ihn zu verbrennen …

»*Princesse* Alaïs, könnt Ihr mich hören?« Wie aus weiter Ferne drang eine Stimme an mein Ohr. Die Stimme einer Frau.

»*Princesse*, ich sehe, Ihr kommt langsam zu Euch. Könnt Ihr mich hören? Könnt Ihr die Augen öffnen?«

Die Stimme zog mich so magisch an, wie die Stimmen der Sirenen Odysseus betört hatten. Ich konnte ihr nicht widerstehen, begann, mich auf sie zuzubewegen, ließ erst die Bilder, dann das Summen hinter mir, strebte nur noch der Stimme entgegen, die direkt aus dem Licht zu kommen schien. Ich hatte das Gefühl, als würde ich aus einem tiefen See auftauchen. Nur der seltsame, bittersüße Blumenduft waberte wie ein Nebelschleier hinter mir her.

»Öffnet bitte die Augen, wenn Ihr mich hören könnt.«

Ich tat, wie mir geheißen. Aus irgendeinem Grund schien ich keinen eigenen Willen mehr zu haben. Ich erblickte ein kleines Gesicht mit großen braunen Augen, einer kecken Nase und der dunklen Haut der Frauen aus dem Süden Frankreichs, das dem meinen sehr nahe war. Im Hintergrund ertönte leises Stimmengewirr.

In der Hoffnung, der widerlich süße Geruch, der mir die Nase verstopfte, würde verfliegen, bevor mir übel wurde, schloss ich die Augen wieder.

Als ich sie erneut aufschlug, schwebte das Gesicht nicht mehr über mir, doch die Frauenstimme war klar und deutlich zu vernehmen. »Ich glaube, sie kommt wieder zu Bewusstsein.«

»Das wird auch langsam Zeit«, erwiderte ein Mann von der anderen Seite des Raumes her. Er klang hörbar ungeduldig. Außerdem kam mir seine Stimme bekannt vor, doch das dazu passende Gesicht wollte sich nicht einstellen. Das Gemurmel verstummte.

Der Baldachin über mir erzitterte. Mein getrübter Blick wanderte über die schweren roten Samtvorhänge meines Bettes, von denen zwei zurückgezogen und mit goldenen Kordeln an den geschnitzten Pfosten befestigt waren. Durch das breite Dreieck zwischen diesen Vorhängen sah ich einen Raum, in dem alles weiß war – die Decke, die Wände und das Licht, das ihn erfüllte. Die Wände mussten mit zahlreichen Öffnungen versehen sein, um ein so helles Licht einzulassen. In meinem Kopf setzte ein leichtes Pochen ein. Nach und nach wurde die gleißende Helligkeit erträglicher; Umrisse nahmen vor meinen Augen Gestalt an.

Ich stützte den rechten Ellbogen auf die Matratze und begann, mich mühsam aufzurichten, um besser sehen zu können. Ich wollte wissen, wohin man mich verschleppt hatte. Noch während ich versuchte, sicheren Halt zu finden, spürte ich, wie sich ein schlanker, aber kräftiger Arm unter meine Achselhöhlen schob. Diese hilfreiche Geste erstaunte mich, denn sogar in meinem benommenen Zustand war mir vollkommen klar, dass ich mich hier nicht unter Freunden befand.

Sowie ich mich in eine sitzende Position manövriert hatte, verschwamm die Welt erneut vor meinen Augen, aber der Schleier lichtete sich bald wieder. Jemand schob mir Kissen in den Rücken und strich die Pelzdecken über meinem Schoß glatt.

Ich versuchte, meine wirren Gedanken zu ordnen. Ich schien unter zahlreichen Kleiderschichten begraben zu sein; mehr, als nötig gewesen wären, obwohl es in dem Raum kühl war und der Wind durch die schmalen Schlitze in der Wand pfiff. Der kastanienbraune, mit Fuchsfell gesäumte Umhang, der um meine Schultern lag, und das hellgrüne Wollkleid waren meine eigenen Kleider. Im Kamin prasselte ein Feuer. Ich begann zu schwitzen und merkte, dass sich wollene Tücher um meine Beine wanden, konnte mich aber nicht erinnern, wieso dem so war – und ich hatte nicht die leiseste Ahnung, wie ich eigentlich hierher gekommen war.

Dann ließ ich den Blick durch den Raum schweifen – zumindest durch den Teil, den ich vom Bett aus erkennen konnte. Er schien ziemlich weitläufig und rechteckig zu sein. Mein Bett befand sich an einem Ende, an der gegenüberliegenden Wand stand ein großer Tisch. Die Wände waren aus glatten, weiß getünchten Steinen gemauert, die so kunstvoll angeordnet waren, als seien sie eigens für diesen Ort zurechtgehauen und poliert worden. Obgleich mein Gefängnis geräumig und luftig wirkte, schätzte ich, dass es in Wahrheit nicht viel größer war als die Ankleidekammer meiner Gemächer in Paris. Die vielen hohen, schmalen Scharten in der Mauer, die das Licht hereinfluten ließen, bildeten ein Muster, wie ich es von Festungen her kannte. Meine Umgebung kam mir irgendwie vertraut vor. War ich schon einmal hier gewesen? Oder hatte ich das nur geträumt?

»Ist sie wieder klar genug im Kopf, um ein paar Fragen beantworten zu können?«, ertönte die unwirsche Männerstimme erneut. Außerdem hörte ich ein merkwürdiges, rhythmisches Geräusch – so, als würde immer wieder ein Korken aus einer Flasche gezogen.

Ich blickte in die Richtung, aus der die Stimme kam, und kniff die Augen zusammen, um schärfer sehen zu können. Ein schlanker, dunkelhaariger Mann saß an dem Tisch am anderen Ende des Raumes und spielte mit einem juwelenbesetzten Dolch. Jedes Mal, wenn er ihn zwischen den Händen drehte, funkelten die Edelsteine im Sonnenlicht. Die Spitze bohrte sich mit einem leisen »Plop« in die Tischplatte. Als der Mann zu mir herübersah und feststellte, dass ich wach war, stand er auf, riss den Dolch aus dem Holz und schob ihn in seinen Gürtel; dann kam er quer durch den Raum auf mich zu. Ein kleiner weißer Terrier folgte ihm mit fröhlich wackelndem Stummelschwänzchen.

»O nein«, entfuhr es mir, als der Dunkelhaarige vor mir stand. »Nicht du!«

Er war älter und hagerer, als ich ihn in Erinnerung hatte, aber ich sah unzweifelhaft John Plantagenet vor mir, von seinen Brüdern Lackland genannt. Das kantige, vorspringende Kinn wies ihn eindeutig als einen Plantagenet aus, doch durch seine in der Mitte der Stirn zusammengewachsenen Brauen über den kleinen, eng beieinander stehenden Augen unterschied er sich unvorteilhaft von seinen gut aussehenden Brüdern.

»Alaïs Capet, du wirst diesem König von England den ihm gebührenden Respekt erweisen, auch wenn du das seinen Vorgängern gegenüber nicht für nötig gehalten hast.« Er funkelte mich finster an. »Ich bin weder so nachsichtig wie mein altersschwacher Vater noch vor Liebe blind wie mein Bruder. Ich werde deine Unverschämtheiten nicht dulden.« Mit einer wütenden Bewegung riss er die restlichen Vorhänge zur Seite, sodass ich den Blicken der anderen Menschen im Raum schutzlos ausgeliefert war. Hinter John lehnten vier oder fünf Ritter an der Wand und beobachteten ihren König stumm.

Mein Blick blieb auf der hübschen Frau haften, deren Gesicht ich beim Erwachen als Erstes gesehen hatte. Jetzt saß sie neben dem Bett, hielt die Hände locker im Schoß gefaltet und trug einen Ausdruck milder Neugier zur Schau. Sie war es gewesen, die mir geholfen hatte, mich aufzusetzen, und sie hatte mir auch die Kissen in den Rücken gestopft. Nun, da die Vorhänge ganz zurückgezogen waren, konnten wir einander ansehen. Ich nahm an, dass sie Isabelle war, Johns neue Königin.

Dann richtete ich meine Aufmerksamkeit wieder auf John

selbst. Er stand, die Hände in die Hüften gestemmt, vor mir und starrte auf mich herab. Ich musterte ihn von Kopf bis Fuß. »Seit unserer letzten Begegnung scheinst du zu Geld gekommen zu sein«, stellte ich sachlich fest. »Wie ich sehe, hast du dir endlich einen anständigen Schneider zugelegt.«

Ich sah, wie seine braunen Augen sich verdüsterten, wie sie es immer taten, wenn er kurz vor einem Wutanfall stand. Einer der Ritter schnaubte und vertuschte das verächtliche Geräusch hastig, indem er ein Hüsteln vortäuschte.

»Ich warne dich, Alix.« John nannte mich bei der englischen Version meines Namens. Er packte mich am Arm und verdrehte die Haut; ein alter Kindertrick, wenn man jemandem Schmerz zufügen will, ohne Spuren zu hinterlassen. »Wenn ich du wäre, würde ich mir gut überlegen, was ich sage.«

»Den guten Rat kann ich zurückgeben.« Ich riss meinen Arm weg, als er seinen Griff lockerte. »Ich pflege es nicht einfach so hinzunehmen, wenn man mir Unrecht zufügt.« Über sein Gesicht huschte derselbe Anflug von Furcht, den er schon als Kind hatte sehen lassen, wenn ich ihm die Stirn bot. Aber da John nun einmal John war, hörte er nicht auf die Stimme der Vernunft, sondern bedrängte mich weiter.

»Liebste Schwester, du hast mich ja noch gar nicht gefragt, was ich von dir will.« Er beugte sich über mich, sodass sein nach Knoblauch riechender Atem mein Gesicht streifte.

»Das wirst du mir schon noch früh genug verraten.« Ich verschränkte die Arme vor der Brust, rieb über die schmerzende Stelle und hielt seinem Blick unverwandt stand.

John versuchte, unser Blickduell zu gewinnen, doch das alte nervöse Zucken seines rechten Augenlides vereitelte seine Absichten. Es hatte seinem Blick schon immer etwas Unstetes verliehen. Er schien meine Gedanken zu lesen, denn er wich zurück und begann unruhig im Raum auf und ab zu gehen. Einige seiner an der Wand lehnenden Ritter zuckten zusammen, als er an ihnen vorbeistapfte. Zweimal drehte er sich zu mir um und betrachtete mich, als wäre ich ein Ungeheuer aus einem Albtraum, das verschwinden würde, sobald er erwachte. Plötzlich hatte ich eine Vision. Ich sah John auf einer grünen Wiese. Er ging zu einem roh geschnitzten Tisch hinüber; dabei drehte er sich immer wieder um und blickte zu einem Kreis miteinander flüsternder Männer hinüber. Er wirkte, als wisse er nicht recht, wie er sich verhalten sollte. Ich schüttelte leicht den Kopf, um das Bild zu verdrängen.

»Wagt es nicht, in meiner Gegenwart so abfällig mit dem Kopf zu schütteln, Prinzessin!«, fuhr John mich von der anderen Seite des Raumes her an.

»Schon gut, schon gut, John.« Ich hob beide Hände. »Du gewinnst. Ich spiele dein Spiel mit. Was also willst du von mir?«

Er kam wieder auf mich zu. »Schon besser«, knurrte er. »Und jetzt sag mir, wo die Briefe sind, die du in Canterbury zu stehlen versucht hast.«

»Ich weiß nicht, wovon du redest. Ich habe keine Briefe zu stehlen versucht, sondern vor dem Altar des Märtyrers Becket gebetet. Dabei stand ich unter dem Schutz der Heiligen Mutter Kirche, deren oberstes Gebot du durch diesen Überfall auf mich verletzt hast.« Ich deutete mit einem Finger auf ihn. »Ihr solltet um Euer Seelenheil bangen, König John.« Bei diesen Worten senkte ich meine Stimme zu einem dramatischen Flüstern.

»Pah! Wegen der Rettung meiner unsterblichen Seele mache ich mir keine Sorgen.« Er schnippte geringschätzig mit den Fingern. »Wenn meine Zeit kommt, werde ich den Bischof mit so viel Gold bestechen, dass er mir den Weg in das Himmelreich ebnet, ohne Fragen zu stellen.« Jetzt stand er wieder vor meinem Bett. Seine Stimme hallte laut und vernehmlich durch den Raum. Vermutlich wollte er seine Ritter beeindrucken.

»Sei nicht so überheblich, John«, warnte ich ihn. »Der Bischof mag sich deinen Wünschen ja fügen, aber ob Gott sich seiner Meinung anschließt? Und ich glaube nicht, dass der Bischof dich auf deiner letzten Reise begleiten möchte, um die Angelegenheit direkt vor deinem Schöpfer zu klären.«

Die Ritter, die sich bislang im Hintergrund gehalten hatten, rückten unauffällig näher zu uns heran. Sie witterten einen Machtkampf und hätten vermutlich Wetten auf den Sieger abgeschlossen, wenn sie ganz sicher gewesen wären, dass der König nichts merken würde.

»Wohin hast du mich bringen lassen, John?«, fragte ich ruhig.

»Du befindest dich im Turm von Old Sarum.« Also war ich tatsächlich schon einmal hier gewesen. Nur zu gut konnte ich mich daran erinnern. »Hier hat König Henry meine Mutter sechzehn lange Jahre gefangen gehalten. Ich dachte, es würde dir hier gefallen, da du ihr doch immer so nahe gestanden hast.« Seine Stimme troff vor Hohn.

Wie John beabsichtigt hatte (war er wirklich so beschränkt, wie ich gedacht hatte, oder hatte ich ihn unterschätzt?), versetzte mir der Name seines Vaters einen kleinen Schlag. Ich verriet mich dadurch, dass ich hastig Atem holte.

»Ich bin nicht in Stimmung, um mit dir in Familienerinnerungen zu schwelgen«, murmelte ich. Erneut spürte ich, wie Übelkeit in mir aufstieg. »Und überhaupt – an deiner Mutter hat dir doch herzlich wenig gelegen. Du bist von deinem Vater erzogen worden, deinem Idol. An deine Mutter und ihre missliche Lage als Henrys Gefangene dürftest du kaum einen Gedanken verschwendet haben.«

»Mir hat meine Mutter entschieden mehr bedeutet als dir! Du hast doch keine Zeit verloren, um ihren Platz in seinem Bett einzunehmen!«, zischte er; dabei beugte er sich wieder so dicht zu mir, dass ich angewidert das Gesicht abwandte.

»Beim Blute Gottes, John! Die Sünde der Gotteslästerung hast du schon auf dich geladen, jetzt kommt auch noch Heuchelei dazu. Meinem Gedächtnis fehlt nichts. Ich habe dich in der Nacht im Clarendon-Palast grölen und lachen gehört, nachdem Henry deine Mutter hier in diesen Turm gesperrt hat. An diesem Tag verlor ich die Stiefmutter, die während meiner gesamten Kindheit für mich da gewesen ist. Mein Verlobter, dein Bruder Richard, hatte deinem Vater gerade den Kampf angesagt. In jener Nacht habe ich mich in den Schlaf geweint.« Ich drehte mich zu ihm um und sah ihn an. »Sogar dein Vater blieb nüchtern. Aber du – du hast die ganze Nacht lang mit den Männern des Königs gezecht und gefeiert.«

John erbleichte und verschränkte die Hände hinter dem Rücken. Ich schloss die Augen, ich konnte seinen Anblick nicht länger ertragen. Aber bevor einer von uns wieder das Wort ergreifen konnte, überwältigte mich die Übelkeit, und ich begann zu würgen. »Ich brauche ein Becken, rasch, mir wird schlecht!«

Augenblicklich kam Leben in Isabelle. »Heda!«, rief sie den Rittern zu. »Holt die Diener aus dem Nebenraum her! Sofort!« Trotz meines erbärmlichen Zustandes hörte ich, wie befehlsgewohnt ihre Stimme klang. Die Ritter verließen hastig den Raum. Kurz darauf traten Dienstboten mit Kupferbecken und Wasserkrügen an mein Bett. Nachdem ich mich heftig übergeben hatte, sank ich in meine Kissen zurück, und sie tupften mir behutsam die Stirn ab. Dann verschwanden sie auf ein unauffälliges Zeichen von Isabelle hin so rasch, wie sie gekommen waren.

Isabelle stand mit John neben meinem Bett. Ich bemerkte, wie ihr Blick über meine verkrüppelte Hand wanderte, und schob sie verlegen unter die Decke.

»Meine Ritter haben dich dabei überrascht, wie du die Briefe meiner Mutter aus der Kathedrale stehlen wolltest. Ich will wissen, warum du das getan hast.« John stand mit leicht gespreizten Beinen da, eine Hand auf den Griff seines Schwertes gelegt. Diese drohende Haltung hatte er immer eingenommen, wenn er sich als junger Mann bei der Dienerschaft Respekt verschaffen wollte. »Was steht in den Briefen so Wichtiges drin?«

»Ich habe dir doch schon erklärt, dass ich an Beckets Altar gebetet habe.« Meine wunde Kehle machte mir das Sprechen zur Qual. Ich spürte, wie mir Schweißperlen auf die Stirn traten.

»Sehr komisch. Aber ich glaube dir kein Wort, Alix. Ich weiß genau, was du vorhast.«

»Man hat dich falsch informiert, John.« So schwach und elend ich mich auch fühlte, ich war nicht gewillt, mich von diesem Mann einschüchtern zu lassen. »Ich befinde mich auf einer Pilgerreise – die du gewaltsam unterbrochen hast.«

»Du lügst, Alix. Das hast du schon immer getan, wenn es dir geholfen hat, dein Ziel zu erreichen.«

»Oder jemand hat dich belogen, und du stehst wieder einmal wie ein Narr da. Was ja schon oft genug vorgekommen ist.«

Der kleine weiße Hund wählte ausgerechnet diesen Augenblick, um in lautes Gekläff auszubrechen. John reagierte ebenso schnell wie brutal. Er fuhr herum und versetzte dem Tier einen so kräftigen Tritt, dass es durch den Raum geschleudert wurde, gegen die Wand prallte und als regloses Fellbündel auf dem Boden liegen blieb.

»Gütiger Himmel, John!«, flüsterte ich bestürzt. »Er war doch nur ein harmloser kleiner Hund.«

Als John sich einen Moment später zu mir umdrehte, lag ein Lächeln auf seinem Gesicht. »Du tätest gut daran, mich nicht zu reizen, Schwester. Ich habe schon immer ein böses Temperament gehabt.« Sein Augenlid hatte erneut zu zucken begonnen.

Ich blickte Isabelle an, die wieder neben dem Bett saß. Sie hatte die Finger gegeneinander gelegt und ließ keinerlei Gefühlsregung sehen.

Ich biss mir auf die Lippe und dachte über die Gefahr nach, in der ich möglicherweise schwebte, bevor ich dann antwortete: »Philipp hat eine ganz andere Auffassung von Bruderliebe als du, John. Was weißt du schon von diesen Dingen? Mich würde interessieren, was dein Bruder Geoffrey von deiner seltsamen Art halten würde, Familienbande in Ehren zu halten, wenn er hier wäre. Oder der junge Arthur.«

»Dir steht es ja wohl zuallerletzt zu, von Loyalität zu sprechen«, fauchte John.

»Ich habe diejenigen, die ich liebe, nie verraten oder im Stich gelassen.«

»Und was ist mit meiner Mutter?«

»Was ist mit deinem Vater?«, konterte ich so leise, dass nur er es hören konnte. »Deinem geliebten Vater, der dich großgezogen hat?« Sein Gesicht verzerrte sich, als habe jemand einen Topf mit kochend heißer Suppe über ihm ausgekippt.

»Wage es nicht…« Er fing sich gleich wieder, aber ich erkannte meinen Vorteil sofort. Ich konnte meine Gefühle bezüglich der Vergangenheit verbergen. John nicht.

»Ich soll es nicht wagen, von deinem Vater zu sprechen?«, erwiderte ich herausfordernd. »Du magst ihn verraten haben. Ich nicht. Und…« – ich stützte mich auf die Ellbogen – »…ich weiß, dass er von dir enttäuscht war. Und du kannst es nicht verwinden, dass *ich* ihn nie enttäuscht habe.«

Ehe Isabelle eingreifen konnte, schoss seine Hand vor und landete mit voller Wucht in meinem Gesicht. Der Schlag warf mich in die Kissen zurück. Ich spürte, wie der Abdruck seines Siegelrings auf meiner Haut brannte. Meine Augen füllten sich mit Tränen, aber das war ein geringer Preis für die tiefe innere Befriedigung, die ich empfand. Ich hatte seinen wunden Punkt getroffen. Bei John hieß dieser Punkt immer Eifersucht.

Der König wandte sich von mir ab und verschwand aus meinem Blickfeld. Ich hörte die gedämpften Stimmen der Ritter, die sich mit belanglosen Bemerkungen über die Peinlichkeit des Augenblicks hinweghalfen. Isabelle fuhr fort, John von ihrem Platz aus stumm zu beobachten. Endlich zerriss ihre kühle Stimme die Stille.

»John, wenn du Informationen von Alaïs bekommen willst, scheint mir das nicht der richtige Weg dazu zu sein.«

Ich richtete mich erneut mühsam auf, um sie ansehen zu

können. Sie saß keine zwei Schwertlängen von mir entfernt. Als ihre klare, leicht erhobene Stimme durch den Raum hallte, verstummten die miteinander flüsternden Ritter.

»Ich denke, es ist an der Zeit, dass wir uns miteinander bekannt machen«, sagte ich. »Ich bin *princesse* Alaïs von Frankreich. Und Ihr müsst die neue Königin von England sein.« Ich deutete auf John, wohl wissend, dass sich auf meiner Wange bereits eine Schwellung zu bilden begann. »Ihr müsst unsere kleinen Familienzwistigkeiten schon entschuldigen.«

»Ich bin Isabelle von Angoulême«, stellte sie sich vor. »Und ich weiß sehr gut, wer Ihr seid.« Sie verzog einen Moment lang das Gesicht, und dann krümmten sich ihre schmalen Lippen unverhofft zu einem Lächeln. »Ihr werdet mich nicht dazu bringen, die Fassung zu verlieren, Alaïs Capet. John mag sich von Euch ja zu kindischen Handlungen verleiten lassen, aber über mich habt Ihr keine Macht.«

»Da wir beide hier die einzigen erwachsenen Menschen zu sein scheinen, können wir vielleicht vernünftig miteinander reden. Warum bin ich hier?«

Isabelle setzte gerade zu einer Antwort an, als John am Fußende des Bettes erschien. Er hielt einen Becher Armagnac in der Hand. Sein Brandy-Atem wehte zu mir herüber.

»Ich gebe dir eine letzte Gelegenheit, dich kooperativ zu zeigen«, knurrte er, nachdem er einen großen Schluck getrunken hatte, und stützte sich auf den geschnitzten Bettpfosten. »Entweder verrätst du mir, was du weißt, oder du richtest dich darauf ein, dein Leben in einem feuchten englischen Turm zu beschließen.«

»John, bitte, versuch meinen Ausführungen zu folgen, soweit dir das möglich ist.« Ich wählte meine Worte sehr sorgfältig. »Nehmen wir einmal an, ich wäre nach Canterbury gereist, um die Briefe deiner Mutter zu suchen. Dann musste ich davon überzeugt gewesen sein, dass sie dort versteckt sind. Da ich sie nicht bei mir hatte, als deine Männer mich entführten, habe ich sie also wohl nicht gefunden. Wie kommst du darauf, dass ich wissen könnte, wo sie sich jetzt befinden?«

»Weil die Briefe für dich von noch größerem Wert sind als für mich. Du willst sie unbedingt an dich bringen. Und ich kenne dich, Alix. Du tust alles, um zu bekommen, was du willst.«

Seine Stimme klang so schneidend kalt wie die von Henry, wenn er sich ärgerte. Zum ersten Mal im Verlauf unseres Wortgefechts keimte Furcht in mir auf. Die Vision von dem kleinen Jungen im Schnee, die mir der Drogenrausch beschert hatte, fiel mir wieder ein, und mein Herzschlag beschleunigte sich. Ich musste sehr vorsichtig vorgehen.

»Ich weiß nichts von Briefen deiner Mutter an Becket«, erwiderte ich mit einer genau bemessenen Dosis Überdruss in der Stimme. »Wieso glaubt jeder in deiner Familie, ich wolle mich in eure Intrigen verstricken lassen? Warum sollte ich Interesse an ein paar vergilbten alten Briefen haben, die geschrieben wurden, als ich ein kleines Kind war? Ich sage es dir noch einmal – ich weiß nichts davon. Und nun lass mich gehen.« Entschlossen schob ich die Füße über die Kante des hohen Bettes.

Als ich auf meinen zwei Beinen stand, drehte sich der Raum um mich, und Johns Gesicht verschwamm mir vor den Augen. Ich lehnte mich an das Bett, weil ich fürchtete, ohnmächtig zu werden. Plötzlich war Isabelle an meiner Seite und stützte mich. Sie drückte mich sanft auf die Bettkante nieder und setzte sich neben mich. Da meine Kräfte rasch schwanden, ließ ich es widerspruchslos zu.

»Wollt ihr beide jetzt endlich mit diesem sinnlosen Gezänk aufhören?« Sie sprach so bestimmt, als habe sie zwei ungezogene Kinder vor sich. »Wenn euch beiden so sehr daran gelegen ist, diese Briefe in euren Besitz zu bringen, sollten wir dann nicht versuchen, sie zuerst einmal zu finden? Gemeinsam, wie sich das für eine Familie gehört?«

Ich verbarg meine Überraschung und sah sie an. Es gelang

mir nicht ganz, ihren ruhigen, sachlichen Ton aufzugreifen, als ich erwiderte: »Ihr habt Recht, Isabelle. Wir sind eine Familie. Könnt Ihr mir dann vielleicht erklären, wieso diese Briefe an Erzbischof Becket von so immenser Wichtigkeit sind?«

John schnaubte gereizt, doch Isabelle kehrte ihm einfach den Rücken zu und sah mich an. Einen Moment schien sie stumm mit sich zu ringen, dann kam sie zu einem Entschluss und begann, leise und beschwichtigend mit mir zu sprechen, als wäre ich ein hysterisches Kind. »Es besteht Grund zu der Annahme, dass Eleanor vor vielen Jahren einige Briefe verfasst hat – sehr persönliche, kompromittierende Briefe an Thomas à Becket, die ausgerechnet zu der Zeit geschrieben wurden, als Henry und der Erzbischof im Streit miteinander lagen.«

»Das ist mir bekannt.« Ich schob ihren Arm weg, der noch immer unangenehm vertraulich meine Taille umfasste, und ließ ihn in ihren Schoß sinken. »Eleanor hat mir davon erzählt. Sie fürchtet, die Briefe könnten dazu benutzt werden, ein schlechtes Licht auf John zu werfen – sie würden all die alten Gerüchte von Beckets und Eleanors Intrigen hinter Henrys Rücken wieder aufleben lassen. Oder gar Johns Abstammung infrage stellen.«

Ich fürchtete schon, zu weit gegangen zu sein, aber dann sah ich, dass John, der seine ruhelose Wanderung durch den Raum wieder aufgenommen hatte, sich nicht in Hörweite befand.

»Es könnte auch noch schlimmer kommen. Zwar trifft es zu, dass einige Briefe an Becket adressiert sind und uns vorübergehend Scherereien bereiten könnten, aber es gibt Gerüchte, dass sich darunter auch noch andere Briefe der Königin befinden, die sie später, während ihrer Gefangenschaft in Old Sarum, geschrieben hat.« Isabelle fuhr mit der Hand durch die Luft. »Hier in diesem Raum, soweit ich weiß. Aber sie sind nie abgeschickt worden. Eleanor soll sie einem Mönch anvertraut haben, der sie für sie versteckt hat.«

»Sprecht weiter«, forderte ich sie auf. Mein Interesse war geweckt. Zwei verschiedene Arten von Briefen. Anscheinend hatte Eleanor mir ein paar grundlegende Informationen vorenthalten, als sie mich auf diese Reise geschickt hatte.

»Wir… wir kennen weder den genauen Inhalt der Briefe, noch wissen wir, an wen sie gerichtet sind.« Isabelle warf John, der sie verdrossen beobachtete und dabei seinen Brandy schlürfte, über die Schulter einen verstohlenen Blick zu. »Becket kann nicht der Empfänger sein, er war damals schon lange tot. Wir haben erfahren, dass einige dieser Briefe entscheidende Informationen enthalten, nämlich handschriftliche Beweise für die Existenz eines rivalisierenden Thronanwärters. Und wer auch immer diese Briefe in seinem Besitz hat – Königin Eleanor, die Templerritter, John oder Ihr…« Ihre Stimme verklang.

»… der hält enorme Macht in den Händen.« Ich starrte blicklos in die Ferne.

»So ist es. Und sollten die Templer die Briefe an sich bringen, könnten sie sie dazu benutzen, um John zu zwingen…« Sie brach abrupt ab.

»Um John wozu zu zwingen?«

»Ach.« Sie winkte ab. »Zu gewissen Zugeständnissen.«

»Zu kleineren Zugeständnissen wie dem Verzicht auf den Thron?« Ich konnte meine Zunge einfach nicht im Zaum halten.

Isabelle warf mir einen scharfen Blick zu. »Wie zum Beispiel den mächtigen Abteien die Steuern zu erlassen, die sie der Krone schulden«, giftete sie. »Wie den König von England zu ihrer Marionette zu machen.«

Aber ich hörte nur noch mit halbem Ohr hin, sosehr mich das Thema auch interessierte. Mir waren die Lider wieder schwer geworden, und ich sehnte mich nach ein paar Stunden Schlaf. »Wenn Eleanor solche Briefe geschrieben hat, während sie hier in Old Sarum gefangen saß, wie konnte sie dann auf den Gedanken kommen, sie würden in die Welt hinausgelangen? Die Königin stand unter strengster Bewachung!«

»Wir wissen nicht genau, ob all diese Briefe wirklich abgeschickt wurden«, erwiderte Isabelle. »Zuerst war Eleanor ja vollkommen von der Welt abgeschnitten. Später änderte sich das dann. Henry zeigte sich immer wieder großherzig, wenn es um Eleanor ging, und letztendlich hat er ihr fast alle ihre Wünsche erfüllt.«

»Nur den größten nicht – den nach Freiheit«, bemerkte ich. Aber ich wusste, dass die Worte der englischen Königin weitgehend der Wahrheit entsprachen.

Isabelle ging auf meinen Einwurf nicht ein, sondern fuhr fort: »Wenn es ihr nicht gelungen ist, die Briefe abzuschicken, ist sie vermutlich zu dem Schluss gekommen, sie würden eine Gefahr für sie darstellen, falls sie gefunden würden. Und dann hat sie sich wahrscheinlich entschieden, sie irgendwo draußen zu verstecken. Es gab viele Möglichkeiten, sie hinauszuschmuggeln. Sie hat oft Stoffe für neue Kleider bestellt und hat sicher auch Waren an die Händler zurückgehen lassen. Es gibt viele Aufzeichnungen über derartige Geschäfte, daher wissen wir, dass ständig Händler in Sarum ein- und ausgingen.«

Die Königin, die noch immer wie eine alte Freundin neben mir saß, neigte sich zu mir. Sie verströmte einen leichten Moschusgeruch, wie ein schönes, wildes Tier. Einen Moment lang befürchtete ich, mir würde wieder übel werden. »Es gab zahlreiche Wege, geheime Korrespondenz in Umlauf zu bringen«, murmelte sie. »Wir wissen nur nicht genau, was wirklich geschehen ist …«

»Isabelle«, unterbrach John sie scharf. Er hatte wieder am Tisch auf der anderen Seite des Raumes Platz genommen.

»Ich finde es nur richtig, wenn Alix die Wahrheit über die Briefe erfährt. Ich glaube, Eleanor war nicht ganz aufrichtig zu ihr.«

Und das, dachte ich grimmig, waren wohl die einzigen ehrlichen Worte, die ein jeder von uns dreien heute gesprochen hatte.

»Isabelle, könntet Ihr mir wohl helfen, mich wieder hinzulegen? Mir wird schwindelig. John, womit haben deine Männer mich nur betäubt? Vermutlich mit diesem schrecklichen Alraunwurzelsaft. Eine Schande, dass er in England so leicht zu haben ist. Es heißt, die Wirkung kann mehrere Tage lang anhalten.« Das Summen in meinen Ohren setzte wieder ein; der Raum schien vor meinen Augen kleiner zu werden. »Es tut mir Leid, aber ich kann im Moment nicht mehr sprechen.«

Ich ließ mich in die Kissen sinken. Isabelle erhob sich und legte meine Beine auf das Bett. Dabei fiel mir ein, dass sich in meinem Beutel Kräuter befanden, die mir gute Dienste leisten würden. Ich war mit einem Mal entsetzlich durstig, und obwohl ich um das Risiko wusste, vergiftet zu werden, blieb mir nichts anderes übrig, als um Wasser zu bitten.

»Isabelle, wenn Ihr nun noch so freundlich wärt, mir heißes Wasser aus dem Kessel über dem Feuer zu holen? Ich brauche etwas, um meine Kopfschmerzen zu lindern.« Ich hielt inne und kämpfte gegen eine neue Welle der Übelkeit an. Als sie abgeebbt war, räusperte ich mich. »Was steht denn angeblich in diesem zweiten Satz von Briefen drin?«

Der König und die Königin wechselten einen langen Blick, als Isabelle erneut aufstand. »Sie können persönliche Dinge enthalten oder vielleicht auch Königin Eleanors Ansichten über Staatsangelegenheiten.« Isabelle sprach betont obenhin, als sie sich über das Feuer beugte, um Wasser aus dem Kessel zu schöpfen. »Aber wir haben erfahren, dass die Templer glauben, in den Briefen seien stichhaltige Beweise für die Existenz eines weiteren Anwärters auf die Krone von England zu finden – Beweise, die Johns Thron stürzen könnten.«

Ich wollte ihr sagen, dass der Sturm, den derartige Informationen auslösen könnten, den Thron noch nicht einmal zum Wanken bringen, sondern nur John von ihm herunterfegen würden, doch die Zeit für solche Haarspaltereien war längst vorbei.

Mit einer Hand zog ich den Beutel unter der Decke hervor und löste die Schnur. Das Gazesäckchen mit den Kräutern war unversehrt. Ich zupfte ein paar der längeren Blätter heraus und tauchte sie in den Zinnbecher mit heißem Wasser, den Isabelle mir reichte.

»Was trinkst du da?« John fuhr von seinem Stuhl hoch und stürmte durch den Raum. Beinahe hätte er mir den Becher aus der Hand geschlagen, so begierig war er darauf hineinzuspähen.

»Kein Gift, falls du das befürchtest.« Ich trank einen großen Schluck von dem Tee, dann beobachtete ich ihn über den Becherrand hinweg.

»Ich glaube, du weißt ganz genau, wo die Briefe meiner Mutter sind.« Johns Stimme klang leise und schneidend. »Sie hat dir mit Sicherheit gesagt, wo du sie suchen sollst. Und ich denke, du weißt auch, weshalb die Templer so hinter ihnen her sind.«

»John, sie ist deine Mutter.« Das Licht im Raum begann zu verblassen, die Zeit verrann, und wir drei vergeudeten sie mit fruchtlosen Debatten. »Warum schickst du nicht einen Boten zu ihr und fragst sie, welche Anweisungen sie mir erteilt hat? Und wenn du schon einmal dabei bist, frag sie doch gleich auch, was in diesen Briefen steht und inwieweit es gegen dich verwendet werden kann. Sie wird dir deine Bitte nicht abschlagen, sie hat dich doch immer über alles geliebt.«

Jetzt schlug John mir wirklich den Becher aus der Hand. Ich sah zu, wie er über den Boden rollte und neben dem Kadaver des kleinen weißen Hundes liegen blieb.

»Alaïs, das Spiel ist vorbei. Meinetwegen kannst du in diesem Turm verrotten, mich kümmert das wenig.« Ich dachte, er würde mich schlagen, doch er stand nur da, blickte auf mich herab und knirschte mit den Zähnen, ehe er weitersprach. »Ich weiß, dass diese Briefe beweisen, dass du mit meinem Vater ein Kind hast. Einen königlichen Bastard! Meine Mutter wusste es, sie hat es aufgeschrieben.« Seine Lippen waren zu einem weißen, blutleeren Strich zusammengepresst. »Und ich glaube, du weißt auch, wo dieses Kind heute ist.«

Schachmatt, dachte ich.

Ich musste zweimal schlucken, um einen leisen Aufschrei zu unterdrücken. Es kostete mich all meine Willenskraft, keinen Muskel zu rühren und John nur schweigend anzusehen.

Ohne den Blick von mir abzuwenden, hob er einen Arm und winkte seiner Frau zu. »Isabelle, wir gehen.« Er hob ihren Hermelinumhang auf, der zu Boden geglitten war, und warf ihn ihr zu, ohne sie dabei anzuschauen.

»Aber …«

»Jetzt sofort.« Noch einmal beugte er sich über mich, so dicht, dass ich die Poren auf seiner Nase erkennen konnte. »Denk in Ruhe über alles nach, Alix. Du bist unser Gast und wirst so lange hier bleiben, wie es uns beliebt. Fürs Erste werden wir dafür sorgen, dass du mit ausreichend Feuerholz, Essen und Trinken versorgt wirst. Aber unsere Geduld ist nicht unerschöpflich.« Plötzlich ließ er den Pluralis Majestatis wieder fallen. »Ich will diese Briefe haben, und du wirst mir keine Steine mehr in den Weg legen. Du weißt irgendetwas über diese ganze Geschichte, und glaub mir, ich werde es aus dir herausbekommen.« Seine Augen verengten sich wie die eines Jagdhundes, der ins Sonnenlicht blinzelt. »Oder du wirst einen hohen Preis für deine Verstocktheit bezahlen, das schwöre ich dir, *princesse*.«

Bei der Tür blieb er noch einmal stehen und rief mir über die Schulter hinweg zu: »Ich lasse dir den Hund zur Gesellschaft da, dann langweilst du dich nicht so!«

Isabelle hielt sich dicht an Johns Seite. Als sie zu mir hinüberblickte, zeigte sich ein Anflug von Mitgefühl auf ihrem Gesicht. Einen Moment lang dachte ich, sie würde etwas sagen, aber sie raffte nur ihre Röcke und verließ hinter ihrem Gemahl den Raum. Ich schloss die Augen und verkroch mich unter den warmen Decken meines Bettes.

Gütiger Herr Jesus! All dieser Aufruhr konnte nur eines bedeuten – mein Kind war tatsächlich noch am Leben! Eleanor, John, die Templer – alle wussten Bescheid, nur ich nicht. Aber jetzt war auch ich mir ganz sicher. John hatte es mir sozusagen bestätigt. Und nun musste ich alle meine Pläne noch einmal gründlich überdenken.

Soeben hatte ich John so gesehen, wie er wirklich war: geistig labil und dadurch gefährlich. Ich musste an sein grausames Lächeln denken, nachdem er den kleinen Terrier getötet hatte. Nein, dieser Mann hatte sich nicht unter Kontrolle. Man konnte ihm nicht trauen. Und er wollte um jeden Preis herausbekommen, wo mein Kind war. Mein Sohn, der jetzt ein erwachsener Mann war. Mein Sohn, der eine nicht zu unterschätzende Gefahr für den Mann darstellte, der, ohne zu zögern, seinen eigenen Neffen, den jungen Arthur, beseitigt hatte, weil er ihm im Weg gewesen war.

Die Wirkung des Alraunextrakts überwältigte mich erneut, und ich versank in einen Traum, in dem viele kleine Jungen in der Halle einer unbekannten Burg umherirrten und nach ihren Müttern weinten. Kleine weiße Hunde schnappten nach ihren Fersen.

Als ich lange Zeit später erwachte, sah ich, dass jemand das Feuer in dem kleinen Kamin geschürt hatte. Daneben waren Holzscheite aufgestapelt, und im schwachen Lichtschein konnte ich auch ein Tablett mit Essen erkennen. Der Kadaver des Hundes war verschwunden.

Es dauerte einige Zeit, bis sich meine Augen an das Dämmerlicht gewöhnt hatten. Noch länger brauchte ich, um zu begreifen, dass sich mein Kopf nicht mehr wie eine riesige Trommel anfühlte. Auch die Übelkeit, die mich während des Gesprächs mit Isabelle geplagt hatte, war verflogen.

Mein ganzer Körper war steif und schmerzte. Mühsam richtete ich mich auf und kletterte aus dem Bett. Ich trug noch immer die provisorischen Gamaschen, die mich in der Kathedrale vor der Kälte hatten bewahren sollen, und mir war entsetzlich heiß. Rasch legte ich meinen Umhang und mein Kleid ab, dann zog ich mein schweißdurchtränktes Hemd aus. Nachdem ich mir die Wolltücher von den Beinen gewickelt hatte, streifte ich das Kleid wieder über.

Als ich zum Feuer tappte, fühlte ich mich schon besser. Auf dem Tablett stand eine einfache Mahlzeit bereit: zwei noch warme Fleischpasteten, Brot und Ale. Der würzige Duft ließ mir das Wasser im Mund zusammenlaufen. Plötzlich merkte ich, wie hungrig ich war. Während ich mich über das Essen hermachte, dachte ich nach. Ich musste mir einen Plan zurechtlegen. Und ich wusste immer noch nicht, wem ich trauen konnte.

Nicht Eleanor, die mir den wahren Inhalt der Briefe verschwiegen hatte. Nicht John und Isabelle, die vor nichts zurückschrecken würden, um John auf dem Thron zu halten. Und auch nicht den gesichtslosen Templerrittern, die mich nur wie eine Schachfigur in ihrem Spiel um die Macht benutzen wollten.

Williams Bild stieg vor mir auf, aber ich verdrängte den Gedanken sofort wieder. Er war in London, musste sich um die Geschäfte der Abtei kümmern. Vermutlich wusste er noch nicht einmal, dass ich entführt worden war. Und selbst wenn er bereit wäre, mir zu helfen – das musste ja nicht unbedingt der Fall sein –, was konnten er und seine Mönche schon gegen John ausrichten?

Das Feuer brannte nur noch schwach, und ich legte etwas Holz nach. Draußen pfiff der Wind um das Gemäuer. Das Geräusch erinnerte mich an etwas, an das Kreischen wilder Tiere vielleicht oder an das Tosen des Meeres. Mir fiel wieder ein, was Eleanor einmal zu mir gesagt hatte. Sie hatte geschworen, dass sie, als sie in diesem Turm gefangen saß, bei starkem Wind das Meer hören könne, obwohl die Küste so weit entfernt war.

Was natürlich nicht sein konnte, sie musste es sich eingebildet haben.

Eleanor. Ich starrte in die Flammen. Was hatte sie vor so vielen Jahren während ihrer Gefangenschaft niedergeschrieben? Sie wusste von meinem Kind. Und sie hatte anderen davon berichtet. Ich barg das Gesicht in den Händen. Ich würde einen Weg finden, aus diesem Turm zu entkommen, und ich würde meinen Sohn finden. Ich würde dafür sorgen, dass ihm nichts zu Leide getan wurde, koste es, was es wolle. Ich konnte es mir nicht mehr leisten, auf irgendjemanden Rücksicht zu nehmen.

♦ 11 ♦

Zeitvertreib im Turm

Schon bald kroch ich wieder in mein Bett und fiel in tiefen, traumlosen Schlaf. Als ich das nächste Mal die Augen aufschlug, war der Raum in helles Licht getaucht. Eleanors Gefängnis. Zum ersten Mal nahm ich es bewusst bei Tageslicht wahr und hatte Muße, über meinen letzten Besuch hier nachzudenken. Vor mehr als zwanzig Sommern hatte Henry Eleanors Hof in Poitiers angegriffen, um den Aufstand seiner rebellischen Söhne niederzuschlagen. Nachdem er ihr Schloss erobert hatte, brachte er Eleanor nach England zurück und nahm mich mit.

Unsere Familie wurde an jenem verhängnisvollen Frühlingsnachmittag von dem Vorstoß des Königs vollkommen überrumpelt. Wir waren nur eine Stunde zuvor gewarnt worden. Ein vom Regen durchnässter Bote war in Poitiers eingetroffen und hatte berichtet, dass Henry mit einer ganzen Armee auf dem Weg zu uns sei. Er war nur noch dreißig Meilen von uns entfernt, und er schäumte vor Wut. Er hatte nämlich herausgefunden, dass Eleanor und seine Söhne gemeinsam mit meinem Vater, König Louis, hinter seinem Rücken Intrigen gegen ihn schmiedeten. Jetzt lechzte er nach dem Blut der Verräter.

Richard und Geoffrey blieb gerade noch genug Zeit, um zu den Ställen hinunterzulaufen, ihre Pferde zu satteln und außer sich vor Angst vor dem Zorn und der Rachsucht ihres Vaters das Weite zu suchen. Eleanor sah ihnen nach. Eine Hand hatte sie zum Schutz vor dem hellen Sonnenlicht vor die schönen haselnussbraunen Augen gelegt. Dann packte sie mich an der Hand und zog mich mit sich. Wenn ich die Augen schließe, kann ich noch immer ihr Bild vor mir sehen und die Worte hören, die sich unauslöschlich in mein Gedächtnis eingebrannt haben.

»Komm, Alaïs. Wir verkleiden uns als Männer und folgen Richard. Wenn wir sofort aufbrechen, bleibt uns noch fast eine Stunde Vorsprung.«

»Was geschieht denn mit uns?« Ich blökte wie ein verlassenes Lamm. »Was soll aus uns werden?« Sie sagte nur, sie würde mir später alles erklären, und wir stürzten in ihre Gemächer. Dort legten wir die Kleider von Edelknaben an, die auf ihren scharfen Befehl hin gebracht worden waren.

Aber es war schon zu spät. Gerade als wir die Umhänge aus ihrem großen geschnitzten Schrank nahmen, hörten wir den Hufschlag von König Henrys Gefolge. Wir eilten auf die Brustwehr, spähten hinunter und sahen, wie die Leibwache des Königs von England, angeführt von Henry höchstpersönlich – er gab seinem Pferd unermüdlich die Sporen –, in den Burghof galoppierte. William Marshal ritt an Henrys Seite.

Die Rückreise nach England verlief äußerst ungemütlich. Starker Wind peitschte die Fluten des Kanals auf, doch der König war in solcher Eile, dass er sich weigerte, auf eine Wetterbesserung zu warten. »Wir setzen sofort über!«, brüllte er, sich in einen seiner berüchtigten Wutanfälle hineinsteigernd. Seine Männer gaben eingeschüchtert nach.

Wie wir später erfuhren, wollte er Eleanor so schnell wie möglich sicher im Turm von Old Sarum weggeschlossen sehen. Sie hatte zum letzten Mal gegen ihn intrigiert. Er wollte sie endgültig dingfest machen.

An dem Tag, als wir Sarum erreichten, schlug das Wetter

endlich um. Eine wässrige englische Sonne warf ihre Strahlen auf unsere Karawane. Da die Familie während meiner Kindheit so viel Zeit in der Normandie verbracht hatte, kannte ich die englischen Schlösser und Burgen der Plantagenets kaum. William Marshal erzählte mir die Geschichte von Old Sarum, als wir den Hügel hinauf auf den Turm zuritten. König Henry hatte Sarum nie gemocht und sich nur selten dort aufgehalten. Vor hundert Jahren war es nur ein befestigter Turm gewesen, den König William, genannt der Eroberer, hatte erbauen lassen. Auf Bequemlichkeit hatte er damals wenig Wert gelegt, ihm war nur wichtig, dass sich der Turm schwer einnehmen ließ.

Ursprünglich hatte dieser Turm nur ein königliches Schlafgemach, Empfangsräume und ein Vestibül mit einer kleinen Kapelle darüber beherbergt. Später hatte Bischof Roger von Salisbury, der Erbauer der großen Kathedrale, größere und komfortablere Gemächer für den König, eine geräumige Empfangshalle, zwei weitere Kapellen und eine große Küche angebaut.

Während William Marshal mir das alles erzählte, beobachtete ich die vor uns reitende Eleanor. Sie schien ganz in Gedanken versunken zu sein, denn sie drehte sich nicht ein einziges Mal zu uns um. William Marshal war ihr für diese Reise als persönlicher Leibwächter zur Verfügung gestellt worden, doch sie zog es vor, alleine zu reiten. Der König befand sich mit seinen obersten Rittern weit vor uns, und hinter uns ritt ein weiterer Trupp seiner Leute.

Als wir auf dem Gipfel des Hügels kurz Halt machten, sahen wir zahlreiche Steinmetze, die eifrig damit beschäftigt waren, eine hohe Mauer zu errichten; sie ringelte sich wie eine Schlange um ganz Sarum. Es hatte den Anschein, als solle sie den gesamten Komplex umschließen, auch Bischof Rogers große Kathedrale, die nördlich der königlichen Gemächer aufragte.

Eleanor musste beim Anblick dieser Mauer die Zügel mit einem Ruck angezogen haben, denn ihr Pferd scheute plötzlich und bäumte sich auf. William Marshal gab seinem Hengst die Sporen, und als er auf einer Höhe mit ihr war, griff er ihr in die Zügel und klopfte dem nervösen Tier beruhigend auf den Hals. Dann neigte er sich der Königin zu und sprach leise und eindringlich auf sie ein. Eleanors Schultern sanken leicht herab, als hätte sie lange den Atem angehalten und jetzt wieder ausgestoßen. Den restlichen Weg nach Sarum legte sie mit gesenktem Kopf zurück. William ließ sein Pferd zurückfallen, bis er wieder an meiner Seite ritt.

»Soll ich die Königin ein wenig aufmuntern?«, fragte ich ihn, als er wieder in Hörweite war. »Vielleicht möchte sie, dass ich ihr Gesellschaft leiste.«

»Aye, sie wird deiner Gesellschaft noch dringend bedürfen, aber jetzt sollten wir sie lieber alleine lassen.« Er seufzte. »Mir hat man eine sehr undankbare Aufgabe übertragen – ich musste ihr sagen, dass sie im Turm untergebracht wird, nicht in den königlichen Gemächern.«

»Im Turm? Der König will sie im Turm einquartieren?« Ich war wie vor den Kopf geschlagen. »Ich habe gehört, er sei kaum besser als ein Verlies.«

»Non, non.« William verfiel in das normannische Französisch, das er sooft mit dem König sprach. *»La tour est très haute. Il y a beaucoup de lumière à l'intérieur.«* Dann besann er sich. »Soweit ich weiß, ist er recht behaglich. Aber trotzdem …« Er brach ab, und sein Blick schweifte über die vor uns liegende Landschaft.

»William Marshal, wie lange wird die Königin dort bleiben müssen? Stehen die Dinge zwischen ihr und dem König so schlecht?«

William schüttelte nur stumm den Kopf. In seinem Gesicht las ich nichts als Kummer, der sich in den tiefen Furchen zeigte, die über seine Stirn und rund um seine gütigen Augen verliefen. Ich weiß noch, dass ich mich fragte, wie alt er wohl sein mochte und wie viel Kummer und Leid er in seinem Leben noch würde erleben müssen.

William führte die Königin über die Treppe des Turmes zu ihren Räumen, und ich trottete mit ein paar Dienstmägden hinterher. Der Rest unseres Trupps war weitergeritten, William hatte nur ein paar Ritter bei sich behalten, die uns ebenfalls folgten.

Die Mägde schwatzten munter miteinander, während wir die Wendeltreppe zu den oberen Räumen emporstiegen. Schließlich übertrug sich die gedrückte Stimmung auch auf sie, und sie verstummten. Nun waren nur noch der Widerhall unserer Schritte und das Kratzen der Schwerter zu hören, die immer wieder gegen die steinernen Wände schlugen.

Die Kammer, in die die Königin geführt wurde, lag hoch oben im Turm; sie war frisch getüncht und sauber. Sogar ein Feuer flackerte im Kamin, und ihre geliebten Pelzdecken lagen auf dem Bett. Für ihre beiden Zofen hatte man in einer Nische ein Lager hergerichtet, und der größte Teil von Eleanors Garderobe war von ihren englischen Schlössern hierher geschafft worden. Ganz offensichtlich hatte sich jemand größte Mühe gegeben, ihr den Aufenthalt so angenehm wie möglich zu machen. Aber all diese Anstrengungen täuschten nicht darüber hinweg, dass die regierende Königin Englands in einem Turmverlies gefangen gehalten werden sollte.

Erst nachdem Eleanor in einem hochlehnigen Stuhl Platz genommen hatte, die Brühe schlürfte, die eine ihrer Zofen für sie zubereitet hatte, und aus dem Fenster starrte, nahm mich William Marshal beiseite. Im Treppenhaus des Turms legte er eine Hand unter mein Kinn, hob mein Gesicht an und erklärte mir, dass ich gleich wieder aufbrechen müsse. Ich durfte nicht hier bei der Königin bleiben, sondern musste in den Clarendon-Palast umsiedeln, wo auch der König wohnte. So lautete sein ausdrücklicher Befehl.

Als wir in die Kammer zurückkehrten, blickte Eleanor ins Feuer. Sie hörte uns und hob den Kopf. »Er nimmt Alaïs zu sich, nicht wahr?« Ihre Stimme klang bitter. »Das ist die größte Demütigung überhaupt.«

William Marshal legte ihr eine Hand auf die Schulter, doch sie schüttelte sie ab und wandte sich von uns ab. Sie weigerte sich sogar, mich zu umarmen, obwohl ich ihr nichts zu Leide getan hatte. Ich zwang mich, in ihrer Gegenwart nicht zu weinen, konnte aber nicht verhindern, dass mir die Tränen über die Wangen liefen, als William und ich die Stufen wieder hinunterstiegen. Über meine Zukunft machte ich mir keine Illusionen. Ich war fünfzehn Jahre alt und hatte nun auch die zweite Mutter verloren. Das Leben sah grau und trostlos aus.

Seither waren viele Jahre vergangen, und nun befand ich mich also wieder in Sarum. Nur war diesmal ich es, die im Turm festgehalten wurde. Von Eleanors Sohn. Ich dachte an William Marshal; er war der Königin, aber vor allem dem König stets treu ergeben gewesen. Wenn er doch hier wäre, um mir mit Rat und Tat zur Seite zu stehen! Ich hatte gehört, er wäre zum Grafen von Pembroke ernannt worden; Richard hatte ihn kurz vor seinem Tod in den Adelsstand erhoben. William Marshal stand somit noch immer im Dienst der Plantagenet-Könige. Wie er wohl mit John zurechtkam? Die Vorstellung entlockte mir ein Lächeln.

Die Sonne hatte die Luft im Raum erwärmt, also schlug ich meine Bettdecken zurück und räkelte mich wie eine große Katze. Zum ersten Mal seit meiner Entführung fühlte ich mich wieder leidlich wohl, und plötzlich empfand ich das dringende Bedürfnis nach Bewegung. Ich sah mich um. Mein Gefängnis war äußerst spärlich möbliert, es enthielt mein Bett, den Stuhl, auf dem Isabelle während unseres gestrigen Gespräches gesessen hatte, sowie den Tisch und den Stuhl an der gegenüberliegenden Wand. Und dann entdeckte ich noch etwas, das mir am Tag zuvor entgangen war. Ich stieg aus dem Bett und ging –

noch immer etwas wackelig auf den Beinen – zu dem kleinen, eleganten Schreibtisch hinüber.

Bei näherer Betrachtung stellte ich fest, dass es sich um eine wunderschöne Schnitzarbeit im italienischen Stil handelte, mit schlanken Beinen, die in kleinen Klauen endeten. Die dunkle Oberfläche aus Eichenholz war so häufig poliert und eingeölt worden, dass eine Schreibfeder mühelos über einen Pergamentbogen fliegen konnte, ohne ein einziges Mal hängen zu bleiben.

Plötzlich fiel mir wieder ein, wo ich diesen Tisch schon einmal gesehen hatte. Er hatte früher in Eleanors Schlafgemach im Herzogspalast von Poitiers gestanden. Zu jener Zeit waren ihre Privatgemächer mein liebster Aufenthaltsort gewesen. An vielen sonnigen Morgen wie diesem war ich in ihre Kammer gestürmt, ohne anzuklopfen, und hatte sie an diesem kleinen Schreibtisch vorgefunden, wo sie ihre Verse verfasste oder einen Brief las, den ein atemloser Kurier ihr kurz zuvor ausgehändigt hatte.

Eleanor war von Worten fasziniert, und das Schreiben war ihre größte Freude, vor allem, nachdem sie und der König sich getrennt hatten. Es schien, dass sie stets damit beschäftigt war, irgendetwas auf Pergament zu kritzeln, das unbedingt zu Ende gebracht werden musste, ehe sie sich dazu überreden ließ, an unseren »Sitzungen der Liebe« teilzunehmen, bei denen die Ritter mit Gedichten statt mit Schwertern um unsere Gunst buhlen mussten.

König Henry musste auf Eleanors Bitte hin veranlasst haben, dass der Tisch mit dem Schiff nach England herübergebracht wurde. Isabelle hatte ganz richtig bemerkt, dass er sich der Königin gegenüber in den späteren Jahren äußerst großzügig gezeigt hatte. Wahrscheinlich hatte sie ihn dazu überredet, ihr ihren geliebten Schreibtisch herschaffen zu lassen. Gerüchten zufolge war das Lesen und Verfassen von Lyrik in den Jahren ihrer Gefangenschaft ihre Hauptbeschäftigung gewesen.

Jemand hatte erst kürzlich den Staub von der Tischplatte gewischt, die Beine jedoch übersehen. Wen auch immer John beauftragt haben mochte, die Kammer für mich herzurichten – er oder sie musste mit größter Eile zu Werke gegangen sein. Ein Spinnennetz erstreckte sich von einem Bein zum anderen. Ich zerriss es mit dem Fuß, als ich mir den kleinen Stuhl heranzog und vor dem Schreibtisch Platz nahm.

Ein Klirren auf der Treppe riss mich aus meinen Gedanken. Ich fuhr herum und schob eine Hand in die Tasche, in der der scharfe Meißel steckte. Dann befahl ich mir, mich zusammenzunehmen, und erhob mich. Ich wollte die Aufmerksamkeit desjenigen, der da kam, nicht auf den Schreibtisch lenken.

Ein stämmiger, untersetzter Mann betrat den Raum, gefolgt von einem riesigen Hund. Auf seiner Tunika prangten die englischen Löwen. Der sauber gestutzte Bart, das kurz geschnittene Haar und das Schwert an seiner Seite verrieten mir, dass ich einen von Johns Rittern vor mir hatte. Der Hund blieb auf einen knappen Befehl hin reglos neben ihm stehen.

»Eure Hoheit.« Der Mann verneigte sich gerade eben so tief, wie es die Höflichkeit gebot. »Robert von Warwick, zu Euren Diensten.«

»Tatsächlich?« Ich zog die Brauen hoch.

Ohne auf meinen sarkastischen Einwurf einzugehen, fuhr er fort: »So lange Ihr König Johns Gast seid, bin ich für Eure Sicherheit verantwortlich. Wenn Ihr etwas braucht, hängt dieses rote Tuch zu einer der Schießscharten heraus. Unten stehen Tag und Nacht zwei Wachposten, die mir dann Bescheid geben.«

»Sehr freundlich von Euch«, bemerkte ich trocken.

»Man wird Euch morgens und abends eine Mahlzeit bringen. Der König sendet Euch seine Grüße und hofft, dass Ihr Euch bei guter Gesundheit befindet.«

»Das glaube ich gern«, murmelte ich. »Und was verlangt er als Gegenleistung von mir?«

»Er sagte, wenn Ihr bereit seid, ihm die Informationen zu geben, die er von Euch haben möchte, wird er Euch mit Freuden noch einmal aufsuchen.«

»Der König befindet sich hier in Sarum?« Nur zu gut erinnerte ich mich noch an die königlichen Gemächer nebenan und hoffte inständig, dass noch immer das Wasser in das Schlafzimmer drang, sobald der Frühlingsregen einsetzte. Henry war mehr als einmal völlig durchnässt worden, wenn er dort geschlafen hatte, und hatte dann Bischof Roger und seinen Baumeister auf das Übelste verwünscht.

»Der König hat Sarum verlassen und vorübergehend in Clarendon Quartier bezogen. Er hat mir das Kommando über seine Männer hier übertragen. Clarendon ist keinen halben Tagesritt von hier entfernt, falls Ihr ihm eine Botschaft senden wollt.« Robert von Warwick sprach so monoton, als würde er einen königlichen Erlass verlesen.

»Gibt es hier keine Zofe, die mir aufwarten kann?« Mit einem Mal empfand ich es als bedrohlich, nur von Männern und Hunden umgeben zu sein.

»Nein, Eure Hoheit. Sarum ist jetzt eine Garnison. Hier gibt es keine Frauen mehr.«

»Dann habe ich eine andere Bitte. Könnt Ihr mir Zeichenutensilien verschaffen?«

»Wir haben kein Pergament und keine Kohle hier. Wir sind Soldaten.« Sein Gesicht verfinsterte sich.

Ich wandte mich ab, denn ich wollte ihn nicht noch mehr gegen mich aufbringen. Wenn er unverschämt wurde, hatte ich keine Möglichkeit, ihn in seine Schranken zu weisen.

»Noch etwas, Mylady«, fügte er hinzu. »König John rät Euch dringend, Euch seinen Wünschen zu fügen, bevor er die Geduld verliert.«

»Hat er auch angedeutet, wann dieser unerfreuliche Zustand eintreten könnte?«

»Er sagte, er rechnet damit, dass Ihr noch diese Woche nach ihm schicken lasst.«

»Und was passiert, wenn ich das nicht tue?« Ich drehte mich um und sah ihm fest in die Augen.

Zum ersten Mal wirkte der Mann unschlüssig.

»Nun kommt schon. Heraus mit der Sprache, Mann!«

»Er… äh… das hat er nicht gesagt.« Robert von Warwick starrte auf eine Stelle an der Wand hinter meiner linken Schulter.

Kopfschüttelnd ging ich wieder zum Bett. Ich war hungrig und durstig, jedoch zu verärgert, um diesen Flegel darauf anzusprechen. Mit einem leisen Seufzer ließ ich mich auf die Bettkante sinken.

»Ich habe dem König nichts zu sagen.«

Robert von Warwick rührte sich nicht von der Stelle. Endlich sah ich zu ihm auf. »Jetzt geht endlich, Mann. Zerbrecht Euch meinetwegen nicht den Kopf.«

Er verbeugte sich steif, aber etwas tiefer als zur Begrüßung, und verließ ohne ein weiteres Wort den Raum.

Ich streckte mich der Länge nach auf dem Bett aus und dachte an die Zeit in Poitiers zurück. Dort wehte immer ein lauer Wind, und das Wetter war nie so kalt und regnerisch wie in England. Wie war es eigentlich gekommen, dass wir in den Süden umgesiedelt waren, nachdem wir so viele Jahre in den Schlössern der Plantagenets im kühlen England und in der feuchten Normandie verbracht hatten? Plötzlich fiel mir alles wieder ein. Ich zählte gerade zwölf Sommer, als Richards Schwester Joanna eines Morgens in mein Zimmer gerannt kam.

»Alaïs, pack deine Sachen! Morgen reisen wir mit Königin Eleanor in den Süden!«

»Wieso denn das? Hat sie schon wieder mit Henry Streit?«

»Nein, das ist nicht der Grund. Sie haben Richard und Geoffrey heute Morgen zu sich rufen lassen und ihnen erklärt, dass wir in aller Eile aufbrechen müssen. Der König hat befohlen, dass sich die Königin in Poitiers niederlassen soll, um die aufständischen Gascogner zu beschwichtigen. Er sagt, er habe endgültig genug von den Unruhen dort, und sie wären ohnehin die Untertanen der Königin. Wir sollen Eleanor alle begleiten, und wir werden lange Zeit dort verweilen. ›So lange, wie es dauert, um dort unten Ordnung zu schaffen‹, hat der König gesagt, als Richard ihn gefragt hat.«

»Poitiers. Im Süden«, murmelte ich. Ich weiß noch genau, dass ich gedacht habe, wenn wir alle dorthin gingen, würde Richard mir vielleicht endlich Beachtung schenken. Wir würden eines Tages heiraten, das stand fest, aber der König und die Königin wollten den Termin noch nicht festlegen. Just in dieser Woche war meine Schwester Marguerite, die wieder bei Hof lebte, in meine Kammer gekommen, als ich mich gerade entkleidete, um zu Bett zu gehen. Sie bemerkte, dass sich meine Brüste zu entwickeln begannen, und sagte, ich würde allmählich zur Frau. Als ich ihr Einzelheiten entlocken wollte, meinte sie nur, unsere Kinderfrau Francesca würde mir schon alles erklären, was ich wissen müsste.

Vier Jahre später schienen meine Träume in Erfüllung zu gehen. Richard begann tatsächlich Notiz von mir zu nehmen – wenn er Zeit dazu hatte. Während jener Jahre war er vollauf damit beschäftigt, zur Jagd zu gehen, sich im Umgang mit Schwert, Pfeil und Bogen zu üben und seine *poésie* zu verfassen.

Außerdem schien er trotz seiner Jugend unbedingt lernen zu wollen, wie man ein Königreich regiert, denn Henry hatte ihm versprochen, dass er Aquitanien erben würde. Er war ein eifriger Schüler. Stundenlang saß er mit seiner Mutter und ihren Beratern in ihren Privatgemächern im herzoglichen Palast, studierte Karten und befasste sich mit der Korrespondenz. Und er führte lange, ernsthafte Gespräche mit seinen Lehrern oder mit den Kurieren, die der König ständig zu uns sandte.

Doch allmählich änderte sich das alles. Richard blieb Eleanors Hof immer häufiger fern, ritt oft aus und kam manchmal erst Tage später zurück, wenn er am allerwenigsten erwartet wurde. Nachts, wenn er von diesen Ausritten zurückkehrte, konnte ich seine Stimme hören; da lag ich in meiner Kammer auf dem Bett und sah dem Spiel der Schatten zu, die die Fackeln an die Wand warfen. Er rief dann immer nach den Stallburschen, damit sie sein Pferd versorgten. »Heda, Burschen! *Ecoutez! Aidez-moi, immédiatement ! Vite, vite!*«

Aber er konnte auch sanft und zärtlich sein. Und er war immer von vollendeter Höflichkeit. Küsste mir die Hand und verneigte sich mit der höfischen Anmut, die seine Mutter ihn gelehrt hatte.

Manchmal saß der gesamte Hof nach der Abendmahlzeit in den süß duftenden, von Fackeln erhellten Palastgärten beisammen. Richard las uns seine *sirventes* vor – die Gedichte, die er auf seinen Reisen verfasst hatte –, und wir lauschten ihm wie gebannt. Danach verbeugte er sich vor mir – vor mir, *princesse* Alaïs, seiner künftigen Braut. Und einmal, als wir allein waren … aber solche Erinnerungen führen zu nichts.

Hätte ich mich nicht vor so vielen Jahren mit meinem Schicksal abgefunden, hätte ich jetzt um meine verlorenen Träume weinen können. Aber wozu sollte ich meine Zeit mit Selbstmitleid verschwenden? Auch das führte zu nichts.

Ich dachte an die Räume im Herzogspalast von Poitiers. An meine Kammer, an die meiner Schwester Marguerite und ihres Mannes (die sie bewohnt hatten, bis der König seinen Sohn Henry nach London zurückbeordert hatte) und an das Schlafgemach und die Ankleideräume der Königin, die mit den grünen und blauen Wandbehängen aus Toulouse geschmückt waren, die Eleanor so sehr liebte.

Plötzlich schoss mir eine weitere Erinnerung durch den Kopf, und ich setzte mich mit einem Ruck auf. Die abrupte Bewegung löste einen stechenden Schmerz in meinem Nacken aus. Die Nachwirkungen der Alraunwurzel. Ich verwünschte John stumm.

Nachdem der Schmerz abgeebbt war, stand ich vorsichtig auf. Die Sonne war inzwischen weiter durch den Raum gewandert. Ich musste eingedöst sein. Es war jetzt schon später Nachmittag. In wenigen Stunden würde es dunkel werden. Ich ging zu dem Schreibtisch hinüber.

Vor meinem geistigen Auge entstand das Bild von Eleanor, wie sie an einem Tisch saß. An ebendiesem Schreibtisch. Und wieder hörte ich sie sagen: »Komm her, kleine Alaïs. Ich verrate dir ein Geheimnis. Das ist kein gewöhnlicher Schreibtisch.«

Ich nahm auf dem Stuhl Platz und klappte die Tischplatte auf, sodass sie eine Art Schreibpult bildete. Das Innere des Tisches war ebenso staubig wie seine Beine. Ich fuhr mit dem Zeigefinger über das Holz. Als ich ihn zurückzog, war er mit grauem Staub bedeckt.

Dann zog ich die Schublade heraus, presste drei Finger meiner rechten Hand gegen die Rückwand des Tischrahmens und drückte fest dagegen. Dies wiederholte ich über die gesamte Länge des Tisches hinweg. Plötzlich hörte ich das leise Knacken einer Feder, die Holzplatte fiel mir entgegen, und dahinter ertastete ich einen Hohlraum von beträchtlichen Ausmaßen. Ein zufriedenes Lächeln spielte um meine Lippen.

Ich schob die Hand in den Hohlraum, so weit es ging. Zwar wusste ich nicht recht, was ich dort eigentlich zu finden hoffte, aber ich spürte kribbelnde Erregung in mir aufsteigen. Was, wenn …?

Und meine Mühe wurde belohnt. Meine Fingerspitzen trafen auf den Rand einiger Pergamentbögen. Ich versuchte sie behutsam herauszuziehen, doch ein Geräusch schreckte mich auf.

Hastig schob ich die dünne Holzplatte an ihren Platz zurück, schloss die Schublade, klappte den Schreibtisch zu und faltete die Hände auf der glatten Oberfläche. Vor der Tür, die zu der Turmtreppe führte, war das leise Schlurfen von Füßen zu hören.

Als sich die Tür knarrend öffnete, blickte ich mich langsam um.

Vor mir stand die schöne Königin Isabelle im goldenen Nachmittagslicht. Sie war merklich außer Atem. Diesmal brauchte ich keine Überraschung zu heucheln.

♦ 12 ♦

Ein Wortgefecht mit Isabelle

»Was tut Ihr denn hier? Der gute Robert von Warwick hat mir doch gesagt, John hätte sich in seine Festung zurückgezogen.«

Isabelle stand auf der Schwelle, genoss ihren dramatischen Auftritt sichtlich und weidete sich an meiner Verblüffung. Sie wirkte verändert, obwohl ich nicht genau sagen konnte, warum. Vielleicht trugen die dunklen Ringe, die jetzt unter ihren Augen lagen, die Schuld und der leise Ansatz von Tränensäcken.

»So ist es auch.« Obgleich sie noch immer schwer atmete, lächelte Isabelle unbekümmert, als sie unaufgefordert meine Kammer betrat. »Er ist gestern Abend bei Sonnenuntergang aufgebrochen. Und er war äußerst schlechter Laune.« Sie durchquerte den Raum, nahm auf dem Stuhl Platz, auf dem John am Tag zuvor gesessen hatte, und verschränkte die Arme vor der Brust. Allmählich kam sie wieder zu Atem. Schweißtröpfchen schimmerten über ihrer Oberlippe. »Ich habe die Nacht im Nebenraum verbracht«, fügte sie erklärend hinzu.

»Bitte nehmt doch Platz.« Ich stand auf, knickste flüchtig und deutete auf den Stuhl, auf dem sie bereits saß. Sie lächelte nur. »Und wenn Ihr schon einmal hier seid, bittet den Wächter doch, uns etwas Brot und Wein zu bringen. Der Tag geht langsam zu Ende.«

»Das habe ich bereits getan«, erwiderte sie. »Hier im Keller lagern immer noch ausgezeichnete Weine. Ich dachte, bei einem guten Tropfen spricht es sich besser.« Isabelle schien mühelos in verschiedene Rollen schlüpfen zu können. Jetzt spielte sie die *grande dame*, die huldvolle Gastgeberin.

»Und worum soll es bei unserem Gespräch gehen?« Mir fiel ein, dass Isabelle aus dem Süden stammte. Aquitanien brachte Dichter, Diplomaten und begnadete Redner hervor, die nie direkt zur Sache kamen wie die freimütigen Engländer. Wenn ich Isabelle die Führung überließ, konnte diese Unterredung Stunden dauern.

»Mein Besuch scheint Euch nicht sehr willkommen zu sein«, schmollte sie. »Ich dachte, Ihr würdet Euch über etwas Gesellschaft freuen.«

Da ich nicht wollte, dass Isabelle mich über den Schreibtisch ausfragte, ging ich zu dem Tisch hinüber, an dem sie saß, und nahm ihr gegenüber Platz.

»Hatte John es so eilig, von hier wegzukommen, dass er seine Königin darüber hier vergessen hat?« Ich schlug absichtlich einen spöttischen Ton an.

»John bleibt nie über Nacht in Sarum.« Sie ließ sich nicht aus der Reserve locken. »Er zieht Clarendon vor. Und er sagt, sein eigener Vater habe auch nie mehr hier übernachtet, nachdem er Königin Eleanor hierher gebracht hatte.«

»Und was ist mit Euch? Warum seid Ihr noch hier? Ohne John?«

»Ich wollte noch einmal mit Euch reden.«

»Ihr seid mir zuliebe hier geblieben? Ich bin gerührt.« Ich spürte, wie mir die Lider erneut schwer wurden, und kämpfte die Müdigkeit entschlossen nieder. »Um mit mir ein freundschaftliches Gespräch *entre nous* zu führen?« Ich lehnte den Kopf an die hohe Lehne des Stuhles. Die sinkende Sonne warf goldene Strahlen über den Boden.

»Isabelle«, begann ich; dabei presste ich die Finger gegen die

Schläfen, um den beginnenden Schmerz hinter meinen Augen zu lindern. »Ich kann Euch gut verstehen. Wenn ich mit John verheiratet wäre, würde ich auch tun, was er mir befiehlt, genau wie Ihr. Er neigt zu Wutausbrüchen, ist unzuverlässig, verschlagen und gefährlich.«

»Ihr habt kein …«

»O doch, ich habe jedes Recht, so etwas zu sagen.« Ich beugte mich vor und schlug mit der flachen Hand auf den Tisch. »Man hätte mich nämlich beinahe gezwungen, diesen … John zu heiraten. Als Richard auf der Heimreise von den Kreuzzügen von den Hohenstaufen gefangen genommen wurde. Mein Bruder hat sich mit John verbündet, um während Richards Abwesenheit die Herrschaft über England an sich zu reißen. Wusstet Ihr, dass sie dem Kaiser angeboten haben, ihm für jeden Monat von Richards Gefangenschaft tausend Silbermark zu zahlen? Damit sie sein Königreich ungestört unter sich aufteilen konnten.« Ich stützte mich auf meinen rechten Ellbogen. »John suchte mich in dem Schloss in Rouen auf, in das mich Eleanor nach Henrys Tod verbannt hatte, und prahlte damit, dass er mich in Kürze zur Frau nehmen und unser Sohn eines Tages über England und Frankreich herrschen würde.«

»Und wieso habt Ihr ihn nicht …«

»Ich wies ihn zurück. Er war lüstern und unverschämt, er hatte die Abfuhr verdient. Ich sagte, ehe ich ihn heiratete, würde ich uns beide lieber in der Hölle sehen.« Bei diesen Worten wurden Isabelles Augen groß. »Auf jeden Fall kam Richard dann heim und holte sich seine Krone zurück, und John kroch wie ein getretenes Schoßhündchen vor ihm im Staub.«

Ich deutete mit dem Finger auf sie. »Richard verzieh ihm, doch John dankte es ihm nicht. Als sich das Leben König Henrys dem Ende zuneigte, war John – sein Lieblingssohn – der Einzige, der immer noch gegen seinen Vater intrigierte.« Mein Ton wurde weicher. »Ich an Eurer Stelle würde John nicht über den Weg trauen. Er wird auch Euch bedenkenlos hintergehen, wenn es seinen Zwecken dient.«

Isabelle saß wie versteinert da. Nur ihre braunen Augen sprühten Feuer.

»Nun zu dem Grund für dieses Gespräch«, fuhr ich sachlich fort. »Ihr wollt wissen, wo Eleanors Briefe sind. Aber ich weiß heute nicht mehr über diese angeblichen Briefe – egal welche – als gestern. Ich kann Euch wirklich nicht weiterhelfen.«

Ich verstummte, als wir schlurfende Schritte hörten. Eindeutig die Schritte einer Frau. Also hatte Robert von Warwick gelogen, als er behauptet hatte, es gäbe keine Dienstmägde hier! Ein weiterer Einschüchterungsversuch.

»Stell das Tablett hier ab.« Isabelle wies auf den Tisch, als das Mädchen das Zimmer betrat. Es hatte breite Hüften, stumpfe Züge und warf seiner Herrin einen feindseligen Blick zu, als es gehorchte. Vermutlich ein Bauernmädchen, das man zu diesem Dienst gezwungen hatte. Ich wünschte, ich hätte Kohle und Pergament zur Hand, um ihren Gesichtsausdruck festhalten zu können. Was für ein Bild blanker Abneigung! Isabelle wartete, bis die Magd den Raum wieder verlassen hatte, dann nahm sie das Gespräch wieder auf.

»John ist anderer Meinung. Er glaubt, dass Ihr mehr wisst, als Ihr uns gesagt habt.« Sie drehte sich um und sah mich an. »Ihr habt ja praktisch zugegeben, dass seine Mutter Euch nach Canterbury geschickt hat. Um die Briefe zu holen, das könnt Ihr wohl kaum leugnen. Und...« Sie hielt inne und hob die Hände, um ihrer Hilflosigkeit angesichts der erdrückenden Beweise Ausdruck zu verleihen. »Er weiß, dass Ihr nie, unter keinen Umständen, eine Pilgerfahrt unternehmen würdet, um an Beckets Grab zu beten.«

»Das scheint jeder zu wissen.« Ich musste einen Lachreiz unterdrücken. »Ich mache Euch einen Vorschlag, Isabelle.« Der Anblick der Speisen war verlockend. Flüchtig überlegte ich, ob Isabelle die Gastgeberin war oder ob es mir oblag, mit der

Mahlzeit zu beginnen. »Wenn Ihr mir versprecht, mir Kohle und Pergament zu beschaffen, damit ich zeichnen kann, sage ich Euch, was ich weiß.«

»Kohle?« Sie hob die Stimme. »Ein seltsamer Wunsch. Warum schlagt Ihr mir nicht ein besseres Geschäft vor? Eure Freiheit als Gegenleistung für Informationen zum Beispiel.«

»Weil ich keine Närrin bin.« Ich goss Wein in zwei schwere irdene Becher und reichte ihr einen davon. »Es steht nicht in Eurer Macht, mir die Freiheit wiederzugeben, aber Kohle und Pergament könnt Ihr mir bestimmt besorgen, wenn Ihr wollt.«

Isabelle hob ihren Becher und trank mir zu. »Gut beobachtet. John sagte mir schon, dass Ihr einen scharfen Verstand habt.«

»Leider kenne ich Euch nicht gut genug, um das Kompliment zurückgeben zu können. Werdet Ihr mir die Zeichenutensilien besorgen?«

»Ja. Ihr habt mein Wort darauf.« Sie schnurrte wie eine Katze. Ich betrachtete sie nachdenklich. Ich könnte ein schönes Porträt von ihr anfertigen, dachte ich, obwohl sie so schmale Lippen hat. In einem Garten vielleicht, im hellen Sonnenlicht, oder am Meer. Ja, am Meer. Sie würde eines Tages eine lange Seereise machen. »Und nun verratet mir, was Ihr wisst«, verlangte sie, ohne zu merken, dass ich in Gedanken weit weg war.

Seufzend wandte ich meine Aufmerksamkeit dem Tablett zu. Da ich nur eine Hand gebrauchen konnte, brach ich ziemlich ungeschickt ein Stück von dem braunen Brot ab und legte es vor mich auf den Tisch. Dann spähte ich unter ein weißes Leinentuch, entdeckte gekochte Früchte und schöpfte ein paar davon in eine kleine Schale.

»Ich stelle noch eine Bedingung«, erwiderte ich dann, ohne Isabelle anzusehen. »Ihr müsst mir sagen, wieso John glaubt, ich wüsste, wo das Kind ist.«

Jetzt war sie sichtlich verwirrt. »Alaïs, Ihr dürft dem, was John von sich gibt, wenn er wütend ist, nicht zu viel Bedeutung beimessen.«

Ich wischte ihre Bemerkung mit dem Messer beiseite, das ich gerade zur Hand genommen hatte. »Erzählt mir, warum er meint, ich wisse, wo sich sein Rivale befindet, und ich sage Euch, was ich weiß.« Ich benutzte das Messer, um ein Stück Käse abzuschneiden und auf mein Brot zu legen – alles mit meiner gesunden Hand. Isabelle beobachtete mich mit milder Neugier.

Sie zögerte mit der Antwort. »Ich kann Euch nur eines sagen«, entgegnete sie schließlich, während sie mit ihren beiden Händen geschickt ihre eigene Scheibe Brot mit Käse belegte. »Dieses Gerücht über die Existenz eines weiteren Anwärters auf den Thron ist gefährlich. Ob legitim oder nicht, wenn es einen solchen Mann gibt – und er muss inzwischen ein Mann sein –, dann kann er viele Anhänger um sich scharen. Er könnte zum Mittelpunkt eines Aufstandes gegen den König werden. Erste Anzeichen gibt es ja schon. Die Templer haben von diesem jungen Mann erfahren, und wir wissen, dass sie ihn als Druckmittel benutzen wollen, um John zu drohen.«

»Ihr habt meine Frage nicht beantwortet.«

»John glaubt, Ihr könntet die ganze Zeit gewusst haben, wo sich dieses Kind befindet.«

Was John alles glaubt, dachte ich sarkastisch. Dann beschloss ich, unser Gespräch in andere Bahnen zu lenken. »Aber Isabelle, wer sollte sich denn jetzt noch gegen John auflehnen? Sogar Eleanor steht hinter ihm. Seine Brüder sind alle tot – William, Henry der Jüngere, Geoffrey und Richard. Sogar Arthur lebt nicht mehr.« Befriedigt registrierte ich, wie sie zusammenzuckte. Demnach hegte sie zumindest einen Verdacht, was Johns Untaten betraf. Das Bild eines spät in der Nacht schlaflos daliegenden und schließlich in Isabelles schlanken Armen Trost suchenden John stieg vor mir auf.

»Arthur stellte nie eine ernsthafte Bedrohung für John dar.

Trotzdem verschwand er in dieser Burg in Britannien, wo ihn sein königlicher Onkel eingekerkert hatte. Jetzt steht niemand mehr zwischen John und England.« Ich warf Isabelle einen vielsagenden Blick zu. »Vielleicht hat er sich durch seine Torheiten ein wenig unbeliebt gemacht. Aber er ist der Letzte von Henrys und Eleanors Söhnen und hat deshalb Anspruch auf den Thron.«

Isabelle wandte sich ab, sodass ich ihr Gesicht nicht klar erkennen konnte. »Johns Position ist bereits geschwächt. Er fürchtet, dass die Lage für ihn noch kritischer wird, wenn dieser junge Mann auftaucht. Und er weiß nicht, wo das alles enden könnte.«

»Merkwürdig. Ich kann mir nicht vorstellen, dass Eleanor Briefe schreibt, die einem ihrer Söhne schaden könnten, selbst wenn es sich nur um John handelt.« Ich schwieg einen Moment, dann fuhr ich tückisch fort: »Warum fragt er Eleanor nicht einfach selbst, was in diesen Briefen steht?«

»Das hat er ja getan.« Isabelle stocherte mit einer silbernen Gabel in ihrem Essen herum. Ich schlang meine Portion hungrig hinunter. »Eleanor weigert sich, ihm irgendetwas zu verraten. Sie behauptet, sie habe hier in Old Sarum überhaupt keine Briefe geschrieben. Aber Johns Informanten widerlegen das. Er hat einen Wutanfall bekommen, als er ihre Antwort erhielt. Ihr habt ja gesehen, wie er gestern reagiert hat, als Ihr das Thema zur Sprache brachtet.«

Ja, er hat vollkommen die Beherrschung verloren, dachte ich.

»Eleanor mag John nicht sonderlich, nicht wahr? Er kann sich diese Abneigung gar nicht erklären.«

»Natürlich kann er das.« Ich trank einen großen Schluck Wein, dann tupfte ich mir die Lippen mit der *serviette* ab. »Zuerst einmal wollte sie ihn gar nicht haben, und das weiß er auch. Als er geboren wurde, waren sie und Henry einander schon fremd geworden. Also überließ sie es Henry, ihn großzuziehen, der ihn dann maßlos verwöhnte, um sie zu ärgern.

Johns Rache an den beiden bestand in seinem unmöglichen Benehmen. Wie sollte jemand ihn mögen? Tut mir Leid«, fügte ich hinzu, doch als ich Isabelle ansah, lag nur ein leiser Tadel in ihrem Blick. Was hatte ich eigentlich erwartet? Immerhin hatte ihr John zu einer Krone verholfen. Natürlich hielt sie zu ihm.

»Und jetzt müsst Ihr Euren Teil der Abmachung erfüllen«, forderte sie mich auf. Ihre Katzenaugen wanderten über mein Gesicht. »Was hat Euch Eleanor als Belohnung versprochen, wenn Ihr ihr diese Briefe verschafft?«

»Ich habe ihr ihre Bitte erfüllt, weil ich mich am französischen Hof entsetzlich gelangweilt habe.« Ich tauchte die Finger in die Schale mit Wasser, die das Mädchen gleichfalls mitgebracht hatte, und trocknete sie an dem Leinentuch ab. Meine linke Hand blieb in meinem Schoß liegen. »Alle reden von nichts anderem als der bevorstehenden königlichen Hochzeit. Ich war dankbar, alldem zu entkommen.«

»Wollt Ihr mir etwa weismachen, Ihr wärt nur aus einer Laune heraus zu dieser kalten Frühlingszeit nach England gekommen?« Isabelles spöttisches Gelächter hallte durch den Raum. »Nicht doch! Ich weiß, dass Eleanor Euch irgendetwas versprochen hat.«

Ich schüttelte nur langsam den Kopf und hob wie zum Schwur eine Hand. »Nur die Aussicht auf ein Abenteuer.«

Ein nachdenklicher Ausdruck trat auf Isabelles hübsches Gesicht. Dann wurde ihr Benehmen plötzlich geziert, sie zupfte an ihren Röcken herum und sprach nur zögernd weiter. »Die zweite Reihe von Briefen – wir glauben, darunter könnten sich auch welche befinden, die Eleanor an Euren Vater geschrieben hat.«

»An König Louis?« Unwillkürlich schrak ich zusammen. »Nach ihrer Scheidung haben sie bestimmt nicht mehr miteinander korrespondiert. Mein Vater war verbittert, weil sie Henry so kurz darauf geheiratet hat. Jeder wusste das.« Sogar die Küchenmädchen in Chinon hatten es gewusst, daran erinnerte ich mich noch genau.

»Ja, und seine Verbitterung wuchs, als Henry im Jahr darauf den englischen Thron bestieg.« Isabelle warf mir einen verstohlenen Blick zu, aber ich beschäftigte mich angelegentlich damit, mir Wein nachzuschenken. »Wir wissen, dass Eleanor nach den ersten Jahren mit Henry wieder begonnen hat, mit Louis gegen ihn zu intrigieren. Solche Briefe wären zweifellos ein Beweis für ihren Verrat, schon allein deshalb, weil sie an Henrys Erzfeind gerichtet waren.«

Ich schwieg einen Moment, denn ich musste an das Gesicht meines Vaters denken, als ich ihn zuletzt gesehen hatte. Ich war mit Henry zusammen, als sich die beiden Könige ein letztes Mal in diesem Leben begegneten. Er ging seltsam förmlich mit mir um, als hätte meine Verbindung mit Henry uns auf eine unverzeihliche und endgültige Weise entzweit.

Ich ertappte mich dabei, wie ich durch einen der Schlitze in der Wand hinaus ins Freie starrte – als könnte ich dort draußen Antworten auf meine Fragen finden. Die Dämmerung setzte ein, und Nebelschwaden zogen über das grüne Tal unter mir hinweg.

Isabelles Stimme klang honigsüß, als sie fortfuhr: »Eleanor war die geborene Intrigantin. John sagt, die ganze Familie habe keine Skrupel gekannt.«

Das Gespräch und Isabelle selbst begannen, mich allmählich zu langweilen.

»Ich glaube gern, dass John seine ganze Familie für skrupellos hält, bei all den Kämpfen zwischen Vater und Söhnen. Aber er hat sich daran beteiligt und sich noch ehrloser verhalten als die anderen. Er hat bei jeder Gelegenheit die Seiten gewechselt. Dabei war er der Liebling seines Vaters.« Ich sah Henry vor mir, alt, krank und verletzt, wie er in einem zugigen Schloss in Nordfrankreich lag. Als er auf die Liste mit den Namen seiner Gegner blickte, stand John an erster Stelle. Es hieß, dass er sich danach zur Wand umgedreht und geweint habe. »Am Ende hat er Henry das Herz gebrochen.«

»Das klingt bitter. Ich dachte, Euch läge nicht sonderlich viel an dieser Familie.« Sie war eine Meisterin der spitzen Bemerkungen, diese englische Königin.

»Ich liebte den alten König.« Einen Moment lang war ich nicht auf der Hut gewesen. »Trotz allem«, fügte ich rasch hinzu. »Er starb einsam und allein, von allen Freunden verlassen. Richard, Geoffrey und John hatten gesiegt, seine Königin war eine Gefangene. Nur sein illegitimer Sohn Geoffrey und William Marshal waren am Ende bei ihm. Sogar seine Dienstboten ließen ihn im Stich, sie bestahlen den Toten sogar noch, ehe sie wie die Ratten davonhuschten, um sich seinen Feinden anzuschließen. Ein trauriges Ende für einen großen König.«

»Wenn Ihr so an ihm gehangen habt, wieso wart Ihr dann nicht bei ihm?«

»Weil ich zu dieser Zeit auf Befehl des Königs in England weilte und somit niemandem helfen konnte.« Ich hob das Leinentuch erneut an die Lippen, um meine Gefühle zu verbergen. »Und jetzt bin ich sehr müde und würde gern allein sein.« Ich erhob mich und klopfte die Brotkrümel von meinem grünen Kleid. »Ja, Eleanor hat mich nach Canterbury geschickt. Ich bin ihr schon lange einen Gefallen schuldig, also willigte ich ein, die Briefe für sie zu holen. Aber wie Ihr wisst, hatte meine Suche keinen Erfolg. Und ich weiß nichts von irgendwelchen Briefen an meinen Vater und habe keine Ahnung, wo mein und Henrys kleiner Sohn sein könnte. Ich dachte, er sei tot.«

Über meine Schulter hinweg sprach ich weiter. »Richtet John aus, dass sogar das eintönige Leben am Hof meines Bruders in Paris dem Turm von Old Sarum vorzuziehen ist. Sagt ihm, ich hätte gern eine Eskorte und ein paar Diener, die mich nach Paris begleiten sollen.« Mit einiger Mühe durchquerte ich den Raum und musste mich einmal sogar mit der Hand an der weiß getünchten Wand abstützen.

»Ich werde es ihm sagen.« Auch Isabelle erhob sich und legte sich ihren Umhang über. »Aber ich weiß nicht, ob er mir glauben wird.«

»Beim Atem Gottes, warum sollte er das nicht tun?« Meine Geduld war am Ende. »All diese Dinge sind vor vielen Jahren geschehen. Sie haben nichts mehr mit mir zu tun. Wie kommt John nur auf den Gedanken, ich könnte ihm schaden?«

»Alaïs.« Mit einem Mal war Isabelle an meiner Seite und legte mir eine Hand auf den Arm. »Es gibt noch eine andere Möglichkeit, wie Ihr uns helfen könnt, und Ihr solltet sie ergreifen. Wenn diese Briefe an Louis gefunden werden, wird das Eleanor in größere Verlegenheit bringen, als ich mir vorstellen kann. Das ist Eure Chance, ihr all das heimzuzahlen, was sie Euch in Eurem Leben angetan hat.«

Ich wirbelte zu ihr herum. »Wie kommt Ihr darauf…?«

»Es heißt, Ihr hättet das zweite Gesicht. Nutzt es, um uns zu helfen, den verschwundenen jungen Mann zu finden.«

»Ihr verlangt von mir, dass ich meine Gabe *dafür* einsetze?« Mit einem Ruck riss ich mich von ihr los.

»Der Thron von England steht auf dem Spiel.« Sie war so hartnäckig wie ein Vogel, der einen Wurm aus dem Boden zieht. »Ihr schuldet den Plantagenets viel. Sie waren Eure Familie. Ihr könnt doch nicht wollen, dass ihnen der Thron entrissen wird.«

»Und auf meinen Sohn übergeht? Den Sohn König Henrys?«

»Euer Sohn ist nicht der rechtmäßige König.«

Jetzt war es an mir, sie am Arm zu packen, und das tat ich mit der eisernen Kraft meiner gesunden rechten Hand. Ich griff nach ihrem Handgelenk und verdrehte es ihr hinter dem Rücken. Sie stieß einen scharfen Schrei aus wie ein in eine Falle geratenes Tier, dann begann sie zu wimmern. Sie war den Tränen nah. Ich lockerte meinen Griff, gab sie aber nicht frei.

»Geht jetzt zu John zurück und überbringt ihm diese Botschaft: Weder für Euch noch für ihn noch für die gottverfluchten Templerritter oder sonst jemanden auf dieser elenden Welt werde ich je etwas tun, das meinem Sohn schaden könnte.« Ich ließ ihren Arm los und sah zu, wie sie ihren Umhang enger um sich schlang. Sie warf mir einen giftigen Blick zu, doch mein Gesicht blieb so unbewegt wie eine steinerne Maske. Dann verließ sie den Raum. Ihre Schritte verklangen auf der Treppe.

Ich blieb zurück, von einem einzigen Gedanken beherrscht. Die Zeit lief mir davon. Die Wölfe umzingelten mich immer enger. Ich musste mein Kind finden, bevor meine Feinde es taten. Wie immer, wenn mir etwas Sorgen bereitete, wanderten meine Finger zu meinem Hals, um Trost bei meinem Talisman zu suchen. Doch sie fanden nur nackte Haut. Der Anhänger war verschwunden. Man musste ihn mir gestohlen haben, als ich vom Alraunwurzelsaft betäubt gewesen war. Und es gab keinen Zweifel, in wessen Besitz er sich jetzt befand: in Isabelles.

♦ 13 ♦

Flucht aus dem Turm

Da ich zwischen Furcht und Ärger hin und her gerissen wurde, dauerte es eine Weile, bis mich die Wirkung der Droge erneut überwältigte und ich einschlief. Doch ich schrak immer wieder hoch, und als ich endlich ganz erwachte, stellte ich überrascht fest, dass mein Kopf wieder klar war. Das Licht des aufgehenden Mondes fiel ins Zimmer, sodass ich die Umrisse des Schreibtisches und der Stühle erkennen konnte, auf denen Isabelle und ich gesessen hatten. Das Feuer war vollständig erloschen. Ich wettete mit mir selbst, dass während meines Schlafs kein Tablett mit Essen hereingebracht worden war wie zuvor. John und Isabelle wollten mich hier verschmachten lassen, so wie ich in Rouen geschmachtet hatte. Als könnten sie mich auf diese Weise zwingen, mich ihren Wünschen zu fügen!

Ich dachte an den Rubinanhänger und wie vielen Leuten daran gelegen war, ihn in ihren Besitz zu bringen – und ich konnte mir noch immer keinen Grund dafür vorstellen. Dann fiel mir ein, was ich kurz vor Isabelles Besuch in dem Schreibtisch gefunden hatte. Ich kroch aus dem Bett und begann mich behutsam zu ihm hinüberzutasten. Zwar war draußen kein Geräusch zu vernehmen, doch die Wächter sollten auf keinen Fall merken, dass ich wach war und in dem Zimmer herumschlich.

Ich stieß gegen den Stuhl, und es gelang mir, ihn leise zum Tisch hinüberzuziehen. Nachdem ich Platz genommen hatte, klappte ich die Platte vorsichtig hoch. Der Mond, der immer wieder hinter Wolken verschwand, tauchte den Raum abwechselnd in Licht und Dunkel. Ich zog die Schublade heraus, fand die verborgene Feder und öffnete das Geheimfach. Meine Fingerspitzen trafen erneut auf die raue Kante von Pergament. In dem Fach schienen mehrere glatt gestrichene Bögen zu liegen.

Sie fühlten sich trocken und brüchig an, und es kostete mich einige Zeit, bis ich mir überlegt hatte, wie ich sie herausziehen konnte, ohne sie zu beschädigen. Sie schienen fragiler zu sein als Pergament. Vielleicht handelte es sich ja um dieses neue Papier aus dem Süden, das aus Holz hergestellt wurde anstatt aus Tierhaut. Damals in Poitiers war Eleanor von diesem Papier fasziniert gewesen, obgleich sie damals nur wenige Bögen davon von der Königin von Navarra hatte bekommen können. Ich erinnerte mich daran, dass Papier leichter zerriss als Pergament und behandelte es mit äußerster Vorsicht.

Irgendjemand hatte dafür gesorgt, dass sich diese Bögen nicht so leicht entfernen ließen, selbst wenn das Geheimfach entdeckt werden sollte. Wer auch immer sie dort verborgen hatte, konnte nicht wissen, wie sehr er mir damit meine Aufgabe erschwert hatte, da ich ja nur eine Hand benutzen konnte. Ich tastete den Rand des Geheimfaches ab und stieß endlich auf eine Öffnung, die groß genug war, um meinen Fund hindurchzuziehen. Die linke Hand diente mir als Stütze, mit der rechten zupfte ich Bogen um Bogen heraus. Eins, zwei, drei, vier – das schienen alle zu sein. Dann ertastete ich einen fünften und zog ihn ebenfalls zu mir. Ich wollte nicht, dass er unbemerkt zu Boden flatterte, um dann am nächsten Morgen von demjenigen gefunden zu werden, der mir das Frühstück brachte – falls überhaupt jemand kam.

Ein leises Geräusch hinter der Wand gegenüber von meinem Bett ließ mich zusammenfahren. Inzwischen lag der Raum vollständig im Dunkeln. Das Geräusch, das zuerst klang, als könnte es von einem kleinen Tier stammen, wurde lauter. Und dann bemerkte ich starr vor Staunen, wie sich die gesamte steinerne Wand zu bewegen begann. Rasch verschloss ich das Geheimfach wieder, schob die Schublade zu, rollte die Papierbögen mühsam zusammen und stopfte sie in den Ausschnitt meines Kleides. Dann huschte ich vom Schreibtisch weg.

Der größte Teil der Wand schwang plötzlich auf und verfehlte dabei den Eichenholztisch nur um zwei Fuß. Lichter glommen in der Höhle, die jetzt dort klaffte, wo vorher die Wand gewesen war. Mehrere Männer betraten lautlos den Raum. Der Vorderste trug eine Fackel, mit der er durch die Kammer leuchtete, bis er mich entdeckte. Ich stand jetzt hinter dem Stuhl, auf dem Isabelle am Abend zuvor gesessen hatte.

»Hier scheinen wir richtig zu sein«, grollte der Mann, der die Vorhut bildete. »Was für ein unwirtliches Loch! Kein Feuer, und das in einer so kalten Mainacht. Ho!« Er hob die Stimme leicht, als er mich sah. »Prinzessin Alaïs, seid Ihr das?«

»Natürlich bin ich es. Wer sollte denn sonst hier in diesem Turm sitzen? König John vielleicht?« Obwohl ich mich freute, einen Menschen zu sehen, der offensichtlich auf meiner Seite stand, musste ich meiner Verblüffung erst Herr werden. »Die Frage ist, wer seid *Ihr*? Und was tut Ihr hier?«

»Graf Graham von Chester, zu Euren Diensten, Hoheit.« Der flachshaarige junge Mann, der die kleine Gruppe anführte, verneigte sich, nachdem er seine Fackel an seinen kleineren Gefährten weitergegeben hatte. Sogar in dem dämmrigen Licht konnte ich erkennen, dass seine Haut genauso hell war wie sein Haar. Aber natürlich – die Grafen Chester stammten aus dem Norden, in ihren Adern floss kaum ein Blutstropfen der dunkelhaarigen Normannen.

»Man hat mich hierher geschickt, um Euch herauszuholen«, erklärte der junge Graf dann.

»Graf Chester. Ich dachte, Ihr wärt viel älter.« Ich blinzelte, um ihn deutlicher sehen zu können. Ich erinnerte mich an einen Grafen Chester, den ich vor vielen Jahren gekannt hatte. Eine bärtige, gebeugte, grauhaarige Ausgabe des jungen Burschen vor mir. Aber sie hatten dieselben großen Ohren und dieselben runden, treuherzig-blauen Augen.

»Ihr sprecht wohl von meinem Großvater, Eure Hoheit. Er hat mir oft von Euch erzählt; er hat Euch am Hof von König Henry kennen gelernt.« Der junge Mann hielt inne, dann verbeugte er sich erneut. »Und er pflegte zu sagen, Ihr wärt die schönste von all den jungen Prinzessinnen.«

»Ach ja? Das dürfte Eleanors Töchtern ganz und gar nicht gefallen haben.« Seine Worte entlockten mir ein Lächeln, sosehr ich mich auch bemühte, ernst zu bleiben. »Was tut Ihr denn nun hier? Und weshalb habt Ihr Euch auf eine so ungewöhnliche Weise Zutritt zu dieser Kammer verschafft?«

»So ungewöhnlich ist dieser Zugang nun auch wieder nicht, Hoheit. Wir sind durch einen alten Gang gekommen, der in den Geheimgang zur Schatzkammer mündet. Man nimmt an, dass diese falsche Wand hier schon eingesetzt wurde, als der Turm erbaut worden ist, aber niemand weiß es genau.«

»Aber wie habt Ihr von diesem Geheimnis erfahren?«

»Ach, wir verfügen über viele Informationsquellen.«

»Das beruhigt mich ungemein«, erwiderte ich leicht verärgert. »Was ist mit den Wachposten? Seid Ihr nicht Gefahr gelaufen, von ihnen bemerkt zu werden?«

»König John neigt dazu, stets weniger Wächter hier zurückzulassen, als erforderlich wäre. Es gibt nur vier, und die sitzen im Seitenturm beim Würfelspiel. Sie werden uns keine Schwierigkeiten bereiten, dazu haben sie dem Ale schon zu reichlich zugesprochen.« Ein flüchtiges Lächeln huschte über sein Gesicht. »Trotzdem sollten wir keine Zeit verlieren. Wir müssen hier weg. Kein Grund, ein überflüssiges Risiko einzugehen.«

»Ich bin soweit.« Ich griff nach meinem auf dem Bett liegenden Umhang. Mein Blick wanderte über die Wollgamaschen und das Hemd, die ich eine Weile zuvor ausgezogen hatte, dann trat ich entschlossen über beides hinweg. »Ich bin mit sehr wenigen persönlichen Besitztümern hierher gekommen und verlasse diesen Ort nur zu gern mit noch wenigeren.« Mit der Hand strich ich über das Mieder meines Kleides, in dem die Papiere steckten, dann über meinen bloßen Hals. Zu guter Letzt griff ich nach dem kleinen Beutel, der den Meißel und mein Psalmenbuch enthielt, und warf ihn mir über die Schulter.

»Dann folgt mir.« Belustigt registrierte ich, wie gebieterisch seine Stimme klang. »Wir nehmen den Weg durch die Schatzkammer. Er ist leider etwas unbequem, am Ende müssen wir ein Stück in die Tiefe springen.«

Ich verzog das Gesicht. Meine Hüfte würde mir einen solchen Sprung ziemlich übel nehmen. Aber ich machte gute Miene zu bösem Spiel und folgte dem jungen Grafen den steilen Gang hinab. Seine drei Ritter, die bislang noch kein Wort hatten verlauten lassen, schlossen die Lücke in der Wand hinter uns wieder. Jetzt bemerkte ich, dass die Wand hier auf dieser Seite deutlich markiert war, während auf der anderen Seite nichts auf die Existenz eines Geheimganges hindeutete. Ich fragte mich, ob Henry die Tür und den Gang hatte bauen lassen. Falls ja, hatte er sich vielleicht eine Möglichkeit schaffen wollen, Eleanor während ihrer Gefangenschaft heimlich zu besuchen. Bei dem Gedanken runzelte ich die Stirn. Wenn diese Theorie zutraf, warf sie ein ganz neues Licht auf das Verhältnis der beiden in jenen letzten Jahren.

Der Weg durch den schmalen Gang war nicht sonderlich beschwerlich, auch der Sprung am Ende erfolgte nicht aus so großer Höhe, wie ich befürchtet hatte. Die Ritter hatten unter dem Loch mehrere große Steine übereinander gestapelt, um hineinkriechen zu können. Diese wurden jetzt entfernt, und ich landete sicher auf dem weichen Boden.

Acht weitere Männer hielten rund um das Loch herum

Wache, einige davon zu Pferde. Alle drehten sich zu uns um, als wir einer nach dem anderen aus dem Gang auftauchten.

Nachdem mir jemand aufgeholfen hatte, sah ich zu meiner freudigen Überraschung Tom von Caedwyd, Roland und Étienne auf mich zukommen. Sie begrüßten mich herzlich, und Tom, der älter aussah als damals, als wir in Canterbury voneinander geschieden waren, fragte mich, ob mir etwas geschehen sei. Nach meiner Versicherung, dass mir kein Haar gekrümmt worden sei, sagte er nichts mehr.

»Wo ist Marcel?«, erkundigte ich mich leise, als wir uns anschickten, auf unsere Pferde zu steigen.

»Prior William hat ihn nach Paris zurückgesandt, als er von Eurer Entführung erfuhr«, entgegnete Tom. »Er ließ uns von London aus eine Nachricht zukommen. Einer von uns sollte an den französischen Hof zurückkehren und Eurem Bruder mitteilen, was Euch zugestoßen ist – und ihn von dem Rettungsplan in Kenntnis setzen«, fügte er hastig hinzu, als er mein bestürztes Gesicht sah. Das Letzte, was ich jetzt gebrauchen konnte, war ein wutschnaubender Philipp, der wie ein Racheengel über den Kanal gestürmt kam, um John wegen dieser Geschichte zur Rede zu stellen. Dann erst kam mir voll zu Bewusstsein, was Tom gerade gesagt hatte.

»Prior William?« Ich war genauso verblüfft, wie meine Stimme klang. »Bei den Gebeinen Christi, jetzt wird mir alles klar. Prior William hat euch nach Old Sarum geschickt.« Roland wartete geduldig neben meinem Pferd, und ich stellte einen Fuß in seine verschränkten Hände.

Der junge Graf, der sich als Erster auf sein Pferd geschwungen hatte, nachdem er als Letzter aus dem Gang gekrochen war, hatte Mühe, das lebhafte Tier im Zaum zu halten. Aber als er meine Bemerkung hörte, drehte er sich zu mir um. »Natürlich. Ich dachte, das hättet Ihr gewusst.«

Und dann stiegen wir alle in den Sattel und galoppierten ohne ein weiteres Wort davon, wobei die Wachposten in ihrem

Seitenturm anscheinend kein einziges Mal von ihrem Würfelspiel aufblickten. Unter normalen Umständen hätte ich darauf bestanden, dass man mir vor dem Aufbruch ein paar Fragen beantwortete. Aber im Moment war ich nur froh, ein gutes Pferd unter mir zu haben, mich in der Gesellschaft von Freunden – dafür hielt ich diese Männer zumindest – zu befinden und Old Sarum den Rücken kehren zu können.

Wir schienen uns erst nach Norden und dann leicht nach Westen zu wenden. Gespenstische Silhouetten tauchten in dem Nebel auf, der über das kühle Land hinwegwaberte. Bei diesen Gebilden hätte es sich um alles Mögliche handeln können – um Kriegertruppen oder um vereinzelte kleine Katen –, doch sie entpuppten sich lediglich als Gruppen hoher Kiefern. Wir kamen rasch voran, und voller Staunen erkannte ich in den blassen Strahlen der aufgehenden Sonne an den Hügeln vor mir das uralte riesige weiße Steinpferd von Wiltshire. Insgeheim dankte ich der Göttin, der diese Figur geweiht war, denn nun wusste ich, wo ich mich befand, und dieses Wissen bewirkte, dass ich mich zum ersten Mal seit Tagen wieder sicher fühlte.

»Wir werden bald Rast machen, Hoheit.« Der junge Graf wirkte sichtlich erschöpft, als er sein Pferd zügelte, um statt an der Spitze unserer kleinen Gruppe an meiner Seite zu reiten. Aber natürlich hatte er die ganze Nacht im Sattel gesessen, während ich erst ein paar Stunden auf den Beinen war.

»Und was ist unser Ziel?«

»Das Gut eines vertrauenswürdigen Ritters«, erwiderte er. »Dort werden wir uns eine Weile ausruhen und später am Tag beratschlagen, wie wir weiter vorgehen wollen.« Er vollführte eine unbestimmte Handbewegung.

»Und was ist mit mir? Wird man mich sicher nach Frankreich zurückbringen?«

Der Graf setzte gerade zu einer Antwort an, als einer der weiter hinten reitenden Männer plötzlich zu uns aufschloss.

»Was gibt es?«

»Ein einzelner Reiter, noch ziemlich weit entfernt. Ich kann ihn nicht genau erkennen, aber wie es aussieht, versucht er, uns einzuholen. Und ein Stück hinter ihm habe ich eine Gruppe Ritter gesehen.«

»Welche Farben führt er?«

»Gar keine, Mylord.«

Ein breites Lächeln machte sich auf dem Gesicht des Grafen breit. »Sagt den Bogenschützen, sie sollen auf keinen Fall auf ihn schießen. Ich kenne diesen Mann. Aber wir werden seinetwegen auch nicht eine Spur langsamer reiten. Wir wollen einmal sehen, ob es ihm gelingt, uns einzuholen.«

»Ihr habt meine Frage nicht beantwortet«, warf ich ungehalten ein; ich war es nicht gewohnt, einfach ignoriert zu werden. »Wird mich jemand nach Frankreich zurückbringen?«

»Ich kann Euch jetzt noch nicht sagen, wie sich die Dinge entwickeln, aber wir werden bald mehr wissen. Bis zu unserem Ziel ist es nicht mehr weit.« Ohne ein weiteres Wort gab der Graf seinem Pferd die Sporen und trieb seine Männer zu so großer Eile an, als gelte es, ein Rennen zu gewinnen.

»Er wird sicher dafür sorgen, dass man Euch nach Frankreich zurückbringt.« Tom, der zu meiner anderen Seite ritt, blinzelte mir zu. Er hatte meine Gedanken gelesen. »Er muss gute Gründe haben, sich jetzt dazu nicht weiter äußern zu wollen – abgesehen von der Tatsache, dass Ihr eine Frau seid, meine ich.«

Ich bestrafte ihn für seine letzten Worte, indem ich mich vorbeugte und seinem Pferd einen kräftigen Klaps versetzte. Das Tier machte einen Satz nach vorn und hätte meinen alten Freund beinahe abgeworfen. Ich musste lächeln. Allmählich hob sich meine bedrückte Stimmung wieder.

Die Straße beschrieb eine Biegung, und dahinter kam ein großes Herrenhaus in Sicht. Zuerst sahen wir die Mauern, dann ein mehrstöckiges, im modernen Stil erbautes längliches

Gebäude. Ein paar italienische Buntglasfenster zeugten vom Wohlstand seines Besitzers. Von den Kaminen stieg Rauch auf, und plötzlich sehnte ich mich nach einem sauberen Bett mit einem angewärmten Ziegelstein darin.

Hinter dem Herrenhaus lagen die Ställe. Pferdeknechte und Stallburschen kamen eilig auf uns zugelaufen. Ich war von dem anstrengenden Ritt so erschöpft, dass ich befürchtete, jeden Moment vom Pferd zu fallen. Nie wieder würde ich auch nur das Siegel eines Briefes von Eleanor R. erbrechen, schwor ich mir, geschweige denn, mich noch einmal auf irgendein obskures Unternehmen einlassen. Tom half mir aus dem Sattel, und ich stützte mich dankbar auf ihn. Ich bezweifelte, dass mich meine eigenen Beine getragen hätten.

Der Eigentümer des Hauses begrüßte uns höflich und stellte sich nur als Baron Roger vor. Trotz der frühen Stunde war er förmlich gekleidet; er trug eine lange Tunika, einen Umhang und Reitstiefel. Der hoch gewachsene Mann mit seinem sanften Gesicht und Hängebacken war älter als ich und erinnerte mich an Philipps Jagdhund. Seine Frau stand neben ihm. Sie war klein, rundlich, hübsch und erheblich jünger als Sir Roger, und sie trug ein prachtvolles rostfarbenes, mit Weiß abgesetztes Gewand und einen dazu passenden Schleier. Ich beneidete sie um ihre Jugend, ihre anziehende Erscheinung und ihre rosigen Wangen, hätte jedoch meine eigene Jugend – wenn sie nicht schon lange dahin wäre – in diesem Moment ohne Zögern gegen ein trockenes, warmes Bett eingetauscht.

Der Graf und Baron Roger begrüßten einander so förmlich, als wären sie sich vor langer Zeit irgendwo einmal begegnet. Graf Chester stellte mich schlicht als »Prinzessin Alaïs« vor. Baron Roger verbeugte sich tief, seine Frau, Lady Margaret, tat es ihm nach. Ich versuchte, ihre Höflichkeitsbezeugungen mit so viel Anmut wie möglich zu erwidern, konnte aber meiner Müdigkeit kaum noch Herr werden.

Dann tauchte auf der Straße hinter uns der einzelne Reiter

auf, der uns eine Zeit lang gefolgt war, und galoppierte durch das Tor. Graf Chester stürmte auf den Mann zu und umarmte ihn, als er vom Pferd sprang. »Wir haben gesiegt! Ihr konntet uns nicht einholen!«, dröhnte der Graf. »Ihr schuldet mir ein Pfund Silber!« Der andere Mann lachte und klopfte ihm auf den Rücken. Noch während die beiden gutmütig miteinander stritten, ritt der Rest der Gruppe in den Hof.

Eine Weile herrschte heilloses Durcheinander. Ich beobachtete das hektische Treiben und fragte mich gerade, ob Tom mich auffangen würde, wenn meine Beine unter mir nachgaben, als sich der Anführer der Neuankömmlinge einen Weg durch das Gedränge zu bahnen begann. Er blieb kurz stehen, um ein paar Worte mit Baron Roger zu wechseln, dann kam er auf uns zu. Er war sogar noch kostspieliger gekleidet als der Baron – sein mit Fuchsfell gesäumter Umhang konnte sich durchaus mit meinem messen. Als er näher kam, konnte ich sein Gesicht erkennen, und vor Überraschung stockte mir der Atem. Es war Prior William! Nichts an der eleganten Erscheinung mit dem juwelenbesetzten Schwert erinnerte mehr an den Mann in der Mönchskutte, der mich in Canterbury empfangen hatte.

Er steuerte zielstrebig auf mich zu. Ich dachte schon, meine überreizten Nerven würden mir einen Streich spielen und mir eine Vision vorgaukeln, doch als er mir die Hand küsste, spürte ich seine von der Nachtluft noch kühlen Lippen auf meiner Haut.

»Ich wünsche Euch einen guten Tag, Prior William«, begrüßte ich ihn, meine Verblüffung so gut wie möglich überspielend.

»Princesse.« Er lächelte. »Seid mir willkommen. Sir Roger und seine Gemahlin werden dafür sorgen, dass Ihr Euch von den Strapazen dieser Reise erholen könnt.«

Er winkte ein paar Dienstboten zu uns, die wie aus dem Nichts aufgetaucht waren und sich vor den Türen der großen

Halle zur Verfügung hielten. Sie schienen auf Williams Befehle zu warten, die er ihnen auch unverzüglich erteilte.

»Ihr dort! Kümmert euch um die Prinzessin. Sie braucht ein warmes Bett und trockene Kleider. Und bringt ihr heißes Wasser zum Waschen. Rasch!«

»Prior William.« Allmählich gewann ich meine Fassung wieder. »So wie Ihr die Dienerschaft herumkommandiert, könnte man fast meinen, Ihr wärt hier der Hausherr.«

»Findet Ihr, *princesse?*«, gab William sichtlich belustigt zurück. Er hatte seine Kopfbedeckung abgenommen und einen Filzhut aufgesetzt, den er nun in den Nacken schob. Seine andere Hand ruhte auf dem Griff seines Schwertes.

»Was tut Ihr hier, und warum seid Ihr wie ein Ritter gekleidet? Und wer vertritt Hugh Walter in Canterbury, wenn Ihr hier seid?« Ich spürte, wie sich ein stechender Schmerz in meinen Beinen auszubreiten begann. Die Nachwirkung des langen Rittes. »In wessen Obhut habt Ihr dann die Mönche zurückgelassen?«

William schmunzelte. »Eure Sorge um die Mönche von Canterbury ist rührend, jedoch völlig überflüssig. Hugh Walter ist aus Rom zurückgekehrt und hat seinen Posten als Abt wieder übernommen. Und er hat mir die Erlaubnis erteilt, Canterbury für einige Wochen zu verlassen.«

»Weshalb denn?«

»Es gibt da einige Dinge zu regeln.« Ein Anflug von einem ironischen Lächeln huschte über sein Gesicht. »Die Kathedrale und die Abtei betreiben zahlreiche Geschäfte mit der Außenwelt. Um einige davon muss ich mich diese Woche kümmern.«

»Warum tragt Ihr dann keine Mönchskutte?« Mir lagen noch Dutzende weiterer Fragen auf der Zunge, doch William schüttelte nur abwehrend den Kopf.

»Wir werden unser Gespräch fortsetzen, wenn Ihr Euch ausgeruht habt«, sagte er. »Bezähmt Eure Neugier so lange. Ah, hier ist ja Euer alter Freund Tom von Caedwyd.« Er winkte Tom mit einer vertraulichen Geste zu uns. Ich wollte ihn erinnern, dass er Tom damals den Zutritt zu Canterbury verwehrt hatte, bekam aber keine Gelegenheit dazu. »Tom wird Euch in Eure Gemächer führen.«

Im nächsten Moment waren wir von einer Dienerschar umringt. William wandte sich ab, um mit einem seiner Ritter zu sprechen, der ein dringendes Anliegen zu haben schien, doch ich packte ihn am Arm und hielt ihn zurück.

»Bin ich hier vor Johns langem Arm sicher?«

»Niemand ist je vor einem König ganz sicher«, murmelte er, sich näher zu mir neigend. »Aber Ihr könnt Euch hier unbesorgt ausruhen, Ihr habt nichts zu fürchten.« Er nickte zu Étienne und Roland hinüber. »Eure Ritter werden gut untergebracht. Ihr werdet sie später wiedersehen.«

»Nicht so wie in Canterbury?«, stichelte ich.

»Princesse.« William fuhr mit der Hand durch die Luft. »Habt Ihr noch nicht bemerkt, dass hier nichts so ist wie in Canterbury?« Mit diesen Worten drehte er sich zu Graf Chester um, der gleichfalls seine Aufmerksamkeit suchte.

Als Tom registrierte, dass ich mich kaum noch auf den Beinen halten konnte, legte er zur Stütze einen Arm um mich. Ich lächelte ihm dankbar zu. Plötzlich fiel mir Henrys Ring ein, den ich noch immer am Finger trug. Ich zog ihn ab und drückte ihn Tom in die Hand. »Ich danke dir für dein Vertrauen, Tom. Ich habe diesen Ring nicht ein einziges Mal abgelegt, seit du ihn mir gegeben hast. In Canterbury konnte ich nicht nach dir schicken, als ich deine Hilfe gebraucht hätte.«

»Ich weiß, was geschehen ist, Prinzessin. Ich wünschte nur, ich hätte das alles verhindern können.«

Als ich Tom den Ring aushändigte, musste ich an meinen verschwundenen Rubinanhänger denken. Diese heimtückische Schlange Isabelle! Scheinbar hatte ich einen unartikulierten Laut von mir gegeben, denn Tom blickte mich verwundert an. »Mylady?«

Ich seufzte. »Es ist nichts, Tom. Ich hatte nur einen Talisman – wie du deinen Ring; er wurde mir gestohlen, als ich betäubt war.«

»Diese Bastarde«, entfuhr es Tom, dann fasste er sich wieder. »Bitte um Verzeihung, Mylady. Aber wenn ich daran denke, dass man Euch entführt, gefangen gehalten und dann auch noch beraubt hat, kann ich nicht mehr an mich halten. Es heißt, König John sei für all das verantwortlich. Aber was will er mit Eurem Talisman anfangen?«

»Ich weiß es nicht«, murmelte ich. »Vermutlich hat er ihn einfach nur deshalb an sich genommen, weil seine Gier unersättlich ist.«

»Kommt jetzt, Prinzessin. Ihr braucht Ruhe«, sagte Tom, dem nicht entgangen war, wie schwer ich mich an seinen Arm lehnte. Die Worte *ehe das nächste Unheil geschieht* hingen unausgesprochen in der Luft.

♦ 14 ♦

Das sichere Haus

Einige Stunden später hatte ich mich ausgeruht, mich frisch gemacht und ein sauberes dunkelrotes Wollkleid angezogen, das auf mein Bett gelegt worden war, während ich schlief. Jetzt blickte ich mich interessiert in der mir zugewiesenen Kammer um. Sie wirkte recht geräumig, aber das mochte daran liegen, dass sie nur spärlich möbliert war. Die vorhandenen Möbelstücke machten allerdings einen kostspieligen Eindruck. Die Kissen der geschnitzten Stühle waren so kunstvoll bestickt wie die an Eleanors Hof; das rote und blaugrüne Muster auf cremefarbenem Grund konnte nur aus dem Süden Frankreichs stammen.

Auch die Wandbehänge, die Jagdszenen, Einhörner und junge Mädchen zeigten, waren von bester Qualität, und das erst vor kurzem erbaute Haus war mit neumodischen Flügelfenstern ausgestattet, die viel Licht in die Räume ließen. Ich erhob mich, ging zu der Fensterreihe hinüber, die sich über die gesamte Länge einer Wand des rechteckigen Raumes zog, und stieß zwei der Fenster auf. Frische Landluft strömte herein. Obwohl leichter Regen niederging, wirkte die Kammer hell und freundlich, als das Tageslicht hereinfiel.

Es schien schon spät am Nachmittag zu sein, ich musste stundenlang geschlafen haben. Der Hof unter mir lag verlassen da, nur ein paar Dienstboten luden einen Karren ab, der gerade durch das Tor gerumpelt war. Hinter der Mauer, die den Hof umgab, verliefen zwei Straßen; sie verschwanden zwischen den sanft geschwungenen Hügeln. Der Regen benetzte mein Gesicht. Ich lehnte mich weiter hinaus, genoss die kühle Feuchtigkeit auf meiner Haut und spürte, wie meine Benommenheit verflog.

Erst jetzt fielen mir die Briefe wieder ein, die ich in Old Sarum gefunden hatte. Rasch wandte ich mich vom Fenster ab. Ich hatte das dünne Päckchen sorgsam unter den Federbetten verstaut, bevor ich eingeschlafen war. Solange ich darauf lag, so hatte ich mir ausgerechnet, wären sie vor einer Entdeckung sicher.

Dennoch war ich fast überrascht, sie noch an Ort und Stelle vorzufinden, etwas zerknittert zwar, aber ansonsten unversehrt. Ich breitete sie auf dem langen Tisch unter der Reihe von Fenstern aus, öffnete einen weiteren Flügel, um mehr Licht in den Raum zu lassen, und setzte mich auf einen Stuhl, um meinen Fund genauer zu betrachten.

Doch auch im hellen Tageslicht gelang es mir nicht, den Inhalt dieser Papierbögen zu entziffern. Fünf davon lagen vor mir. Eleanors säuberliche Handschrift bedeckte die Seiten. Nur anfangen konnte ich damit nichts.

Denn Eleanor, diese gerissene Hexe, hatte sich einer Geheimschrift bedient. Sie hatte diese Briefe selbst verfasst, daran bestand kein Zweifel, ich hätte ihre Schrift immer erkannt. Nur hätte sie genauso gut auf Arabisch schreiben können, denn sie hatte die Buchstaben nach einem nicht zu durchschauenden Muster vertauscht und verschoben. Ich starrte das Gekritzel so lange an, bis mir der Kopf zu schmerzen begann und die Worte vor meinen Augen verschwammen.

Die ganze Angelegenheit war mehr als rätselhaft. Ich hätte erwartet, in ihrem Schreibtisch an sie gerichtete Briefe zu finden. Stattdessen stammten diese Schreiben von ihrer eigenen Handschrift.

Zuerst stellte sich die Frage, welche Absicht Eleanor wohl verfolgt hatte. Sie musste von ihrem Turmgefängnis aus mit irgendjemandem in Verbindung gestanden haben, an den sie diese Briefe gerichtet hatte. Aber warum waren sie nie abgeschickt worden? Hatte sie ihre Meinung geändert? Oder hatte sie keinen vertrauenswürdigen Überbringer gefunden, bei dem sie sicher sein konnte, dass er die Schreiben nicht unverzüglich König Henry aushändigte? Vielleicht war ihr das Risiko letztendlich doch zu groß erschienen. Wer wusste schon, wessen Leben das unter dieser flüssigen Handschrift verborgene Geheimnis in Gefahr bringen mochte?

Und da war auch noch dieser rätselhafte Fundort. Jemand hatte die Bögen glatt gestrichen und im Geheimfach des Schreibtisches versteckt. Aber wer? Eleanor selber? Oder jemand, dem sie das Geheimnis dieses Schreibtisches anvertraut hatte? Und warum? Ich konnte mir das alles nicht erklären.

Ein energisches Klopfen an der Tür riss mich aus meinen Gedanken. Mir blieb keine Zeit mehr, die Briefe verschwinden zu lassen, denn die Tür ging auf, und ein Mann trat ein, ohne dass ich ihn dazu aufgefordert hätte. Mir lag schon ein scharfer Tadel auf der Zunge, doch da erkannte ich William von Caen. Zum zweiten Mal an diesem Tag hatte er mich vollkommen überrumpelt. Ich brachte keinen Ton heraus.

Für einen Mann von Williams Statur war es nahezu unmöglich, irgendwo »hineinzuhuschen«, und so kann ich auch nicht behaupten, er wäre in den Raum geschlüpft. Aber er bewegte sich so blitzschnell und geräuschlos, dass sich der Verdacht aufdrängte, er wolle beim Betreten meiner Kammer nicht gesehen werden. Ich erhob mich von meinem Platz.

»Prior William! Äh … Sir William«, verbesserte ich mich, als mir wieder einfiel, wie ihn seine Kameraden heute früh begrüßt hatten. Er kam quer durch den Raum auf mich zu, löste seinen Schwertgurt und warf ihn auf eine niedrige Bank an der Wand.

»*Princesse*. Ihr seid jetzt in Sicherheit.« Er fasste mich am Ellbogen. Die *bonhomie*, die er am Morgen an den Tag gelegt hatte, war von ihm abgefallen. Jetzt spiegelte sich nur noch Besorgnis in seinem Gesicht wider. Überrascht registrierte ich, dass dunkle Schatten der Erschöpfung unter seinen Augen lagen und Bartstoppeln die für gewöhnlich so glatt rasierte Haut bedeckten. »Ich bedauere zutiefst, was Euch zugestoßen ist. John wird sich dafür verantworten müssen.«

»Ach, ich habe die Tage im Turm ganz gut überstanden.« Ich bemühte mich, so unbefangen wie möglich zu klingen. »Ich habe Euch ja schon in Canterbury gesagt, dass John Angst vor mir hat. Er hätte mir nie und nimmer etwas zu Leide getan.«

William gab meinen Arm frei und schüttelte den Kopf. Er machte keinen Versuch, seine Ungeduld zu verbergen. »Müsst Ihr denn immer die Unerschrockene spielen?« Ein bitteres Lächeln spielte um seine Lippen. »Wollt Ihr stets das eingeschüchterte Kind bleiben, das neu am Hof der Plantagenets ist und sich seine Furcht nicht anmerken lassen will? Warum steht Ihr nicht zu Euren wahren Gefühlen?«

Ich war verwirrt. Einen Moment lang schien der Boden unter meinen Füßen zu schwanken. War William von uns beiden der mit dem zweiten Gesicht? Dann hörte ich mich zu meiner Verblüffung sagen: »Wenn Ihr unbedingt die Wahrheit wissen wollt – ja, ich *hatte* Angst, als ich in Old Sarum aufgewacht bin. Und nach den Gesprächen mit John und seiner Königin wurde diese Angst immer größer. Ihr habt Recht, was John betrifft. Er mag ein Narr sein, aber er ist ein gefährlicher Narr. Ich glaube, er hätte mich, ohne mit der Wimper zu zucken, in Eleanors Gefängnis verhungern lassen, wenn ich nicht befreit worden wäre.«

Ich sah William in die Augen und rief mir die warme Umarmung ins Gedächtnis, mit der er am Morgen im Hof den Grafen Chester begrüßt hatte. »Ihr habt den Grafen zu mir geschickt, nicht wahr? Woher wusstet Ihr, wo ich war?«

William wandte sich von mir ab und ging zu dem großen gemauerten Kamin hinüber. Ich folgte ihm und vertrat ihm den Weg.

»Ihr wusstet, dass John vorhatte, mich in Canterbury zu überfallen«, fuhr ich fort. Mit einem Mal fügte sich alles nahtlos ineinander. »Ihr habt zugelassen, dass er mich entführt! Und dann habt Ihr Graf Chester nach Old Sarum geschickt, um mich wieder zu befreien.«

»Was will John von Euch so dringend haben, dass er zu so radikalen Mitteln greift, um es auch zu bekommen?« William machte einen Bogen um mich, kniete sich auf den Steinfußboden und spielte mit dem Feuerholz am Kamin herum. Wohlweislich vermied er es, mich anzusehen.

»Ich dachte, das könntet *Ihr* mir sagen. Ihr scheint ja sonst alles zu wissen.« Die Worte waren kaum heraus, da bereute ich sie auch schon. William erwiderte nichts darauf, sondern fuhr fort, Scheit für Scheit sorgsam übereinander zu stapeln, was meinen Unmut noch schürte.

»Informationen!«, bellte ich endlich, warf die Hände in die Höhe und trat ein paar Schritte zurück. »Er wollte Informationen. Nur John würde es für nötig erachten, so ein Drama zu inszenieren, um an Informationen zu kommen. Wieso hat er mich nicht einfach gefragt? Wir hätten vor Beckets Altar wie zwei vernünftige Menschen miteinander reden können.« Doch gleich darauf schämte ich mich für diese letzte Bemerkung; sie war so absurd, dass sie keine Antwort verdiente.

Vom Hof her drang Lärm zu uns empor, Männerstimmen und Hufgetrappel. William erhob sich stirnrunzelnd, trat mit der ihm eigenen Anmut zum Fenster und blickte hinaus.

»Informationen worüber?«, fragte er über seine Schulter hinweg. Wir standen da wie zwei Menschen auf einem Schiffsdeck, deren Stimmen vom Wind verweht werden.

»John hat mir in Old Sarum lange heftig zugesetzt. Er behauptet, ich wüsste, wo sich ein paar alte Briefe befinden.« Ich gesellte mich zu ihm ans Fenster und folgte seinem Blick. Der

Hof unter uns wimmelte von Pferden und Männern. Immer mehr strömten durchs Tor. Anscheinend traf gerade ein großer Trupp Ritter ein. Hinter dem Herrenhaus erstreckten sich die fruchtbaren Felder von Wiltshire, wo die Bauern das Gemüse für unser Abendessen ernteten. Es nieselte nicht mehr, und ein bunter Regenbogen schimmerte am Himmel.

»Was ist denn da unten los?«, fragte ich, über die Störung verärgert.

»William Marshal ist mit seinen Leuten eingetroffen.« William richtete seine Worte an mich, fuhr aber fort, das Treiben im Hof zu beobachten. »Was für Informationen wollte John aus Euch herausholen?« Er ließ nicht locker. »Was hat es mit den Briefen auf sich, die Ihr hinter dem Altar von Canterbury vermutet habt?«

»William Marshal? Hier?« Dann traf mich das volle Ausmaß seiner letzten Worte wie ein Schlag.

»Ihr wusstet die ganze Zeit über den wahren Grund meiner Reise nach Canterbury Bescheid!« Das erklärte auch sein merkwürdiges Verhalten bei dem Abendessen mit meiner Tante und seine Warnung beim Mittagsmahl am nächsten Tag. »Ihr wusstet, dass John hinter den Briefen her war! Ihr habt zugelassen, dass er mich entführt!«

William wandte sich vom Fenster ab und schüttelte den Kopf. Sein Gesicht verriet nicht, was in ihm vorging. »Ich konnte Euch nicht alles sagen, was ich wusste. Und ich durfte Euch auch nicht verraten, dass sich die Papiere, die Ihr gesucht habt, gar nicht mehr in der Kathedrale befinden.«

»Sie sind gar nicht mehr … warum?«

»Vielleicht erinnert Ihr Euch, dass ich versucht habe, Euch diese unsinnige Nachtwache auszureden – bevor wir den toten Araber fanden und ich sie Euch schlichtweg untersagt habe.« Er trat zum Tisch, nahm ein Tintenfass zur Hand und inspizierte es von allen Seiten, ehe er fortfuhr: »Ich hatte erfahren, dass sich John ganz in der Nähe aufhielt, und vermutete, dass er wusste, was Euch wirklich nach Canterbury geführt hat. Ich befürchtete, er würde versuchen, entweder Euch oder die Briefe in seinen Besitz zu bringen – wahrscheinlich beides.« Er stellte das Tintenfass wieder weg, drehte sich zu mir um und sah mich über den Tisch hinweg an. »Aber Ihr müsst mir sagen, was genau er von Euch wissen wollte. Ich brauche so viele Informationen wie möglich, wenn ich John unschädlich machen will.«

Prior William wollte König John unschädlich machen? War die Welt jetzt völlig verrückt geworden? Ich sank auf einen kunstvoll geschnitzten Stuhl und überlegte, was ich ihm antworten sollte. Er hörte auf, im Raum auf und ab zu gehen, nahm auf dem Stuhl mir gegenüber Platz und musterte mich mit einem Stirnrunzeln.

»John verfügt über zahlreiche äußerst zuverlässige Informationsquellen. Er weiß, dass mich seine Mutter nach Canterbury geschickt hat.« Ich hielt inne, denn ich sah wieder den gereizten, ungeduldigen Mann vor mir, der seinen Dolch in den Eichenholztisch bohrte. »Und er scheint mehr über diese Briefe zu wissen als ich. Genau wie Ihr.« Ich blinzelte William zu. Er wirkte jetzt vollkommen entspannt, hatte seine langen Beine ausgestreckt und trug eine Miene nachsichtiger Geduld zur Schau.

»Aber ich glaube nicht, dass John es nur auf die Briefe an Becket abgesehen hat«, fuhr ich fort. »Sicher, er will sie an sich bringen, um zu verhindern, dass in diesen unsicheren Zeiten alte Skandale, in die Eleanor verwickelt war, ans Licht kommen und ihm vielleicht schaden. Aber das ist nicht sein Hauptanliegen. John möchte alles über einen angeblichen illegitimen Sohn von König Henry erfahren – einen Bastard, der, wie er sagt, im Geheimen zur Welt gebracht und seither versteckt gehalten wurde. Er glaubt, ich wüsste, wo dieses Kind sich befindet.«

»Und stimmt das?« William war mit einem Mal sehr ernst geworden.

»Ich habe John nichts verraten.«

»Hat er Euch bedroht?«

»Er wollte mich einschüchtern. Als das nicht gelang, suchte mich Isabelle am nächsten Tag allein auf und versuchte, mir die Antworten durch List und Schmeichelei zu entlocken.«

»Was habt Ihr denn zu ihr gesagt?« Seine gelassene, bedächtige Art übte eine beruhigende Wirkung auf mich aus.

»Dass ich nichts von einem solchen Kind wisse. Und dass ein solches Kind, wenn es je existiert hat, lange tot sein dürfte und ich nie davon gehört hätte. Und dann fragte ich sie, was ein solches Kind überhaupt mit mir zu tun habe.« Unsere Blicke kreuzten sich wie Lanzen auf einem Turnierplatz, und ich fragte mich, ob William wohl Hinweise auf den wahren Inhalt meines Gesprächs mit Isabelle in meinen Augen zu finden vermochte.

Irgendwo in der Nähe meiner Kammer fiel eine Tür mit einem vernehmlichen Knall ins Schloss. Ich hörte Schritte im Gang und Rufe in einem anderen Teil des Hauses. William gab durch nichts zu erkennen, dass er den Lärm ebenfalls bemerkt hatte. Ein kühler Wind wehte durch das offene Fenster herein. Ich griff nach einem Schal und legte ihn mir um die Schultern.

»Aber ich habe etwas Interessantes von Isabelle erfahren«, brach ich dann das Schweigen. William zog nur die Brauen hoch. »Eleanor hat sich geweigert, John zu helfen, die Briefe an Becket zu finden, bevor sie seinen Feinden in die Hände fallen konnten, und sie wollte ihm auch nicht bei der Suche nach dem Kind behilflich sein – dem angeblichen Kind«, fügte ich hastig hinzu.

»Das heute ein erwachsener Mann wäre, insofern es noch am Leben ist«, stellte William mit sanfter Stimme fest. »Und das Wissen um seine Existenz und seinen Aufenthaltsort wäre für die richtigen Leute mit den richtigen Motiven von unschätzbarem Wert.«

»Oder für die falschen Leute mit den falschen Motiven«, gab ich zurück. »Somit besteht eine deutliche Kluft zwischen Mutter und Sohn, selbst wenn Eleanor versucht, Johns Thron zu retten.« Ich wollte das Gespräch ganz unauffällig von dem Kind ablenken.

»Eleanor traut John nicht über den Weg«, bemerkte William nüchtern. »Und Ihr, *princesse*?«

»Ich traue überhaupt niemandem, Prior. Keinem der Darsteller in diesem Stück, die sich momentan auf der Bühne befinden.«

»Ich weiß, was Ihr John gesagt habt. Aber wie denkt Ihr wirklich über diese Angelegenheit? Glaubt Ihr, dass es dieses Kind tatsächlich gibt oder gegeben hat?« Die Frage verblüffte mich, vor allem, weil sie in einem so brüsken Ton gestellt wurde. Ich empfand Williams Verhalten irgendwie als Herausforderung.

»Woher soll ich das wissen?« Hoffentlich merkte man mir meinen inneren Gefühlsaufruhr nicht an.

»Ach kommt, Alaïs. Ihr habt Eure gesamte Kindheit und Jugend mit Henry und Eleanor verbracht. Ihr kennt mit Sicherheit den ganzen Hofklatsch.« Er brach ab, stand auf und ging zum Kamin zurück. Dann sprach er fast geistesabwesend weiter. »Man sollte doch meinen, dass die Dienstboten in der Lage sein müssten, an kalten, feuchten Frühlingsabenden ein Feuer im Kamin zu entfachen«, murmelte er, während er mit Zunder und Feuerstein hantierte.

Ich wartete. Endlich fuhr er fort, während er sich voll und ganz auf die nun züngelnden Flammen zu konzentrieren schien: »Ihr habt dem König und der Königin so nahe gestanden, dass Ihr wissen müsstet, ob es da noch einen weiteren Sohn gegeben hat, einen nicht anerkannten Sohn, der irgendwann irgendwo geboren wurde. Und nachdem Eleanor gefangen gesetzt wurde, wart Ihr die Mätresse des Königs. Da habt Ihr sicherlich Zugang zu derartigen Informationen gehabt.«

Mit Bestürzung hörte ich, wie die Worte »die Mätresse des Königs« so achtlos in den Raum geworfen wurden wie eine Hand voll Reis. Sie trafen mich wie glühende Pfeile. Ein unartikulierter Laut, eine Art schmerzliches Stöhnen entrang sich mir, dann schien sich eine eisige Hand um meine Kehle zu legen.

»Die Mätresse des Königs? Habt Ihr eben gesagt, ich sei die Mätresse des Königs gewesen? Nun, Ihr müsst es ja wissen, nicht wahr?« Ich spie die Worte förmlich aus. »Ihr wart mit uns am Hof von Winchester, als Henrys Sekretär. Ihr müsst die Gerüchte über Henry und mich gehört haben. Vermutlich habt Ihr Eure helle Freude daran gehabt. Möchtet Ihr wissen, wie ich mich dabei gefühlt habe? Möchtet Ihr wissen, was ein fünfzehnjähriges Mädchen empfindet, wenn sein Stiefvater es in sein Bett holt? Wenn es erleben muss, wie seine Hoffnungen auf eine Hochzeit zunichte gemacht werden? Möchtet Ihr wissen, wie es ist, wenn man seinen Lebenstraum mitten in der Nacht in einem königlichen Schlafgemach begraben muss?«

Meine Stimme wurde mit jeder Frage schriller, schien von den Wänden des Raumes widerzuhallen. Aber ich konnte dem Wortschwall, der sich nun über den Mann ergoss, der soeben die wundeste Stelle in meinem Inneren berührt hatte, einfach keinen Einhalt gebieten.

»Oder interessiert Ihr Euch vor allem für all die schmutzigen Einzelheiten wie damals alle bei Hof?« Jetzt schrie ich beinahe. »Die besudelten Bettlaken, die anzüglichen Blicke der Zofen, die morgens das Badewasser brachten? Soll ich Euch das Getuschel beschreiben, das mich ständig verfolgte, seitdem die Leute erfahren hatten, dass der König des Nachts meine Schlafkammer aufsuchte?« Ich sprang vom Stuhl hoch, weil ich meinte, an meiner Wut ersticken zu müssen. »Ist es das, was Ihr hören wollt, Prior William?«

Wie eine Furie stürzte ich mich auf ihn, hämmerte mit meiner gesunden Hand mit aller Kraft auf seine Brust ein und machte dann Anstalten, ihm das Gesicht zu zerkratzen – dieses Gesicht, in dem ich das höhnische Lächeln aller Höflinge von vor zwanzig Jahren zu lesen meinte.

William packte mein Handgelenk und hielt es fest, was meinen hilflosen Zorn nur noch steigerte. Ich stieß einen lauten Schrei aus, einen Klagelaut, der sich in all den Jahren in mir angestaut hatte, und zwang William so, mir eine Hand vor den Mund zu halten, sodass ich kaum noch Luft bekam. Ich verstummte, mein Widerstand erlahmte, und er gab mich frei.

Dann begann ich zu schluchzen, konnte gar nicht mehr aufhören, und ich konnte nichts mehr hören, noch nicht einmal meinen eigenen Herzschlag.

Und dann spürte ich, dass ich am ganzen Leibe zitterte. William führte mich zum Bett, drückte mich behutsam darauf nieder, setzte sich neben mich, legte mir wie einem verstörten Kind einen Arm um die Schultern und sprach beruhigend auf mich ein. Dabei strich er mir mit einer Hand sanft übers Haar.

Als ich allmählich wieder zu mir kam, das Zittern nachließ und das Rauschen in meinen Ohren abebbte, konnte ich hören, was er zu mir sagte. Seine Stimme schien aus weiter Ferne zu kommen. »Bitte verzeiht mir, Alaïs. Ich bin wohl etwas zu weit gegangen. Es lag nicht in meiner Absicht, all diese dunklen Erinnerungen wieder aufleben zu lassen.«

Dann hörte er auf, mein Haar zu streicheln, legte mir seine Hand an die Wange und barg meinen Kopf an seiner Schulter, ohne noch etwas zu sagen.

Lange Zeit blieb ich reglos so sitzen, weil ich nicht wagte, ihm ins Gesicht zu sehen. Ich schämte mich, dermaßen die Beherrschung verloren zu haben, noch dazu in der Gegenwart eines Mannes. Und ich war entsetzt, dass die Gefühle, die ich so lange tief in meinem Inneren verborgen hatte, nach all diesen Jahren so mühelos aus mir herausgesprudelt waren wie Wasser aus einer Quelle.

Endlich machte ich mich von ihm los und ging, ohne ihn anzusehen, zu dem Tisch hinüber, auf dem die Diener eine Waschschüssel und Leinentücher bereitgestellt hatten. Ich wusch mir das Gesicht mit kaltem Wasser und trocknete mich ab. Erst dann drehte ich mich zu William um, der noch immer auf meinem Bett saß und mich so argwöhnisch betrachtete, als fürchte er einen weiteren Gefühlsausbruch.

»Schon gut«, beruhigte ich ihn. »Es ist vorbei.«

Daraufhin sagte William so leise, dass ich ihn kaum verstehen konnte: »Alaïs, vergib mir, aber ich muss dir eine letzte Frage stellen.« Er bediente sich jetzt unserer Muttersprache Französisch, und ich hörte mit Erstaunen, dass er das vertrauliche *tu* benutzte, als hätte sich unsere Beziehung entscheidend und unwiderruflich verändert. »Glauben John und Isabelle an die Existenz dieses Kindes?«

»Ja, sie scheinen beide überzeugt davon zu sein. Isabelle fragte mich, ob ich wisse, dass die Templerritter schon überlegten, wie sie mit Hilfe von Henrys illegitimen Sohn John vom Thron stürzen könnten.«

»Ach wirklich?«, murmelte William, der wieder an mir vorbei zum offenen Fenster hinausspähte. Seinem klugen Gesicht war nicht anzusehen, was er dachte. Die eisblauen Augen wirkten abwesend.

»Ich weiß nicht, was das alles zu bedeuten hat.« Ich warf das Handtuch auf den Tisch; dabei fiel mein Blick auf die Briefe, die ich vorhin zu entziffern versucht und über Williams Besuch ganz vergessen hatte. Ich ging um den Tisch herum, nahm auf dem Stuhl Platz und legte den Arm über die Bögen. Aber ich hätte mir denken können, dass diese Geste Williams scharfen Augen nicht entgehen würde.

»Was sind das denn für Papiere, die du da vor mir zu verstecken versuchst?« Seine Stimme hatte einen schneidenden Unterton angenommen. Flüchtig erwog ich, zu einer Lüge zu greifen, entschied mich dann aber dagegen. Die Briefe nutzten mir ja ohnehin nichts, ich konnte sie nicht entziffern.

Resigniert stieß ich den Atem aus. »Es sind Briefe, die ich in Eleanors Schreibtisch in Old Sarum gefunden habe. Es ist ihre Handschrift, aber sie muss den Inhalt verschlüsselt haben. Ich habe keine Ahnung, was darin steht.« Mit meiner rechten Hand deutete ich auf die Bögen. »Vielleicht beziehen sie sich auf diese unsinnige Mission, auf die mich Eleanor geschickt hat.«

»Interessant.« William erhob sich von der Bettkante. »Du hast sie in Old Sarum gefunden, als du Johns Gefangene warst – direkt unter seiner Nase.« Er lachte leise, als er zum Tisch hinüberging und sich auf den Stuhl gegenüber von meinem setzte. Ich schob ihm die Briefe zu. Er blätterte die Bögen durch und überflog sie so rasch, als könne er sie hier auf der Stelle entschlüsseln. Dann wurden seine Augen schmal, und er pfiff leise durch die Zähne.

Schließlich nahm er die fünf Seiten – es schien sich um vier Briefe zu handeln –, schob sie zusammen und verstaute sie in seinem Wams.

»William«, protestierte ich, ohne mir die Mühe zu machen, meinen Ärger zu verbergen. »Was soll das? Das sind meine Briefe!«

»Es tut mir Leid, Alaïs«, erwiderte er; dabei zog er die Briefe wieder hervor. Er sprach jetzt wieder Englisch und gab sich etwas förmlicher als zuvor. »Meine Manieren lassen zu wünschen übrig. Natürlich sind das deine Briefe. Ich habe gesehen, dass ich sie für dich entschlüsseln kann, deshalb habe ich sie an mich genommen. Aber das werde ich nur mit deiner Erlaubnis tun.« Er legte die Briefe wieder behutsam auf den Tisch, doch ich ließ mich nicht täuschen.

»Wieso glaubst du, sie entschlüsseln zu können? Hast du diese Kunst in Beckets Diensten gelernt?«

»Wo ich es gelernt habe, ist unerheblich. Aber ich kann es und habe es auch schon getan. Die Entscheidung liegt bei dir.« Er wandte sich ab und begann wieder, im Raum auf und ab zu gehen, eine Eigenart von ihm, die mir schon vertraut war. »Erzähl mir, wie du diese Briefe gefunden hast. Bist du sicher, dass sie von Eleanor stammen?«

»Von wem sonst? Es ist ihre Handschrift, ich kenne sie gut.

Und sie waren in ihrem Schreibtisch versteckt«, erwiderte ich. »Worauf willst du hinaus?«

»Vielleicht hat sie ja jemand, der wusste, dass man dich in diesem Turm einsperren würde, dort versteckt, damit du sie findest.«

Ich schüttelte den Kopf. »Ich habe diesen Schreibtisch erkannt, er stammt aus Poitiers. Sie muss Henry überredet haben, ihn ihr bringen zu lassen.«

»Und wie kommt es, dass du die Briefe entdeckt hast, obwohl sie doch so gut versteckt waren?«

»Als ich den Schreibtisch wiedererkannte, erinnerte ich mich, dass Eleanor mir das Geheimfach gezeigt hat, als ich ein Kind war. Von allein hätte ich es nie entdeckt.«

»Willst du mir die Briefe überlassen?« William beugte sich vor, stützte die Ellbogen auf die Tischplatte und legte den Kopf auf die Hände. Ich merkte plötzlich, dass mir die Nase lief, und suchte in meiner Tasche nach einem Taschentuch.

»Wer wird sie außer dir noch zu Gesicht bekommen?« Vermutlich war sie auch noch leuchtend rot.

»Vielleicht zwei oder drei andere Leute, mehr nicht, das verspreche ich dir. Ich lasse nicht zu, dass sie in falsche Hände gelangen.«

»Und du wirst mir die Briefe zurückgeben?«

»Ich schwöre es. Zusammen mit der Übertragung.« Er zögerte kurz, dann sagte er: »Und zwar so schnell wie möglich. Ich glaube nicht, dass dieser Code schwer zu entschlüsseln ist.«

Widerstrebend überreichte ich ihm die Briefe – welche andere Wahl blieb mir schon? – und verlangte dann: »Aber beantworte mir im Gegenzug eine Frage. Sind das die Briefe, die sowohl John als auch ich hinter Beckets Altar in Canterbury vermutet haben?«

William nahm mir die Bögen aus der Hand und schob sie wieder in sein Wams; dabei schüttelte er nachdrücklich den Kopf. »Das halte ich für äußerst unwahrscheinlich. Jahrelang ging das Gerücht, hinter Beckets Altar seien gewisse mysteriöse Briefe verborgen. Aber ich habe letztes Jahr eine gründliche Durchsuchung angeordnet, bei der nichts gefunden wurde. Wenn dies Eleanors Briefe an Becket sein sollten, dann müssen sie sehr alt sein«, fügte er hinzu. »Becket ist ja schon seit dreißig Jahren tot.«

Er war aufgestanden und hatte sich seinen Schwertgurt wieder angelegt, wobei er sagte: »Ich weiß nicht, wo sich derartige Briefe befinden könnten. Und wenn sie wirklich existieren, müssen sie während Beckets Exil geschrieben worden sein. Henry wäre außer sich gewesen, wenn er davon erfahren hätte. Stell dir nur vor – seine Königin korrespondiert mit seinem in Ungnade gefallenen Erzbischof. Ich kann verstehen, warum sie die Briefe zurückhaben will.« Er schüttelte den Kopf. »Eleanor ist eine kluge, geistreiche Frau, aber ich muss sagen, dass sie sich die meisten Probleme in ihrem Leben selbst zuzuschreiben hat. Ihre Eigenwilligkeit war stets ihr größter Feind.«

»Bei Gott, ihr Männer seid doch alle gleich. Mit starken Frauen kann keiner von euch etwas anfangen. Ihr bevorzugt scheue, weinerliche Rehe, solange sie nur hübsch sind.«

Zum ersten Mal an diesem Nachmittag hörte ich William so lachen wie damals in Canterbury – das laute, von Herzen kommende Lachen eines Mannes, der mit beiden Beinen im Leben steht. Ich konnte nicht anders, ich musste unwillkürlich selbst lächeln. Als er das sah, kam er um den Tisch herum, ergriff meine rechte Hand und zog mich auf die Füße. Ich ließ es widerstandslos geschehen.

»Diese Beschreibung trifft auf Eleanor nicht zu und auf dich schon gar nicht.« Sein Blick wanderte über mich hinweg und blieb auf meinem Gesicht haften. Zum dritten Mal an diesem Tag brachte er es fertig, dass mir der Atem stockte.

»Alaïs, ich möchte, dass du heute Abend zum Essen erscheinst.« Er hielt meine Hand fest, während er weitersprach.

»Ich weiß, dass du Roger hast ausrichten lassen, du wärst müde und ließest dich entschuldigen, aber es ist wichtig, dass du dich dort sehen lässt. Unterhalte dich, lache und zeige allen, dass du dich nicht unterkriegen lässt. Du kannst dich ja früh zurückziehen, aber du musst an der Mahlzeit teilnehmen.«

Ich schüttelte unwillig den Kopf, doch er gab nicht nach. Er ließ meine Hand los und hob seine eigene.

»Hör mich an. Richard von Glanville wird auch anwesend sein. Er ist John treu ergeben, und ich möchte, dass du ihm gegenüber deinen ganzen Charme spielen lässt. Gib dich so, als hättest du vor nichts und niemandem etwas zu fürchten. John muss begreifen, dass du unter meinem Schutz stehst. Ich glaube, das war ihm bislang nicht klar.«

»Unter dem Schutz einer Horde von Mönchen?« Entweder mein verdutzter Gesichtsausdruck oder meine Wortwahl reizten William erneut zum Lachen, jedenfalls stieß er diesmal einen rauen, bellenden Laut aus.

»Gut gebrüllt, Löwe. Aber ich versichere dir, dass *diese* Mönche gut auf dich Acht geben können.« Er musterte mich nachdenklich, dann wandte er sich ab. Allmählich begann ich, mich an seine abrupten Stimmungsumschwünge zu gewöhnen.

»Ich sehe dich dann beim Essen, aber ich warne dich jetzt schon: Ich werde dir keine besondere Beachtung schenken. Morgen brichst du dann nach Frankreich auf. Halte dich also morgen früh bereit.« Er steuerte auf die Tür zu.

»Wie bitte?« Ich trat einen Schritt vor. »Ich dachte, ich könnte mich hier ein paar Tage ausruhen.«

»Nein. Du wirst vorübergehend an einem Ort in der Nähe der Vienne untergebracht.«

»In einem anderen deiner Schlupfwinkel?« Ich vermerkte es übel, wenn man über meinen Kopf hinweg Entscheidungen für mich traf.

»... wo einer meiner Freunde ein großes Haus besitzt«, fuhr er fort, als hätte ich nichts gesagt. »Ein komfortables Landgut.

Dort bist du vorerst sicher. Später, sobald einige Dinge geregelt sind, kannst du an Philipps Hof zurückkehren.«

»Ich kann es kaum erwarten«, erwiderte ich sarkastisch. William, der schon eine Hand an den Türknauf gelegt hatte, hörte die Bemerkung und drehte sich um.

»Du bist dort nicht glücklich«, stellte er mehr an sich selbst als an mich gerichtet fest.

»Glück ist eine Frage der Einstellung. Vielleicht bilde ich mir ja nur ein, unglücklich zu sein.«

Daraufhin bemerkte William lediglich: »Wir sehen uns dann beim Essen.« Dann zwinkerte er mir boshaft zu. »Aber wasch dein Gesicht, bevor du herunterkommst; Tränenspuren sind nicht sehr kleidsam.« Und ehe ich das Tintenfass nach ihm werfen konnte, schloss er die Tür hinter sich.

Ich warf mich auf das Bett. Eine Reihe widersprüchlicher Emotionen tobte in mir, ein nahezu überwältigendes Gefühl von Trauer und noch etwas anderes, das ich nicht zu benennen vermochte. Vielleicht war ja nur, was sich so lange in mir angestaut hatte, endlich an die Oberfläche gesprudelt.

Wann im Verlauf unseres Gespräches hatte William begonnen, mich einfach »Alaïs« zu nennen? Wann war er dazu übergegangen, das vertrauliche *tu* zu gebrauchen und so alle rangmäßigen und gesellschaftlichen Schranken zwischen uns zu tilgen? Und wie hatte er sich erdreisten können, mir jenen letzten unverschämten Befehl zu erteilen?

Kopfschüttelnd erhob ich mich erneut und betrachtete die Kleidungsstücke, die die Dienstboten gebracht hatten, während ich schlief. Natürlich brauchte ich William nicht zu gehorchen, niemand konnte mich zwingen, zum Essen zu erscheinen. Aber ich hatte eine unbestimmte Vorahnung, dass ich an diesem Abend Klarheit über manche Dinge gewinnen würde, die mir bislang noch ein Rätsel waren. Mir fiel plötzlich ein, dass William Marshal an diesem Nachmittag hier eingetroffen war, und ich freute mich auf ein Wiedersehen mit ihm. Zudem wollte ich unbedingt König Johns Vertrauten Richard von Glanville kennen lernen.

Außerdem gedachte ich William klar zu machen, dass ich tun und lassen konnte, was ich wollte, und kein Mann mir Vorschriften zu machen hatte. Und das würde ich auch tun – aber erst, nachdem er mir die entschlüsselten Briefe zurückgegeben hatte.

♦ 15 ♦

Eine Abend-gesellschaft

Alle hatten sich schon in der großen Halle versammelt, als ich die breite Treppe hinunterschritt. Durch die geöffnete Tür konnte ich alles deutlich sehen. In der Halle hielten sich mehr Menschen auf, als ich vermutet hatte – ungefähr vierzig Ritter und einige gut gekleidete Damen. Anhand der Qualität und des Schnittes ihrer Kleider vermochte ich die Ritter, die mit William und Graf Chester gekommen waren, von den Landedelleuten zu unterscheiden, die ausnahmslos Wollgewänder anhatten und deren Wämser und Tuniken gedeckte Farben aufwiesen, vornehmlich Dunkelgrün und Schwarz. Williams Ritter bevorzugten feinere Tuche und hellere Farben. Einige trugen Goldketten mit schweren Medaillons, und sie gaben sich offener und ungezwungener als der Landadel.

Ich war froh, dass ich unter den Kleidern, die man mir in meine Kammer gebracht hatte, eine sorgfältige Wahl getroffen hatte. Die dunkelrote, tief ausgeschnittene Samtrobe war eine entscheidende Verbesserung gegenüber meinem einstmaligen Lieblingsgewand aus grüner Wolle, das ich seit meiner Entführung Tag und Nacht getragen hatte. Ich hatte es nur allzu bereitwillig gegen das neue Kleid ausgetauscht und hoffte insgeheim, es nie wieder sehen zu müssen.

Seltsamerweise passte mir das Samtgewand so gut, als sei es eigens für mich gefertigt worden. Von den Schultern floss eine Schleppe aus dem gleichen, mit Hermelinpelz gesäumten Samt hinab. Mit Hilfe einer Zofe hatte ich mein Haar hochgesteckt, und sie hatte es mit Perlen und Juwelen geschmückt. Meine Stellung als *princesse royale* erlaubte es mir, das Haar unbedeckt zu tragen. Um meinen Hals lag ein kunstvoll gearbeitetes, mit Rubinen besetztes Silberhalsband, das mir ein Diener überreicht hatte, kurz bevor ich meine Kammer verließ. Woher es stammte, blieb mir ein Rätsel.

Die große Halle war hell erleuchtet. Am anderen Ende befand sich eine riesige Feuerstelle, über der an einem Spieß, den ein Küchenbursche ohne Unterlass drehte, ein ganzer Keiler röstete. Der größte Teil der Speisen wurde in den irgendwo anders im Haus gelegenen Küchen zubereitet; es war daher ein Zeichen von Wohlstand und Überfluss, dass dieses mächtige Tier direkt vor den Augen der Gäste gebraten wurde.

Die Tische waren mit weißen Leinentüchern gedeckt, und Mundschenke machten bereits die Runde und füllten die Weinkelche, noch bevor die Gäste Platz genommen hatten.

Baron Roger kam auf mich zu, sowie er mich in der Tür stehen sah, um mich zu meinem Platz zu führen. Der Haushofmeister schlug einen Gong in der Nähe des Feuers, woraufhin sämtliche Gäste zu ihren Tischen strömten.

Ich war erleichtert, als das Essen aufgetragen wurde, denn ich hasste banale Gespräche mit Fremden. An meinem eigenen Hof konnte ich ihnen weitgehend aus dem Weg gehen, aber hier blieb mir diese Möglichkeit verwehrt. Als ich Baron Roger folgte, sah ich Sir William am Kopfende des Tisches stehen. Er war in eine angeregte Unterhaltung mit einem der Ritter verstrickt, einem untersetzten, stämmigen Mann. Baron Roger deutete auf einen Stuhl, der wohl mir zugedacht war, doch da Sir William direkt davorstand, wartete ich ab.

»Ah, Mylady.« William unterbrach sein Gespräch, als sein

Blick auf mich fiel. »Ihr seht heute Abend hinreißend aus, wenn ich mir diese Bemerkung erlauben darf. Ich habe die Ehre, Euch Sir Richard von Glanville vorzustellen, Hospitaliterritter und enger Vertrauter von König John.«

Ich nickte kühl. Sir Richard hatte ein breites, fleischiges Gesicht und trug eine überhebliche Miene zur Schau, ein Eindruck, der durch seine lange Nase und die affektiert verzogenen aufgeworfenen Lippen noch verstärkt wurde. Nachdem ebendiese Lippen meinen Handrücken flüchtig gestreift hatten, bedachte ich ihn mit meinem strahlendsten Lächeln. William, der mich beobachtete, nickte zufrieden.

»Sir Richard, dies ist *princesse* Alaïs von Frankreich, unser Ehrengast.« Glanville lief rot an. Demnach kannte er meinen Namen. »Ich unterstelle sie für diesen Abend Eurer Obhut.«

»Eure Hoheit.« Sir Richard deutete auf die freien Stühle neben Lady Margaret. »Ich glaube, diese Plätze sind für uns bestimmt.« Er rückte meinen Stuhl für mich zurecht, ehe er umständlich Platz nahm und sich davon überzeugte, dass die vor ihm auf dem Tisch liegende *serviette* auch sauber war.

Ich begrüßte Baron Rogers Frau, die links von mir saß. Ich kannte Margaret Howards Familie, eine im Norden ansässige einflussreiche Sippschaft, und wollte mich gerade nach dem Gesundheitszustand ihres Vaters erkundigen, als Sir Richard meine Aufmerksamkeit beanspruchte. Er tat dies mit vollendeter Höflichkeit; er nutzte einen Moment, als der Haushofmeister Lady Margaret eine Frage stellte.

»Ihr bereist England …«, seine raue Stimme hob sich, »… nur zu Eurem Vergnügen?«

Ich lächelte schlangengleich. »Ich habe hier verschiedene Dinge zu erledigen.«

»Hier? In Wiltshire?« Er blinzelte verdutzt.

»Ja, hier in Wiltshire. Eine schöne Gegend, *n'est-ce pas*?« Inzwischen hatten alle Gäste ihre Plätze eingenommen, und die Diener trugen den ersten Gang auf, einen zarten Ziegenbraten, der auf silbernen Platten serviert wurde. »Und für die Krone von großer Bedeutung. Erst gestern hat sich König John noch in Salisbury aufgehalten, ganz in unserer Nähe.«

Erneut breitete sich eine tiefe Röte auf Sir Richards Gesicht aus, und er gab ein ersticktes Grunzen von sich. Die Diener legten uns jetzt vor, und ich nutzte die Gelegenheit, mich wieder an Lady Margaret zu wenden.

»Habt Ihr Kinder, Lady Margaret?«

»Allerdings, Eure Hoheit.« In ihren Augen tanzte jener besondere Funke, der sich bei Frauen oft zeigt, wenn man ihr Lieblingsthema anschneidet. »Vier Söhne und zwei Töchter. Alle schon erwachsen. Zwei der Jungen stehen in König Johns Diensten, und Roger, der Älteste, soll bald zum Ritter geschlagen werden.«

Ich konnte nicht anders, ich musste lächeln. »Ihr seid sicher sehr stolz auf ihn.« Ich verschwieg, dass dem jungen Roger mein ganzes Mitgefühl gehörte.

Während wir uns unterhielten, bemerkte ich, dass etwas weiter unten am Tisch eine lebhafte Diskussion im Gange war. Ich kannte die beiden daran beteiligten Männer. Bei dem Größeren mit dem runden Gesicht – er trug eine dunkle wollene Tunika – handelte es sich zu meiner Überraschung um Vater Alcuin, den Bibliothekar von Canterbury. Er war in eine hitzige, jedoch gutmütige Debatte mit keinem anderen als Williams Sekretär verstrickt, dem jungen Francis. Nachdenklich betrachtete ich sein blasses, sommersprossiges, engelhaftes Gesicht mit den lebhaften Zügen, das viel älter wirkte, als der Mann an Jahren zählte.

Er trug nicht mehr die braune Kutte eines Laienbruders, sondern eine Wolltunika in den Farben der Männer von Wiltshire, allerdings kein Goldmedaillon um den Hals. Irgendetwas an ihm, vielleicht sein Verhalten und seine Anmut, wiesen ihn als Ritter und Mitglied von Williams Gruppe aus.

Eine schneidende Stimme, die mir in den Ohren wehtat, riss mich aus meinen Gedanken.

»Hoheit, wie ich sehe, kennt Ihr Williams jungen Sekretär.«

Ich schrak zusammen und drehte mich zu Sir Richard um. Wie konnte dieser Mann es wagen, mich so scharf zu beobachten? Mein Gesicht musste meine Gedanken widergespiegelt haben, denn er entschuldigte sich hastig: »Ich wollte nicht respektlos sein, Mylady. Aber ich habe zufällig mitbekommen, wie Ihr ihn angesehen habt. Sir William hat dem jungen Mann einige Anweisungen erteilt, als ich heute Abend ins Haus gekommen bin.«

»Ich kenne ihn nicht«, log ich. »Ich habe ihn noch nie zuvor gesehen, aber ich habe ihn lachen gehört, deshalb habe ich zu ihm hinübergeschaut.«

»Hoheit, würdet Ihr mir eine Frage beantworten, nur um meine Neugier zu stillen?« Sir Richard hatte sich anscheinend eine andere Möglichkeit überlegt, sich meiner Aufmerksamkeit zu versichern.

»Was wollt Ihr wissen, Sir Richard?« Mir war mit einem Mal der Appetit vergangen, und ich bedeutete einem Diener, den Teller mit dem gerösteten Zicklein, das ich nicht angerührt hatte, wieder abzuräumen.

Seine Stimme klang so gleichmütig, als spräche er über das Wetter. »Wie habt Ihr erfahren, dass sich König John in Wiltshire aufgehalten hat?«

»Ich habe ihn selbst gesehen«, erwiderte ich betont obenhin. »König John ist ein Verwandter von mir, wie Ihr sicher wisst. Da ist es doch selbstverständlich, dass man sich trifft. Königin Isabelle habe ich übrigens auch kennen gelernt.«

Sir Richards Mundwinkel sanken herab, aber er fing sich sofort wieder und rang sich ein Lächeln ab.

»Aber jetzt habe ich gehört, er sei nach Norden weitergereist«, fuhr ich fort; dabei nickte ich einem Diener zu, der hinter mich getreten war, um den nächsten Gang zu servieren. »Stimmt das?«

Der Ritter antwortete wie ein gut abgerichteter Zirkusbär:

»Das sind vertrauliche Informationen, Eure Hoheit. Es tut mir Leid, aber ich darf Euch nicht sagen, wo sich der König aufhält.«

»Unsinn. Wo sich König John aufhält und was er tut, ist kein großes Geheimnis.« Ich hob meine Stimme ein wenig und deutete mit dem Rebhuhnschlegel, den ich in der Hand hielt, in die Runde. »Der König hat mich immerhin erst kürzlich in Old Sarum gefangen gehalten, und ich schätze, die Hälfte aller Anwesenden hier weiß das auch.«

Sir Richard verschluckte sich an dem Bissen, den er gerade zu sich genommen hatte, und begann zu husten. Ich fürchtete schon, ihn würde der Schlag treffen, so puterrot war er angelaufen. Leise bat ich einen Mundschenk, mir Wein nachzugießen.

Dann bemerkte ich, dass William, der zu Sir Rogers anderer Seite saß, mich missbilligend ansah.

Die ganze Szene wurde durch einen dramatischen Auftritt unterbrochen. Die Türen der Halle flogen auf, und ein hoch gewachsener Mann in der Kleidung eines Ritters stolzierte in den Raum. Er schien allgemein bekannt zu sein, denn alle anderen Gäste verstummten und drehten sich zu ihm um. Er war alleine, doch er gehörte zu den Männern, die keine Eskorte brauchen, um sich Respekt zu verschaffen. Im Gegensatz zu den meisten anderen Rittern hatte er sein Schwert umgeschnallt. Ein leises Raunen schien ihm zu folgen, als er auf das Ende der langen Tafel zusteuerte, wo ich saß.

Ich gebe zu, dass meine Sehkraft allmählich nachlässt und es für mich oft schwierig ist, Gesichter aus einiger Entfernung zu erkennen, aber ich wusste trotzdem sofort, wer da auf mich zukam.

Langsam erhob ich mich von meinem Platz. Beim Haar Gottes, dachte ich glücklich, das ist tatsächlich William Marshal. Obgleich er gealtert war, kannte ich sein Gesicht und seine Gestalt so gut wie die meines Bruders. Und ich freute mich aufrichtig, ihn zu sehen.

Er ging geradewegs auf Baron Roger zu, verneigte sich höflich und wechselte ein paar Worte mit Sir William. Dann wandte er sich zu mir, und ich empfing ihn mit ausgebreiteten Armen.

»*Princesse*«, begrüßte er mich förmlich, doch dann umarmte er mich so herzlich, als wäre ich seine Tochter.

»Wie geht es Euch, alter Freund?« Ich spürte, wie sich ein Tränenschleier vor meine Augen legte. »Ich habe Eure Männer heute in den Hof reiten sehen und mich schon gefragt, wann ich Euch selbst zu Gesicht bekommen würde.« Er hielt mich auf Armeslänge von sich ab, sodass ich die tiefen Furchen sehen konnte, die das Alter in sein Gesicht gegraben hatte. Er trug jetzt einen sauber gestutzten Bart, der sein Äußeres beträchtlich veränderte. Sein einst so volles Haar war schütter geworden. Doch noch immer strahlte er das Selbstbewusstsein eines Mannes aus, der es gewohnt ist, dass seinen Befehlen Folge geleistet wird.

Plötzlich schob sich Sir Richard, der gleichfalls aufgestanden war, zwischen uns. »Sir William«, sagte er mit einer leichten Verbeugung.

»Sir Richard.« William Marshal nickte ihm knapp zu. Seine Stimme klang eisig. Dann legte er mir einen Arm um die Schultern und führte mich davon, ohne sich darum zu kümmern, dass Sir Richard diese Geste als Kränkung auffassen musste.

»Lady Alaïs, ich hatte nicht beabsichtigt, mich heute Abend so zu verspäten. Als ich am Nachmittag hier eintraf, sagte mir William von Caen, dass Ihr hier seid. Er meinte, Ihr wärt von der Reise erschöpft und würdet Euch vermutlich früh zurückziehen. Und ehe Ihr das tut, möchte ich unter vier Augen mit Euch sprechen.«

»Natürlich, Sir William. Oder muss ich Euch jetzt Graf Pembroke nennen?«, neckte ich ihn, doch er schüttelte nur lächelnd den Kopf. »Ich habe mich so für Euch gefreut, als Richard Euch den Titel verliehen hat.«

»Solche Förmlichkeiten sind zwischen alten Freunden nicht nötig.« Sein Blick wanderte von mir zu Sir Richard, der uns den Rücken zukehrte. »Achtet darauf, was Ihr zu diesem Ritter sagt«, warnte er mich mit gedämpfter Stimme. »Ich weiß, dass John zu übereilten Handlungen neigt. Glanville ist einer seiner Spione, und er wurde hierher geschickt, um herumzuschnüffeln. Hütet Euch vor ihm.«

»Das werde ich tun«, murmelte ich.

»Trefft mich im hinteren Teil der Halle, sowie das Mahl beendet ist. Dort gibt es viele kleine Nischen, wo wir vor Lauschern sicher sind. Ich habe wichtige Informationen für Euch.«

Ich nickte und kehrte zu meinem Platz zurück. Die Eindringlichkeit, mit der William Marshal gesprochen hatte, beunruhigte mich. Jetzt würde es mir doppelt so schwer fallen, eine zwanglose Unterhaltung mit Sir Richard in Gang zu bringen.

Nach vielen weiteren Gängen und unzähligen Trinksprüchen erhoben sich Sir Roger und Lady Margaret und hoben die Tafel auf. Ich verabschiedete mich von Sir Richard und wünschte ihm eine gute Reise, denn zu meiner Erleichterung wollte er am nächsten Morgen kurz vor Tagesanbruch wieder aufbrechen. Somit bestand keine Gefahr, ihm noch einmal über den Weg zu laufen.

Nachdem ich Lady Margaret für die Einladung gedankt hatte, zog ich mich unauffällig in den rückwärtigen Teil der großen Halle zurück. Dort fand ich William Marshal vor. Er betrachtete einen großen Wandbehang, der ein von Hunden mit gefletschten Zähnen in die Enge getriebenes Einhorn zeigte. Als er mich kommen hörte, drehte er sich um.

»Das ist eines meiner Lieblingsbilder.«

Ich blinzelte verwundert. »Ich hätte gedacht, Ihr würdet eine weniger blutige Szene bevorzugen.«

»Dieses Bild erinnert mich immer daran, wie leicht sich das Glück im Kampf wenden kann. Wenn ein Mann vergisst, wie es ist, von seinen Feinden in eine ausweglose Lage gebracht zu werden, dann schwebt er für den Rest seines Lebens in Gefahr.«

Wir gingen gemeinsam zu einer kleinen Nische hinüber und nahmen auf einer gepolsterten Bank Platz. Ein Samtvorhang verbarg uns zum Teil vor den Augen der Gäste, die noch in der Halle zurückgeblieben waren. William ließ den Blick über die Menge schweifen, als hielte er nach einer ganz bestimmten Person Ausschau.

»Ich hoffe, Lady Pembroke geht es gut«, bemerkte ich.

»O ja. Nur die Geburt unserer Tochter hat sie daran gehindert, mich hierher zu begleiten.« Er kicherte leise. »Stellt Euch vor – in meinem Alter noch ein weiteres Kind.« Dann wechselte er das Thema. »Aber was ist mit Euch, Alaïs? Ich habe mir große Sorgen gemacht, als ich erfuhr, dass John Euch entführt hat. Dafür wird er mir Rede und Antwort stehen müssen, darauf könnt Ihr Euch verlassen.«

»Ich habe die ganze Sache ja gut überstanden, nur mein Stolz hat gelitten. Aber es war dumm von ihm. Die Verzweiflungstat eines Mannes, der nicht mehr aus noch ein weiß. Steht Ihr jetzt in seinen Diensten?« Ich musste an meine letzte Begegnung mit William Marshal denken. Das war vor zehn Jahren gewesen, kurz nach König Henrys Tod. Königin Eleanor hatte ihn an ihrer Seite haben wollen, als sie nach Fontrevault zurückkehrte, um den König zu begraben. Danach war er kurz nach Rouen gekommen, wohin Eleanor mich verbannt hatte.

»Ja, ich diene jetzt John.« Er schlug die Augen nieder, dann sah er mich an. »Aber Ihr wisst, Prinzessin, dass ich dem Haus Plantagenet treu ergeben bin, nicht dem Mann. Ich habe dem alten König Henry gedient, dann dem jungen König und schließlich Richard. John hat mich um Hilfe gebeten, und obwohl er…«, hier brach er ab und seufzte, »…obwohl er nicht vom Schlag seines Vaters und seiner älteren Brüder ist, schulde ich ihm Loyalität.«

»John ist ein Narr«, erwiderte ich.

»Still, Alaïs. Solche Worte grenzen an Hochverrat.« William Marshal blickte sich nach allen Seiten um. »Und sie sind nicht nur töricht, sondern treffen auch nicht in jeder Hinsicht zu«, fügte er hinzu, was mir das Blut in die Wangen trieb.

»Vielleicht habt Ihr Recht.« Ich wunderte mich, wie mühelos es William Marshal gelang, mich wegen einer herablassenden Bemerkung über John, die dieser vollauf verdient hatte, wie ein Kind abzukanzeln. »Aber ich habe Johns wegen einiges durchmachen müssen, und das werde ich ihm so schnell nicht vergessen.«

»Das kann ich verstehen.« Er fuhr sich mit der Hand durch sein ergrauendes Haar. »John hat unbedacht gehandelt, aber er ist außer sich vor Verzweiflung. Er glaubt …«

»Ich weiß«, unterbrach ich ihn. »Er glaubt, dass es einen Bastard von Henry gibt, der ihn vom Thron stürzen könnte.« Ich war selbst erstaunt, wie leicht mir diese Worte über die Lippen kamen. »Aber selbst wenn dies zuträfe, William Marshal, wäre es belanglos, wie wir wohl beide wissen. Kein illegitimer Sohn Henrys wird je über England herrschen.«

»Urteilt nicht vorschnell, Prinzessin.« William blickte mich stirnrunzelnd an, was wie immer zur Folge hatte, dass ich mir auf die Lippe biss. »Denkt daran, dass auch William der Eroberer ein Bankert war.«

»Aber das liegt viele Jahre zurück.«

William hob eine Hand. »Und bedenkt noch etwas. John ist der Letzte von Henrys direkten Nachkommen. Arthur ist ja in einem Verlies in Britannien umgekommen.«

»Wir alle wissen, wer dafür verantwortlich ist.«

»Und John ist bislang kinderlos geblieben. Kein anderer Sohn eines Plantagenet ist noch am Leben«, fuhr William Marshal fort. »England würde sicherlich keine der Töchter als Herrscherin akzeptieren. Die Erinnerung an den Bürgerkrieg, den Mathilda angezettelt hat, ist noch zu frisch. Außerdem sind die Plantagenet-Töchter alle anderswo verheiratet. Warum sollten sie nach Hause kommen? Somit bleibt nur die Möglichkeit, dass, falls John etwas zustößt, ein illegitimer Sohn Henrys den Thron besteigt. Insofern einer überlebt hat. Und gefunden werden kann«, fügte er nachdenklich hinzu.

»Was wollt Ihr damit sagen?«, konterte ich. »Dass John um seinen Thron fürchten müsste, falls ein Bastard von Henry noch am Leben wäre?«

»Genau das.« Er nickte mir zu. »Ich kann sein Verhalten Euch gegenüber, seiner Verwandten, nicht gutheißen. Aber es besteht da tatsächlich eine Bedrohung, mit der er fertig werden muss.«

»Aus welchem Lager?«

»Die Templerritter sind nicht gut auf John zu sprechen.«

»Das habe ich schon gehört.« Ich zögerte. »Und aus gutem Grund, wie man sagt.«

»Sie hegen aus verschiedenen Gründen einen Groll gegen John. Aber die Templer verfügen in England über große Macht, selbst wenn dies kaum jemandem bekannt ist.« Wieder vergewisserte er sich, dass sich niemand in Hörweite befand. »Sie könnten diese Macht einsetzen, um John vom Thron zu stürzen. Ihnen fehlt nur noch ein Anwärter auf die Krone, in dessen Adern königliches Blut fließt, der ihn ersetzen kann.«

»Und John glaubt, dass die Templer einen solchen Mann gefunden haben?«

William nickte. »Aber ich glaube nicht, dass es so weit kommen wird, denn ich genieße sowohl das Vertrauen der Templer als auch das des Königs. Ich habe versucht, zwischen beiden Parteien zu vermitteln. John hat sich die Gunst des Ritterordens durch sein Verhalten verscherzt. Sie überlegen, was sie gegen ihn unternehmen können, haben jedoch noch keine Entscheidung getroffen.«

»Meint Ihr, die Templerritter würden es wagen, einen König zu töten?« Mein Blick hing wie gebannt an seinem Gesicht.

»Ich meine gar nichts«, antwortete William Marshal ausweichend. »Ich versuche nur, Euch klar zu machen, was hier geschieht. Ihr seid ohne Euer Zutun in eine Intrige verstrickt worden, Alaïs. Ihr solltet England so schnell wie möglich verlassen.«

»Genau das habe ich auch vor. Morgen kehre ich nach Frankreich zurück.«

»In wessen Begleitung? Ich hielte es für unklug, wenn Ihr allein und schutzlos durch das Land reist.«

»Ich kann die Vorstellung, ausgerechnet in England Schutz zu benötigen, kaum ertragen. Immerhin stand ich einmal kurz davor, Königin dieses Landes zu werden.« Ein bitterer Unterton schwang in meiner Stimme mit. William Marshal, der zu spüren schien, was in mir vorging, legte mir eine Hand auf die Schulter. Diese tröstliche Geste rührte mich.

»Trotzdem … wie wollt Ihr reisen?«, beharrte er.

»Prior William … Sir William hat mir zugesichert, mich nach Frankreich zurückbringen zu lassen. Anscheinend verfügt er …«, ich zögerte, suchte nach den richtigen Worten, »… über gewisse Verbindungen.« Die Bemerkung klang sogar in meinen eigenen Ohren seltsam – und geheimnisvoller, als ich beabsichtigt hatte.

»Alaïs, ich muss Euch etwas sagen.« William Marshal beugte sich vor, blickte nach rechts und links, lehnte sich dann an die Wand mit dem Gobelin hinter ihm und streckte die Beine aus. Man sah ihm an, dass er die meiste Zeit seines Lebens im Sattel verbracht hatte. »Bitte hört mir genau zu. Es gibt da etwas, das Ihr wissen solltet.«

Ich neigte mich ihm zu, denn er sprach so leise, dass ich ihn kaum verstehen konnte.

»Erinnert Ihr Euch, wie Henry ’72 in Avranches Buße für den Mord an Becket geleistet hat? Zwei Jahre, bevor er sich in Canterbury öffentlich gedemütigt hat?«

»Ich habe davon gehört. Natürlich war zu dieser Zeit keiner von uns in Avranches. Wir Kinder befanden uns an Eleanors

Hof in Poitiers. Aber ich erinnere mich, dass Eleanor Richard und Geoffrey davon erzählt hat.« Meine Neugier war geweckt. »Warum fragt Ihr?«

»Hört gut zu. Ich war dort, in Avranches. Das war kurz bevor der König mir befahl, mich Henry des Jüngeren anzunehmen. In Avranches machte König Henry eine Reihe von Zugeständnissen als Wiedergutmachung dafür, dass er indirekt Beckets Tod verschuldet hatte. Unter anderem erklärte er sich bereit, zehn Ritter ins Heilige Land zu schicken, die sich dort den Templern anschließen sollten.«

»Ach ja.« Ich lachte. »Er hat auch versprochen, selbst das Kreuz zu nehmen und dorthin zu gehen, aber dieser Verpflichtung ist er entronnen, indem er drei neue Abteien gegründet hat. Ich kann mich noch gut an diese Geschichte erinnern. Henry erzählte mir einmal, er habe nie die Absicht gehabt, wirklich ins Heilige Land zu reisen. Er sagte, es sei dort so heiß wie in der Hölle, und Hitze habe er noch nie vertragen können.«

William lächelte nur.

»Und er meinte, es sei der reine Wahnsinn, englische Männer ins Heilige Land zu schicken und dort von Ungläubigen abschlachten zu lassen, deren Kampfesmut dem der Christen bei weitem überlegen ist – und das alles nur um der politischen Überzeugung des Papstes willen. Ich höre immer noch, wie er eines Abends in Oxford, nachdem er zu viel gutes englisches Ale getrunken hatte, lauthals verkündete: ›England ist mein Heiliges Land. Nur dafür lohnt es sich, zu kämpfen und zu sterben.‹«

William lachte laut auf. Er hatte König Henry gut gekannt, mit all seinen Fehlern und Schwächen, und trotzdem hatte ihn niemand mehr geliebt als er.

»Er hat Richard damals auch davon abgehalten, selbst nach *Outremer* zu reisen«, fügte ich hinzu. »Richard hat immer davon geträumt, auf einen Kreuzzug zu gehen.«

»Nun, dieser Traum ist ja letztendlich in Erfüllung gegangen«, stellte William Marshal trocken fest. »Aber habt Ihr überhaupt gehört, was ich soeben gesagt habe? Ihr seht aus, als wärt Ihr in einem Traum gefangen.«

»Es tut mir Leid. Was wolltet Ihr mir sagen?«

»Einer der zehn Ritter, die König Henry in das Heilige Land geschickt hat, war Euer Freund William von Caen, kürzlich noch Prior von Canterbury.«

Ich brauchte einen Moment, um diese Neuigkeit zu verarbeiten.

»Wie bitte?«, vergewisserte ich mich dann benommen.

»Ich sage es nun noch einmal, Prinzessin.« William Marshals Stimme klang drängend. »Merkt Euch meine Worte gut. Einer der jungen Ritter, die aufgrund von Henrys Schwur zu den Templern im Heiligen Land stießen, war William von Caen, der damalige Sekretär des Königs. Ebenjener William von Caen, der in diesem Moment am Feuer steht und sich mit dem jungen Grafen Chester unterhält. Mein Namensvetter.«

»Wollt Ihr behaupten, Prior William wäre ein Templer und kein Mönch der Abtei Canterbury?«

»Ganz recht. Und ich denke, Ihr seid hier in England in einen beginnenden Machtkampf zwischen dem König und den Templern geraten. Dieser Ritterorden verfügt über großen Einfluss, und ich möchte nicht, dass Ihr von einer der beiden Parteien als Schachfigur in ihrem Spiel benutzt werdet.«

»Wenn William kein Mönch ist, warum hat er dann den Posten des Priors von Canterbury übernommen?«

»Die Templer unterhalten gute Beziehungen zu Canterbury. Es wird sogar gemunkelt, Hugh Walter selbst sei ein Templer, doch das bezweifle ich. Mir kam er immer wie der Inbegriff eines Benediktiners vor. Aber ich weiß ganz genau, dass William nie zum Priester geweiht wurde, und wenn er in Canterbury war, ist dies sicher auf Wunsch der Templer und Hugh Walters geschehen.«

Ich musste an die Messe denken, die William nicht selbst gelesen hatte, und da begriff ich, was mir damals unverständlich gewesen war.

»Aber William hat mir angeboten, mir bei der Rückreise nach Frankreich behilflich zu sein. Meint Ihr, ich kann ihm vertrauen?«

»Ich bin mir sicher, dass William Euch nie etwas zu Leide tun würde. Aber vergesst nie, dass seine wahre Loyalität anderswo liegt. Die Entscheidungen, die er trifft, müssen nicht unbedingt zu Eurem Besten sein.« Er zögerte kurz. »Ich habe erfahren, dass er bei den Templern in England und in der Normandie ein hohes Amt bekleidet.«

Während ich über diese Bemerkung nachdachte, wurde mir das Herz immer schwerer. Die verschlüsselten Briefe, die ich Prior William früher am Abend überlassen hatte, kamen mir wieder in den Sinn. Kein Wunder, dass er Verbindungsmänner hatte, die sie in verständliches Englisch übertragen konnten. Ich spürte, wie meine Handflächen feucht wurden. Ob diese Briefe Informationen enthielten, die den Templern helfen konnten, meinen Sohn ausfindig zu machen?

»Alaïs.« William rückte näher an mich heran, und da fiel mir auf, wie steif der Körper des alten Recken geworden war. »Ich glaube nicht, dass die Templer Böses im Schilde führen, aber sie sind in den letzten Jahren zu beträchtlicher Macht gelangt. Und wenn sie zu dem Schluss gekommen sind, dass John unfähig ist, über England zu herrschen, dann sind sie durchaus in der Lage, ihn zu stürzen. Ihr solltet Euch aus diesem Konflikt heraushalten.«

Während ich seinen Worten lauschte, spähte ich zwischen den Samtvorhängen hindurch und sah ebenjenen William von Caen, über den wir gerade sprachen, sich einen Weg durch die Menge bahnen und direkt auf uns zukommen. Ein Ausdruck unverbindlicher Höflichkeit lag auf seinem markanten Gesicht. Er nickte den Umstehenden zu und wechselte ein paar Worte mit ihnen, doch es bestand kein Zweifel, dass er zielstrebig auf mich zusteuerte, obgleich er hier und da kurz stehen blieb. Mit einem Mal gewann ich einen ganz neuen Eindruck von dem Jungen aus meiner Kindheit. Er war also ein kriegerischer Mönch, kein strikter Verfechter der Regeln des hl. Benedikt. Und jetzt sah es so aus, als hätte er sich nicht nur aus alter Freundschaft erboten, mir zu helfen.

»William Marshal, ich denke, ich werde mich nun zurückziehen. Ich sage Euch jetzt schon Lebewohl, denn ich weiß nicht, ob wir uns morgen früh noch einmal sehen werden.«

Sir William – am besten gewöhnte ich mich daran, ihn so zu nennen – betrat die Nische. Der ältere Mann erhob sich, und die beiden umarmten sich. Ich bemerkte, dass die wie gemeißelt wirkenden Züge des Jüngeren weich wurden. Dann wandte er sich zu mir, verbeugte sich und sprach mich so förmlich an, als hätten wir nicht gerade erst an diesem Nachmittag noch ein recht intimes Zusammentreffen gehabt. »Prinzessin, ich hoffe, Ihr fühlt Euch wohl in diesem Haus. Hattet Ihr einen angenehmen Abend?«

»Allerdings, Sir William. Sir Richard von Glanville und ich haben uns sehr angeregt unterhalten, genau wie Ihr es vorhergesagt habt.«

»Das ist mir nicht entgangen. Gegen Ende Eurer Unterredung bekam ich fast Mitleid mit ihm.« Nicht der leiseste Hauch von Ironie schwang in seiner Stimme mit. »Aber ich will Euch nicht länger aufhalten. Als wir uns heute Nachmittag sahen, wart Ihr so erschöpft, dass Ihr gar nicht an diesem Festmahl teilnehmen wolltet, das habe ich nicht vergessen. Soll ich einen Diener rufen, der Euch zu Eurer Kammer begleitet?«

»Ich danke Euch für Eure Fürsorge, Sir William, aber ich denke, ich werde den Weg auch ohne Hilfe finden.«

Ich umarmte William Marshal herzlich und presste meine Wange einen Augenblick lang an seine Schulter. Wer konnte schon wissen, ob wir uns in diesem Leben noch einmal wiedersehen würden und wann?

»Bestellt John, ich lasse ihn grüßen«, bat ich ihn dann nicht ohne eine Spur von Bosheit. »Sagt ihm, es gehe mir gut, was allerdings nicht sein Verdienst ist. Und gebt auf Euch Acht.«

Ich wandte mich ab, doch als ich die Mitte der großen Halle erreicht hatte, drehte ich mich noch einmal zu ihm um. Ich wünschte, ich hätte die Gelegenheit genutzt, ihm eine ganz bestimmte Frage zu stellen, als wir allein waren, doch ich hatte den Mut nicht aufgebracht. Vor Jahren, als Henrys und Eleanors ältester Sohn Henry der Jüngere William Marshal von seinem Hof in die Normandie verbannt hatte, waren gewisse Gerüchte in Umlauf gewesen, und ich hätte zu gern gewusst, ob sie der Wahrheit entsprachen. Hatte William Marshal tatsächlich für kurze Zeit das Herz meiner Schwester Marguerite gewonnen? Die Antwort würde ich nun vielleicht nie mehr erfahren.

Schwerfällig stieg ich die Treppe empor. Obwohl ich William von Caen gegenüber jegliche Begleitung großspurig abgelehnt hatte, fiel es mir schwer, im schwachen Licht der Fackeln den Weg zu der mir zugewiesenen Kammer zu finden. Nachdem ich bemerkt hatte, dass ich um die falsche Ecke gebogen war, kehrte ich um und stand schließlich vor der Tür, die ich anhand des Türklopfers in Form eines bronzenen Löwens wiedererkannte. Erleichtert betrat ich meine Kammer und ließ die Anforderungen der Welt hinter mir. Ich war zu Tode erschöpft. Und wusste nicht mehr, was ich glauben sollte und was nicht.

♦ 16 ♦

Über den Kanal und gen Süden

Kurz vor Anbruch der Dämmerung fuhr ich schweißgebadet aus einem Traum hoch, einer bizarren Abfolge von Szenen, in denen viele Menschen aus meiner Vergangenheit merkwürdige Rollen gespielt hatten. Benommen vergrub ich den Kopf tiefer in meinem Kissen und versuchte, die verblassenden Traumbilder festzuhalten. Den Hintergrund bildete ein rechteckiger Raum, eine Art Küche, wie es aussah. Ein helles Feuer prasselte im Kamin, darüber hingen einige dampfende Kessel.

Henry rumorte in der Küche herum, das Löwenhaupt vorgeschoben, die Hände hinter dem Rücken verschränkt. Er trug die grobe Jagdkleidung, die er sein ganzes Leben lang bevorzugt hatte, und lachte, während er in die Töpfe spähte und dann seine Wanderung durch den Raum wieder aufnahm. Eleanor saß am Feuer und schrieb etwas, ihre Zofen polierten Schwerter, und Richard und Geoffrey, kleine Jungen noch, balgten sich auf dem Boden. Sie sahen aus, als wären sie entweder in ein Spiel oder in einen Kampf auf Leben und Tod verstrickt. Meine Schwester Marguerite vollführte auf der anderen Seite des Feuers langsame Tanzschritte, ihr Mann Henry der Jüngere lehnte am Kaminsims und wirkte so blass und durchscheinend wie ein Gespenst.

Dann rief mich Eleanor im Traum zu sich. Ich kam von irgendwoher atemlos auf sie zugerannt und blieb vor ihr stehen. Plötzlich sprang sie auf und schlug mir fest ins Gesicht. Henry hielt in seiner Wanderung inne und baute sich neben mir auf. Ich dachte, er wolle nun seinerseits die Königin schlagen, und packte ihn am Arm, doch er schüttelte mich ab. Dann zog er Eleanor an sich und begann mit ihr zu tanzen. Beide bewegten sich von mir weg.

Als ich erneut erwachte, war alles dunkel um mich. Ich empfand ein überwältigendes Verlustgefühl und das aus gutem Grund. Ich hatte Henry und Eleanor verloren und alle ihre Kinder. Ich hatte meine eigene Schwester Marguerite verloren. Sie hatte sich von mir losgesagt, als ich Henrys Geliebte geworden war, denn sie hatte das als Bedrohung für ihren Mann und die Kinder, die sie einmal haben würden, angesehen. Doch diese Furcht hatte sich als unbegründet erwiesen, weil der junge Henry noch vor seinem Vater gestorben war, und Kinder hatten sich keine eingestellt. Nach Henrys Tod wurde Marguerite mit einem deutschen Prinzen verheiratet. Ich blieb allein zurück.

Gegen meinen Willen zogen die Bilder erneut an mir vorbei, aber da ich diesmal wach war, schmerzten mich die Erinnerungen umso mehr. Ich sah Henry vor mir, auf dem Weg zu unserem schönen Palast in Poitiers; ich hörte, wie er Eleanor anbrüllte: »Du wirst bitter bereuen, was du getan hast, Weib! Es ist widernatürlich, Söhne gegen den eigenen Vater aufzuhetzen! Ich werde dir zur Strafe alles nehmen, was dir lieb und teuer ist!« Und sie hatte ihn außer sich vor Wut vor seinen Männern beschimpft und als Hanswurst bezeichnet. Und ich, damals erst fünfzehn Jahre alt, hatte diesen Streit zwischen den beiden Menschen, die ich neben Richard am meisten liebte, sprachlos und starr vor Angst verfolgt.

Auf dieses Bild folgte unweigerlich ein nächstes. Nachdem Eleanor im Turm von Old Sarum eingekerkert und ich in Henrys

Haushalt aufgenommen worden war, saß ich eines Abends noch spät am Feuer. Wir befanden uns in Laxton, einer alten normannischen Festung im Norden, die Henry besonders liebte und ich verabscheute. Es war eine massive, düstere Soldatenfestung ohne jeden Komfort. Ich hätte jeder seiner anderen Burgen den Vorzug gegeben – Chinon, Rouen, Oxford, sogar Winchester war besser als dieses feuchte Verlies.

Ich fertigte an jenem Abend ein paar Kohlezeichnungen an. Zumindest standen mir immer Zeichenutensilien zur Verfügung – auf Befehl des Königs, wie ich vermutete. Und da ich erst fünfzehn war, hatte er mir zwei Zofen zugewiesen, die mich ständig begleiteten. Beide saßen neben mir, Ragnhild beugte ihr zerfurchtes Gesicht über eine Näharbeit. Ich staunte, wie geschickt ihre Finger trotz ihres Alters noch waren. Annette, deren stumpfes, breites Gesicht vom Feuer erleuchtet wurde, starrte blicklos ins Leere. Ihre eigene Näherei lag unberührt in ihrem Schoß, während sie wohl irgendwelchen Tagträumen nachhing. Nun, das war auch alles, worin wir in diesem bitterkalten Herbst in Norfolk Trost fanden.

Der König kehrte von seiner abendlichen Inspektion der Wachposten zurück, trat ans Feuer, blieb einige Schritte von mir entfernt stehen und beobachtete uns. Ich war mir seiner Gegenwart bewusst, wollte aber erst meine Zeichnung vollenden. Schließlich blickte ich auf.

»Eure Majestät?«, fragte ich.

Er gab keine Antwort, sondern starrte mich nur stumm an.

»Wünscht Ihr etwas von mir?«, fragte ich erneut.

»Ja«, erwiderte er. Ich wartete ab, aber er sagte nichts mehr, sondern wandte sich nur ab und ging davon.

Ich hatte Angst, ihn gekränkt zu haben, und das bedrückte mich. Er war immer gut zu mir gewesen, und ich wusste, wie sehr er unter dem Zwist litt, der seine Familie entzweit hatte. Er liebte die Königin, obwohl er nicht mit ihr leben konnte. Und als sich seine Söhne gegen ihn auflehnten, gab er ihr die

Schuld, doch ich wusste, dass Henrys, Geoffreys und Richards Ungeduld und Gier ebenso sehr dafür verantwortlich waren. Sie wollten ihre Anteile am Königreich, und der König verweigerte sie ihnen und speiste die jungen Männer mit kümmerlichen Abfindungen ab. Er konnte es nicht ertragen, Macht aus der Hand zu geben, und war blind für die möglichen Folgen seiner Halsstarrigkeit.

Manchmal in diesen langen Nächten bat der König mich, ihm vorzulesen, und ich wählte dann meist die blumigen Gedichte aus dem Süden, die schon Eleanor ihm vorgelesen hatte, als wir Kinder noch klein waren. Obwohl der König selbst gut lesen konnte, sagte er oft, er liebe es, Frauenstimmen zu lauschen, die Gedichte vortrugen.

Aber in dieser Nacht bat er um gar nichts, sondern wandte sich einfach ab und ging davon.

Seufzend legte ich meine Zeichenutensilien beiseite, wünschte meinen Zofen eine gute Nacht und begab mich in meine Kammer. Dort streifte ich mein Gewand ab und hängte es auf einen Haken; ich stand im Hemd da, als sich plötzlich die Tür öffnete und der König hereinkam, ohne sich vorher bemerkbar zu machen.

Seit meiner Kinderzeit, als er oft auf der Suche nach der Königin in unser Spielzimmer gestürmt war, hatte er meine Kammer nicht mehr betreten. Jetzt standen wir uns stumm gegenüber. Einen Moment schienen Zeit und Raum nicht mehr zu existieren. Dann kam er auf mich zu, und meine Welt geriet aus den Fugen.

Er hob mich mühelos hoch, trug mich zum Bett und legte mich darauf nieder. Er trug kein Schwert, nur eine Tunika über seiner Kniehose. Sein Umhang wurde am Hals von einer mit Juwelen besetzten Spange zusammengehalten, die er jetzt löste, um das Kleidungsstück zu Boden fallen zu lassen. Dann blickte er auf mich herab und sagte leise: »Du siehst mich an wie ein waidwundes Reh. Wie kann ich da tun, was ich so gerne täte?«

»Ihr seid mein Vater«, erwiderte ich. Mein Herz hämmerte sosehr gegen meine Rippen, dass es fast schon schmerzte.

»Du irrst dich«, widersprach er. »Louis ist dein Vater und wird es immer bleiben.«

»Ihr wollt mich nur, weil Ihr die Königin hasst«, murmelte ich.

»Nein«, entgegnete er. »Wenn dem so wäre, könnte ich dich nie in mein Bett nehmen, weil ich dadurch auch dir Leid zufügen würde. Ich will dich. Dich mit deinem kohlschwarzen Haar, der dunklen Haut und den grünen Augen.« Er beugte sich über mich, auf seine kurzen, kräftigen Arme gestützt. Ich konnte seinen warmen Atem auf meinem Gesicht spüren.

Er runzelte die Stirn, als denke er über ein ernstes Problem nach, dann schüttelte er den Kopf. »Nein, auch das trifft so nicht zu. Es ist etwas anderes… ich will dich, weil du Dinge siehst, die uns anderen allen verborgen bleiben.« Er lächelte – ein seltsam wehmütiges Lächeln. »Und mit dieser Gabe gehört dir die Welt. Während ich nur ein zerrüttetes Königreich besitze.«

Ich gab einen unbestimmbaren Laut von mir, zuckte jedoch nicht vor ihm zurück und versuchte auch nicht ihn wegzustoßen. Wenn ich das getan hätte, hätte er mich wohl allein gelassen. Aber ich blieb still liegen und betrachtete ihn. Dann streckte ich die Hände nach ihm aus, eine Geste, die ich nie wieder rückgängig machen kann, und er schloss mich in seine Arme.

Ich setzte mich nicht zur Wehr, als er mich zu lieben begann. Verwundert registrierte ich, wie weich die Haut seines Gesichts war – dieses Gesichts, das ich so gut kannte und doch nie berührt hatte. Und die Zärtlichkeit dieser rauen, vom Halten von Zügeln und dem Führen eines Schwertes schwieligen Hände ließ mein Herz schmelzen. Voller Vertrauen überließ ich mich ihm, als er in mich eindrang.

Seither waren über zwanzig Jahre vergangen, und meine Erinnerungen glichen fernen Träumen. Hier war ich, in Baron Rogers Haus in Wiltshire – und allein. Ich vergrub mein Gesicht in dem Kissen und begann leise zu wimmern, doch die erlösenden Tränen wollten sich nicht einstellen.

Mein Wimmern verhinderte, dass ich das leise Klopfen an der Tür sofort hörte. Aber schließlich drang das beharrliche Geräusch doch zu mir durch. Ich löste mich aus meiner von Erinnerungen an vergangene Leidenschaft, Scham und Verlangen hervorgerufenen Benommenheit und richtete mich auf.

Das erlöschende Feuer im Kamin tauchte den Raum in ein dämmriges Licht. Ich forderte die Magd, die hoffentlich draußen stand, um mir ein Becken mit glühenden Kohlen zu bringen, leise zum Eintreten auf. Als ich mich aufsetzte, traf mich die kalte Nachtluft wie ein Schlag, deshalb kuschelte ich mich rasch wieder unter die Pelzdecken.

»Leg die Kohlen ins Feuer und geh wieder«, befahl ich, als eine schattenhafte Gestalt den Raum betrat.

»Alaïs.« William sprach mit gedämpfter Stimme, wobei er auf das Bett zukam. »Wir mussten unsere Pläne ändern.«

Wieder setzte ich mich auf. »Was tust du denn hier?« Ich erinnerte mich vage daran, wegen irgendetwas, das am Abend zuvor vorgefallen war, ärgerlich auf ihn zu sein, konnte mich jedoch nicht auf Einzelheiten besinnen. Ich war noch zu sehr in meinen Träumen und Erinnerungen gefangen.

»Du brichst jetzt sofort auf.« Er nahm eine dünne Wachskerze, hielt sie an die Glut im Kamin und begann dann, die Fackeln an den Wänden zu entzünden. Dann nahm er einen schweren Umhang von einem Haken und warf ihn aufs Bett. »Steh auf und mach dich fertig, aber beeil dich. Kleider brauchst du nicht mitzunehmen, man wird dir unterwegs alles Notwendige besorgen. Du musst mit leichtem Gepäck reisen.«

Eigentlich sollte ich ihn zurechtweisen, weil er in so unschicklicher Manier in mein Privatgemach eingedrungen war, aber irgendwie kam mir das auf einmal ganz natürlich vor; so, als sei er ein älterer Bruder, der mich weckte, weil die Familie verreisen wollte.

»Du hattest von Mittag gesprochen.« Ich stand auf und tappte zum Fenster hinüber, konnte aber nicht erkennen, ob es schon hell zu werden begann. »Du sagtest, wir würden erst mittags aufbrechen«, beharrte ich so störrisch wie ein trotziges Kind.

»Vergiss, was ich gesagt habe. Es gibt Neuigkeiten, die uns zwingen, unsere Pläne zu ändern.« Er machte auf dem Absatz kehrt und schickte sich an, meine Kammer zu verlassen.

Plötzlich fiel mir wieder ein, was ich am Abend zuvor erfahren hatte – über die Templerritter und die verschiedenen Identitäten Prior Williams. Aber ich spürte, dass jetzt nicht der geeignete Zeitpunkt war, dieses Thema anzuschneiden. Er würde mir jetzt noch nicht einmal eine oberflächliche Erklärung geben, denn sein Verhalten war so nüchtern und sachlich wie das eines Mannes, der eine Aufgabe zu erfüllen und dabei keine Zeit zu verlieren hat.

»Ich erwarte dich in der Halle unten. Bitte komm so schnell du kannst.« Und damit schloss er auf die ihm eigene bestimmte Art die Tür hinter sich. Alles, was William tat, geschah ohne das leiseste Zögern. Eigentlich schade, dachte ich. Er sollte sich einmal die Zeit nehmen, darüber nachzudenken, dass es im Leben immer mehrere Möglichkeiten gab.

Gereizt brummelte ich vor mich hin, während ich in der Kammer umherging und im Halbdunkel ständig irgendwo anstieß. Kein anständiges Feuer. Kein Wasser zum Waschen. Ich legte die Kleidungsstücke an, die mir am Tag zuvor kurz nach meiner Ankunft gebracht worden waren, nahm den kleinen Beutel mit meinem Meißel und dem Psalmenbuch, das mir Eleanor vor vielen Jahren geschenkt hatte, hängte mir den Umhang über den Arm und verließ den Raum. Doch zuvor warf ich dem Schrank, in dem das herrliche Samtkleid hing, das ich noch vor wenigen Stunden mit solchem Genuss getragen hatte, einen sehnsüchtigen Blick zu. Dann tastete ich mich die dunkle Treppe hinunter.

Unten in der Halle erwartete mich eine weitere Überraschung. Da standen Tom von Caedwyd, Roland und Etienne. Ich hatte sie seit meiner Ankunft am Vortag nicht mehr gesehen. Tom wirkte erschöpft, Roland wie üblich ungeduldig, aber dennoch begrüßten mich beide mit offensichtlicher Freude.

Dann gesellte sich mein junger Retter Graf Chester zu uns. Er betrat den Raum zusammen mit William von Caen, der ernst auf ihn einsprach und dabei eine Hand auf die Schulter des jungen Mannes legte.

»*Princesse*«, begrüßte mich William förmlich mit einer leichten Verbeugung. Graham von Chester verneigte sich etwas tiefer, dann zog er meine Hand an seine Lippen. Die guten Manieren dieses jungen Mannes gefielen mir. Ich nahm mir vor, Roland zu empfehlen, sich diesen Edelmann in Fragen der *politesse* zum Vorbild zu nehmen.

Dann bemerkte ich, dass William keine Reisekleidung trug. Ein Verdacht keimte in mir auf. »Ihr begleitet uns nicht?« Hoffentlich klang meine Stimme nicht so besorgt, wie ich mich fühlte.

»Der Graf wird mit Euch nach Frankreich reisen«, erwiderte William seidenweich. »Er hat Anweisung, Euch an einen sicheren Ort in der Nähe von Chinon zu bringen. Ich habe in London zu tun und werde später dazustoßen. Ach übrigens, wir halten es für besser, wenn Ihr in Begleitung eines kleinen Trupps von Rittern reist – einem halben Dutzend – und noch einigen anderen Männern. Diese Eskorte und Eure eigenen Leute … ah, da kommen sie ja schon.« Er brach ab und winkte die Männer zu sich, die gerade die Halle betreten hatten.

Ich runzelte missbilligend die Stirn. »Übertreibt Ihr nicht ein wenig, Sir William? Meine Männer und ich haben den Kanal schon einmal überquert. Das dürfte uns sicherlich auch ohne die Hilfe Eurer Ritter erneut gelingen.«

Ich hatte die Worte kaum ausgesprochen, da entdeckte ich inmitten der Neuankömmlinge Williams Sekretär. Dieses engelhafte Gesicht mit den hohen Wangenknochen unter dem rotbraunen Haar bereitete mir immer noch Kopfzerbrechen. Trotz seiner Jugend kam es mir erschreckend vertraut vor.

»William.« Ich packte ihn am Ärmel, während die Männer ihre Umhänge anlegten und sich so lärmend miteinander unterhielten, wie Männer es immer taten, wenn sie auf ein Abenteuer hofften.

»Nein, Alaïs, du wirst nicht nur mit deinen Leuten reisen.« William blickte auf. Er las gerade eine Botschaft, die ihm ein Diener überbracht hatte.

»Darum geht es gar nicht.« Ich beugte mich vor, damit die anderen nichts von unserer Unterhaltung mitbekamen. Er wandte sich zu mir, die Hand noch immer erhoben, um einen anderen Diener zu sich zu winken, und beugte sich zu mir hinunter. Einen Moment schien die Zeit stillzustehen, als sich unsere Wangen beinahe berührten und meine Hand noch immer auf seinem Arm lag. »Wer ist dieser junge Mönch oder Ritter oder was immer er auch sein mag? Der mit dem rötlich braunen Haar und dem grünen Umhang?«

William wich mit einem Ruck vor mir zurück, schüttelte den Kopf und murmelte, ohne mir dabei in die Augen zu sehen: »Bloß ein junger Ordensbruder aus Canterbury. Er heißt François, Hugh Walter hat ihn für einige Zeit in meine Obhut gegeben.« Ich starrte ihn an. »Er ist nur mein Sekretär, *princesse*.«

»Aber er erinnert mich an jemanden. Aus welcher Familie stammt er?« Ich hielt ihn noch immer am Arm fest.

»Ihr kennt diese Leute nicht.« William wandte sich von mir ab, war jedoch zu höflich, meine Hand abzuschütteln, was er wohl gerne getan hätte. Dann drehte er sich wieder zu mir um und musterte mich nachdenklich, ehe er hinzufügte: »Er kommt Euch nur so vertraut vor, weil Ihr ihn in Canterbury gesehen habt. Am Tag Eurer geplanten Nachtwache saß er beim Mittagsmahl an meinem Tisch.« Und dann machte er sich behutsam von mir los und begann ein Gespräch mit Graf Graham, der ein Stück von mir entfernt stand, während ich mit gesenktem Kopf wie angewurzelt stehen blieb – als wolle ich den Augenblick in die Länge ziehen, als ich gehofft hatte, William würde endlich Licht in das Rätsel um diesen jungen Mann bringen.

Doch dann nahm ich mich zusammen und legte mir den schweren schwarzen Reiseumhang um die Schultern. Wir traten in die kühle Nachtluft hinaus, wo die Stallburschen bereits mit unseren gesattelten, ungeduldig mit den Hufen scharrenden Pferden warteten. Baron Roger war nirgendwo zu sehen.

Plötzlich tauchte Tom an meiner Seite auf und hielt mir den Steigbügel. Ich saß auf und schwang aus einem Impuls heraus ein Bein über den Sattel. Es war entschieden angenehmer, im Herrensitz zu reiten. Tom kicherte leise.

Und dann brachen wir Richtung Frankreich auf.

Ich verzog das Gesicht, als der junge Graf sein Pferd zügelte, um an meiner Seite zu reiten, denn ich legte im Moment keinen großen Wert auf Gesellschaft. Außerdem war der Graf nicht unbedingt mein Fall – ich empfand ihn als etwas zu aufdringlich –, wenngleich er sich große Mühe gab, freundlich zu sein. Wir plauderten eine Weile über seine Familie, dann begann ich ihn über unsere Reisegefährten auszufragen. Daraufhin gab er sich plötzlich auffallend zurückhaltend.

»Die Ritter gehören zu Sir William.« Er schien seine Worte sehr sorgfältig zu wählen. »Die meisten von ihnen waren vor vielen Jahren mit ihm im Heiligen Land. Die anderen stammen von Eurem Hof in Paris, nicht wahr? Sie sind vor zwei Tagen mit uns zusammen von Canterbury weggeritten.«

Ich ließ mich nicht beirren. »Gehören die Ritter zu Sir Williams Hofstaat? Oder zur Abtei Canterbury? Außerdem sind nicht alle Ritter. Ich meine, ich hätte auch Vater Alcuin gesehen, den Bibliothekar der Abtei.«

»Die meisten der Ritter stehen in Sir Williams Diensten. Andere, so wie ich selbst, schließen sich ihm von Zeit zu Zeit an. Ich glaube, Vater Alcuin begleitet uns, weil er irgendein Kloster im Süden aufsuchen und ein paar wichtige Briefe dort abgeben muss.« Der junge Graf blickte sich so suchend um, als habe er etwas verlegt, das er dringend wiederfinden musste. »Bei Sir William weiß man nie, woran man ist. Er hat überall Verbindungen. Entschuldigt mich, ich muss ein paar Worte mit einem meiner Männer wechseln. Ich komme gleich zurück.« Er gab seinem Pferd die Sporen und jagte davon – vermutlich, um meinen bohrenden Fragen zu entrinnen. Ich nahm an, dass er sich in der Schlacht als ausgezeichneter Kämpfer bewährte, doch gut verstellen konnte er sich nicht, und seine ungezwungene Art wirkte irgendwie aufgesetzt. Von ihm würde ich keine wissenswerten Informationen erhalten. Schon bald nahm mich der anstrengende Ritt zu sehr in Anspruch, als dass ich mir weiter den Kopf über den geheimnisvollen jungen Sekretär hätte zerbrechen können.

Aber ich beschloss, eine günstige Gelegenheit abzupassen, um mit Vater Alcuin unter vier Augen zu sprechen. Zum einen wollte ich mehr über den Araber erfahren, der im Kräutergarten von Canterbury tot aufgefunden worden war. Überdies wusste ich, dass der Bibliothekar mir einiges über arabische Dichter erzählen konnte. Ich hatte meine Absicht, den Grund für das ungewöhnliche Interesse an meinem Rubinanhänger herauszubekommen, nicht aufgegeben, nur weil mir das Schmuckstück abhanden gekommen war. Im Gegenteil, meine Neugier war jetzt erst recht geweckt.

Die Nacht verbrachten wir in einem Gasthaus in der Nähe des Hafens. Am nächsten Morgen wollten wir übersetzen, und deshalb waren wir alle froh, früh zu Abend essen zu können. Wir hatten einen Raum mit zwei Tischen für uns alleine und bekamen ein wahres Festmahl vorgesetzt. Der Wirt tat sein Bestes, um es uns so behaglich wie möglich zu machen. Mich beschlich der Verdacht, dass er den Grafen kannte, vielleicht von dessen früheren Überfahrten nach Frankreich. Aber ich fragte mich, wo das Geld für diese üppige Mahlzeit herkam, als ein Gang nach dem anderen aufgetragen wurde – Hasenbraten, Hammelfleisch, frisches Brot, Eintöpfe, gekochtes Gemüse … die Platten schienen kein Ende nehmen zu wollen.

Roland, der nach reichlichem Weingenuss ungewöhnlich mitteilsam geworden war, Tom, Graf Graham und ich saßen an einem kleinen Tisch in der Nähe des Feuers, der vermutlich zu Ehren der einzigen anwesenden Dame mit einem weißen Leinentuch gedeckt worden war. Ich hatte gehofft, Vater Alcuin würde sich zu uns gesellen, damit ich ihm weitere Fragen über den arabischen Anhänger stellen konnte, aber es hieß, er fühle sich nicht wohl und ziehe es vor, allein in seiner Kammer zu speisen.

Der junge rothaarige François saß mit seinen Gefährten am anderen Ende der Gaststube. Als sich das Mahl dem Ende zuneigte, erhob ich mich, wie um mir kurz die Beine zu vertreten.

Roland, der neben mir saß, machte Anstalten, ebenfalls aufzustehen, doch ich schüttelte ablehnend den Kopf. Scheinbar hatte er Anweisung erhalten, mich keinen Moment aus den Augen zu lassen, denn er bewachte mich auf Schritt und Tritt. Aber jetzt war ich auf seine Dienste nicht angewiesen, denn ich hatte nicht vor, das Gasthaus zu verlassen, sondern wollte mich lediglich an den anderen Tisch setzen. Da weder William noch der Graf meine Neugier bezüglich des mir so vertraut erscheinenden François befriedigen wollten, hatte ich beschlossen, den jungen Mann selbst unauffällig auszufragen.

Er saß in Gedanken versunken mit gesenktem Blick auf seinem Platz, während seine Gefährten über irgendeinen Scherz lachten. Das Gelächter ebbte ab, als ich auf den Tisch zutrat, doch ich bedeutete den Männern, sich nicht stören zu lassen. Nachdem sich alle erhoben und verneigt hatten, nahmen sie ihre Unterhaltung wieder auf, diesmal allerdings etwas gedämpfter.

Ich setzte mich auf die freie Bank am Ende des Tisches. Der junge Mann saß direkt neben mir. Er hatte mich gleichfalls höflich begrüßt, und nun starrte er wieder auf den leeren Teller vor sich. Ob er nun einfach nur schüchtern war oder in Ruhe gelassen werden wollte, auf jeden Fall sah er nicht so aus, als wäre er auf ein Gespräch mit mir erpicht.

»Wart Ihr nicht auch in Canterbury, als ich die Abtei kürzlich besucht habe?«, fragte ich. Er blickte auf.

»Ja, richtig.« Plötzlich trat ein breites Lächeln auf sein Gesicht. »Ich erinnere mich gut an Euch. Wir haben selten königliche Gäste, schon gar keine aus Frankreich ... und eine echte französische Prinzessin war noch nie bei uns.« Seine Augen leuchteten einen Moment auf, dann senkte er den Blick wieder. »Ich hatte in Prior Williams Gemächern zu tun, als Ihr und die ehrenwerte Äbtissin kamt, um gemeinsam mit ihm zu Abend zu essen.«

»Ich weiß«, erwiderte ich weich. Dann konnte ich nicht widerstehen, noch hinzuzufügen: »Aber eine echte französische *princesse* war schon einmal in Canterbury zu Besuch. Ihr seht sie vor Euch, sie hat die Abtei vor vielen Jahren zusammen mit Henry von England besucht.« Er hob den Kopf und sah mich erwartungsvoll an. »Aber ich glaube, das war vor Eurer Geburt.«

Er drehte lächelnd seinen Becher zwischen den Händen, bevor er ihn an die Lippen hob. Dabei blickte er mich über den Rand hinweg an, als wäre er eine Katze und ich eine Maus. Es war der Blick eines erwachsenen, reifen Menschen, und er setzte mich in Verwirrung.

»Wie ich hörte, lautet Euer Name François?«

Er nickte. Meine Frage hatte ihn unvorbereitet getroffen, und so trank er erst einmal einen großen Schluck Ale, um nicht gleich antworten zu müssen. Dann sagte er: »Ich ziehe die englische Version Francis vor, aber ich höre auf beide Namen.«

»Und seid Ihr schon lange in Canterbury?«

Wieder lächelte er. »Ich bin der Privatsekretär von Sir William von Caen, der während Hugh Walters Abwesenheit Prior von Canterbury war. Vielleicht trete ich als Novize in den Orden ein, aber es ist noch keine Entscheidung getroffen worden.«

»Bei wem liegt denn diese Entscheidung? Bei Euch oder bei der Abtei?«

»Weder noch.« François stärkte sich mit einem weiteren Schluck Ale. »Das hat Sir William zu entscheiden.« Nach einem Moment fügte er hinzu: »Ich gehöre zu seinem Gefolge.«

»Aha.« Mehr fiel mir dazu nicht ein. Ich mochte weder auf die nicht zu überhörende Ungeduld in seiner Stimme noch auf die kleine Pause vor Williams Titel eingehen. Unsere Blicke trafen sich.

»Wie sehen denn *Eure* Wünsche für die Zukunft aus?«

Er zuckte die Achseln. »Wie ich schon sagte – die Entscheidung treffe nicht ich. Ich werde tun, was mir befohlen wird.«

Nach einem Moment des Schweigens unternahm ich einen neuerlichen Vorstoß.

»Ihr begleitet Sir William, wohin er auch geht, nicht wahr?« Jetzt biss er sich auf die Lippe. Ich sah, dass ihm meine Beharrlichkeit missfiel. Das weitere Leben dieses jungen Mannes war noch ungewiss, und das machte ihn ungeduldig und gereizt. Nur der Respekt vor meinem Alter und meinem Rang hielt ihn davon ab, mir eine barsche Abfuhr zu erteilen. Seine blassen Wangen waren vom Ale gerötet, was ihm zusammen mit seinem rötlichen Haar das Aussehen eines bunten Schmetterlings verlieh. Er blinzelte, dann lächelte er wieder auf diese aufreizende Art, wie sie nur der Jugend zu Eigen ist.

»Meistens.« Seine Stimme klang weicher, als man es bei einem erwachsenen Mann vermutet hätte, doch sein Blick begegnete dem meinen ohne eine Spur von Scheu.

Nachdem ich mich mit dem jungen Mann ein paar Minuten unterhalten hatte, änderte ich meine bisherige Meinung über ihn. Er war kein Junge mehr, sondern hatte die Schwelle zum Erwachsenenalter bereits überschritten. Und mit dem scheinbar schüchternen und zurückhaltenden Mönch, als den ich ihn kennen gelernt hatte, hatte er keinerlei Ähnlichkeit mehr. Er drückte sich ausgesprochen gewandt aus und wählte seine Worte sehr sorgfältig.

Unser Gespräch wandte sich anderen Themen zu. Als ich ihn nach seinen Studien befragte, sprudelten die Antworten nur so aus ihm heraus. Ich erfuhr, dass er genau wie ich eine Vorliebe für die griechische Kultur hegte. Er hatte an der Universität von Paris Philosophie studiert und mit den großen Gelehrten angeregte Diskussionen geführt, wie er ohne falsche Bescheidenheit erzählte. Den berühmten Abélard hatte er natürlich nie persönlich kennen gelernt, dazu war er zu jung. Aber er hatte Lehrer gehabt, die vom Meister selbst unterrichtet worden waren. Und ich stellte fest, dass er sich vor allem in dem auszeichnete, was als Abélards größtes Talent bei Vorträgen vor Publikum galt: einem sicheren Stil.

Er war auch im Arabischen beschlagen und kannte alle bedeutenden Dichter dieser Länder. Als sich unsere Unterhaltung der Dichtkunst zuwandte, begannen seine Augen zu leuchten, und sein Gesicht hellte sich auf. Ab und an spielte ein Lächeln um seine Lippen, und seine rötlichen Augenbrauen zogen sich zusammen, während er eindringlich auf mich einsprach. Ich fragte ihn, ob er je von Ibn al-Farid gehört habe, woraufhin er das komplette Gedicht deklamierte, das die auf meinem verloren gegangenen Anhänger eingravierte Zeile enthielt. Wenn ich das Schmuckstück doch nur irgendwie zurückbekommen könnte! François begann, sich über das Leben des großen Dichters und die Gunstbezeugungen auszulassen, mit denen die Kalifen von Toledo und Córdoba ihn bis zu seinem Tod überschüttet hatten.

Ich war eine dankbare Zuhörerin, denn ich war mit all den *chansons de geste* vertraut, die er auswendig beherrschte, und hatte auch von vielen der berühmten Troubadoure gehört, von denen er sprach. Er kannte de Ventadour, de Born (diesen heimtückischen Hundesohn), und er zitierte sogar ein paar von Richards eigenen *sirventes*, wodurch er endgültig mein Herz gewann.

Er bedurfte nur geringer Ermunterung, um zu den englischen Sagen überzugehen und die Feldzüge der alten angelsächsischen Eroberer zu beschreiben. Irgendwo hatte er sämtliche Legenden aufgeschnappt, die sich um König Artus rankten, und die Kameraden des jungen Mannes verstummten, als er von der Begegnung zwischen Sir Gawain und dem Grünen Ritter erzählte und seine Worte mit beredten Gesten unterstrich. Diese Geschichte war gerade am Hof von Champagne in aller Munde, und es kam mir vor, als würde uns François eine sehr gekonnte Vorstellung bieten. Sein Vortrag wurde immer wieder von Applaus, begeisterten Zwischenrufen und Füßestampfen unterbrochen. Sogar ich fiel in die Beifallsbezeugungen ein, so mitreißend war dieser junge Mann. Mit der Geschichte von dem unseligen gehörnten Ehemann aus Nottingham brachte er uns zum Lachen, bis uns die Tränen in die Augen traten.

Das Stimmengewirr im Raum wurde so laut, dass der Wirt erschien und uns bat, etwas leiser zu sein, damit die anderen Gäste schlafen konnten. Und diese Aufforderung brachte Graf Graham, der François' Geschichten ebenfalls begeistert gelauscht hatte, wieder seine Verantwortung als unser Anführer zu Bewusstsein. Er befahl uns allen, zu Bett zu gehen, um morgen für die letzte Etappe unserer Reise frisch und ausgeruht zu sein.

Erst später, als ich im Bett lag und keinen Schlaf fand, weil mir zu viel im Kopf herumging, fiel mir auf, wie geschickt der junge François meine ursprünglichen Fragen als Gelegenheit genutzt hatte, uns zu unterhalten; und er hatte auf diese Weise gleichzeitig ein eingehenderes Verhör abgewendet. Gut gemacht, mein Junge, dachte ich. Aber warum? Und dann sah ich plötzlich Williams Gesicht vor mir. Er musste allen Rittern, die mich begleiteten, bestimmte Anweisungen erteilt haben. Wieder einmal hatte er meine Pläne vereitelt.

Aber der Tag war lang und anstrengend gewesen, und gegen meinen Willen spürte ich wenige Minuten später, wie die Müdigkeit mich zu übermannen begann.

Die Fahrt über den Kanal verlief ereignislos, und nach einer letzten Nacht in der Nähe eines Hafens traten wir mit neuen Pferden die Reise gen Süden an. Ich muss zugeben, dass mir nun, da wir uns wieder auf normannischem Boden befanden, erheblich wohler zumute war.

Den nächsten Tag verbrachten wir fast ununterbrochen im Sattel; viel Zeit für eine Rast blieb nicht. Ich bekam Vater Alcuin kurz zu Gesicht, als wir unser Fasten brachen, aber er war blass und machte den Eindruck, als quälten ihn Sorgen. Roland wich nicht von meiner Seite, bis ich wieder auf meinem Pferd saß, sodass ich keine Gelegenheit hatte, dem Mönch ein paar Fragen zu stellen. Langsam fürchtete ich, eine solche Gelegenheit würde sich überhaupt nicht mehr ergeben. Wenn er wirklich eines der Klöster im Süden aufsuchen musste, konnte er unsere Gruppe jederzeit verlassen, um einen anderen Weg einzuschlagen.

Irgendwann nach unserem Mittagsmahl erreichten wir einen kleinen Fluss, dem wir eine Weile folgen mussten, bis wir auf eine seichte Stelle stießen. Als ich diese Furt sah, zog ich den Meißel, den ich mit nach Canterbury gebracht hatte, aus meinem Beutel. Er war scharf geschliffen, und ich achtete sorgsam darauf, dass mich niemand beobachtete, während ich mich an dem Halteriemen meines Sattels zu schaffen machte. Binnen kurzer Zeit hatte ich den Gurt durchgesägt, sodass mein Sattel nun langsam vom Rücken des Pferdes rutschte.

Ich ließ mich zu Boden gleiten und zwang so die ganze Gruppe, Halt zu machen. Tom ritt zu mir herüber und warf mir einen verwirrten Blick zu, nachdem er den zerschnittenen Riemen inspiziert hatte.

»Wir müssen eine Weile hier rasten, damit ich den Gurt flicken kann«, rief er Graf Graham zu.

»In Ordnung«, stimmte der junge Graf zu. »Hauptsache, Euch ist nichts geschehen, *princesse*«, fügte er dann mit aufrichtiger Besorgnis hinzu.

»Keine Angst, mir fehlt nichts, und wenn ich ehrlich sein soll, bin ich für eine kleine Pause sogar dankbar.«

»Es tut mir Leid, dass ich so auf Eile gedrängt habe«, entschuldigte er sich. »Ich möchte Montjoie unbedingt noch vor Anbruch der Dunkelheit erreichen. Aber vielleicht tut uns eine Rast allen gut.«

Als Tom meinem Pferd den Sattel abnahm, sah ich, wie sich Vater Alcuin aus der Gruppe löste und zum Fluss hinunterging. Meinem guten Stern dankend folgte ich ihm unauffällig. Der große, beleibte Mann kniete am Ufer nieder, schöpfte mit beiden Händen Wasser und benetzte sich das Gesicht – in dem Moment trat ich hinter ihn. Als ich seinen Namen nannte, schrak er zusammen.

»Entschuldigt bitte, Vater, ich wollte Euch nicht erschrecken«, sagte ich rasch, da ich beschämt feststellte, dass er seine Tunika mit Wasser bespritzt hatte.

»Es ist ja nichts passiert, *princesse*«, erwiderte er, die Tropfen von seiner Kleidung schüttelnd. »Ich war nur in Gedanken versunken.«

Ich setzte mich neben ihn, nachdem ich meinen Umhang auf dem Boden ausgebreitet hatte, weil das Moos so feucht war.

»Unsere Unterredung damals in Canterbury wurde unterbrochen, und ich war gezwungen, die Abtei überstürzt zu verlassen. Aber ich würde gern Eure Meinung bezüglich einiger Dinge hören.«

»Ich bin Euch gerne behilflich, wenn es in meiner Macht steht«, entgegnete er.

»Zum einen möchte ich gern mehr über den Araber wissen, der tot im Kräutergarten der Abtei gefunden wurde. Was hält der Siechenmeister denn für die Todesursache?«

»Der Prior hat der ganzen Gemeinde von diesem Vorfall berichtet. Er sagte, der Fremde sei eines natürlichen Todes gestorben, vermutlich an Herzversagen. Es wurden keine Spuren von Gift oder Würgemale oder sonstige Verletzungen entdeckt.« Er blickte über den Fluss hinweg. »Er war nicht mehr der Jüngste, müsst Ihr wissen.«

»Weiß man, wer er war oder was er in Canterbury wollte?«

Vater Alcuin schien einen Moment zu zögern, dann antwortete er bestimmt: »Den Mönchen wurde nur mitgeteilt, dass der Mann am Markttag – dem Tag, als Ihr in Canterbury eingetroffen seid – unbemerkt durch die Tore in die Stadt gelangt ist. Vielleicht hat er sich in einem Bauernkarren versteckt, der Torwächter hat ihn jedenfalls nicht gesehen. Er hatte nichts bei sich, anhand dessen man ihn hätte identifizieren können. Ich glaube, der Prior hat lange überlegt, wo er ihn begraben soll, denn er und seine Berater fanden, es sei unangemessen – auch aus Respekt gegenüber seiner Religion –, ihn in christlicher Erde zu bestatten.«

Ich dachte einen Moment lang über diesen Aspekt der rätselhaften Angelegenheit nach, bis mich seine Stimme aus meinen Gedanken riss: »Habt Ihr noch weitere Fragen, Hoheit?«

»Ja. Sie betreffen Meister Averroës.«

»Meister Averroës? Den berühmten Gelehrten?«

»Ihr kennt ihn, nicht wahr?«

»Ich habe ihn nie getroffen. Aber wer hätte nicht von ihm gehört? Er ist der größte Übersetzer unserer Zeit. Ihm verdanken wir die Übersetzung der Werke des Aristoteles, die jetzt auch ins Lateinische übertragen worden sind. Aber er muss mittlerweile schon sehr alt sein.«

»Das ist er auch. Könnt Ihr mir sagen, ob er in der letzten Zeit irgendwann einmal in Canterbury gewesen ist?«

»Meister Averroës?« Vater Alcuin schien sich größte Mühe zu geben, scharf nachzudenken. »Nein, nicht dass ich wüsste. Es könnte sich nur um einen geheimen Besuch gehandelt haben, denn sonst wäre ich zweifellos zu diesem Treffen hinzugezogen worden. Ich bin nämlich einer von nur drei Mönchen unseres Ordens, die Arabisch sprechen und lesen. Übersetzer sind bei solchen Besprechungen unentbehrlich«, fügte er hinzu, als fürchte er, seine letzte Bemerkung könne anmaßend geklungen haben.

»Könnt Ihr Euch vorstellen, warum der Meister seine warme Heimat verlassen und zu dieser unwirtlichen Jahreszeit in den Norden reisen sollte?«, bohrte ich weiter, denn ich bemerkte, dass der Graf die Ritter zu den Pferden zurückbeorderte. Gleich würde Tom bei uns sein.

Vater Alcuin runzelte die Stirn. »Averroës ist dafür bekannt, dass er sich stets für den Frieden einsetzt. Vor ungefähr fünf Jahren hat der Kalif von Ägypten im Mittelmeer einen großen Sieg über die hispanischen Christen errungen und einige christliche Ritter gefangen genommen. Man munkelt, der Kalif würde Lösegeld für sie fordern. Sollte sich Averroës tatsächlich im Norden aufgehalten haben, dann könnte ich mir nur denken, dass er an den Verhandlungen beteiligt ist.«

Tom war nun fast bei mir angelangt, und Vater Alcuin erhob sich umständlich. »Mehr kann ich Euch nicht sagen«, flüsterte er mir zu, wie um mich zu warnen, kein Wort über unser Gespräch verlauten zu lassen. Was ich ohnehin nicht vorgehabt hatte.

Tom streckte mir die Hand hin, um mir aufzuhelfen. Er, der alte Vertraute von Königen und Königinnen, stellte mir keine Fragen, sondern schwieg und gab mir dadurch Zeit zum Nachdenken.

Wir stiegen wieder in den Sattel und brachen auf. Der Graf schien durch die kurze Rast neue Kraft gewonnen zu haben, denn er trieb uns erneut unerbittlich zur Eile an. Doch ich hing meinen Gedanken nach. Allmählich wurde mir klar, dass mein Rubinanhänger viel wertvoller war, als ich – und vermutlich auch Richard und Eleanor – angenommen hatten. Aber wie hing Meister Averroës' Anwesenheit im Norden mit dem großen Interesse an dem Schmuckstück zusammen? War es für die Lösegeldverhandlungen von Belang? Und noch immer zermarterte ich mir den Kopf darüber, was mein Onkel mit der ganzen Sache zu tun haben könnte. Und wie und wo kam der Tote aus dem Kräutergarten von Canterbury ins Spiel?

Wir erreichten Chinon, passierten das Schloss, das so viele meiner Kindheitserinnerungen barg, überquerten den Marktplatz in der Stadtmitte und ritten über die Brücke über die Vienne – dieselbe Brücke, über die ich mit dem jungen Henry, Marguerite und Richard immer hinweggaloppiert war, wenn wir ein Wettrennen veranstaltet hatten.

Ein paar Meilen folgten wir der Straße, die auf der Südseite am Fluss entlang verlief, dann bogen wir auf einen Weg ab, der sich durch ausgedehnte Weizenfelder zog. Die Sonne tauchte die weißen Steine, mit denen er gepflastert war, und die goldenen Ähren zu beiden Seiten in ein so warmes, fast überirdisches Licht, dass es mir vorkam, als würde ich gleichsam durch himmlische Gefilde reiten. Der Frühlingstag war herrlich.

Ich konnte das Haus des normannischen Ritters Armand Montjoie – so hieß laut Auskunft von Graf Chester unser Gastgeber – schon sehen, noch bevor wir in Rufweite waren. Es lag auf einem kleinen Hügel: ein hohes, massives, ganz aus weißem Stein erbautes Herrenhaus ohne jegliche überflüssige Verzierungen. Das Gebäude spiegelte die Persönlichkeit König Henrys von England so stark wider, dass ich einen leisen Schmerz empfand. Wie passend, dass es das Heim von einem seiner Lehensleute war.

Als wir uns dem Haus näherten, ließ meine Müdigkeit schlagartig nach. Ich verspürte eine seltsame kribbelnde Erregung, fast so, als stünde ich kurz davor, eine bedeutsame Entdeckung zu machen. Meine Stimmung hob sich merklich. Vielleicht lag das ja ganz einfach daran, dass ich an einen Ort aus meiner Kindheit zurückkehrte. Der strahlende Sonnenschein schien auch die Erinnerung an den unschönen Zwischenfall mit John auszulöschen. Wie dem auch sei, ich begrüßte dieses Gefühl als ersten Vorboten neuer Hoffnung.

♦ 17 ♦

Ein kleineres Abenteuer

Unsere Gruppe von Rittern und Reisenden – wir zählten nur ein Dutzend, meine Person eingeschlossen – ritt die von majestätischen Zypressen gesäumte Straße hinunter, die zu dem Anwesen führte. Dabei unterhielten wir uns so angeregt, dass wir den kleinen Trupp von Leuten, der schweigend vor dem Eingang wartete, zunächst gar nicht bemerkten.

Der Anblick des schwarz gekleideten Empfangskomitees – ein Mann, seine Frau und drei oder vier Dienstboten, die uns schweigend beobachteten – ernüchterte uns etwas. Sie wirkten irgendwie sonderbar – als würden sie gar nicht zusammengehören, sondern wären einander fremd und nur für diesen Anlass hierher beordert worden. Weder sprachen sie miteinander, noch sahen sie sich an, als wir auf sie zukamen. Der Mann in der Mitte hielt einen großen Hund an der Leine, der auf den Hinterläufen dasaß und uns nicht aus den Augen ließ.

»Nun«, bemerkte der junge François, der seit einiger Zeit an meiner Seite ritt, »das ist ja eine ziemlich düstere Schar, findet Ihr nicht?« Ich konnte nicht umhin, ihm zuzustimmen.

Der Mann, der uns begrüßte, unterschied sich wie der Tag von der Nacht von dem weltgewandten Baron Roger, der uns in seinem Heim in Wiltshire aufgenommen hatte, als wären wir König John samt Hofstaat. Er stellte sich als Thibault vor, unser ergebener Diener, doch ich spürte die unterschwellige Feindseligkeit, die von ihm ausging. Er erfüllte einen Auftrag, den er nur ungern übernommen hatte.

Er war, wie er sagte, Sir Armand Montjoies Haushofmeister Thibault von Limoges. Sir Armand war geschäftlich unterwegs, aber Thibault und seine Frau Petronella – er deutete mit einem flüchtigen Kopfnicken auf sie – würden alles tun, um es uns in Abwesenheit ihres Herrn so angenehm wie möglich zu machen.

Während er diese höfliche, aber keineswegs herzliche Ansprache hielt, nickten die anderen zustimmend. In die Frau an Thibaults Seite schien plötzlich Leben zu kommen, als sie ihren Namen hörte. Sie hatte schwarzes Haar, blaue Augen und ein hübsches rundes Gesicht mit rosigen Wangen. Ich sah, wie ihre Augen funkelten, als ich näher kam. Sie trug die Kleider der Bauern dieser Gegend, aber da sie sehr schlank war, brachten der Musselinrock und die bunt bestickte Bluse ihre Reize besonders gut zur Geltung. Sie knickste nach französischer Manier und blickte dann ohne eine Spur von Befangenheit zu mir auf. Obwohl sie noch kein Wort gesprochen hatte, verstanden wir uns sofort, auf jene besondere Art, die nur Frauen zu Eigen ist.

Doch dann war der Bann gebrochen, denn Haushofmeister Thibault führte uns ins Haus und zeigte uns unsere Unterkünfte. Graf Graham – gutwillig wie immer – verstrickte ihn in der Hoffnung, er würde ein wenig zugänglicher werden, in ein Gespräch, doch ich sah ihm an, welche Mühe ihn das kostete. Sein Gesicht verriet deutlich, dass der Ritt für ihn genauso anstrengend gewesen war wie für mich.

So schön der Tag auch war, im Moment wollte ich nur noch meine wenigen Habseligkeiten auspacken und mir Schweiß und Staub von der Haut waschen. Wasser und saubere Kleider waren mir bereits gebracht worden. Ich sah, dass es sich um französische Bäuerinnengewänder handelte, aus grobem Musselin gewebte Röcke nebst Mieder – kein Vergleich zu den feinen Wollroben, die man mir in Wiltshire zur Verfügung gestellt hatte. Die Sachen entsprachen nicht unbedingt meinem Geschmack, aber was sollte ich machen? Der Ritt war lang und strapaziös gewesen, und das Kleid, das ich jetzt trug, starrte vor Schmutz. Ich musste mit dem vorlieb nehmen, was ich bekommen konnte.

Nachdem ich mich gewaschen und umgekleidet hatte, stieß ich die Fensterläden auf, stützte mich auf den Sims und blickte über die Straße hinweg, die vom *château* Richtung Stadt führte. Unzählige Fragen gingen mir im Kopf herum, obwohl ich mir größte Mühe gab, an nichts anderes als an die Sonne zu denken, die mir die Arme wärmte. Wie lange würde ich hier wohl ausharren müssen? War Eleanor inzwischen nach Fontrevault zurückgekehrt? Wieso hatte ich mich von William dazu überreden lassen, überhaupt hierher zu kommen? Würde Graf Chester versuchen, mich aufzuhalten, wenn ich das Haus verließ? William hatte gesagt: »Später, wenn gewisse Angelegenheiten geregelt sind, kannst du an Philipps Hof zurückkehren.« Was hatte er damit gemeint?

Dann grübelte ich über den Verlust meines arabischen Schmuckstückes nach. Die Gespräche im Gasthaus über den großen Dichter Ibn al-Farid und meine Unterredung mit Vater Alcuin am Flussufer hatten mir wieder bewusst gemacht, wie sehr ich meinen Talisman vermisste. Und ich machte mir Gedanken um das Geheimnis, das mit diesem Anhänger verknüpft war. Wieder sah ich meine durchwühlten Kammern in Havre und später in Canterbury vor mir. Irgendjemand – oder auch mehrere Personen – hatte nach dem Schmuck gesucht.

Dabei hatte es sich nicht lediglich um gescheiterte Diebstahlsversuche gehandelt, und ich glaubte auch nicht mehr, dass der materielle Wert des Anhängers eine Rolle gespielt hatte. Irgendetwas anderes ging hier vor.

Ich betrachtete die Straße, die sich wie ein gewundenes Band den Hügel hinunterschlängelte und sich dann teilte. Eine Abzweigung führte zum Fluss und den Brücken von Chinon, über diesen Weg waren wir hergekommen. Die andere zog sich zwischen den Feldern hindurch bis nach Fontrevault.

In diesem Moment traf ich eine Entscheidung. Wenn William nicht innerhalb einer Woche hier erschien und mir meine Briefe nebst Übersetzung mitbrachte, würde ich dieses Haus verlassen. Notfalls würde ich mich des Nachts fortschleichen, aber ich würde den Weg einschlagen, der nach Fontrevault führte, und Eleanor mit oder ohne Beweise zur Rede stellen. Ich würde schon aus ihr herausbekommen, warum sie mir diesen Auftrag erteilt und mich dadurch in die Falle in Canterbury gelockt hatte – denn ich hegte nicht den geringsten Zweifel, dass sie genau gewusst hatte, dass John mir dort auflauern würde. Und als Wiedergutmachung für alles, was ich ihretwegen durchgemacht hatte, würde sie mir die Wahrheit über mein Kind verraten müssen.

Also blieb mir eine Woche Zeit, um mich auszuruhen. Ich betrachtete meine lächerlichen neuen Kleider. Am meisten störte mich das Fehlen einer Tasche, in der ich meine verkrüppelte linke Hand verbergen konnte. Ich legte die Arme auf das Fenstersims und musterte diese Hand. Eine nutzlose Klaue, mein ganz persönliches Unglück. Vom Handgelenk abwärts taub, gelähmt. Ich hatte noch nicht einmal einen Handschuh, um sie vor neugierigen Blicken zu schützen. Seufzend drehte ich mich um und entdeckte zu meiner Überraschung etwas, das ich zuvor nicht bemerkt hatte: Jemand hatte Pergament und Kohlestifte auf eine Holztruhe in der Ecke des Raumes gelegt.

Nicht zum ersten Mal kam mir der Gedanke, dass das Leben viel unerträglicher sein könnte, wenn statt meiner linken Hand die rechte im Mutterleib verkümmert wäre.

Den ganzen Nachmittag lang fertigte ich eine Zeichnung nach der anderen an, hielt die Ereignisse der letzten Wochen in

Bildern fest. Als ich damit fertig war, zeichnete ich die Gesichter von Prior William, Graf Graham, dem geheimnisvollen jungen François, König John und seiner hübschen Frau mit den schmalen Lippen, dann den phlegmatischen Baron Roger, den rotgesichtigen Sir Richard von Glanville und dann die edlen, alternden Züge William Marshals.

Schließlich ging ich zu Gesichtern aus der Vergangenheit über: der jungen Eleanor, meiner Schwester und ihrem Mann Henry dem Jüngeren, Richard mit wehendem rotblondem Haar. All das sprudelte nur so aus mir heraus; ich befreite mich von Erinnerungen, die ich lang verdrängt hatte. Auf dem letzten Pergamentbogen nahm König Henrys Kopf Gestalt an, und da spürte ich, wie mir Tränen über die Wangen rannen.

Ich hielt inne, als die Sonne zu sinken begann, ich das gesamte Pergament verbraucht hatte und von dem Kohlestift nur noch ein winziger Stummel übrig geblieben war. Erst jetzt merkte ich, dass ich während der Arbeit rasende Kopfschmerzen bekommen hatte. Ich stolperte in der Hoffnung, das Hammerwerk in meinem Schädel zum Stillstand zu bringen, zum Bett hinüber, um mich hinzulegen. Vergebens. Als ein Diener an die Tür klopfte, hob ich kaum den Kopf, sondern schickte ihn mit der Bitte, mich beim Essen zu entschuldigen, wieder fort. Ich konnte ihm schlecht die Wahrheit sagen, die gelautet hätte, dass meine Seele in tiefer Dunkelheit versunken war, deren Klauen nach mir griffen und meinen gesamten Körper marterten. Von diesem Augenblick an konnte ich lange Zeit kaum Licht von Dunkelheit unterscheiden. Meine einzigen Gefährten in dieser Qual waren die Schatten meiner Vergangenheit, die mich umtanzten.

Gegen Ende des zweiten Tages ließ der pochende Schmerz allmählich nach. Ich hatte verschwommen mitbekommen, dass Graf Graham mich aufgesucht hatte, um sich nach meinem Befinden zu erkundigen, ebenso der getreue, aber noch immer kühle und zurückhaltende Haushofmeister Thibault sowie seine

Frau Petronella, deren Schürze wie immer nach frisch gebackenem Brot duftete. Sie hatten mir Pulver und Tränke einflößen wollen, doch ich hatte abgelehnt und nur um heißes Wasser gebeten, mit denen ich die Kräuter aufbrühen konnte, die ich noch immer bei mir trug. Am dritten Tag konnte ich es zum ersten Mal wieder ertragen, ins Licht zu blicken. Langsam wurde ich wieder ich selbst.

Zum ersten Mal seit langer Zeit wünschte ich mir wieder sehnlichst, eine Frau als Freundin zu haben. Mit den Frauen in meinem Leben hatte ich bislang nicht viel Glück gehabt, angefangen bei meiner Mutter, später dann mit Königin Eleanor, den Hofdamen am Hof meines Bruders und dann mit Isabelle, die mich hatte manipulieren wollen, um John zu helfen. Aber jetzt sehnte ich mich nach meiner Schwester Marguerite oder nach meiner Kinderfrau Francesca zurück, nur um einmal mit jemand anderem reden zu können als diesen langweiligen Rittern. Ich würde mich ja sogar aufraffen, heute Abend zum Essen hinunterzugehen, dachte ich, wenn ich nur wüsste, dass auch Frauen anwesend sind.

Noch während mir all diese Dinge durch den Kopf gingen und ich dabei zusah, wie die Sonnenstrahlen über die Wandbehänge tanzten, klopfte es wieder leise an der Tür, die allerdings diesmal sofort geöffnet wurde, ohne dass ich den Besucher zum Eintreten aufgefordert hatte.

Mistress Petronella mit dem Engelsgesicht und den rosigen Wangen betrat den Raum. Mir war schon bei unserer Ankunft aufgefallen, wie hübsch sie war, aber nun fiel die Sonne direkt auf ihr lebhaftes, reizendes Gesicht, während sie ruhig vor mir stand, und ich sah, dass überdies auch eine wache Intelligenz in ihren Augen funkelte.

»Was gibt es?«, fragte ich. Meine Stimme klang so krächzend wie die eines Raben.

»Habt Ihr irgendwelche Wünsche, Hoheit?«, erkundigte sie sich. Besonders ehrerbietig wirkte sie nicht.

Ich setzte mich auf und stützte mich auf einen Ellbogen, um sie besser betrachten zu können. Dabei lauerte ich auf den stechenden Schmerz im Kopf, den mir diese Bewegung in meinem Zustand normalerweise beschert hätte, doch er blieb aus. Aus einem Impuls heraus antwortete ich: »Ja, ich hätte gern meine Kleider. Und einen Umhang, wenn es geht.« Dann schwang ich die Beine über die Bettkante. Noch immer kein Schmerz. Ich war noch geschwächt, aber die Krankheit schien vorüber zu sein.

»Es geht Euch besser, wie ich sehe. Werdet Ihr zum Essen erscheinen, Hoheit?«

»Nein. Bitte entschuldigt mich bei Graf Graham und den anderen Rittern. Aber ich möchte ins Freie, um ein wenig frische Luft zu schnappen.«

»Ich werde es dem Grafen ausrichten. Er sagte, er wolle sofort benachrichtigt werden, wenn Ihr Euch besser fühlt.«

»Erzählt dem Grafen unter keinen Umständen, dass ich mich wieder erholt habe«, fuhr ich sie scharf an. »Holt nur meine Kleider und einen Umhang und sagt den anderen, ich sei noch zu krank, um zum Essen herunterzukommen.«

»Aber Hoheit ...«

»Kommt her, Mistress Thibault.« Die junge Frau kam, die Hände hinter dem Rücken verschränkt, zögernd näher. Aber sie wich meinem Blick nicht aus und schien sich von meinem Rang nicht im Geringsten beeindrucken zu lassen, was ich sehr ungewöhnlich fand. Sie begann mich zu interessieren. »Hört zu, ich brauche dringend frische Luft, ich denke, dann wird sich mein Zustand bald bessern. Aber ich möchte niemandem zur Last fallen, sondern einfach nur allein sein, versteht Ihr?« Sogar eine Schwachsinnige hätte verstanden, worauf ich hinauswollte.

Petronella nickte lächelnd.

»Wisst Ihr, wer ich bin?«

Zur Antwort warf sie den Kopf in den Nacken. Die Geste

konnte als Zustimmung oder auch als Herausforderung gedeutet werden.

»Wenn Ihr mir helft, werde ich Euch mit Silber belohnen. Wenn nicht, werdet Ihr es bedauern.« Unbestimmte Drohungen zeigten oft größere Wirkung als deutlich ausgesprochene, das hatte ich bei Hof gelernt. Deutlichen Drohungen waren enge Grenzen gesetzt, unbestimmte sprachen die Fantasie an. Jeder Mensch verband sie mit anderen Vorstellungen.

»Ja, Eure Hoheit.« Sie deutete einen Knicks an und nickte leicht mit dem Kopf. Ich hatte das Gefühl, als würde sie sich ein breites Grinsen verkneifen. Dann ging sie zu einem großen Holzschrank an der Wand und öffnete die Tür, was ich vermutlich genauso gut selbst hätte tun können. Die Kopfschmerzen hatten meinen Verstand benebelt.

»Hier liegen Kleider für Euch bereit. Solche, wie Ihr sie zu tragen gewohnt seid. Wir … es hat einige Zeit gedauert, sie zu beschaffen, also haben wir Euch erst einmal ein paar von meinen Sachen gegeben.« Sie runzelte die Stirn. »Wir waren auf Eure Ankunft nicht vorbereitet, wir hatten das Haus ja erst am Morgen hergerichtet. Ihr seid früher eingetroffen, als wir erwartet hatten.«

»Es sind ja gerade Eure Sachen, die ich haben möchte«, erwiderte ich. Ich wurde aus ihrer letzten Bemerkung nicht schlau. Das Haus hatte vor unserer Ankunft leer gestanden? Die Dienstboten waren eigens unseretwegen hergeschickt worden? »Oder besser noch die Kleider von einem der Knechte.«

Als sie mich daraufhin nur erstaunt ansah, wiederholte ich meine Bitte in ihrer normannischen Muttersprache.

»Ich möchte die Kleidung haben, die ein Knecht normalerweise trägt.« Ich legte eine Pause ein, um sicherzugehen, dass sie auch begriffen hatte. »Könnt Ihr mir solche Kleidungsstücke beschaffen?«

»Oui, un moment, madame«, antwortete sie, als sie sah, dass es mir ernst war.

»Sind die Ritter schon zu Tisch gegangen?« Während ich sprach, ging ich zu den Truhen hinüber. Eines meiner Knie gab unter mir nach, ich stolperte, aber Petronella war dicht hinter mir geblieben und fasste mich am Ellbogen, um mich zu stützen. Als ich das Gleichgewicht wiedererlangt hatte, setzte ich meinen Weg entschlossen fort. Mit jedem Schritt fühlte ich mich kräftiger.

»Noch nicht, Mylady. Sie warten, aus Höflichkeit, wie ich annehme, bis sie wissen, ob Ihr ihnen Gesellschaft leisten werdet.«

»Dann geht hinunter und sagt ihnen, ich sei noch immer zu krank, um etwas zu mir zu nehmen, und würde es vorziehen, heute Abend allein zu sein. Nachdem sie mit dem Mahl begonnen haben, werde ich einen Spaziergang machen. Ihr werdet vor den Rittern kein Wort darüber verlieren, dass ich das Haus verlassen habe, ist das klar?«

»Ja, Hoheit.« Ein koboldhaftes Grinsen spielte um ihre Lippen. »Ich verstehe sehr gut, was Ihr von mir wünscht.«

»Gut. Dann bringt mir die Kleider, um die ich gebeten habe, selbst wenn Ihr sie stehlen müsst. Und möglichst auch einen Umhang dazu.« Als sie sich abwandte, um meinen Befehlen Folge zu leisten, fügte ich hinzu: »Und beeilt Euch.«

»Ja, Hoheit.«

Ich hielt sie noch einmal zurück. »Aber erst richtet Ihr meinen Rittern aus, dass ich nicht zum Essen herunterkomme. Und achtet darauf, dass Euch niemand sieht, wenn Ihr mir die Kleider bringt.«

Sie huschte zur Tür hinaus, und ich war mir sicher, eine Komplizin gefunden zu haben, die über mein Vorhaben Stillschweigen bewahren würde.

Da ich es kaum erwarten konnte, endlich fortzukommen, verlor ich keine Zeit, nachdem Petronella mir die verlangten Kleider gebracht hatte. Draußen ging im schwindenden Tageslicht bereits der Mond auf. Die silberne Kugel stand hoch am klaren Himmel und schien mir Glück für mein Abenteuer zu verheißen. Die Nachtluft tat mir gut, und nach ein paar Minuten verflog die leichte Übelkeit, unter der ich anfangs gelitten hatte.

Ich steuerte geradewegs auf die Ställe zu; dabei hielt ich mich im Schatten der Bäume, die die Straße säumten. Vom Hof hinter dem Haus klangen gedämpfte Männerstimmen zu mir herüber, zweifellos saßen die Ritter jetzt bei ihrer Abendmahlzeit. Gelegentlich ertönte auch Gelächter.

Das Glück war mir an diesem Abend hold. Kein Pferdeknecht lungerte an der Stalltür herum. Vermutlich waren auch sie in der Küche beim Essen. Ich wählte das kleinste von unseren Pferden aus, die gescheckte Stute, die ich auf dem Weg von Calais nach Wiltshire geritten hatte, und führte sie so leise wie möglich aus dem Stall. Sie folgte mir bereitwillig; sie war ausgeruht und freute sich auf den Ausritt. Als wir so weit vom Herrenhaus entfernt waren, dass niemand den Hufschlag mehr hören konnte, saß ich auf und trieb die Stute zu einem leichten Galopp an. An der Weggabelung wandte ich mich nach rechts, in Richtung Chinon.

Ich wusste, dass Marktwoche war, denn ich hatte die Vorbereitungen gesehen, als wir ein paar Tage zuvor durch die Stadt geritten waren. In der Mitte des Marktplatzes hatte man eine Bühne aufgebaut, für Unterhaltung war also gesorgt. Überall flackerten Fackeln an eigens dafür aufgestellten Pfählen, und eine große Menschenmenge begann, sich bereits in Erwartung des abendlichen Festes zu versammeln, als ich über die Brücke ritt. Ich blickte zum dem mit Sternen übersäten Himmel auf und empfand plötzlich eine tiefe innere Freude. Dann war ich gezwungen, abzusteigen und mein Pferd am Zügel zum Marktplatz zu führen, denn das Gewirr von Menschenleibern wurde immer dichter.

So wie ich gekleidet war – in Tunika, Kniehose, einem kurzen Umhang und einer Kappe, die meine langen Zöpfe verbarg – schenkte mir niemand Beachtung. Ich wurde für einen Knecht oder vielleicht einen Landjunker gehalten. Obwohl ich noch immer ein wenig wackelig auf den Beinen war, erfrischte mich die kühle Nachtluft, und von Stunde zu Stunde ging es mir besser. Ich fühlte mich so frei wie ein Kind und das ausgerechnet hier im Schatten des Schlosses, das ich in meiner Jugend am meisten geliebt hatte. Ein Wink des Schicksals, dachte ich.

Bei einer Garküche blieb ich stehen, um ein kleines geröstetes Huhn zu erstehen, von dem ich mit Genuss ein paar Stücke verzehrte und mir dann wie ein gewöhnlicher Bauer die Finger ableckte. Dann fand ich einen Stand, an dem Wein ausgeschenkt wurde, und stillte meinen Durst mit einem Becher scheußlichen sauren Dorfweins. Danach kämpfte ich mich zur Mitte des Marktplatzes durch, wo man rund um die Bühne herum Bänke aufgestellt hatte. Was auch immer dort vor sich ging, es löste in der Menge schallendes Gelächter aus.

Ich nahm auf einer der hinteren Bänke Platz. Vor mir klaffte eine kleine Lücke, die mir einen guten Blick auf die Bühne gewährte. Diese war hoch genug, dass auch kleiner gewachsene Menschen die Vorstellung problemlos verfolgen konnten. Ich begann, aufmerksam zuzuhören.

Und dann erkannte ich das Stück. Es war der Dialog zwischen dem Betrunkenen und dem Narren, der bei der französischen Landbevölkerung so beliebt war. Die Farce hatte auch uns Königskinder begeistert, wenn wir in der Normandie oder in Anjou waren. Auch jetzt musste ich unwillkürlich lächeln, als der Narr dem Betrunkenen einen Schlag auf den Kopf versetzte, dieser zu Boden stürzte und der Narr über ihn stolperte, als er sich zum Publikum umdrehte. Hier wurde nicht philosophiert oder zum Nachdenken angeregt, sondern nur menschliche Torheit zur Schau gestellt.

Bald verließen die beiden *bouffons* die Bühne, und die Menge verstummte. Die meisten Zuschauer wussten, was folgen würde, denn neben den Bänken war eine Programmtafel aufgestellt.

Zwei vermummte Gestalten betraten die Bühne. Die eine

trug ein weißes Gewand, die andere ein schwarzes. Sie stellten das alte unzertrennliche Paar dar – den Leib und die Seele.

Die weiß gekleidete Gestalt eröffnete den Dialog. »Ist dir nicht klar, dass du durch deine Maßlosigkeit dein ewiges Leben aufs Spiel setzt?«, donnerte sie unter dem Schutz ihrer bauschigen Kapuze hervor. Doch die geistige Verklärtheit der Seele war der urwüchsigen Lebensfreude des Leibes nicht gewachsen. Dessen Darsteller war von Kopf bis Fuß in Schwarz gekleidet, das Gesicht wurde von der Kapuze vollständig verdeckt. Er war schon bald der Liebling des Publikums, denn er hatte den geistreicheren Part, und einige seiner Zeilen waren, wie ich vermutete, aus der Situation heraus frei improvisiert. Immer wieder übertönte der Beifall für ihn die gestelzten Antworten der Seele. Fast schien es, als wäre diese an sich so ernste Diskussion über das Seelenheil der Menschen von dem leichtfertigen Stück mit dem Betrunkenen und dem Narren beeinflusst worden, das ihr vorangegangen war.

Ich selbst lachte so herzlich, dass ich Seitenstechen bekam. Die Darsteller verwandelten all die traditionellen Argumente auf meisterhafte Art zu einer Komödie, die die Zuschauer mitriss. Kein Wunder, dass die Bischöfe immer gegen das Theater wetterten. Lachen war vermutlich der größte Feind aller kirchlichen Dogmen. Hinter der Fassade der Frömmigkeit verbarg sich zumeist auch ein guter Teil an Respektlosigkeit. In dieser sternenklaren Nacht brach sie aus uns hervor, was ich als Befreiung empfand. Und als Lob für die Schauspieler!

»Aber welche Sicherheit habe ich, dass ich belohnt werde, wenn ich der Frau meines Nachbarn nicht länger nachstelle? Wird meine eigene Frau dann mit ihrem ewigen Gekeife aufhören?«, rief die schwarz vermummte Gestalt mit klarer, jugendlicher Stimme. Wieder jubelten die Zuschauer ihr zu, doch etwas anderes hatte plötzlich mein Interesse geweckt. Die Stimme des Schauspielers kam mir irgendwie bekannt vor.

»Er ist gut, nicht wahr?«, erklang eine sogar noch vertrautere

Stimme dicht neben meinem linken Ohr. Ich schrak zusammen und fuhr herum. William wandte den Blick nicht von der Bühne ab, während er mit mir sprach. Er stand hinter mir und musste sich zu mir hinunterbeugen, um seinen Kopf dicht an den meinen zu bringen.

»Was tust du denn hier?« Vor Schreck wäre ich beinahe von der Bank gefallen, aber er legte mir seine kräftige Hand auf den Rücken, um mich zu stützen.

»Ich bin dir gefolgt. Warum würde ich denn sonst spätabends auf einem Dorfmarkt stehen und mir eine unsinnige Theatervorstellung ansehen?«, erwiderte er. Seine Stimme klang scharf, fast streitlustig. Die Leute um uns herum, die dem Vortrag der Schauspieler folgen wollten, warfen uns empörte Blicke zu und forderten zischend Ruhe.

»Wann hast du denn …?«, begann ich, aber ich brachte die Frage nicht zu Ende, denn William schob den Ellbogen unter meinen Arm, zog mich von der Bank hoch und zerrte mich durch die Zuschauermenge, die uns widerwillig Platz machte, zum Rand des Marktplatzes hin. Ich unterdrückte den heftigen Drang, mich gegen diese Eigenmächtigkeit zur Wehr zu setzen, und folgte ihm stattdessen widerstandslos.

Am Rand der Menge gab er meinen Arm nicht frei, sondern verstärkte seinen Griff noch, beugte sich zu mir herunter und schob sein Gesicht ganz nah an das meine heran.

»Es bleibt mir wohl nichts anderes übrig, als deine Fragen zu beantworten, weil du ja doch keine Ruhe gibst. Ich bin heute Nachmittag angekommen, habe dich jedoch nicht aufgesucht, weil man mir sagte, du seist krank. Ich wollte dich nicht stören, sondern lieber warten, bis du dich besser fühlst, ich rücksichtsvoller Narr. Doch als wir zum Essen gingen, kam die junge Frau des Haushofmeisters zu mir und berichtete, du hättest auf eigene Faust einen kleinen Ausflug unternommen.«

»Bei den Zähnen Gottes!«, entfuhr es mir. »Es zahlt sich nie aus, fremde Dienstboten zu bestechen!«

»Und diese interessante Nachricht zwang mich leider dazu, auf ein warmes Feuer und die Möglichkeit, früh zu Bett zu gehen, zu verzichten und über diesen verflixten Fluss zurückzureiten, um dich zu suchen.« Er hielt inne. »Und um deine nächste Frage vorwegzunehmen – ja, ich habe die Briefe entschlüsselt, die du in Old Sarum hast mitgehen lassen. Du kannst die Übertragung noch heute Nacht haben.«

»Heilige Mutter Gottes!« Ich hatte die Briefe fast vergessen. Vor Freude klopfte ich ihm mit meiner gesunden Hand auf den Arm. »Das ist endlich einmal eine gute Nachricht. Aber kann sie nicht warten, bis die Auseinandersetzung zwischen Leib und Seele beendet ist? Gerade als du kamst, begann der Leib die Oberhand zu gewinnen, und wenn ihm das endgültig gelingt, könnte das mein künftiges Verhalten entscheidend beeinflussen.«

»Das ist doch wohl nicht dein Ernst!« Seine buschigen Brauen schossen in die Höhe. »Ausgerechnet du hast plötzlich deine Liebe zur Bühne entdeckt?« Er lachte so dröhnend, dass die Leute in unserer Nähe ihn mit einem Schwall von Beschimpfungen überschütteten – sie prallten von ihm ab wie Wasser von einem Entengefieder.

»Ich liebe die Bühne, ich liebe Menschenmengen, ich liebe den Aufenthalt im Freien, und ich liebe über dem Feuer geröstete Hühner.« Ich leckte mir den Rest Fett von den Fingern meiner rechten Hand. »Ich liebe all die ganz gewöhnlichen Dinge des Lebens, die mir als Kind verwehrt geblieben sind – vermutlich aus ebendiesem Grund.« Ich deutete zu den Garküchen hinüber, wo sich die Hühner wie gut gedrillte Soldaten an ihren Spießen drehten. Wie auf dieses Stichwort hin wehte ein köstlicher Duft nach geröstetem Knoblauch zu uns herüber. »Möchtest du ein Stück probieren, da du ja das Essen im Haus Montjoie meinetwegen versäumt hast? Ich verspreche dir, dass dich ein paar Bissen hiervon in bessere Laune versetzen werden.«

»Nein danke.« Er schnitt eine Grimasse. »Mit Staub gewürztes Huhn ist eine Mahlzeit, die ich bestenfalls auf einem Schlachtfeld zu mir nehme, und das auch nur, wenn ich vor Hunger sterbe. Ich werde mir nachher von Thibault ein paar zarte Täubchen vorsetzen lassen.«

»Glaub mir, das hier schmeckt besser«, erklärte ich, doch William hatte sich schon wieder zur Bühne umgedreht und hörte mir nicht mehr zu. Die Diskussion zwischen Leib und Seele war zu Ende, und die Darsteller schlugen ihre Kapuzen zurück, um sich vor ihrem begeisterten Publikum zu verbeugen. Im Fackelschein konnte ich den schwarz gekleideten Schauspieler gut erkennen. Er lächelte strahlend, da der Beifall vornehmlich ihm galt. Dann hob er Arme und Gesicht zum Licht. Es war der junge Sekretär François.

»Sobald er zu uns gestoßen ist, brechen wir auf.« William richtete seine Aufmerksamkeit wieder auf mich. Sein Blick schien seltsam forschend auf mir zu ruhen, aber vielleicht bildete ich mir das in dem schwachen Licht auch nur ein.

Wir kehrten der Bühne den Rücken und gingen zu einem der vielen Durchgänge zwischen den Häusern hinüber, die vom Marktplatz zum Fluss hinunterführten. Als wir die Brücke erreichten, blieb William plötzlich stehen, drehte sich zu mir um und fragte unvermittelt: »Hast du dich auf der Reise von Wiltshire hierher manchmal mit François unterhalten?«

»Ja, beim Abendessen und einmal während des Rittes.«

»Und was hältst du von ihm?« Die Frage klang recht unverfänglich, aber seine Augen glitzerten merkwürdig.

»Ein begabter junger Sekretär – oder Ritter oder Mönch oder was immer du und deine Männer wirklich seid«, erwiderte ich; dabei wunderte ich mich erneut darüber, wie eindringlich er mich betrachtete.

»Würdest du einen solchen Mann in deine Dienste nehmen?« Diese Frage schien er sich nun wieder gut überlegt zu haben.

Ich verbarg meine Überraschung, so gut es mir möglich war,

und zögerte kurz, ehe ich ehrlich antwortete: »William, ich weiß selbst noch nicht, wie mein Leben weitergehen soll, deshalb kann ich jetzt weder Ja noch Nein dazu sagen. Ich muss mir erst noch überlegen, ob ich an Philipps Hof zurückkehre oder nicht.« Ich dachte einen Moment nach. Vielleicht hatte ich ihn ja falsch verstanden. »Willst du ihn mir abtreten?«

»Nicht unbedingt«, erwiderte er. Doch dann wurde unser rätselhaftes Gespräch unterbrochen, als der Gegenstand desselben atemlos vom schnellen Laufen auf uns zugestürmt kam. Sein schwarzes Gewand hatte er sich über die Schulter geworfen. Erst jetzt fiel mir auf, dass er sich eine Benediktinerkutte angeeignet hatte, um sie als Kostüm für das Moralitätenstück zu verwenden. Er zeigte keine Verwunderung, uns zu sehen, sondern nickte erst William zu und verneigte sich dann vor mir.

»Du hast deine Sache gut gemacht«, lobte William den aufgelösten jungen Mann, wobei er ironisch eine Braue hochzog. »Vielleicht hast du deine Berufung verfehlt. Vielleicht solltest du auf ein Leben als Ritter oder Mönch verzichten und stattdessen lieber zur Bühne gehen.«

»Ich war ziemlich überrascht, als ich Eure Botschaft erhielt«, erwiderte der junge Mann mit einem bemerkenswerten Maß an Kaltblütigkeit. »Danke, dass Ihr mich habt weiterspielen lassen.«

Dann nickte er in meine Richtung, ehe er fragte: »Was tut Ihr denn heute Abend hier?« Die Frage war an William gerichtet. Offenbar interessierte es ihn wenig, was *mich* hierher geführt hatte. Er hatte keinerlei Überraschung erkennen lassen, als er mich gesehen hatte, aber er hatte mir ja soeben auf der Bühne eine Kostprobe seiner schauspielerischen Fähigkeiten geliefert.

»Ich bin dir gefolgt, du junger Schurke. Was wird Hugh Walter sagen, wenn ich ihm erzähle, dass sein bester Student der klassischen Künste in seiner Freizeit auf einer Dorfbühne herumtollt?« William streckte eine Hand aus, um ihm das rotbraune Haar zu zerzausen, doch François duckte sich mit dem

Geschick jahrelanger Erfahrung. »Und die ernste Diskussion zwischen Leib und Seele in eine Komödie verwandelt. Die Kirche nimmt ihre Aufgabe, Seelen zu retten, nicht auf die leichte Schulter, junger Mann, das versichere ich dir. Zumindest das hättest du in den letzten Jahren in Canterbury lernen sollen.«

»Ihr habt versprochen, ich müsse nicht zurück, falls …« François lachte so heftig, dass er kaum sprechen konnte, verstummte aber, als er sah, wie Williams Miene bei seinen Worten versteinerte.

»Später«, sagte William dann knapp, ja fast barsch. Wie schon sooft schien seine Stimmung abrupt umgeschlagen zu sein, und allmählich fragte ich mich, ob er überhaupt im Stande war, sich länger als zehn Herzschläge hintereinander zu entspannen.

»Mein Pferd steht dort drüben.« François hatte seine Fassung wiedergewonnen und deutete mit einem Kopfnicken zur Bühne hinüber. Ich bewunderte, wie mühelos es ihm gelang, das Thema zu wechseln, und wieder dachte ich, dass er Anlagen hatte, ein großer Schauspieler zu werden.

»Nicht mehr.« William wandte sich schon in die entgegengesetzte Richtung. »Ich hielt es für vernünftiger, alle Pferde hinunter zum Fluss zu bringen, damit wir ungestört hier verschwinden können, bevor sich die Menge aufzulösen beginnt.«

Ich warf einen Blick über die Schulter und sah, dass gerade das nächste Stück anfing. Wir gehörten zu den wenigen Leuten, die den Platz verließen. Aus dem Schatten hinter uns tauchten fünf Ritter zu Pferde auf, drei davon hielten unsere Reittiere am Zügel. Wie hatte er das nur fertig gebracht? Ich wunderte mich, im Dunkeln den Kopf schüttelnd. Fast schien es mir, als habe William einen ganzen Hofstaat zur Verfügung, der seinem leisesten Wink gehorchte. Dann stiegen wir alle in den Sattel und traten den Heimweg an.

♦ 18 ♦

Missverständnisse

William geleitete mich persönlich zu meinem Quartier. Dort blieb ich mit der Hand auf dem Türknauf stehen, denn ich rechnete damit, dass er mit mir über die Briefe sprechen wollte, die er für mich entschlüsselt hatte. Doch er machte keine Anstalten, unser Gespräch fortzuführen oder mit in meine Kammer zu kommen. Die seltsamen, fast unheimlichen Schwingungen zwischen uns schienen es ihm zu ermöglichen, meine Gedanken zu lesen, denn er sagte nur: »Wir sind alle müde. Morgen nach dem Frühstück können wir reden. Ich bringe dir die Briefe dann mit.«

»Aber du führst ein so geheimnisvolles, unstetes Leben«, widersprach ich so obenhin, wie es nur ging. »Was, wenn du plötzlich mitten in der Nacht wieder fort musst? Dann verschwinden meine Briefe mit dir. Und mit ihnen die Antworten, die, wie ich vermute, mein ganzes Leben verändern werden.«

»Oder auch nicht.« Er hakte die Daumen in seinen Gürtel. Die Fackeln im Gang beleuchteten mein Gesicht, das seine lag im Schatten. »Alaïs, vertrau mir. Nichts und niemand wird mich heute Nacht dazu bringen, das Haus zu verlassen – nicht, bevor wir über deine Briefe gesprochen haben.« Seine Stimme klang eisenhart.

Plötzlich wurde mir bewusst, wie nahe wir beieinander standen. Ich lehnte mit dem Rücken an der Tür zu meiner Kammer, William befand sich unmittelbar vor mir. Er schien mir den Weg zu versperren, obgleich ich vor meiner eigenen Tür stand. Sein Blick unter den buschigen Brauen war unverwandt auf mein Gesicht gerichtet, auf diese beunruhigend intensive Art, die ihm zu Eigen war. Ich umklammerte den Türknauf fester. Wenn ich die Tür öffnete, trat er vielleicht in meine Kammer – er hatte ja schon mehrfach bewiesen, dass es ihn wenig störte, meine Privatgemächer unaufgefordert zu betreten –, und dort würde es mir leichter fallen, mit ihm umzugehen. In meinen eigenen vier Wänden konnte ich räumliche Distanz zwischen uns schaffen. In dieser intimen Position auf dem Gang kam ich mir seltsam verletzlich vor.

Doch plötzlich trat er einen Schritt zurück und wandte sich ab, ohne mir *bonne nuit* zu wünschen. Ehe ich den Mund aufbekam, war er schon um die Ecke verschwunden. Widersprüchliche Gefühle keimten in mir auf – Erleichterung, Ärger und noch etwas anderes, das sich schwer definieren ließ. Ich öffnete die Tür und ging in meine Kammer.

Auf dem Tisch neben der Truhe lag frisches Pergament. Die Fackeln brannten und tauchten den Raum in ein flackerndes Licht. Der Gefühlsaufruhr in meinem Inneren machte jeden Gedanken an Schlaf unmöglich, also setzte ich mich hin, um ein wenig zu zeichnen. Vielleicht konnte ich ja etwas von der ausgelassenen Fröhlichkeit der letzten Stunden festhalten, solange die Erinnerung an mein nächtliches Abenteuer noch frisch war. Aber es wollte mir nicht gelingen. Ich unternahm einen Versuch nach dem anderen, die Bühne mit dem in ihre Debatte verstrickten Leib und der Seele oder gar die Dorfbewohner zu zeichnen, die die Vorstellung begeistert verfolgt hatten und die mir sonst immer sehr gut gelangen, doch diesmal wollte die Kohle meinen Händen nicht gehorchen.

Immer wieder schob sich Williams Gesicht in meine Gedanken. Schließlich gab ich nach und begann, dieses Gesicht zu zeichnen. Zuerst so, wie ich es am Hochaltar in Canterbury gesehen hatte – kühl, abweisend und arrogant –, und dann den aufgeschlossenen Gastgeber an Baron Rogers Tafel – umgänglich und charmant. Als Nächstes die weichen Züge des Mannes, der mich in den Armen gehalten hatte, als ich in meiner Kammer in Wiltshire geweint hatte, und dann das lachende, spöttische, von aufrichtiger Freude erfüllte und durch und durch menschliche Gesicht, das er heute Abend auf dem Dorfplatz gezeigt hatte. Und zuletzt die undurchdringliche Miene des William, der sich eben so abrupt von mir abgewandt hatte. Der große Pergamentbogen füllte sich mit lauter verschiedenen Williams, und sowie ich mein Werk vollendet hatte, betrachtete ich es befriedigt. Ich hatte ihn fast gemocht, während diese Bilder entstanden waren. Oder vielleicht sollte ich sagen, ich hatte *sie* fast gemocht, denn auf dem Pergamentbogen war eine ganze Reihe verschiedener Persönlichkeiten zu sehen. Gefiel mir die eine nicht, konnte ich eine andere wählen.

Ich legte den Kohlestift zur Seite, wusch mich mit dem Wasser, das inzwischen im Krug kalt geworden war, und schlüpfte dann in mein Nachthemd. Im Moment erschien es mir sehr verlockend, die Fackeln zu löschen und die Dunkelheit willkommen zu heißen.

Als ich mich endlich erschöpft auf das Bett sinken ließ, überkam mich ein seltsames Déjà-vu-Erlebnis. Ausgelöst hatte es das Gefühl, von William gegen die Tür gepresst zu werden. Dasselbe war mir einmal in meiner Jugend mit Richard passiert. Meine Gedanken kehrten zu Eleanors Hof in Poitiers zurück; damals, als Richard und ich noch jung und heißblütig gewesen waren. Die drei *sirventes*, die er mir als Unterpfand seiner Liebe gewidmet hatte, waren von seinem Bruder Geoffrey heimlich aus seiner Kammer entwendet und vor Eleanors versammeltem Hof beim Abendessen laut vorgelesen worden – sehr zur Erheiterung seiner Schwestern und Brüder und meiner Schwester Marguerite.

Aber dadurch war Richards Liebe zu mir öffentlich bekannt geworden. Es war fast eine Erleichterung. Wir mussten nur bis zu meinem sechzehnten Geburtstag warten, dann sollte die Trauung stattfinden, und wir fieberten bereits unserer Hochzeitsnacht entgegen. Vorher unsere Liebe durch eine körperliche Vereinigung zu besiegeln stand außer Frage. Unsere Eltern, die Herrscher von Frankreich und England, wären außer sich gewesen, wenn ich vor der Hochzeit ein Kind erwartet hätte. Und die Gefahr, einen illegitimen Thronerben zur Welt zu bringen, der die ganze Situation noch komplizierter machen würde, war nicht unerheblich.

Dennoch lebten und atmeten wir Liebe. Marie von Champagne, Eleanors Tochter von meinem Vater, beschloss, eine Versammlung einzuberufen, um die wahre Bedeutung der Liebe zu bestimmen. Unter ihrer Leitung stellte der Mönch Capellanus eine Reihe von Regeln auf, an die – wie Marie sagte – wir uns alle zu halten hatten. Wollust und körperlicher Liebe zugunsten der geistigen Liebe zu entsagen, um mit Worten, mit Gedichten Liebe zu erschaffen – das war unser großes Ideal. Wir waren bereit, uns der Herausforderung zu stellen. Richard und ich konnten gut bis nach der Hochzeit warten.

In jener bewussten Nacht begleitete mich Richard bis zur Tür meiner Schlafkammer, und dort beugte er sich zu mir herab und presste seine Lippen zum ersten Mal auf die meinen. Die Innenfläche meiner gesunden Hand wurde feucht, als er sie ergriff und mich dann in seine Arme schloss und an sich drückte.

Wenn er mich in diesem Moment gebeten hätte, mit in meine Kammer kommen zu dürfen, hätte ich nicht widerstehen können. Ich hatte keinen eigenen Willen mehr, mein ganzes Streben war nur darauf gerichtet, ihn zu spüren.

Doch er war es, der mich freigab und sich genau wie William heute Abend abwandte und mich ohne ein weiteres Wort stehen ließ.

Mondschein fiel durch das Fenster, und ich sah lange zu, wie die Schatten der Bäume über die Decke tanzten. Die Schatten, die durch meinen Kopf zogen, waren die Entscheidungen, die ich bezüglich meiner Zukunft treffen musste. Soweit es mich anging, war diese wilde Mission für mich abgeschlossen, sowie ich erfahren hatte, was in Eleanors Briefen stand. Aber während dieser Reise war völlig unerwartet noch etwas anderes geschehen.

Mir war in den Sinn gekommen, dass ich überhaupt nicht nach Paris zurückkehren musste. Warum sollte ich dort leben? Alles drehte sich dort nur um Nichtigkeiten – Kleider, Feste, Standesdünkel. Klatsch gab es zuhauf, aber in keinem der dort bei Hof versammelten Hirne war jemals auch nur eine vernünftige, kreative Idee geboren worden.

Aber wenn nicht zurück nach Paris, wohin dann? Charlottes Einladung nach Fontrevault fiel mir wieder ein. Ich befand mich ganz in der Nähe; Fontrevault lag nur einen Nachmittagsritt von diesem Haus entfernt. Ich könnte zum Kloster reiten, ganz in der Nähe der alten Eleanor mein Quartier aufschlagen und hoffen, dass sie wieder gesund und munter aus Spanien zurückkehrte. Dann hatten wir viel Zeit, um alle Geheimnisse und Missverständnisse aus dem Weg zu räumen. Aber noch etwas anderes lockte mich. Etwas in mir hatte sich verändert. Mein Abenteuer heute Nacht in Chinon, als ich mich so frei wie ein gewöhnlicher Bürger gefühlt hatte, hatte mir mein früheres Leben vergällt. Warum sollte nicht auch ich kommen und gehen können, wie es mir beliebte? Es musste ja niemand wissen, dass ich eine Prinzessin war.

Und dann dachte ich über dieses Gefühl von Glück und Erfüllung nach, das sich manchmal einstellte, wenn Szenen aus der Vergangenheit an mir vorüberzogen. War es nicht vielleicht möglich, dieses Gefühl in die Gegenwart hinüberzuretten? War meine Reaktion auf William heute Abend nicht auch eine Gefühlsregung gewesen – zudem eine, mit der ich überhaupt nicht gerechnet hatte? War ich tief in meinem Inneren doch noch fähig, etwas zu empfinden?

Aber nein, das war ja absurd. Diese Vorstellung war geradezu unschicklich. Denk an dein Alter, Alaïs, mahnte ich mich. Denk an dein dünner werdendes Haar, den schlechten Stern, unter dem deine Liebesbeziehungen bislang gestanden haben, denk an deine schmerzende Hüfte. Gott im Himmel!

Eine Weile amüsierte ich mich damit, den Schatten an der Decke mit hoch erhobenem Arm zu folgen, als wollte ich sie nachzeichnen. Dabei lächelte ich die ganze Zeit, und dabei entging mir, dass sich die Tür leise öffnete und Kerzenschein in den Raum fiel.

Als ich das flackernde Licht und die große, dunkle Gestalt daneben bemerkte, waren beide mir schon ganz nah gekommen. Der Mann mit der Kerze ließ sich auf die Kante meines Bettes sinken. Ich stützte mich auf einen Ellbogen und tastete mit meiner gesunden Hand wie aus alter Gewohnheit nach dem Beutel mit dem scharfen Meißel darin.

»Du brauchst keine Waffe, Alaïs«, erklang Williams Stimme im Dunkeln. Wie immer schwang ein leiser Anflug von Ironie darin mit. Ich richtete mich auf, lehnte mich an die Kissen und wartete mit wild hämmerndem Herzen ab, was als Nächstes kommen würde.

Als er wieder das Wort ergriff, bat er nur: »Ich würde gern die Fackeln entzünden.« Er saß ganz nah bei mir, und zum ersten Mal seit Canterbury fiel mir wieder auf, dass er nach herber Seife, Ingwer und nach Mann duftete.

»Wenn du möchtest«, erwiderte ich; dabei drehte ich mich im Bett um, um seine schattenhafte Silhouette besser erkennen zu können.

Er streckte eine Hand aus und strich mir erst mit dem Handrücken und dann mit der Innenfläche sacht über die Wange. Das schwache Kerzenlicht flackerte zwischen uns. Ich musste all meine Kraft aufbieten, um still sitzen zu bleiben. Dann stand er auf und entzündete die Fackeln an der Wand, eine nach der anderen. Jetzt war es so hell im Raum, dass ich ihn deutlich sehen konnte.

Er stand neben dem Tisch. Über Kniehose und Tunika trug er ein blutrotes Seidengewand. Ich bemerkte, dass es nach orientalischer Art mit einer fransenbesetzten Schärpe zusammengehalten wurde, was an ihm irgendwie unpassend wirkte. Dann kam mir der Gedanke, das Kleidungsstück könnte aus dem Osten stammen. Ein sichtbarer Beweis, dass er zu den Templern gehört hatte.

William sah mich unverwandt an, mit einem Blick, der mich nervös machte. Das gebieterische, leicht ungeduldige Gebaren, das er in der Öffentlichkeit an den Tag legte, das strenge Gesicht des Priors, des Stellvertreters von Hugh Walter, die umgängliche, diplomatische Art, mit der er während des Festmahls von Baron Roger mit den anderen Gästen geplaudert hatte – all diese Facetten seiner Persönlichkeit waren von ihm abgefallen. Jetzt stand dort nur noch ein Mann, der mich mit seinen eisblauen Augen zu durchbohren schien.

»Komm bitte her, und setz dich an den Tisch«, sagte er schließlich. Es klang mehr wie ein Befehl als eine Bitte. Unter anderen Umständen hätte ich ihn daran erinnert, dass ich es war, die hier in meiner eigenen Kammer Anweisungen erteilte. Doch Neugier und Überraschung über seinen unerwarteten Besuch trieben mich dazu, mich in das Gewand aus schlichtem, ungebleichtem Musselin zu hüllen, das auf meinem Bett gelegen hatte.

Ich trat auf ihn zu, und dann standen wir uns zu beiden Seiten des Tisches gegenüber. Die langen Ärmel unserer Gewänder wirbelten kleine Staubkörnchen auf. William stellte seine Kerze auf die Tischplatte und entzündete drei weitere, dann nickte er mir zu, und wir nahmen auf den Stühlen Platz. Ich kam mir vor, als hätte er mich zu einem Duell herausgefordert. Zum ersten Mal fiel mir auf, dass er einen kleinen abgewetzten

Lederbeutel bei sich trug, der an einem Riemen über seiner Schulter hing. Er nahm ihn ab und ließ ihn auf den Tisch fallen.

»Ich hatte eigentlich vor, bis morgen früh zu warten, ich wollte nicht mitten in der Nacht über diese Briefe sprechen. Aber ich kann nicht schlafen. Also können wir diese Angelegenheit genauso gut jetzt erledigen.«

Das Blut gefror mir in den Adern. Bis zu diesem Moment war mir nie der Gedanke gekommen, dass ich vielleicht lieber nicht wissen wollte, was in Eleanors Briefen stand. Zuerst hatte mir dieser Fund neuen Auftrieb gegeben – ich war auf ein Bindeglied zur Vergangenheit gestoßen, das mir vielleicht einige Fragen bezüglich des Schicksals meines Sohnes beantworten konnte. Aber nun sah ich auch die Kehrseite: Die Briefe konnten Informationen, konnten Neuigkeiten enthalten, die mir ganz und gar nicht gefallen würden.

»Warte.« Ich legte meine Hand auf die seine, als er den Beutel aufschnüren wollte. Ich wollte den Moment, den ich so lange herbeigesehnt hatte und plötzlich fürchtete, noch hinauszögern. Also sagte ich das Erste, was mir in den Sinn kam: »Willst du mir nicht zuerst einmal verraten, wer du eigentlich bist?«

Er blickte verwundert auf. »Du kennst mich doch«, erwiderte er schlicht.

»Nein.« Ich sah ihm voll ins Gesicht. »Ich kannte dich einst, aber das ist lange her, und damals waren wir noch Kinder. Jetzt weiß ich nichts mehr über dich. Was für Studien hast du zum Beispiel während deiner Zeit als Sekretär von Becket betrieben?« Sogar im schwachen Licht konnte ich seine verdutzte Miene erkennen. »Das Übliche, die niederen und die höheren Künste, wie alle anderen Geistlichen«, antwortete er bedächtig. »Die griechischen Dichter und Philosophen – Sokrates, Aristoteles, Aeschylus und Sophokles. Latein. Horaz und Ovid. Französisch. Die Heilige Schrift. Etwas Arabisch, Euklid und Astronavigation. Ungefähr dasselbe, was du an Eleanors Hof in Poitiers studiert hast, als du dich auf die Hochzeit mit Richard vorbereitet hast. Ich habe gehört, Eleanor selbst hat deine Ausbildung überwacht.«

»Wir haben uns in der Tat mit all diesen Dingen beschäftigt, außer mit Astronavigation.« Ich musste lächeln. »Poitiers liegt im Landesinneren, wie du wohl weißt.« Ich legte eine kleine Pause ein. »Und die Heilige Schrift haben wir an Eleanors Hof bestimmt nicht studiert.«

Williams harte Züge entspannten sich. »Da ich Eleanor kenne, glaube ich das gern. Sie hatte für die Kirche und ihre Lehren nicht viel übrig, und mit der Frömmigkeit war es bei ihr nicht weit her. Und die Kirche liebte sie nicht besonders, weil sie mit ihrer Meinung nicht hinter dem Berg hielt.«

»Wann haben wir uns eigentlich aus den Augen verloren, du und ich?« Meine Frage kam für ihn völlig unvorbereitet, das sah ich ihm an. Er schlug die Beine übereinander und lehnte sich in seinem Stuhl zurück. Mir fiel auf, wie lang und wohlgeformt seine Gliedmaßen waren. Sein Gewand klaffte auf und ließ scharlachrote Kniehosen und mit Juwelen besetzte armenische Pantoffeln sehen.

Nach einem Moment, während dem sein Blick über die Deckenbalken hinwegwanderte, erwiderte er: »Als ich noch sehr jung war, war ich mit euch allen in der Normandie. Dann schickte mich Henry zu Becket. Nach dem Tod des Erzbischofs ließ er mich zurückholen. Er wollte mich an seinem Hof haben, und ich kam seinem Wunsch gern nach. Ich erinnerte mich oft an die Unterrichtsstunden meiner Jugend, denn ich bin gern mit euch Königskindern zusammen gewesen.«

Ich spürte, wie mir das Blut in die Wangen stieg. Zum Glück konnte William das im Dämmerlicht nicht sehen. Wollte er sich etwa über mich lustig machen? »Tatsächlich? Soweit ich weiß, waren wir nicht allzu nett zu dir.«

»Du schon«, erwiderte er. »Und die jungen Prinzen hatten

mit allen Dämonen der Kindheit zu kämpfen. Sie hatten anspruchsvolle, schwierige Eltern, und sie beneideten mich glühend.«

»Sie beneideten dich?«, wiederholte ich ungläubig.

»Für alles, was mir zuflog, mussten sie hart arbeiten. Und da sie ausgesprochen verwöhnt waren, fiel ihnen das schwer. Aber ich, der Waise, wusste, dass ich lernen musste, um zu überleben.«

Wieder sah ich die Szene in der Scheune vor mir, die hübschen jungen Prinzen, die den blassen Waisenjungen erbarmungslos peinigten, und plötzlich schämte ich mich zutiefst für sie.

Dann sah ich, wie William mit seinen langen Fingern auf seinem Knie herumtrommelte. »Doch dann entzweiten sich Henry und Eleanor. Kaum war ich in Chinon eingetroffen, reisten alle anderen Kinder mit ihr in den Süden – du und deine Schwester, Henry der Jüngere, Richard und Geoffrey und alle Plantagenet-Töchter. Sogar Louis schickte die Töchter, die Eleanor ihm geboren hatte, zu ihr. Alle Königskinder waren dort, nur John nicht. Henry ließ seinen Lieblingssohn in England, um ihn, wie er sagte, Eleanors schädlichem Einfluss zu entziehen.« Er zögerte, dann sagte er mit einem seltsamen Anflug von Wehmut: »Alle waren in Poitiers, alle bis auf John und mich. Die beiden Verlorenen.«

Dann schwieg er so lange, dass ich draußen das Zirpen der Grillen hören konnte. In den wenigen Tagen, die ich in England verbracht hatte, hatte der Frühling in Frankreich Einzug gehalten.

Als William weitersprach, klang seine Stimme so ruhig und gelassen wie immer. »Die Verlegung von Eleanors Hof nach Poitiers beraubte mich fast aller meiner Gefährten, und ich war sehr einsam. Endlich erbarmte sich Henry und gestattete mir, ihn auf seinen Reisen zu begleiten.«

»Ja, daran erinnere ich mich noch.« Eines Tages, ich war damals noch ein junges Mädchen, hatte ich den König und seinen jungen Sekretär im Garten von Chinon überrascht, die beiden eine Weile beobachtet und ihnen zugehört, bevor sie mich bemerkten. Sie gingen ausgesprochen vertraut miteinander um, und einmal sah ich, wie der König William eine Hand auf den Arm legte, gerade so, als wäre er sein eigener Sohn. Dann gab William ein lateinisches Wortspiel zum Besten, und Henry lachte – das plötzliche schallende Gelächter, in das er so oft ausbrach –, und ich erschrak so, dass mir der Krug aus den Händen glitt und zu Boden fiel. Der König tat einen Satz, als hätte ich ihn bei einer Missetat ertappt, und ich entschuldigte mich mit hochroten Wangen.

»Princesse«, riss mich William aus meinen Erinnerungen. »Was möchtest du sonst noch wissen? Wir können nicht die ganze Nacht damit verbringen, die Vergangenheit wieder aufleben zu lassen, so gern ich es auch täte.«

»Gut, eine letzte Frage noch.« Ich zögerte kurz, dann wagte ich den Vorstoß. »Bist du ein Mönch von Canterbury – oder ein Templerritter?«

»Wer hat dir erzählt, ich wäre ein Templer?« William erstarrte und tastete nach dem Beutel auf dem Tisch.

»William Marshal, in Wiltshire. Und ich habe gute Gründe, ihm zu glauben.«

»Wieso das?« Er stand auf und begann, nervös im Raum umherzugehen; eine Angewohnheit, die mir schon mehrmals an ihm aufgefallen war. »Du weißt doch, dass ich Mönch in Canterbury bin, du hast mich selbst dort gesehen.«

»Das ist richtig. Aber ich habe dich auch bei Baron Roger gesehen, wo du Ritterkleidung getragen und dich wie ein Mann von Welt gegeben hast. Du hast dafür gesorgt, dass ich aus König Johns Klauen befreit und von deinen Rittern hierher gebracht wurde. Und du hast die Briefe, die ich in Sarum gefunden habe, entschlüsseln lassen. Kein einfacher Mönch verfügt über so viele Kontaktmänner und kann so frei durch das Land reisen wie du, von dem Abt einmal abgesehen. Und der Abt von Canterbury heißt Hugh Walter.«

William gab keine Antwort. Er setzte seine stumme Wanderung durch den Raum fort; dabei schlug er immer wieder die Fäuste gegeneinander, als würde ihm das beim Nachdenken helfen. Ich befürchtete allmählich schon, er würde mir überhaupt keine Antwort geben. Doch mir blieb nichts anderes übrig, als geduldig abzuwarten.

William kam zum zweiten Mal an der Truhe an der Wand vorbei, und da fiel sein Blick auf die Zeichnungen, die ich eine Stunde zuvor angefertigt hatte. Das Pergament, das all seine verschiedenen Gesichter zeigte, lag obenauf. Er griff danach und hielt es ins Licht der nächsten Fackel. Und er schien es entschieden länger zu betrachten, als es notwendig gewesen wäre. Wieder spürte ich, wie ich rot anlief, und verwünschte meinen Drang, jedes noch so kleine Bild, das vor meinem geistigen Auge vorbeizog, auf Pergament festzuhalten,

Dann legte er das Pergament behutsam wieder auf die Truhe und drehte sich zu mir um. »Meine Geschichte kann warten. Ich bin gekommen, um dir die Übersetzung von Eleanors Briefen zu bringen. Ich denke, wir sollten sie uns gemeinsam ansehen. Später, zu einem günstigeren Zeitpunkt, werde ich dir vielleicht mehr über mich erzählen. Aber jetzt…«, er ging zum Tisch zurück und öffnete den Lederbeutel, »… wollen wir uns mit den Briefen befassen.«

Damit war unser Gespräch vorerst beendet, doch was sollte ich tun? Was ging mich die Lebensgeschichte dieses unmöglichen Mannes überhaupt an? Offenbar schätzte er Frauen nicht allzu sehr. Ich musste daran denken, wie er als Kind alle kühl zurückgewiesen hatte, die ihn in ein Spiel verwickeln oder ihn ein wenig necken wollten. Scheinbar hatte er sich nicht zu seinem Vorteil verändert. Wer er ist und was er tut, kann mir doch egal sein, sagte ich mir verärgert. Ich hatte nur den Moment hinauszögern wollen, bis ich mich dem Inhalt von Eleanors Briefen und den etwaigen Antworten auf all die Fragen stellen musste, die mich seit Jahren quälten. Aber dennoch verspürte ich einen leisen Stich der Enttäuschung.

William setzte sich wieder, zog ein paar Bögen aus seinem Beutel und schob sie mir herüber. Ich sah, dass die Übersetzung lateinisch war. Natürlich! Sie war ja auch für William angefertigt worden, der trotz allem ein gebildeter Mann war. Latein beherrschte er vermutlich fließend. Zum Glück konnte ich es aber auch lesen und verstehen.

Er verschränkte die Arme vor der Brust, lehnte sich zurück und nickte mir schweigend zu.

Ich griff nach den Briefen und zog die Kerze näher zu mir heran, um besser sehen zu können.

♦ 19 ♦

Briefe, Lügen und Geheimnisse

Insgesamt lagen vier Briefe vor mir. Ich las sie gründlich durch, in stummer Verwunderung versunken, nachdem ich gesehen hatte, an wen sie gerichtet waren.

26 janvier, *im Jahre des Herrn 1176*

An meine geliebte Tochter Joanna, Königin von Sizilien
Von deiner Mutter Eleanor, durch die Gnade Gottes
Königin von England und Herzogin von Aquitanien
Ich grüße dich von ganzem Herzen.

Ich hoffe, dass dieser Brief dich irgendwann erreicht, obwohl ich selbst noch nicht weiß, wann das sein wird. Ich werde hier ständig streng bewacht. Der König, dein Vater, hat seine vertrauenswürdigsten Diener dazu abgestellt, immer ein Auge auf mich zu haben, und so kann ich noch nicht sagen, wann es mir gelingen wird, dir diesen Brief zu schicken.

Ich denke oft an unsere Zeit in Poitiers zurück. Hoffentlich bist du in deiner Ehe glücklich. Ich persönlich halte es für falsch, dass dein Vater sie so überstürzt arrangiert hat. Aber andererseits handelt er eigentlich nie überstürzt, er lässt es nur so aussehen. Dein Gemahl soll ein guter Mann sein, wie ich hörte. Ich vertraue darauf, dass er dich glücklich macht.

Kein Wort von Richard bislang. Wenn du von ihm hörst, suche bitte einen Weg, mir dies mitzuteilen. Wenn du mir einen Brief schickst, werde ich ihn nach dem Lesen vernichten. Wenn Henry herausfindet, dass ich mit einem von euch in Verbindung stehe, wird er mich sicherlich bestrafen. Als er einwilligte, mich hier in Old Sarum einzusperren, machte er es mir zur Bedingung, dass ich nie wieder zu meinen Kindern Kontakt aufnehme.

Ich habe hier alles, was ich brauche, außer Büchern und Gesellschaft. Wie mir unsere interessanten Gespräche fehlen! Zumindest hat mir meine Zofe – Bess heißt sie – Schreibmaterial hereingeschmuggelt.

Bitte schließ mich in deine Gebete ein.

Ich habe diesem Brief, so du ihn erhältst, herbes *beigelegt, die du bis zur Entbindung deines Kindes einnehmen sollst. Sie werden dir helfen, danach schneller wieder zu Kräften zu kommen.*

1 novembre, *im Jahre des Herrn 1178*

An Joanna, teuerste Tochter
Von deiner Mutter Eleanor, durch Gottes Zorn Königin von England und Herzogin von Aquitanien

Ich entbiete dir Grüße, falls dich diese Nachricht erreicht.

Das Leben in dieser zugigen Burg ist unerträglich. Wie ich mein eigenes Land vermisse! Der König, dein Vater, hat mir nun doch viele Bücher schicken lassen, und dafür bin ich ihm dankbar. Aber er verbietet mir noch immer, Briefe zu schreiben. Er behauptet, meine Briefe seien für ihn stets nur eine Quelle des Ärgers gewesen. Dieser Narr! Er ist selbst seine eigene Quelle des Ärgers. Schon immer gewesen.

Ich sehne mich so nach Gesellschaft. Oft denke ich an den warmen Süden und hoffe, dass dein Leben gut verläuft. Dein Kind ist ja inzwischen schon geboren. Es ist mir nicht gelungen, dir meinen letzten Brief zu senden, und der Himmel weiß, ob und wann ich diesen absenden kann. Trotzdem fühle ich mich dir näher, wenn ich dir schreibe. Sobald ich kann, werde ich dir die herbes *schicken, die dir helfen sollen, dich von der Geburt zu erholen. Ich werde es immer wieder versuchen.*

Ich habe eine neue Zofe, Kate mit Namen. Ich glaube, sie ist eine Spionin. Bess wurde fortgeschickt, vermutlich, weil dein Vater erfahren hat, dass sie mir freundlich gesinnt war. Ich habe ihr den ersten Brief gegeben, den ich dir geschrieben habe, und sie versuchte, ihn einem Boten mitzugeben, aber sie wurde von Gérard von Blois, den dein Vater zu meinem Gefängniswärter gemacht hat, aufgehalten und so scharf verhört, dass sie es mit der Angst zu tun bekam und mir den Brief zurückgab. Kurz darauf wurde sie fortgeschickt, und ich bekam eine neue Zofe.

Diese Neue hat flinke Augen – Augen, die Briefe lesen, die für andere Leute bestimmt sind. Vielleicht hat sie auch diesen gelesen. Wie dem auch sei, ich werde ihn in meinem Schreibtisch verstecken, bis sich eine günstige Gelegenheit ergibt, ihn abzuschicken. Und natürlich schreibe ich in Geheimschrift. Es wird dir keine Mühe bereiten, sie zu entschlüsseln. Vielleicht kennst du ja auch einen gebildeten Mönch, der dies für dich übernehmen kann. Aber du erinnerst dich sicher noch an den Code, den ich dir einst beigebracht habe. Zeig den Brief lieber keinem Fremden. Man kann gar nicht vorsichtig genug sein.

Ich hoffe, du genießt dein Mutterglück. Ich war jedenfalls sehr glücklich, als ihr alle noch klein wart. Erst als ihr herangewachsen seid, kehrte die Einsamkeit zurück.

Deine dich liebende Mutter
Eleanor R.

24 mars, *1179*

An Eleanor, Königin von Kastilien und teure Tochter
Von deiner Mutter Eleanor Plantagenet
Königin von England und Herzogin von Aquitanien
Herzogin der Normandie und Gräfin von Anjou
Ich grüße dich.

Ich weiß nicht, ob du meine früheren Briefe erhalten hast. Maurice nahm sie mit, als Henry ihm gestattete, nach Frankreich zurückzukehren. Er gab mir sein Wort, diesen Brief an dich weiterzuleiten oder zu vernichten. Trotzdem habe ich Kopien angefertigt, denn ich möchte, dass du eines Tages meine Worte liest.

Wenn dich meine anderen Briefe erreicht haben, weißt du das Schlimmste ja bereits. Deinem Vater wird im nächsten Sommer ein weiteres Kind geboren werden, von einer Capet. Ja, deine frühere Spielgefährtin Alaïs ist nun die neue Mätresse deines Vaters. Wer hätte gedacht, dass das Mädchen, das ich an Kindes statt annahm, als es noch kaum laufen konnte, so schnell zur Frau wird und nun Henry einen neuen Erben schenkt.

Ich koche vor Zorn. Vermutlich hat er sie gezwungen, in sein Bett zu kommen. Sie ist, wie ich hörte, auch kaum mehr als seine Gefangene. Die ganze Sache ist eine wohl durchdachte Racheaktion. Als er mich hier in dieser stürmischen Festung so nah am Meer, dass ich an Sommerabenden die Brandung rauschen hören kann, festsetzte, sagte er mir, ich würde eines Tages teuer dafür bezahlen, dass ich mich gegen ihn verschworen habe.

In jeder Ecke wittert er Verschwörung. Als ob meine Freundschaft zu Becket während seines Exils irgendetwas mit Verschwörung zu tun gehabt hätte! Ich habe nur versucht, den armen Mann zu trösten. Er hat ohnehin immer nur Henry geliebt, nicht mich.

Andererseits kann ich in gewisser Hinsicht auch verstehen, warum Henry dachte, ich hätte in jenen Jahren in Poitiers zusammen mit Louis gegen ihn intrigiert. Es stimmt, ich stand in ständiger Korrespondenz mit Louis, aber darin ging es meist um unsere Kinder. Du erinnerst dich doch, dass meine beiden Töchter von Louis, Marie und Alix, bei mir an meinem Hof waren. Was ist natürlicher, als dass ihr Vater sich nach ihrem Wohlergehen erkundigt? Und in den Briefen, die wir einander geschrieben haben, sprachen wir auch ein- oder zweimal die Zukunft deiner Brüder und die Grenzfrage zwischen England und Frankreich an, aber dies geschah immer nur aus der aufrichtigen Sorge um den Fortbestand dieser beiden großen Königreiche heraus. Ich hoffe, du verstehst mich. Wenn dein Vater mich auch weiterhin mit seinem Hass verfolgt, weil er sich von mir hintergangen fühlt, werde ich in diesem Verlies vermodern.

Du musst ihm schreiben, Eleanor, und versuchen, ihn zur Vernunft zu bringen. Auf dich hat er immer gehört. Wenn ich noch lange hier ausharren muss, verliere ich den Verstand. Mir fehlt die Gesellschaft anderer Menschen, mit denen ich über all das sprechen kann, was mich bewegt. So brüte ich nur vor mich hin und lecke wie eine alte, kranke Wölfin meine Wunden.

Hilf mir, wenn du kannst!

Und vergiss nie, dass ich dich liebe. Bleib stark.

Eleanor R.

14 mai, *1179*

Von Eleanor, Königin von England
Herzogin von Aquitanien und Herrscherin über die Britischen Inseln
An unseren Sohn, Richard Plantagenet, Prinz von England und Herzog von Aquitanien

Sei gegrüßt, mein Sohn

Ich hoffe, dass dich dieser Brief erreicht und dass du bei guter Gesundheit bist. Ich werde ihn abschicken, sobald ich einen vertrauenswürdigen Boten finden kann. Dein Vater ersetzt jeden, den er verdächtigt, auf meiner Seite zu stehen, sofort durch einen seiner Männer. Dieser Mensch ist ein wahrer Teufel, genau wie seine rechte Hand hier, Gérard von Blois, der es mir gegenüber allerdings nie an Respekt fehlen lässt.

Wie du siehst, habe ich diesen Brief in der Geheimschrift verfasst, derer wir uns damals in Poitiers untereinander bedient haben. Damals hätte ich mir noch nicht träumen lassen, als wie nützlich sie sich einmal erweisen würde. Der Code ist nicht schwer zu entschlüsseln, aber für den guten Gérard von Blois dürfte er ein unlösbares Problem darstellen. Mit übermäßigen Geistesgaben ist er wahrhaftig nicht gesegnet.

O ja, ich habe hier alles, was ich brauche, nur nicht die Möglichkeit, intelligente Gespräche zu führen. Mir fehlen meine Freunde, meine Kinder und die warme, duftende Luft von Poitiers – und vor allem meine Freiheit! Wie ich mich nach meinen Jugendjahren zurücksehne!

Dein Vater hat mir versprochen – durch einen Boten natürlich, ihn selbst habe ich seit zwei Jahren nicht mehr zu Gesicht bekommen –, mich vielleicht freizulassen, damit ich das Weihnachtsfest mit ihm verbringen kann. Er habe viel mit mir zu besprechen, sagt er. Woran ich nicht den geringsten Zweifel hege.

Inzwischen wirst du erfahren haben, dass Prinzessin Alaïs am Hof zu Oxford guter Hoffnung ist. Man munkelt, dein Vater sei sehr besorgt um ihren Gesundheitszustand und fürchte, die Geburt könnte ihr sehr zusetzen. Ich denke, dass er sich zu Recht Sorgen macht. Schließlich ist das Mädchen erst sechzehn Jahre alt. Allerdings war auch ich nicht älter, als ich Louis heiratete. Kaum mehr als ein Kind.

Louis wird außer sich sein, wenn er von der Schwangerschaft seiner Tochter erfährt. Dieses Kind könnte alle seine diplomatischen Bemühungen mit einem Schlag zunichte machen. Jahrelange Pläne, nach Henrys Tod beide Reiche zu vereinen und dich und Philipp als gleichberechtigte Herrscher einzusetzen, sind nun ernsthaft gefährdet. Alaïs' Kind ist ja ein Abkömmling der Königshäuser Frankreichs und *Englands, und legitim oder nicht, es könnte sowohl Henrys als auch Louis' Absichten vereiteln.*

Ich weiß wirklich nicht, was Henry sich dabei gedacht hat. Er wusste, wie sehr mir das kleine Mädchen ans Herz gewachsen war, das Louis mir anvertraut hatte. Als ich hörte, dass sie von ihm schwanger ist, war ich anfangs zorniger als je zuvor in meinem Leben, doch jetzt empfinde ich nur noch tiefe Trauer. Alaïs ist ohne Zweifel die letzte Schachfigur in Henrys und meinem lebenslangen Kampf gegeneinander. Ich bezweifle, dass sie überhaupt versteht, dass sie nur benutzt wird. Welche Auswirkungen dieses neue Kind auf Henrys Pläne haben wird, kann ich nicht beurteilen. William Marshal erhielt letzten Monat die Erlaubnis, mich zu besuchen, vorgeblich, um sich davon zu überzeugen, dass es mir an nichts mangelt, und er erzählte mir, Henry würde allmählich davon Abstand nehmen, John unbedingt zu seinem Nachfolger machen zu wollen. Langsam scheint er zu begreifen, dass du weitaus besser zum König geeignet bist. Ich hoffe es jedenfalls.

Ich schreibe dir, um dich zu bitten, Frieden mit deinem Vater zu schließen. Er und ich werden beide alt. Wer weiß, wie lange wir noch zu leben haben? Wenn Henry stirbt, solange John noch offiziell sein Erbe ist, wirst du mit deinem Bruder um England kämpfen müssen.

Ich glaube nicht, dass Alaïs' Kind eine Bedrohung für dich darstellt. Du musst nur endlich aufhören, deinen Vater ständig zu provozieren. Du bringst dich dadurch nur unnötig in

Gefahr. Wer weiß, wozu Henry in einem seiner Wutanfälle im Stande ist? Der Klügere gibt nach, wie Großvater William oft zu sagen pflegte. Die Krone von England sollte nicht wegen kleinlicher Reibereien aufs Spiel gesetzt werden.

Ich werde einen Weg finden, dir dieses Schreiben zukommen zu lassen. Antworte mir nur, wenn du ganz sicher bist, dem Überbringer auch trauen zu können. Der einzige Mensch, dem ich voll und ganz vertraue, ist William Marshal. Obgleich er dem König treu dient, ist er auch mir sehr ergeben und würde mein Vertrauen nie enttäuschen. Henry weiß das, trotzdem lässt er zu, dass er mich besucht. Ein weiteres Zeichen dafür, dass er alt wird.

Ich weiß nicht, wie sich Henrys Affäre mit Alaïs auf eure Verlobung auswirken wird. Du wirst deinem Vater gegenüber Vorsicht walten lassen müssen. Er brüllt und tobt zwar, wenn er seine Anfälle hat, aber er ist auch gerissen wie ein Fuchs. An deiner Stelle würde ich die Hochzeit trotz allem vorantreiben. Wenn das Kind am Leben bleibt, kannst du den Thron am besten dadurch sichern, dass du Alaïs heiratest und ihr beide möglichst bald ein weiteres Kind bekommt, einen legitimen Thronerben. Ich weiß, das ist viel verlangt, aber tu es mir zuliebe, wenn schon aus keinem anderen Grund.

Deine dich liebende Mutter Eleanor

Ich erbleichte, als ich mit dem Brief an Eleanor von Kastilien begann, und spürte, wie mir jegliche Farbe aus dem Gesicht wich, als ich ihn zu Ende las. Aber der Brief an Richard brachte mich vollends aus der Fassung. Ich bemühte mich, die Briefe so lässig auf den Tisch fallen zu lassen, als würden sie mich überhaupt nicht berühren, doch es war nicht zu übersehen, dass meine Hand dabei heftig zitterte.

William wartete darauf, dass ich ihn ansah, das spürte ich, aber ich vermochte ihm nicht in die Augen zu blicken. Lange starrte ich stumm auf die auf dem Tisch verstreuten Briefe. Sogar in dem schwachen Licht fiel mir auf, wie verschrammt und verkratzt die Tischplatte war – so, als wären all die Briefe, die hier verfasst worden waren, mit einem Messer anstatt mit der Schreibfeder geschrieben worden.

»Es war ein einfacher Code«, brach William schließlich das Schweigen, und erst jetzt blickte ich ihn an. »Jedes Kind hätte ihn entschlüsseln können. Eleanor muss ihn ihren Kindern einfach nur zum Spaß beigebracht haben. Man ersetzt einfach alle Vokale in den Worten mit dem Konsonanten, der auf diesen Vokal folgt.« Er zuckte mit den Schultern. »Wenn ich mehr Zeit gehabt hätte, mir die Briefe genauer anzusehen, hätte ich sie selbst übertragen können. Als du sie mir gegeben hast, habe ich ja schon die Namen von Eleanors Kindern oben auf den Bögen erkannt. Es war mir ein wenig peinlich, als mich mein Übersetzer auf die Primitivität dieses Codes hingewiesen hat.« Seine Stimme klang weich. »Hat Eleanor dir denn diese Geheimschrift nicht beigebracht, als du ein Kind warst?«

»Nein, ich kenne diesen Code nicht.« Ich zögerte, dann entschloss ich mich zur Wahrheit, obwohl mich das beträchtliche Überwindung kostete. »Eleanor hat ihre eigenen Kinder in dieses Geheimnis eingeweiht, aber mich nicht. Ein weiterer Beweis, dass sie mich als Außenseiterin betrachtet hat. Ich war Louis' Tochter, man konnte mir nicht trauen.« Ich zupfte an den Fransen meines Gürtels herum und senkte den Blick, obwohl es sonst nicht meine Art war, lang um eine Sache herumzureden.

»Ich habe die Briefe natürlich gelesen«, erlöste mich William endlich.

»Also weißt du jetzt Bescheid.«

»Worüber? Dass du ein Kind von Henry hattest? Natürlich weiß ich das. Ich wusste es schon die ganze Zeit. Jeder wusste es.« Sein Blick glitt forschend über mein Gesicht. »Damals«, fügte er hinzu.

Ich hob den Kopf. »Stimmt das?«

Er nickte.

»Wieso hast du mich dann damals im Haus von Baron Roger gefragt, ob ich von einem illegitimen Sohn Henrys wisse? Warum hast du mit mir gespielt wie die Katze mit der Maus?«

»Ich wollte sehen, wie viel du mir aus freien Stücken erzählst, wie weit du mir vertraust und wie viele andere deiner Meinung nach von der Existenz deines Kindes Kenntnis haben. Ich brauchte alle Informationen, die ich bekommen konnte, um herauszufinden, was John so stark beunruhigt, dass er dich sogar entführen ließ.«

Ich starrte ihn ungläubig an.

»Alaïs, ich bitte dich.« William beugte sich vor, den Kopf auf die Hand gestützt, und seine blauen Augen bohrten sich in die meinen. »Glaubst du, dieses Kind wäre ein großes Geheimnis gewesen? Es ist nicht leicht, die Existenz eines Kindes geheim zu halten, noch nicht einmal – oder schon gar nicht – die eines Kindes von königlichem Geblüt.«

»Es stimmt, du warst ja dabei«, sagte ich langsam. »Das hatte ich ganz vergessen. Du warst an Henrys Hof, als ich dieses Kind erwartete.«

»Ja, und mir ist nicht entgangen, dass sich dein Bauch in diesem Sommer rundete, trotz der weiten Gewänder, die du immer getragen hast.«

»Ich habe versucht, meinen Zustand so gut wie möglich zu verbergen.« Ich spürte, wie ich rot anlief.

»Damals dachte ich, der König würde dich nur benutzen. Und ich wusste, dass deine Schwangerschaft deine Verlobung mit Richard gefährden würde.« William lehnte sich in seinem Stuhl zurück. Seine vor der Brust verschränkten Arme schufen Distanz zwischen uns. »Einmal erkühnte ich mich, König Henry wegen der misslichen Lage, in die er dich gebracht hatte, Vorwürfe zu machen. Obgleich ich ihm so nahe stand, dachte ich in diesem Moment, er würde mich umbringen.«

Meine Augen wurden groß, doch ich sagte nichts.

»Er diktierte mir gerade einige Briefe«, fuhr William fort, ohne mich aus den Augen zu lassen. »In jenen Jahren habe ich seine gesamte Korrespondenz erledigt. Einem anderen Sekretär traute er nicht. An diesem Nachmittag befanden sich auch zwei seiner Leibwächter im Raum, sie hockten an der Tür und würfelten.« William blickte zur Seite, wie er es oft tat, wenn er nachdachte oder Erinnerungen nachhing, dann sah er mich wieder an. »Es war ein warmer Tag, es muss im Sommer gewesen sein. Ich weiß noch, dass ich dich an diesem Morgen im Garten gesehen hatte, zusammen mit einer von deinen Zofen. Deine Schwangerschaft war schon weit fortgeschritten und dein Gesicht mit rötlichen Flecken übersät. Du sahst so traurig aus, dass mein Herz dir zuflog. Und da fasste ich spontan den Entschluss, mit dem König ein ernstes Wort über dich zu sprechen.

An diesem Nachmittag rief mich Henry zu sich, um mir einen Brief zu diktieren, wie ich schon sagte. Als er damit fertig war, schickte er mich nicht sofort aus dem Zimmer. In der Pause, die dann folgte, fragte ich ihn geradeheraus, ob er dich nun, da du ein Kind erwartetest, fortschicken wolle. Und ich sagte, dass dies wahrscheinlich für dich und den gesamten Hof die beste Lösung wäre.«

»Und wie hat er darauf reagiert?« Ich brachte die Worte kaum heraus, so trocken war mir die Kehle geworden.

»Sein Arm schoss vor, und er schlug mich so heftig ins Gesicht, dass ich vom Stuhl fiel. Ich spürte, wie sich mein Mund mit Blut füllte.« William richtete sich auf, seine Lippen verzogen sich zu einem bitteren Lächeln. »Er trug ja diese verdammten schweren Ringe mit den königlichen Insignien. Ich dachte, ich hätte ein paar Zähne eingebüßt, aber dann merkte ich, dass ich nur blutete, weil ich mir auf die Zunge gebissen hatte.«

»Er hätte dich töten können!« Ich konnte kaum glauben, was ich da hörte.

»Allerdings. Mein Gesicht war noch Wochen danach geschwollen und mit Blutergüssen übersät. Glaub mir, das war das erste und letzte Mal, dass ich ihm deinetwegen Vorhaltungen machte.« Er rieb sich das Kinn, als hätte es bei der Erinnerung erneut zu schmerzen begonnen. »Die Wachposten stürzten sich sofort auf mich; sie hatten gedacht, ich hätte den König bedroht. Sie zogen ihre Schwerter und hätten mich vermutlich an Ort und Stelle getötet, doch der König hinderte sie mit einer Handbewegung daran. Er brachte vor Wut kein Wort hervor. Du weißt ja, wie er war, wenn er sich in diese Raserei hineinsteigerte – wir wussten nie, ob ihn gleich der Schlag treffen und wir einen Arzt rufen sollten oder ob er in der nächsten Minute wieder zu sich kommen würde. Wie dem auch sei, nachdem er sich etwas beruhigt hatte, wies er mich aus dem Raum, ohne ein Wort zu sagen, und ich wusste nicht, was weiter mit mir geschehen würde. Tagelang wartete ich untätig in meiner Kammer, dass er mich zu sich rufen lassen würde, und dabei war mir alles andere als wohl in meiner Haut, das kannst du mir glauben. Ständig rechnete ich damit, vom Hof verwiesen zu werden.«

»Hattest du Angst vor ihm?« Geistesabwesend strich ich über einen von Eleanors Briefen. Dass sich William Henry gegenüber zu meinem Beschützer und Verteidiger aufgeschwungen hatte, rührte mich so, dass ich den Inhalt der Briefe darüber vorübergehend vergessen hatte.

William erhob sich, trat ans Fenster und zog den schweren Vorhang zurück, der die kühle Nachtluft abhalten sollte. Sein kantiges Profil hob sich von der silbernen Scheibe des aufgehenden Mondes ab. Das aus der hohen Stirn zurückgestrichene Haar, die schmale, arrogante Nase, das zerfurchte Gesicht – all das erschien mir seltsam vertraut. Mir war, als hätte ich dieses Gesicht in einem anderen Leben gekannt, als bestünde eine innere Verbindung zwischen mir und diesem Mann, derer ich mir erst jetzt in diesem Moment bewusst wurde.

»Ob ich Angst hatte, dass er mich ernsthaft verletzen würde? Nein, nach den ersten Minuten nicht mehr. Während seiner Wutanfälle war er unberechenbar, aber du erinnerst dich sicher, dass er selten jemanden getötet hat – und nie jemanden, den er wirklich mochte. Nein, ich fürchtete nicht, dass er mich töten würde. Aber ich dachte, er würde mich vielleicht fortschicken.«

»Warum? Weil du es gewagt hast, Kritik an seinem Verhalten mir gegenüber zu üben?«

Er wandte sich mir zu, und da der Mond hinter ihm stand, konnte ich seinen Gesichtsausdruck nicht erkennen. Er lehnte sich an die Wand, ehe er antwortete.

»Nein, weil ihm jetzt klar war, dass ich wusste, dass ihn aufrichtige Zuneigung mit dir verband. Und dieses Wissen machte mich gefährlich.«

»Alle anderen bei Hof hielten mich vermutlich einfach nur für die Hure des Königs.«

»Niemand hat dich für eine Hure gehalten, Alaïs. Dazu hast du schon immer zu viel Würde ausgestrahlt. Aber die Berater des Königs waren mit deiner Affäre mit Henry überhaupt nicht einverstanden … was sie dem König natürlich nicht offen ins Gesicht sagen konnten.«

»Wie meinst du das?«

»Indem er dich zur Mätresse nahm, hat Henry seine gesamte sorgfältig durchdachte Strategie zur Vereinigung der Königshäuser von England und Frankreich gefährdet. Richard würde dich nicht mehr heiraten, sobald bekannt wurde, dass du ein Kind von seinem Vater hast. Und Philipp würde vor Wut über die missliche Lage, in die seine königliche Schwester hineinmanövriert worden war, geradezu toben. Nach deinen und Henrys Gefühlen füreinander hätte niemand gefragt.«

»Das kann ich mir denken«, murmelte ich. »Am Ende zählt immer nur die Politik, nicht wahr? Sogar das mir zugefügte Unrecht war nur insofern von Belang, als dass es die Pläne einiger

Staatsmänner durchkreuzt hätte.« William schwieg dazu. »Aber diese Briefe beweisen, dass Henry zumindest eines seiner Ziele erreicht hat.« Ich schnippte mit dem Finger gegen die Bögen.

»Welches denn?«

»Eleanor an ihrer empfindlichsten Stelle zu treffen. Er muss dafür gesorgt haben, dass sie von dem Kind erfuhr. Woher sollte sie es sonst wissen? Wie hätte sie es herausfinden können? Henry hat sie fast fünfzehn Jahre lang von der Außenwelt abgeschnitten in Old Sarum festgehalten. Sie hätte es nie erfahren, wenn er nicht von Anfang an die Absicht gehabt hätte, ihr diese ganz spezielle Information zukommen zu lassen.«

William spann den Faden bedächtig weiter. »Das Ziel des Duells zwischen ihr und Henry lautete stets, den anderen zu überlisten. Sie waren beide ausgezeichnete Schachspieler, wusstest du das? Als ich jung war, habe ich ihnen oft beim Spiel zugesehen. Ihre Partien konnten bis spät in die Nacht dauern. Aber fast jedes Spiel endete unentschieden. Die beiden waren einander ebenbürtig.« Er schien kurz nachzudenken. »Im wahren Leben sah es ganz genauso aus. Ich frage mich, ob ihnen das je bewusst geworden ist.«

Eine Weile hingen wir schweigend unseren Gedanken nach. »Glaubst du, dass Henry dich absichtlich benutzt hat, um Eleanor zu verletzen?«, fragte William schließlich. Seine Stimme klang ungewohnt warm und weich.

Ich nickte; ich fühlte mich geschlagen, gedemütigt und den Tränen nah. »Was sollte ich denn sonst glauben, nachdem ich diese Briefe gelesen habe? Henry hat Eleanor selbst von unserem Kind erzählt. Und das wäre absolut nicht notwendig gewesen.«

»Hm.« William stieß sich von der Wand ab, an der er lehnte. »Du schließt also aus diesen Briefen, Henry hätte dich absichtlich geschwängert, um sich an seiner Frau zu rächen.« Er ging zu der hohen Truhe in der Ecke des Raumes hinüber, griff nach der dort stehenden Weinkaraffe und schenkte zwei Becher voll.

Dabei schielte er immer wieder zu meinen Zeichnungen hinüber. Dann kam er zurück, stellte einen Becher vor mich hin und nahm auf dem Stuhl auf der anderen Seite des Tisches Platz.

»Hast du ihn geliebt?«

Ich schrak zusammen und blickte auf. »Wieso fragst du?« Ihn wegen seiner Direktheit zu rügen hielt ich für überflüssig. Über diesen Punkt waren wir längst hinaus.

»Weil es jetzt von Bedeutung sein könnte.«

»Ich verstehe dich nicht.«

Er drehte den Becher zwischen den Händen, ehe er einen großen Schluck Wein trank. »Weißt du, was aus deinem Kind geworden ist?«

»Es ist gestorben, William.« Wie immer, wenn ich ihn beim Vornamen nannte, warf er mir einen schwer zu deutenden Blick zu. Mit tonloser Stimme fuhr ich fort: »Zwei Wochen nach der Geburt kam der König zu mir. Er sagte, mein Sohn sei zum Überleben zu schwach gewesen, und an diesem Morgen sei die Hebamme weinend zu ihm gekommen und habe ihm berichtet, er sei soeben in ihren Armen gestorben. Er meinte, ich müsse nun stark sein und mich in das Unabänderliche fügen.« Mit einem Mal glaubte ich, Sauerampfer im Mund zu schmecken. Ich erinnerte mich, wie ich bei dieser Nachricht einen Weinkrampf erlitten und man mir daraufhin einen Trank aus Sauerampferwurzeln eingeflößt hatte, der mich beruhigen sollte. Er war so bitter gewesen, dass ich würgen musste, trotzdem hatte ich den Becher bis auf den letzten Tropfen geleert und war kurz darauf in einer gnädigen Dunkelheit versunken. »Man hat mich mit Kräutertränken traktiert, bis ich das Bewusstsein verlor«, fuhr ich leise fort. »Als ich wieder zu mir kam, folgte ich Henrys Rat und verbannte das Kind aus meinem Gedächtnis. Was blieb mir anderes übrig?« Ich hob eine Hand. »Ich sprach nie mehr mit irgendjemandem über meinen Sohn, und der König erwähnte ihn mir gegenüber nie wieder.«

Die altvertraute Bitterkeit strömte wieder durch meine

Adern und wärmte mich wie vergifteter Wein. Nach einer Weile sprach ich weiter. »Danach kam der König nicht mehr in mein Bett. Ich führte das auf die Tatsache zurück, dass ich ein kränkliches Kind geboren hatte; ich dachte, er wäre unzufrieden mit mir. Dann begann er, in die entlegensten Winkel seines Reiches zu reisen, wie er es schon während seiner Ehe mit Eleanor ständig getan hatte. Er stand plötzlich in aller Herrgottsfrühe auf und befahl seinem gesamten Gefolge, sich bereitzumachen, um ihn zu begleiten. Einfach so, ohne vorherige Pläne. Es kam kaum noch vor, dass er eine Mahlzeit mit mir zusammen einnahm. Er erfand tausend Ausreden, um sein Fernbleiben zu entschuldigen, und eines Tages kehrte er auf den Kontinent zurück und befahl mir, in Winchester zu bleiben. Er sagte, er würde mich nachkommen lassen, aber das tat er nicht. Ich sah ihn nie wieder.« Ich sah zu, wie sich meine Hand auf dem Tisch öffnete und schloss, als würde jemand an einer unsichtbaren Schnur ziehen. »Er sorgte immer dafür, dass ich mich an einem anderen Ort aufhielt als er, wenn er nach England zurückkam. Manchmal musste ich mich innerhalb weniger Minuten reisefertig machen. Er wollte mit mir nichts mehr zu tun haben.«

Die Streifen fahlen Mondlichts wanderten über den Tisch, als wären sie lebendig. Sie übten eine seltsam tröstliche Wirkung auf mich aus.

»Hast du ihn geliebt?«, wiederholte William nach einer Weile.

»Ja, sehr sogar.« Ich seufzte, als wäre eine schwere Last von mir genommen. Es bestand kein Grund mehr, zu Ausflüchten zu greifen. »Ich liebte den König. Er war ein leidenschaftlicher, gefühlvoller Mann. Er zeigte seine Gefühle offen und das in einer Welt, in der dies als unschicklich galt. Als Kind liebte ich ihn wie einen Vater, und als ich kein Kind mehr war und er mich begehrte, liebte ich ihn wie eine Frau. Nur war diese Liebe schon von vornherein zum Scheitern verurteilt.«

»Und was erhofftetest du dir danach für die Zukunft?«

»Gar nichts. Ich lebte von einem Tag zum anderen, ohne

nachzudenken. Als die Königin in Old Sarum gefangen gehalten wurde, zerfiel die Familie. Die Söhne verschwanden, und die Töchter wurden von Henry hastig verheiratet und an andere Höfe geschickt. Sogar meine Schwester Marguerite fand einen Weg, zu ihrem Mann zurückzukehren, dem immer neue Möglichkeiten einfielen, seinem Vater in der Normandie Ärger zu bereiten. Mir blieb niemand, nur der König. Aber ich hoffte immer noch, es würde sich alles zum Guten wenden, wenn Eleanor freikam. Ich dachte, ich könnte auf sie bauen.«

»Solange sie nicht über Henry und dich Bescheid wusste.«

»Solange sie nichts von dem Kind wusste.«

»Also warst du erleichtert, als das Kind starb?«

»Rede keinen Unsinn«, fuhr ich ihn grob an. »Ich habe darüber fast den Verstand verloren. Er war schließlich mein Sohn!«

William nippte stumm an seinem Wein. Ich hatte meinen Becher noch nicht angerührt.

»Was hättest du denn getan, wenn das Kind am Leben geblieben wäre?«

»Ich wollte mit ihm fortgehen. Diesen Vorschlag habe ich Henry schon vor der Geburt meines Sohnes unterbreitet, und zuerst hat er auch zugestimmt. Er sagte, das Kind sei an seinem von Intrigen beherrschten Hof nicht sicher, aber ich könnte vielleicht in Schottland leben. Er sprach von einer Burg gleich hinter der Grenze, wo ich vor Eleanor und meiner eigenen eifersüchtigen Familie Schutz finden würde. Henry hat immer gute Beziehungen zu William dem Löwen unterhalten. Unter dem Schutz des Königs von Schottland würde mir und dem Kind nichts geschehen.« Ich hob den Weinbecher an meine ausgedörrten Lippen. »Aber das war immer nur ein Traum. Ich wusste damals schon, dass er nie in Erfüllung gehen würde.«

»Ich stelle mir gerade vor, was geschehen wäre, wenn du und das Kind an Henrys Hof geblieben wärt und Henry Eleanor aus Old Sarum zurückgeholt hätte. Eine pikante Situation, das muss ich schon sagen«, bemerkte William mit jener feinen Ironie, die ihm manchmal zu Eigen war und seine Worte wie Nadelstiche wirken ließ. »Wie wäre Henry wohl damit umgegangen?«

»Aber er hat sie nicht zurückgeholt, nicht wahr?«, entgegnete ich. »Also bestand kein Grund, Pläne zu schmieden und sich Erklärungen auszudenken. Und warum hast du mich eigentlich zweimal gefragt, ob ich den König geliebt habe?«

William schüttelte den Kopf und sprang so abrupt auf, dass sein Stuhl umzukippen drohte. Er fing ihn mit dem Fuß auf. »Genug geredet für heute Nacht. Ich muss selbst noch über einige Dinge nachdenken, daher schlage ich vor, wir setzen unser Gespräch morgen fort, wenn wir ausgeruht sind. Jetzt sollten wir zu Bett gehen.« Er schob die Briefe zusammen und verstaute sie wieder in seinem Lederbeutel.

»Willst du sie etwa behalten?«, protestierte ich.

»Zu deiner eigenen Sicherheit, *princesse*.«

»Aber sie gehören mir!«

»Und deshalb werde ich sie dir zu gegebener Zeit zurückgeben.« Er schwang sich den Beutel über die Schulter. »Das sind nicht die Originale, die befinden sich an einem sicheren Ort. Aber ich halte es nicht für ratsam, Abschriften davon herumliegen zu lassen.« Er ging zur Tür, ohne mich aus den Augen zu lassen. Ich erhob mich und folgte ihm. »Eine kleine Warnung noch, Alaïs. Sei nicht so vertrauensselig. Nicht jeder ist dein Freund.«

»Eine kryptische Bemerkung, Sir William. Bitte äußert Euch näher dazu.«

»Ich meine nur, du solltest auf der Hut sein und nicht jedem trauen.«

Nachdem ich einen Moment stirnrunzelnd über seine Worte nachgedacht hatte, öffnete ich die Tür und streckte ihm meine gesunde Hand hin. Er beugte sich mit gewohnter höfischer Anmut darüber, doch seine warmen Lippen ruhten eine Sekunde länger auf meiner Haut, als nötig gewesen wäre. Als er sich aufrichtete, begegneten sich unsere Blicke, und mit einem Mal bemerkte ich die kleine Narbe auf seinem Wangenknochen, direkt unter seinem linken Auge. Die Narbe, die Henrys Ring zurückgelassen hatte. Eigenartig, wie eine solche Kleinigkeit manchmal eine Flut von Gefühlen auslösen kann. Zum ersten Mal erschien mir dieser rätselhafte, schroffe, verschlossene Mann ebenso verletzlich wie ich.

»Und wie geht es jetzt weiter?« Die Worte kamen aus meinem Mund, aber die Stimme schien einer anderen Frau zu gehören.

»Es gibt zwei Möglichkeiten. Zum einen können wir dasselbe tun, was du nach dem Tod deines Kindes getan hast – einfach von einem Tag zum nächsten leben, ohne nachzudenken, ohne zu hoffen.«

»Und wie lautet die andere Möglichkeit?«

»Ich habe gehört, dass Eleanor aus Spanien zurückgekehrt ist. Ich dachte, wir beide könnten ihr vielleicht einen Besuch abstatten. Wir könnten ihr ein paar Fragen stellen. Zum Beispiel, wie sie von dem Kind erfahren hat. Und ob es sich bei den Briefen, die du in Old Sarum gefunden hast, um Kopien oder um die nie abgeschickten Originale handelt. Und warum sie ausgerechnet dich nach Canterbury geschickt hat, um ihre Briefe an Becket aus ihrem Versteck zu holen.«

»Eleanor ist aus Spanien zurück«, echote ich. »Ja, ich würde sie sehr gern sehen. Ich habe nämlich selbst eine Reihe von Fragen an sie.«

»Das glaube ich gern.« Er stützte sich mit der Hand am Türrahmen ab. »Vielleicht lasse ich mich sogar überreden, ihr die Briefe zurückzugeben, die sie vor so langer Zeit an ihren Freund Becket geschrieben hat und die du für sie aus der Kathedrale holen solltest.«

»*Du* hast diese Briefe?« Meine Stimme wurde schrill.

»Ich muss vergessen haben, dir das zu erzählen«, behauptete er unverfroren. »Ich habe sie schon vor Jahren gefunden und sicher verwahrt. Ich dachte, sie könnten mir eines Tages nützlich sein.«

Ich starrte ihn nur sprachlos an.

Er duckte sich, als fürchte er, ich könne ihn schlagen. Dabei glitzerten seine Augen schelmisch. Und noch ehe ich etwas sagen konnte, huschte er zur Tür hinaus, und ich setzte mich wieder an den Tisch. In meinem Kopf ging alles drunter und drüber.

Ich grübelte über die vielen Überraschungen nach, die mir Prior William – Sir William – schon bereitet hatte und zweifellos noch bereiten würde, und gab mir große Mühe, mich darüber zu ärgern, wie er mich bezüglich der Canterbury-Briefe getäuscht hatte. Aber irgendwie erschien mir die Sache auf einmal nicht wichtig genug. Stattdessen kostete ich die nie gekannte Wärme aus, die mich seit unserem Gespräch erfüllte. Rührte dieses Gefühl daher, dass ich mich von einer Bürde befreit hatte? Zum ersten Mal hatte ich mit einem anderen Menschen über die lang erloschene Liebe gesprochen, die ich für den Vater meines Kindes empfunden hatte. Oder war der Grund eher in der Gegenwart zu suchen, bei dem Mann, der gerade den Raum verlassen hatte, dessen herber männlicher Duft aber noch immer in der Luft hing?

Obwohl ich knochenmüde war, stellte sich der Schlaf erst ein, als das erste Tageslicht durch die Ritzen der Fensterläden fiel, die ich zum Schutz vor der kühlen Nachtluft geschlossen hatte. Und mit dem neuen Tag kam der Regen.

♦ 20 ♦

Stürme über Frankreich

Als ich am nächsten Morgen die Treppe hinunterstieg, fühlte ich mich ziemlich benommen. Ein Diener hatte an die Tür geklopft, kurz nachdem ich in tiefen Schlaf gefallen war, so kam es mir jedenfalls vor. Ich zog mir die Bettdecke über den Kopf und murmelte etwas Ärgerliches, doch die Stimme auf der anderen Seite der Tür gab mir eine scharfe Antwort. Mir wurde bewusst, dass diese Stimme William gehörte; als ich aus dem Bett kroch und die Tür öffnete, war er jedoch nirgendwo zu sehen. Aber er hatte ziemlich herrisch geklungen. Vermutlich wollte er, dass ich mich so rasch wie möglich für die vor uns liegende Reise fertig machte. Heute ist er wohl wieder in die Rolle des befehlsgewohnten Kommandanten geschlüpft, dachte ich grimmig, während ich mich ankleidete. Vor mir lag vermutlich ein langer, anstrengender Ritt.

Das Wetter entsprach meiner Stimmung. Die warmen, sonnigen Tage schienen vorüber zu sein. Als ich den Fuß der Treppe erreichte, schlug mir kalte, beißende Luft entgegen, und durch die offene Tür konnte ich Nebelschwaden sehen.

William stand in der Halle und erteilte den Dienstboten und einer Reihe von Männern unablässig Anweisungen. Natürlich, dachte ich. Er muss seine eigenen Leute mitgebracht haben, als er gestern angekommen ist. Da ich mich heimlich davongestohlen hatte und erst spät zurückgekommen war, hatte ich sie nicht gesehen.

William warf mir einen kühlen Blick zu, und mein Lächeln erstarb mir auf den Lippen. Von der Vertrautheit, die während unseres gestrigen Gesprächs zwischen uns geherrscht hatte, war nichts mehr zu spüren. Jetzt war er ein Fremder für mich, unser Anführer, der Herr über diese Männer, der Organisator sicherer Häuser, der geheimnisvolle Ritter und/oder Mönch. Er gehörte nicht mehr zu meiner Welt. Er nickte mir dann auch nur knapp zu und richtete ein paar unpersönliche Worte an mich.

»Nehmt jetzt bitte Euer Frühstück ein, *princesse*. Wir brechen in einer Stunde auf.« Seinen Ton konnte man nur als barsch bezeichnen. Ohne meine Antwort abzuwarten, wandte er sich ab, um mit einer kleinen Gruppe von Rittern zu reden.

Ich ging in den Saal neben der Halle hinüber, wo ein heilloses Durcheinander herrschte. Diener rannten hin und her, schnürten Bündel und verstauten Leinen in großen Truhen. Ich setzte mich an den einzigen Platz am Tisch, an dem eine *serviette* lag. Eine Magd setzte mir Brot und heißen, gewürzten Wein vor. Kurz darauf wurden mir einige Äpfel, eine Schale mit gekochtem Getreide und ein Krug warmer Mandelmilch gebracht.

Ich aß schweigend. Etwas anderes blieb mir auch gar nicht übrig, denn niemand blieb stehen, um ein paar Worte mit mir zu wechseln. Als ich in meine Kammer zurückkehrte, sah ich, dass die Diener meine wenigen Habseligkeiten in Satteltaschen verstaut hatten, die wie aus dem Nichts aufgetaucht waren. Der Raum war ordentlich aufgeräumt und wirkte, als hätte ihn seit Monaten niemand bewohnt.

Ich hielt nach den Zeichnungen Ausschau, die ich hier angefertigt hatte, und entdeckte sie neben den Satteltaschen. Sie waren zusammengerollt worden – mit äußerster Sorgfalt anscheinend, damit auch das spröde Pergament nicht brach – und mit einem Lederriemen verschnürt. Irgendjemand hatte also schon dafür gesorgt, dass meine Sachen gepackt wurden, vermutlich William selbst. Er schien wie immer an alles zu denken. Fast ärgerte ich mich ein wenig über diese Perfektion.

Die Tür zu meiner Kammer stand offen, während ich mein Gepäck inspizierte. Petronella tauchte an der Schwelle auf, senkte den Kopf und knickste. Dann erhob sie sich wieder, hielt jedoch den Blick noch immer auf den Boden gerichtet.

Ich ergriff als Erste das Wort, denn ich vermutete, dass ihr nach ihrem Verrat am gestrigen Abend der Mut dazu fehlte.

»Nun, Mistress Petronella?« Ich stemmte wie ein streitlustiges Fischweib die Hände in die Hüften. »Seid Ihr an den Ort Eures Verbrechens zurückgekehrt?« Die junge Frau blickte bei dieser Bemerkung auf. Ein verwirrter Ausdruck trat auf ihr Gesicht.

»Ich habe mich nur bemüht, Euch zu helfen, Mylady«, sagte sie, ganz großäugige Unschuld.

»Bezüglich der Kleidung habt Ihr Euer Wort gehalten, doch mit Eurer Verschwiegenheit war es nicht weit her. Ich habe Euch gebeten, niemandem zu sagen, was ich vorhatte, aber siehe da, Meister William wusste seltsamerweise ganz genau, wo er mich zu suchen hatte, als er mich vermisste. Was meint Ihr wohl, wer ihm den entscheidenden Hinweis gegeben hat?«

»Bitte um Verzeihung, Eure Hoheit. Es stimmt, ich habe Sir William gesagt, wo Ihr hingegangen seid. Aber Ihr habt mir ja nicht verboten, *ihm* zu verraten, dass Ihr in die Stadt reiten wolltet.« Obwohl sich die junge Frau nicht von der Stelle gerührt hatte, warf sie ständig den Kopf in den Nacken und fuhr bei jedem ihrer Worte mit der Hand durch die Luft, sodass ich einen Moment lang den Eindruck hatte, sie vollführe zu unhörbarer Musik einen kleinen Tanz. »Ihr batet mich nur, den Rittern nichts zu sagen, und das habe ich ja auch nicht getan.« Sie schürzte die Lippen, während sie scheinbar angestrengt über dieses Problem nachdachte.

»Und außerdem …«, jetzt hob sie den Zeigefinger, um ihren nächsten Worten den nötigen Nachdruck zu verleihen, »… habe ich Sir William nur deshalb alles erzählt, weil er mich gefragt hat, wo Ihr seid. Aus freien Stücken hätte ich nichts gesagt. Aber ich durfte ihn auch nicht anlügen. Sir William ist Gast im Haus meines Herrn Sir Armand Montjoie. Es ist meine Pflicht, meinem Herrn zu gehorchen, also muss ich auch dem gehorchen, der im Moment seinen Platz einnimmt.« Nachdem sie zu dieser für sie wohl logisch klingenden Erklärung gelangt war, schien Petronella ihren Mut wiedergefunden zu haben, denn sie sah mich mit ihren großen runden Augen keck an. Nicht die geringste Spur von Schuldbewusstsein stand darin zu lesen. Die kühne, unabhängige Natur dieser Frau, die ich anfangs so bewundert hatte, verdross mich jetzt ungemein. Immerhin war ich eine *princesse royale*. Mönche gingen hin und befehligten Rittertrupps, Bauersfrauen entschuldigten sich noch nicht einmal, wenn sie Befehle missachtet hatten. Die Welt stand Kopf.

Doch dann sah ich den Funken von Humor, der in ihren Augen tanzte, und musste über mich selbst schmunzeln, weil ich aus einer Bagatelle ein Drama machte. »Schon gut. Ihr habt nur getan, was Ihr für richtig hieltet. Es ist ja auch weiter nichts passiert. Und ich danke Euch für die Kleider und die Tränke, die Ihr mir während meiner *maladie* gebracht habt.«

Ich hatte sie mit diesen Worten entlassen wollen und wandte mich ab, aber sie blieb in der Tür stehen. Und plötzlich kam mir eine Idee.

»Petronella, ich gebe Euch die Gelegenheit, Wiedergutmachung für Euren Verrat zu leisten.«

»Wie denn, Mylady?« Sie beäugte mich so argwöhnisch, als wäre ich eine giftige Spinne.

»Sir William hat ein paar Briefe, die mir gehören. Wir haben gestern Abend darüber gesprochen, und er hat sie versehentlich mitgenommen. Sie sind in einem mit einer schwarzen Kordel verschlossenen Lederbeutel bei seinen Sachen. Würdet Ihr diesen Beutel bitte für mich holen?« Ich zögerte. »Ihr braucht Sir William deswegen nicht zu behelligen. Er ist unten im Hof und trifft die letzten Vorbereitungen für unsere Reise. Aber ich bin mir sicher, dass sein Gepäck noch nicht nach unten geschafft worden ist.«

Ich wühlte in meiner Tasche und förderte eine Silbermünze zu Tage, die ich ihr hinhielt. Als sie zauderte, beruhigte ich sie: »Ich will die Briefe nur noch einmal lesen. Sir William und ich reisen gemeinsam, und ich werde sie ihm unterwegs zurückgeben.«

Sie runzelte leicht die Stirn, streckte aber die Hand aus und nahm das Silber entgegen.

»Ich warte hier«, sagte ich. Williams Räume lagen neben den meinen, und Petronella kehrte schon nach wenigen Minuten mit meinen Briefen zurück. Und mit noch etwas anderem.

»Prinzessin«, sagte sie, als sie mir den Lederbeutel aushändigte, »Ihr braucht für Eure Reise in den Süden einen warmen Umhang. Das milde Frühlingswetter ist trügerisch, es schlägt leicht um. Sogar im Limousin kann es sehr kalt werden.« Sie hielt mir einen Umhang aus feinster Brabanter Wolle hin, der sehr kostspielig aussah.

»Aber wir wollen doch gar nicht nach …« Ich brach ab. War ich tatsächlich im Begriff, mit der Frau eines Haushofmeisters über meine Reisepläne zu sprechen? Der Alraunwurzelextrakt, mit dem Johns Männer mich betäubt hatten, musste mir den Verstand benebelt haben.

»Ich danke Euch, Mistress Petronella.« Ich nahm ihr den Umhang ab und legte ihn um, denn ich fröstelte schon, seit ich die Nebelschwaden gesehen hatte. Vielleicht sollte ich ja meinen Unmut bezwingen und einfach nur dankbar für ihre Fürsorge sein. Ich neigte den Kopf, und endlich verschwand sie, nicht ohne einmal mehr einen formvollendeten Knicks zu vollführen.

Als ich zu William auf den Hof hinaustrat, stellte ich erfreut fest, dass für mich die gescheckte Stute bereitstand, die ich bei meinem Ausflug nach Chinon geritten hatte. Hinter dem Sattel waren Decken festgeschnallt, meine Taschen hatte man auf ein Packpferd geladen. Ein Diener kam herbeigeeilt, um mir in den Sattel zu helfen.

»Wo ist denn der Rest unseres Trupps?« Ich trieb meine Stute näher an William heran. Obwohl zahlreiche Männer im Hof umhereilten, saß außer mir nur er bereits auf einem Pferd.

»Wir reisen diesmal in einer kleineren Gruppe.« Ungeduldig winkte er ein paar Männer zu sich, die bei den Ställen warteten. Ich erkannte das rotbraune Haar meines jungen Freundes François und Rolands dunklen Schopf. Den dritten Mann hatte ich noch nie gesehen.

»Wo ist Tom?«, fragte ich, da mir plötzlich auffiel, dass ich ihn seit unserer Ankunft hier nicht mehr zu Gesicht bekommen hatte. »Wo ist Tom von Caedwyd abgeblieben?«

»Tom ist fort«, erwiderte William, der Mühe hatte, sein unruhiges Pferd zu zügeln. Das Tier schien es kaum abwarten zu können, endlich die Straße unter die Hufe zu nehmen, und ließ sich kaum bändigen.

»Ohne meine Erlaubnis?« Ich packte seine Zügel, um zu verhindern, dass er mich einfach stehen ließ, ohne meine Fragen zu beantworten. Es war eine gewagte Geste, teils anmaßend, teils besitzergreifend. Unsere Pferde standen jetzt so dicht beieinander, dass sie auf der Stelle tänzelten, um nicht gegeneinander zu prallen. »Er steht in meinen Diensten und hat mein Einverständnis einzuholen, bevor er sich entfernt.« Williams Kopf fuhr zu mir herum, aber er machte keine Anstalten, meine Hand von seinem Zügel zu lösen.

»Alaïs, ich habe Tom nach Fontrevault geschickt.« Er sprach leise und mit einer Eindringlichkeit, die mich beunruhigte. »Es tut mir Leid, dass ich keine Möglichkeit hatte, dich vorher zu fragen. Er war der Einzige, dem ich eine nicht ganz ungefährliche Aufgabe übertragen konnte. Ich schätze, er wird uns übermorgen einholen.«

»Wovon sprichst du eigentlich?« Ein Verdacht keimte in mir auf. Ich musste an Petronellas Worte denken und fürchtete, die Antwort schon zu kennen. »Wir reiten gar nicht zum Kloster, nicht wahr?«

»Heute nicht. Wir reiten nach Süden, nach Poitou. Johns Männer haben Fontrevault umstellt. Er weiß, dass du Eleanor dort aufsuchen wirst, sobald du von ihrer Rückkehr erfährst. Deswegen lauert er dir dort auf.«

»Aber…«

Nun löste William meine Hand sacht von seinem Zügel und legte sie auf den Hals meines eigenen Pferdes. »Er muss sich allerdings auf eine Überraschung gefasst machen. Die Königin ist nicht in Fontrevault, wie er glaubt. Sie hält sich im Herzogspalast von Poitiers auf. Tom soll herausfinden, wie viele Männer das Kloster umzingeln und ob John höchstpersönlich bei ihnen ist. Wir reiten derweil gen Süden, um Eleanor dort zu treffen. Wenn wir unser heutiges Ziel erreicht und uns mit einer warmen Mahlzeit gestärkt haben, dann finde ich vielleicht die Zeit, dir alles zu erklären.«

»Aber warum sollte John noch einmal versuchen, mich in seine Gewalt zu bekommen? Er muss doch inzwischen begriffen haben, dass ich ihm nicht weiterhelfen kann.«

»Er ist nicht hinter dir her. Du bist nur rein zufällig mit von der Partie.« Mit diesen Worten wandte sich William ab, und wie auf Kommando lenkte Roland sein Pferd an meine Stute heran. Der junge Sekretär François ritt zu meiner anderen Seite, und mir blieb nichts anderes übrig, als ihnen widerstandslos zu folgen.

♦ 21 ♦

Enthüllungen

Die Sonne war schon lange untergegangen, als wir Poitiers erreichten. Im Süden hatte der Frühling Einzug gehalten. Ich konnte die Vögel in den Bäumen zwitschern hören, und ein schwerer, süßer Blumenduft lag in der Luft. Poitiers. Hier hatte ich die kurzen Jahre verbracht, in denen ich vom Kind zur Frau gereift war. Hier hatte ich damals Eleanor sehr nah und Richard sogar noch näher gestanden. Und hier war Gott sei Dank kein Henry gewesen.

Wir hatten dreimal die Pferde gewechselt, kurz in einem primitiven Dorfgasthaus Halt gemacht, um uns mit Brot, Käse und einem Humpen Ale zu stärken, und waren dann ohne Pause weitergeritten, bis wir nach Einbruch der Dunkelheit unser Ziel erreicht hatten. Und ich hatte gedacht, mir stünde nichts Anstrengenderes bevor als ein Ritt von vier Stunden nach Fontrevault!

Obwohl meine Kehrseite wund war, stellte ich fest, dass meine Hüfte nicht mehr so sehr schmerzte wie zu Beginn meiner langen Reise nach Canterbury, als ich endlich im Hof eines Gasthauses direkt hinter der Stadtmauer von meinem Pferd stieg. Bei den Gebeinen Christi! Wirkte diese ziellose Herumreiserei am Ende wie ein Jungbrunnen auf mich?

Ich war zu Tode erschöpft, das konnte ich nicht leugnen.

Trotzdem hatte ich nicht die Absicht, zu Bett zu gehen, bevor William mir nicht ein paar Fragen beantwortet hatte. Er hütete ein Geheimnis, das er mir während unseres gestrigen Gesprächs fast enthüllt hätte. Und ich wollte unbedingt wissen, was er vor mir verbarg.

Auch mit der Wahl dieses Gasthauses hatte William mir eine Überraschung bereitet; es unterschied sich von dem steinernen Herrenhaus in Wiltshire und dem Gut an der Loire nur durch seine Größe, nicht aber durch die luxuriöse Einrichtung. Ein helles Feuer brannte im Kamin, und der Wirt kam diensteifrig herbeigeeilt, um sich nach unseren Wünschen zu erkundigen. Freundliche, saubere Mägde erschienen, um uns in freundliche, saubere Räume zu führen.

Doch ich bemerkte rasch, dass wir, obwohl wir uns ohne Zweifel in einem öffentlichen Gasthaus befanden, die einzigen Gäste waren. Mir war aufgefallen, dass unsere Pferde nur von zwei Stallburschen davongeführt worden waren und ansonsten im Hof kein Laut zu vernehmen war. Eine unwirkliche, fast gespenstische Stille lag über diesem Ort; sie flößte mir Unbehagen ein.

In meiner Kammer fand ich eine Schüssel mit frischem Wasser vor und wusch mir den Reisestaub vom Gesicht. Während ich mich abtrocknete, registrierte ich, wie geräumig dieses Quartier war. Ein riesiges Bett stand in einer Ecke. Die Woll- und Pelzdecken, die darauf lagen, erschienen mir für ein einfaches Gasthaus bei weitem zu kostbar. Der große viereckige Tisch in der anderen Ecke war mit einem weißen Leinentuch gedeckt, auf dem ein Kerzenleuchter stand und ein paar dieser neumodischen Gabeln aus Italien lagen.

Zudem war der Boden dieses Raumes nicht mit Binsen bedeckt, wie man es in einem Gasthof erwartet hätte, sondern mit einer Reihe kleiner Wollteppiche von der Art, wie Philipp sie aus *Outremer* mitgebracht hatte. Als ich ein Klopfen an der Tür hörte, wunderte ich mich schon nicht mehr, dass William eintrat, bevor ich ihn noch dazu aufgefordert hatte. Ihm folgten drei Küchenjungen mit dampfenden Schalen heißer Suppe, einem Gericht aus weißen Bohnen, die im Süden so beliebt sind, Platten mit Gemüse, geröstetem Geflügel, Brot und Gebäck sowie zwei Krügen Wein. William bedeutete ihnen, alles auf den Tisch zu stellen, dann blickte er zu mir hinüber.

»Abendessen«, verkündete er überflüssigerweise.

»Stell dir vor, das habe ich mir fast gedacht.«

»Ich fand, wir sollten lieber allein in deiner Kammer speisen.« Er zögerte. »So sind wir ungestört.« Mit einem Mal wirkte er seltsam befangen.

»Mir ist nicht aufgefallen, dass es in der Gaststube von Menschen wimmelt.«

»Nein, aber unsere Reisegruppe besteht aus sieben Personen. Wenn wir hinuntergingen, müssten wir die Mahlzeit mit ihnen zusammen einnehmen. Hier oben können wir uns in Ruhe unterhalten und sind vor Lauschern sicher.«

»Gibt es denn wichtige Neuigkeiten?« Ich ging zum Schrank hinüber und öffnete die Tür. »Wieso habe ich schon geahnt, hier Kleider vorzufinden, die mir wie angegossen passen?«

William erwiderte nichts darauf, doch ich sah, dass seine Mundwinkel sich nach oben verzogen.

Ich griff nach einen sauberen Wollkleid und verschwand damit seitlich hinter dem riesigen Schrank. Rasch zog ich mein schmutziges Gewand aus, streifte das frische über und überlegte mir nicht zum ersten Mal, wie dankbar man auf Reisen schon für solche Kleinigkeiten sein musste.

Als ich wieder zum Vorschein kam, stand William am Tisch und studierte einige Dokumente. Ich hatte keine Ahnung, wo sie plötzlich hergekommen waren.

»Komm, Alaïs, lass uns essen, solange alles noch warm ist. Der Koch hat sich größte Mühe gegeben, ein Mahl zuzubereiten, das einer Prinzessin würdig ist.«

»Das Essen ist das Letzte, worüber ich mich auf dieser Reise beklagen kann. Anders verhält es sich mit dem Umstand, dass ich nicht weiß, wo es als Nächstes hingeht, ich keinen Schritt allein tun kann, du meine Briefe an dich genommen hast, meine Kammer nicht nur ein-, sondern gleich zweimal durchwühlt wurde und dass man mich über König Johns und Eleanors Absichten sowie über deine wahre Identität im Dunkeln lässt.«

William blickte noch nicht einmal von seiner Lektüre auf.

Ich setzte mich an den Tisch, und William nahm neben mir Platz. Er beschäftigte sich noch immer mit den Dokumenten und hielt nur kurz inne, um mir Wein einzuschenken. Schließlich legte er die Papiere zur Seite und reichte mir die Speisen nacheinander zu. Ich staunte, wie ungezwungen wir mittlerweile miteinander umgingen – fast so, als wären wir Mann und Frau, die mit der Vertrautheit langer Jahre gemeinsam ihre Abendmahlzeit einnahmen. Zuerst die Bohnen, dann das Gemüse, dann eine Schüssel, die ein undefinierbares Gericht enthielt, vermutlich Hase in Käsesauce.

»Nun sind wir allein und ungestört, wie du es gewollt hast, und nun wirst du mir hoffentlich gleich den Rest deiner Geschichte erzählen«, sagte ich; dabei nahm ich eine Platte nach der anderen mit meiner gesunden Hand entgegen.

»Womit soll ich anfangen?« Er begann, Brot in seine Suppe zu tauchen.

»Mit dem heutigen Tag.« Meine Stimme klang ungewohnt scharf. Er musterte mich forschend. »Warum sind wir hier, William? Ach ja, wir sind hierher gekommen, weil Johns Männer Fontrevault umzingelt haben und uns gefangen nehmen würden, wenn wir uns dort blicken ließen. Nein, das war mir entfallen.« Ich schnippte mit den Fingern, als wäre mir soeben eine Erleuchtung gekommen. »John ist ja gar nicht hinter mir her, sondern hinter einem anderen Mitglied unserer Gruppe. Lass mich raten.« Ich setzte ein breites Grinsen auf. »Ich weiß. Du bist es! König John hat genug von deinen Streichen und ist erzürnt, weil du mich aus Old Sarum befreit hast. Außerdem will Hugh Walter, dass du nach Canterbury zurückkehrst, anstatt in der Normandie herumzuhetzen und die mühsam eingetriebenen Steuergelder des Ordens zu verschleudern. Also will John dich fangen und zurückbringen, um Abt Hugh einen Gefallen zu erweisen.«

William schüttelte nur den Kopf und lächelte leicht, als wäre ich ein nicht sonderlich aufgewecktes Kind, mit dem man Nachsicht haben musste.

»Nein? Dann lass mich noch einmal raten«, fuhr ich fort. Das Spiel, das ich da begonnen hatte, verhinderte immerhin, dass wieder eine so intime Stille eintrat, wie sie vorher im Raum geherrscht hatte. Dazu kam, dass William bemerkte, welche Mühe ich hatte, mit nur einer Hand die Speisen entgegenzunehmen und meinen Teller zu füllen. Als er sah, wie ich mühsam begann, Bohnen aus der Schüssel zu fischen, nahm er mir den Löffel ab und legte mir selbst vor, ganz so, als sei dies die natürlichste Sache der Welt. Ich spürte, wie mir das Blut in die Wangen stieg.

»Hm … dann muss es doch um mich gehen, nicht wahr? Sowohl der König als auch der Abt wollen mich loswerden, weil sie fürchten, ich könnte ihnen Ärger bereiten, solange ich mich in England aufhalte. Also haben sie dich beauftragt, mich hier als Geisel festzuhalten, um vielleicht noch ein Lösegeld von meinem Bruder zu erpressen. Auch nicht? Du schüttelst den Kopf? Wenn John es weder auf dich noch auf mich abgesehen hat, befinden wir uns auf der Flucht, weil er hinter einem von unseren Rittern her ist.« Ich sprach immer schneller, die Worte sprudelten förmlich aus mir heraus. »Wie wäre es mit Roland? Könnte John ihn im Kampf gegen den französischen Hof als Trumpf benutzen? Nein, das glaube ich nicht. Nicht Roland. Er ist nicht wichtig genug.«

»Bitte iss jetzt, Alaïs. Du hast den ganzen Tag noch nichts zu dir genommen.« Williams ruhige Gelassenheit ließ mein hirnloses Geplapper noch unsinniger klingen.

Ich griff nach meiner Gabel. Das Essen war vorzüglich. Die Küche des Südens ist die beste auf der Welt, das hatte auch Eleanor immer gesagt. Erst jetzt merkte ich, wie hungrig mich der lange Ritt gemacht hatte. Doch schon bald zerrte die Stille an meinen Nerven, und ich fing erneut an.

»Dann muss es jemand anderes sein. Natürlich!« Mit einiger Mühe rang ich mir ein strahlendes Lächeln ab. »Der junge François, unser begnadeter Schauspieler. John will ihn zu seinem Hofnarren machen!«

William lachte nicht, sondern starrte mich nur an.

»Wie, William?« Ich trank einen Schluck Wein und widmete mich wieder meiner Mahlzeit. »Du lächelst noch nicht einmal. Missfällt es dir, dass der König mehr Wert auf deinen jungen Sekretär legt als auf dich? Dann erklär mir bitte endlich, auf wen John es denn nun wirklich abgesehen hat.«

Einen Moment herrschte Schweigen, dann blickte ich von meinem Hasenfleisch auf und sah, wie mich mein Gegenüber mit einem eigenartigen Ausdruck in den Augen betrachtete. Ich nahm meine verkrüppelte Hand vom Tisch, wo ich sie achtlos abgelegt hatte, und verbarg sie in meinem Schoß. Mein Herz begann zu rasen wie immer, wenn ich neue Enthüllungen aus Williams Mund fürchtete.

»Ich werde dir gleich etwas erzählen, das für dich vielleicht nicht leicht zu verarbeiten ist. Ich möchte das in Form einer Geschichte tun und bitte dich, mir keine Fragen zu stellen, bis ich fertig bin; das macht mir die ganze Sache einfacher. Bist du damit einverstanden?«

»Schon der Anfang klingt ja ziemlich beunruhigend.«

»Bist du jetzt still und lässt mich die Geschichte auf meine Weise erzählen?« Zum ersten Mal während unseres Gesprächs schwang die Ungeduld, die ich in seinem Gesicht las, auch in seiner Stimme mit.

»Schon gut.« Plötzlich war ich entschlossen, dieses Spiel um jeden Preis zu beenden.

William hörte auf, seinen Weinbecher zwischen Daumen und Zeigefinger zu drehen, stützte die Ellbogen auf den Tisch und den Kopf auf die Hände und sah mich eindringlich an.

»Gestern Abend habe ich dir erzählt, wie wütend Henry auf mich war, als ich ihn auf sein Verhalten dir gegenüber ansprach. Aber ich habe dir einiges verschwiegen.« William schob seinen unberührten Teller von sich. »Ich habe dir nicht gesagt, was nach unserer Auseinandersetzung geschah.«

»Ich erinnere mich. Henry hat dich geschlagen, und du hast geblutet, weil du dir auf die Zunge gebissen hast.«

»Du hörst mir ja doch manchmal zu.« Doch er lächelte bei diesen Worten nicht. »Die Angelegenheit hatte nämlich schwer wiegende Konsequenzen.« Eine kleine Pause entstand, während der er all seinen Mut zusammenzunehmen schien. Ich wagte kaum zu atmen.

»Drei Tage später befahl mich der König zu sich. Er hatte entschieden, wie die Strafe für mein ungebührliches Benehmen aussehen sollte. Er übertrug mir eine äußerst heikle Aufgabe.« William trank einen Schluck Wein, dann räusperte er sich.

»Henry wollte, dass ich ein Kind – ein ganz bestimmtes Kind – an einen sicheren Ort bringe, den er bereits ausgewählt hatte.«

Mein Herz begann gegen meine Rippen zu hämmern, und meine Hand schien so bleischwer zu sein, dass ich nicht nach dem Becher greifen konnte, obwohl ich nach etwas Wein lechzte.

»Dieses Kind war natürlich tot«, sagte ich leise, wie zu mir selbst. »Das dürfte nicht sonderlich schwierig gewesen sein.« Ich musste die Worte förmlich herauspressen, meine Kehle war wie zugeschnürt. »So ein kleines schlaffes Bündel kann man mühelos loswerden.« Aus irgendeinem Grund sah ich wieder den weißen Hund von Old Sarum vor mir.

»Nein, das Kind war nicht tot.« William verschränkte die Hände auf dem Tisch und beugte sich vor. Die Welt begann sich vor meinen Augen zu drehen. Um nicht ohnmächtig zu werden, konzentrierte ich mich auf seinen großen Onyxring, der im Kerzenlicht schimmerte. Ich hörte das Blut in meinen Ohren rauschen und hatte Mühe, Williams Stimme zu lauschen, die fortfuhr, eine Geschichte zu erzählen, die zu hören ich kaum ertragen konnte.

»Wir waren zu dritt, zwei Ritter und ich. Unser Auftrag wurde vor dem Rest des Hofes geheim gehalten. Nur die vier Berater des Königs waren eingeweiht; sie mussten schwören, Stillschweigen zu bewahren.«

»Gehörte William Marshal zu ihnen?«, hörte ich mich fragen und überlegte dann, ob das heute wirklich noch eine Rolle spielte. Würde ich mich von ihm verraten fühlen, wenn ich erfuhr, dass er all die Jahre Bescheid gewusst hatte, oder wäre ich ihm dankbar?

William blickte kurz zu Boden, ehe er erwiderte: »Ich glaube, diese Frage solltest du besser ihm selbst stellen.« Er wirkte verhärmt; um seine Augen lagen Fältchen, die ich früher am Abend nicht bemerkt hatte. Dieses Gespräch schien ihm stärker zuzusetzen, als der lange, anstrengende Ritt es getan hatte. »Aber du musst wissen, dass die vier Berater Henrys absolut vertrauenswürdig waren.«

»Das ist jetzt nicht mehr wichtig. So viele Leute scheinen die Wahrheit gekannt zu haben – nur ich nicht!«

»Henry hatte gute Gründe für seine Entscheidung.« William holte tief Atem und sprach etwas langsamer weiter. »Die Sicherheit des Reiches stand auf dem Spiel. Außerdem fürchtete er, dass dem Kind von seinen Söhnen Gefahr drohen könnte.«

»Aber doch nicht von Richard!«, entfuhr es mir gegen meinen Willen.

»Vielleicht nicht von Richard«, erwiderte er weich. »Aber John war jedenfalls alles zuzutrauen. Sosehr Henry ihn auch liebte, er kannte den schwachen, unberechenbaren Charakter seines jüngsten Sohnes nur allzu gut.«

»Nun, wir haben ja selbst gesehen, wozu John fähig ist.«

»Und vergiss nicht, dass Henry keinem seiner Söhne mehr traute, seit sich Eleanor mit ihnen damals in Poitiers gegen ihn verschworen hatte. Er wusste, dass dein Kind sowohl von Louis als auch von seiner eigenen Familie als Druckmittel benutzt werden konnte.«

»Glaubst du, er hat die richtige Entscheidung getroffen?« Meine Stimme klang so heiter, als würde ich mich ganz zwanglos mit einem Freund über ein belangloses Thema unterhalten. Auch mein Herzschlag verlangsamte sich, und mir war, als würde sogar das Blut, das durch meine Adern floss, im Laufe unseres Gesprächs immer zähflüssiger werden.

Wieder blickte William flüchtig zu Boden – ein Ausdruck von Unsicherheit, der so gar nicht zu diesem weltgewandten, unerschrockenen Mann passen wollte. Einen Moment lang fürchtete ich, er würde nicht mehr weitersprechen, doch dann fasste er sich wieder und sah mir erneut fest in die Augen.

»Ja, es war das Beste für das Kind, wenn auch nicht unbedingt für dich. Aber schließlich war es das Kind, das in Gefahr schwebte und das es zu schützen galt.« William schien aufzuatmen, als glaube er, das Schlimmste wäre nun überstanden, als wäre der Moment, da ich ihm eine Szene machen könnte, endgültig vorüber. Und es war dieses erleichterte Aufatmen, das meine mühsam aufrechterhaltene Selbstbeherrschung zusammenbrechen ließ.

»Und wohin hast du mein Kind verschleppt?« Meine Stimme schraubte sich mit jedem Wort weiter in die Höhe. »Nach Yorkshire zu Schafbauern, wo er Ställe ausmisten und auf dem Feld arbeiten musste? Mein Sohn? Während man mich in dem Glauben ließ, er sei tot!« Eine Welle heißer Wut schlug über mir zusammen. Ich sprang auf und suchte nach irgendeinem Ventil dafür. Der Weinbecher kam mir gerade recht. Ich packte ihn und schleuderte ihn mit aller Kraft gegen den Kamin, wo er klirrend zerschellte. Meine ganze Welt – und vielleicht auch mein

Herz – schienen mit ihm in Stücke zu zerspringen, und ich ließ mich schwer atmend auf meinen Stuhl sinken.

Als ich zu sprechen versuchte, brachte ich nur ein heiseres Krächzen heraus. Und ich wusste selbst nicht, woher ich die Worte nahm.

»Ihr gott... gottverfluchten Hundesöhne! Alle miteinander! Wie ko... konntet ihr einem... jungen Mädchen nur so etwas antun...?«

William erhob sich und legte mir eine Hand auf den Arm, doch ich riss mich mit einem Ruck los.

»Rühr mich nicht an! Wage es ja nicht, mich anzurühren, du Bastard! Fluch über euch elende Bande, über dich und den König und William Marshal und Richard und John – Fluch über euch alle!«

»Richard hatte nichts mit alldem zu tun«, tönte die unvermindert ruhige und vernünftige Stimme mir gegenüber. Da sprang ich auf und lief zu dem Bett hinüber, um mich schluchzend in die Kissen zu werfen. Für mich war eine Welt zusammengebrochen. Mein Sohn war am Leben, und niemand hatte mir etwas gesagt.

Auch William sank in seinen Stuhl zurück, rührte sich nicht und sprach kein Wort, wofür ich ihm dankbar war. Doch allmählich drang ein Gedanke durch den Nebel von Schmerz und Zorn in mein Bewusstsein – ein Gedanke, an den ich mich klammern sollte, es aber nicht über mich brachte: Mein Sohn lebte.

William wartete. Nach einer Weile versiegte mein Tränenstrom, womit er natürlich gerechnet hatte. Ich stützte mich auf einen Ellbogen und sah, dass das Feuer heruntergebrannt war. Er hatte kein Holz nachgelegt.

»Verschwinde«, zischte ich. Der Befehl verfehlte seine Wirkung, weil mir die Stimme brach. »Hinaus mit dir, ehe ich dir die Kehle aufschlitze!«

»Alaïs.« William schlug so hart mit der Faust auf den Tisch, dass die Schüsseln und Platten leise klirrten. »Willst du jetzt den Rest der Geschichte hören oder lieber weitertoben wie ein verzogenes Kind?«

Zur Antwort öffnete ich den Mund, um all meinem angestauten Schmerz mit einem lauten Schrei Luft zu machen.

Plötzlich stand William neben dem Bett, beugte sich über mich, packte mich bei den Schultern, zog mich hoch und schüttelte mich heftig. »Ich habe dir gerade gesagt, dass dein Kind am Leben ist! Bedeutet dir das denn gar nichts? Kannst du mit deinem Gejammer lang genug aufhören, um das zu begreifen? Du hast einen erwachsenen Sohn!«

Mir wurde schwarz vor Augen, als er mich wieder in die Kissen fallen ließ. »Wenn du aufhörst, wegen etwas, das viele Jahre zurückliegt, völlig den Kopf zu verlieren, dann kannst du dich vielleicht auf etwas freuen, das heute oder genauer gesagt…« – er sprach über seine Schulter hinweg, als er zum Feuer ging – »…morgen geschehen wird, denn der heutige Tag ist ja schon fast vorüber. Auf das Wiedersehen mit deinem Sohn.«

Ich erwiderte nichts darauf, und er schien Mut aus meinem Schweigen zu schöpfen.

»Ich werde die Geschichte jetzt zu Ende erzählen, Alaïs.« Er blieb mit dem Rücken zum Feuer stehen, die Hände hinter dem Rücken verschränkt, und beobachtete mich scharf. »Was meinst du denn, wohin wir das Kind gebracht haben?«

Ich dachte an die vergangenen Wochen zurück, sah aber nur das Gesicht vor mir, das mich die ganze Zeit verfolgt hatte. Das Gesicht des jungen Sekretärs, das mir so vertraut vorgekommen war und das ich nicht hatte zuordnen können. Und dann traf mich die Erkenntnis wie ein Schlag, als sich das Bild einer Frau, die schon lange tot war, vor das seine schob.

»Mathilda?«, fragte ich mit einem Atemzug, der wie ein Schluchzen klang.

»Mathilda«, wiederholte ich, während ich mich langsam aufsetzte.

»Mathilda«, bestätigte William, wobei er sich auf den Fersen vor- und zurückwiegte. Seine Stimme klang so erfreut, als hätte ich gerade ein schwieriges Rätsel gelöst und einen goldenen Apfel gewonnen.

»Du hast ihn zu Mathilda gebracht, und sie hat ihn bei sich in Anjou aufgezogen. Natürlich, er ist ihr ja wie aus dem Gesicht geschnitten. Seine Züge sind die seiner Großmutter. Er hat ihr Haar geerbt, ihre Redegewandtheit, und er hat sogar ein paar ihrer kleinen Eigenarten übernommen.« Mir fiel ein, wie er mit den Händen gestikuliert hatte, als wir uns beim Abendessen im Gasthaus unterhalten hatten, und die Art, wie er beim Lachen den Kopf zurückwarf. Aber ich behielt für mich, was wir beide wussten: dass er vielleicht einige meiner Angewohnheiten übernommen hätte, wenn er bei mir aufgewachsen wäre.

Doch François' Gesicht war eindeutig nicht das meine, sondern das der Kaiserin Mathilda. Das zartknochige, aber energische Gesicht der Enkelin von William dem Eroberer, der kindlichen Witwe des deutschen Kaisers Heinrich, der Frau Geoffreys von Anjou. Das Gesicht der Schwiegermutter, deren Anblick Eleanor von Aquitanien kaum ertragen konnte, denn sie war die einzige Frau, die allein durch ihre Ausstrahlung einen Raum beherrschte, selbst wenn sich Eleanor darin aufhielt. Das Gesicht von König Henrys Mutter.

Kaiserin Mathilda, die bei dem Versuch, ihrem Vetter Stephen die Krone zu entreißen, England in einen Bürgerkrieg gestürzt hatte. Die harten, unnachgiebigen Züge fanden sich nun in dem lebhaften, empfindsamen Gesicht ihres Enkels wieder. Meines Sohnes François.

»Aber hat es denn damals keinen Skandal gegeben? Die Leute müssen sich doch das Maul zerrissen haben. Ich kann mich trotzdem nicht erinnern, dass auch nur der Ansatz eines Gerüchts über den Kanal gedrungen wäre.« Obwohl ich mit einem Schluckauf zu kämpfen hatte, gelang es mir, die Worte herauszupressen, während ich zu William aufblickte.

»Natürlich nicht. Sie hat den Jungen als Bankert von einem von Henrys jüngeren Brüdern ausgegeben.« Er lächelte. »Sie waren allesamt hinter den Frauen her wie der Teufel hinter der armen Seele, und deshalb haben sich die Leute nur gefragt, wo denn wohl all ihre anderen unehelichen Kinder abgeblieben sind. Mathilda war nicht mehr die Jüngste, als François zu ihr kam, aber sie hatte sich ihren unbeugsamen Willen bewahrt. Sie sorgte dafür, dass er eine gute Erziehung erhielt, und ich glaube, sie hat sehr an ihm gehangen. Vielleicht mehr als an ihren eigenen Söhnen. Es heißt, noch auf dem Sterbebett habe sie darum gebeten, gut für den Jungen zu sorgen.«

Ich rollte mich vom Bett, schleppte mich zum Tisch hinüber und ließ mich schwer auf einen Stuhl sinken. William folgte mir und blieb vor mir stehen. Hinter ihm flackerte das Feuer. Sein Gesicht lag jetzt im Schatten.

»Seine Geschichte ähnelt der deinen auffallend. Ich weiß noch genau, wie William Marshal dich damals nach Rouen gebracht hat.« Plötzlich durchzuckte mich ein Verdacht. »Kann es sein, dass du auch …?«

»Lass dich nicht zu so unwahrscheinlichen Theorien hinreißen, Alaïs.« William schüttelte den Kopf. Der vertraute Anflug von Belustigung huschte über sein Gesicht. »Ich bin kein illegitimer Sohn irgendeines Königs und leider auch nicht von William Marshal, obwohl das damals viele Leute vermutet haben. Ich war alt genug, um mich noch an das Leben mit meinen Eltern erinnern zu können, bevor sie umgebracht wurden.« Er schwieg einen Moment, dann nahm er wieder auf dem Stuhl mir gegenüber Platz, ohne auch nur einen Moment den Blick von mir abzuwenden. Die Hände hatte er auf dem Tisch gefaltet, wie um sich zu zwingen, sie ruhig zu halten. Ein blaues Feuer brannte in seinen Augen.

»Als ich damals vom Feld zurückkam, stand unser Haus in Flammen, und Henrys Soldaten plünderten und brandschatzten das Dorf. Wenn mich William Marshal nicht gesehen hätte, als ich versuchte, in das brennende Haus zurückzulaufen, und mich im Vorüberreiten auf sein Pferd gezerrt hätte, wäre ich bei dem Überfall ebenfalls ums Leben gekommen.«

»Und François ... wer hat ihm eigentlich diesen Namen gegeben?«

»Mathilda.« Seine Augen funkelten, als er fragte: »Wie hättest du ihn denn genannt, Alaïs?«

»Ich hätte ihn Henry getauft.« Ein zaghaftes Grinsen breitete sich auf meinem tränennassen Gesicht aus.

»Mirabile dictu!« William warf den Kopf in den Nacken und brach in schallendes Gelächter aus. »Das hätte zweifellos viel zu seiner Sicherheit beigetragen! Der jüngere Henry war damals noch am Leben. Ihn hätte der Schlag getroffen, wenn sein illegitimer Bruder denselben Namen getragen hätte wie er. Und kannst du dir vorstellen, wie dein Vater Louis darauf reagiert hätte? Henry und seine aufsässige jüngere Tochter setzen einen Bastard in die Welt, der ausgerechnet auf den Namen Henry hört – einen Ableger des Schwiegervaters ihrer Schwester!«

»Ja, das hätte sie alle aufgerüttelt. Deswegen bin ich auch auf diese Idee gekommen.«

»Vermutlich hat sich Henry daraufhin entschlossen, das Kind fortzugeben.« William hatte sich in den letzten Minuten merklich entspannt. »Wenn du versprichst, mir keine Weinbecher an den Kopf zu werfen, schlage ich vor, dass wir jetzt erst einmal essen.« Er deutete auf den reich gedeckten Tisch vor uns.

»Ich fürchte, deine Enthüllungen haben mir den Appetit verdorben. Aber tu du dir keinen Zwang an.« Ich sank tiefer in meinen Stuhl.

»Ich habe nicht die Absicht«, erwiderte er, dann begann er, mit seinen langen, kräftigen Fingern ein Rebhuhn zu zerteilen. Der unappetitliche Vorgang wirkte bei ihm fast elegant. »Immerhin bin ich heute der Überbringer guter Nachrichten, kein Todesbote. Was du vor vielen Jahren verloren hast, ist dir nun wiedergegeben worden. Das ist ein Grund zur Freude, nicht zur Trauer.«

»Man merkt, dass du nie ein Kind gehabt und es verloren hast.« Ich war nicht gewillt, ihm so leicht zu verzeihen. »Aus deiner Sicht hast du natürlich Recht. Aber kannst du dich nicht in mich hineinversetzen? Ich musste damals mein Kind und all meine Zukunftsträume von einem Tag auf den anderen begraben.«

Wieder sah William mich an, doch in seinem Blick lag diesmal weder Herausforderung noch Argwohn, sondern Güte, womit ich am allerwenigsten gerechnet hatte. »Aber du hast deinen Sohn wiedergefunden. Er ist zu dir zurückgekehrt.« Er streckte über den Tisch hinweg die Hand nach mir aus, berührte mich jedoch nicht.

»Ein Sohn, der seine Mutter verloren hat, kann eine Mutter verstehen, die ihren Sohn verloren hat«, sagte er weich. Wieder schienen Flammen in seinen Augen aufzulodern. »Ich weiß, was in dir vorgeht. Und ich möchte das, was damals geschehen ist, und meine eigene Rolle in diesem Spiel weder verharmlosen noch entschuldigen. Aber all das gehört der Vergangenheit an. Was jetzt zählt, ist nur die Zukunft. Und die liegt vor dir, mit all ihren Möglichkeiten. Es ist an dir, diese Möglichkeiten zu nutzen.«

»Ja, ich weiß.« Ich begann erneut, in meinem Essen herumzustochern. William schien meine Gedanken zu lesen, denn er füllte einen neuen Becher mit rotem Bordeaux. Dabei fiel mir wieder der schwarze Onyxring an seiner linken Hand auf. Ich meinte, einen solchen Ring schon irgendwo einmal gesehen zu haben. »Gestern Abend hast du mich gefragt, ob ich François in meinen Haushalt aufnehmen wolle.«

»Vermutlich hast du mit deinem messerscharfen Verstand schon gefolgert, dass François nicht zufällig zu der Gruppe gehört, die dich in den letzten Tagen begleitet hat. Ich wollte, dass ihr euch kennen lernt. Und ich hoffte, ihr würdet Gefallen aneinander finden und eines Tages vielleicht…«

»Weiß er, wer ich bin?«

»Er weiß überhaupt nichts über dich – bis auf das, was er von anderen über die bekanntlich schwierige *princesse* Alaïs Capet, die Schwester des Königs von Frankreich, gehört hat.«

»Stehe ich in dem Ruf, schwierig zu sein?«

»Allerdings. Man sagt, du stehst der verstorbenen Kaiserin Mathilda in nichts nach.«

Bei diesem Vergleich konnte ich ein Kichern nicht unterdrücken und wurde mit einem Blick belohnt, der ein ganz neues Band zwischen uns schuf. »Wenn du für Henry gearbeitet hättest, wüsstest du, *wie* schwierig Mathilda sein konnte. Neben Eleanor war sie der einzige Mensch, der ihn in einen Tobsuchtsanfall treiben konnte, selbst wenn sie viele Meilen von ihm entfernt war. Ein Brief reichte schon aus.«

Er hielt inne. Dann legte er seine Gabel beiseite, sah mich eindringlich an und sagte bedächtig: »François ist dir sehr ähnlich. Als ich gestern Nacht nach Chinon ritt, musste ich nicht nur einen Ausreißer einfangen, sondern gleich zwei. Er hatte keine Erlaubnis, das *château* Montjoie zu verlassen, weder von seinem Kommandanten Graf Graham noch von mir. Er hat sich heimlich aus dem Staub gemacht, genau wie du. Ich glaube, ihr werdet ausgezeichnet miteinander auskommen, wenn du ihn bei dir aufnimmst.« Er betupfte sich die Lippen mit seiner *serviette*. »Ich schlage lediglich vor, dass er zunächst nur auf Zeit bei dir weilt. Wenn ihr euch näher gekommen seid, kannst du dir überlegen, ob du ihm die Wahrheit über dich erzählen willst.«

»Hat Canterbury irgendwelche Ansprüche auf ihn?«

»Nein, genauso wenig wie auf mich. Er ist nur als Sekretär und zu Studienzwecken in die Abtei gekommen, aber nie dem Orden beigetreten.«

»Er ist also gar kein Mönch, so wie auch du keiner bist«, wiederholte ich sanft. »Ja, jetzt kommen wir auf ein interessantes Thema zu sprechen, nicht wahr? Auf den äußerst geheimnisvollen William von Caen. Welcher der vielen Williams, die ich bislang erlebt habe, ist denn nun der echte?«

William beschäftigte sich wieder angelegentlich mit seinem Rebhuhn. Ich fuhr fort:

»Wie kommt es, dass du das Amt des Priors von Canterbury übernehmen und mit einem Fingerschnippen ein Heer von Dienstboten herbeizitieren kannst, die leer stehende Häuser für dich herrichten? Du kannst im Voraus mehrgängige Festmahlzeiten bestellen, Geld, Pferde und Männer beschaffen und Befreiungsaktionen in die Wege leiten. Du verfügst über bessere Informationsquellen als der König von Frankreich und weißt besser über die Aufenthaltsorte des Königs von England Bescheid als dessen eigene Mutter. Kannst du mir das erklären?« Ich hielt inne, dann sprach ich mit ruhiger Stimme weiter. »Du hattest meinen Sohn jahrelang in deiner Obhut. Wie hast du es geschafft, dass nicht nur ich nichts davon erfuhr, sondern auch sonst niemand?«

William tauchte die Finger in die Wasserschale, wischte sie ab und schob dann seinen Teller beiseite. Dann musterte er mich eine Weile schweigend. Ich war mir nicht sicher, ob er meine Frage beantworten würde. Zwar fürchte ich mich normalerweise nicht vor Männern, aber in seinen Augen lag jetzt ein Glitzern, das mich an einen Krummsäbel erinnerte, den Philipp einmal aus der Türkei mitgebracht hatte: scharf, glatt und gefährlich. Doch dann ergriff er das Wort, und meine Furcht schwand.

»Ich habe einst ein Versprechen gegeben und es seither gehalten, so gut es mir möglich war.« Seine Stimme klang klar und fest.

»Wem hast du dieses Versprechen gegeben, und worum ging es?« Aber ich kannte die Antwort bereits.

»Ich schwor Henry, das Kind immer zu behüten und zu beschützen. Und euch eines Tages wieder zusammenzubringen, falls ihr beide so lange am Leben bleiben würdet.«

Zum zweiten Mal an diesem Abend stockte mir der Atem, und meine Stimme versagte mir den Dienst. William bemerkte es, fuhr jedoch – dieses eine Mal ohne jede Ironie – fort: »Ich habe dir vorhin schon gesagt, dass er mich drei Tage nach der Auseinandersetzung, die wir deinetwegen hatten, zu sich rufen ließ. Er sagte mir, ich müsse das Kind nach Anjou bringen. Es war noch gar nicht auf der Welt, doch sein Entschluss stand bereits fest.«

»Was genau hat er denn zu dir gesagt?« Mich überkam das Bedürfnis, an der Geschichte – die ja auch meine Geschichte war – aktiver teilzuhaben, und sei es nur durch ständige Fragen.

»Er meinte, wenn mir das Kind und seine Mutter so am Herzen lägen, könnte ich ja auch die Verantwortung für das Kleine übernehmen.« Ein flüchtiges Lächeln huschte über sein Gesicht. »Ich schätze, es ist dir heute kein großer Trost mehr, aber Henry hing sehr an dir und auch an seinem ungeborenen Kind. Er sah die Gefahr, in der dieses Kind schwebte; er fürchtete, jemand könnte es als Druckmittel gegen ihn benutzen. Oder schlimmer noch, es könnte einem Anschlag zum Opfer fallen. Die Liste möglicher Feinde war endlos.«

»Aber warum wählte er gerade dich als Beschützer aus?«

William erhob sich erneut von seinem Platz. Allmählich begriff ich, dass er jedes Mal, wenn er sich auf dünnem Eis zu bewegen meinte, im Raum umherzuwandern begann. Es war eine äußerst wirksame Methode, um Blickkontakt zu vermeiden.

»Er vertraute mir. So hatte er ja auch schon beschlossen, mich zu seinem Sekretär zu machen, als ich noch ein Junge war. Warum, weiß ich selber nicht.«

»Ich schon«, warf ich ein. »Weil du schon als Kind ein heller Kopf warst. Henry hatte gern Menschen um sich, die schnell von Begriff und außerdem noch schlagfertig und geistreich waren.« Ich zögerte. »Merkwürdig. Wir Königskinder haben dich gehasst, als wir klein waren. Du hast uns beim Unterricht alle in den Schatten gestellt – du, ein kleines, schmächtiges Bürschchen, das immer den Kopf einzog, wenn jemand es ansprach.«

William war an der Wand auf der anderen Seite des Zimmers angelangt, drehte sich um und kam zu mir zurück. Plötzlich wurde ich mir seiner Größe, der breiten, leicht gebeugten Schultern und seiner markanten Züge bewusst. Ich dachte, er habe sich vielleicht über meine Bemerkung geärgert, doch als er näher kam, sah ich, dass dies nicht der Fall war.

»Manche Kinder wachsen eben langsamer als andere«, sagte er nachdenklich. »Ich war lange Zeit klein und verschüchtert. Aber Henry sah, was aus mir werden konnte. Und als er mir die Verantwortung für das Kind übertrug, wusste er, dass ich dieser Aufgabe gewachsen war.« Er schaute mich an. »Er wusste auch, wie viel du mir bedeutet hast.«

»Ich habe dir viel bedeutet?« Ich schlug bewusst einen leichten Ton an, obwohl ich spürte, wie ich schon wieder rot wurde.

»Hätte ich sonst den Mut gehabt, dem König Vorwürfe wegen der Art zu machen, wie er seine junge Mätresse behandelt?«

»Damals in Oxford dachte ich, du würdest mich wegen meines Verhältnisses mit dem König verurteilen und verachten.«

Er schüttelte langsam den Kopf. »Ich fand dich so schön mit deinem rabenschwarzen Haar und den grünen Augen und diesem zeitlosen Ausdruck in deinem Gesicht. Und ich war von deinem scharfen Verstand fasziniert, von deiner spitzen Zunge, die alle zu spüren bekamen, mit denen du zu tun hattest. Sogar Henry blieb davon nicht verschont.« Er schwieg einen Moment, dann fuhr er mit weicher Stimme fort: »Ich war immer der Meinung, du solltest Richards Frau und Königin von England werden. Und als ich merkte, dass Henry der Versuchung, dich selbst in sein Bett zu nehmen, nicht hatte widerstehen können, fand ich das furchtbar ungerecht dir gegenüber.« Er schüttelte gedankenverloren den Kopf.

»Sprich weiter«, forderte ich ihn auf.

»Um der Wahrheit die Ehre zu geben – und von der Warte der reiferen Jahre aus betrachtet –, war ich wahrscheinlich nur eifersüchtig auf den König.« Er war stehen geblieben, und sein Blick ruhte mit einem schwer zu deutenden Ausdruck auf meinem Gesicht. Es kostet viel Selbstbeherrschung, in so einer Situation eine unbeteiligte Miene zu wahren, und es gelang mir nur, indem ich auf meinen kalten, in der Käsesauce erstarrten Hasenbraten stierte.

William nahm wieder mir gegenüber Platz. »Es tut mir Leid, dass ich mir damals angemaßt habe, in dein Leben eingreifen zu wollen. Heute verstehe ich, welch große Leidenschaft Henry und du füreinander empfunden haben musstet. Vielleicht ist eine solche Leidenschaft jedes Opfer wert – sogar eine Krone.«

»Auch ein Kind?« Ich brachte die Worte kaum über die Lippen; dabei hatte ich die Frage nicht an ihn, sondern eher an mich selbst gerichtet. Hastig sprach ich weiter: »Aber du könntest Recht haben, was die große Leidenschaft betrifft.« Wieder begann ein Licht in seinen Augen zu tanzen. Vermutlich spiegelte sich lediglich der Mondschein in ihnen wider. »Hast du eine solche Leidenschaft schon einmal erlebt, William? Hat dich unerwiderte Liebe dazu bewogen, ein Leben im Zölibat zu führen?«

Er gab mir keine Antwort, doch sein Gesicht wurde ernst. Ich verwünschte meine lockere Zunge, denn plötzlich fürchtete ich mich vor dem, was er vielleicht sagen würde. Rasch wechselte ich das Thema. »Aber wie kommt es, dass du so mühelos von einer Rolle in die nächste schlüpfen kannst? Wussten die Mönche von Canterbury, dass du gar nicht zu ihnen gehörst, als du Hugh Walters Platz eingenommen hast?« Ich konnte nicht verhindern, dass meine Stimme einen schneidenden Klang annahm. Ich, die ich mir immer so viel auf meine künstlerische Beobachtungsgabe eingebildet hatte, hatte mich gründlich hinters Licht führen lassen.

»Die meisten schon, aber sie haben sich nicht daran gestört. Ich habe im Laufe der Jahre viel Zeit in Canterbury verbracht und schon öfters Hugh Walter vertreten. Sie akzeptierten mich. Wenn ich dort war, forderten sie mich immer auf, an ihren liturgischen Zeremonien teilzunehmen. An hohen Feiertagen kam ich dieser Bitte nach, aber da ich nie zum Priester geweiht wurde, habe ich darauf verzichtet, die heilige Messe zu lesen.«

»Aber es muss doch einen Grund geben, weshalb du mit offenen Armen in diese Gemeinschaft aufgenommen wurdest, obwohl du kein ordinierter Priester bist – noch nicht einmal ein festes Mitglied der Gemeinschaft.«

William schob seinen Stuhl vom Tisch weg, stützte die Füße gegen den Rand der Tischplatte und verschränkte die Hände hinter dem Kopf.

»Vor einigen Abenden hast du mich über meine Vergangenheit ausgefragt. Canterbury ist ein Teil dieser Vergangenheit. Ich wurde schon als junger Mann dorthin geschickt, ich gehörte ja zu Beckets Gefolge. Während Beckets Exil war ich dort, weil König Henry wünschte, dass ich eine gute Ausbildung erhielt. Aber ich bin nie in den Orden eingetreten. Henry hatte andere Pläne mit mir.«

»Lass mich raten«, sagte ich überflüssigerweise. »Du warst für den Templerorden bestimmt.« Ich war erleichtert, dass sich unser Gespräch von persönlichen Dingen ab und dem weniger heiklen Thema Politik zuwandte. »Du gehörtest zu den Männern, die Henry nach seinem Schwur in Avranches zu den Templerrittern schickte.«

William zeigte keinerlei Überraschung, sondern antwortete bereitwillig: »Ja, ich bin seit meinem zwanzigsten Lebensjahr ein Templerritter. Als Henry mich ins Heilige Land schickte, lebte ich anfangs in ständiger Angst, aber dann gewöhnte ich mich an dieses Leben. Ich trat an König Henrys Stelle in den Orden ein und bin bis zum heutigen Tag ein Templer geblieben.« Er brach ab und zögerte kurz. »In gewisser Hinsicht war ich in jenen ersten Jahren Henrys Auge und Ohr bei den Templern.«

»Du warst ein Spion?« Ich war wie vor den Kopf geschlagen. Nahmen die überraschenden Wendungen in seiner Lebensgeschichte denn nie ein Ende?

»So würde ich es nicht ausdrücken. Die Templer wussten, dass ich Henrys Vertrauter war. Aber diese Verbindung erwies sich für beide Seiten als vorteilhaft. Und als Henry mich zurückbeorderte, um mich wieder in seine Dienste zu nehmen, überließen die Templer mich ihm nur zu gern. Oder vielleicht war es auch genau andersherum.«

Mir schwirrte der Kopf, und mit einem Mal verspürte ich kein Verlangen mehr, noch weiter in ihn zu dringen. Ich fragte mich nur, was Aristoteles oder Marcus Aurelius wohl zum moralischen Aspekt dieser ganzen Geschichte gesagt hätten.

»Aber es trifft doch zu, dass der Templerorden beschlossen hat, Johns Herrschaft ein Ende zu setzen, nicht wahr? Und dass sie dazu jede Waffe einsetzen werden, die ihnen in die Hände fällt.«

William stellte die Füße wieder auf den Boden und sah mich mit aufrichtiger Verblüffung an. »Wie kommst du denn darauf?«

»Ich habe es mir aus all den Bemerkungen zusammengereimt, die gefallen sind, wenn die Rede auf den Zwist zwischen John und den Templern kam, und glaub mir, das ist in der letzten Zeit ständig der Fall gewesen. Du hast Andeutungen fallen lassen, meine Tante Charlotte ebenfalls, und Johns Frau Isabelle hat im Turm von Old Sarum auch davon gesprochen. Und im Haus von Sir Roger hat mir William Marshal erzählt, dass du ein Templer bist und …« Ich erhob mich, blieb vor ihm stehen und sah ihm fest in die Augen. »Er hat mich vor dir gewarnt. Er meinte, ich wäre geradewegs in eine Auseinandersetzung zwischen den Templern und König John hineingeraten, und jede Seite würde versuchen, mich für ihre Zwecke zu benutzen, auch du!«

»William Marshal sollte es wirklich besser wissen!« William schlug mit der flachen Hand auf den Tisch. »Sein Verstand scheint sich mit zunehmendem Alter zu verwirren. Er weiß ganz genau, dass ich dich allen politischen Erwägungen zum Trotz immer vor Unheil bewahren würde. Es stimmt, ich gehöre zu den Templern, ich bin sogar ihr Großmeister in England. Aber das hat keinen Einfluss auf meine Einstellung dir gegenüber.«

Hin- und hergerissen zwischen Zweifeln und dem Wunsch, ihm zu glauben, stand ich da und blickte auf ihn hinab. Und plötzlich fiel mir wieder ein, wo ich einen Ring, wie er ihn trug, schon einmal gesehen hatte. Im Gasthaus von Havre, an der Hand meines Onkels.

»Dieser Ring… er ist ein Erkennungszeichen der Templer, nicht wahr?«

William sah mich verdutzt an. »Woher weißt du das?«

Ich ging nicht darauf ein. »Und jetzt beantworte mir bitte eine Frage, die sehr wohl auch mit mir zu tun hat. Haben die Templer die Absicht, John vom Thron zu stürzen und statt seiner meinen Sohn zum König von England zu machen?«

William stand auf, blieb vor mir stehen und zwang mich somit, zu ihm aufzublicken. »Ich habe Henry bei meinem Leben geschworen, François stets zu beschützen. Ich würde nie zulassen, dass die Templer oder sonst jemand ihn für ihre eigenen Ziele einspannen.« Er griff nach meinem Arm und umschloss mein Handgelenk mit eisernem Griff. »Hast du mich verstanden?«

Dann gab er mich frei, und ich zog rasch meine Hand weg.

»Aber wieso …?«

»England darf nicht noch einmal in einen Bürgerkrieg gestürzt werden. Der Preis, den wir dafür zahlen müssen, ist zu hoch. Jeder vernünftige Mann weiß das. Aber es wird zu einem solchen Krieg kommen, wenn John nicht aufhört, die Schatzkammern der großen Abteien zu plündern, um seine fehlgeleiteten französischen Abenteuer zu finanzieren.« Er nahm wieder

Platz. Anscheinend war ihm bewusst geworden, dass er einen Moment lang seine Manieren vergessen hatte.

»Aber wie hat John denn erfahren, dass mein Sohn noch am Leben ist?«, zischte ich durch meine zusammengebissenen Zähne hindurch. »Wer hat ihm das verraten? Das können doch nur die Templer gewesen sein!«

William blitzte mich mit seinen eisblauen Augen herausfordernd an. »Die Templer haben es nicht nötig, Kinder als Druckmittel zu benutzen, um ihre Ziele zu erreichen. Was glaubst *du* denn, wer John die Informationen über deinen Sohn gegeben hat?« Als ich nicht gleich antwortete, hakte er nach: »Hast du denn in den letzten Wochen gar nichts dazugelernt? Die Antwort liegt doch auf der Hand.«

»Eleanor?«, fragte ich erst ungläubig, dann wiederholte ich mit absoluter Gewissheit: »Natürlich. Eleanor!«

Williams Gesicht hellte sich auf. »Ja, Eleanor. Als sie erfuhr, dass die Templer sich weigerten, John weiter Geld zu leihen, solange er die Abteien schamlos plünderte, beschloss sie, etwas zu unternehmen. Ehe sie nach Spanien abreiste, schrieb sie John einen Brief, in dem sie das alte Gerücht über den illegitimen Sohn, den Henry angeblich mit einer Prinzessin aus dem Süden haben sollte, wieder aufleben ließ. Sie behauptete, herausgefunden zu haben, dass der Junge noch am Leben sein könnte und die Templer von seiner Existenz wüssten; John sich davor hüten sollte, sie noch weiter zu provozieren, denn sonst könnten sie dieses Kind als Waffe gegen ihn benutzen. Nur bewirkte dieser Brief leider das Gegenteil von dem, was Eleanor beabsichtigt hatte. Statt Frieden mit den Templern zu schließen, machte sich John selbst auf die Suche nach dem Jungen, um diese Bedrohung ein für alle Mal aus der Welt zu schaffen. Wie du vielleicht weißt«, fügte er mit seiner gewohnten Ironie hinzu, »lässt sich John sehr leicht Angst einjagen.«

»Aber warum hat Eleanor mich nach Canterbury geschickt? Damit John mich dort entführen kann?«

»Das solltest du sie selber fragen, falls wir ihr je von Angesicht zu Angesicht gegenüberstehen. Die Antwort ist vielleicht weniger dramatisch, als du denkst. Vielleicht wollte sie wirklich nur ihre Briefe an Becket zurückhaben und dachte – wie sie dir ja geschrieben hat –, du wärst der einzige Mensch, dem es gelingen würde, sie ihr zu beschaffen. Sie muss gewusst haben, wo Becket sie vor all den Jahren versteckt hat. Dieser Altar war sein Lieblingsplatz in der Kathedrale; dort haben ihn Henrys mörderische Ritter ja auch im Gebet versunken vorgefunden, als sie kamen, um ihn zu töten. Sie mag tatsächlich gefürchtet haben, die Briefe könnten John schaden, wenn die falschen Leute von ihrem Inhalt erfuhren. Oder dass John eine weitere große Dummheit begehen könnte, wenn sie ihm in die Hände fielen.«

»Wie sie öffentlich zu verlesen, um sich selbst zu schützen?«

»Zum Beispiel.« Ein belustigtes Lächeln spielte um seine Lippen. »Dadurch hätte er nicht nur sich selbst in ein schlechtes Licht gesetzt, sondern auch Eleanor in ihrem fortgeschrittenen Alter noch in große Verlegenheit gebracht.«

Ich dachte einen Moment über seine Worte nach, dann fragte ich: »Wann hast du die Briefe denn gefunden?«

»Vor ungefähr fünfzehn Jahren. Als wir nach dem großen Brand das Mauerwerk der Seitenaltäre wieder in Stand gesetzt haben.« Er grinste. »Ich bin zufällig auf diese Papiere gestoßen und habe sie behalten, weil ich ahnte, dass sie mir eines Tages von Nutzen sein würden. Charlotte wusste, dass ich sie hatte, und ein paar andere Leute auch. Deine Tante vertraute darauf, dass ich sie nie gegen das Haus Plantagenet verwenden würde. Aber sie wusste auch, dass ich sie nicht ohne triftigen Grund aus der Hand geben würde. Sie waren mein Trumpf, falls John irgendwann einmal doch seinen niedrigsten Instinkten nachgeben würde.«

»Oder Eleanor den ihren«, murmelte ich, dann musterte ich William so forschend, als sähe ich ihn zum ersten Mal. »Im

Gegensatz zu John scheinst du überhaupt keine Angst zu kennen, William von Caen.«

Einen Moment lang sah es so aus, als wolle er etwas sagen, doch dann schüttelte er nur langsam den Kopf. Nach einer Minute blickte er über meine linke Schulter, als könne er durch die gewebten Wandbehänge hinter mir hindurchsehen, und flüsterte nahezu unhörbar: »Ich habe jahrelang unter so entsetzlichen Albträumen gelitten, dass ich schreiend und in kaltem Schweiß gebadet aus dem Schlaf hochfuhr. Sie setzten ein, als ich ein Junge war – ich träumte von brennenden Häusern, Schwertergeklirr und Hufgetrommel. Und sie wurden schlimmer, als ich in *Outremer* Sarazenen tötete.«

»Und jetzt?«

Er sah mich an. »Die Träume haben mich nicht mehr heimgesucht, seit du nach Canterbury gekommen bist.«

Darauf folgte ein Schweigen, das mir die Luft zum Atmen zu rauben schien. Als ich endlich das Wort ergriff, wusste ich nicht, ob meine Stimme mir gehorchen würde.

»Templer sind an das Zölibat gebunden.«

»Ah ja.« William blickte zum Himmel empor, als erhoffe er sich von dort Hilfe. »Das war das Ideal der Ordensgründer. Aber in den letzten hundert Jahren hat sich vieles verändert. Für die meisten von uns. Wir verteidigen keine Zitadellen gegen Ungläubige mehr, sondern wickeln die Geldhandelsgeschäfte ganz Europas ab. Das Zölibat hat an Bedeutung verloren.«

»Dann bist du im Grunde genommen auch nicht besser als der alte König«, sagte ich leise, denn ich fürchtete mich vor seiner Antwort – und vor meiner Reaktion darauf.

»Ich bin nur ein Mann, so wie auch König Henry nur ein Mann war. Aber zwischen dir und mir ist es anders. Wir sind keine Kinder mehr, sondern erwachsene Menschen. Und wir sind einander ebenbürtig. Du kannst selbst wählen, ob du mich willst oder nicht.« Wieder griff er nach meiner Hand. Ich spürte, wie ich erstarrte. »Aber wie auch immer deine Entscheidung ausfällt, *princesse*, du kannst nicht leugnen, dass just in diesem Moment Engel durch den Raum schweben.«

Er hatte Recht. Irgendetwas in mir zerbrach – so heftig, dass ich meinte, das Geräusch müsse von den Wänden widerhallen. Ich ließ seine Hand los, stand auf und ging langsam um den Tisch herum. Er folgte jedem meiner Schritte mit den Blicken, bis ich nahe genug vor ihm stand, um ihn berühren zu können. Aber ich tat es nicht. Er erhob sich ebenfalls, blieb jedoch still vor mir stehen, wie um mir eine letzte Gelegenheit zu geben, meine Meinung zu ändern. Aber im Leben eines jeden Menschen gibt es Momente, wenn er von einem Strom mitgerissen wird, gegen dessen Gewalt er machtlos ist. Mein letzter klarer Gedanke war: Warum soll ich nicht einmal, nur ein einziges Mal in meinem Leben, einfach meinem Verlangen nachgeben?

Als ich einen Schritt auf ihn zutrat, breitete er die Arme aus, zog mich an sich und presste seine Wange an mein Haar. Ich hörte ihn murmeln: »Ein Raum voller Engel und einer Königin.«

Ich machte keine Anstalten, ihn zurückzuhalten, als er mein Mieder aufzuschnüren begann, im Gegenteil, ich half ihm noch mit meiner gesunden Hand, doch meine Finger schienen meinem Willen nicht gehorchen zu wollen. Die seinen bewegten sich rasch und geschickt, und als mein Gewand zu Boden glitt und ich im Hemd dastand, hielt er mich auf Armeslänge von sich. Er schien meinen Anblick geradezu in sich aufzusaugen. Ich stand einen Moment lang reglos vor ihm, dann streifte ich mein Hemd ab und begann, sein Wams aufzuhaken.

Als wir eng umschlungen auf das Bett fielen, existierten weder Vergangenheit noch Zukunft für uns, nur noch die Gegenwart und die drängende Begierde, die uns beide erfüllte. Als er in mich eindrang, reagierte mein Körper so schnell und heftig, dass wir innerhalb kürzester Zeit zum Höhepunkt gelangten. Kurz darauf schlug ich die Augen auf und sah, dass er mich betrachtete. Ich spürte ihn noch immer in mir, und ohne Pause begannen wir von neuem, diesmal langsamer und rhythmischer. Seine Hände glitten über mich hinweg, fanden all die Stellen, die mich vor Wonne aufstöhnen ließen, während ich zugleich seinen Körper erkundete. In dieser Nacht lernten wir uns auf eine ganz neue Weise kennen. Wieder und wieder hörte ich ihn *»caressa mia«* murmeln. Danach lagen wir eine Weile ruhig nebeneinander und sprachen ausschließlich über uns beide. Und dann liebten wir uns noch einmal. Meine weiteren Erinnerungen an diese Nacht sind in einem Nebel der Erfüllung und Befreiung versunken, denn ich hatte endlich meine wahre Liebe gefunden.

Der Sturm, der während der Nacht aufgezogen war, flaute erst kurz vor Tagesanbruch ab. Dann trat friedliche Stille ein. Bevor mich der Schlaf übermannte, sah ich noch durch das Fenster die silberne Mondscheibe hinter einer Wolke auftauchen.

♦ 22 ♦

Das Geheimnis des Anhängers

Mir kam es vor, als wären nur wenige Minuten verstrichen, als mich jemand wachrüttelte. Benommen schlug ich die Augen auf und tastete nach dem warmen Körper neben mir, an den ich mich im Schlaf geschmiegt hatte.

Doch das Bett war kalt und leer, und das Rütteln an meiner Schulter wurde immer beharrlicher. Ich blinzelte und sah William vollständig angekleidet auf der Bettkante sitzen.

»Warum liegst du nicht neben mir und machst dich noch einmal über mich her?«, murmelte ich schläfrig, streckte einen Arm aus und umschlang seinen Oberschenkel.

»Komm, meine unersättliche *princesse*. Du musst aufstehen. Wir haben eine Verabredung einzuhalten.«

»Was für eine Verabredung? Ich habe heute nichts Besonderes vor.« Ich rollte mich auf den Rücken und räkelte mich wie eine zufriedene Katze. »Ich muss mich von einer langen, stürmischen Nacht erholen, während der ich kaum Schlaf gefunden habe. Und wenn du ein echter Gentleman wärst«, ich hob den Kopf und kniff die Augen zusammen, »dann würdest du den Mann angemessen bestrafen, der mir auf so rüde Weise die Nachtruhe geraubt hat.«

»Dieser Mann ist schon seit Stunden auf den Beinen, hat

sechs Briefe geschrieben und per Kurier losgeschickt, dafür gesorgt, dass Eurer Hoheit ein Frühstück serviert wird, und unseren Leuten Befehle für den Tag erteilt.« Er war wieder in seine Befehlshaberrolle geschlüpft, wie ich feststellte.

»Ich kann nichts dafür, dass du so ruhelos bist wie ein Sufi-Derwisch«, entgegnete ich, setzte mich auf und schmiegte mich an ihn. »Vermutlich ist der Fluss deiner Körpersäfte gestört.«

Er lachte nur und strich mir mit der Hand sacht über die Brust. Ich spürte, wie das Blut heißer durch meine Adern zu strömen begann. Doch dann zog er seine Hand weg und stand auf.

»Das wird nicht unsere einzige Nacht bleiben, das verspreche ich dir. Sie ist unser Anfang. Aber es ist schon spät, und es gibt viel zu tun. Komm, verschlafene Hoheit. Draußen scheint die Sonne.«

Er zog mich vom Bett hoch und zum Fenster hinüber, was ich, wie ich gestehen muss, widerstandslos geschehen ließ. Zwar überlegte ich flüchtig, ob ich es nicht eines Tages bereuen würde, mich mit einem so willensstarken Mann wie William zusammengetan zu haben, doch im Moment genoss ich es, ihm die Führung zu überlassen.

Er stieß die Fensterläden aus Holz auf. Vor mir funkelte eine taufrische Welt im Sonnenschein. Ein buntes Blumenmeer erstreckte sich vor mir. Überall im Hof des Gasthauses blühten Engelsaugen und leuchtend rote Malven, und neben den Ställen wuchsen Büschel strahlend gelber Kokardenblumen.

Wann habe ich ein solches Bild zum letzten Mal bewusst wahrgenommen?, dachte ich wehmütig. Wie viele Lenze sind ins Land gezogen, ohne dass ich mich an solchen Kleinigkeiten erfreut habe?

»Wie du siehst, ist es schon heller Tag. Also zieh dich an und frühstücke mit mir.«

»Ich bleibe so, wie ich bin.« Ich griff nach meinem Gewand und legte es mir um die Schultern.

»Wie du willst. Die Diener und die anderen Ritter werden sich freuen, wenn sie dich so sehen«, erwiderte William mit seinem breitesten Grinsen.

»Ich dachte, wir frühstücken hier oben?«

»Nein, ich möchte, dass du das Frühstück zusammen mit den anderen unten einnimmst. Jetzt, da du über François Bescheid weißt, solltest du eine Begegnung mit ihm nicht länger aufschieben als nötig.«

»Gütiger Gott!« Ich fuhr erschrocken zusammen. Ob unserer Liebesnacht war unser Gespräch über François vollkommen in den Hintergrund gedrängt worden. »Ich weiß nicht … vielleicht wäre es ja besser, noch etwas zu warten …«

»Unsinn«, widersprach William, der wie gewöhnlich kein Blatt vor den Mund nahm. »Komm, beeil dich, alle anderen sitzen schon am Tisch. Und dann möchte ich, dass du mich zum Löwenkontor begleitest.«

»Zu den Geldhändlern?«

»Ja. Es stehen einige Transaktionen an, zu denen ich meine Zustimmung erteilen muss.« Er hielt inne, dann beugte er sich über mich. »Alaïs, es ist besser, wenn du François jetzt nicht aus dem Weg gehst. Vertrau mir nur dieses eine Mal.« Er betrachtete mich mit ernster Miene – so, wie er mich damals in Canterbury angesehen hatte. Aber er musste mir meine Gefühle vom Gesicht abgelesen haben, denn seine Züge wurden weich. »Aber wenn du glaubst, noch Zeit zu brauchen … er muss uns nicht zu den Löwen begleiten. Wir können alleine reiten, wenn dir das lieber ist. Es reicht, wenn du ihn beim Frühstück kurz siehst.«

Seine Besorgnis rührte mich. Aber trotz meines Widerstrebens verstand ich, wie wichtig es war, meinem Sohn ohne Aufschub gegenüberzutreten – bevor ich mir zu überlegen begann, wie ich ein Zusammentreffen ganz vermeiden konnte. Also nickte ich zustimmend. William küsste mich auf den Kopf, strich mir über das Haar und verließ dann den Raum. Einen

Moment später erschien ein Dienstmädchen, um mir beim Ankleiden behilflich zu sein. Wieder einmal hatte William an alles gedacht. Ich registrierte es mit gemischten Gefühlen.

Die Ritter blickten auf, als ich das Frühstückszimmer betrat. Mein Blick wanderte über die vertrauten Gesichter, von Roland zu dem jungen Mann, dessen Namen ich nicht behalten konnte, und schließlich zu François. Alle waren bei meinem Anblick aufgesprungen und hatten sich verneigt. Ich bedeutete ihnen, wieder Platz zu nehmen, woraufhin sie sich erneut über ihre Mahlzeit hermachten.

Von meinem Platz am Kopfende des kleinen Tisches aus beobachtete ich François unauffällig. Es war dasselbe Gesicht, das ich seit Tagen kannte, nur betrachtete ich es jetzt mit anderen Augen; ich suchte hinter der offenkundigen Ähnlichkeit mit Mathilda nach Spuren von Henry… und fand sie auch. Wie hatte ich nur so blind sein können? François hatte das energische, kantige Kinn, das Henry allen seinen Söhnen vererbt hatte. Das rötlich braune Haar war nur einen Hauch dunkler, als es Henrys Haar früher gewesen war. Und seine Augen waren zwar nicht so grau und stechend wie die seines Vaters, doch jetzt fiel mir auf, dass sie genauso ruhig und unerschütterlich in die Welt blickten.

»Hat Euch die ›*Débat entre le corps et l'esprit*‹ gefallen, Eure Hoheit ?«, fragte er mich.

»Die nächtliche Vorstellung in Chinon? Sehr gut sogar. Wollt Ihr Komplimente für Eure schauspielerische Leistung einstreichen?«

»Nicht unbedingt.« Über sein Gesicht huschte jener Anflug von trockenem Humor, der auch Henry manchmal zu Eigen gewesen war – nicht mehr als ein leises Lächeln, das um seine Mundwinkel zuckte und zugleich in seinen Augen aufleuchtete. »Wir haben nur gerade über die Schauspielkunst diskutiert, als Ihr hereinkamt. Meine Kameraden hier halten das

Theater für reine Zeitverschwendung. Sie finden nur ein Leben als Ritter lebenswert.«

»Ein Mann kann in seinem Leben nur zu Ruhm und Ehre gelangen, wenn er als Ritter für seinen Lehnsherrn in die Schlacht zieht.« Das kam von Roland. Ich hatte vergessen, wie geschwollen er oft daherredete.

»Das mag ja sein«, erwiderte ich, wobei ich kräftig in ein Stück trockenes braunes Brot biss. »Aber ein solches Leben ist für gewöhnlich auch ziemlich kurz.« Nachdem ich den Bissen hinuntergeschluckt hatte, blickte ich auf und stellte fest, dass mich alle erwartungsvoll ansahen.

»Ihr seid allesamt noch sehr jung. Wenn ihr wie ich erst einmal gesehen habt, wie Bahren mit blutüberströmten, im Kampf verwundeten oder verstümmelten Männern in den Hof eurer Burg getragen werden, dann findet ihr das Leben eines Ritters nicht mehr so romantisch, glaubt mir. Und erst recht nicht, wenn dieses schreckliche Schicksal euren Bruder oder euren Sohn ereilt hat und ihr euch nichts sehnlicher wünscht, als an seiner Stelle zu sein.« Am Tisch herrschte jetzt Totenstille.

»Außerdem«, fuhr ich fort, wobei ich achtlos mein Brot zwischen den Fingern zerkrümelte, »ist die Schauspielerei ein sehr ehrenwerter Beruf. Sogar Menschen von Rang und Stand üben ihn aus. Ich habe jedenfalls noch keinen großen König gesehen, der nicht zugleich auch ein begnadeter Schauspieler gewesen wäre.«

William, der nach mir den Raum betreten und nur meine letzte Bemerkung gehört hatte, brach in Gelächter aus, und die gespannte Atmosphäre lockerte sich ein wenig.

»Ihr könnt heute tun und lassen, was euch beliebt. Die Prinzessin und ich haben hier in Poitiers etwas zu erledigen, dabei brauchen wir euch nicht. Aber meldet euch vor dem Abendessen zurück, denn wir brechen vielleicht morgen sehr früh wieder auf.« Williams knappe Anweisungen trafen auf allgemeine Zustimmung. Ein freier Tag kam allen gelegen, und so verließen die jungen Männer wenig später gut gelaunt das Gasthaus.

William und ich brachen kurz nach ihnen auf. Er legte ein gutes Tempo vor, doch ich hielt mit ihm mit, was ihm, wie ich wusste, stets aufs Neue Bewunderung abnötigte. Ich dachte, wir würden auf direktem Weg zum Löwenkontor reiten, doch stattdessen lenkte er sein Pferd auf die Straße, die sich an den Stadtmauern entlangzog. Ich widerstand dem Drang, ihn darauf anzusprechen, und folgte ihm mit für mich untypischer Fügsamkeit.

Mir ging so manches im Kopf herum, und ich hatte vor, ihm ein paar Fragen zu stellen, sobald sich eine günstige Gelegenheit ergab. Endlich machte er bei einem Feld Halt, stieg ab, bedeutete mir, ihm zu folgen, und verschwand in dem Wald, der die Straße säumte.

Er hatte Brot, Käse und guten Wein mitgenommen. Wir breiteten unsere Umhänge auf dem Teppich aus Kiefernnadeln aus, dann saßen wir in kameradschaftlichem Schweigen nebeneinander und lauschten dem Gesang des Windes in den Baumwipfeln. Seitdem wir eine gesamte Nacht mit Liebesspielen verbracht hatten, fühlte ich mich William jetzt noch auf andere Weise sehr nah. Fast meinte ich, er müsse meine Gedanken lesen können.

Nach einer Weile lehnte ich mich an ihn und begann: »William, es gibt da etwas, das ich gerne wissen möchte.«

»Was denn?« Er schob sich ein Stück Brot in den Mund.

»Was hat die Untersuchung des Toten ergeben, der im Garten vor meinem Quartier in Canterbury gefunden wurde? Vater Alcuin scheint zu glauben, er sei eines natürlichen Todes gestorben.«

»Er wurde nicht ermordet, falls du darauf anspielst. Mein Siechenmeister fand keinerlei Male oder Wunden an seinem Körper. Er meint, der Tod müsse durch Herzversagen eingetreten sein.« Er brach ab. »Warum fragst du?«

»Weil es mich belastet, dass ein Mann direkt unter meinem Fenster gestorben ist«, erwiderte ich würdevoll. Warum wollen Männer nur immer alles ganz genau wissen?

»Alaïs, wenn ich mich recht erinnere, hast du dich zu dieser Zeit gar nicht in deinem Quartier aufgehalten.« William konzentrierte sich jetzt darauf, einen Apfel zu zerteilen, den er gepflückt hatte, bevor wir es uns auf dem Boden gemütlich gemacht hatten.

»Trotzdem interessiert es mich«, entgegnete ich. »Dieser Vorfall hängt vielleicht mit einigen anderen Dingen zusammen, die sich in letzter Zeit ereignet haben.«

»Zum Beispiel?«

»Zum Beispiel habe ich auf dem Weg nach Canterbury meinen Onkel, den Herzog von Orléans, in Havre getroffen. Er wohnte im selben Gasthaus wie ich und befand sich in äußerst interessanter Gesellschaft.«

Ich spürte, wie William erstarrte. »Ich erinnere mich, dass du damals gesagt hast, du hättest den Toten schon einmal gesehen. Mit wem hat sich dein Onkel denn in Havre getroffen?«

»Mit Meister Averroës aus Córdoba.«

»Woher weißt du das?«

»Mein Onkel hat uns miteinander bekannt gemacht. Er ist eigens nach Havre gereist, um den Meister zu sehen. Er kam aus Canterbury. Du müsstest doch eigentlich von diesem Treffen gewusst haben.«

William schwieg, also sprach ich weiter.

»Außerdem war Averroës von dem Anhänger fasziniert, den ich immer getragen habe, dem arabischen Geschmeide, den Eleanor Richard und Richard dann mir geschenkt hat.«

»Hast du diesen Anhänger nicht mehr?«

»Nein, er wurde mir nach meiner Entführung aus Canterbury gestohlen. Aber da der Meister ein derartiges Interesse an dem Schmuckstück gezeigt hat, kam mir der Gedanke, der tote Araber – der mit Averroës in Havre war, da bin ich ganz sicher –

könnte von ihm nach Canterbury geschickt worden sein, um ihn zu rauben.«

»Warum sollte Meister Averroës denn deinen Schmuck stehlen lassen? Das hat er gar nicht nötig, es fehlt ihm nicht an Gold und Silber. Und auf seine Art ist er selbst ein Juwel. Seine Schule in Toledo ist sein Leben; er ist ein Meister darin, seine Schüler in der Kunst des Übersetzens zu unterweisen.«

»Ich weiß nicht, warum er den Schmuck unbedingt an sich bringen wollte, aber ich kann mir vorstellen, dass es irgendwie mit den christlichen Rittern zu tun hat, die vor ungefähr fünf Jahren während einer Schlacht im Mittelmeer in Gefangenschaft geraten sind.«

»Inwiefern?« Wieder durchlief ihn ein unmerkliches Zittern, und seine Stimme wurde ebenso unmerklich schärfer.

»Vielleicht möchte einer dieser Kalifen – sei es der von Córdoba oder der von Ägypten – den Schmuck seinen Schatzkammern einverleiben. Und zwar so dringend, dass er bereit ist, seine christlichen Gefangenen dagegen einzutauschen.«

»Alaïs, du lässt dich von diesen Artus-Sagen beeinflussen, die am Hof deiner Schwester in Troyes so in Mode sind.«

»Marie ist nur meine Halbschwester.«

»Trotzdem hast du hoffnungslos romantische Vorstellungen.« Er klopfte sich die Brotkrümel vom Schoß und stand so abrupt auf, dass ich das Gleichgewicht verlor und beinahe umgekippt wäre.

»William, sei so gut und nimm mich ernst.« Ich richtete mich gerade und blickte zu ihm auf. »Jemand hat in Havre und in Canterbury meine Kammer durchsucht, und jemand hat meinen Schmuck gestohlen. Ich möchte, dass du mir hilfst, diesem Rätsel auf die Spur zu kommen.«

»*Princesse.*« Er stand jetzt vor mir und hob gottergeben die Hände. »Wenn ich mit den Geldhändlern verhandelt, mit Eleanor gesprochen und dich dann sicher an den Hof deines Bruders zurückgebracht habe, dann werde ich mich mit deinem verschwundenen Schmuck befassen. Aber du musst zugeben, dass wir im Moment Wichtigeres zu tun haben.«

Da ich bereits wusste, was für ein schwieriger, komplizierter Mann William war, seufzte ich nur und ergriff die Hand, die er mir – verspätet – hinstreckte, um mir aufzuhelfen.

»Gut, lassen wir das für den Augenblick«, sagte ich mit einem Nicken. Aber insgeheim schwor ich mir, nicht locker zu lassen, bis ich die Antworten auf meine Fragen hatte. William hatte meine Einwände ein bisschen zu rasch als belanglos abgetan. Vielleicht wusste er ja mehr, als er zugab. Er half mir in den Sattel, dann ritten wir in die Stadt zurück. Während des gesamten Weges hielt mich seine abweisende Miene ab, ein Gespräch in Gang zu bringen.

Das Löwenkontor war eines der größeren Bankhäuser Frankreichs. Ursprünglich von italienischen Geldhändlern in der Normandie gegründet, unterstützte dieses mächtige Haus sowohl England als auch Frankreich in ihren endlosen Streitigkeiten. Am französischen Hof wurde gemunkelt, es stünde mit den Templern in Verbindung oder wäre gar Eigentum dieses Ordens, der zu dieser Zeit die Geldhandelsgeschäfte Europas weitgehend kontrollierte. Ob nun diese Gerüchte der Wahrheit entsprachen oder nicht, die Löwen, wie sie genannt wurden, legten Wert auf ein eigenständiges Unternehmen und einen eigenen Namen.

Deswegen musterte ich das eher bescheidene Gebäude, dem wir uns eine knappe Stunde später näherten, mit einiger Verwunderung. Ob es nun den Templern gehörte oder ein unabhängiges Bankhaus war, die Besitzer schienen jedenfalls so wenig öffentliche Aufmerksamkeit erregen zu wollen wie nur möglich. Das Haus, in dem sie ihre Geschäfte abwickelten, war grau und unauffällig, aber es hatte so ein seltsames, mit Schindeln gedecktes Spitzdach, das auch Eleanors Untertanen neuerdings zu bevorzugen schienen. Im Norden wurden diese Dächer als typisches Beispiel für südliche Dekadenz verspottet, aber mir gefielen sie. In Paris waren die Gebäude für meinen Geschmack zu kühl und unpersönlich. Es steckte in mir wohl mehr von Eleanor, als ich zugeben mochte. Vielleicht hatte mich die falsche Frau meines Vaters zur Welt gebracht.

Wir landeten, so schien es mir jedenfalls, fast zufällig vor der Tür des Kontors. Wir waren eine enge Gasse hinuntergetrabt, William wie üblich vorneweg, ohne sich darum zu kümmern, ob ich mit ihm Schritt halten konnte – erinnerte er sich noch an die Wettritte mit den Plantagenet-Kindern, bei denen ich nicht selten die Siegerin gewesen war? –, als er plötzlich abrupt anhielt. Ich musste mein Pferd scharf zügeln, um einen Zusammenstoß zu vermeiden, und sah, dass wir vor einer verwitterten alten Holztür angelangt waren.

»Das ist das Löwenkontor?«, vergewisserte ich mich ungläubig. »Es schaut so … schäbig aus. Und nirgendwo ist ein Schild zu sehen.«

»Dies ist ja auch kein öffentliches Gasthaus, *princesse*.« William schlug mit dem Stiel seiner Reitpeitsche dreimal ungeduldig gegen die Tür, ohne dabei vom Pferd zu steigen. »Hattest du einen Löwenkopf über der Tür erwartet?« Diese schwang so schnell auf, als hätte dahinter jemand auf unser Signal gewartet. Dann schloss sie sich wieder hinter uns. Doch niemand ließ sich blicken.

»Die Welt ist doch voller Geheimnisse«, murmelte ich, während ich mich in dem kleinen, mit Unkraut überwucherten Hof umschaute. In der Mitte stand ein Springbrunnen im alten römischen Stil; er sah ziemlich reparaturbedürftig aus. Kein Tropfen Wasser schoss daraus in die Höhe, obwohl die Nymphen am Rand alle erwartungsvoll zum Himmel emporblickten. Der Hof mochte ja einst ein blühender Garten gewesen sein, aber sicher war ich mir nicht, denn von der früheren Blumen- und Blütenpracht war inmitten all dieses Gestrüpps nichts mehr zu sehen. »Dieses Haus muss gleichfalls den Templern gehören«, stellte ich fest, da ich voraussetzte, dass sich auch alle anderen Gebäude, in denen wir während unserer Reise Station gemacht hatten, im Besitz des Ordens befanden. »Sie scheinen eine Vorliebe für verfallene, gespenstische Ruinen zu haben.«

William erwiderte nichts darauf. Kurz darauf erschien ein junger Bursche mit zerzaustem Haar, um unsere Pferde wegzuführen; seine Kleider sahen aus, als habe er in ihnen im Stall ein Nickerchen gehalten. Ich betrachtete ihn interessiert und fragte mich, wo die Ställe wohl sein mochten – vom Hof aus waren sie jedenfalls nicht auszumachen. Dabei übersah ich den alten Mann, der aus einer der vielen zum Hof führenden Türen trat. Als Williams Blick auf ihn fiel, sprang er hastig von seinem Pferd, und obwohl mir nichts an unserem Gastgeber ungewöhnlich erschien, tat ich es ihm nach, als mir der Junge die Hand hinhielt, um mir aus dem Sattel zu helfen.

Der Mann war alt, so viel stand fest, aber wahrscheinlich nicht so alt, wie er aussah. Sein Körper war eigenartig verkrümmt, als habe er zu viele Stunden über Kontobücher gebeugt verbracht und nie die Möglichkeit genutzt, mit den Pferden, die das wohlhabende Löwenkontor sicherlich besaß, regelmäßig Ausritte an der frischen Luft zu unternehmen. Er hatte einen sauber gestutzten Spitzbart nach römischer Art, schlohweißes Haar, buschige Augenbrauen und war auffallend kostspielig gekleidet. Um den Hals trug er eine schwere Goldkette mit einem juwelenbesetzten Medaillon, das denen ähnelte, die mir in Sir Rogers Herrenhaus an Williams Männern aufgefallen waren. Als der alte Mann mich bemerkte, schien er leicht zusammenzuzucken, aber er fasste sich sofort wieder und verneigte sich so anmutig vor uns, als habe er uns beide erwartet.

»Seigneur Carlo, darf ich Euch *princesse* Alaïs vorstellen?« Auch William verneigte sich tief. Ich dachte gerade darüber nach, wann ich diese höfliche Geste das letzte Mal bei ihm gesehen hatte, als der alte Mann das Wort ergriff. Seine Stimme klang tief und sonor.

»Seid mir beide willkommen in diesem Haus.« Dann bedeutete er uns, ihm zu folgen.

Seigneur Carlo führte uns in einen großen Raum, in dessen Mitte ein mächtiger ovaler Tisch stand. Kunstvoll geschnitzte, mit weichen Kissen bedeckte Stühle waren um ihn gruppiert; andere Stühle waren nicht vorhanden. Die gewebten Wandbehänge zeigten die üblichen Blumenmuster und Jagdszenen, der Boden war mit duftenden Binsen bestreut. Ein Möbelstück erregte allerdings meine besondere Aufmerksamkeit. An einer Wand stand ein riesiger Eichenholzschrank mit den aufwändigsten Eisenschlössern, die ich je gesehen hatte. Der Raum war viel größer, als ich zunächst gedacht hatte, weil dieser Schrank so viel Platz einnahm.

Ein helles Feuer brannte im Kamin. Da die Frühlingsluft in Poitiers noch kühl war, war ich froh, mich aufwärmen zu können. Ich ging an dem Tisch vorbei – ich hatte mit Williams Geschäften hier ja nichts zu tun – und ließ mich auf einer Bank an der Wand neben dem Feuer nieder.

»Ich werde Euch sofort einen bequemeren Stuhl bringen lassen, Hoheit.« Seigneur Carlo stotterte leicht, was ihn mir zusammen mit seinen vornehmen Zügen und der klangvollen Stimme sofort sympathisch machte.

»Die Prinzessin ist nicht übermäßig anspruchsvoll, wie Ihr ja selbst seht, Seigneur Carlo«, bemerkte William, wobei er mir einen belustigten Blick zuwarf.

»Diese Bank reicht mir vollkommen, Seigneur.« Ich klopfte die bestickten Kissen auf, die hinter mir an der Wand lagen. »Aber für einen kleinen Tisch wäre ich dankbar, wenn Ihr einen habt. Ich möchte zum Zeitvertreib gern ein wenig zeichnen, während Ihr Eure Besprechung abhaltet.«

»Selbstverständlich, Hoheit.« Der Seigneur schnippte mit den Fingern, woraufhin der Stallbursche erschien. Er erhielt ein paar knappe Befehle in einem Dialekt, den ich nicht verstand, aber er verschwand und kehrte kurz darauf mit dem gewünschten Tisch zurück, gefolgt von einer Frau, die ein Tablett mit Krügen mit gewürztem Wein trug. Sie stellte es auf dem großen Tisch ab, dann kam sie zu mir und reichte mir zwei Kerzen.

Der Tisch war von dieser neumodischen Art, die man sich über den Schoß stellen konnte, und groß genug, dass ein paar Pergamentbögen und meine Kohlestifte darauf Platz fanden. Sodann wurde noch ein zweites Tischchen neben mich hingestellt, auf dem Wein und kleine Mandelkuchen serviert wurden.

Dankbar trank ich einen großen Schluck Wein, dann zog ich meinen abgenutzten Lederbeutel zu mir und entnahm ihm meine Kohlestifte, von denen zwei auf der Reise zerbrochen waren, sowie meinen Pergamentvorrat. Ich strich einen Bogen auf dem Tisch vor mir glatt und beschwerte ihn an den Ecken mit zwei Steinen. Dann saß ich eine Weile mit geschlossenen Augen still da. Ich merkte, dass sich der Raum mit Menschen füllte, schlug aber die Augen nicht auf. Die Männerstimmen klangen so gedämpft, wie man es oft in Bankhäusern hört – zweifellos aus Ehrfurcht vor all dem Silber, das durch die Hände dieser Leute ging.

Ich wartete darauf, dass Bilder vor mir vorbeizogen – Visionen, wie ich sie manchmal im Schlaf oder auch im wachen Zustand sah; irgendeine Szene, die ich in eine Zeichnung verwandeln konnte. Doch nichts geschah. Seufzend öffnete ich die Augen wieder. Und da wurde ich für einen Moment von einer durchdringenden Stimme aufgeschreckt, die vom Kopfende des Tisches kam. Ich hatte die Worte nicht verstanden, aber in dem Tonfall schwang eine unüberhörbare Herausforderung mit.

William antwortete darauf mit fester Stimme, die keinen Widerspruch duldete.

»Die *princesse* genießt mein volles Vertrauen. Ihr könnt in ihrer Gegenwart ganz offen sprechen.« Die Antwort darauf bestand lediglich in einem Grunzen.

Jetzt war meine Neugier geweckt, und ich musterte die Gesichter der Männer am Tisch unauffällig. Alle dreizehn Stühle waren besetzt. Die Männer waren alle nicht mehr jung, zwei standen sogar schon an der Schwelle zum Greisenalter. Einige von ihnen trugen dasselbe Medaillon wie der Mann, der uns empfangen hatte. Und an einigen Händen entdeckte ich schwarze Onyxringe, wie sie auch mein Onkel und William besaßen. Bei ihrem Anblick musste ich wieder an meinen verschwundenen Anhänger denken und ärgerte mich einmal mehr über Williams hartnäckige Weigerung, sich der Angelegenheit anzunehmen.

Seigneur Carlo saß an einem Ende des Tisches, William – wer hätte das gedacht? – am anderen. Ich betrachtete den Mann, der sich über meine Anwesenheit beschwert hatte. Er saß neben Seigneur Carlo, mir direkt gegenüber. Ich konnte sein Gesicht deutlich erkennen. Er kam mir irgendwie bekannt vor, nur konnte ich mich nicht erinnern, wo ich ihn schon einmal gesehen hatte. Und ich fragte mich, weshalb er mir so feindselig gesinnt war. Vielleicht war er einfach nur auf der Hut vor jedem Fremden; Menschen, die große Geldsummen verwalteten, die ihnen nicht gehörten, mussten stets besondere Vorsicht walten lassen.

Die Diskussion nahm ihren Fortgang. Große, ledergebundene Bücher wurden von Hand zu Hand gereicht. Da ich mich zu langweilen begann, beschloss ich, zur Ablenkung meinen Widersacher – als solchen musste ich ihn ja wohl betrachten – zu zeichnen.

Sein Bild nahm rasch Gestalt an: ein mächtiger Kopf, blühende Wangen, eine breite Nase, die ihm anscheinend irgendwann einmal jemand gebrochen hatte. Dann die hohe Stirn und… plötzlich hielt ich inne. Wieso war mir das nicht gleich aufgefallen? Die Nase, die Stirn! Fieberhaft zeichnete ich weiter. Aber statt des grauen Haarschopfes, den ich vor mir erblickte, versah ich den Kopf mit der Kapuze des grauen Umhangs, den der Mann getragen hatte, als wir uns zuletzt begegnet waren.

Er war einer der drei Männer, die mir von Paris aus gefolgt waren; der, dessen Kapuze nach hinten gefallen war, als ich im Gasthaus in Havre an ihm vorbeiging – in der Nacht, in der meine Kammer durchsucht worden war. Jetzt saß er hier mit Geldhändlern und Templerrittern zusammen, direkt vor meinen ungläubig geweiteten Augen. Kein Wunder, dass er mich nicht im Raum hatte dulden wollen und meinem Blick auswich. Was für ein Spiel spielte er hier? Warum diese Geheimniskrämerei? Hatte er am Ende etwas mit dem Verschwinden meines Talismans zu tun?

Meine Intuition sagte mir, dass diese Vermutung zutraf. Erinnerungen, Bilder, Verbindungen. Setz sie zu einem Gesamtbild zusammen, wie es die Griechen lehren, mahnte ich mich. Zieh keine vorschnellen Schlüsse. Zeichne weiter.

Ich erwog die verschiedenen Möglichkeiten. Wer hatte Interesse daran, meinen Anhänger an sich zu bringen? Sicher, er war wertvoll, aber das waren andere Schmuckstücke auch. Warum machte sich dann jemand solche Mühe, der Schwester des Königs ausgerechnet diesen Anhänger zu stehlen?

Und außerdem war da noch der Diebstahl von Canterbury. Dort hatten die Täter offenbar auch nach dem Rubinanhänger gesucht. Aber warum hatten sie meinen anderen Schmuck nicht gestohlen, als sie den Anhänger nicht gefunden hatten?

Während ich mir über diese Fragen den Kopf zerbrach, zeichnete ich schon einen Kreis auf den nächsten Pergamentbogen. Dabei schaute ich immer wieder zu dem Mann hinüber, der zunehmend den Eindruck erweckte, als ärgere ihn die Fliege an der Wand. Er klopfte mit seinem Onyxring auf die Tischplatte und schob mürrisch die Unterlippe vor.

Was nun? Ich begann, den Kreis mit Gesichtern zu füllen – mit all den Personen, die es vielleicht auf meinen Talisman abgesehen haben konnten. Isabelle war die Hauptverdächtige. Ihr ovales Gesicht mit der kleinen Nase und dem schmalen Mund entstand auf dem Pergament. Und was war mit John? Seine Männer hatten mich in Canterbury entführt. Sie hatten ebenfalls Gelegenheit gehabt, den Schmuck zu stehlen, und John hatte vielleicht den Auftrag dazu gegeben. Immerhin waren Gold und Rubin von einigem Wert, und John brauchte dringend Geld. Rasch zeichnete ich John, wie er ausgesehen hatte, als er den kleinen Hund getötet hatte, mit verzerrten Zügen und einem grausamen Lächeln auf den Lippen.

Als Nächstes kam der verdrossene Geldhändler oder was immer er auch sein mochte an die Reihe. Ich zeichnete ihn so, wie ich ihn heute sah, in seinem Wollgewand und dem pelzgesäumten Umhang, der jetzt über der Rückenlehne seines Stuhles hing. Dann Eleanor, die vielleicht ihren Anhänger zurückhaben wollte, aber bezweifelte, dass ich ihn ihr überlassen würde, und meine Tante Charlotte, die Schmuck liebte – in jeder Form.

Warum wollte jemand ausgerechnet *meinen* Anhänger haben? Nicht wegen des Preises, den er bei einem Verkauf erzielen würde. Es musste einen anderen Grund geben.

Lange Zeit saß ich reglos da, den Kohlestift in der Hand, dann begann ich das Schmuckstück zu zeichnen. Ich erinnerte mich an jedes Detail, denn seit Richard ihn mir geschenkt hatte, war er mein kostbarster Besitz gewesen. Die filigrane Goldfassung nahm Form an, der Rubin in der Mitte, die glitzernden Edelsteine, die ihn umgaben. Dann die Rückseite, das goldene Oval, in das die Gedichtzeile von Ibn al-Farid eingraviert war: TOD DURCH LIEBE IST LEBEN.

Ich, die ich gerade erst durch die Liebe ins Leben zurückgefunden hatte, war nicht bereit, über den Tod nachzugrübeln. Aber der Gedanke an die Liebe erinnerte mich daran, dass einer der Darsteller in diesem Drama noch fehlte. Und so begann ich schließlich, das Gesicht des letzten Verdächtigen zu zeichnen, des Mannes, der am Kopf des großen Tisches saß, des Großmeisters der Templerritter in England, des Mannes, der mein Geliebter geworden war, mir aber dennoch immer neue Rätsel aufgab.

Er war mir gut gelungen, fand ich. William, der Organisator, der Geistliche, der befehlsgewohnte Ritter, der Weltmann, Diplomat und Politiker. Und plötzlich kam mir ein Gedanke, der mir brillant erschien, solange ich nicht eingehender darüber nachdachte. Ich erinnerte mich an den Aufbau eines Dramas: *inventio, memorio, acto. Inventio* – die Idee, die die Grundlage bildet. *Memorio* – Ausarbeitung und Einstudieren des Ganzen. *Actio* – die überzeugende Umsetzung.

Und fast in demselben Moment kam Bewegung in die Gruppe am Tisch. Ich schaute auf und bemerkte erstaunt, dass die meisten Männer ihre Bücher zuklappten und sich erhoben. Für *memorio* blieb mir keine Zeit mehr, aber die Idee war da, und es galt, rasch zu handeln. Mein Opfer sprach bereits mit dem Mann, der uns begrüßt hatte und der William rangmäßig ebenbürtig zu sein schien.

William selbst schob am anderen Ende des Tisches einige Papiere zusammen und verstaute sie in seinem Lederbeutel. Die anderen standen zu zweit oder zu dritt zusammen und unterhielten sich leise. Jetzt oder nie, dachte ich.

Dann sprang ich mit einem Satz auf, sodass der Tisch auf meinem Schoß umkippte und Pergament und Kohle über den Boden schlitterten. Der Lärm lenkte die allgemeine Aufmerksamkeit auf mich, genau wie ich es beabsichtigt hatte.

Ich schob den Tisch mit dem Fuß zur Seite und ging auf mein Opfer zu, ohne auf William zu achten, der zweifellos zu mir herübereilen würde, sobald er sich von seiner Überraschung erholt hatte.

»Ehe Ihr geht, hätte ich gern kurz mit Euch gesprochen, Sir«, sagte ich laut zu dem Mann mit der breiten Nase.

Er hatte bereits seinen Umhang vom Stuhl genommen und schlang ihn sich um die Schultern. Und er wich meinem Blick aus, murmelte aber noch etwas Unverständliches, bevor er sich abwandte. Ich vertrat ihm den Weg. William nannte beschwörend meinen Namen, doch ich ließ mich nicht beirren.

»Wartet bitte. Ich sagte, ich muss mit Euch sprechen, Sir.« Meine Stimme klang hart und gebieterisch. Jahrelange Ausbildung an einem Königshof zahlte sich manchmal aus. Alle Augen waren jetzt auf uns gerichtet. Der Mann vor mir wirkte jetzt wie ein von Henrys Jagdmeute in die Enge getriebener Hirsch. Da er mich nicht mit Gewalt zur Seite stoßen konnte, blieb ihm nichts anderes übrig, als mir zu antworten.

»Madam, die Besprechung ist zu Ende. Bitte mischt Euch nicht in Dinge ein, die Euch nichts angehen.« Ich hörte, wie einige Männer hinter mir scharf Atem holten, konzentrierte mich aber ausschließlich auf meinen Widersacher. Angst verspürte ich nicht. Obgleich er mich um einiges überragte, spürte ich, dass ich in diesem Spiel der Jagdhund war und er der Fuchs, der am Ende erlegt werden würde. Denn wir wussten beide, wovor er sich fürchtete.

»Ich möchte meinen Schmuck wiederhaben, Sir.«

»Wovon redet Ihr eigentlich?« Schweißtropfen schimmerten auf der hohen, breiten Stirn, die ihn entlarvt hatte.

»Ich weiß, dass Ihr mir von Paris aus gefolgt seid, und ich weiß auch, dass Ihr im Gasthaus von Havre meine Kammer durchsucht habt.« Ich legte eine Pause ein. Niemand im Raum rührte sich oder sprach ein Wort. »Ihr wolltet meinen Schmuck. Und Ihr habt ihn in Euren Besitz gebracht. Und jetzt gebt ihn mir zurück.«

Ich hatte, wenn ich ehrlich sein sollte, keine Ahnung, wie der Mann reagieren würde; mir war keine Zeit geblieben, einen Plan auszuarbeiten. Ich wusste nur, dass ich ihn zur Rede stellen musste, bevor seine Gefährten den Raum verließen. Als ich sah, wie ihm der Schweiß ausbrach, beschloss ich, ihm stärker zuzusetzen.

»Warum sollte ich Euren Schmuck stehlen, Madam?« Er blickte mich über seine krumme Nase hinweg finster an.

»Weil er wertvoll ist«, erwiderte ich schlicht.

»Aber Madam, ich bin Geldhändler. Und ich bekleide ein hohes Amt bei den Templerrittern. Ich kann mir jedes Schmuckstück kaufen, das ich haben will. Warum sollte ich in primitiven Dorfgasthäusern umherschleichen, um Euch einen Anhänger zu stehlen?«

Die Stille im Raum wurde erdrückend. Alles Blut wich aus dem Gesicht des Mannes, als er begriff, was er gerade gesagt hatte.

»Jacques?« Seigneur Carlo schob sich zwischen uns.

»Wer hat Euch gesagt, dass es sich um einen Anhänger handelt?«, flüsterte ich. Jeder in dem grabesstillen Raum konnte mich verstehen.

»Destriers?« Williams Stimme durchschnitt das Schweigen wie ein Peitschenknall. Er kam mit grimmiger Miene auf uns zu.

Der hitzköpfige Jacques Destriers warf seine Reithandschuhe auf den Tisch. »Was starrt ihr mich alle so an?«, brauste er auf. »Ihr habt gesagt, wir müssen einen Weg finden, um die Ritter aus den Klauen des Kalifen zu befreien. Um jeden Preis. Ihr wisst, welche Schwierigkeiten der Kalif uns gemacht hat. Also habe ich etwas unternommen.« Sein Blick wanderte von einem Gesicht am Tisch zum anderen.

»Keiner von euch wollte die Dinge selbst in die Hand nehmen – o nein! Jeder schwafelte nur davon, dass wir uns unbedingt mit dem Kalifen einigen müssten.« Er deutete auf mich. »Und jetzt muss ich mich vor der *princesse* für alles verantworten.«

»Also war es, wie ich vermutet hatte. Der Schmuck sollte als Tauschobjekt eingesetzt werden.« Ich funkelte Destriers böse an. »Monsieur, der Anhänger gehört mir. Ihr hattet kein Recht, ihn einfach an Euch zu nehmen.«

Destriers wandte den Blick ab und presste die wulstigen Lippen zusammen.

»Ihr seid also der Prinzessin tatsächlich gefolgt und habt ihre Kammer in dem Gasthaus durchwühlt?« Williams Gesicht tauchte hinter Destriers' Schulter auf. »Eure Eigenmächtigkeit ist empörend, Mann! Ich hatte strikte Anweisung erteilt, den Anhänger nicht anzurühren. Wie konntet Ihr es wagen, meine Befehle zu missachten? Was ist in Euch gefahren?«

»Ich habe es Euch doch erklärt.« Der große Mann wich zurück, als flöße ihm Williams physische Präsenz Angst ein. »Meister Averroës war im Norden, um sich dort mit französischen Templern zu treffen. Dort hat er den Schmuck gesehen. Unsere Loge erhielt Befehl, ihn zu stehlen. Vom Großmeister von Frankreich persönlich.«

»Ha!«, entfuhr es mir. Der französische Großmeister hatte diesen Befehl erteilt, nachdem Averroës mein Schmuck aufgefallen und bevor der Tote im Garten der Abtei gefunden worden war. Unmöglich, kein Bote konnte so schnell reiten. Der Befehl war von meinem Onkel gekommen. Von Herzog Robert.

Destriers verschränkte trotzig die Arme vor der Brust. »Außerdem habe *ich* Euren Anhänger nicht gestohlen!«

»O nein, das war ja auch nicht möglich, weil ich ihn nie abgelegt habe. Aber Ihr habt jemanden gefunden, der Euch aus dieser Klemme helfen konnte, nicht wahr?« Ich hob meine verkümmerte Hand. Destriers zuckte zusammen, dann ließ er sich auf den Stuhl fallen und wandte sich halb vom Tisch ab. »Die schöne Königin Isabelle nahm mir die Kette ab, als ich betäubt in Old Sarum lag. Und Ihr habt sie vermutlich großzügig dafür belohnt.«

»Ihr hattet Kontakt mit Isabelle von England?« Seigneur Carlos olivenfarbene Haut schimmerte jetzt fast so fahl wie die von Monsieur Destriers. »Habt Ihr den Verstand verloren, ihr eine solche Waffe in die Hand zu geben?«

Destriers wischte seine Bedenken mit einer Handbewegung

beiseite. »Sie hatte keine Ahnung, weshalb ich den Anhänger unbedingt haben wollte. Ich habe einen Mittelsmann als Boten benutzt. Als Johns Männer die *princesse* aus Canterbury entführten, hielten wir uns im Gasthaus der Stadt auf und bemühten uns, so wenig Verdacht wie möglich zu erregen. Mir lief die Zeit davon. Der Kalif drohte, die Verhandlungen abzubrechen, wenn ihm der Schmuck nicht bis zum Sommer ausgehändigt würde. Dann wollte er die Ritter hinrichten lassen. Ein ganzes Jahr lang habe ich auf ihre Befreiung hingearbeitet und dann das! Also schickte ich einen Boten zu Isabelle und bat sie, mir den Anhänger zu verschaffen.« Ein kaum merkliches Lächeln spielte um seine Lippen. »Ich kenne sie schon von Angoulême her.«

»Ihr wusstet die ganze Zeit, dass sich der Schmuck in meinem Besitz befand, aber solange ich mich am Hof meines Bruders aufhielt, hattet Ihr keine Gelegenheit, ihn an Euch zu bringen.« So leicht wollte ich diesen Fisch nicht vom Haken lassen.

Destriers nickte. »Das Risiko war mir zu groß. Philipps Männer sind absolut loyal, sie lassen sich nicht kaufen.« Er sah mich an. Zum ersten Mal las ich einen Anflug von Respekt in seinem Gesicht. »Bei Eurem Bruder habt Ihr vor niemandem etwas zu befürchten, Mylady. Der Pariser Hof weiß sich gut zu schützen.«

William stand jetzt neben mir, die Hände in die Hüften gestemmt, und blickte finster auf Destriers hinab, der sich zunehmend unwohler in seiner Haut zu fühlen schien. »Wo ist der Schmuck jetzt, Destriers? Immer noch in Isabelles Besitz? Vielleicht verkauft John ihn ja an den Kalifen und durchkreuzt so all unsere Pläne.«

»Macht Euch nicht lächerlich, William. Natürlich hat Isabelle den Anhänger nicht mehr. Sie ahnte ja nicht, wie wertvoll er wirklich ist, sie wollte sich nur ein wenig Taschengeld verdienen. John hält sie ziemlich knapp, und sie hat kostspielige Vorlieben.« Er grinste. »Und sie braucht ständig Geld, um Leute zu bestechen, die ihr Informationen verschaffen. Wir haben uns lediglich gegenseitig einen kleinen Gefallen getan.«

Mir reichte es. Der Mann ging mir auf die Nerven. »Ich möchte meinen Anhänger augenblicklich zurückhaben, Monsieur Wer-immer-Ihr-auch-seid. Wo ist er?«

»Es tut mir Leid, Mylady, aber wenn Ihr Euren Schmuck wiederhaben wollt, müsst Ihr Euch nach Ägypten bemühen. Nachdem er mir überbracht wurde, habe ich ihn auf direktem Weg dorthin geschickt. Ich hatte Angst, jemand könnte ihn bei mir finden und Euch zurückgeben.« Er sah William an. »Ihr könntet höchstens versuchen, eine Bittschrift an den Kalifen zu senden. Aber ich bezweifle, dass er sich überreden lässt, den Anhänger wieder herzugeben.«

William sah aus, als hätte er den Mann am liebsten geschlagen. Seine Augen blitzten vor Wut, aber ich empfand mit einem Mal eine seltsame innere Ruhe.

»Zum Teufel mit Euch, Destriers!«, fauchte William. »Ihr nehmt Euch entschieden zu viel heraus!«

Ich spürte, dass dieser Wutausbruch des für gewöhnlich so beherrschten und zurückhaltenden William die meisten Männer im Raum stärker erschütterte als alles, was zuvor geschehen war. Aber ich war mit Destriers noch nicht fertig.

»Wieso will der Kalif denn ausgerechnet diesen Anhänger unbedingt haben?«, fragte ich den in seinem Stuhl zusammengesunkenen Destriers. »Wieso ist er sogar bereit, das Leben seiner christlichen Gefangenen für ihn einzutauschen?«

Destriers zuckte mit gespielter Gleichgültigkeit die Achseln. »Sein Großvater hat den Dichter Ibn al-Farid sehr verehrt, der den Schmuck gefertigt hat. Dieser Kalif schenkte ihn William, dem Herzog von Aquitanien, als er ihn aus seiner Gefangenschaft entließ. Der Herzog gab ihn an seine *petite-fille* Eleanor weiter, die ihn *Richard* gab, und der machte ihn Euch zum Geschenk.« Er sprach Richards Namen französisch aus, wie Eleanor es immer getan hatte, und das ärgerte mich. »Der jetzige Kalif wusste, dass sich der Anhänger noch immer in Eurem Besitz befand. Er hat es sich zur Lebensaufgabe gemacht, alle Werke Ibn al-Farids zusammenzutragen, der ja nicht nur ein großer Dichter, sondern auch ein begnadeter Goldschmied war.«

»Ach was.« William wandte sich unwillig ab. Aller Augen im Raum waren nun auf ihn gerichtet. »Wir werden später noch darüber sprechen.« Er drehte sich zu mir um. »*Princesse*, es tut mir unendlich Leid, aber im Moment kann ich nichts tun, um Euch Euer Eigentum wiederzubeschaffen. Ich werde es versuchen, aber es wird einige Zeit in Anspruch nehmen, und der Erfolg ist ungewiss.« Er schüttelte den Kopf. »*Je suis désolé*. Und die Templer … die englischen Templer«, betonte er und blickte dabei auf Destriers hinab, »… bedauern diesen unentschuldbaren Vorfall außerordentlich.«

Seltsamerweise berührten mich seine Worte kaum. Der Talisman, den Richard mir am Tag unserer Verlobung geschenkt und den ich so viele Jahre getragen hatte, schien nur noch eine ferne Erinnerung zu sein. Ich wusste schon fast nicht mehr, warum ich unbedingt hatte herausfinden wollen, was mit ihm geschehen war, als ich den Mann aus dem Gasthaus wieder erkannt hatte. Jetzt fühlte ich mich wie befreit. Ich hatte mich endgültig von der Vergangenheit gelöst.

»Spart Euch die Mühe, Sir William«, sagte ich. »Ich möchte den Anhänger gar nicht mehr zurückhaben, er gehört zu einem Teil meines Lebens, mit dem ich abgeschlossen habe. Ich weiß, was mit ihm passiert ist, und dabei wollen wir es belassen. Wenn er das Leben dieser gefangenen Ritter retten kann, bedaure ich den Verlust nicht.«

William warf mir einen so überraschten und zugleich erfreuten Blick zu, dass ich mich fragte, ob er wohl gefürchtet hatte, ich würde hier vor all diesen Männern anfangen, wie ein Fischweib zu keifen. Aber ich hatte jedes Wort ernst gemeint. Ich legte auf den Anhänger keinen Wert mehr, und wenn ich William dadurch eine Freude bereitet hatte, umso besser.

Die darauf folgende Stille wurde von Hufgeklapper im Hof zerrissen. Die Tür flog auf, und zwei Männer kamen herein. Beide traten so herrisch auf wie Angehörige eines Königshauses. Ich erkannte ihre Livreen sofort. Die beiden gehörten zu Eleanors Hofstaat. William, der ihr Wappenschild nachdenklich betrachtet hatte, drehte sich mit undurchdringlicher Miene zu ihnen um.

»Mylady Alaïs.« Beide sanken auf ein Knie. Ich nickte zur Antwort, aber da wandten sie sich schon an William.

»Lord William.« Der Sprecher der beiden verbeugte sich. Ich musterte ihn neugierig, wobei ich dachte: *Lord* William? Was hat das nun wieder zu bedeuten?

Der Mann fuhr fort: »Ich überbringe Euch Grüße von Königin Eleanor.«

»Ich hoffe, die Königin befindet sich bei guter Gesundheit.« Williams Gesicht verriet nicht, was in ihm vorging.

»Es geht ihr gut, Mylord. Sie ist hier, in Poitiers.«

»So?« Seine Stimme klang nicht überrascht, sondern eher ein wenig belustigt.

»Sie lässt Euch bitten, sie heute noch aufzusuchen. Sie residiert im Herzogspalast.«

»Wie passend«, murmelte ich. William tat so, als habe er nichts gehört.

»Was wünscht sie von uns?« Er setzte sich auf die Ecke des Tisches. Die restlichen Männer im Raum verfolgten das neue Drama, das sich da anbahnte, wie gebannt.

»Sie möchte mit Euch und Prinzessin Alaïs sprechen.«

»Was wünscht Ihre Majestät von uns?«, wiederholte William, als hätten wir nie just an diesem Morgen beschlossen, Eleanor aufzusuchen, ob es ihr nun recht war oder nicht.

»Nun wartet doch einen Moment…«, setzte ich zu einem Protest an.

»*Princesse*, Johns Männer haben Fontrevault umstellt. Ihr könnt also davon ausgehen, dass der König weiß, dass seine

Mutter hier weilt. Und deshalb täten wir gut daran, sehr vorsichtig …«

»Ihr meint, *ich* täte gut daran, sehr vorsichtig zu sein, weil ich nämlich wahrscheinlich diejenige bin, der von ihm Gefahr droht«, führte ich den Satz zu Ende. »Was will Ihre Majestät von uns?« Diese Frage galt den beiden Kurieren.

»Lord William soll euch heute Nachmittag zum Herzogspalast bringen. Sie hat mit jedem von euch etwas Wichtiges zu besprechen.« Der Kurier verstummte und ließ den Blick zum ersten Mal über die im Raum versammelten Geldhändler schweifen. »Sie legt größten Wert darauf, dass ihr sie gemeinsam aufsucht.«

»Ich werde ihrer Aufforderung Folge leisten«, sagte ich über den Mann hinweg zu William. »Und ich würde Euch empfehlen, mich zu begleiten. Ich denke, uns erwartet eine Vorstellung, die die damals in Chinon bei weitem übertrifft. Ich möchte sie mir um nichts in der Welt entgehen lassen.« Ich ging zu der Bank zurück, auf der ich gesessen hatte, und griff nach meinem Umhang.

Ich brannte darauf, Eleanor zur Rede zu stellen, und ich hatte keine Angst, ihr notfalls auch allein gegenüberzutreten, doch da ich wusste, dass Johns Leute noch immer hinter mir her waren, war mir Williams Begleitung auf diesem Ritt sehr willkommen.

William kehrte zu seinem Platz am Kopfende des Tisches zurück und kritzelte ein paar Worte auf ein Stück Pergament, das er dem Kurier reichte. Dann kam er zu mir, nahm mir den Umhang aus der Hand und legte ihn mir liebevoll um die Schultern. Ich musterte die verwirrten Gesichter, die sich uns zugewandt hatten, und nickte jedem der Männer freundlich zu. Jedem, der auch nur über einen Funken Verstand verfügte, musste jetzt klar geworden sein, wie William und ich zueinander standen.

Wir traten ins Freie. Nach dem Aufenthalt in dem stickigen

Raum empfand ich die frische Luft als belebend. Sowie ich im Sattel saß, lenkte ich mein Pferd an das von William heran. »Wieso haben dich die Kuriere ›Lord William‹ genannt?«, erkundigte ich mich, nachdem wir in einen leichten Galopp gefallen waren.

Aber er gab mir keine Antwort, sondern schüttelte nur den Kopf und forderte mich dann zu einer munteren Hetzjagd durch die Straßen heraus, deren Pflaster so uneben war, dass ich mich voll und ganz konzentrieren musste, um einen Sturz zu vermeiden.

Seit jenem denkwürdigen Tag, als Henry wie ein Racheengel auf Eleanor hinabgestoßen war, sie gefangen genommen und seine Söhne in die Welt hinausgejagt hatte, war ich nicht mehr in Poitiers gewesen. Es war inzwischen fast ein Vierteljahrhundert vergangen. Die Stadt war beträchtlich gewachsen, und ich erkannte die von Menschen wimmelnden Straßen und Gassen nicht wieder. Entweder hatten sie sich stark verändert, oder mein Gedächtnis ließ mich im Stich.

Doch dann sah ich La Maubegeonne hinter den Dächern der Häuser vor mir aufragen und wusste wieder, wo ich war. Diesen berühmten Turm hatte Eleanors Großvater für die Frau erbauen lassen, die er ihrem Mann geraubt und bis an sein Lebensende geliebt hatte. Die Herzöge von Aquitanien waren schon immer unverbesserliche Romantiker gewesen.

Als wir auf den Herzogspalast zuritten, wurden uns die Tore zum Hof unaufgefordert geöffnet. Wir wurden also erwartet. Nun, ich war bereit, Eleanor entgegenzutreten.

♦ 23 ♦

Eleanor

Ich sah sie nach vielen Jahren zum ersten Mal wieder. Hoch erhobenen Hauptes und majestätisch wie immer stand sie im Palasteingang. Aber als ich näher kam, registrierte ich bestürzt, wie gebrechlich sie geworden war. Sie sah aus, als würden ihre Knochen bei der ersten unvorsichtigen Bewegung wie Glas zersplittern. Ich bemerkte auch, dass sie am ganzen Körper zitterte wie Schilf im Wind. Sie schien unter einer Art Schüttellähmung zu leiden, und ich spürte, wie meine Feindseligkeit ihr gegenüber gegen meinen Willen zu schwinden begann.

Die schimmernde rotbraune Haarflut, an die ich mich so gut erinnerte, war dünn und grau geworden. Noch immer trug sie sie hochgesteckt und nur mit einem juwelenbesetzten Diadem bedeckt.

Als ich auf sie zutrat, hielt sie mir die Hand zum Kuss hin. Sie war mit Altersflecken übersät, die im hellen Sonnenlicht mit grausamer Deutlichkeit zu erkennen waren.

Erst jetzt begriff ich, dass sie in meiner Erinnerung hauptsächlich als die junge Frau aus meiner Kindheit weiterlebte, und der Anblick der Greisin, zu der sie geworden war, trieb mir die Tränen in die Augen – eine Schwäche, die ich mir keinesfalls anmerken lassen durfte.

»Königin Eleanor.« Ich verneigte mich tief vor ihr.

»Prinzessin Alaïs«, entgegnete sie. Es klang, als hätten wir noch an diesem Morgen gemeinsam das Frühstück eingenommen. Dann blickte sie über meine Schulter. »Lord William.« Sie nickte knapp, und ich wusste, dass auch er sich ehrerbietig verbeugte.

Eleanor bedeutete uns ohne ein weiteres Wort, ihr zu folgen, und drehte sich um, um in den Palast zurückzugehen. Augenblicklich trat ein alter Mann an ihre Seite und bot ihr seinen Arm. Ohne diese Stütze hätte sie kaum einen Fuß vor den anderen setzen können, wie ich bestürzt feststellte.

Sie führte uns nicht in die große Halle, in der traditionsgemäß Besucher empfangen wurden, sondern in ein kleineres, intimeres Gemach in einem Seitenflügel. Ich wunderte mich nicht, dort meine Tante vorzufinden, die allgegenwärtige Äbtissin Charlotte. Sie trug ein prachtvolles Gewand aus Shantung-Seide, das bei jeder Bewegung schimmerte, als sie auf mich zueilte, um mich in die Arme zu schließen. Ich erwiderte ihre Umarmung ebenso herzlich.

»Nichte, ich bin froh, dass du unversehrt nach Frankreich zurückgekehrt bist.«

»Liebe Tante, wenn ich damals in Canterbury deinen Rat befolgt hätte, wäre ich schon früher in Sicherheit gewesen, aber mein Aufenthalt in England wäre dann weitaus weniger aufregend verlaufen.«

Eleanor forderte uns auf, am Tisch Platz zu nehmen, gerade so, als wären wir eine kleine Familie – was ja in gewisser Hinsicht auch zutraf. Diener trugen Wein, Brot, Gebäck und Platten mit kaltem Geflügel auf, doch eine Zeit lang griff niemand zu oder sprach auch nur ein Wort.

Endlich brach ich das bedrückende Schweigen. »Ich hoffe, die Reise Eurer Majestät nach Spanien war nicht allzu beschwerlich. Mein Bruder Philipp weiß es zu schätzen, dass Ihr Euch die Mühe gemacht habt, Prinzessin Blanche persönlich nach Paris zu bringen.«

Die Königin schenkte mir ein Lächeln, das fast aufrichtig wirkte, wie damals, in jenen lang vergangenen glücklichen Tagen. »Ich danke dir für deine Sorge um mich, Alaïs. Ja, die kleine Blanche ist sicher am Hof deines Bruders angelangt, und die beiden Kinder scheinen sich zu mögen. Vielleicht wird diese Ehe ja glücklicher als manch andere, die aus politischen Gründen arrangiert worden ist.« Ich wusste, dass sie daran dachte, wie ihr eigener Vater auch sie damals mit meinem Vater verheiratet hatte, ohne sie nach ihren Wünschen zu fragen. Aber Henry hatte sie später aus Liebe geheiratet, und auch diese Ehe war gescheitert.

»Wir haben Euch hergebeten, weil es einiges zu besprechen gibt«, sagte sie zu William, nachdem die meisten Diener den Raum verlassen hatten.

»Gut«, erwiderte ich ruhig. »Und wenn wir damit fertig sind, habe ich noch ein paar Fragen an Eure Majestät.«

»Diese Fragen erübrigen sich vielleicht, nachdem wir gewisse Punkte geklärt haben«, erwiderte sie kühl. »Aber ich bin trotzdem gern bereit, sie mir anzuhören.«

Dann richtete sie ihre Aufmerksamkeit wieder auf William. »Wie Ihr wisst, tue ich alles, was in meiner Macht steht, um den Thron meines Sohnes zu retten, und ich möchte Euch bitten, mir dabei zu helfen. Wenn Ihr, der Großmeister des englischen Templerordens, Euch dazu bereit erklärt, gelingt mir dies vielleicht auch. Aber wenn Ihr Euch weiterhin gegen John stellt, wenn Eure Ritter fortfahren, ihn unter Druck zu setzen, dann wird er vor Furcht eines Tages den Kopf verlieren und eine Dummheit begehen, die seinen Sturz herbeiführt. Und Ihr wisst«, fügte sie hinzu, »dass England dann ein neuer Bürgerkrieg droht.«

William lehnte sich in seinem mit Samt bezogenen Stuhl zurück und betrachtete eine Weile die Deckenbalken. Dann sah er der Königin fest in die Augen.

»Madame, es ist leider nicht so, dass der gesamte Templerorden meinem Befehl untersteht.« Er sprach leise, aber bestimmt.

»Ihr wisst genau, was ich meine«, gab Eleanor zurück. »Ihr seid der Ordensgeneral von Frankreich und der Großmeister von England. Ihr verfügt über genug Macht, um diese Bedrohung von meinem Sohn abzuwenden.«

Wieder zögerte er einen Augenblick. Als er erneut zu sprechen begann, tat er dies so langsam und bedächtig, als lege er sich jeden Satz in Gedanken zurecht, ehe er ihn aussprach. »Ich bin durchaus zu einigen Zugeständnissen bereit. Ich werde mich für John einsetzen und meine Mitbrüder dazu bewegen, ihm noch eine Chance zu geben, sich zu bewähren.«

Er seufzte, dann fuhr er fort: »Und ich werde dafür sorgen, dass Euer Sohn das Darlehen erhält, um das er so dringend ersucht hat. Aber ich stelle eine Bedingung. Ich sichere John meine Unterstützung nur dann zu, wenn er seine wahnwitzige Suche nach dem angeblichen illegitimen Sohn Henry Plantagenets ein für alle Mal aufgibt.« William musterte die Königin mit stahlhartem Blick. »Ich möchte, dass Ihr John sagt, Ihr wüsstet genau, dass dieses Kind tot ist.«

»John hat einfach nur Angst. Deswegen hat er sich so in diese Sache verrannt.«

»Herodes hatte auch Angst, und die Folgen waren für viele Kinder höchst unerfreulich.«

Eleanors Augen verengten sich zu Schlitzen, doch sie schwieg. Ich lockerte den Schal, den ich mir um den Hals geschlungen hatte, und öffnete die juwelenbesetzte Spange, die meinen Umhang zusammenhielt. Mir war mit einem Mal sehr warm geworden, und ich musste an mich halten, um nicht mit einer unbedachten Bemerkung herauszuplatzen. Ich wusste, dass ich vielleicht zum ersten Mal in meinem Leben meine scharfe Zunge im Zaum halten musste, denn jetzt war nicht mehr nur ich allein von den Folgen betroffen, die unüberlegte Worte nach sich ziehen konnten.

»Was für ein Interesse habt Ihr eigentlich an dieser Angelegenheit, William?« Jetzt schwang wieder der altvertraute gebieterische Tonfall in ihrer Stimme mit, der nicht recht zu dem vertraulichen Gebrauch des Vornamens passen wollte.

»Eleanor, lass es gut sein«, mischte sich die Äbtissin ein. »Du musst endlich lernen, gewisse Dinge ruhen zu lassen … nach all den Jahren.«

»*Au contraire*, Tante, lass uns ruhig darüber reden«, widersprach ich. »John scheint wegen dieses Kindes völlig außer sich zu sein. Ich wüsste gern den Grund dafür.«

»*Princesse*…«, begann William, doch Eleanor schnitt ihm mit einer Handbewegung das Wort ab.

»Ich habe zu diesem Thema nichts mehr zu sagen. Nur eines noch, Lord William. Wenn der König auch weiterhin von Euren Leuten unter Druck gesetzt wird und das Silber nicht erhält, das er braucht, um seinen Truppen den Sold zu zahlen, dann werdet Ihr und Euer Orden Euch dafür zu verantworten haben.« Eleanor faltete die Hände und blickte gen Himmel, als wären ihre Worte an Gott persönlich gerichtet und würden nur zufällig von einem seiner Stellvertreter auf Erden mit angehört werden. Ich für meinen Teil fragte mich, welchen Orden sie gemeint hatte, die Benediktiner oder die Templer. Oder gab es da noch eine dritte geheimnisvolle Gemeinschaft, auf die ich bislang noch nicht gestoßen war?

Dann nahm ich all meinen Mut zusammen. »Aber ich habe noch etwas zu sagen«, verkündete ich, zog die Briefe aus Old Sarum aus meinem Beutel und warf sie auf den Tisch. Sie schlitterten über das glatte Holz und blieben direkt vor Eleanor liegen. William machte Anstalten, sich von seinem Stuhl zu erheben, besann sich dann aber eines Besseren. »Ihr wusstet die ganze Zeit von meinem Kind, all diese Jahre lang, und habt mir nie etwas gesagt. Ihr habt Euer Geheimnis wahrlich gut gehütet.«

Die Königin blickte auf die Briefe hinab. Dann streckte sie

eine Hand aus und zog sie mit Daumen und Zeigefinger so behutsam zu sich hin, als fürchte sie, sich daran zu verbrennen. Sie nahm ihre italienischen Augengläser aus der Tasche ihres Gewandes, setzte sie umständlich auf die Nase und betrachtete dann ihre eigene Handschrift auf den Pergamentbögen. Wir sahen zu, wie sie sie zur Hand nahm, kurz studierte und dann wieder weglegte, einen nach dem anderen, mit fast rituellen Bewegungen. Ihr schönes, aristokratisches Gesicht blieb dabei völlig unbeteiligt. Ich konnte nicht sagen, was in diesem Moment in ihr vorging.

»Ihr habt mich unter einem Vorwand nach Canterbury geschickt, damit John mir dort auflauern und mich entführen kann, um aus mir herauszubekommen, wo sich mein Kind jetzt befindet. Aber der Schuss ist nach hinten losgegangen, denn ich habe in Old Sarum diese Briefe gefunden, und jetzt kenne ich Euer finsterstes Geheimnis.«

Sie sah von den Briefen auf und bedachte mich über den Rand ihrer Augengläser hinweg mit ihrem hochmütigsten Blick.

»Und was bitteschön wäre das?«, fragte sie kalt.

»Ihr seid durch und durch schlecht und verdorben«, erwiderte ich zu meiner eigenen Überraschung.

»Und was führt dich zu dieser Erkenntnis, Alaïs Capet?«

»Ihr habt meine Heirat mit Richard vereitelt und mich in Canterbury in eine Falle gelockt, schon das allein zeugt von Eurem schlechten Charakter. Aber Eure schlimmste Sünde bestand darin, dass Ihr mich in dem Glauben gelassen habt, mein Sohn sei tot, obwohl Ihr genau wusstet, dass er noch am Leben ist. Wenn auch nur ein Funken Güte in Euch gewesen wäre, hättet Ihr …«

»Alaïs, dieses Gespräch kann kein gutes Ende nehmen«, unterbrach mich Äbtissin Charlotte; dabei streckte sie mir fast bittend die Hand hin.

»Nein, lass sie nur weitersprechen«, befahl Eleanor. Ich sah ihr direkt in die Augen, las aber keine stumme Botschaft darin. »Lass sie jedes einzelne Unrecht aufzählen, das ich ihr angeblich zugefügt habe.«

Ich war vernünftig genug, hier eine kleine Pause einzulegen. Eine leise Stimme in meinem Hinterkopf flüsterte mir zu: Nun, da wir gerade von Unrecht sprechen …

»Vielleicht liegt ein Teil der Schuld auch auf meiner Seite«, gab ich dann zu und milderte so den Frontalangriff ab, den ich geplant hatte. »Aber es gibt kein größeres Unrecht, als eine Mutter von ihrem Kind fern zu halten.«

Bei diesen Worten stand Eleanor auf und schob ihren hochlehnigen Eichenholzstuhl zurück.

»Es sei denn, das Kind tötet die Liebe der Mutter.« Im Raum herrschte Totenstille. Sogar die Vögel draußen vor dem offenen Fenster schwiegen. Von Eleanors Zittern war nichts mehr zu merken, als sie um den Tisch herum auf mich zukam. Ich hatte zwar keine Angst vor ihr, trotzdem begann mein Herz schneller zu schlagen. »Es sei denn, das Kind wendet sich gegen die Mutter, die es großgezogen hat, und stiehlt ihr den eigenen Ehemann.«

Ich erwiderte nichts darauf. Was hätte ich auch sagen sollen?

»Du fragst mich, warum ich deine Hochzeit mit Richard verhindert habe? Du wagst es, mir diese Frage zu stellen, nachdem du meinen Platz in meinem eigenen Ehebett eingenommen hast?« Sie war jetzt bei mir angelangt. Ich sah ihre Hand nicht kommen, als sie mir ins Gesicht schlug. Aber ich wich nicht einen Schritt zurück. Hätte sie noch einmal zugeschlagen, wäre ich ebenso regungslos stehen geblieben. Einen langen Moment lang dachte ich, sie würde genau das tun. Doch stattdessen wandte sie sich nur wortlos ab.

Sowohl William als auch Charlotte waren aufgesprungen, um mir zu Hilfe zu eilen, aber ich hielt sie mit meiner linken Hand zurück. Mit der rechten packte ich die Königin am Arm und zwang sie mit sanfter Gewalt, sich wieder zu mir umzudrehen.

Sie wollte etwas sagen, doch ich hob meine verkümmerte Hand erneut. Es war – wie ich schon sagte – das sicherste Mittel, jemanden zum Schweigen zu bringen.

»Ihr wusstet genau, dass der König mir keine Wahl gelassen hat.« Ich spie die Worte förmlich aus. »Ich war genauso seine Gefangene wie Ihr. Er hat mich nicht gefragt, ob ich seine Konkubine werden wollte, er hat sich einfach genommen, was er begehrte. Aber letztendlich zählte für mich nur, dass er gut zu mir war, nachdem ich alles verloren hatte.«

Zu meinem Entsetzen hörte ich, wie meine Stimme brach, und spürte heiße Tränen in meinen Augen aufsteigen – Tränen, die ich in all den Jahren seit dem Verlust meines Kindes nur zweimal vergossen hatte. Aber trotzdem sprach ich unter Schluchzern weiter.

»Ihr seid zu Recht zornig auf mich. Ich habe etwas Furchtbares getan, und ich bitte Euch dafür um Verzeihung. Aber ich habe den König aufrichtig geliebt, und ich wusste, dass Ihr ihn schon lange nicht mehr liebtet.«

Die Königin stand reglos vor mir. Es war meine Tante, die zu mir kam und den Arm um mich legte. Dann wandte sie sich an Eleanor.

»Also wirklich, Eleanor, ich finde, ihr solltet aufhören, euch gegenseitig mit Vorwürfen zu überhäufen. Alaïs hat Recht. Deine Liebe zu Henry war schon lange erloschen. Du hast ihn am Ende gehasst, und du weißt, dass nur dein Stolz verletzt war.« Die Äbtissin drückte mich sanft an sich. Ich sah, dass William uns mit vor der Brust verschränkten Armen über den Tisch hinweg beobachtete. »Wieso hörst du nicht endlich auf, die Gekränkte zu spielen, und sagst Alaïs, was du weißt. Bringt die ganze Geschichte ein für alle Mal hinter euch!«

Meine Tante schien zu spüren, dass ich kurz vor einem Zusammenbruch stand, denn sie führte mich zu einem Stuhl und drückte mich sacht darauf nieder.

Ich barg das Gesicht in den Händen, während mir unablässig heiße Tränen aus den Augen rannen. Dann spürte ich, wie die Königin mir leicht über den Nacken strich, eine hauchzarte Berührung im Vorübergehen. Als ich den Kopf hob, sah ich sie wieder in ihrem Stuhl sitzen. Ich sah auch, welche Kraft sie ihr Auftritt gekostet hatte, denn das Zittern war zurückgekehrt, und zwar stärker als zuvor. Sie legte die schlanken, blau geäderten Finger kurz vor die Augen, ehe sie mich ansah und mit ruhiger, melodischer Stimme zu sprechen begann. Es klang fast wie ein Kirchengesang.

»Alaïs, ich wusste damals nicht, dass dein Kind noch am Leben war. Wenn ich es gewusst hätte, hätte ich es dir gesagt. Obwohl ich wütend und verbittert war, wollte ich weder dir noch dem Kind jemals ein Leid zufügen.« Sie zog ein Batisttuch aus ihrem Ärmel und schob es über den Tisch zu mir hin. Ich wertete diese Geste als eine Art Friedensangebot und griff nach dem Tuch, um mir mein erhitztes, nasses Gesicht damit abzutupfen.

»Ich erfuhr während meiner Gefangenschaft in Old Sarum von deiner Affäre mit dem König und den Folgen davon; das weißt du ja aus den Briefen, die du gefunden hast. Aber Henry hat auch mir gesagt, das Kind sei tot. Er schwor es beim Grab seines Vaters, er lieferte wirklich eine sehr überzeugende Vorstellung. Und als ich es wagte, seine Behauptung trotzdem anzuzweifeln, bekam er einen seiner berüchtigten Wutanfälle. Ich glaube…«, sie zögerte, schien nach den richtigen Worten zu suchen, »…dass er wirklich nur versucht hat, deinen Sohn zu schützen. Er dachte, wenn alle das Kind für tot hielten, wäre es in Sicherheit. Und das traf ja auch viele Jahre lang zu.«

»Aber ich war seine Mutter!«, wimmerte ich und schämte mich sofort für meinen Mangel an Selbstbeherrschung. »Warum hat Henry nicht wenigstens mir die Wahrheit gesagt?«

»Dir? Von dir ging doch die größte Gefahr aus«, erwiderte sie in dem ruhigen, bestimmten Ton, den ich so gut kannte. »Dir war am allerwenigsten zu trauen, denn du hättest alles darangesetzt, das Kind bei dir zu behalten. Und dann hätten unweigerlich andere von seiner Existenz erfahren. Darin lag die größte Gefahr für deinen Sohn.«

»Wie habt Ihr herausgefunden, dass er noch lebt?«

»John hat das Geheimnis vor einigen Wochen gelüftet. Als er Informationen sammelte, mit deren Hilfe er die Templer dazu bewegen wollte, ihren Druck auf ihn zu lockern und ihn weiterhin finanziell zu unterstützen, hat ihm ein Kontaktmann verraten, dass hochrangige Mitglieder des Templerordens einen Mann schützen würden, der eine Bedrohung für seinen Thron darstellen könnte.« An dieser Stelle funkelte sie William an, der angelegentlich seine Fingernägel betrachtete.

»Wenn John mehr Zeit damit verbringen würde, sein Land zu regieren, wie ein guter König es tun sollte, statt herumzulaufen und seine Feinde zu zählen, hätte er weniger davon«, meinte er dann gedehnt.

»John versucht, ein guter König zu sein«, verteidigte Eleanor ihren Sohn. »Und übrigens, wer von Euren Rittern plaudert denn so bereitwillig Eure Geheimnisse aus? Ich schlage vor, Ihr regelt erst einmal Eure eigenen Angelegenheiten, bevor Ihr Eure Nase in meine steckt.« Sie hatte ihre Tirade kaum begonnen, als William mit der Faust auf den Tisch schlug.

»Beim Blut Gottes, Königin Eleanor! Hört auf, diesen verzogenen Bengel vor den Folgen seiner eigenen Handlungen zu bewahren, sonst wird er das Reich zugrunde richten, das Ihr und Henry so mühsam aufgebaut habt! Wollt Ihr, dass all Eure Mühe umsonst war? Auf wessen Seite steht Ihr eigentlich? Ihr könnt doch nicht zulassen, dass sich diese kleine Ratte Philipp August auch noch ganz England einverleibt!« Jetzt schien ihm einzufallen, dass sich auch noch andere Personen in dem Gemach aufhielten. Er blickte mich an. »Verzeihung, *princesse*«, murmelte er. »Verzeihung, Äbtissin.«

Eleanor seufzte. Meine Tante verdrehte die Augen. Und ich sah plötzlich das ernste, kluge Gesicht von François vor mir.

Einen Moment lang empfand ich fast Mitleid mit Eleanor, der Mutter eines so nichtswürdigen Sohnes.

»Nun gut, angenommen, ich überzeuge John davon, dass es kein solches Kind gibt, keinen illegitimen Bruder, von dem ihm Gefahr droht. Angenommen, ich erzähle ihm, dieses Kind hätte zwar einst existiert, wäre aber noch im Säuglingsalter gestorben. John wird mich fragen, wie ich zu diesen Informationen gekommen bin.« Sie legte beide Hände auf den Tisch. »Was soll ich ihm dann sagen?«

»Dass das Grab des Kindes gefunden wurde«, erwiderte William so prompt, als habe er den ganzen Tag über nichts anderes nachgedacht. »Es befindet sich im Norden Englands und trägt einen Grabstein, sodass jeder Zweifel ausgeschlossen ist. Außerdem wurde ein Brief vom Großmeister der Templerritter abgefangen und Euch übergeben, in dem diese Fakten bestätigt werden. Wenn Ihr mir Pergament bringen lasst, werde ich diesen Brief auf der Stelle eigenhändig aufsetzen«, fügte er hinzu.

»Also gut, schreibt Euren Brief.« Eleanor winkte einen der beiden bei der Tür stehenden Diener zu sich. »John wird ihn bei Einbruch der Dunkelheit erhalten, zusammen mit dem von mir.«

»Sowie Ihr überzeugt seid, dass er Euch glaubt und diese unselige Suche aufgibt, unterschreibe ich die Zahlungsanweisung für sein Darlehen.« William verschränkte die Arme vor der Brust. Dann fügte er so unbefangen hinzu, als sei ihm der Gedanke gerade erst gekommen: »Ach ja, und er muss sich verpflichten, die Klöster und Abteien nicht länger zu schröpfen. Er muss die ungerechten Steuern abschaffen, mit denen er sie belegt hat.«

»Ihn dazu zu bringen dürfte die größte Schwierigkeit darstellen.« Ein Lächeln erhellte Eleanors ernstes Gesicht. »John liebt es, die Kirche zu unterdrücken.«

»John liebt es, jedermann zu unterdrücken«, warf ich unaufgefordert ein.

Sie drehte sich zu mir um, als wäre ihr plötzlich noch etwas

Wichtiges eingefallen. »Alaïs, ich habe dich nicht nach Canterbury geschickt, damit John dich entführen kann.«

»Nein? Warum dann?«

»Erklärt Ihr es ihr, William. Das Ganze war Eure Idee.« Ihre Stimme zitterte, als hätte die Schüttellähmung jetzt auch ihre Kehle befallen.

»Ich fürchte, da habt Ihr Recht«, erwiderte William heiter. »Ich deutete in Fontrevault an, dass wir gewisse Briefe von Königin Eleanor an Becket gefunden hatten, sie aber in ihrem Versteck hinter dem Altar lassen würden, wo sie entdeckt worden waren.«

»Und warum hast du das getan?«

»Um John von der Suche nach Henrys Sohn abzubringen und auf die Jagd nach den Briefen seiner Mutter zu schicken. Er wollte ja verhindern, dass irgendwelche brisanten Informationen über Königin Eleanors Beziehung zu Becket in die falschen Hände gelangen konnten. Sein Thron wackelte ja ohnehin schon, weitere Skandale konnte er wahrlich nicht brauchen. Es könnte irgendwann einmal zu einem Aufstand kommen.«

»Du dachtest also, John würde nach dem Köder schnappen und in Canterbury herumschnüffeln. Und was dann? Wolltest du ihn auf frischer Tat ertappen und zur Rede stellen?«

Meine Stimme musste meine Belustigung verraten haben, denn William wirkte einen Moment lang verärgert. Dann zuckte er die Achseln und sah mich unschuldig an.

»Gott im Himmel, das ist einer der törichtesten Pläne, von denen ich je gehört habe. Mehr bringen die großen Templer nicht zu Stande?« Ich prustete vor Lachen.

»Eleanor durchschaute seine Absicht sofort«, erklärte Charlotte. »Also beschlossen wir, einen eigenen Boten loszuschicken, um die Briefe zu holen. Jemand, dem wir trauen konnten und der keinen Verdacht auf sich lenken würde.«

»Ich hätte mir nie träumen lassen, dass sie ausgerechnet dich schicken.« William lachte nicht.

»Und um dich dazu zu bringen, den Auftrag zu übernehmen, mussten wir dir dramatische Neuigkeiten als Belohnung in Aussicht stellen«, fügte Eleanor hinzu. »Ich hatte zwar nur Gerüchte über die Templer und ihren Schützling gehört, aber das reichte aus.«

»Hättet Ihr mir hinterher wirklich gesagt, was Ihr wisst?«

»Ja, ich hätte mein Wort gehalten.«

»Aber Ihr wolltet doch Johns Thron …«

»Ich hatte nicht damit gerechnet, dass du so viel mehr herausfinden würdest. Die Templer sind eine verschworene Gemeinschaft. Ich hätte nie gedacht, dass sie dir verraten würden, wer und wo dein Sohn ist.« Ihr Blick ruhte nachdenklich auf William. »Ich hatte nicht mit Euch gerechnet.«

»Das Leben ist für uns alle voller Überraschungen, Eure Majestät.« Seine Worte waren an Eleanor gerichtet, aber er sah mich dabei an.

»Dann werdet Ihr mir jetzt als Teil unserer Abmachung meine Briefe zurückgeben.« Eleanor tippte mit dem Fingernagel auf die Tischplatte. Und William, der nur auf diese Forderung gewartet zu haben schien, zog eine kleine Rolle Pergamentbögen aus seinem Beutel.

»Nun gut, offiziell ist das gesuchte Kind tot, und ich habe meine Briefe wieder. Dann müsst Ihr nur noch die Zahlungsanweisung unterschreiben, bevor Ihr das Haus verlasst, Lord William.«

»Das werde ich erst tun, wenn ich ganz sicher sein kann, dass John den Abteien die Steuern erlässt und fest davon überzeugt ist, dass seinem Thron von niemandem außer ihm selbst Gefahr droht. Ich werde Euch wissen lassen, wo ich mich die nächsten zwei Wochen aufhalte. Ihr könnt mir die Papiere schicken lassen.« William erhob sich.

»Was, wenn John dich aufspürt und dir im Schlaf die Kehle durchschneidet?« Ich konnte mir die Frage nicht verkneifen.

»Noch nicht einmal John ist so dumm, den Großmeister

der Templerritter von England und der Normandie zu töten.« Williams Mundwinkel zuckten belustigt. »Aber ich habe noch eine Neuigkeit für dich, die dir Königin Eleanor verschwiegen hat.«

Ich erhob mich gleichfalls, obwohl ich nicht wusste, ob ich ihn begleiten oder hier bei den beiden alten Frauen bleiben sollte.

»Eleanor hat deine Heirat mit Richard nicht verhindert. In diesem Punkt tust du ihr Unrecht. Es war Henry höchstpersönlich. Obwohl du nicht mehr bei ihm gelebt hast, weigerte er sich, dich Richard zu überlassen.«

»Henry?«

»Ja, Henry. Ich war dabei, war Zeuge von seinem und Richards letztem Streit vor Henrys Tod in Chinon. Auch Philipp war dort. Sowohl er als auch Richard forderten von Henry, dich Richard zur Frau zu geben. Doch Henry weigerte sich entschieden. Richard wusste, dass du ein Kind von seinem Vater hattest. Ob seine Liebe zu dir groß genug war, um dir zu vergeben, oder ob er sich einfach nur in seinem Stolz gekränkt fühlte, kann ich nicht sagen. Wie dem auch sei, er verlangte dich zur Frau. Und als Henry ihm dies verwehrte, sagte Richard, sein Vater habe nun jeden Schwur und jedes Versprechen gebrochen, das er ihm gegeben hatte, und es werde jetzt zu einem Kampf auf Leben und Tod kommen.« William hob seinen schweren pelzgesäumten Samtumhang auf, der zu Boden gefallen war, schüttelte ihn aus und legte ihn um. »Es ist unverzeihlich, dass sich Richard gegen seinen eigenen Vater gewandt hat, aber verständlich, wenn man sich diese Szene vor Augen führt.«

»Ein Kampf auf Leben und Tod«, sagte Eleanor weich. »So standen sie zuletzt zueinander.«

»So war es«, bestätigte William.

»Alaïs.« Meine Tante zupfte mich am Ärmel. »Ich habe noch Briefe hier, die dein Vater mir vor Jahren geschrieben hat, als er mit deiner Mutter verheiratet war. Ich denke, du solltest wissen, was darin steht. Warte, ich lasse sie rasch von einem Diener holen.«

Ich dachte an meinen Vater und meine Mutter und an meinen Onkel Robert, der meine Mutter angeblich geliebt hatte. Ich dachte an die Geheimnisse, die all die Menschen umgaben, die vor uns von dieser Welt gegangen waren. Und ich dachte flüchtig an das Recht der Toten, diese Geheimnisse für sich zu behalten. Vielleicht lag darin die wahre Bedeutung von *requiemscat in pace*.

»Lass es gut sein, Tante.« Ich griff nach meinem eigenen Umhang. »Ich möchte die Briefe nicht sehen.« Sie schaute mich verwirrt an. »Nach allem, was geschehen ist …«, ich rang mir ein wehmütiges Lächeln ab, »… sollten wir die Toten in Frieden ruhen lassen. Ich möchte nicht an ihre Geheimnisse rühren.«

»Komm, *princesse*«, forderte mich William auf. »Ich sorge dafür, dass du sicher nach Paris zurückgebracht wirst.«

Aber wir wurden noch einen Moment aufgehalten, denn die beiden Frauen bestanden darauf, uns zur Tür zu begleiten. Und die Königin bewältigte diesen Weg nur sehr langsam.

An der Schwelle umarmten mich beide, meine Tante und meine Stiefmutter. Und als ich die Umarmung mit ehrlicher Herzlichkeit erwiderte, wusste ich, dass ich mein ganzes Leben umarmte.

♦ 24 ♦

Zukunftspläne

Wir stiegen auf unsere Pferde und winkten den beiden alten Frauen noch einmal zu. Sie standen in ihren eleganten Gewändern im Eingang; ihre weiten Ärmel flatterten im Wind, als sie unseren Abschiedsgruß erwiderten. Als wir aus dem Hof herausritten, bemerkte ich, dass William wie immer in Eile war. Ich nahm die Herausforderung, mit seinem Tempo mitzuhalten, mit Freuden an.

Als wir den Stadtrand von Poitiers erreichten, wusste ich nicht, welchen Weg er jetzt einschlagen würde. Ich lenkte mein Pferd an das seine heran und zwang ihn, Halt zu machen, indem ich ihm in die Zügel griff. »Ich möchte dich um einen Gefallen bitten«, sagte ich.

»Nur zu.« Er lächelte mich an. »Was gibt es denn?«

»Ich möchte gern einen Abstecher in die Felder machen, bevor wir weiterreiten.«

»Und an welche Felder hast du da gedacht?«

»Ich kenne hier ganz in der Nähe eine Stelle, wo der Weizen schon abgemäht ist, Bäume Schatten spenden und die Pferde auf einer Wiese grasen können.«

»Aber du warst seit deiner Jugend nicht mehr dort.«

»Nein, aber ich bin mir sicher, dass sich dort nichts verändert hat.«

William musterte mich lange. »Du steckst voller Überraschungen. Und du hast dir viel von deinem Kinderglauben bewahrt. Na schön, dann wollen wir sehen, ob deine Wiese noch da ist.« Er wendete sein Pferd und überließ mir die Führung. Eine Weile trabten wir hintereinander eine Seitenstraße hinunter.

Dann sah ich die Wiese zwischen den Feldern; sie sah noch genauso aus wie in meiner Erinnerung. Wie ausgelassene Kinder trieben wir unsere Pferde unter Gejohle und Gelächter zu einem Wettrennen an. William gewann natürlich, aber ich schlug mich wacker und hätte ihn einmal sogar beinahe überholt.

Endlich zügelte ich mein Pferd – hauptsächlich, weil ich vor Lachen kaum noch Luft bekam. Wir stiegen ab, und ich warf mich in das üppige grüne Gras. William tat es mir nach. Erst umarmten wir uns, dann blieben wir friedlich nebeneinander liegen. Der Himmel schimmerte tiefblau, kleine weiße Wölkchen zogen über ihn hinweg.

»Bist du denn nun zufrieden, *princesse* Alaïs?«, fragte William. Sein Mund ruhte ganz dicht an meinem Ohr.

»Ja, im Großen und Ganzen schon.« Ich lächelte.

»Und außer mir gibt es nichts mehr, was dein Herz begehrt?«

Ich zögerte mit der Antwort.

»Aha.« Er rückte ein Stück von mir ab, um mir ins Gesicht sehen zu können. »Du trauerst immer noch deinem verlorenen Anhänger hinterher.«

»Nein«, erwiderte ich leise in dem Bewusstsein, dass jedes meiner Worte von Herzen kam. »Ich brauche keinen Talisman mehr. Aber ich wundere mich immer noch, dass mein Onkel den Diebstahl in Auftrag gegeben hat.«

William rollte sich auf den Rücken und blickte zum Himmel empor.

»Er ist der Großmeister von Frankreich, nicht wahr?«, beharrte ich.

»Alaïs, du weißt inzwischen mehr über den Templerorden als viele der Ritter. Ja, es stimmt, dein Onkel ist der Großmeister. Du hast ja gehört, was dieser Narr Destriers gesagt hat. Aber ich kann ihn nicht bestrafen, denn er hat nur den Befehl seines Kommandanten befolgt – der im Widerspruch zu meinen Anweisungen stand. Und er gehört zu den fränkischen Rittern, nicht zu den meinen. Ich werde mit Herzog Robert sprechen müssen. Eine heikle Situation.«

»Hast du deinen Leuten wirklich verboten, mir den Anhänger zu stehlen?«

Williams Stimme wurde weich. »Nenn mich einen sentimentalen Toren, aber ich wusste, dass Richard ihn dir geschenkt hatte. Ich fand es nicht richtig, ihn dir zu rauben, nur um die Launen eines Tyrannen zu befriedigen; es kam mir vor, als würde ich dir dadurch ein Stück deiner Vergangenheit stehlen.«

Ich drehte mich zu ihm. »Die Vergangenheit besteht nur aus Erinnerungen. Und diese Erinnerungen verändern sich jedes Mal, wenn ich neue Klarheit über lang zurückliegende Ereignisse gewinne.«

»Ich hoffe nur, dass keiner meiner Männer mich so sieht.« William verschränkte die Hände hinter dem Kopf. »Was würden sie denken, wenn sie ihren Anführer zusammen mit einer durch die Welt reisenden Prinzessin im Gras überraschten?«

»Wenn dich jemand darauf anspricht«, antwortete ich mit einem durchtriebenen Lächeln, »dann sag doch einfach, du hättest Pläne geschmiedet.«

»Und was für Pläne sollen das sein?«, erkundigte er sich. »Haben sie mit dir zu tun?«

»Ich wüsste nicht, wie das möglich sein sollte«, erwiderte ich. »Die Templer haben sich verpflichtet, im Zölibat zu leben.«

»Wie du selbst festgestellt hast, wird diese Vorschrift nicht mehr so streng befolgt wie früher, noch nicht einmal von den Anführern.« Da er weiterhin die Wolken betrachtete und mich nicht ansah, blickte ich auch wieder zum Himmel empor.

»William, den ganzen Nachmittag liegt mir schon eine Frage auf der Zunge.«

»Frag nur, *princesse.* Mein Leben ist ein offenes Buch.«

»Hm.« Ich wandte den Blick nicht von den Wolken ab. »Es trifft zu, dass Jacques Destriers mir von Paris aus gefolgt ist und meine Kammer im Gasthaus durchsuchen ließ, um den Anhänger in die Finger zu bekommen, den er so dringend brauchte.«

»Richtig, und du hast ihn ja heute Nachmittag eindeutig des Diebstahls überführt. Im Trubel der Ereignisse bin ich noch gar nicht dazu gekommen, dir zu deinen scharfsinnigen Schlussfolgerungen zu gratulieren.«

»Nun, ebendiese scharfsinnigen Schlussfolgerungen haben mich zu einem anderen Punkt geführt, den es noch zu klären gilt.«

»Als da wäre?«

Ich rollte mich auf die Seite, um William anschauen zu können. »Heute im Löwenkontor warst du ziemlich überrascht, als ich Destriers des Diebstahls bezichtigte, das habe ich dir angesehen.«

»Alaïs, ich hätte sein Vorhaben niemals gebilligt. Frauen zu bestehlen ist unter der Würde der Templer.« William runzelte die Stirn. »Und ich hätte eine solche Verletzung deiner Privatsphäre niemals zugelassen.«

»Das glaube ich dir. Aber da ist noch eine Kleinigkeit, über die wir sprechen müssen. Meine Räume wurden zweimal durchwühlt. Erst in Havre und dann in Canterbury.«

»Und beide Male hatte der Dieb keinen Erfolg.«

»Aber Destriers kann nicht der Täter von Canterbury gewesen sein. Er war zwar in der Stadt, jedoch nicht in der Abtei, denn das hättest du gewusst.«

»Vielleicht war der Araber der Schuldige, den wir später tot im Garten gefunden haben.«

»Nein, wozu hätte er denn noch in dem Garten herumschleichen sollen, wenn er schon am Abend zuvor meine Sachen durchsucht hätte?«

»Wer steckt denn deiner Meinung nach dahinter?« Sein Ton verriet nichts als milde Neugier.

»Derjenige, der in Canterbury mein Quartier auf den Kopf gestellt hat, war kein Dieb. Er führte etwas ganz anderes im Schilde.«

»Aber wer hat das denn getan? Und warum?«

»Wer es getan hat? Du natürlich!«

»Ich?«, widersprach er empört. »Ja glaubst du, ich hätte als Stellvertreter von Hugh Walter nichts Besseres zu tun gehabt, als die Unterkünfte der Abteigäste zu plündern und zu verwüsten? Eine schöne Umsetzung Benediktiner Gastfreundschaft!«

»William, wenn wir aufrichtig zueinander sein wollen, dann fangen wir am besten jetzt damit an.« Ich stützte mich auf einen Ellbogen und sah ihm in die Augen – jene ungewöhnlichen eisblauen Augen, die sogar hitzköpfige Geldhändler allein durch die Kraft ihres Blickes in ihre Schranken weisen konnten. Endlich lächelte er.

»Nun gut, ich gebe es zu. Aber ich habe es nicht selbst getan.«

»Aber du hast Anweisung dazu gegeben. Und ich glaube, ich kenne auch den Grund dafür. Du wolltest mir Angst einjagen.«

»Ganz genau.« Er zupfte an einer Haarlocke, die sich aus meinem Zopf gelöst hatte. »Ich wollte dich von dieser Nachtwache in der Kathedrale abbringen. Ich wollte verhindern, dass du John in die Hände fällst, denn ich hatte Angst, er könnte dir womöglich doch etwas zu Leide tun, so unberechenbar, wie er ist. Aber ich habe deinen Schmuck noch, Alaïs. Ich hatte vor, ihn dir irgendwann zurückzugeben.«

»Und wenn ich mich nicht sehr irre, hast du schon angefangen, ihn mir zu ersetzen. Du hast mir doch die herrliche Rubinkette schicken lassen, die ich bei Baron Rogers Festmahl getragen habe.«

»Ja, was ist denn mit ihr passiert? Ich habe gar nicht mehr daran gedacht.«

»Ich habe sie aufbewahrt. Wir können sie eines Tages gegen meinen eigenen Schmuck eintauschen.«

»Ich habe eine bessere Idee. Du behältst die Kette, und ich gebe dir nach und nach deinen Schmuck zurück… im Lauf der nächsten Jahre, denke ich.«

Er zog mich an sich, und einen Moment lang lagen wir eng aneinandergeschmiegt im Gras. »Ich möchte dich nicht wieder verlieren«, flüsterte er. »Mein ganzes Leben lang hast du mich als Traumbild begleitet. Jetzt, da ich dich in Fleisch und Blut wiedergefunden habe, lasse ich dich nicht mehr gehen.«

»Aber unsere Wege müssen sich wieder trennen, das weißt du«, erwiderte ich; dabei machte ich mich sacht von ihm los.

»Was hast du denn vor? Gehst du an Philipps Hof zurück? Aber du fühlst dich doch dort nicht wohl.«

»Ich kehre trotzdem fürs Erste dorthin zurück. Aber ich werde den Hof bald verlassen. Ich besitze in Ponthieu ein Landgut. Es ist an der Zeit, dass ich einen eigenen Hausstand gründe.«

»Das wird Philipp nicht gefallen.« Wir lagen jetzt Seite an Seite da.

»Vermutlich nicht. Er hat mich immer in seiner Nähe haben wollen. Aber ich habe das Leben satt, das seine Familie und seine Freunde führen. Ich werde ihn oft besuchen. Er ist ja immer so beschäftigt, dass er mich wahrscheinlich noch auf der Île de la Cité vermutet, wenn ich schon längst in der Picardie bin.«

»Und was wird aus François?«

»Darüber muss ich noch nachdenken. Ich hätte ihn gerne bei mir, aber ich möchte nicht, dass er meinetwegen auf ein Leben bei Hof verzichtet. Oder auf ein Leben auf der Bühne.« Ich musste lachen, doch dann wurde ich plötzlich wieder ernst. »Ich möchte, dass er eine Weile zu mir kommt. Wenn wir uns besser kennen gelernt haben, soll er selbst seine Entscheidung treffen.«

»Ein weiser Entschluss.« William wandte sich zu mir. »Du hast wirklich einen klugen Kopf.« Er legte eine Kunstpause ein. »Für eine Frau.«

»Sei nicht so unverschämt!« Ich begann, ein paar lange Grashalme abzurupfen und ihn auf höchst unkönigliche Weise damit zu bewerfen.

Er griff nach meiner Hand und zog mich erneut an sich. Nach einem langen, leidenschaftlichen Kuss fragte ich: »Und wie sehen deine Zukunftspläne aus?«

William rollte sich wieder auf den Rücken. »Ich habe mich noch für drei weitere Jahre als Großmeister von England verpflichtet. Dann werde ich mich wohl aufs Land zurückziehen. Ich habe genug von Macht und Verantwortung.«

»Du willst dich aufs Land zurückziehen? Und dann? Willst du das Leben eines einfachen Landjunkers führen – nach all diesen aufregenden, abwechslungsreichen Jahren? Das nehme ich Euch nicht ab, Sir William. Verzeihung, *Lord* William – was auch immer das zu bedeuten hat.«

»Ich besitze Ländereien im Norden von England, die mir Becket hinterlassen hat, und einen Titel, den ich nicht führe. Henry hat ihn mir kurz vor seinem Tod verliehen. Ach, und dann habe ich noch ein Gut in der Normandie. Ich kann zwar nicht leugnen, dass ich noch immer Freude an Abenteuern und Intrigen habe, aber ich werde allmählich zu alt, um von Sonnenaufgang bis Sonnenuntergang im Sattel zu sitzen. Und das bleibt mir nicht erspart, denn ich werde überall im Land gebraucht. Nein, drei weitere Jahre reichen voll aus. Dann kann ein anderer mein Amt übernehmen.«

»Vielleicht findest du ja auf all deinen Reisen auch ab und zu den Weg nach Ponthieu.«

Er rollte sich auf die Seite und sah mich an. »Wenn du dort bist, wird das vielleicht häufiger geschehen, als dir lieb ist.«

»Wir werden sehen. Ich erwarte dich jedenfalls.«

Mein Herz floss in diesem Moment über vor Glück, aber das hätte ich nicht für alle Mandelcreme in Poitou zugegeben.

Wir blieben schweigend liegen und beobachteten den Himmel. Ein großer Falke beschrieb über unseren Köpfen seine Kreise und schoss dann davon. Endlich sprach ich aus, was mich bewegte: »Als junge Frau bin ich mit meiner Schwester Marguerite und meinen Stiefbrüdern oft über diese Felder geritten. Ich war so verliebt in Richard und habe nur noch von unserem gemeinsamen Leben geträumt.«

»Aber dann ist alles ganz anders gekommen.«

»Ja. Und eines habe ich auf dieser ereignisreichen Reise gelernt. Erinnerungen aus der Vergangenheit gehören einer anderen Welt an, und in dieser Welt sollten sie auch bleiben. Ich wäre sicher glücklicher geworden, wenn ich mich nicht so an meine Erinnerungen geklammert und meinen Zorn über die unselige Wendung genährt hätte, die mein Leben genommen hat.« Ich drehte den Kopf zur Seite und zupfte ein paar weiße Flusen von dem Löwenzahn ab, der direkt neben mir wuchs. Als ich meine Hand öffnete, erfasste der Wind die zarten, wolkenähnlichen Gebilde und trug sie davon. »Deswegen trauere ich meinem Talisman auch nicht mehr nach. Ich möchte ihn nicht zurückhaben, für mich hat er seinen Zweck erfüllt. Vielleicht besteht seine wahre Bestimmung ja darin, das Leben jener gefangenen Ritter zu retten.«

Ich wandte mich näher zu William. Mein Atem streifte seine Wange. »Doch ich verspreche dir, dass ich nie wieder in der Vergangenheit leben werde, Großmeister William, sondern von nun an nur noch in der Gegenwart. Und dass du ein Teil dieses Lebens sein wirst.«

Er stützte sich auf einen Ellbogen und sah auf mich hinab. Die Sonne schien ihm jetzt direkt ins Gesicht, in das das Alter deutliche Spuren gegraben hatte – tiefe Furchen, die sich auf jeder Seite vom Auge bis zum Mund hinunterzogen. Zugleich wurde mir bewusst, dass auch mein eigenes, von den Jahren nicht verschont gebliebenes Gesicht seinen Blicken schutzlos ausgeliefert war. Bei dem Gedanken musste ich unwillkürlich lächeln.

»Und ich verspreche dir, dass wir uns in den Jahren, die uns noch bleiben, nie wieder verlieren werden, wohin unsere Wege uns auch führen mögen.«

Und das reichte mir für den Moment vollkommen aus.

Nachwort

Prinzessin Alaïs Capet hat tatsächlich existiert. Die Tochter von Louis VII., genannt le Jeune, und seiner zweiten Frau Constance von Kastilien wurde zusammen mit ihrer älteren Schwester Marguerite an den Hof von Henry II. und Eleanor von Aquitanien geschickt, Louis' erster Frau und Mutter seiner beiden ältesten Töchter.

Alaïs wurde schon in jungen Jahren mit Richard, dem späteren Richard Löwenherz, und Marguerite mit seinem älteren Bruder Henry verlobt. König Henry II. hat Alaïs wirklich zu seiner Mätresse gemacht, nachdem er Eleanor als Gefangene nach Old Sarum gebracht hatte. Und die Hochzeit mit Richard hat verständlicherweise nie stattgefunden. Nach Henrys Tod wurde Alaïs an Philipps Hof zurückgeschickt, wo sie einige Zeit später anscheinend einen Mann namens William heiratete. Mehr ist über ihr Leben nicht bekannt, doch einige Historiker sind in den Chroniken jener Zeit auf Hinweise darauf gestoßen, dass Alaïs Henry ein Kind geboren hat.

Abgesehen davon, dass das bewegte Schicksal der Familie Plantagenet und die erbitterte Rivalität zwischen ihren Mitgliedern und dem französischen Königshaus allein schon genug Stoff für eine Seifenoper liefern würde, dürfte jeder Freund spannender Geschichten auch von den Möglichkeiten fasziniert sein, die das Thema über die historischen Fakten hinaus bietet. Und da ich mich schon seit Jahren mit dem Mittelalter befasste, begann ich mir Gedanken zu machen. Was, wenn Alaïs nicht, wie es den Anschein hat, der bloße Spielball ihres Verlobten und seines mächtigen Vaters war? Was, wenn sie stattdessen aus demselben Holz wie andere starke Frauen ihrer Zeit geschnitzt war: Eleanor von Aquitanien, die zwei Könige heiratete und zwei weitere gebar; Marie von Champagne, Eleanors älteste Tochter von Louis, die Chrétien de Troyes förderte und so zur Entstehung der unvergleichlichen Sagen um König Artus beitrug; Christine de Pizan; Hildegard von Bingen; Eleanor de Montford; Blanche von Kastilien? All diese Frauen haben dank ihrer Geistesgaben, ihres Mutes und ihrer Entschlossenheit den Lauf der Geschichte entscheidend mit beeinflusst. Diese Frage – »Was wäre, wenn?« – ist eigentlich die Basis einer jeden fiktiven Erzählung.

Vieles in diesem Buch beruht auf historischen Tatsachen, obwohl ich mir bezüglich der Templerritter große Freiheiten herausgenommen habe, indem ich die Figur des Lord William schuf. Und obgleich ich mich nach Kräften bemüht habe, mich an die historischen Fakten zu halten, möchte ich an dieser Stelle darauf hinweisen, dass Henrys Mutter Mathilda höchstwahrscheinlich schon 1167 gestorben ist und daher François nicht selbst aufgezogen haben kann. Auch Meister Averroës starb vermutlich bereits 1195 und kann so nicht an jenem bedeutenden Treffen mit Herzog Robert im Jahr 1200 teilgenommen haben – dem Jahr, in dem dieser Roman spielt. Ich bin dankbar für die vielen Werke, die mir Aufschluss über das Leben zu jener Zeit gegeben haben. Ohne W.L. Warrens Biografie *Henry II* und Amy Kellys Klassiker *Eleanor of Aquitaine and the Four Kings* wäre dieser Roman wohl nie geschrieben worden. Erwähnen möchte ich an dieser Stelle auch *Eleanor of Aquitaine* von Marion Meade und *Richard Coeur de Lion* von Philip Henderson. Viele Werke von Georges Duby haben sich gleichfalls als hilfreich erwiesen, vor allem *William Marshal: The Flower of Chivalry*.

Einige Bücher von Jacques le Goff haben mir Einblick in das Leben im Mittelalter gewährt: *Intellectuals in the Middle Ages* (deutsch: DIE INTELLEKTUELLEN IM MITTELALTER) und *The Medieval Imagination* (deutsch: DAS MITTELALTER IN BILDERN) zum Beispiel. Informationen über die geheimnisvollen Templerritter lieferten *The Temple and the Lodge* (deutsch: DER TEMPEL UND DIE LOGE) von Michael Baigent und Richard Leigh sowie *The New Knighthood* (deutsch: DIE TEMPLER) von Malcolm Barber.

Denjenigen, die sich auch für die spanisch-arabische Geschichte interessieren, sei *The Great Medieval Civilizations*, Band drei, ans Herz gelegt, der bei Harper & Row erschienen ist. Dort erfahren wir zum Beispiel, dass Augengläser ursprünglich aus dem arabischen Raum stammen und schon im 12. Jahrhundert im Westen Europas Verwendung fanden.

All jene, die sich für die Kathedrale von Canterbury begeistern, sollten einmal *The Quest for Becket's Bones* lesen, und zwar besonders die Kapitel über den Brand, die Umbettung von Beckets Gebeinen und die Buße, die König Henry dort leistete.

Zwei weitere Bücher verdienen es, hier aufgeführt zu werden, da sie sich unter anderem mit der Rolle der Frau im Mittelalter befassen: Denis de Rougemonts *Love in the Western World* und R. Howard Blochs *Medieval Misogyny and the Invention of Western Romantic Love*. Obwohl de Rougements Theorien über den Ursprung der westlichen Romantik stark ins Kreuzfeuer der Kritik geraten sind (so stark, dass der Autor der letzten Ausgabe noch zwölf zusätzliche Kapitel hinzugefügt hat, in denen er seine Theorien verteidigt), hat er entscheidend zum Verständnis des Einflusses beigetragen, den die arabische Dichtkunst und Kultur auf die Höfe Südfrankreichs und demzufolge auch auf ganz Westeuropa ausgeübt haben.

Ich habe fast jeden Ort, an dem dieser Roman spielt, selbst

besucht und mich davon inspirieren lassen. Von der Conciergerie auf der Île de la Cité aus hat Alaïs ihre schicksalhafte Reise angetreten. Der Herzogspalast in Poitiers mit seiner berühmten großen Halle existiert heute noch. Und obwohl sich Canterbury sehr verändert hat und Chinon und Old Sarum nur noch Ruinen sind, kann man sich gut vorstellen, wie es dort einst ausgesehen haben muss. Das Vorbild für die in Canterbury spielenden Szenen in diesem Buch war allerdings das Kloster Moissac in Südfrankreich. Das *château* Montjoie in der Nähe von Chinon steht noch und ist heute ein stilvolles *Relais et Château*. Und wer es besucht, hört vielleicht noch immer den Nachhall anderer, längst verstummter Stimmen …

Danksagung

Ich schulde vielen Leuten, die mich während der Entstehung dieses Romans ständig ermutigt und mir gute Vorschläge unterbreitet haben, große Dankbarkeit: John Berryman, der mir schon vor Jahren geraten hat, Denis de Rougemont zu lesen; Emilie Buchwald, Jonis Agee und John Desteian; meinen eifrigen Leserinnen Lynn Cowan, Pat Cummings und Alice Buhl, die mir immer wieder Mut zugesprochen und viele gute Ideen geliefert haben; und John Hassler, der mich gelehrt hat, wie viel Freude das Umschreiben mancher Passagen mit sich bringen kann. Mein besonderer Dank gilt Dee Ready, Freundin, Schriftstellerin und Redakteurin, die mir oft sehr geholfen hat.

Ich möchte mich auch bei den Schwestern des Klosters St. Benedict in St. Joseph, Minnesota, für die Wochen bedanken, die ich bei ihnen verbringen durfte, um diesen Roman zu beenden und zu überarbeiten. Schwester Ruth Nierengarten und Schwester Margaret van Kampen haben mir viel Material für mein Manuskript beschafft, und dafür danke ich ihnen von Herzen.

Großer Dank gebührt auch meinen Söhnen Sean, Paul, Mike und Colin für ihr Interesse an diesem Projekt und die unzähligen ermutigenden Worte. Ohne die Unterstützung meiner

Agentin Marly Rusoff und ohne die wundervolle redaktionelle Anleitung von Carolyn Marino wäre dieses Buch wohl nie zu Ende gebracht worden. Ganz besonders danke ich auch meinem Mann und treuestem Leser Michael, dem meine Geschichte von Anfang an großes Vergnügen bereitet hat.